# COLEÇÃO LITERATURA BRASILEIRA

**TOMÁS ANTÔNIO GONZAGA**

1. MARÍLIA DE DIRCEU

**MACHADO DE ASSIS**

1. RESSURREIÇÃO • 2. A MÃO E A LUVA • 3. HELENA • 4. IAIÁ GARCIA • 5. MEMÓRIAS PÓSTUMAS DE BRÁS CUBAS • 6. QUINCAS BORBA • 7. DOM CASMURRO • 8. ESAÚ E JACÓ • 9. MEMORIAL DE AIRES • 10. CONTOS FLUMINENSES • 11. HISTÓRIAS DA MEIA NOITE • 12. PAPÉIS AVULSOS • 13. HISTÓRIAS SEM DATA • 14. VÁRIAS HISTÓRIAS • 15. PÁGINAS RECOLHIDAS • 16. RELÍQUIAS DE CASA VELHA • 17. CASA VELHA • 18. POESIA COMPLETA • 19. TEATRO.

**LIMA BARRETO**

1. RECORDAÇÕES DO ESCRIVÃO ISAÍAS CAMINHA • 2. TRISTE FIM DE POLICARPO QUARESMA • 3. NUMA E A NINFA • 4. VIDA E MORTE DE M. J. GONZAGA DE SÁ • 5. CLARA DOS ANJOS • 6. HISTÓRIAS E SONHOS • 7. CONTOS REUNIDOS.

**JOSÉ DE ALENCAR**

1. CINCO MINUTOS (1856) • 2. GUARANI (1857) • 3. A VIUVINHA (1860) • 4. LUCÍOLA (1860) • 5. IRACEMA (1854) • 6. ALFARRÁBIOS • 7. UBIRAJARA (1874) • 8. SENHORA (1875) • 9. ENCARNAÇÃO (1893).

**MANUEL ANTÔNIO DE ALMEIDA**

1. MEMÓRIAS DE UM SARGENTO DE MILÍCIAS

**EDUARDO FRIEIRO**

1. O CLUBE DOS GRAFÔMANOS • 2. O MAMELUCO BOAVENTURA • 3. BASILEU • 4. O BRASILEIRO NÃO É TRISTE • 5. A ILUSÃO LITERÁRIA • 6. O CABO DAS TORMENTAS • 7. LETRAS MINEIRAS • 8. COMO ERA GONZAGA? • 9. OS LIVROS NOSSOS AMIGOS • 10. PÁGINAS DE CRÍTICA • 11 O DIABO NA LIVRARIA DO CÔNEGO • 12. O ALEGRE ARCIPRESTES • 13. O ROMANCISTA AVELINO FÓSCOLO • 14. FEIJÃO, ANGU E COUVE • 15. TORRE DE PAPEL • 16. O ELMO DE MAMBRINO • 17. NOVO DIÁRIO.

**BERNARDO GUIMARÃES**

1. A MINA MISTERIOSA • 2. A INSURREIÇÃO • 3. O BANDIDO DO RIO DAS MORTES • 4. A ESCRAVA ISAURA.

**MÁRIO DE ANDRADE**

1. OBRA IMATURA • 2. POESIAS COMPLETAS • 3. AMAR, VERBO INTRANSITIVO • 4. MACUNAÍMA • 5. OS CONTOS DE BELAZARTE • 6. ENSAIO SOBRE A MÚSICA BRASILEIRA • 7. MÚSICA, DOCE MÚSICA • 8. PEQUENA HISTÓRIA DA MÚSICA • 9. NAMOROS COM A MEDICINA • 10. ASPECTOS DA LITERATURA BRASILEIRA • 11. ASPECTOS DA MÚSICA BRASILEIRA • 12. ASPECTOS DAS ARTES PLÁSTICAS NO BRASIL • 13. MÚSICA DE FEITIÇARIA NO BRASIL • 14. O BAILE DAS QUATRO ARTES • 15. OS FILHOS DA CANDINHA • 16. PADRE JESUÍNO DO MONTE CARMELO • 17. CONTOS NOVOS • 18. DANÇAS DRAMÁTICAS DO BRASIL • 19. MODINHAS IMPERIAIS • 20. O TURISTA APRENDIZ • 21. O EMPALHADOR DE PASSARINHO • 22. OS COCOS • 23. AS MELODIAS DO BOI E OUTRAS PEÇAS • 24. TÁXI E CRÔNICAS NO DIÁRIO NACIONAL • 25. O BANQUETE.

# GONGO SOCO

Coleção Literatura Brasileira

Diretor editorial
*Henrique Teles*

Produção editorial
*Eliana Nogueira*

Arte gráfica
*Ludmila Duarte*

Revisão
*Jane Rajão*

Desenho de capa
*Cláudio Martins*

Ilustrações
*Yara Tupinambá*

**EDITORA GARNIER**
Belo Horizonte
Rua São Geraldo, 53/67 - Floresta - Cep.: 30150-070 - Tel.: (31) 3212-4600
e-mail: vilaricaeditora@uol.com.br

AGRIPA VASCONCELOS

# GONGO SOCO

*2ª Edição*

GARNIER
desde 1844

Dados Internacionais de Catalogação na Publicação (CIP)
Agência Brasileira do ISBN

Vasconcelos, Agripa 1896-1969.
V331s Gongo Soco/ Agripa Vasconcelos; — 2. ed. — Belo Horizonte, MG : Garnier, 2020.
312 p. : il. ; 14cm x 21 cm.

Inclui índice.
ISBN 978-85-7175-152-1

1. Literatura brasileira. I. Título.

CDD 869-8992
CDU 821,134,3(81)

Elaborado por Vagner Rodolgo da Silva - CRB -8/9410

Índice para catálogo sistemático:

1. Literatura brasileira 869.8992
2. Literatura brasileira 821.134.3(81)

# SUMÁRIO

*... coisa sem dúvida espantosa então para ver e inacreditável agora para contar.*

Frei Heitor Pinto —
Imagem da Vida Cristã,
Lisboa, 1622.

*Ao lado da estrada, algumas bocas de galerias e poços abertos no itabirito e hoje abandonados, mostram outros tantos pontos por onde saíram riquezas fabulosas, que no século passado deram extraordinária vida àquela região. Ruínas de edifícios que foram, certamente, de extraordinárias dimensões, pelos restos que ainda existem de seus alicerces, estão em sua linguagem muda e eloquente a contar aos passageiros a vida de grandeza de outrora e o aniquilamento do presente. Aquelas ruínas eram as lavas que ainda restavam circundando a chaminé emissora — o poço da mina — por onde havia irrompido o ouro em quantidade colossal, mina cuja riqueza foi verdadeiramente assombrosa.*

Engenheiro Álvaro Altolfo da Silveira —
*Narrativas e Memórias*, II vol.,
Belo Horizonte, 1924.

## EXPLICAÇÃO

A vida de João Batista Ferreira Chichorro de Sousa Coutinho, 1° Barão de Catas Altas,[1] quase nada deixou nos arquivos da História de Minas. Há notícias sobre sua pessoa em livros de viajantes estrangeiros pelo Brasil, entre os quais nos do Barão Von Eschwege, SaintHilaire, Mawe, Castelneau. Mas essas rápidas notícias são apenas referentes às minas do Gongo Soco, de onde o ouro saía com tamanha abundância que pareceu aos escravos um castigo e era, em montes, seco ao sol em grandes couros de bois.

Em 1839 um diplomata, que se supõe ser o Duque de Luxemburgo, Embaixador de Luís XVIII na Corte do Brasil, descreveu no *Journal des Debats*, curiosa "Viagem à mina de Gongo Soco"[2], revelando ao mundo quem era o nababo senhor da ímpar jazida aurífera, vendida desde 1825, no apogeu da extração, aos ingleses da *Imperial Brazilian Mining Association*. Em seguida a *Revista Nacional e Estrangeira*, publicada no Rio de Janeiro em 1839-1840, reproduziu o artigo do Embaixador, comentando-o.

Em 1881, o Dr. José Antônio Teixeira de Melo publicou em suas *Efemérides Nacionais*[3] resumo do que saíra à luz no *Journal deg Debats*, e que foi também reproduzido, letra por letra, nas *Efemérides Mineiras*, de José Pedro Xavier da Veiga[4].

Era pouco, para entrosagem de uma vida tão cheia de lances ainda desconhecidos. Vivem em Minas Gerais vários descendentes do Barão, mas todos silenciaram sobre o passado do titular ou dele revelam informações de pouca importância.

Disposto a erguer do olvido a figura do milionário, recorri a inquérito entre velhos moradores do antigo Distrito do Ouro, pessoas oriundas de conhecidos do feliz minerador. Percorri com vagar muitos lugares onde respiguei fatos, ouvi comentários, frases e vagas informações. Estive em fazendas centenárias, em S. João do Socorro, S. Bento, Santa Bárbara, Caeté, Ouro Preto, Mariana, Santa Luzia e Sabará, procurando como um rastreador nordestino as pegadas do homem que, em 124 anos, está quase desaparecido da memória do povo. Trabalhei como Cuvier, recompondo um animal pré-histórico pela base de um osso, ou igual a Champollion, decifrando hieróglifos. Quando estava traçado o esboço geral ao trabalho, notei lhe faltarem vértebras, pois já devassara as pistas e estas não me pareceram completas. Fui encontrar, em 1958, no arraial do Socorro, um ex-escravo do Barão. Era o preto Chico Jorge, então com 115 anos, ainda trabalhador de enxada e que fora vendido com a mãe ao nababo,

1) O segundo Barão de Catas Altas foi Antônio José Gomes Bastos, chefe político muitos anos no Município de Guarará, e falecido em 1917. Eis a íntegra, *ipsis literis*, do decreto da Princesa Isabel, que o levou ao baronato: "Querendo Distinguir e Honrar a Antônio José Gomes Bastos: Hei por bem, em nome do Imperador, fazer-lhe mercê do Título de Barão de Catas Altas. Palácio do Rio de Janeiro, em 23 de Dezembro de mil oitocentos e oitenta e sete, sexagésimo sexto da Independência e do Império. — Princesa Imperial Regente — Barão de Cotegipe."

2) M. de L.—*Viagem à mina do Gongo Soco, in Journal des Débats*, de 1° de Julho de 1839. Paris.

3) J. A. Teixeira de Melo — *Efemérides Nacionais*, tomo I. Rio de Janeiro. tip. da *Gazeta de Notícias*, 1881.

4) J. P. Xavier da Veiga — *Efemérides Mineiras*, coleção.

quando moleque, pelo Major Peixoto, dono da mina de Brucutu. Sendo ainda rapazinho nesse tempo, contudo o centenário se recordava muito bem dos esplendores dos dois Palácios em cujas senzalas viveu. Citou-me os nomes de favoritos de seu senhor e casos da Baronesa Dona Laura, de que traçou vivo perfil. Não foi com esforço que o ancião evocou, auxiliado pela nora, suas lembranças em alguns pontos esmaecidas, embora por muitos anos avivadas pelas constantes palestras maternas. Cresceu maravilhado pelo que vira, e falava de algumas coisas como acontecidas ontem.

Reunidas as achegas amealhadas por anos de pesquisas, pude levantar o vulto de ex-sacristão de Catas Altas e os da turba sequiosa e faminta que o envolvia nos tempos de sua opulência oriental.

Hoje a vida do nobre parece um conto de Grimm ou delírio febril. Mas os fatos estão endossados por testemunhas insuspeitas, além do que nos ficou em livros de austeridade científica. O que não pode aqui ser provado foi feito na base da tradição que, pelo menos, é uma verdade distante no tempo mas viva na lembrança dos contemporâneos. Nem a vida de Jesus chegou até nós apenas pelos documentos bíblicos. A tradição completa-a, pois o próprio S. Paulo confessa que está nas Escrituras pequena parte do muito que Jesus fez e ensinou. A própria fé tem bases na tradição. Além disso, a cada passo vemos lendas passarem a tradição e a tradição virar história.

Muitas vezes, referindo-me a episódios da vida flamejante do Barão, pensei não ser crido. Mas aqui a realidade dos acontecimentos precisa ser aceita como fato acontecido, palpável e exato.

Eis afinal o romance lembrado por Teixeira de Melo em 1881 e, em suas próprias palavras, "com vantagem de ter um fundo histórico e não ser de pura imaginação."

Quem escreve um romance histórico faz como os árabes, que usavam construir suas vilas, aproveitando as ruínas das cidades bíblicas. Erguiam edificações modernas sobre alicerces antigos, de fundações que o tempo respeitou. Precisa não alterar as bases, que são o assunto, mas as cores podem ser novas. Neste trabalho foram gastos 9 anos de sistemáticas indagações e todas as personagens movimentadas no romance viveram, de fato, em torno do opulento titular. A nomenclatura de lugares, rios, ribeirões, serras, montanhas, nomes de escravos e episódios acontecidos tem aqui a chancela de discutível autenticidade. A região montanhesa, chamada, primeiro, Minas do Ouro Preto, está movimentada com seus problemas e, dentro dela, irradiando para o Império e para o mundo, agita-se a figura do Barão Catas Altas como um deus, rodeado por vampiros que se chamavam seus amigos até a sétima facada.

Vemos aqui falar alto o mocinho órfão de pai, e o sacristão de Catas Altas ficar multimilionário, chegando a destacada figura política, membro do Conselho do Governo da Província das Minas Gerais, até ser arrogante Barão do Império do Brasil. Sua vida foi um jogo fascinante da pobreza com o destino, quando o ouro das Gerais suplantou o futuro *rush* aurífero da Califórnia, começado em 1849.

O Brasil ainda não teve nada tão esplendoroso como os Palácios do Gongo Soco e do Brumado. As ruínas desses edifícios são a prova real do que pode passar por fábula. Esta *História das Mil e Uma Noites*, parecendo inverossimilíssima, foi verdade nua e crua nas Minas Gerais do Ouro, no primeiro quartel do século XIX.

O luxo em que viveu o Barão foi resultado da fartura das folhetas aluvionais e do ouro de gamela, pois traficantes estrangeiros vinham vender, nas bocas das catas, o que havia de mais fino em Londres, em Paris e na Lisboa de Santo Antônio.

Ali mercadejavam meias, calções de seda do Japão, chapéus de castor ingleses, perfumes dos mais afamados de França, contando joias esplendorosas, além de bugiárias e confecções mais caras das modas parisienses.

As naus da Companhia das Índias traziam para a Colônia do Brasil, da Indochina e demais possessões conquistadas pela Grã-Bretanha, enormes partidas de porcelanas raras, pois os ricos mineradores compravam tudo sem regatear. Os centros mais abastecidos dessas louças eram o Recife de S. Miguel, já enriquecido pela agroindústria açucareira; a Bahia de Todos os Santos, a Província do Rio de Janeiro e Vila Rica, onde o ouro era extraído às toneladas.[5]

A argentaria provinha dos prateiros de Portugal e da Inglaterra, sendo que na Bahia fabricavam-se baixelas de grande beleza, especialmente as chamadas *Bico de Pato*, ainda hoje encontradiças em mãos de alguns particulares e em museus. Do mesmo modo ainda admiradas mobílias inglesas, como papeleiras simples, de estilo barroco-jesuítico, mesas, cadeiras, sofás, cômodas com puxadores de prata, escrivaninhas com gavetas de segredo, pés de garra, de pato ou em cachimbo e móveis de voluta, que hoje se chamam de estilo Dom João V.

Segundo o Desembargador João Coelho (*Instruções para o Governo de Minas Gerais*, Lisboa, 1780), o luxo em Minas ultrapassava o das mansões de Lisboa e do Porto. Assim vivia a sociedade colonial em vários lugares, onde imperavam as aristocracias do sangue e do dinheiro, tais como Vila Rica, depois Imperial Cidade do Ouro Preto, a cidade de Mariana, Tijuco, Pitangui, S. João del Rei, Vila Real de Nossa Senhora da Conceição de Sabará, Campanha da Princesa da Beira, Santa Luzia do Rio das Velhas do Sabará. Para ter uma ideia da pompa das festas de então, basta a leitura do livro *Triunfo Eucarístico*, de Simão Ferreira Machado (Lisboa, 1734), em que ele descreve as cerimônias da transladação do Santíssimo Sacramento, da Igreja de Nossa Senhora do Rosário para o Templo de Nossa Senhora do Pilar do Ouro Preto. Para confirmação, outro documento é o *Aureo Trono Episcopal*, de autor anônimo (in 4° de XII-246 págs., Lisboa, 1749), em que se conta a entrada em Mariana do seu primeiro Bispo, Dom Frei Manoel da Cruz.

5) Calcula-se, pelos dados da administração das Reais Casas da Fundição do ouro que, de 1700 a 1820, a produção aurífera das Minas Gerais do Ouro foi de 41.000 arrobas (615.000 quilos, 615 toneladas), que lograram preços da época, variando entre 1$200 a 1$500 a oitava, 260.000:000$000. Xavier da Veiga revela que estas 41.000 arrobas de ouro dariam uma pirâmide maciça de base quadrada, com 8 metros de altura, tendo na base a largura de 2 metros e 872 centímetros. Muitos cientistas viajantes, entre eles Von Eschwege e Southey, escreveram que o ouro clandestino dos Quintos foi de volume igual ao do ouro quintado. Assim sendo, o que é bastante plausível, a produção naquele período subira a 82.000 arrobas, 1.230.000 quilos, 1.230 toneladas.
Só do imposto legal dos Quintos, a Colônia do Brasil pagou a Portugal, no período declarado, 7.000 arrobas de ouro, recebidas pelas Casas do Real Contrato.

Tal foi o meio em que imperou, soberano, por 20 anos, sua insaciável *entourage*, o mais bajulado dos homens do Brasil antigo, nosso aristocrata manirroto.

De tanto ouro, de tanto ouro arrancado da terra parece que hoje só resta a cizalha desta evocação sem brilho, cizalha — que são as aparas e o pó resultantes do ouro trabalhado pelos ourives.

Neste livro tudo é fascinante — com referência ao assunto e ao meio em que viveu esse Califa Harum Al-Rachid, que foi o genro do parcimonioso Capitão-Mor José Alves da Cunha Porto. Aqui tudo cintila com esplendores nunca vistos, antes e depois, no doce país das Gerais. Na presente história de Sheherazade que ides ouvir, só existe de humilde o autor do romance.

A. V.

## I — JOÃOZINHO DO PADRE

Às 10 horas da manhã de 8 de dezembro de 1809, no arraial de Catas Altas do Mato Dentro, celebrava-se missa em louvor de Nossa Senhora da Conceição, Padroeira da Matriz.

O oficiante era o Pe. Manoel Moreira de Figueiredo Leitão, ex-Jesuíta, Vigário do arraial.

Com a truculenta perseguição do Marquês de Pombal aos Jesuítas, o Pe. Leitão foi acusado de liberal. Chamado a Lisboa, seguiu logo, apresentando-se para responder sobre os crimes que lhe imputavam. Fez ele próprio sua defesa, mas de modo tão alto e peremptório, que foi absolvido. Teve então ordem de regressar à Colônia do Brasil, com o apelido de *Língua de Prata* que lhe deram os Juízes, pela eloquência corajosa com que se defendeu.

Era agora o Vigário Colado da Freguesia de Catas Altas de Mato Dentro, criada em 1720, por Dom João V.

O imenso e bem alinhado Largo da Matriz estava cheio de gente, vinda de Santo Antônio do Rio Abaixo, São João Batista do Presídio do Morro Grande, Morro Vermelho, São João do Socorro, Vila Nova da Rainha do Caeté, Lopes, Cornicha e outros lugarejos circunvizinhos.

Viam-se donos das minas de ouro de Cantagalo, Gandarela, Água Quente e além de abastados fazendeiros dos latifúndios de Santa Cruz, Ouro Fino, Barro Preto e Paracatu. Além disso, atravancavam o Largo vastas liteiras de quatro burros com dez lugares e menores, de duas bestas e seis poltronas.

Isso, não contando carros-de-bois entendados de couros crus ainda com pelos, cadeirinhas dos moradores mais próximos e redes-de-arruar conduzidas por dois escravos, fora a cavalhada.

A cavalhada! Corcéis de ricos, com arreios de prata e selas com taxas de ouro, caçambas de prata e caronas de couro de onça, além mantas de seda coloridas, verdes, vermelhas, amarelas, cobrindo os assentos. Os mais fidalgos mandavam trançar as crinas dos cavalos entremeadas de fitas e compor-lhes as caudas em nós apertados.

Bichos bem tratados nas estrebarias, mascavam freios de prata, espumando babas nos beiços.

A tropa dos devotos estava amarrada, em pinhas, ao redor das candeias do Largo, copadas e cobertas em tufos de flores de um alvo amarelado.

A Igreja não cabia mais ninguém. Os que chegavam por último comprimiam-se, de chapéu na mão, em frente do templo, nas grandes lajes de fora da entrada principal. Numa delas era visível a data de 1765. Aí fora enterrado a seu pedido, para ser pisado por todos, o Pe. Vasconcelos.

Ouviam-se lá dentro cânticos dolentes de virgens. Muitos liam o que estava escrito a óleo em tábua de cedro sobre o altar de Santa Ana: "Um escravo de Manoel Pinto de Almeida, que estava às portas da morte com pleuris, recorreu à Santa Ana e logo teve perfeita saúde."

Era prova de um milagre de que se falava em toda a região.

A multidão se acotovelava procurando ver, pelas portas escancaradas, o altar de Nossa Senhora. Enquanto o padre oficiante não chegava, pessoas de fora reparavam que a Igreja, interiormente, estava inacabada. É que, outrora, a Irmandade das Almas que a edificava se revoltara contra Frei Pantaleão, por sua vida dissoluta. O Pe. Rabiça fazia fofocas da Irmandade das Almas com o Frei mulherengo. A situação dos devotos ficou muito crítica. Para resolver o assunto, o Governador Dom Lourenço de Almeida mandou o Comandante Militar de Vila Rica expulsar de Catas Altas, dentro de 24 horas, o Frei sem dignidade, o mesmo fazendo contra o Pe. Rabiça, eminente futricador. Em vista desse fato, a Irmandade se dissolveu e até hoje a Igreja Matriz de Catas Altas não foi concluída. Só o altar-mor custou 12.000 cruzados[6], e seus mestres e artífices vieram especialmente de Portugal.

De repente um sino deu a entrada. Ia começar a missa. Ouviram-se as campainhas ao pé do altar. O clarão amarelo das velas de sebo iluminou a imagem de Nossa Senhora da Conceição.

O Pe. Leitão iniciou o ofício. Fora, no burburinho do povo que não coubera no templo, todos se ajoelharam e as mulheres, sob véus negros, repassavam rosários de prata e de ouro. Em torno da Igreja vendedores ambulantes apresentavam tabuleiros de doces, frutas, cartuchos e refrescos. Havia os de bolos de feijão, em toalhas alvíssimas. Ao lado da porta principal uma escrava exibia, em tacho de cobre, frangos assados ressumando gordura. Raros negros das comitivas compravam com xenxéns poupados alguns pés-de-moleque de açúcar preto e amendoins. Cativos de senhores ricos que viajavam em liteiras e cavalos tinham olhares compridos nos pudins, que nunca haveriam de comer.

A clara manhã da montanha estava de leve dourada por um sol quase frio. Via-se bem perto, na Serra do Caraça, em frente da Igreja, o Pico do Sol no alto de seus 2.217 metros e os panos brancos da água despenhando pedra abaixo, limpa, gelada, para formar no sopé do monte o ribeirão Maquiné.

À esquerda, claro, no dia lindo, fazia-se mais perto o Morro da Água Quente.

Na transparência do nascente parecia quase palpável às mãos a azulada Serra do Pinho, O ar leve aligeirava os corpos e, no crescer do dia, houve no espaço diáfano uma confusão de cores: o azul celeste, o ouro novo e o lilás claro, que lembravam madrugadas do tempo em que Jesus andava pelo mundo. Na distância, na infindável distância esmaecida em cor de água de azul etéreo, os horizontes, em ilimitada amplidão, pareciam deprimir as almas.

Quando o sino da torre esquerda anunciou o fim da missa um borbotão de gente se precipitou para fora, com atropelo, comprimindo-se, acotovelando--se, derramando-se no Largo. O vozerio reprimido pelo respeito explodiu em murmúrio, em risadas, em apelos altos, em alaridos.

Nesse instante, os promotores da festa botaram fogo nas rodas de explosivos armadas no Largo e um bombardeio de fogos de vista, palitos de fogo e bombãos retumbou, estrondando no ermo planalto.

O Largo enchia-se de fumaça da pólvora e os cavalos assustavam-se aos pinotes, mal contidos pelos escravos. Um deles, poldro castanho estrelo mal repassado, arrebentou o cabresto em estirão de recuada e, fungando alto, galopou de cauda tesa entre o povo, disparando pelo Largo. Fugiu em desbocado galope pela Rua do Campo da Lã. Esse cavalo era da comitiva do Capitão-Mor José Alves da Cunha, que viera com a família para a missa. Os 5 escravos do

6) 4:800$000, Cr$ 4.800,00.

ricaço correram para cercar o bicho, que desgraçou pelo caminho de Santo Antônio. Os cativos procuravam cercá-lo descendo rentes ao Maquiné mas o refugão já ia longe, levantando a poeira de tabatinga branca da estrada seca pelo veranico.

O Capitão-Mor auxiliado por amigos fez cavalgar as duas filhas, certo de que seus escravos demorariam. Quando quis montar, seu cavalo alazão aceso cascalvo de frente aberta refugou de lado, repelindo o cavaleiro. Escarvava o chão, bufindo grosso, rodeando, preso ao látego do cabresto por mãos firmes. Não havia mimo que sossegasse o animal.

Um forro prestimoso tentou acomodá-lo, não conseguiu. Outro amigo do Capitão-Mor se aproximou com o braço estendido, para segurar a rédea e sujigar o bicho; foi pior. Ele dançava em roda, a patear espantadiço, bufando fúria. O Casemiro, do Arraial do Socorro, reprovou o jeito do outro, tentando empregar o seu:

— O poldro é rebelão fio, assim não vai! Calma, calma.

Tomou o látego, e, de frente, dando muxoxos com a boca, foi chegando perto do rebelde:

— Chio... Chio...

Mal conseguindo tocar a cabeça do alazão, ele deu de popas, recuou fungando para dentro, como se visse fantasma.

Um dos presentes, Damásio, criador de éguas, enchia as vistas no orelhudo:

— Gosto dessa cor. Cavalo alazão tostado, antes morto que cansado...

Naquele vai não vai muita gente rodeava de longe o rodomão, certo de que ninguém o montaria.

Foi quando apareceu, atraído pelo ajuntamento, um rapazinho de seus 20 anos mofinos, que se aproximou do bruto, pondo-lhe a mão aberta no pescoço, a falar brando com ele:

— Quieto, quieto, vem cá...

Alisou-lhe as crinas pretas untadas de sebo e, segurando com jeito as cambas do freio de prata, disse ao cavaleiro:

— Pode montar.

Com a mão esquerda contendo o cavalo, com a direita firmou a caçamba de prata:

— Pode montar, monte logo! Monte com jeito que o bicho é logrão!

O velho subiu para o lombilho, assenhoreando-se das rédeas. Já firme nos arreios, mesmo com a montada inquieta, sapateando para partir, o Capitão-Mor indagou de quem vencera a impasse:

— Quem é você?

— João Batista. Sou seu sobrinho...

O viajante se lembrou:

— É verdade, vejam só. É o Joãozinho do Padre!

E ocupado com as rédeas que dominavam o crioulo:

— Olhe, Joãozinho, apareça no Gongo!

— Sim senhor, apareço.

Já afastado, alimpava no lenço as mãos sujas do unto das crinas. O bucéfalo girava no mesmo lugar, mascando o freio.

— Apareça que eu preciso conversar com você!

— Apareço. Qualquer dia eu vou lá.

O mineiro nem pôde tirar o chapéu a se despedir dos amigos:

— Até mais, senhores. Bom dia para todos e obrigado.

O alazão partiu aos saltos, de cauda esticada, ameaçando dar de ancas. Atravessando o Largo desceu pela Rua do Campo da Lã por onde o outro disparara em galopada feia.

Quando o capitalista desapareceu, os companheiros do sacristão voaram na sua pele:

— Então, vai para o Gongo...

— Vai passar fome com os cativos, que só comem couve e angu.

— Vai estragar as mãos de padre nos almocafres de ferro...

— Vai ver como é duro o rabo-de-tatu...

— Vai arrebentar pedras, com marreta de cinco quilos!

— Fia-te no unha da fome de teu tio... que não conhece o sobrinho pobre.

— Sempre ouvi dizer que ele é toco de matar cobra...

— Olhe lá a cafua, rapaz... Cuidado com ela!

Riam, apupando o sobrinho, só reconhecido na hora do aperto. Joãozinho de quem todos gostavam sorria sem responder, agradado das pilhérias amigas. Do cornimboque de tabaco marrafão tirou discreta pitada, imitando o vigário.

E voltou para a igreja onde havia muita coisa a arrumar.

No grupo do adro comentavam o acontecido:

— Será possível que o Cunha não conheça o sobrinho?

— É possível. Pouco vem por aqui, e a mãe de Joãozinho casou contra a vontade do Capitão-Mor. Estão de relações cortadas há muitos anos. Nem quando morreu o cunhado, o avarento os procurou. Hoje a irmã está viúva e pobre, sem amparo nenhum do milionário.

— Não é isto, é que gente rica não conhece os pobres a não ser nos apertos, como foi aqui.

O Largo esvaziava-se.

— Vá Joãozinho se fiar no tio...

Partiam os últimos carros de bois toldados, levando famílias de longe.

— Se fiar, fia em coisa muito ordinária...

— Fia em sapato de defunto. Esse Capitão-Mor é uma cobra!

Os carros levantavam bulcões de poeira branca de tabatinga, no caminho que saía do arraial.

— Depois, o rapaz não precisa de auxílio de parente, pois o Pe. Leitão gosta muito dele.

Nisto ouviram gritos, palavrões sujos esgoelados bem altos. Correram pessoas, do Largo para a Rua Direita.

— Que será?

— Parece briga.

— É mesmo fecha-fecha!

Ficaram escutando.

Nesse ínterim, um homem passou correndo para a Casa Paroquial. O Padre saiu logo apressado, levando, coberto por pano preto, o Viático dos Moribundos. Perto da Igreja do Carmo, na Rua Direita, na saída para Água Quente, houve um rolo entre escravos na porta de uma venda. A safra do barulho foi um morto, negro que acompanhava o Major Guilhobel. Enquanto o senhor almoçava na casa de amigo, o preto foi à venda tomar a benção de dindinha. Bateu vintém no balcão, pedindo a bebida. Quando levava o martelo aos beiços, entre negros ali presentes — e alguns já bastante bebidos —, alguém protestou:

— Uai, qui é isso? Num oferece os mais?

Fora uma falta de delicadeza do cativo de Cantagalo não elevar o copo na direção de cada um, como oferecendo. Bebeu de um trago e calado a sua pinga.

Quem fizera a pergunta fora um preto já maduro, peça livre que estava a um canto do balcão. O escravo de Guilhobel não entendia daquelas políticas e ia saindo, quando o provocador se trunfou em ofendido protesto:

— Vorta aqui, nego! Paga umburana pra nóis!

O cativo que só possuía o vintém gasto no gole, nem respondeu; foi saindo sem dar confiança. O negralhão cercou-o:

— Não. Agora paga! Paga pru bem ou pru male... Esper'aí, qui êu l'amostro u qui feis quem ti pariu!

Pai Lule (era o nome do escravo de Cantagalo) nem lhe deu importância, e foi empurrando os presentes para ganhar a rua. Ao pisar na calçada recebeu um golpe de pau na cabeça; voltou-se, revidando com porretadas cegas no atrevido agressor. Destacaram-se os dois valentes, na aberta que os outros fizeram, e não tardou a correr sangue da cabeça do agredido. O ofensor gritava como doido, a derrubar o cacete no inimigo:

— Toma, pésti! Toma, fil das unha! Toma, disgraçado!

Estava furioso, marretando o outro a duas mãos:

— Aprende a sê gentil!

Com sangue a escorrer também da testa, avançava aloucado, esbordoando Pai Lule. Aquilo não demorou. Em poucos instantes, o escravo de Guilhobel caiu de costas, bofando sangue, sempre martelado na cabeça. Um negro que assistia à dureza da luta, vendo o outro caído e ainda esbordoado, gritou por misericórdia:

— Pára, in nome di Deus, qui u nego tá morto!

Mas o assassino, possesso, com malhadas brutas esmigalhava a cabeça do malungo. Batia em fúria, suando na manhã fresca. Um olho do ferido estufava e a boca se abria nos derradeiros arquejos. Das brechas escorriam miolos branquicentos.

Quando o Pe. Leitão chegou só fez murmurar oração à meia-voz, dando o homem por defunto. Um circunstante monologou, de olhos fitos na cabeça esmigalhada:

— Esse não tira mais meleca do nariz...

O seleiro Zuza, que não gostava de pretos, olhava o defunto com olhos compridos:

— Esse era nego ruim (não digo por agravo, que Deus me perdoe e não me chame pra testemunha), era nego ruim mas já foi chamado pra Justiça do Céu, que lhe desconte as faltas.

O assassino, só de calça e tórax nu, afastava-se, calmo, para Água Quente, na sua enorme estatura de um metro e noventa. Afastava-se gingando as cadeiras, com o cepo ensanguentado nas unhas. Chegou correndo o Inspetor de Quarteirão. Não demorou o Subdelegado com um trabuco em punho e pesadíssima cinta de couro com polvarinho, escovas, sacatrapos e fios de lume.

— Cadê o assassino? Quem é o matante?

Este caminhava tranquilo no fim da rua, espadanando poeira com as chancas descalças.

— Quem é o matante, gente?

— O matante? O matante é o *Três-Bundas*[7].

Com a resposta, o Inspetor e o Subdelegado abaixaram o fogo, ficando sem graça. Começaram a tremer. Morriam de medo do gigante e ignoravam sua presença em Catas Altas.

— Olhe ele lá!...

*Três-Bundas* desaparecia na estrada de Água Quente. O Subdelegado cerrava os olhos, que chegaram arregalados como os de boi.

— Bem, levem o cadáver, enterrem...

Um negociante de Vila Nova da Rainha do Caeté estranhou aquilo:

— E não prendem o homem?

A autoridade enxugava a testa suada:

— Vamos providenciar... Vamos alugar bate-paus...

— Mas o senhor não é autoridade? O criminoso está quase à vista, não saiu daqui neste instante?

Uma dedada de pó-de-homem cortou muita conversa.

— É...

Todos da turba de curiosos esperavam as providências da autoridade.

—É... Mas os senhores não sabem de uma coisa muito importante. O criminoso é o *Três-Bundas*, que passa por liberto e tem assombrado as autoridades do sertão do São Francisco!

7) Célebre valentão, cujo nome era Francisco. Barranqueiro nômade do vale do São Francisco, aparecia sempre no Brejo do Salgado, hoje cidade de Januária. Vinha raro ao Distrito do Ouro, cometendo crimes impunes e onde nunca foi preso. Passava por ser senhor de forças sobrenaturais, por fugir de cadeias no sertão, onde o encerravam carregado de ferros, o que aconteceu muitas vezes. 1835, quando bebia numa venda do arraial do Amparo, apanhado de surpresa e lutando como um Canguçu, foi morto por João Felipe, Santa Rita e Antônio Ferreira. O apelido desse valente e vários de seus feitos ainda são lembrados com horror, até no folclore são franciscano.

— E por quê?
— Porque não há prisão que o contenha! É misterioso, é um assombro! No Brejo do Salgado já arrebentou por muitas vezes correntes de 40 quilos que o agrilhoavam, pôs portas abaixo e fugiu!
— Ora, assombro! Botem-lhe nos pés e mãos uma negrinha e quero ver se sua chacra vale mesmo. Quero ver se o negro é macho...
A autoridade falava abismada:
— Meu senhor, o trem é do Gorutuba, no norte de Minas. A notícia que temos é que não há libambo que o prenda nem sapucaia em que fique mais de uma noite. Prender ele com corrente é o mesmo que amarrar com cordão... No Brejo do Salgado, fecham até as casas quando ele aparece no comércio.
Muitos ouviam, espantados.
— Infelizmente passa às vezes por aqui, correndo fêmeas, roubando e fazendo o que fez agora. Não tarda que desapareça.
O Pe. Leitão retirou-se, de cabeça baixa.
— Levem uma vez o corpo. Vou mandar abrir a cova. Coitado do negro: morreu por um travanquante!
Uma alma piedosa colocou no chão, ao lado do defunto, uma vela de sebo acesa. Quando a vela, derretendo com o vento manchava as pedras, Joãozinho chegou para ver o morto.
— Coitado de Pai Lule. Agora suas mãos não suam mais no cabo da picareta de ferro. Esses olhos não brilharão mais vendo a prata da branquinha correr da garrafa.
Saiu dali triste com o mundo.

Naquela mesma noite viajou com o reverendo para confissão, em artigo de morte, no Arraial do Socorro. Quando viajavam, na madrugada frígida, o padre, que marchava na frente, chamou a atenção do auxiliar:
— Olhe depressa, Joãozinho, aquela luz no Céu. Foi cair no cocuruto do Morro do Felipe. Viu?
— Vi!
— Viu como tombou do alto, na terra?
— Vi.
— Pois aquilo é a Mãe do Ouro. Quando alumia é que está mudando o ouro da lavra para outro lugar. Por isso é que muita mina que hoje dá ouro a rodo, amanhã não dá mais nada. A Mãe do Ouro mudou tudo de noite...
O rapaz não teve palavras para mais conversa. Nunca soubera daquilo. Estava espantado e com medo.
O Padre prosseguia, para espantar o sono:
— Quando corre aquele fogo é que ela carrega o ouro de um lugar para outro.
— Para onde?
— Ninguém sabe. Ela trabalha de noite ou na madrugada escura.
O jovem ficara pensativo e apertou os calcanhares no cavalo, para se aproximar do Padre.
Aquela conversa teria influência muito grande na vida de Joãozinho. Quando estavam chegando ao arraial, Pe. Leitão parou o cavalo:
— Joãozinho, eu soube que você está socando canjica na porta de Dona Lourença; namora a Mundica.

O rapaz perdeu as cores.

— Pense no que faz. Ainda não pode casar. Cuide primeiro de sua vida. Acho bom casar novo, quando estiver em condições. Agora, não. Quando amar quem mereça; fique sabendo que o amor é como a opala, brilha, fascina com muitas cores, mas, como essa pedra preciosa, também empalidece, descora e morre.

Dias depois, o Pe. Leitão viajou para a cidade do Carmo, e o moço resolveu fazer uma visita ao tio, no Gongo Soco.

Saiu a pé, com o dia ainda escuro, pelo caminho de Santo Antônio. Uma nevoaça muito fria embaçava a madrugada e do ribeirão Maquiné subia bafagem leve. Cantavam saracuras na baixa do córrego. O mato umedecido pelo orvalho da noite cheirava, dilatando as narinas do viajante.

Joãozinho de mãos nos bolsos caminhava ligeiro, pois esperava fazer as 3 léguas chegando cedo à casa do parente. Em S. Bento, ao avistar o Rio Piracicaba, sentiu repentina alegria:

— Eh, água bunita! Aguão danado...

Deu-lhe vontade de cantar, mas foi assoviando que fraldeou o rio, no rumo certo.

Ao clarear do dia viu, à distância, muito azulada, a Serra de Cocais subindo para o céu. Andava depressa, pois pretendia voltar antes de escurecer. Não esquecera o que lhe dissera a mãe, ao dar-lhe a bênção, com o primeiro café:

— Meu filho, você vai porque deseja conhecer o Gongo e a família de seu tio. Mas vai contra a minha vontade, pois meu irmão nada fez por nós até o dia de hoje. Perseguiu seu pai quanto pôde. Era inimigo dele. Nunca botou os pés nesta casa de pobres mas honrados.

— Vou é dar um passeio, mãe. Depois a senhora sabe: quem tem vergonha não faz vergonha.

E ali estava pisando a itapanhoacanga roxa do estradão, quando o sol rubro, ainda sem raios, apontou em cima da Serra da Terra Vermelha. Com o dia claro começou a ver as canelas-de-ema brotando do cristal do chão, abotoadas em cachos de flores claras e candeias também floridas em ramalhetes branco-rosados.

Apareceu-lhe lá embaixo um vale fundo, largo, balizado pelas serras do Gongo, do Caraça e da Terra Vermelha. Entrou pelo baixio de águas rasas nos leitos cor de ferrugem. Ainda coaxavam sapos nos brejos de periperis que molhavam o gargantão.

Antes das 7 horas, parou em frente de um muro de pedras negras que fechava o Gongo. Entrava-se no reduto fechado por um portão largo como a entrada de fortim, pois em cima, nos parapeitos, estacionavam sentinelas com armas nas mãos. Uma delas gritou do alto:

— Quem é?

— Joãozinho!

— Joãozinho o quê?

— Joãozinho do Padre, sacristão de Catas Altas.

Os vigias negros confabularam e puseram-se a rir:

— Isso num é nome di genti. Num pode intrá, não!

O rapaz explicou melhor, gritando para cima:

— Sou sobrinho do Capitão-Mor. Mandou me chamar!

Os negros trocaram palavras baixas.
— Agora tem preveléjo...
— Agora, entra!
O portão girou nos gonzos de ferro, escancarando-se. O Capitão-Mor recebeu o sobrinho com frieza:
— Então, o senhor veio.
— Vim. O senhor falou para eu vir.
Estavam na larga varanda da Casa-Crande, feita de pedras, abrindo para uma praça, no meio da qual se erguia um Cruzeiro de aroeira com todos os instrumentos do Martírio. Ao lado esquerdo estava a capela de Santa Ana, forrada de lages de ardósia arrancadas ali mesmo na Serra do Gongo. O português gritou para dentro:
— Tragam uma xícara de café!
O rapaz bebeu o café requentado, feito de madrugada, na hora de começarem o serviço da mina. Bebendo o café, o moço roía-se com a fome dos adolescentes, ele que, ainda escuro, antes de viajar, só comera uma broa com o chá materno. Pois ali, em lugar de tanta fama, só recebia mesmo aquele cafezinho aguado. Animou-se a falar:
— Pensei que estivesse aqui muita gente!
— Temos muita gente, uns quarenta e poucos escravos que, a esta hora, já estão nas minas. Estão na terra, nos fossos, tirando barro, arrebentando piçarra.
E insatisfeito:
— Muita despesa! Comem mais do que trabalham. Tenho alguns bichados, agora. Comprei a mina em 1808. No ano passado. Coisa falida, sabe?
Estava carrancudo, de poucas palavras.
— Coisa falida. Hoje dá alguma coisa, o mais se esperdiça...
Escondia leite, porque naquela ocasião a mina soltava de 2 a 3 quilos[8] de ouro por dia. O velho estava desconsolado:
— Vivo doente. A viuvez ajuda a velhice a me matar.
Sem comentar, o sacristão olha em silêncio, os prédios, a Serra em frente.
De súbito o viúvo voltou a falar:
— Quanto ganha vosmecê nas Catas Altas?
— Ganho pouco, meu tio. Trinta e cinco mil-réis por ano.
— Pois é bom dinheiro...
Fez outra pausa bem meditada.
— ... mas, se quiser venha para cá. Eu lhe darei cinquenta mil-réis por ano, com casa, comida e roupa lavada.
O coração de João Batista disparou; ele sentiu as mãos frias e um medo de concordar.
Viu em mente, sua casa humilde do arraial, no planalto defendido pela Serra do Caraça, com o sol da tarde dourando o Pico dos Horizontes. Viu a água pura escorrendo do Pico do Sol. Ouviu o murmúrio do ribeirão Maquiné escachoeirando para o norte. Enxergou, longe, a Serra do Pinho, perdida na distância azulada. Surgiu-lhe aos olhos a Rua Direita, a Rua do Rosário, a Rua do Campo da Lã, na saída. Entreviu gente pobre saindo da capela de S. Miguel das Almas, a mais antiga da aldeia, levantada pelos bandeirantes de 1703. Lembrou-se da mãe, das duas irmãs solteiras, dos amigos...

8) O peso legal da época era a libra, que equivalia a 459 gramas. Aqui falaremos sempre em quilos, acertados de libras, para ficar mais compreensível o assunto.

Foi despertado pela voz severa do tio:
— A vida é uma coisa séria. Serve ou não serve a proposta?
Ele, como acordando, distraído e nervoso:
— Que proposta?
— A dos cinquenta mil-réis.
— Serve, sim, senhor.

À tarde voltou para o seu querido arraial.
Não regressou como fora, alegre e assoviador. Caminhava aéreo, sem saber por que. Seguia longe do mundo, vendo as coisas sem ver. A mãe notou-lhe a tristeza:
— Está doente, meu filho?
— Não senhora, é. . .
— É o quê?
— ... é que eu vou-me embora!
— Embora? Para onde?
— Para o Gongo. O tio me paga cinquenta mil-réis por ano, com casa e comida...
A viúva ficou espantada, aproximando-se do rapaz:
— Para fazer o quê, filho?
— Não sei. Esqueci de perguntar...
— Então você aceita um emprego, sem saber o que vai fazer?
Mariana, a mais velha irmã do moço, ofendida, respondeu por ele:
— Vai rachar pedra dentro da mina, mãe!
— Rachar pedra, não vou. Se ele não me der lugar que preste, volto. Não fui de papagaio nas costas pedir favor nenhum.
— E a família dele te tratou bem?
— Não vi ninguém, lá. Só o tio.
A mãe foi adiante:
— Lembre-se de seu pai; seu tio não gostava dele. Além do mais, você, é um rapaz doente. Com vinte anos parece ter quinze. Você nasceu de sete meses e foi criado, sabe Deus como!
Padre Leitão também não achou bom:
— Pense que estou lhe dando lições, para que possa enfrentar a vida. Você só tem as primeiras letras do Mestre Lão. Sabe ler, escrever e contar. Vou ajudando sua vida, como posso.
Embezerrou:
— Agora, se você acha mais vantajoso acompanhar seu tio... Em verdade o que posso oferecer é pouco; estou velho...
Os amigos do moço também entristeceram:
— Quer dizer que vai mesmo!
— É preciso, estou homem...
— Nossa orquestra vai acabar, se você der baixa com sua rabeca...
— Vocês ficam; tem muita gente pra meu lugar.
Na outra semana o arraial entristeceu. Joãozinho Sacristão partiu cedo, de mudança para o Gongo. Um negro alugado levava sua mala pobre. Uma beata sua amiga suspirou, abatida:
— O que é bom dura pouco...
A mãe chorava da porta, agitando um lenço:
— Deus o leve. Deus o acompanhe, meu filho!

Ana, a irmã caçula, também chorava.

— Deus te faça feliz!

O viajante mal transpôs a pinguela do ribeirão Maquiné, no fim da Rua do Campo da Lã, sentiu um jorro de lágrimas brotar dos olhos. O pranto só amainou com a poeira do caminho.

A função de Joãozinho no Gongo era apontador dos cativos no serviço. Conferia a presença da negrada, providenciando sobre as faltas na boca do serviço.

Às 5 horas da manhã tocava o sino para reunir as peças. Manoel Gongo, cavouqueiro, uma tarde limpava um ponto para abrir cata. Manejando desastrado a foice, feriu-se num pé. Sangrava muito. O Capitão-Mor que assistia ao trabalho saiu horrorizado com o sangue correndo aos jorros. Joãozinho que estava presente enfrentou a situação, estancando a hemorragia e conduzindo o ferido para a senzala. A solicitude com que socorreu outros casos fez do rapaz o indispensável Ajudante-de-Sangue da mineração. Começou a ser benquisto de todos. Certa noite o português viu a capela de Santa Ana iluminada e quis saber a razão.

— Seu Joãozinho está tirando a reza.

Não demorou e o apontador era insubstituível em todos os lugares em que fosse preciso boa vontade. O próprio velho falou muitas vezes:

— Tem cabeça boa. É muito diligente.

Seu compadre Quincas Soares, de Santo Antônio, que o visitava com frequência, ajuntou:

— Tem mão boa. O compadre repare: quem tem mão boa trata uma ferida e a ferida fecha logo, sem mais destranque. Quem tem mão boa coloca emplastro e a dor serena. Planta uma semente e a planta nasce logo, viçosa. Enterra muda e ela nem murcha. São mistérios, são. Seu sobrinho tem mão boa e isso é sorte para os que vivem perto dele.

Já fazia um mês que o ex-sacristão trabalhava na mina quando, num sábado, pediu ao tio para ver a mãe.

— Pode ir mas não demore. Volte segunda-feira, cedo.

A saudade da família estava trabalhando o mocinho com duras disciplinas.

À noite, na solidão de seu quarto no andar térreo da Casa-Grande, é que ela chegava, calada, levando o cilício de clina que o jovem vestia, para se transportar à casa pobre onde estavam os seus. Muitas vezes dormia com os olhos molhados.

A saudade trabalha melhor na solidão das noites velhas. Revolve as cinzas que estão nas almas, abre os olhos à Lembrança, modo de sofrer bastante conhecido dos que vivem sós.

Quando João Batista ia saindo, o velho chamou-o:

— Não vá a pé. Mande pegar um cavalo. Está aqui seu dinheiro.

E alegre, coisa rara no seu rosto amarrotado:

— Não demore!

— Meu tio, o senhor me deu dinheiro demais: cinco mil-réis!

— Não é demais, não. Você está ganhando é sessenta mil-réis por ano, pagos em partes, por mês.

Com dinheiro no bolso, montado em cavalo de estima, o rapaz saiu de alma leve, com bastante emoção pela primeira visita aos seus.

Ao galgar a Serra toda verde, molhada dos chuveiros, manando águas gorgolejantes nas grotas, uma alegria desconhecida palpitou no seu sangue. Foi tão grande essa alegria que ele teve vontade de cantar, e então chorou. Quando entreviu de longe as torres da Matriz de Nossa Senhora enxergou também andorinhas vadias na transparência azulada do espaço. Não conteve um grito:

— Minhas andorinhas!

As andorinhas de Catas Altas pareciam reconhecê-lo. Queriam acompanhá-lo para o arraial. Quando avistou os pessegueiros em flor das chácaras de sua terra já estava em entusiasmo delirante:

— Bom dia, meus pessegueiros.

Não tardou a chegar ao ribeirão Maquiné a ser atravessado.

— Eh, meu ribeirão!

Deixou o cavalo beber, pervagando os olhos pelos quintais da Rua do Campo da Lã, como se tudo fosse dele. Tudo aquilo era seu, vinha da meninice. Tinha a posse de todas as coisas de seu torrão, ele, que em verdade chegava ali com cinco mil-réis nos bolsos muitos apalpados e era um pobre de Deus dentro do mundo imenso. Agora voltava ao lugar de onde fora obrigado a sair, para enfrentar a loba esfaimada que é a vida.

A chegada de Joãozinho alvoroçou toda a população, que acorria à sua casa, para matar saudades e saber notícias. Quem primeiro o abraçou foi seu vizinho Tameirão. Abraçou-o demorado:

— Como vai, Joãozinho?

— Eu vou bem. Quem vai mal é o diabo...

Padre Leitão procurou-o logo, interessado no seu destino. Sabendo que seu ordenado já andava em 60 mil-réis ficou jubiloso.

— Olhe que os nossos Capitães-Generais Governadores das Minas ganham quatrocentos mil-réis por ano! É também este o estipêndio de Dom Francisco de Assis Mascarenhas, Conde da Palma, e o mesmo recebem os Ouvidores-Gerais de S.A. o Regente Dom João. Você começa bem. Agora é preciso ter juízo!

Boa camada de esturrinho com almíscar cimentou a conversa com duas pitadas fartas.

— Agora é ter juízo e não esquecer sua mãe.

O ex-sacristão informou-o do seu propósito:

— Padre Vigário, o dinheiro que ganho é todo pra ela. Eu tenho tudo lá.

— Muito bem. Pensa às direitas...

A viúva foi buscar as cédulas, mostrando-as:

— Olhe, ele já me entregou...

— ... mas é preciso guardar algum dobrão no pé-de-meia. O pé-de-meia é a primeira pedra do edifício; é a garantia de nosso critério de homens tementes a Deus. O pé-de-meia é eloquência, o pé-de-meia dá respeito, é lastro de personalidade e faz os homens acatados por seus semelhantes. Um xenxém, um dobrão, um pau-nas-costas, representam previdência, espírito equilibrado. O pé-de-meia é a primeira palavra de uma frase que no futuro dará valor a quem a pronuncie, porque, filho, pedir mesmo pelo amor de Deus é muito triste...

Silenciou, encarando o chão.

— Não foi debalde que sempre lhe recomendei ser discreto. Ouça muito e fale pouco. Lembre-se de que Santo Agatão conservou na boca, por três anos, uma pedra para ser impedido de falar. Fez isso por virtude penitente.

E mais vivo:

— Fiquei triste ao saber que você é Ajudante de Sangue no Gongo. O Ajudante de Sangue é uma espécie de Físico. Olhe, Joãozinho, pense que a medicina sempre foi considerada profissão de escravos, libertos e estrangeiros sem raça. Não gosto de saber você lidando com tal profissão, porque ela rebaixa o homem. Celso era médico mas se vangloriava de nunca haver sujado as mãos, dando uma receita. Os cativos só se dão bem quando tratados por seus malungos médicos, vindos da África. Houve e há médicos de grande fama entre eles.

— Não, seu Vigário, eu sou é apontador da mina. Faço de Ajudante de Sangue, nas folgas.

Acharam magro o rapaz. A mãe explicava com orgulho:

— Levanta muito cedo... ainda escuro. Seu trabalho é de muito preceito, serviço que vai até de noite.

— E a orquestra?

— A orquestra sem sua viola-de-arco está acabando, não vai, não.

— Toco pouco, quase nada. Arranho umas coisinhas...

—Você foi a alma de nossa orquestra. Estamos desanimados.

À noite, quando as visitas saíram, João perguntou pelo caso do escravo do Major Guilhobel. Arregalaram-se todos os olhos de caras espantadas.

— Na mesma! Não prenderam o assassino. Poucos dias depois que você foi, ele deu uma barruada, alta noite, na venda do Crispim, na mina do Pitangui. Exigia cachaça e estava armado com o tal porrete de pau-ferro e terrível punhal do Rio das Contas. Mas Crispim foi esperto. Deu tudo que ele pediu e mais uma garrafa para o caminho. Enquanto ele bebia, Crispim foi falando:

— Isto é uma bicadazinha pro senhor, cunhado. Não custa nada, não.

O negro pôs os olhos feios no vendeiro:

— Brigado. Ocê mi derrotô.

Contemplava o vendeiro com os olhos amarelos muito abertos, demorando em cisma, para rosnar:

— Ói, Crispim, ocê nasceu hoje. Agurinha...

O negociante sentiu os cabelos crescerem no corpo todo e as pernas bambearem dos joelhos para baixo. O matador de Pai Lule então contou que fora ali para comer, beber à vontade e depois matar o negociante, fugindo para o sertão. O modo pelo qual fora tratado evitou a bagaceira. Crispim, trêmulo, baio de medo, deu-lhe mais um palmo de fumo e dez cruzados. O pavor do vendeiro foi tanto que ele acordou a mulher para rezarem juntos, de joelhos, a Maria Concebida e um terço, agradecendo à Nossa Senhora por lhe ter livrado da sorte do outro.

No domingo Joãozinho ajudou a missa do vigário.

Antes de o padre subir ao altar, entre algumas devotas crônicas, havia uma conversa cochichada. Dona Lourença, cuja filha Raimunda mantinha um namoro de Igreja, namoro distante, com o sacristão, perguntou à beata sua vizinha:

— Não acha que o Joãozinho está muito presumido com o emprego do Gongo?

Dona Lourdes, mais velha, meio líder das frequentadoras da sacristia, concordou logo:

— Muito: muito empafiado.

Dona Lourença embiocando o véu explicou melhor:

— Já era um pouco metido. Não vê que gostava da Mundica e agora nem foi à minha casa.

— Isso não; ele foi; foi lá. Eu vi!

A outra não se deu por vencida:

— Foi lá, como foi a todas as casas do arraial.

E viva e convincente:

— Foi render prosa, está!

— Não, coitado, ele foi lá... mas dizem que batendo caixa de muita vantagem.

— Muito emproado!...

A maioral expectorava intriga:

— Vejam como anda desembaraçado na Igreja, como se fosse o Vigário! Falam que está rico...

A mãe de Mundica suspirou:

— Rico... com a mesma roupa... com a mãe lavando pra fora... Com as irmãs na barrela e batendo bilros...

Joãozinho ia e vinha, comunicativo, falando com as senhoras ajoelhadas pelo templo.

Não era simpático. Miúdo, chochinho, com cabeça redonda pequena e cabelos ralos, tinha o corpo muito maior que as pernas. Sua testa saliente, abaulada, reluzia sempre, mas usava os cabelos bem penteados. De ar alegre com os íntimos, ninguém lhe conhecia um deslize moral. Abominava a mentira e nutria especial ternura por velhos e crianças. Diziam que jamais provara álcool, mesmo nas serenatas de seu grupo. Crescera sem vícios e Pe. Leitão falava sempre dele com orgulho:

— Joãozinho é um exemplo para os moços. Vai ser feliz na vida.

Sabendo dessas coisas o vendeiro Leonídio falava para os de sua roda:

— Esse vai partir o queijo do Céu...

Riram. Alguns não acreditaram.

A Matriz já estava repleta de gente. O padre subiu para o altar. Campainhas soaram, clangorantes. Todos na grande nave fizeram o sinal da cruz.

O jovem chegou ao Gongo ao cair da tarde de domingo. Foi ver logo os doentes da senzala, que estiveram entregues, enquanto viajava, às próprias desprezadas dores dos cativos.

— É seu Joãozinho? Graças a Deus!

Ele renovou curativos, sorriu para os infelizes, o que era remédio.

— Lovado seja Nossinhô! Nhô Joãozinhu já tá pertu di nóis.

Os escravos doentes agradeciam ao Senhor do Céu a volta de seu amigo.

Joãozinho, que comia na cozinha com os negros de estima, naquela tarde teve ordem de aguardar a refeição da família. O Capitão-Mor mandara-lhe dizer que ia, de agora em diante, comer na sua mesa.

O moço, que era acanhado, resmungou contrafeito:

— Mau, mau. Lá se foi minha liberdade.

## II — GONGO SOCO

A região de Catas Altas foi descoberta em 1703, pelo licenciado reinol Domingos Borges e seu companheiro taubateano Antônio Bueno, homem de olhos vermelhos.

Passando além do futuro Inficcionado, para o norte, esses bandeirantes descobriram na fralda oriental da Serra do Caraça uns chãos de faisqueiras que se escancararam em *catas altas*, porque não foram abertas nos leitos dos córregos como era comum, e sim nas margens elevadas. Estavam assim desbravadas pelos aventureiros valentes as terras que seriam o Gongo, Santo Antônio do Rio Abaixo, São Bento e Brumado. Ainda rugiam onças pretas nas florestas virgens do altiplano. Canguçus atrevidos, farejando carne humana, barruavam à noite os ranchos de palha do acampamento. A atoarda da descoberta empurrou do litoral para Serra Acima os paulistas gulosos de metais. Chegaram logo de Piratininga, em marcha batida, quatro moços barbudos, com seis índios carregados de víveres para vinte dias. Decorridos quatorze dias a caravana regressou para o sul, conduzindo surrões estourando com carga de nove arrobas de ouro... Gastaram-se gêneros e sapatorras subindo as montanhas, mas a esperança dos sertanistas não se desmereceu, quando enfiaram as garras na argila aurífera. Sua febre de riqueza fora remediada pelos surrões de couro com as nove arrobas do sonho feito metal.

A terra sem caminhos estava palmilhada por levas de papudos que, vingando a Serra da Mantiqueira, tinham afinal a fortuna de ver, escancarado nas distâncias, o abertão das Gerais.

A sesmaria das Catas Altas foi então doada ao Alferes Domingos Vieira por Antônio de Albuquerque, Governador das Capitanias unidas de São Paulo e Minas.

Não demorou e um certo cavaqueiro Betencourt comprou as terras, que ele pessoalmente esburacava, abrindo catas. Lavou areias, esborrachou piçarras, manejando firme as bateias. O suor de seu rosto frutificou no ouro em pó, que guardava em malões de couro de boi. Amanhecia na grupiara e anoitecia na lavagem da terra. Convenceu-se de que seu trabalho era abençoado, porque um dia verificou não aguentar a aluir do solo suas malas, pesadas de ouro. O excesso do serviço começou a abater o galego, que sempre viveu sozinho. Cansava ao manejar a marreta; sentia os braços dormentes ao peso do almocafre. Ia para a lavagem com o corpo doído. Sentiu as pernas vacilantes. Perdeu a fome colonial que antes o devorava. E um dia se viu com os olhos amarelos. Percebendo-se derrotado, mandou chamar na Vila Real do Sabará seu sobrinho Coronel Manoel da Câmara Noronha, que arrotava ares de fidalguia. Queria à força de vaidade ser tratado por nobre castiço, e levantava poeiras de riqueza.

O próprio Betencourt se ria do sobrinho, ao sabê-lo emproado em sua casa de seis janelas de frente, no Largo de Santa Rita:

— Ele finge ter bocais de fildaguia mas, olhando para mim, todos dirão que sua nobreza é de meia-tigela...

Mandado chamar pelo tio doente, o vaidoso foi, com todo o seu orgulho. Ao encontrar o velho inchado e com os olhos amarelentos, assombrou o mundo:

— Meu tio, isso é o mal-rei! Vamos para minha casa.

Betencourt pouco demorou, arrastando a vida. Morrendo, deixou tudo quanto possuía ao sobrinho parlapatão.

Agora, sim, ficara rico, ao receber o espólio do cavador. E avassalado pela ambição, vendo tanto ouro junto, mudou-se para a fazenda aurífera.

Queria mais ouro, montões de ouro! Mas... Não iria morar na casa herdada, de telha vã. Mandou edificar uma mansão de pedra no vale úmido onde o ouro palpitava. Mansão com larga varanda, salas confortáveis e senzalas.

Essa fazenda ia de São Bento até acima das gargantas da bocaina, entre a Serra do Gongo e a Serra da Terra Vermelha. Media uma légua e tanto de comprimento para meia de largura, não contando as montanhas. Comprou 20 escravos, contratando feitor o negro forro João Eusébio.

A mineração começou com escasso rendimento. As bateadas não rendiam as 4 oitavas de terras ricas.

— Que é isso, Eusébio? Vinte homens, de sol a sol, não tiram nem três oitavas?

Eusébio sorrira com respeito:

— É u cumeçu, Nhonhô. U oro tá negacianu. Mais chega...

— Estou espantado! Terra tão cheia de riqueza!

— A terra tá istufada de oru, iêu seio. E percisa é acustumá cum us cabeça-de-arcatrão.

O Coronel achou graça:

— Pois vamos ver se o ouro acostuma com a negralhada...

Na pesagem do outro dia, a produção desceu ainda mais. O Coronel danou-se:

— Valha-me Deus! Creio que estou falido! Empreguei tudo que possuía na construção da Casa-Grande desta azarenta fazenda. Vejo que até a herança do tio vai por águas-abaixo... E leva o resto...

Eusébio passava a mão pela cabeça:

— Sinhô, oru é assim memu. Oje num dá, aminhã dá.

— Qual nada. O ouro apurado não dá nem pra canjinquinha das peças.

— Já pintô nu barru, Nhonhô. Oru di vinte e dois quiláti...

— Quer saber de uma coisa? Todo o tempo não é um. Aperte a canalha! Já estou por aqui de dívidas (apontava o pescoço) e de ouro mesmo, osga.

Andava de mãos nas costas, indo e vindo pela varanda.

— Grande erro meu enterrar dinheiro nesta droga. Fui embrulhado pelas palavras do tio, me aconselhando vir para cá. Sei que meu erro cairá na minha cabeça como chuva de fogo!

À boca da noite pesou-se o ouro do dia.

— Vejam que horror! Vinte malandros trabalhando pra tirar duas oitavas e meia.

Inchava o pescoço na ira perigosa; falava alto para o feitor que estava de pé, com os olhos no chão.

— Ah, terra amaldiçoada, ah Costa de África!

E parando em frente do negro:

— Sabe por que todo esse desastre? Porque estão me roubando. Esses pretos são ladrões matriculados pelos ratos.

O feitor era forro de confiança, trabalhando a 200 réis por dia. Humilde, obtemperou:

— Robanu cumu, si tô di zóiu vivu nus negu? Veju tudu!

O senhor, trombudo de ódio, não explicava o roubo. O forro seguia:

— A piçarra é qui é pob'e. A terra tá trabaiada só di raspági. Si aprufundá...

O patrão cresceu de cólera:
— Fala em desmonte? Em aprofundar o talho-aberto? Você sabe quanto custa um desmonte?
O velho sovado nos serviços das grupiaras, gemeu:
— É peta caçá oru cum curriria. O oru é di Nossinhô du Céu. Vem quandi Nossinhô qué...
O Coronel viajou no outro dia para Vila Rica. Uma semana depois voltou com o Capitão-Mor José Alves da Cunha, avisando à sua família que vendera a fazenda e a escravaria por 9.000 cruzados[9]. Uma pequena parte, chamada Trindade, entre a mina e São Bento, foi cedida ao Pe. Tavares, que iniciou logo a construção de um prédio, que ainda subsiste.

O Capitão-Mor era português e viúvo. Mudou-se para a mineração levando as duas filhas, Laura e Clara, além de 15 escravos. Homem gordo e de pouco movimento, sentado, parecia maciço, com apoio nos grossos barrotes das pernas e no alicerce das bundas. Era neurastênico e cheio de manias. Caminhava sempre curvado, encolhido para a frente, como se sofresse eterna dor de barriga.
Mas as coisas não melhoraram com o mutirão do Cunha. Pouco ouro descia na balança. O forro Tijuba, feitor do Capitão-Mor, puxava pela negrada até emagrecê-la. De ouro mesmo, oitavas. Havia dois meses trabalhavam a morrer e o desânimo que desesperou o Coronel Câmara estava pairando sobre o Capitão-Mor. O feitor ficava pensativo:
— Sinhô, às vez tem nego pagão na truma...
— Tem nada. Foi tudo nágua benta.
Mais umas semanas e o senhor caiu em tristeza:
— Como é isso, Tijuba? Tanto ouro no tempo do Betencourt...
— É, Sinhô, o oru também muda. O oru tamém fuji... Tem coisa qui muda ele.
Há muitos anos, desde o tempo do Alferes Vieira, vivia num mocambo, na fralda da Serra do Gongo, um velho forro a quem foi dada licença de moradia. Alforriara-se, comprando-se por 600 mil-réis ao Alferes Domingos Vieira, dono da sesmaria de Catas Altas, que englobava o Gongo.
Era um preto do Gongo, negro sabido, que contava muitas histórias de sua terra natal. Apanhado em assalto à sua aldeia, revelava que os caçadores de escravos para aprisionar um preto para o cativeiro, matavam nove. Tal era o preço da liberdade. Mourejara alguns anos em lavras de Vila Rica, sendo comprado pelo alferes que lhe deu Carta de Ingenuidade por 600 mil-réis. Reintegrado na vida de liberto, fez seu rancho e deixou a vida correr, porque ela passa, correndo. Aparecia às vezes nas Catas Altas onde bebia sem escândalo sua moderada pinga, pagando-a até para malungos seus amigos. Andava limpo e tinha cavalo, que era luxo muito importante para negro, pois um cavalo, antes da fartura do ouro, custava 20 mil-réis. Espalhavam a abastança do rancho do macabra.
— Na sua casa tem de um tudo!
Confirmava-se:
— Roupas boas, alpercatas, até sapatos.
— Seu cavalo vive gordo, come milho...

9) 3:600$000, Cr$ 3.600.

— Tem galinhas, porco na ceva.
Um invejoso indiscreto, fuçador de novidades, deu sua informação sensacional:
— Tem garrafão de água boa! Vive à tripa forra...
Manoel Ferreira confirmava tudo:
— É. Já fui lá. Tem muito preveléjo. Outro dia no Morro Vermelho seu Venâncio vendeiro me perguntou por ele. Gasta lá, sem regatear preço.
O capataz da mina de Vira. Copos tinha inveja do Gongo:
— Vidão! Levanta tarde, come carne, mija branco e tem ouro...
— Tem ouro? Não sei.
— Ouro, na dureza! Paga tudo em ouro e ainda volta com muita oitava.
Aquilo era inexplicável. Havia muito tempo o liberto gozava vida folgada, fazendo viagens, matando de inveja os cativos. O merceeiro Juca, da cidade do Carmo, perguntou a um parente do Capitão-Mor:
— Mora lá um Gongo alforriado que gasta aqui ouro de lei. De onde vem esse ouro?...
O outro encolheu os ombros. O merceeiro adiantava:
— Traz ouro de partir com facão.
Na Vila Real do Sabará conheciam o felizardo:
— Quando vem aqui, é dia de folga para os companheiros... Bom freguês, mas tem uma coisa: bebe na medida. Não fala muito, não briga, tem preceito.
Essas coisas chegaram aos ouvidos do Capitão-Mor, que mandou vigiar o morador de suas terras. Um cativo de bateia deu pista:
— Di madrugada, inda iscuru, el tá agachadu lá in riba, nu chão...
Outros espias foram confirmando:
—Vi el, onti. Agachadu, quétu...
O Capitão-Mor não deu importância:
— Alguma necessidade.
Mas, um dia, indo à Vila Rica, soube de coisas que o puseram de orelhas em pé:
— O Gongo de sua fazenda há dias vendeu aqui uma pepita de vinte oitavas.
Voltando à mineração, apertou cerco ao negro.
Ao passarem para as Catas, os escravos viam, agachado, o discutido africano.
— O Gongo tá no choco...
Era o mesmo que dizer: estava acocorado muito tempo, como em cima dos ovos, chocando...
Quando o feitor alertou os cativos para o observarem com empenho, muitos sorriram:
— Arrepará o quê? O congu chocu?...
Por essas alturas, Tijuba recebeu ordem de levantar bem de madrugada, ficando na moita, à espera do velho. Ainda escuro ele chegou, desconfiado, temendo ser visto. Vasculhou os arredores com olhares percucientes. Certo de que ninguém o via, agachou-se e, com uma faca, arrancava coisas. O feitor observava, bem perto, a faina do patrício, que metia a moamba num embornal. Quando se levantou para carregar a tralha, Tijuba pulou da moita com o trabuco nas unhas:
— Qui é issu aí, trem?
— Nada não.
O feitor de um bote arrebatou-lhe a capanga e quase cai de susto. Estava lá dentro mais de um quilo de ouro em pepitas, pepitas no tamanho de um grão de milho, de favas, de pedras de binga. Algumas do tamanho de jabuticabas...

— Qui é issu, infiliz!

O feitor ajoelhou-se para pesquisar o chão. O ouro aí era tanto que precisava ser cortado para sair da terra. Eram torrões de ouro, calhaus de ouro puro, pedregulhos grandes de ouro de lei! Enquanto o feitor, ajoelhado, enfiava os gadanhos na pedreira de ouro que empurrava a terra para cima, o Gongo fugiu levando a capanga deixada no chão. Tijuba sentiu-se tonto, com a cabeça latejando, vista baralhada. Ao melhorar, saiu correndo para a Casa-Grande, correndo a gritar, leso, de braços levantados.

Estava ainda escuro e o Capitão-Mor tomava seu café simples no varandão. Vendo o feitor chegar aos berros, pensou que ele estivesse picado de cobra.

— Sinhô, méu amu, Nhonhô tá ricu pra toda vida!

— Que é isto, Tijuba?

— Miliunáru! Miliunáru...

Chegara arfando e batia as mãos na cabeça branca.

— Que houve, feitor? Você está doido?

— Miliunáru! Miliunáru!

O feitor vacilou, caindo com uma síncope, no banco da varanda. Laura, a filha mais velha, acordando com os gritos, apareceu assustada:

— Que é isso, meu pai?

Também o Capitão-Mor estava coagido, bobo, de olhos alucinados, fitos no céu.

— Meu pai, meu pai! Que foi?

O feitor, melhorado, soluçava sempre, esfregando a cabeça. Chegou Clara, a filha caçula:

— Que foi, Laura?

— Não sei, não sei.

Começaram ambas a chorar. Abraçando o pai, em vão indagavam:

— Está doente? Que aconteceu, meu Deus?

Nesse instante o Capitão-Mor falou ainda trêmulo:

— Não sei... o feitor chegou gritando... Assustei-me.

Começava a amanhecer. As barras do dia quebravam em sangue nos altos da Serra da Terra Vermelha.

Só então, mais calmo, Tijuba contou o acontecido. Mandaram botar guardas armados no descoberto.

Foi assim que a mina deficitária, em 1809, começava a render ouro com grandeza.

Correu notícia do caso do Gongo choco. Tanto se falou em Gongo choco que, na corrupção do linguajar escravo, a mina passou a ser conhecida por mina do Gongo Soco.

O ouro ali então fluiu, como cabeça-d'água nas cheias dos ribeirões da bocaina.

Reforçou-se a muralha que fechava as catas, de modo que do lado do sul fez-se o Arco de Pedra em itacolomito, com mirantes laterais e plataforma para a guarda. Assim, para entrar no Gongo Soco urgia transpor os portões do norte e do sul. O reduto ficou trancado a estranhos. Os negócios do Capitão--Mor tomaram repentino alento.

Ele mesmo parecia renascer do pessimismo em que vivia.

Laura estava com 15 anos, Clara com 14.

Foi por esse tempo que Joãozinho chegou na mineração.

O Padre Tavares, ex-Vigário de Santo Antônio, comprara do Coronel Câmara parte da fazenda, no lugar chamado Trindade.

Ali construiu um sobrado colonial todo de pedra[10], cercado do muros de itapanhoacanga. O nome Trindade foi-se esquecendo substituído pela designação de fazenda do Pe. Tavares, que a edificou.

O padre cavou o chão em vários lugares, só encontrando ouro aluviônico levado pelas águas perenes dos mananciais superiores.

No seu armazém domiciliar, além do mais, guardava queijos, toucinho em fardos, carne-de-sereno e linguiças feitas em casa.

Homem neurastênico porém metódico, no começo do inverno montanhês supria a despensa do indispensável, pois os caminhos praticamente desapareciam com as águas grandes. Raras tropas se aventuravam, para abastecer de provisões de boca os arraiais e as muitas minas de ouro exploradas na região.

Um dia, entrando em sua farta despensa, notou os queijos roídos, o toucinho e a carne de sereno com partes abocanhadas.

— Que será? Ratos? Não é possível, pois vedei o cômodo de modo indevassável!

Ficou preocupado. Tinha escravos de bateia e os que plantavam pequena lavoura de mandioca, inhame, carás. Com a despensa fechada, tinha a chave em seu poder...

A cozinheira Timótea foi ouvida; não sabia de nada.

— Podi sê murcegu, sô Pad'e.

— Morcego? Morcego não faz a devastação que aí está. Depois dizem que morcego só come frutas. Além de tudo eles não entram no quarto de esteira bem ajustada, sem gretas.

Para evitar dúvidas mandou calafetar com sacos a abertura inferior da porta. No outro dia voltou ao depósito, parando estupefato ao ver as carnes mastigadas, com rombos enormes...

— Isto é o diabo!

Dias depois apurou mais buracos nos fardos de toucinho, o toucinho cheiroso daqueles tempos.

— Ora esta! E eu não atinar quem seja o ladrão.

A cozinheira estava firme:

— Pra mim é murcegu...

— Ora, morcego!

Saía, contrariado.

— Há coisas na vida... Só mesmo acreditando no azar.

E cruzando as pernas, furioso da vida:

— É inconcebível que um sacerdote, com pesado tempo de estudo, meditações e sacrifícios, fique vencido por problema insolúvel, dentro da própria casa.

E depois de martirizante silêncio:

— Não é problema espiritual, filosófico. É questão de polícia familiar, coisa enervante, mais dura que o dever.

Ouviam-se trovões surdos, longínquos, que anunciam inverno rigoroso e dias tristes.

— Neste charco, sem tropas, com escravos fracos... As reservas de dinheiro diminuindo... o povo sem crença...

Explodiu, em rebentina:

— Oh, mundo ruim! A morte será mais leve.

10) Ainda hoje existe esse sobrado. O muro de pedras caiu, com a lima do tempo, só restando, firme, um lanço da obra feita por mãos escravas.

No banco da varandinha que dava para o nascente fungou com desespero seu rolão perfumado com raiz de mama-cadela:

— Antes acabar como S. Jerônimo em trempe de ferro em brasa que morrer aos poucos, sob a gota chinesa do cotidiano!

Ao entrar pela manhã para revista em seu depósito, parou estatelado de surpresa. Quem vê de olhos bonitos, encarando-o? Seu gato de estima, bichano mimado por todos. Quando se abria a porta ele entrava sorrateiro, escondendo-se. Saía imperceptível, quando mais tarde de novo abriam a porta.

— É ele o safado ladrão de queijos, carne curada e toucinho!

Procurou um piraí de látego fino, disposto a grande vingança.

— Agora chegou o momento do castigo, oh, se chegou...

Fechando-se na despensa, começou a lição. Chicoteava o bicho, que miava, assombrado. E mais e mais lambadas assobiavam. O animal pulava nas paredes, escondia-se atrás das tulhas de cereais, procurava fugir, atirando-se à porta e janelas fechadas. O chicote zunia e a coisa estava apertada para o gatuno. Quando o cerco ficara sério, desesperado de escapula, o gato saltou no pescoço magro do padre, dilacerando-o com unhas e dentes.

Padre Tavares gritou rouco, puxando o bicho pelo corpo, mas sentiu sangue escorrer pelo peito abaixo. Abriu a porta e caminhou cambaleando para a cozinha. Mas o sangue não corria, jorrava aos borbotões, molhando o lenço, toalhas e mais panos.

O gato rompera-lhe artéria do pescoço e, dentro de minutos, o Padre Tavares morreu.

No alarma geral, Joãozinho foi chamado às pressas. Aproveitavam sua prática. Mas o Ajudante-de-Sangue voltou pálido e impressionado:

— Encontrei o corpo esfriando. Já estava no Céu.

A morte insólita do Padre Tavares causou grande sensação nas Gerais.

O Capitão-Mor fora a Santo Antônio a negócio e voltava tarde da noite. Acompanhava-o o negro Barrocão, peça de brio, sempre armado de faca ao viajar com o amo. Passaram pelo povoado de S. Bento pelas 7 horas da noite. Meia légua para diante, o cavalo ruço rodado do senhor refugou, virando nos pés e então se ouviu um tiro de bacamarte. O cavalo ajoelhou, com o peito e as mãos varados pela carga destinada ao português. Nisto pularam do barranco na estrada três negros, indo direto no minerador. Barrocão num salto defendeu com o corpo seu senhor, matando logo um assaltante. Quando lutava com outro, novo tiro se ouviu, agora de reiúna. Ferido, sangrando, o escravo esfaqueou o segundo preto, que tombou gemendo. Morreu logo. O que restou fugiu na escuridão.

Barrocão sem perder tempo gritou no escuro:

— Monta aqui, Sinhô.

O branco montou no cavalo do negro, ficando na garupa. Apertaram o castanho, chegando salvos à fazenda do Pe. Tavares, de onde o senhor mandou buscar gente para levar o ferido, que sangrava muito e perdia forças. Ainda trazia a faca em punho. Chegaram vários escravos, com Joãozinho.

O Capitão-Mor não recebera ferimentos mas o cativo estava lavado em sangue, com um tiro no ombro.

Por todos os garimpos e povoações correu notícia do atentado.

— O negro Barrocão salvou a vida do Capitão-Mor!

— Enfrentou os cabras, de faca na mão. Matou dois mas salvou o amo!

Em Santo Antônio, de onde voltavam os assaltados, a emoção foi grande:

— Barrocão, escorado no aço, salvou o Capitão-Mor de três assassinos!

— Murchou os dois bandidos no pelo dos gumes!

— Saiu ferido, mas defendeu com o corpo o seu Senhor.

O Doutor Moreira, que o vira aquela tarde com o velho, elogiava-o:

— Grande negro! Negro valente! Com faca, enfrentar três com bacamartes!

A polícia foi levantar os negros mortos; eram desconhecidos dali. Mas de tudo, a bravura de onça de Barrocão era a mais gabada.

— O Capitão-Mor tem homem no Gongo Soco.

— Aquilo nem é mais homem, é cão de fila. Muito leal!

— Devia ser alforriado por sua coragem.

O Major Matos concordava com os outros:

— Barrocão é negro maginado. Não espanta com ronco de bacamarte, com arreganho de topetudo nem com rincho de cavalo-d'água...

Joãozinho era também elogiado por curar o preto.

— Está aí uma coisa que faltava na mineração: um Anjo da Guarda competente.

Barrocão foi-se recuperando, e o Capitão-Mor organizou sua guarda pessoal, com os negros mais bravos daqueles fundos. Só viajava com os cinco: Barrocão, Negro Florismundo, Pintado, Palacete e Jabutirica.

Barrocão passou a ser considerado como da família; era o único macho a entrar na cozinha da Casa-Grande. Não ficou presumido. Antes, mais humilde e respeitador. O Major Peixoto confessou aos amigos:

— Por essas e outras, eu agora, quando saio à noite, saio com o Credo na boca.

Trabalhando há um ano com o tio, Joãozinho desenvolvia tanta atividade que o velho já lhe dava muitas provas de confiança. De apontador e enfermeiro passou a conferente da pesagem do ouro, cargo de máxima responsabilidade em mineração.

Reconhecendo que os escravos eram poucos, o rapaz conversou com o dono:

— O senhor não acha que mais cativos darão maior lucro?

— Temos quarenta.

— Mas se dobrarmos o número, seu lucro melhora.

O senhor começou a comprar peças avulsas, negros escolhidos de acordo com Tijuba e Joãozinho. Correndo notícia dessas compras, um dia chegou na mina um magano oferecendo pretos.

— Eu venho ofertar ao senhor duas toneladas[11] de cabeças-de-alcatrão. Gente especial, tudo moço, com saúde. Toco manada grande de peças, à escolha.

— Duas toneladas de escravos? Para que preciso eu de tanto escravo?

E despachando o comboieiro:

— Meu serviço é pequeno. Já tenho quarenta reses e meu sobrinho tem comprado aí mais algum negro. Onde está sua mercadoria?

— No Sabará, sim senhor.

— Não, não quero.

O jovem segredou ao tio:

— Se ele deixar escolher nas manadas trinta escravos bons para a terra, eu acho que é negócio.

11) Duas toneladas. 2.000 quilos. 40 negros de 50 quilos, 2 toneladas. Era comum nas grandes minerações de ouro e diamante vender escravos às toneladas.

E João Batista foi com o feitor ver os negros. Comprou trinta, ligados a uma só corrente, rapaziada pegadeira, de bons dentes, canelas finas e bundas murchas. Tijuba estava alegre:

— Coisa di inchê as vista!

João Gomes, hóspede passageiro para Mariana, onde era negociante, vendo os negros comprados indagou do Capitão-Mor:

— Isso tudo é africano?

— Africanos, chegados agora pelo negreiro *Madalena*.

— E aprendem nossa língua?

— Aprendem. No começo é necessário um jurubaco, de africanos já amansados aqui. Alguns não aprendem nunca o português, como os negros Tapas. São burros mas, com pancadas, ficam trabalhadores.

— E o truxamante é da raça deles?

— É africano mas precisa ser da nação dos pagãos. Não sendo, não dá certo.

No lugar que o velho Gongo minerava, o ouro saía aos montes, até catado com as mãos. Joãozinho aconselhava o tio:

— O ouro está barato, a oitocentos réis a oitava. O senhor devia armazenar a safra, à espera de melhor preço.

E começaram a guardar o extraído, em malas forradas de couro, nos porões da Casa-Grande.

— A procura é muita, meu tio, e quem tiver ouro empaiolado vai ganhar um despropósito.

— Ora, João, tem muito ouro por aí. Só na Vila Rica estão explorando 450 lavras. Nas minas da Vila de Nossa Senhora do Bom Sucesso das Minas Novas do Araçuaí, a colheita é imensa. Estão falando em ouro absurdo nas Minas do Pitangui, no sertão.

O moço procurava convencer:

— O mundo todo tem fome de ouro. Dizem que o ouro desses lugares acabou. Pois sim.

O Capitão-Mor ouviu o sobrinho, passando a guardar o ouro apurado nas lavras fartas.

Nos domingos, quando não havia Padre para celebrar na capela de Santa Ana, o velho mandava o sobrinho levar as filhas para a missa em Santo Antônio ou na Vila Nova da Rainha do Caeté. Levavam a velha Teresa, que criara as moças.

— Vão, mas com o Joãozinho. E muito cuidado. Nada de estabanamentos!

João ia a cavalo, ao lado da liteira, chamando atenção dos escravos para evitar balanços. Saíam ainda cedo, para a missa das 10.

Laura e Clara assenhoreavam-se das janelas laterais para verem tudo. Clara, buliçosa, com os grandes olhos negros, de mescla de peninsular com brasileira, viajava alegre.

— Joãozinho, apanha aquela flor, pra mim!

O rapaz quebrava o galho da candeia florida, que ia para as mãos da prima.

— Olhe que bonito, Joãozinho!

Apontava uma cebola-d'água, de azul loio vicejando na margem do brejo. O mato cheirava a saúde campestre. Laura era mais triste, sujeita a silêncios contemplativos.

Quando ao longo da estrada a liteira passava por devotos também caminhando para a missa, eles arredavam-se para os lados. Os homens rudes tiravam o chapéu, cumprimentando com respeito. As mulheres do povo sorriam para as mocinhas.

— É a família do Capitão-Mor Cunha!
— Muito ouro, hein?
Exageravam:
— Dizem que estão tirando arrobas por dia!
Ao entrarem nas ruas ladeirentas de Santo Antônio, apareciam nas janelas pinhas de curiosos, para ver passar a família abastada:
— Gente do Gongo Soco! Podres de ricos!
— E o rapaz?
— É o tal Joãozinho, parente do Capitão-Mor. Falam que hoje é quem manda e desmanda lá. Entra sem santo e senha.
— Não foi sacristão em Catas Altas?
— Ele mesmo. É o Joãozinho do Padre.
— Vejam o que é o mundo...
Ao entrarem na igreja, os olhos de todos se erguiam para as moças. Senhoras de rosários nas mãos tocavam os cotovelos nas vizinhas. A rapaziada enfeitava-se com a presença das meninas.
— As donzelas são lindas, mas o rapaz é mamulengo de espantar assombração.
Lá fora escravos espanavam a liteira empoeirada na viagem. Uns moços conversavam perto da traquitana:
— São belas! Mas o pai... Deus me livre, tem cara de bicho.
— Você se esquece de uma coisa: o dinheiro muda a face do mundo, faz branco o preto, manso o brabo, bonito o feio...
Riram sem graça.
O moço prosseguia:

— Imaginem eu, Zé Custódio, filho do velho Custodão da Água Bela, casado com uma dessas franguinhas... Eu que só tenho esta casaca amarela, queimada de sol e este calção (puxava os panos) de seda branca, mais nada no mundo, aparecia cada domingo com um calção, casaca e sapatos de lustro. Casaca azul, verde, vermelha, cor de bicho de couve. E de baetão fino; calções na moda, mostrando os sapatos com fivelas de ouro. Quando eu chegasse neste Santo Antônio velho de guerra, no meu zaino estrelo de crinas pretas, a tirar fogo nas pedras com ferraduras de rompão alto, ouviria as donzelas dizerem: — Aí vem o cadete Zé Custódio, genro do Capitão-Mor, senhor do Gongo Soco... Passava pelas ruas cheirando uma rosa branca, esquecido da vida, desgraçado de tanta felicidade...

Todos riram sacudido, com escândalo.

— Ninguém acreditava que eu fosse o filho valdevino do Custodão, àquela hora emborcado na lavoura, com enxada de quatro libras...

Chegou o Santos, amigo dos rapazes. Vendo a liteira, indagou de ventas para cima:

— Uai! Gente da alta. De quem é?

O sonhador da Água Bela informou, derramado:

— Do ouro do Gongo Soco! Das minas! Da aluvião! Das pepitas de cem oitavas! Trouxe uma escrava caduca e dois botões de rosa...

Finda a missa, o povo saía, quando os sonhadores da porta viram as jovens do Capitão-Mor se aproximarem da liteira. Muita gente parou para vê-las.

— Lindas, lindas. Muita formosura!

— Que simpatia! E são singelas, sem joias espaventosas.

Quando Joãozinho passou pela multidão parada, uma senhora sorriu:

— Que vergonha, veem? De jaleco de algodãozinho tinto em casa e calça de algodão macaco... Isso é gente?

Riram na roda, com ditos picantes.

— E as sapatorras de esmagar cobra? Ainda trazem o barro preto das lavras. Nem usa gravata, o tufo obrigatório dos homens de bom sangue...

— Parece que está sem meias. Repare as calças curtas, coisa que é privilégio do perreiro de Igreja de Catas Altas...

Enquanto as jovens se acomodavam na liteira, Joãozinho, já montado, puxou a cornicha de chifre, apalpando-a lá dentro.

— Mais esta. O badameco usa torrado...

— É um perfeito padre...

Continuaram a rir com descaramento.

O escravo volatim da liteira rompeu a marcha. Joãozinho fazia cara de mau, para defender as primas.

À tarde chegaram ao Gongo Soco.

— Tudo bem?

— Tudo bem, meu tio.

Depois do silêncio de cara fechada, o velho revelou:

— Não gosto que minha família vá a Santo Antônio nem à Vila Nova.

O jovem sem pensar disse:

— Muito pintalegrete. Gente desocupada... faladores.

O velho ergueu a cabeça abatida, em repente vivo:

— Isto! Muito bem! Isto... São bigorrilhas perigosos! Viu como se vestem, imitando os de Lisboa? Brasileiro é como macaco, o que vem da Europa põe no saco.

E deixando de novo cair a cabeça:

— Jesuítas... Pés-rapados sem pundonor.

Calaram longamente. O moço cansado levantou-se, menção de sair. O tio deteve-o:

— Sente-se aí. Temos que conversar.

Novo silêncio, pesado como chumbo. João se preparou para ouvir censura de alguma falta, que praticara sem o saber.

— Meu sobrinho, estou velho e doente. Há cinquenta anos trabalho, pois comecei aos dez, com o peso da família, por morte de meu pai. Tenho notado que vosmecê é homem de bem. De hoje em diante fica sendo Administrador Geral das minas do Gongo Soco.

Parou para aconchegar ao pescoço o cachecol de baetão.

— Ainda tem certos defeitos. Ouço às vezes no seu quarto tocar rabeca. Isso não é para homem de negócios. Dá impressão de boêmia. Desagrada-me esse retorno escondido, às serenatas de sua terra. Outro defeito seu é ser contra a moxinga. Meu sobrinho, a moxinga é o pão de cada dia do cativo; sem ela a coisa não vai. A moxinga é o freio, o preceito imposto com sangue; a salvação dos senhores, sempre odiados pelos escravos. Que é da senzala sem a moxinga? Um foco de rebeldia contagiosa. Moxinga é mezinha dos altanados, a paz das minas, o sinal do poderio dos que tem peças. Faça as pazes com ela, pois foi costume dos antepassados e vale tudo para quem possui amor próprio. Saiba que, não correndo sangue, o negro não está surrado. O sangue é a patente do calabrote. A honra do senhor desrespeitado só se lava com sangue. Quem tem dó do cachorro nunca se fará respeitado por ninguém.

Respirou fundo para prosseguir, de olhos mais abertos:

— Aqui é lugar frio. O preto é muito sensível a geadas. No inverno, com a friagem, é preciso fazer brio aos negros, com esquente de boas varadas, para descerem espertos à água de batear.

Levantou-se, foi até o peitoril de pedra do varandão, voltando a sentar-se.

— Agora... vou lhe ser franco. Vou lhe abrir o coração. Quero que se case com minha filha Clara, em quem percebo inclinação por vosmecê.

Uma onda de sangue escaldante latejou na cabeça do rapaz, amoleceu-lhe as pernas. Agarrou nas bordas do banco para não cair.

— Clara é boa donzela. Vosmecê é moço mas tem juízo de ancião. A outra filha não quer saber de marido. O casamento vai ser o mês que vem.

E forte, com voz de comando, inquiriu cara a cara o rapaz:

— Está combinado?

Pela primeira vez na conversa, o ex-sacristãozinho gemeu:

— Sim, senhor. Sim, senhor...

— Mas tem uma coisa: até lá não quero liberdades. Liberdade de macho com fêmea só de cavalo com galinha, por causa do tamanho. Agora, vamos dormir.

No outro dia o almoço correu sem novidade até o final, quando o Capitão-Mor deu uma ordem à Fausta, velha servente ainda do tempo da esposa. A escrava trouxe uma garrafa de vinho do Porto Rocha Ferreira e cinco cálices altos.

— Chame a Teresa.

Teresa chegou, permanecendo de pé, a aguardar ordens. O velho tomou em silêncio a garrafa, partindo-lhe o estanho do gargalo. Depois, com o saca-rolhas enfiado, com exasperante pachorra, puxou a rolha, que saiu com estalo balofo. Chefe então, ele mesmo, serviu meio cálice do vinho dourado para cinco pessoas. Pegou de um, que entregou a Teresa, a mãe de criação das filhas. Ofereceu um a Clara, a Laura e a João Batista.

Apanhou o seu, levantando-o:

— Bebo a saúde dos noivos...

As moças arregalaram os olhos, fitando-os no pai, em interrogação.

— ... porque Clara e meu sobrinho João Batista vão casar-se.

Bebeu, de um trago, o vinho. Clara empalidecera, tremendo de bater os dentes. Laura estava pasma, sem saber onde por os olhos.

Clara, despertando da surpresa, teve coragem de indagar:

— Sou eu, meu pai?

— Sim. Está noiva de seu primo e vai casar para o mês.

Acendeu seu cigarro de palha portuguesa, o único que fumava no dia, e levantou-se, deixando a sala. Quando Joãozinho chegou à varanda, ouviu o tio gritar no pátio:

— Tem negro ferido na cata do Arco!

Tijuba, de pé, esperava o novo Administrador. E o noivo, de pernas doces e cabeça redemoinhando, saiu de trote para socorrer o acidentado.

O casamento foi realizado com a maior intimidade, na capela do Gongo Soco.

O Capitão-Mor não convidou ninguém. Só as testemunhas. A de Clara, o Major Peixoto, da mina Brucutu. A de João Batista foi seu velho Mestre Lão, que lhe ensinou as primeiras letras, as únicas que conhecia. O noivo foi à casa do mestre para convidá-lo para seu paraninfo. O velho não estava. Quando o rapaz saía, Mestre Lão chegava calmo de passeio, com seu andar incerto de frango tísico.

Ia fazer o casamento o Padre Leitão, de quem o noivo fora acólito em Catas Altas.

Mesmo sabendo da incompatibilidade de sua família com o tio, Joãozinho foi pedir à mãe e irmãs que fossem assistir ao ato. O Capitão-Mor na véspera avisou ao futuro genro:

— Só podem vir sua família e as testemunhas, mais ninguém! Não quero festa nem consinto frojoca.

A mãe, chorando, negou-se a comparecer com as filhas Ana e Mariana.

— Eu não vou, meu filho. Não me esqueço de seu pai, que o mano José odiava.

As manas ficaram com a política materna.

Só na última hora amigos e companheiros de Joãozinho souberam que ia casar. No adro da Matriz, um deles, o Nico Soares, sorriu com perfídia:

— Casar como? Ele sempre teve medo de mulher. Juro que é mais virgem que sua noiva...

Riram, com delícia. João Pinto confirmava a pureza do colega:

— Queria ver a tremedeira dele, ao entrar para o quarto com a mulherzinha...

Pois até o Mestre Lão tentou se esquivar à honra de ser testemunha:

— Joãozinho, estou muito idoso para essas andanças. Ademais, não tenho roupas com que apareça no alcácer do Capitão-Mor. Estou como Jó na desgraça ou como Diógenes, pois até minha casa é uma pipa quadrada...

Parecia indisposto à cerimônia:

— Vivo retirado. Sou um vencido; como sabe, só vivo de recordações, que são os santos óleos dos velhos. Recordações que são doridas saudades.

Parou, encarando o espaço:
— Perdoe-me, não ir.
— Não pode por quê, Mestre Lão?
— Porque sou um homem embrenhado nos estudos de minha *Gramática Histórica da Língua Portuguesa*, em que trabalho há trinta anos. Sou absorvido pelos problemas linguísticos tão profundamente que não sei mais conversar em público.
Outra pausa, para dizer:
— Vivo muito triste.
— Não. De qualquer modo, você vai. Sua tristeza é coisa ligeira, passa logo.
— Penso como Shakespeare, que não se devia cuidar de coisas sem remédio.
Com a intransigência do ex-discípulo, o mestre resolveu ir.
No dia da cerimônia, custou muito a acertar com os luxos de que precisava, remexendo a mala de solteirão, com roupas em desordem. A canastra de Lão já estava mais revolvida do que terra de cemitério velho.
Ao ver o mestre preparado para a viagem, Pe. Leitão disse-lhe:
— Você está bonito como rapaz pobre, noivo de viúva rica...

O casamento foi num domingo. Não havia no Gongo Soco movimento algum de festa. Na hora da missa, na capela de Santa Ana, Padre Leitão casou os noivos. Não houve alegria.
Ao almoço, foram acrescidos três pratos, para o vigário, Major Peixoto e Mestre Lão.
Padre Leitão, com o seu prato cheio de canja quente, escaldando a colher de níquel, conseguiu puxar conversa:
— Vossa Mercê tem se dado bem no Gongo Soco, meu Capitão-Mor.
— Assim, assim, Padre.
A sopa quente chupada pelo dono da casa ia sumindo do prato de louça ordinária. O guloso silêncio prolongou-se. Quando terminou a canja, primeiro que todos, o comendador gemeu:
— Lugar muito frio. Terras muito úmidas.
O Padre esclarecia:
— Lugar propício à gota, à reuma...
—É o que me amarra as pernas.
Ainda com o seu prato fundo pelo meio, Mestre Lão pensava ao ver a canja do mineiro engolida às pressas: A canja sobe-lhe às fauces como tromba-d'água chupada pelas nuvens... Esse homem ou tem boca insensível ou de ferro!
— Depois, Pe. Leitão, vivo doente há vários anos. Muitos trabalhos, encargos, atenção sempre alerta.
— Mas agora Vossa Mercê tem aqui o genro, o nosso Joãozinho...
O velho, espevitando-se:
— Os brasileiros são volúveis, um tanto esperdiçados. Não acreditam muito que vintém poupado é vintém ganho.
— Sim, isto é verdade. São as terras generosas, os minérios...
— Pois não é só, Pe. Leitão, é também a rebeldia.
Mestre Lão conseguira engolir toda a canja. Veio galinha assada, que a escrava distribuiu pelos pratos. Foi então que a ladina trouxe, em bandeja de

ferro sem guardanapo, uma botelha de vinho tinto Casa da Calçada. O anfitrião abriu-a, servindo meio copo a cada um de seus convivas. Apertou de novo a rolha na boca da garrafa, entregando-a à mucama, que a levou para a copa. Mestre Lão, que amava os vinhos, com vista discreta acompanhou a garrafa ainda meiada e que voltava à despensa. Mais um doce de cidra e estava findo o almoço. Já serviam o café quando o professor se ergueu, quase de um pulo:

— Senhor Capitão-Mor, jovens noivos, Rvmo. Pe. Leitão, nobre amigo Major Peixoto e distinta donzela: O que lastimo não possuir neste momento é a eloquência grandíloqua de Cícero ou de Demóstenes, os dois astros de primeira grandeza na arte da palavra.

Foi elevando a voz:

— Não só deles, senhores, mas do grandíssimo Vieira, o oceânico orador, que tonteia de tão sagrada retórica! Ou mesmo do moço Monte Alverne, de Bossuet, a *Águia de Meaux*, de São João Crisóstomo, *o Boca de Ouro*, ou de São Francisco Xavier. O que lastimo, repito, é ser pobre de língua, miserável farrapo incapaz de iluminar o que o pensamento cria...

Estava-se inflamando, perturbado, com palavras puxadas do fundo dos miolos:

— Como não possuo o estor do Pe. Leitão, que assombrou Lisboa Ocidental, perante a Mesa da Consciência, espadanando luzes coloridas; como não sou, para falar tudo, como o *Língua de Prata* aqui presente, resigno-me com o fogo-fátuo de minha imaginação de humilde mestre-escola...

Pe. Leitão sussurrou com vergonha:

— Muito digno.

— Nestes píncaros que tocam as nuvens errantes... na majestade deste Olimpo, é preciso sentir como Péricles a onipotência dos deuses imortais. Porque a noiva Clara é bela como Vênus, celebrada por Homero e Camões, e ainda mais formosa que Helena de Tróia. Casa-se com distintíssimo rapaz, que tem a fibra de o forjador de obras perfeitas.

Pe. Leitão bateu palmas, pondo fim ao aranzel. Foi pior: o orador tomou fôlego, e inchou o peito raquítico, estragado pela asma e pelo fumo:

— A noiva deste momento é tão pura quanto Maria, linda como a açucena e modesta como a violeta. Não é mulher, é um anjo, ou arcanjo, como queiram, mas é preciso que o simpaticíssimo casal crie os filhos no temor de Deus. Vou terminar, mas vou terminar com um conselho de quem o pode dar: amai-vos um ao outro!

O padre afastou a cadeira, não podendo mais com aquilo.

— Vou terminar com um conselho de pobre mestre primário: Se tiverem filhos, botai-lhe nas mãos inocentes Frei Luís de Sousa, Bernardes, o Camões e alguma cousa de Rui de Pina! De Rui de Pina e Bernardim Ribeiro, porque estes são grandes. João Batista, fugi dos Judas, dos falsos amigos... Apertai sempre na mão, jovem desposada, a cruz de vosso rosário querido.

E alto, vibrante, de braços erguidos, feio como espantalho, terminou a recomendação:

— *In hoc signo vinces*!

Pegou do copo vazio, bebendo a última gota esquecida:

— Saúdo aos noivos...

Ninguém aplaudiu nem agradeceu.

Sentia-se grande mal-estar entre os presentes, que terminavam o almoço muito sem assunto.

O Pe. e Mestre Lão partiram logo. Mal se viram na estrada, ao desaparecer a Casa-Grande, o mestre não sufocou sua revolta:

— Pe. Leitão, o que é aquilo?

— Aquilo o quê, Mestre Lão?

— Aquela miséria, a canja sem sal, pelando, a galinha velha, crua, quase ainda viva? Um picadinho de carne e ora-pro-nóbis sem tempero, couve fria, arroz de doente do coração?

O vigário ria-se, perverso, parecendo concordar.

— Pe. Leitão, um homem tão rico, manda fazer aquele vestido de saco para a noiva, mais parecendo a alva de um padecente! Coitada, sorria, mas um sorriso sem graça de quem pensa noutra coisa. E vestido de Laura, coisa sem cintura, afogando as goelas... Aquele vestido oculta, de tão mal feito, suas belas ancas de égua de raça. O broche de topázio da noiva é montado em latão, quando o ouro ali é de dar com o pé...

O padre ouvia, deliciado, o ácido censor:

— E o vinho? Um dedal de vinho para a mesa do casamento da primeira filha! Dia em que o vinho gera alegria, festa, sorrisos. Ter coragem de mandar para a copa, ainda pelo meio, a única botelha apresentada aos amigos... Ele tem fama de forreta, mas assim é demais!

O padre arriscou:

— É muito rico.

Dizem que tem quartos cheios de ouro. Nem acredito nisso, em face da pobreza franciscana que lá vimos. A cadeira em que me sentei balançava, quase desconjuntando. Só estão firmes lá os miseráveis bancos sem lixamento. Pobre Joãozinho, estava abatido como quem vai subir para a forca. Para lhe arrancar uma palavra, fazia-se preciso um saca-buchas. Chegou na capela para se casar, com o ar ressabiado de mocinha deflorada na véspera pelo namorado vadio. Viu como está magro? Aquilo é fome, Pe. Leitão! E o lobo velho? Estava híspido e cheio de espinhos como ouriço-cacheiro acuado. Seus passos vassourais, de pés arrastados pelo chão, traem o andar antiacrobático de artrítico sem cura.

Marcharam um pouco, em silêncio. Lão estava mesmo azedo:

— Estou bobo. Depois do almoço de rancho de tropa, estamos precisando comer... Agora, a noiva é linda. Tem os olhos de corça perseguida. É uma espécie de Maria Antonieta ainda diamante, sem lapidação. Mas eu é que não casava com ela, temendo a laia do pai. Enfim, tem gente no mundo pra tudo e ainda sobra um pra tocar berimbau...

O padre usava pouco o riso, mas se habituara a gastar um sorriso umedecido de venenos. Com ele, o padre provocava o companheiro:

— Ela parece medrosa, perto do pai carrancudo.

— É para ver! Uma donzela daquele naipe, *lilium convales*, flor de milagrosa beleza, criada em curral de porcos...

Chegavam a São Bento, e o professor apertou as esporas do seu pedrês ovado, que, em trote mole, esbarrou na porta de uma venda. O padre continuava a marcha. O mestre não demorou. Em meio-galope, alcançou o reverendo:

— Sabe o que fui fazer? Fui tomar uma podarcada para matar a sede que trouxe do Gongo! Vinguei-me da miséria do avarento no vinho, com um copo cheio de coisa muito boa...

— Olhe, Mestre Lão, não convém falar nessas coisas em Catas Altas.

— Não convém? Durante um mês não falarei noutro assunto! Vou arrasar aquele incantumé, ainda que minha língua, de tanto bater, caia da boca.

Ao chegarem a Catas Altas deixaram os cavalos beber no ribeirão. Enquanto os animais bebiam, notaram cachos de uvas brancas amadurando nas latadas dos quintais, fechados de achas. Pendidos dos galhos, também se viam, cor de terra, as caras amarfanhadas dos genipapos maduros. Com a chuva, nos pomares mais ricos coravam as mangas-rosa como cara de mocinha que viu homem mijando na rua. Ficaram por instantes calados, vendo as árvores, como se lhes sentissem a tônica ascensão verde das seivas.

Lão estava bravo:

— Aliás basta encarar aquele chumbinho para perceber que é homem de cascão duro.

Atravessando o riacho, o padre buliu com o gramático:

— Estamos em casa. Está satisfeito, Mestre Lão?

— Satisfeito? Estou é com fome. Morrendo de fome... Posso dizer que hoje de madrugada meu bucho soletrou um café simples, mas até agora não leu nada de mastigar...

Começaram a subir a Rua do Campo da Lã, que vai terminar no Largo da Matriz. Andorinhas maneiras pareciam descer, circulando, até perto dos viajantes. O padre viu-as, apontando:

— Olhe minha família. As andorinhas são minhas filhas que moram na casa de Nossa Senhora, casa que é também minha.

Mestre Lão nada comentou. Chibateava o cavalo, para chegar mais depressa.

Em Catas Altas os amigos, companheiros de Joãozinho, ressentiram-se, por não serem convidados para o casamento. Mesmo assim, lhe mandaram um presente, levado por Mestre Lão. O embrulho de papel de seda cor-de-rosa, amarrado com fita verde, avivou a curiosidade do noivo. Aberto o presente, Joãozinho sorriu desapontado. Era um quilo de amendoins.

## III — OURO, DOENÇA DA TERRA

Havia cinco anos, João Batista vivia no Gongo Soco.

Pai de um casal de filhos, parecia amar a esposa, embora atormentado pelos violentos ciúmes de Clara, herdeira do espinhento gênio materno. Ciúme sem raízes na vida do casal, pois o marido sendo administrador da mina, demonstrava não pensar a não ser no trabalho.

Ganhara absoluta confiança do sogro, de modo que era quem geria todos os negócios da mineração. O Doutor Lu, juiz aposentado de Sabará, dizia com bastante justiça:

— É os pés e as mãos do sogro.

O Capitão-Mor estudara-o sob todos os ângulos, dizendo uma vez ao Major Matos, dono da mina Boa Vista:

— Observei-o como quem vigia cativo suspeito de roubo. Armei-lhe ciladas, em que não caiu. Mandei cocá-lo de perto, com jeito, nas suas idas à Vila Real do Sabará, a Santo Antônio e Vila Rica. É irrepreensível. Tirando alguma avareza, parece-me rapaz completo, sem defeitos.

O Major ajuntava:
— Trabalhador admirável! Todos reconhecem nele seu maior auxiliar.
— Não podia compará-lo a ninguém. Sobre dinheiro, peso do ouro e cuidado em negócios, é de incomparável honestidade. João Batista é hoje o pé-de-boi da mineração.
— Todos sabem disto.
— Veja como são as coisas. O pai era refinadíssimo bandalho! Mulherengo, mentiroso, sem palavra. O genro puxou à mãe, porque em nossa família nunca houve daquelas indecências.
Mas, naquele dia, o Major Matos procurava o amigo para negócio.
— Estou em certas emboanças com o Gomes, da mina Cata Preta, e ando amedrontado. Depois que você sofreu o assalto, nós vivemos prevenidos. Posso dizer que não tenho homem de confiança na Boa Vista. Viajo muito, às vezes com ouro, e vivo pensando no que fizeram com você. De modo que venho lhe propor a compra de seu escravo Negro Florismundo. Dou dois contos de réis por ele, preço que cativo já alcançou no Distrito do Ouro. Preciso de um guarda-costas de confiança, resolvido a qualquer parada!
— Como lhe disse, os negócios estão entregues ao João. A oferta é boa. Vou falar com ele.
Negro Florismundo era peça de 25 anos, com dois metros de altura, ombros largos, descanelado e de cintura fina. Negro político, desconfiado, era o preto mais valente dos socavões mineiros do ouro. Respeitavam-no com razão. Quando preciso, aquela torre elástica pulava como um gato. Não trabalhava nas catas: era sentinela noturna das balizas das entradas do reduto murado. Acompanhava a liteira da família para as missas de domingo e escorava o senhor quando ia à Vila Rica, Vila Real do Sabará e outros lugares. Chefe da turma de cativos que conduziam ouro para a Intendência, provocava admiração ao passar no comando do grupo.
— O da guia é o Negro Florismundo. Negro destorcido! O ouro pode viajar descansado...
Agora era da escolta do Capitão João Batista, como já chamavam a Joãozinho, quando viajava, a negócios, por mandado do velho. Quando João Batista soube da proposta de Matos, ficou bravo:
— Vender Negro Florismundo? Vendo nada! O Major Matos está doido! Negro Florismundo é patrimônio da mineração. Vai morrer de velho na senzala do Gongo Soco.
E aspirando nervoso seu pó-de-homem:
— Estamos com 181 negros na mina e Negro Florismundo não tem preço. É rês que não se vende, pois não há ouro que o pague...
O Major insistia:
— Mas...
— Não! Nem me fale nisso. Ele é aqui a garantia de nossas vidas. Nós temos dois negros que ninguém compra: Negro Florismundo e Barrocão.
Matos regressou entristecido com a resposta.

Uma carta alvoroçou a família do Capitão-Mor. Sua mana mais velha, de súbito, adoecera na cidade do Carmo, e o irmão fora chamado às pressas para vê-la. O velho explicava, desolado:

— Pelo que diz a carta, foi um ramo de ar. Caiu, depois do almoço, e não falou mais. Os coímbras de Mariana desenganaram-na.

E com os olhos duros marejados:

— Grande abalo para mim. Grande transtorno!

Fora a doente quem criara o irmão órfão; quem o amparara até 10 anos, quando assumira as responsabilidades financeiras da família. Seguiu no mesmo dia, defendido por seus cacundeiros de confiança, Barrocão, Negro Florismundo, Palacete, Pintado e Jabutirica.

À tarde a escrava lavadeira Dionísia entregou a Dona Clara a roupa lavada, retirando-se. Quando a senhora guardava os paletós do marido, enfiou a mão num bolso, achando um pedaço de papel que leu, empalidecendo, já com zoeiras na cabeça. No papel estava escrito com letra de mulher: "Peço mandar os 20$000 de ontem... "

Não estava assinado. Clara mandou chamar a lavadeira, crioula ainda moça, bonitona. Mostrou-lhe a folha ordinária de caderneta onde estava o recado:

— Que papel é este?

— Achei nu borsu, Sinhá. Cuidanu qui era coisa isquicida, lavei u palitó e botei êl di novu lá. Pudia perdê.

— Negra safada, conte direito o caso. Se tivesse ído no bolso, eu teria achado, quando mandei a roupa suja. Quem lhe entregou o papel?

— Achei el, Sinhá. Botei di novu nu borsu.

— Olhe, ou você explica direito a coisa ou mando te esbagaçar no chambuco.

— Foi ansim memu, Sinhá. Achei el nu borsu e, dispois di passá a ropa, botei el nu lugá. Iêu num seiu lê...

— Conte direito isso ou eu te mato, diaba!

A negra baixou os olhos, chorando.

— Seu senhor te dá dinheiro?

— Nhá-não.

— Quem escreveu o bilhete para você?

Dionísia não respondeu; chorava, limpando os olhos no cabeção da camisa grosseira.

— Pois você me paga!

No jantar, nada falou ao marido. Estava emburrada, fingindo naturalidade. João Batista vivia habituado àqueles modos irritantes da esposa. Saiu muito cedo para a mina do Brucutu, a chamado do Major Peixoto, que desejava ouvi-lo sobre serviço lá.

— Talvez almoce no Brucutu, mas, de qualquer forma, estarei aqui até meio-dia.

— Não sei para que tanta viagem. Estou achando isto esquisito...

— Não ouviu ontem o recado do Major? É nosso amigo e não custa servi-lo.

Partiu acompanhado pelos negros Arlindo e Aruanda, armados de arcabuzes boca-de-sino.

— Até logo, Clara.

— Vai com Deus...

Mal o esposo desapareceu no baixadão, Clara mandou chamar a velha Tia Eulália, atenta vigia da senzala das mulheres. Havia na senzala o temido Quarto Escuro, onde ficavam de castigo, por faltas leves, as escravas. Ali também apanhavam bolos e surras.

Dona Clara mandou socar na cozinha seis mãos cheias de pimentas malaguetas maduras, misturando tudo em um litro de óleo de rícino.

— Tia Eulália, hoje estou por conta do demônio! Você chame Tijuba, Fufembe e Crispiniano. Por ordem minha, veja bem, por minha ordem, leve Dionísia para o Quarto Escuro. Mande os negros agarrá-la e você lhe aplique metade deste remédio, com esta seringa de borracha, num clister bem dado. A outra metade você aplique numa lavagem bem funda, na vagina. Faça o que mando, senão você se arrepende!

Meia hora depois se ouviram gritos desesperados, vindo da senzala das mulheres. Eram gritos de grande dor, pedidos de socorro, apelos à misericórdia dos senhores.

— Mi acóódi, Sinhá! Mi acóóódi, geen-ti!

Repetidos muitas vezes, aqueles clamores estavam sendo ouvidos por todos, até nas catas. Mas ninguém perguntou o que era. Uma hora depois, Tia Eulália procurou Dona Clara:

— Sinhá, a nega tá muita ruim.

Clara olhou-a com sobranceria, respondendo irônica:

— Por que vem falar comigo? Que tenho eu com a doença daquela sujeita? E escute bem: não lhe dê chás nem água.

João Batista chegou às 3 da tarde. Ouvindo gritos já fracos, indagou do feitor que acorreu, para dar notícias do serviço:

— Que gritos são esses? Quem está gritando?

Clara, que estava presente, foi quem respondeu muito tranquila:

— Não é nada. São uns bolos que mandei dar em negra malcriada.

O Capitão, saindo para a lavra, encontrou com Tia Eulália na cozinha:

— Que gritos são aqueles na senzala?

A velha baixou os olhos, tremendo de medo:

— Sei não, Sinhô.

Como o berreiro continuasse, João Batista desconfiou de novidade e foi com o feitor ver o que havia. A negra estava meio desfalecida, gemendo e gritando a espaços. Ao examiná-la, o rapaz, horrorizado, falou cheio de ódio e pena:

— Parece que a madre saíu e a via pulou pra fora! Não se entende nada. Tudo é um bolo de carnes estouradas! Morre, na certa. Foi então que ele soube de tudo, abaixando a cabeça.

Dionísia morreu ao anoitecer.

Dias depois, Clara foi com o marido à Vila Nova da Rainha e em São Bento ouviu Quincota brincar com o Capitão:

— Você perdeu a aposta e até hoje não pagou os vinte mil-réis. Mandei Lila (era sua esposa) escrever um recado, reclamando o devido...

Os amigos apostaram sobre se naquela tarde choveria ou não, antes da noite. João Batista perdera.

Só então Clara reconheceu que a negra morrera inocente.

O Capitão-Mor seguira havia seis dias e ainda não dera notícia da irmã.

Subitamente, uma noite, apareceu alarmado, no Gongo Soco.

— A peste das bexigas-pretas está arrasando o mundo! Apareceu na Barbacena e marcha para nós, matando mais que Cristo! Vem pela estrada de tropas e já atingiu Queluz, Vila Rica, Mariana, Camargos. Falo nos lugares maiores, porque os menores já estão sob o bafo da peste! Chegando à Água Quente, está nas Catas Altas, está em São Bento, em Santo Antônio, na Vila Nova da Rainha e no Gongo!

Limpava a poeira do rosto, com um lenço da Costa.

— Estamos perdidos. Se a peste chega aqui, vamos todos no bolo. Adeus negralhada, adeus mina, adeus ouro!

João Batista, que era covarde para doenças, emudeceu de espanto.

Clara chorava.

O Capitão-Mor, sempre macambúzio, falava sem parar:

— Imaginem que em Mariana morreram ontem treze pessoas. Na Vila Rica, onze. Os que podem estão fugindo para o mato. Saem, às levas, em atropelo, só levando o que podem. Mas é bobagem deles, porque, para mim, a coisa vem pelo ar, na poeira, no vento. Os doutores de Mariana e Vila Rica não atendem mais a chamados. Ao passar pelo arraial de Camargos, encontrou Mestre Jurubeba, que era prático afamado no Distrito do Ouro.

— Mestre, estou apreensivo com a epidemia das bexigas. Está como sabe, assolando Minas. Parece que Deus está mal satisfeito com as criaturas e isso é castigo. Que acha o senhor?

— Acho que não é castigo, não. Bexigas aparecem, dependendo das fases da lua, de eclipses, de tremores de terra. Elas vêm por influência sideral.

Era essa a última conquista científica da arte de curar.

O Comendador parou para um fôlego e prosseguiu:

— Larguei tudo e vim a toque de caixa, para ver se nos livramos do andaço. Vamos agir, com presteza! Se é mal de contágio, isolando-nos, elas não vêm.

O genro estava estatelado, sob a laje da má notícia. Mesmo assim se lembrou:

— E sua irmã?

— É verdade, esqueci de dizer. Muito mal. Está desenganada há nove dias. Desenganada e sem assistência, porque os físicos não atendem a mais ninguém.

E de olhos arregalados dentro das olheiras do cansaço:

— Olhe João, vamos fechar o Gongo!

Ficou um pouco embaraçado, gaguejando:

— Como estou com a irmã quase morta, vamos ver se salvamos a última. Você siga de madrugada para Catas Altas, a fim de trazer sua mãe e manas para cá. Estão sem apoio, no meio do cataclisma.

João agitou-se, já de tabaqueira na mão.

— Mande desocupar, agora mesmo, a casa do depósito para elas ficarem. Tudo há de ser feito com urgência, pois a morte caminha para nós, derrubando tudo. Vem como anta fugindo de cachorros.

Tijuba, chamado, apareceu para a ordem. Acordou uma leva de cativos para preparar a casa. João lançou uma dúvida:

— Meu sogro, e se elas não quiserem vir?

— Se não quiserem? Traga assim mesmo! É questão de vida ou morte!

A liteira seguiu às 2 da madrugada. João fora na frente, sentindo a vida por águas abaixo.

Ao chegar em Catas Altas, amanhecia, em lusco-fusco de manhã de geada. Entrando no Largo, para passar a liteira, levantaram-se, espreguiçando o espinhaço, vacas deitadas nas portas, a bafejar fumaça pelas ventas. Inteiriçando, deixavam cair poias imensas, fumegantes, com barulho de trouxas úmidas jogadas na terra.

Era tal o alarma que as bexigas-pretas causavam no povo, que ao contrário do previsto pelo enviado, sua família aceitou logo o acolhimento do irmão.

Catas Altas estava em pânico, esperando a doença maldita. E na mesma noite, os retirantes chegaram à casa do irmão. Quando subiam para a liteira, o Mestre Lão apareceu descabelado:

— Olhe, Joãozinho, eu vou também! Não fico aqui nem a pau.

Encarou o ex-discípulo, que estava indeciso de levar o velho.

— Você tem coragem de deixar seu Mestre entregue às feras? Deixa o amigo, na cidade sitiada de Tiro, com Alexandre no cerco? Eu morrendo aqui nem tenho quem me enterre. A única razão que tenho para ficar é a esperança de ver morrer primeiro o xacoco, Pe. Germano.

— Que é xacoco?

— É a pessoa que introduz barbarismos na linguagem!

O moço, muito agitado, empurrou Lão para dentro da liteira:

— Suba! Acomode-se aí como puder. Estamos fugindo e não podemos perder tempo.

O velho ficara esperto.

— Não tem bagagem, Mestre?

— Joãozinho, *omnia mecum porto* (o que tenho vai comigo), como disse o filósofo Bias ao fugir do exército de Ciro.

Mestre Lão se acomodou entre as senhoras e quando a liteira abalava apareceu à janela, gritando patético:

— Adeus, cidadãos troianos! Parto com o coração ferido, para ser como Heitor, filho de Príamo, arrastado já cadáver, ao longo dos muros de Troia, que defendi de lança em punho, contra os bárbaros! Se ficar, serei morto, não por bexigas-pretas nem por Aquiles, mas pelo vingativo Pe. Germano. Eu que fiz, como Santo Afonso de Linguori, juramento de não perder um só minuto de minha vida, parto para o ócio amargo do desterro!

Chegaram tarde da noite ao Gongo Soco. O Capitão-Mor fez cara de enjoo quando viu o professor descer da liteira, mas silenciou, pois fora levado por Joãozinho.

Já acomodados na casa que lhes deram, os viajantes enfrentaram com grande desaponto o milionário.

— Mandei buscá-las para ver se enganamos a morte, escondidos neste buraco.

— Afinal, mano José, como começa esta praga?

— Começa com dores de cabeça e febre alta, contínua. Com uns dias desse feverão, surgem manchas vermelhas na pele, manchas que se tornam borbulhas. As bolhas crescem, incham e o corpo fica crivado de pústulas, de centenas de pústulas, cheias de serosidade ou de sangue negro. Os olhos ficam empastados de sangue e surgem aí grandes dores no estômago e nas tripas. A febre sempre subindo, a sede insuportável. Aparecem hemorragias, não só nas pústulas como pelo nariz, ouvidos, intestinos. A bexiga-preta é a forma grave da bexiga, que pode ser benigna, sem os sinais de que falei. A peste mata em poucos dias; até dez dias está sendo sempre fatal. Por todos os lugares atingidos estão acendendo nas ruas enormes fogueiras de estrume seco de bois. Não há outro preventivo. Estão morrendo quase todos que adoecem. Na Vila Rica e Mariana, o povo está fugindo para o campo, a fim de evitar a terrível corrupção.

Mestre Lão intrometeu-se:

— E de onde vem isso, Capitão-Mor?

— Dizem que o mal surgiu em Constantinopla, na Arábia, em 1673, e foi espalhado pelas guerras de Mafoma. Devastou a Inglaterra e dali se estendeu por toda a humanidade.

Lão gemeu, apanhando com raiva a barba rala:

— Mais esta. Além de escrever as asnices do Alcorão espalhou as bexigas-pretas pela terra. Grande coisa fez o charlatão de Meca...

Dona Maria estava cheia de horror:

— Mano José, e não há outro preventivo para o caso, além da fumaça do estrume?

— Dizem que um inglês, Jenner, inventou uma tal de vacina, que evita as bexigas. A família real inglesa foi vacinada e não teve a podridão. Uns falam bem, outros falam mal da vacina.

— Por que não se adota isso no Brasil?

—No Brasil... Adotar coisa que preste no Brasil. Aqui só se adota o imposto extorsivo, aqui só se usa o desfalque, campeia a vagabundagem, predominam as coisas imorais.

A epidemia de bexigas-pretas de 1814 foi das mais trágicas.

O dono do Gongo Soco fechou o reduto da mina a qualquer pessoa vinda de fora. Não dava abrigo, nem hospedagem, nem água a quem chegasse, na intransponível barreira de pedras e armas de fogo. Dia e noite os portões eram vigiados por gente fiel. Também nenhum branco ou escravo saía para contatos perigosos lá fora.

Em Vila Real do Sabará, morreram mais de três centenas de atacados, principalmente crianças e velhos. Nas várias minerações da região, morreram pelo menos dois terços da escravatura. A onda mortífera avançou para o norte, semeando luto por todas as vilas, arraiais, lugarejos e fazendas do sertão. Só escaparam os que não morriam nos dez primeiros dias da doença. Sobrevieram-lhe ao ataque cegueira, surdez, desordens nervosas e moléstias crônicas. Catas Altas, que abrigava na ocasião 25 sacerdotes, perdeu 8 deles, e morreram no arraial mais 49 pessoas.

A medida profilática mais segura recomendada pelos doutores de então foram as fogueiras acesas nas ruas, nos quintais e onde houvesse habitantes. O ar vivia mais enfumaçado que em agosto, na queima dos campos e roçados. Quando amainou a epidemia, o Capitão-Mor ergueu mãos ao alto, agradecendo a graça de ser poupado com os seus da grave calamidade.

Sua irmã de Mariana ainda vivia, mesmo sem assistência médica, nos dias da invasão mortífera. Recuperara certos movimentos e um pouco da fala: mal compreensível mas entendida. Por essas alturas, além do susto provocado pelas bexigas, começou correr a notícia de que o cativo Martiniano estava leproso.

Martiniano era escravo de primeira ordem, disciplinado e trabalhador. Era dos raros que ali nunca receberam castigo. João Batista soube do boato e ficou aborrecido:

— Notícia má sempre é verdadeira.

Mandou chamar o negro. Chegou humilde, de chapéu na mão.

— Você sente alguma coisa, Martiniano?

— Nhô-não.

— Você sabe que estão dizendo que você está com o mal de S. Lázaro?

Respondia de olhos no chão, rasteiro e servil. Parecia não se comover com as perguntas. Os presentes reparavam suas feições grosseiras, de rosto encaroçado e orelhas crescidas, suculentas. Tinha as mãos queimadas em vários lugares e nos braços havia placas salientes, onde o cabelo preto embranquecera.

— O que sente nas mãos?

— Só drumença, Nhô-sim.

— Pode ir. Vou ver seu caso.

Retirou-se, pequenino, estendendo a mão:

— Bença?

No outro dia, pela madrugada, mandou o negro, com uma carta, para seu amigo Mestre Jurubeba, de Sabará.

À noite chegou o preto com resposta: "Vila Real do Sabará, 2 de maio de 1815. Am.º e Sr. Cap.Mor João Batista. É mal-feio, sem discussão. É urgente retirar daí a rês. Fiquei horrorizado de ver o infeliz na minha casa e já estou queimando bosta de boi na porta, onde ele pisou. Convém queimar catre, colchão e roupas tocadas por ele, uma vez que pode desgraçar quem pegue nessas coisas. Mande buscar amanhã óleos, pra untar o corpo, e garrafadas pra beber. Mandei tocar o sino da Igreja do Carmo em sinal de perigo, pois a Câmara proíbe a entrada desses doentes na vila. O povo ficou alvoroçado e sabendo, por mim, do enorme perigo que corria com a presença infecta, ajuntou para tocar das ruas a pau e pedras seu escravo desenganado. Ele já tinha voltado, e minha mulher foi pra cama, de susto. A Câmara vai oficiar a V. Sª proibindo a volta dele aqui. Do menor criado, At.º Obr.º (a) Mestre Antônio Domingos Jurubeba."

Fechada a carta, o Capitão chamou Clara e Tijuba:

— Vejam que horror. O Martiniano está mesmo morfético!

Toda a população da mina ficou alarmada. Os malungos do enfermo estavam sob grande tristeza.

Muitos choravam.

— Coitadu di Martinianu, tá cum matanha!

No dia seguinte o Capitão mandou erguer um rancho, longe das aguadas, para onde fez ir o macutena com tralha, pra viver o resto da vida no isolamento. Ao ser levado para seu desterro, pediu com os olhos molhados:

— Dexa pidi a bença Nhá Crara e Nhô Capitão João Batista. Num veju ezi mais...

O feitor se opôs:

— Tá doido! Chegar perto da casa dos Nhonhô!

Todas as semanas o negro Josefino levava provisões para o doente, coisas que largava no campo, à distância, gritando:

— Martinianu, us trem táqui.

E retirava-se às pressas, como era ordem.

Fizeram-lhe uma cisterna perto do rancho, e acabou-se. Ficou isolado do mundo, entregue à sua sorte. Quando na outra semana viu Josefino, perguntou comovido:

— I Nhô Capitão-véiu? I Nhenhá? I u Capitão João Batista?

Chorava, de olhos baixos.

— Tô rezanu pra ezi...

Ao receber a lembrança, Clara benzeu-se:

— Coitado do Martiniano! Deus se lembre dele com sua misericórdia.

No ano em que estava isolado piorou muito. O rosto abriu-se-lhe em pústulas, as orelhas empolaram e as mãos balofas continham dedos inchados, de que as unhas se desagregavam em pus.

Os caridosos que eram obrigados a passar por perto do rancho gritavam de longe pelo morfético, atirando-lhe no chão suas esmolas. Seu aspecto assombrava, pois os cabelos cresceram-lhe sem tosa e, com a cabeleira e o rosto inchado, esse rosto do enfermo dava parecenças com a cara do leão. Alguns passageiros falaram-lhe de remédio que crescia em fama, apoiado até por médicos. Era a picada da cascavel, para curar morfeia. Muitos afirmavam conhecer casos de cura radical. Um deles assegurava:

— Conheço um caso no Pitangui. O pobre já estava largando as carnes. Com a picada da cascavel sarou, pra toda vida.

Outro, dias depois, confirmava:

— Já vi também na Vila do Serro uma mulher curar-se assim. Hoje está lisa, voltou pra os filhos...

Martiniano só pensava naquilo, sonhando a cura. Sarar! Voltar ao eito da mina, ao convívio dos malungos!

Um dia pediu a Josefino para lhe arranjar a cobra. Foi passando o tempo e ele não esquecia:

— I u bichu-mau, rimão?

Pois Josefino fora feliz na busca:

— Achei u bichu, pirtinhu daqui.

Só quem viu a cara do leproso sabe quanto brilharam seus olhos, de inefável alegria. A cascavel estava por baixo de um pau podre, na roça velha do Mandiocal de Cima. Por seguro, Josefino contou na Casa-Grande o acontecido. O Capitão-Mor já ciente do caso opinou:

— Não aprovo nem desaprovo. Acho horroroso, mas se ele quer...

Tijuba e Mestre Lão pediram para ir ver o espetáculo. Foram muito cedo, com Josefino.

Ao chegarem ao mandiocal, viram a serpente que, de tão má, tem o nome científico de *Crotalus horridus*, cobra horrível, horrenda.

Estendida ao primeiro sol, parecia morta. Josefino foi chamar o coitado, que, ao ver os outros, se assustou:

— Bença, sus Cristu?

Tijuba respondeu de longe:

— Deus ti bençôi, Martinianu. Cumu vai?

Como resposta, mostrou as mãos, levantando o rosto para ser visto melhor.

— I ocê tem coragi di chegá pertu desse bichu?

— Cum as graça di Deus Nossinhô!

Mestre Lão subiu num pau, com medo da cobra.

Martiniano fez o Pelo-Sinal e foi chegando a passos lentos, até perto da pestana lisa, parando, a limpar a garganta, para provocá-la, enraivecê-la. Jogou-lhe pequenos torrões, o que fez o ofídio se entrouxar, em guarda. Ouviu-se o cháchácháchá surdo de seus chocalhos mas o doente estendeu-lhe a mão direita. Foi chegando mais perto, foi chegando. Quando a mão estava a dois palmos da fera com a cabeça armada, vigilante, em cima da trouxa, o morfético gemeu:

— Cum us favô de Deus i da Virge Maria!

A cobra, elétrica, picou um dedo, ficando armada para mais. A mão se aproximou de novo, e mais dois botes acertaram na mão aberta. Aí a cobra se desenrolava para fugir. Tijuba gritou:

— Mata, Jusifinu, mata qui ela fúji!

O preto quebrou uma vara e, doido de medo, começou a esbordoá-la. Matou-a. Tinha nos chocalhos da cauda 18 nós, idade do bicho em anos.

Martiniano, sempre de pé, observava a mão que marejava sangue nos pontos picados. Voltou andando como pode, para seu rancho. Os dois curiosos seguiam-no de longe, evitando pisar nos seus rastros. Mal chegaram, Tijuba perguntou:

— Qui tá sentinu?

— Vista imbaçada, in-sim. Muntu friu.

O ferido começou a ficar inquieto, coçando-se pelo corpo todo. Suava, tremendo. Passada uma hora pingava-lhe sangue do nariz. Acocorou-se no chão, com falta de ar, que puxava para os pulmões, sem se satisfazer.

— Ái, ái, Nossinhô! Mi secórri.

Levantou-se, inquieto, e começou a gritar rouco:

— Mi acudi, genti!

Entrou para a cafua, voltando em seguida, a balançar os braços no ar.

Desbraguilhou-se, para urinar uns pingos sanguinolentos.

— Mi acúdi, Sinhâ Crara!

Voltou a seu rancho e saiu com água em caneca de folha, procurando beber. Não engolia mais. Caminhava desassossegado, meio cambaleante. Assoava-se com os dedos, jogando fora catarro avermelhado.

Nesse instante Mestre Lão escorregou do outro pau a que trepara e saiu correndo, sem nada dizer. Fugia com horror, ouvindo assustado pelo caminho o barulho soturno dos chocalhos da boquira.

O preto levava as mãos aos olhos, como para os limpar. Começava a ficar cego. Pôs para fora a língua escura, babando calda gomosa.

— Ai, genti! Queru Pad'e.

Josefino, adoidado com o que via, lembrou:

— Tem Pad'e não, Martinianu. Fais cunfissão pub'ica, rimão!

O doente deitou-se na porta do rancho, parecendo dormir. Levantou-se logo e gritando rouco e feio:

— Num matei... num robei... num jurei farçu... num afrontei muié aiêia... Creiu in Deus Pad'e e Nossa Sinhora, mãe de nois tudu.

Coitado, aquilo parecia sua confissão pública de pecados nenhuns. De repente levou as mãos à goela, tentando engolir.

— Amm... uuu! Uuu!

Tossia, asfixiado. Balançava a cabeça com desespero, delirando.

— *Murungura... Ia nabuia*! (Senhor meu Deus, já vou!)

Lembrava seu Deus africano, falava com ele... Quis andar, caiu de joelhos.

— *Ia nabuia*, Nhô Capitão! (Já vou, senhor Capitão!)

Naquele transe, lembrava seu Deus protetor do Gongo, e o Capitão seu senhor.

Deitou-se, espichando as pernas, para curvá-las em seguida. Sentou-se logo no chão, encostado na parede, muito arquejante, como em crise final de asma. Não tinha mais ar. Depois deixou a cabeça pender para o peito, levantando os braços, a sacudi-los. Suas mãos abertas desabaram, batendo na terra. Desgovernou o corpo, caindo de borco.

O remédio tão recomendado fizera seu pavoroso efeito, em uma hora e dez minutos. O Capitão mandou enterrá-lo no campo.

Estava mais ou menos normalizada a vida com a extinção da epidemia. O balanço da peste foi terrível. Morreu o que era fraco e estava fraco o que fora forte. Falavam ainda dos que morreram, como de pessoas ainda presentes. Mestre Lão deplorava a morte dos oito padres de Catas Altas, mas observava com maldade:

— Lá se foram sacerdotes ilustres, virtuosos. Morreram alguns velhos e muitos ainda jovens. Está claro que muita gente que devia morrer, ainda está lá.

É evidente que lastimava não ter morrido seu acérrimo inimigo Pe. Germano.

O Capitão-Mor, que não simpatizava com Lão, procurou ferí-lo:

— Só Deus sabe quem deve chamar. Nós somos juízes falíveis: só ele é perfeito.

Dona Maria, mãe de João, achou brecha para entrar em assunto delicado:

— Deus é que é perfeito. A peste passou como vento de tempestade. Varreu muito cisco mas levou também flores. Felizmente passou.

Limpava a garganta, embaraçada.

— Felizmente passou e vamos continuar a viver até quando Deus quiser. Agora, mano, chegou a hora de voltarmos para nossa casinha de Catas Altas...

O Capitão-Mor que a ouvia de cabeça pendida levantou-a, firme:

— Voltar? Você quer voltar?

— É preciso, mano. Agradecemos a acolhida mas chegou a hora de nos irmos.

— Não, Maria. Vocês não voltam mais para Catas Altas. Vão ficar aqui. Sou pobre mas vocês agora ficam sob minhas asas.

— Não, mano. Temos coisas lá, bichos, trastes, negocinhos...

— Manda-se buscar tudo!

A viúva sentiu as pernas esmorecidas.

— Agora ficam comigo. Já deviam estar aqui. Estou com 66 anos, pense nisso. O pouco que tenho dá para todos.

Fez uma pausa, que ninguém se animou a quebrar.

— Além do mais, vivo doente. Preciso da família para me ajudar a morrer.

— Qual morrer! Somos gente que vive muito. Você tem Laura e Clara.

— Clara já não é minha. Laura cedo ou tarde casará também.

Dona Maria estava engasgada, amaldiçoando a hora em que subiu para a liteira.

Tijuba, da porta, pediu licença.

— Nhô Capitão, u nêgu tá enterradu. I u ranchu?

Foi Joãozinho quem respondeu:

— Bote fogo naquilo. Já devia ter queimado.

— I us troçu du duenti?

— Queime tudo.

O Capitão-Mor entrou na conversa:

— Queime tudo e não se fala mais nesse assunto aqui. Já estou nervoso com o que soube.

O feitor saiu, louvando o senhor.

Na manhã seguinte depois do toque de reunir o velho chamou o genro:

— Providencie a vinda das coisas de sua mãe para cá. Alugue ou venda a casa.

Joãozinho encarou-o calado, à espera de mais ordens. O sogro falou, desconcertado:

— Tenho coisa muito séria a falar com você.

O moço estremeceu, esperando o trovão.

— Vou-lhe ser franco e me perdoe se erro.

Encarando o jovem, disse com firmeza:

— Você concorda que eu me case com Mariana?

Parado e de boca aberta, o genro não soube o que responder. A custo murmurou:

— Concordo muito.

— Então você vá falar com sua mãe e com ela.

Difícil foi convencer a irmã a se casar com o tio ultra-sexagenário, rico mas doente de tristeza, com várias complicações de fígado, rins e coração.

Quem logrou convencê-la não foram mãe nem irmão: foram as lágrimas de uma noite inteira abalada de soluços.

— Pensei que tudo pudesse me acontecer, menos isso!

Pela manhã, o irmão voltou a repisar o assunto:

— É para seu bem, Mariana. Você já está com 30 anos...

A mãe apoiava o filho, com suspiro:

— Eu também acho bom. O José foi sempre um coração sofredor. A falecida... é melhor não dizer nada. Ele vive muito só. É seu tio, o sangue é o mesmo.

João insistia:

— Você terá seu pão garantido.

Aí Mariana respondeu, olhando de muito perto o lenço molhado de lágrimas:

— O pão ganho com o suor de nosso rosto é mais saboroso do que o dado por esmola de um coração duro.

O irmão protestou:

— Você não está fazendo justiça ao tio. Ele é econômico mas tem coração generoso. Tem muitas qualidades, é bom amigo, ampara quem merece.

Ana, a irmã caçula, sorria forçado, com desesperante ironia:

— Pois eu não aceitava. Mocidade quer é mocidade.

O irmão concordava e discordava:

— Está certo mas você não pensa numa coisa, chamada futuro.

— Ora, ora futuro... O futuro é de Deus.

Mariana acabou concordando. Um mês depois, como aconteceu com João Batista, o Pe. Leitão voltou ao para celebrar o casamento. O Major Peixoto, da mina Brucutu, foi a testemunha do viúvo. A conselho de Joãozinho, Mariana convidou o Mestre-de-Campo de Vila Nova da Rainha para seu paraninfo. O Mestre-de-Campo era preto e tinha a singularidade de descobrir, com os olhos, onde havia ouro.

Mestre Lão, que já se fora para Catas Altas, vingou-se com falatório inconsequente por não ser convidado:

— Não tenho tempo de largar minha *Gramática* para passar fome no Gongo. Estive lá por imposição de guerra, a epidemia, mas notando que ficava magro a olhos vistos rompi o cerco da fome, fugindo para cá. Antes morrer de bexiga-preta do que ficar hético por falta de boia... Quem for a este casório de gente doida leve matolotagem para comer na volta. No casamento de Joãozinho, mesmo depois do almoço, voltei mais faminto que negro na peia.

Naquele setembro na Serra tudo estava florido. Framboezeiras, ananases--caianas, candeias, paus-d'arco, baraúnas das escarpas, jequitibás. Abriam as flores delicadas das ciganas, flores leves, humildemente lindas. No ar fino respiravam-se poléns errantes, carregados pelo vento.

Uma alegria de ressurreição palpitava nas plantas e nos bichos. O milagre da primavera se fazia na claridade da luz e na circulação das seivas.

Tudo isso se ouvia no canto sadio dos pássaros, no murmúrio das águas e no palpitar das artérias. Só estava mesmo triste a alma da noiva.

Joãozinho com o terno de sarja do seu casamento procurava arejar-lhe as ideias:

— Alegria, Mariana, fique alegre porque vai ser feliz!

— Meu coração é que está sem praça...

— Ora o coração... O coração não vale nada!

Já vestido para o ato, extravazava-se, esbatendo os constrangimentos:

— Deixe o coração para o lado. O principal é possuir um teto para se abrigar nas tempestades, e a certeza de que não passará fome... No casamento as coisas inferiores valem mais que o coração.

Enquanto a noiva se aprontava, na pobre sala de visitas da Casa Grande, o Mestre-de-Campo elogiava a mina de seu proprietário:

— Desde que aqui cheguei, conhecendo muitas minerações, sou de opinião que o Gongo Soco é a mais rica e onde trabalham com maior disciplina, ordem e moral. Nunca ouvi falar de um escândalo no Gongo. Aqui não há crimes, os próprios escravos são respeitadores.

O Capitão-Mor, muito feio na sua roupa do primeiro casamento, confirmava:

— É meu padrão de honra.

Peixoto estava de acordo:

— Meu compadre Capitão-Mor é rigoroso, de moral antiga. É do tempo em que um fio de barba valia como o melhor documento.

Chamaram; a noiva estava pronta. Depois da missa foi feito o enlace.

A idade e as moléstias crônicas do Capitão-Mor provocaram, pelo casamento, críticas ferinas de seus inimigos. Mestre Lão, por não ser convidado, farpeava-o com sua língua empeçonhada:

— O velho anda é desatinado, procurando a cabeça perdida... Vive doente. Há dias estava com dor de cabeça tão braba, lá nele, não em mim, que vi até sair faísca de fogo de seus cabelos... Está precisando é de dar baixa por invalidez, por aleijo das molas. Ele vai é segurar cabra pra cabritinho mamar...

Até na senzala, onde o noivo era odiado, mereceu remoques de seus cativos.

João Benguela, que ele surrava sem dó, no dia do casamento perguntou à malunga Minervina:

— Capitão-véiu casá? Oi s'is t'é genti pra casá...

Riu grosso, como se rosnasse:

— I, Menervina, num mi dirais pra quê?...

No caminho de volta, o Mestre-de-Campo trocou ideias com Peixoto:

— Estou decepcionado com a Casa-Grande do Gongo. Tudo muito pobre! Paredes caiadas de branco, sem quadros, sem cortinas. As cadeiras da sala de visitas são altas e incômodas. Não aguentam mais ninguém; os bancos, estreitos e ordinários. É esse o Gongo, o assombroso Gongo Soco de tanto ouro...

Peixoto ria, concordando:

— No Brucutu, mina pobre, vivo com mais conforto. Viu que almoço?

— Horribilíssimo! Um almoço de casamento... Louça quebrada, copos baratos, comida mal feita... Estou pasmo!

— O compadre é muito agarrado ao dinheiro... Sovina de fazer rir.

— E quer saber? Se a boia prestasse e eu estivesse com a fome de certos dias devorava, eu sozinho, aquele almoço que foi para nós oito. Porque o padre não almoçou, tomando leite.

— Soube que Mestre Lão comeu lá no casamento do João Batista e disse o mesmo...

— Agora, uma coisa me impressionou — foi o Negro Florismundo. Que negro bonito! Sabe de quem me lembrei ao vê-lo? Do preto revoltoso Bateeiro, Rei do Quilombo de S. João del Rei, que concorri para desbaratar. O quilombola era aquilo mesmo: enorme, de olhar altivo, ombros largos e feições agradáveis. Matamos quase todos os macamaus mas ninguém pôs a mão em Bateeiro, que eu vi combatendo. Fugiu e ainda está na selva.

Peixoto agitou-se:

— Imagino um encontro de briga entre Negro Florismundo e *Três Bundas*. Devia ser um espetáculo, porque ambos são valentes e de coragem doida.

— Seria o encontro de duas jaguarunas cheias de raiva!

Passavam pela Fazenda do Pe. Tavares, em cujo pomar já esquecido floriam os pessegueiros em cor-de-rosa desmaiado. Caíam as últimas flores dos ipês das abas da Serra do Gongo.

O frio ardia nas carnes, queimava a pele.

Ainda escuro, às 5 horas, Dona Maria suspirou, ouvindo o sino dos cativos badalar alto e alarmado na varanda da Casa-Grande. Todo o varjão do vale estava aspergido pela corrubiana das serras. A viúva aconchegou-se mais nos papas de lã, falando para Ana:

— O pé-de-boi do mano José já vai para o mutirão, coitado. Não demora e está na geada, pisando o barro.

E apanhando o rosário na cabeceira do catre:

— É o escravo mais trabalhado do Gongo Soco. Como é triste ser cativo!

Naquela madrugada João Batista não foi para o barro, conforme pensara sua mãe. Já estando empaiolado muito ouro em pó, mandavam agora fundir o apurado, em barras de 280 gramas, nas Reais Casas das Intendências do Ouro, de Vila Rica e Sabará.

Naquela manhã João Batista despachava 100 quilos de ouro para a Intendência de Sabará.

Dividiram a carga por duas malas de 50 quilos. Uma era levada na cabeça pelo africano João Bagaia e a outra por Manuel Aruanda, negro mau mas peitudo. A escolta era de seis escravos, comandados por Palacete, negro da Guarda Pessoal do Capitão-Mor e do Capitão João Batista. Os outros cinco eram João Guiné, Luís Barra, Aruanda, José Mugongo e Sarangó, todos com ficha de brabeza e lealdade. Iam armados de trabucos, bodinhos, bacamartes, além de afiadas línguas-de-cobra e facões de mato.

João Batista seguiu na frente, acavaleirado por Barrosão, Jubutirica, Pintado e Negro Florismundo. Ao vê-lo sair, o Capitão-Mor gritou da varanda:

— Leve mais gente, João Batista! Leve também Galamba na escolta do ouro. Você viaja com muita riqueza!

O genro sorriu:

— Estes que vão valem por trinta, meu sogro.

João saíra às 5 e o comboio do ouro às 6 horas da manhã. O moço ia adiante, limpando o caminho e garantindo a passagem da caravana. A manhã estava enevoada e muito fria. Logo na baixada, Sarangó tremia, atracado no trabuco. Aruanda riu feio:

— É magungo, rimão?

— É friagi. Tô aqui pensanu num vintémzin di lupipa ô cabanga pra isquentá u coipu.

— Quim sabi ocê tá sintinu farta du Mest'e Lão?...

— Quim tá sentinu, na rial'dade farta del é mea faca, qui tá querenu apojá grossu na barriga du véiu... Dêx'tá el!

— Pau pôdi num dá cavacu...

Todos riram alto, escandalosamente. Mestre Lão tivera um esbarro com Sarangó e ganhara mais essa inimizade. Luís Barra, que era de Angola, deu conselho:

— Intrega el pá Mabamba, pá virá bagaçu.

O Gongolês Sarangó riu com raiva sinistra:

— Já dei el pá Kilulu fazê sabão.

O ouro ainda cedo passou por S. Bento. Vendo os negros dos malões com escolta já conhecida, os moradores chegaram às portas:

— Lá vem o ouro do Gongo Soco!

Quincota e Lila apareceram para assistir à passagem do grupo. Quincota gritou alegre:

— Eh, gente rica! Cuidado com a sapucaia do Sabará...

Palacete respondeu, brincando:

— Coidado cum Zé Pritinhu...

Quincota levara uns tapas do Zé Pretinho, por briga de jogo em S. João do Socorro.

— Qual nada, pra ele agora eu tenho...

E bateu nos quartos, de onde pendia uma reiúna.

Quando saíam do arraial o negro Sarangó aspirou fundo o aroma das jabuticabeiras em flor num quintal:

— Eh, Cheru gostosu. Pareci inté das moça di Cunceição du Serru...

Ao subirem a Serra do Gongo, para aliviar os malungos, Palacete mandou moderar a marcha. Para cadência dos passos, Mugongo começou a cantar:

*Tolete de cana*
*É bão de chupá.*
*Redondo, Sinhá,*
*Redondo, Sinhá.*

Dali por diante, enquanto Mugongo começava:

*Tolete de cana*
*É bão de chupá.*

os companheiros respondiam:

*Redondo, Sinhá,*
*Redondo, Sinhá...*

Subiam a Serra embalados no ritmo da cantiga, repetida muitas vezes pelo caminho. Transposta a Serra, Aruanda arriou a mala para uma necessidade e para fazer um cigarro. Os ventos estabanados estapeavam as folhas dos bate--caixas do campo, fazendo barulho áspero e triste. Piavam perdizes na macega.

Em frente, no dia claro, aparecia a Serra de Gongonhas e, mais à direita, a Serra da Piedade varando o espaço com seus 1.783 metros. Os negros arejavam as vistas, habituadas ao vale do Gongo e à penumbra das catas.

Aruanda suspendeu a mala à cabeça e retomou a marcha, abrindo a boca:

*Vou mimbora pra Luanda,*
*Qui a Rainha mi chamô.*
*Lá tem malunga de chero,*
*Lá tem malunga de chero,*
*Ô, ô...*

Caminhavam com pisadas firmes. Aruanda repetia:

*Vou mimbora pra Luanda,*
*Qui a Rainha mi chamô.*

enquanto os outros terminavam:

*Lá tem matunga de chero,*
*Lá tem matunga de chero,*
*Ô, ô...*

Os cativos adoravam as viagens, pisar no chão livre, olhar as mulheres como suas iguais. A visão do alto das serras dava-lhes nostalgia da liberdade, pois quase todos os africanos da província eram aprisionados em tocaias na sua terra.

Aruanda insistia no seu canto, que embalava a turma:

*Vou mimbora pra Luanda,*
*Qui a Rainha mi...*

Nesse instante, na curva do caminho, o estrondo de um espingardão apontado do barranco derrubou Aruanda. Sua borracha caiu por terra. Palacete enxergou um vulto avançando para ele, e atirou, matando-o. Cinco homens, num pulo na estrada, agarraram a mala caída, quando o bodinho de Palacete engastou. Ele investiu nos ladrões a ferro frio, sangrando dois do assalto, a gritar em fúria:

— Si ocês nunca viu Santu Antônhu de cirola, vê agora, negus ladrão!

Mas caiu também ferido a faca, sangrando muito. No tiroteio das moitas, Bagaia foi ferido; caiu abraçado à mala que levava. Luís Barra, errando o tiro, atracou-se com um bandido e morreram ambos estripados nos gumes. Aí, um dos gatunos pegou a mala que Bagaia, ferido, ainda abraçava, quando João Guiné num salto rachou-lhe a cabeça a facão. Um tiro vindo do mato prostrou o do Gongo. Quando Mugongo viu um, fugindo com o surrão, marchou para ele, sendo estrepado no peito por zagaia. Vencendo a escolta, os ladrões levaram todo o ouro das duas malas.

Do pessoal do Gongo só restavam vivos Palacete e Sarangó. Palacete, muito ferido, parecia morto. Ficaram mortos 4 assaltantes. Escapo por milagre, Sarangó disparou para S. Bento, onde chegou de ventas abertas:

— Atacaru a escorta, rôbaru u oru! Morreu tudo!

Quincota começou a tremer, batendo os dentes:

— Que é isso negro, você está doido? Morreu quem?

— Morreu tudu! Robaru u oru!

Chorava, assonsado da corrida.

— Quem roubou, Sarangó?

— Munta genti. Tudu mascaradu!

Lila chegava, pálida de morte. Quincota repetia meio leso:

— Roubaram o ouro do Gongo! Mataram toda a escolta!

— Meu Deus!

Quincota se informava:

— Muito ouro, Sarangó?

— Cem quilu.

Lila, com voz embargada:

— E Palacete, morreu também?

— Morreu tudu!

Quincota montou num cavalo de freguês da venda e galopou para o Gongo. Sarangó foi a pé. Ajuntava gente para saber do sucedido. A notícia correu como vento:

— Ladrões roubaram o ouro do Capitão-Mor! Mataram os negros da escolta, só escapando Sarangó!

— Muito ouro?

— Parece que cem quilos. Ouro que ia para a Real Intendência do Sabará!

Não demorou e começaram a passar para o Gongo amigos do Capitão-Mor, em visita de pêsames e a fim de melhor saber como fora o ataque. O Major Peixoto encontrou o compadre calmo mas de olhos capeados. O Mestre-de-Campo já lá estava, apreensivo.

José Alves não sabia ainda como fora o caso, pois Sarangó estava assombrado demais para explicar. Peixoto procurava pistas:

— Quem sabe se não é a quadrilha da Mantiqueira, que desceu para o sertão?

Cunha acreditava:

— É possível. O assalto foi de quem sabe roubar. Foi rápido e violento! Pode ser mesmo a quadrilha do Pe. Arruda que faz despotismo na Mantiqueira.

O Major Matos fuçava minúcias:

— E Sarangó não conheceu nenhum deles?

— Quando atacaram estavam de caras mascaradas, lambuzadas de barro preto, só se vendo os olhos. Ele diz que as mãos de alguns eram brancas.

Matos espalhou um boato que ele mesmo inventava:

— Dizem que Palacete correu...

O Capitão-Mor fez justa defesa:

— Correu? Escorou os ladrões no tiro e nos ferros. Avançou para os demônios de faca na mão, matando três antes de cair!

— Mas está provado que Sarangó fugiu... Jogou o mosquete fora...

— Só correu para trazer a notícia e está ferido, com vinte e três grãos de chumbo grosso no corpo, mas na frente. Tem chumbo até na cara. Trouxe o mosquete com carga tirada, mesmo porque é arma de carregar pela boca e, no entrevero, novo tiro era impossível. A prova de que meus negros foram valentes é que estão mortos quatro assaltantes.

Mandaram os mortos. Chegaram ao anoitecer. Palacete não morrera, mas estava muito mal e fora levado do lugar do roubo para Sabará.

Só mais tarde chegou João Batista, pálido como defunto. Soube da bagaceira no Sabará, onde aguardava a escolta. Estava abatidíssimo. Parecia delirante.

— Talvez, se eu acompanhasse o ouro, não acontecesse o que se deu. Minha Guarda é horrorosamente brava.

O Capitão-Mor consolava-o:

— Ora, João Batista, foi bom você viajar na frente. Foram tantos os ladrões que seria impossível vencê-los. Você poderia estar morto a estas horas. Vamos mandar fazer tudo por Palacete.

Pe. Leitão e Mestre Lão chegaram tarde da noite, ficando em casa de Dona Maria. João Batista foi vê-los. A casa estava cheia de visitas, acabrunhadas com o desastre. Logo que entrou na sala, Mestre Lão abriu os braços para o moço, exclamando com arreganho:

— Vim me por ao lado dos amigos. Ao saber da hecatombe pus a orelha na boca e disse ao padre: — Houve zinguizarra no Gongo. Vamos para lá! Dou pêsames pelo sucesso e parabéns pelo comportamento da escolta. Amigos, Palacete caiu diante dos assassinos, em luta pelo Gongo, como Leônidas nas Termópilas, matando e se deixando matar em defesa das liberdades da Grécia contra o exército de Xerxes.

Ninguém entendeu e muitos olhavam com a boca aberta o velho descabelado. Lão dizia mais, com entusiasmo:

— Palacete morreu cumprindo o dever, como Nelson em Trafalgar lutando contra os franceses. É uma figura homérica e não devia morrer mas ficar no mundo como endez. É exemplo para a humanidade e a história acolherá seu nome de bravo.

Não sabiam ainda que Palacete escapara. Aproveitando a confusão de gente na casa, Mestre Lão foi até a cozinha, perguntando à cozinheira:

— Há esperança de ceia? Vim correndo danado, atrás da fome...

Preparavam a ceia e quando o Mestre saiu, a cozinheira, que o conhecia, resmungou:

— Esse home come mais qui terra di cimunteru...

João Batista atendia o padre.

— Estamos prontos para mandar buscar o Cacau[12], negro absoluto em Lençóis do Rio Verde, para reforçar nossa vigilância.

O Padre indagava:

— Quem é, na ordem das coisas, esse Cacau?

— É negro que tem dado pancas no limite da Bahia.

— E vocês vão trazer um sujeito desses para nosso continente? Deus permita que me engane, mas fazem muito mal e vão se arrepender.

Fungou seu rolão predileto:

— Ouça, Joãozinho, tudo isso é por causa do ouro. Tanto ouro extraído aqui, só pode ser doença da terra[13]. A terra, adoecendo, está virando ouro. Isso pode ser grande perigo até para os que estão nas lavras.

12) Cacau vivia fora da lei, no norte de Minas. Era negro fugido que não temia aparecer nos arraiais, matando por dinheiro. Era protegido por gente rica e respeitado pela insolente valentia.

13) Na verdade, a mina do Gongo Soco era de uma riqueza extraordinária. Barão von Eschwege — *Pluto Brasilienses*, ed. a. Reimer, Berlin, 1833.

Suspirou, falando quase sem sentir:

— Enquanto o ouro sai às arrobas para o Reino, o ano passado o Conde da Palma avisou ao Secretário da Guerra de Portugal que os Dragões do Corpo da Milícia do Sabará, para se apresentar nas revistas, eram obrigados a pedir espingardas, por empréstimo, aos vizinhos e amigos...

Naquela noite ninguém dormiu no Gongo-Soco.

O senhor da mineração recebia autoridades e acertava providências policiais. Mandaram a Vila Rica avisar ao Governador.

No outro dia enterraran os mortos do Gongo, no Cemitério dos Escravos, na mina, mas os cadáveres dos ladrões foram sepultados no campo. Centenas de curiosos foram assistir a esse enterro, feito pelas autoridades. Joãozinho ficara um pouco abobado, sem palavras, chorando às vezes.

Quando no dia do enterro Dona Maria se recolheu com a filha, ambas estavam arrependidas de abandonar Catas Altas. A viúva carpia-se:

— A esta hora nós tínhamos paz, na casa humilde da Rua Direita.

Ouvíamos os curiangos piando, no quintal. O perfume das madressilvas da cerca enchia a noite. Nossos sonhos eram inocentes. Pobres, tínhamos a riqueza da união que nos ligava. Contemplávamos caladas as estrelas, indo dormir de coração sossegado. Hoje, pelo menos, dou mil louvores a Deus porque Joãozinho escapou da mortandade.

Suspirou, sentida.

— Não ouviu o Pe. Leitão dizer que o ouro parece doença da terra, que pode contaminar as pessoas?

Nesse instante pensava no filho.

## IV — O HERDEIRO

O assalto do caminho de Sabará, com roubo e assassínio de negros, agravou a saúde do Capitão-Mor. Com o abalo moral, sua moléstia complicou-se.

Casado pela segunda vez havia três anos, já tinha um filho, e Mariana vivia nervosa, chorava às vezes. Repetia para o irmão:

— É preciso ver isso, Joãozinho. Ele está mal. Não dorme, vêm aflições, de repente. Não sei mais o que fazer; estou desorientada.

— Faço o que ele deseja. Vieram aqui o Dr. Sinfrônio de Abreu, do Sabará, o Dr. Amâncio, o Padre Doutor do Caraça e Mestre Xavier, que não presta pra nada.

João foi ao sogro:

— O senhor não está passando bem. Os doutores estiveram aqui, vieram em pura perda. Faço tudo por sua saúde. Há três anos o senhor vive de esperanças que os físicos lhe avivam. Deixe-me agora agir por minha conta, se der licença vou chamar o Mestre Jurubeba. Pra mim não há melhor; o senhor conhece, por minhas informações, quem é ele.

— Pois mande buscá-lo, João. Você confia nele, deve ser competente.

— Mestre Jurubeba é um bocado secarrão, fala pouco e age depressa.

Negro Florismundo foi chamado.

— Você leve um cavalo arreado e vá buscar Mestre Jurubeba no Sabará.

Diga que eu é quem mando chamar, para vir logo. Se ele fizer corpo mole traga o homem mesmo à força! Não me volte sem ele!

Pois no outro dia, ali pelas 10 horas, o prático chegou. Quem o viu primeiro, ao transpor a portada de pedra, foi Dona Maria:

— Lá vem o mata-são...

João Batista foi recebê-lo:

— Arre, Mestre Jurubeba, o senhor é difícil. Afundei caminho para mandar buscá-lo. Você está mais difícil de se ver do que irara ou alma-de-gato.

— É. Tive um servicinho em Santa Quitéria.

— Mandei chamá-lo para tratar do Capitão-Mor. Já bebeu muita changuana de muito doutor e, no meu parecer, está pior.

Enquanto João Batista discorria, Jurubeba tentava, com o fuzil, fazer faísca na pedra da binga. Não acertava. Virava a pedra, ferindo de novo.

As faíscas saltavam fora da estopa. Conseguiu afinal que uma caísse na isca de corda. Soprou, manso, viu o fogo pegar, acendeu o cigarro.

— Mandei chamá-lo pois sei que, agora, vai.

O mestre tragou a fumaça, absorto, sempre de pernas cruzadas. O doente foi avisado de sua vinda e Mariana compunha o quarto para que ele entrasse. Jurubeba foi para o quarto, esgueirando-se, sempre insignificante. Abancou-se, ao se ver junto do enfermo.

— Sinto seus incômodos.

— Há muito ando adoentado. Ultimamente meus males se agravaram.

O mestre ouvia sem atenção, olhando para a mesa onde estavam muitos remédios.

— Tenho bebido muita droga. Agora os pés deram para inchar, as mãos, o rosto, a barriga.

Mestre Jurubeba contemplava-o, em silêncio. Depois se levantou, abaixando-lhe a pálpebra inferior de um dos olhos. Tamborilou os dedos, ao de leve, na barriga de pele luzidia, distendida. Nos tornozelos calcou um dedo, afundando os tecidos.

A cor de cera do enfermo e o ar balofo dos membros estavam bem patentes.

— Urino pouco mas o Doutor Amâncio, do Caeté, provou a urina com a língua. Não é doce.

O mestre sentou-se de novo, cruzando as pernas magras. Reparava, meditando, o corpo grosso do milionário derrubado pela doença.

— Às vezes tenho aflições, não posso me deitar. Madorno encostado nestas almofadas. Fome, nenhuma!

O mestre nada perguntou no seu exame, não deu uma palavra. Súbito, saiu para a varanda, onde se sentou no banco estreito, cruzando ainda as pernas e os braços. João Batista aproximou-se:

— Então, que tal o caso?

— Capitão Batista, o Capitão-Mor está perdido. Tem anasarca. Morre dentro de sessenta dias.

— Que me diz? Isto é verdade?

Não teve resposta. Abalado pelo susto, João sentou-se perto do médico.

— Olhe, Mestre Jurubeba, se assim é, peço segredo de seu parecer, pois Mariana está muito abatida, com várias noites sem sono.

Minha esposa também não pode saber da verdade. Está grávida e é moça impressionável.

Parecia duvidoso daquela terrível sentença.
— Mas o senhor tem mesmo certeza do que disse?
O mestre confirmou, com a cabeça.
Chegavam visitas de Catas Altas e, entre elas, Mestre Lão. As visitas vinham menos para o Capitão-Mor do que para ver Palacete, o bravo do assalto ao ouro. Mestre Lão, vendo Joãozinho ocupado com o médico, foi procurar Dona Maria, sua vizinha quando em Catas Altas. Desabou-se logo em palavras insinceras:
— Sinto de coração sangrando a piora de seu mano. E quem é aquele sujeito que está sentado no banco, de pernas cruzadas?
— É o Mestre Jurubeba, que veio tratar do doente.
Levantou-se e convidou o amigo para a Casa-Grande.
— Ahn... E ele é competente, na proporção de sua fama?
— João é quem sabe. Ele já curou muita gente, isto é, dizem.
O de Catas Altas abarcando com a mão a barba escassa reparava, atento, o médico.
— Dona Maria, esse homem é coimbra, isto é, doutor?
— É, pois não.
O professor virou para os que o ouviam no canto da varanda:
— Ele parece os lobos mortos no cerradão, que nem formigas e tatus ousam comer. Secam na poeira. Viram couro duro e áspero, conservando os pelos...
Alguns riram. Insistia:
— Parece anu branco empalhado, coisa feia... E quase não fala. Para fazê-lo falar é preciso aplicar-lhe o abre-boca dos tropeiros, geringonça que escancara, à força, a boca dos muares.
Joãozinho, que saíra um pouco, voltou ao prático:
— O senhor já receitou?
— Não.
— Então vamos ao escritório.
O homem seguiu-o, receitou. Depois, sem expressão, estendeu-lhe os dedos finos:
— Adeus.
— Adeus, como?
— Eu me vou.
— Vai embora?
E resoluto:
— Vai embora o quê! Enquanto o caso de meu sogro não decidir o senhor não sai daqui!
— Tenho chamado pra Santa Luzia do Rio das Velhas do Sabará...
— Não. O senhor não vai nem que o chão estremeça. Fica aqui. Nós pagamos o seu serviço. Meu sogro não é um lhaguelhé qualquer, que o físico examine e vá embora.
Com a mesma presteza com que se levantara, sentou-se de novo. João Batista, sentado também, indagou intrigado:
— Mestre Jurubeba, o que é anasarca?
— É o corpo todo inchado de água, inchaço geral com serosidade presa. E água nos peitos, na barriga, nas juntas, na passarinha, água que não verte.
— E isso é caso de morte?
— É e não é. Às vezes cura, sem remédio. A mais das vezes mata.
Recomeçou o complicadíssimo trabalho de fazer e acender seu cigarro inseparável. Fazia aflição assistir a essa batalha de fumo, faca, palha de milho,

binga e fuzil. Alguns que viam essa fabricação laboriosa davam graças a Deus quando o fumante tragava a primeira baforada.

— Se às vezes cura, sem remédio, como é que o senhor desenganou logo o Capitão-Mor?

— Porque anasarca em velho de rim fechado é morte certa.

As pessoas mais íntimas foram para o interior da casa, ficando na varanda as visitas menos familiares. Mestre Lão discutia com Fortunato, dono da mina Cantagalo, problemas de linguagem, de Catas Altas, do Gongo Soco, do mundo inteiro. Lão estava pessimista:

— Catas Altas pode ser que vá, mas duvido. Para mim o ouro não traz fartura a lugar algum. O povo vive em alvoroço, tirando ouro, não tendo tempo de trabalhar. Vivemos na penúria de tudo para comer. Temos ali o melhor clima para criação de carneiros. Alguns ficam animados e começam a cuidar desses bichos. Nasce um carneirinho, nasce outro... Mas a fome não dá tréguas e os donos dos borregos acabam comendo os carneiros novos e os velhos... A fome é como bananeira nova, cortada pelo meio. Corta-se hoje, amanhã já está de novo crescida. O de Cantagalo protestava contra a decadência do arraial:

— Temos ótimas uvas.

— Está! Clima para parreirais temos, comparável ou superior ao de Portugal. O Monsenhor Manoel Mendes Teixeira de Vasconcelos introduziu a cultura da uva em Catas Altas. Trouxe mudas portuguesas, plantou-as no seu quintal. Cresceram com viço despropositado. O povo animou-se. Começaram a plantar parreiras. Eu mesmo ouvi muitíssimas senhoras vezes:

— Agora é a redenção. Vamos ter muita uva. Fabricaremos vinho para as Gerais, para o Reino... Está provado que nosso clima é superior ao de Portugal.

Tossiu e foi escarrar no pátio.

— Quando chegou tempo de podar as parreiras, os agricultores estavam no barro, bateando. Não fizeram a poda e o resultado foram cachos miúdos, escassos, azedos...

Riu sem dentes ou, por outras, com os dois cacos da queixada inferior.

— O nosso Noé, o Pe. Manuel, balançou a cabeça: — Assim é impossível...

— Isso pode ser verdade, mas temos parreiras bonitas, de boas uvas, que derretem na boca. Espero ver as escarpas de Catas Altas cobertas de parreiras encartuchadas de frutas que sobem, doces, da terra abençoada. Já colhemos uvas brancas de muita procura na Vila Real do Sabará, na Vila Nova da Rainha e em Santo Antônio, onde estão sendo vendidas a quinhentos réis a arroba. Em breve, nosso vinho abastecerá toda a Província.

— Assim seja.

— Depois o senhor não pode falar em atraso, pois o Colégio do Pe. Germano honra nosso pedacinho de chão.

Mestre Lão arreganhou os beiços em riso forçado, pondo à mostra os ilustres cacos de dentes:

— Honra muito... Colégio com dois alunos, sendo um grátis... Colégio em que esses alunos em vez de estudar debulham milho no paiol do lente, tratam de seus porcos de ceva... Os meninos sabendo o que os espera, só vão para seu Colégio como bode entra na água, — à força... A catedrilha que o tal padre ocupa está entregue aos máscaras. Seu ocupante foi tirado na folia, está dando marradas na parede, está mais doido do que moinho de vento...

O garimpeiro prosseguiu, calmo:

— Além disso temos lá uma aula de primeiras letras, de que o senhor é o mestre.
— Com muita honra!
Bateu no peito com a mão aberta.
— Tenho matriculados 23 alunos. Na minha aula a sabedoria entra na cabeça por minhas lições meditadas e... não pela palmatória de que se usa em certos estabelecimentos!
Referia-se ao Pe. Germano, que castigava os discípulos.
— Mas o senhor também castiga. Ouvi dizer que o senhor inventou dar bolos na costa das mãos...
— Calúnias! Sei de onde isto escorregou, como pus... *Est modus in rebus*: o castigo moderado teve aprovação de Aristóteles, o maior homem do mundo! Eu puno, mas na palma das mãos — quando merecem. Quando o bolo é merecido, não se esconde a mão. Isso de bolos na costa das mãos é romance infamante de certo infeliz que imita o pior dos Doze Apóstolos.
E com careta de nojo:
— Causa-me asco certa personagem. Porque, para dizer a verdade, esse Pe. Germano é ruim como negro bundudo de beiço caído.
Ergueu, alto, a confusa cabeça:
— Um dia perco os prumos, endoideço, faço uma arte e acabo nas galés ou na forca!
O ódio de Mestre Lão pelo Pe. Germano raiava pelo destempero. Quando Lão saiu, Fortunato falou aborrecido:
— Mestre Lão é mais inteligente do que filho de padre. Mas está maluco.

Chegou João Batista com Jurubeba, que acabava de aplicar 9 bichas na nuca do Capitão-Mor. Deu-lhe um vomi-purgante que só de ser visto provocava cólicas. Mestre Lão diante da cara fechada dos dois pediu licença e se afastou pisando largo, com as calças mais curtas que seu juízo.
Muitas visitas se retiravam, porque anoitecia. O céu descorava e da varanda ouviam-se nos capoeirões sujos zabelês gritando a espaços: Traz os caval'aí!...
Na porta do prédio, Mestre Lão encontrou Dona Maria.
— Dona Maria, não tive a honra de ver o doente mas estou em visita e à disposição da família, como criado obscuro.
Parou, de mão no queixo.
— Dona Maria, a senhora ouviu falar no Doutor Manuel Moreira de Figueiredo?
— Não senhor.
— É médico dos padres e dos alunos do Colégio do Caraça. Por que não chamam esse doutor, que tem fama de sábio? Desculpe a sugestão mas... Mas acho muito prudente esse chamado.
— O filho é quem decide essas coisas, Mestre Lão. Tem muita confiança no Mestre Jurubeba.
Lão torceu o nariz.
— Hum!
— Não entro nisso. Meu irmão está mal mas eu sou pequenina, pobre e não me meto em funduras.
— Olhe, Dona Maria, Joãozinho foi meu aluno dileto. O que sabe foi ensinado por mim.

Encolheu-se, afetando modéstia:

— Julguei-me com direito de sugerir, dar um rumo!

A viúva fechou-se, com certo ressentimento:

— Isto aqui não é meu, Mestre Lão. O genro do Capitão-Mor é quem pode resolver. Vivo é morta de saudade de meu pé de rosa branca, da minha latada de parreira, da moita de bananeiras onde chocava minha garnizé.. . Acabo largando tudo aqui, voltando para minha casinha da Rua Direita, casa feita pelo falecido, de quem guardo muitas recordações.

Suspirou, nervosa:

— Antes viver como eu vivia, trabalhando na obscuridade, do que presenciar esta confusão horrorosa, vendo meu irmão doente e o filho cheio de responsabilidades.

— Sim, Dona Maria, mas eu pergunto é se Mestre Jurubeba está na altura de assumir o encargo do tratamento de seu irmão?

Saíam mais visitas. Algumas chegavam para ficar, fazendo plantões. João Batista agradecia, afetando calma.

— Não precisa. Tudo vai bem. Meu sogro melhorou.

Mestre Lão foi direto a seu ex-discípulo:

— Estou às suas ordens. Venho para perto de você para servir, para ser útil!

— Obrigado, mas as coisas se normalizam. Você pode regressar às suas obrigações.

— Mas eu vim para ser hóspede de sua mãe. Desejo colaborar com a família neste transe amargo!

— Não precisa, não. Temos tudo aqui.

O velho coçou as barbas revoltas:

— Meu cavalo de aluguel voltou... Não aguento andar três léguas...

E de cara dura:

— Vou ficar, Joãozinho! Fico em casa de Dona Maria.

João Batista, preocupado com a barafunda e com o prognóstico ainda secreto do prático, saiu com mau humor, solucionando:

— Olhe, Mestre, dê licença. Faça o que quiser.

Quando anoiteceu só ficaram no reduto murado, além de Mestre Jurubeba, o Major Peixoto, patrício, compadre, amigo íntimo do enfermo, e Mestre Lão.

Como o doente passasse melhor com o ópio do físico, Dona Maria foi dormir em casa, hospedando o professor. Porque Lão tossia, sufocado na sua histórica bronquite tabágica, Dona Maria mandou fazer um mingau ralo, adoçado com açúcar branco redondo para ele tomar quando deitasse.

— Coitado, não tem ninguém por ele.

Na casa da viúva, depois da ceia, na sala de jantar (ceia que o Mestre Lão atacou de unhas e dentes) ficaram conversando sobre Catas Altas.

Súbito, espantado, o hóspede pôs-se a escutar. Vinham da floresta virgem, assustando a solidão, roncos assombrosos de guaribas no cio.

— Que é isto?

— São macacos. Dizem que tamanho de um homem. Estão acordando no mato. Acordam quando anoitece.

A eloquência de Lão deliu-se em medo. Ficou deprimido, calado, coisa difícil para sua língua. Sim, o valente que ameaçava avançar para o Pe. Germano de rapa-coco em punho, ensanguentando carnes, roupas e a terra, acovardava-se ao ouvir o ronco dos guaribas na mata. Para disfarçar foi até a janela, olhando a escuridão.

— A noite está mais preta que goela de onça...

Recolheu-se a seu quarto, mas, antes de soprar o lampião de azeite, verificou se as janelas estavam bem fechadas.

Ao deitarem Ana falou, baixinho:

— Mãe, Mestre Lão fala demais, a senhora não acha? Ele é pessoa de confiança?

— Confio tanto nele como em toco no meio do caminho, quando viajo no escuro.

Nunca até então as minas do Gongo Soco renderam tanto ouro como em 1818, quando o Capitão-Mor não mais saía da cama. No mês de março a balança acusou um total de ouro jamais visto. Nesse mês uma lavra de jacutinga aurífera descoberta pelo Capitão-Mor rendeu 170 quilos de ouro de 23 quilates[14].

João Batista, que assistia à pesagem, foi dar ao sogro a notícia:

— Meu sogro, a pesagem completa do ouro neste mês de março chegou a 263 quilos! Em 23 dias o rendimento foi de 170 quilos, só no bucho de jaquitinga que o senhor descobriu. O resto foi das outras catas.

O doente encarou o genro com os olhos empapuçados. Não podendo responder, chorou. Todos da família que estavam no quarto se comoveram. Desciam lágrimas das pálpebras grossas do descobridor do bucho de ouro. A custo recomendou com voz lenta:

— Guarde do fato completo segredo. Mande lavar depois do serviço a carapinha dos negros. O ouro sendo muito eles costumam escamoteá-lo, escondendo-o nos cabelos.

Falava arquejante.

— Reforce as guardas; não deixe ninguém entrar na zona do serviço. Você esteja presente lá, de olhos bem vivos.

João Batista continuava a informar-lhe:

— A mina da Paciência, no Brumado, rendeu também na última pesagem 189 oitavas. Já se vê que a faisqueira não é tão pobre como falam.

E para levantar o ânimo do tio:

— Quando o senhor melhorar, vamos fazer mais força no Brumado. Seus trinta escravos estão trabalhando lá com vontade.

O ancião esboçou um sorriso, difícil por estar com os lábios muito inchados.

— Aquilo é um paiol de ouro enterrado!

O projeto e o entusiasmo do genro melhoraram o enfermo, como o melhor remédio. Mesmo travado no leito, o português não esquecia de nada.

— Olhe, meu filho, não esqueça de mandar o Palacete às Matas do Café com a turma de negros que já escolhi, para trocá-los por café. Devemos estar em falta dessa mercadoria.

O doente pouco dormia, mesmo porque estava com a região do fígado ferida por um cáustico. Com a boca seca do ópio que bebia, atormentava-o muita sede. Mestre Jurubeba proibira-lhe água.

— Água, não pode. Só pra molhar os beiços, com algodão umedecido. A água é perigo para seu mal. É água retida no corpo que faz hidropisia.

14) A informação é confirmada pelo engenheiro francês Ferrand, o mais exato dos que estudaram as minerações montanhesas e está no seu livro *L'or à Minas Gerais*, publicado em 1894.

Nas suas ânsias de matar a sede, o doente pensava na água gelada da mina do quintal, cingida de avencas e samambaias. Enchia o pequeno poço e vazava, leve, prateada, para o varjão. Sonhou enfiar uma cuia nessa água, tirá-la derramando, e beber com gula até completa satisfação. Era bom até pensar naquela frescura. O mestre porém vigiava seu desejo:

— Água, não. Água é um perigo...

No silêncio da madrugada fria, com os monjolos parados para se evitar barulhos ao enfermo, a água extravasando dos cubos chegava num murmúrio doce, convidativo, a seus ouvidos. Ele parecia delirar, pensando abrir a boca em baixo do jorro gelado, molhando a cara, a cabeça, e beber fartamente muita água. Beber até vomitar, para beber de novo. Mas ali estava rondando seu leito a voz da ciência, que protestava:

— Água é um perigo...

Já dia claro, o hidrópico passou por ligeira madorna, acordando com a boca ainda mais seca.

— João Batista, meu genro. No topo da Serra do Gongo, no caminho de Conceição do Rio Acima, a uns mil metros de altura, borbulha da itapanhoacanga um olho-d'água. Você já viu?

— Já, meu sogro.

— Pois sonhei que estava lá deitado no chão, com a boca na borbulha, bebendo. A água me escorria pelos queixos... Será que não posso beber um pouco daquela água?

João olhou para o físico e mentiu, para não desgostar o sedento:

— Vou mandar buscar.

Já fraco, o sogro suplicou:

— Mande buscar, Joãozinho. A caridade que você me faz, Deus pagará.

Os olhos do doente merejaram. Também os de João Batista.

Nesses avanços a minas cheias e recuo de algodão molhado, amanheceu lá fora. Amanheceu neblinando a prateada aruega tênue do vale, que o primeiro sol ao de leve dourava.

João, que saíra, voltou ao prático:

— Será que ele pode beber um copo de leite tirado agora?

— Não pode. É líquido. Os líquidos para ele apressam a morte. O enfermo naquela manhã comeu um pedaço de cará assado, sem sal, bebendo uma colher de café. A compressão dos líquidos orgânicos dava-lhe insuportável mal-estar. Gemia, passando a mão pelo ventre liso, onde apareciam grossas veias azuis.

— Estou cheio! Sinto-me maciço por dentro. Pelo menos se arrotasse...

O vigilante mandou fazer chá de erva-doce, de que lhe deu uma colher.

A situação agravava-se. Não podia mais recostar nem falar desembaraçado, pois o cansaço crescia, sufocava-o na garganta. Respirava arquejante, como peixe tirado da água. Apareceram-lhe por essas alturas projetos de passar uma temporada em Portugal.

— Levarei o senhor, Mestre Jurubeba. Ficaremos numa Quinta, com fruta à mão, uvas, pêssegos, ameixas. As águas do clima de minha terra dão vida. Beberemos o água-pé, que não faz mal...

Jurubeba sentado, de pernas e braços cruzados, ouvia aquilo em perfeita mudez. Ao ouvir falar em água-pé, na manhã frígida, pensou na venda perto de sua casa de Sabará, aonde ia pela manhãzinha chupar um trago da boa pinga de crioula. Saía da venda de seu amigo Jordelino esfregando as mãos, tremendo de frio, para só então beber o café que a esposa coava bem cedo.

Havia quinze dias, desenganara o doente e ainda sofreria aquela prisão, com trabalhos forçados de mês e meio!

Naquela tarde sentado na porta de Maria, quando começou a escurecer. Levantou-se, ligeiro:

— Vamos pra dentro. Já está caindo a cacimba, que provoca febres perniciosas, disenteria e malinas.

Dona Maria benzeu-se, acompanhando o médico para a sala.

Mestre Lão levantara cedo, propositando viajar antes do almoço. Da janela da casa de Dona Maria, viu o físico parlamentar com Joãozinho, na varanda. Resmungou para a viúva:

— Parece um espantalho. É chocho e vazio como tamboeira de milho de pipoca...

Enquanto Ana ajeitava a mesa para o primeiro café, Maria foi saber como passara o irmão. Voltou preocupada, salientando os vincos da testa.

— Passou melhor?

— Passou foi mal. Ontem à noite o médico abriu duas fontes nos seus pés e aplicou o sedenho na nuca. Sofreu dores a noite toda!

E alisando a toalha com a mão distraída:

— Pra mim o mano está perdido.

Mastigando apressado seu biscoito de goma, a visita advertiu-a:

— Olhe o que eu lhe disse ontem. Mandem chamar o Doutor Figueiredo. É competência! Enfim... vamos ver Deus por quem é...

— Isso como já disse não é comigo. Meu filho é quem decide esses assuntos.

— Eu não sou médico. Sou um pobre professor de gramática e disso não recebo lições de ninguém. A gramática é uma enjeitada no Reino do Brasil. Mas se fosse seu filho procurava o Doutor Figueiredo.

Ana, de pé, com a mão na asa do bule:

— Mais leite, Mestre Lão?

— Quem não aceita mais leite, oferecido por suas mãos?

Naquele dia ele espalhou em Catas Altas que o Capitão-Mor estava nas barras da morte.

— Para mim quem o mata não é a hidropisia. É um tal Mestre Jurubeba, sujeito que anda lá com cheiro de santidade. Não quer que o doente tome banho e corte os cabelos, alegando que isso pode provocar morte.

Balançou a cabeça:

— Ora veja. Tanto ouro e morrendo à míngua...

Pe. Leitão indagou-lhe:

— Quem é Mestre Jurubeba?

— O senhor se lembra de um índio virado múmia, que foi achado na Gruta do Caio, da Serra do Caraça?

— Lembro-me.

— Pois Mestre Jurubeba é aquilo mesmo: um homem seco, encruado, enquijilado, que não fala, vive de braços e pernas cruzadas, deixando a morte agir à vontade. Isso é o que se chama o Mestre Jurubeba.

Em todos os lugares vizinhos do Gongo Soco, amigos e intrometidos reprovavam o modo pelo qual era tratado o Capitão-Mor. O Pe. Joaquim José Pereira, Mestre Régio com provisão ilimitada de Gramática Latina da Vila Nova da Rainha do Caeté, achava que deviam levar o doente para Vila Rica:

— Um lugar de tanto recurso! Com doutores de renome! Deixam um homem útil naquele buraco do Gongo Soco... Será por economia?

Agenor Faro, garimpeiro que não apreciava os senhores do Gongo, rosnou, positivo:

— É economia. João Batista ficou mais avarento que o sogro. É as-sim!

Mostrou a mão apertada com força. O padre prosseguia:

— Quer dizer que por avareza deixam morrer o Capitão-Mor.

Agenor reafirmava:

— Andava doente e com o choque do roubo do ouro teve tudo piorado. Por não querer doutor, vai se acabar. Por gosto do defunto até o diabo pode levar o enterro...

E fulminou com maldade:

— Também viver passando fome... O Joãozinho está estrizilhado de tanto jejum. Jejua mais do que padre na Semana Santa... Há pouco o vi no São João do Morro Grande. Está de cabelos crescidos, barbado. Vive no Gongo há nove anos e no comércio só compra rapé...

— Deve estar rico.

— Rico? Pra que riqueza sem conforto nenhum, sem trato? Parece que vive morrendo de fome.

O vendeiro Rocha estava na conversa:

— Me disseram que deixaram de enterrar no Sabará os cinco escravos mortos no assalto, pra não pagar os sete mil e quatrocentos réis do sepultamento de cada cativo. Trouxeram pro Gongo, onde o enterro é dado...

Pe. Pereira rendia prosa:

— Falta de ouro não é... dizem que estão empaiolando centenas de quilos! Eles nem sabem mais quanto possuem.

Vinham à baila os almoços de casamento de Joãozinho e do Capitão-Mor, revelados por Mestre Lão e Major Peixoto. Agenor riu-se, feliz de sua modéstia:

— Saíram famintos. Aquilo foi um quebra-jejum...

O padre entristecia de repente:

— Imaginem o que passam os escravos. Falam que são perto de duzentas sombras famélicas, que arrancam ouro aos surrões para os desalmados senhores.

O vendeiro particularizava:

— Parece mesmo que os escravos de lá sofrem horrores. A mineração do João Rodrigues emprega 400 pretos; a do negro Capitão Tomé, de Itabira do Mato Dentro, trabalha com 390 peças, e o Gongo Soco só tem 200, se tiver. As minas do Gongo rendem mil vezes mais que as outras, só com 200 infelizes. É sinal de que seus cativos são espernegados até nos ossos.

Agenor dava de língua:

— Você falou no preto rico Capitão Tomé, que tem fama de carrasco para a negrada. Pois eu asseguro que os negros do Gongo vivem mais espancados. Me disseram que a comida deles é anguzon com couve, mais nada. O Capitão Tomé pode tomar a benção ao Capitão-Mor. O Capitão-Mor é ruim como lacraia rajada.

O estado de saúde do velho, que já era mau, de muito se agravou. Começou a atormentá-lo uma tosse e à noite escarrou sangue. O físico dispôs coisas de sua maleta de urgência, arrochando um garrote acima da prega do cotovelo de um dos braços do enfermo. Apalgou a hidrografia das veias, escolhendo uma, que abriu com velha lanceta. Quando o sangue esguichou, o Major Peixoto não quis estar presente à sangria. De pé na varanda disse a uma visita:

— Deus me livre dos físicos. Jurubeba floreia a lanceta como quem bebe água. Parece que foi criado nos peitos de uma tigre.

Naquela tarde Peixoto perdeu a paciência, ao ver o Mestre raspar uma pedra para o doente beber o pó em água.

— Que é isto?

— É batraquite. Remédio pra envenenamento de sangue.

Sentado com amparo de rumas de travesseiros, mantinha as pernas abertas para expansão do ventre de batráquio. Os escrotos pareciam cabaças, descendo até o meio das coxas. Acentuou-se-lhe o amarelo dos olhos e a pele ganhara uma tonalidade açafroada. Até as unhas amareleceram. Gemia, aflito.

— A dor dói...

Fazia pena. João Batista procurou o mestre:

— E essa cor?

— É cólera derramada no sangue. Pra isso toma cozimentos de picão e grama.

— Mas é mau sinal?

— É. Mas tenho esperança no sedenho, porque está correndo muita aguadia por ele. Tirando o humor morbífico, ele pode sarar. O perigo está no dia judicatório... Mas pior é se aparecer nas feridas das pernas o estiomeno.

Peixoto que ouvira a conversa, recuou assombrado:

— O estiomeno! O horror dos horrores! O estiomeno é a gangrena, a morte a prestações, exigida polegada por polegada! O estiomeno é o lobo faminto da carne humana!

Saiu desorientado. Mestre Lão, que se aproximou, pôde indagar do prático:

— Mestre Jurubeba, havia antigamente para os casos perdidos a hiera, remédio santo que não falhava, mesmo nos agonizantes. O senhor conhece a hiera? Por que não a tenta aqui?

Jurubeba olhou a cara do palpiteiro, nada respondendo. Com o sinapismo de cinza que Jurubeba lhe pôs nas pernas, abriram-se feridas por demais dolorosas. Era visível que José Alves enfrentava seus derradeiros dias.

— Morro cheio de água e arfando de sede!

Desesperava-se, com grande inquietação. Naquele dia, ao ver o Major Peixoto, explodiu meio delirante:

— Como condenado no inferno, peço uma gota d'água para refrescar a língua e não me dão!

Jurubeba saiu, com sua indiferença chinesa. O Major ficou só no quarto, penalizado da situação de seu velho amigo. Havia na mesa uma bilha de barro cheia da água doce da serra. O Major com mão firme pegou-a, entregando-a ao doente:

— Beba à vontade, José Alves! É para ajudar o envenenamento que o outro quer combater com pó de pedra de cabeça de sapo.

Tremendo, o doente pegou a bilha, levando-a à boca. Bebeu como um cavalo que viajou ao sol o dia inteiro. Bebeu com gana, bebeu com delícia, descansando depois a bilha na coxa obesa. Bebeu muitas vezes.

— Deus lhe pague, Peixoto!

O Major repôs a moringa no lugar e sentiu lágrimas forçando os olhos. Chorava por ser preciso.

Apareciam nas pernas do enfermo umas bolhas líquidas, amareladas, como cheias de serosidades. Muitas arrebentavam, deixando correr para os chinelos uma gosma. Encharcados os chinelos, a gosma vazava para o assoalho. Pendia-lhe do pescoço, posta pelas filhas, uma fita com medidas de Nossa Senhora. Na varanda, Mestre Lão perguntou ao físico se infuso de fumo não servia para as feridas do doente.

— Não. Infuso de fumo cura é *noli-me-tangere*, chupão, sarna e escrófulas. Uso também o clister de tabaco para curar hérnia estrangulada e tétano.

Peixoto teve coragem de dizer lá fora a João Batista, na presença de Jurubeba:

— Seu sogro está na agonia. Mande chamar um padre de boa vida para confessá-lo. Só cego não vê que ele, coitado, está nas últimas.

O físico ouvia aquelas alarmantes franquezas calmo, sem pestanejar, como se não fosse parte na desgraça. Parecia ausente, estava alheio a tudo e a todos. Peixoto, que era o maior amigo do Capitão-Mor, ficara irritado em visível grosseria:

— Já que vocês não quiseram trazer um doutor para medicar o José Alves, não impeçam a sua alma de se salvar, confessando-se. João Batista pareceu chocado com a franqueza, redarguindo muito arrogante:

— Ele está bem tratado.

— Meu dever de amigo é ser amigo até o fim. Sempre me opus a panos quentes, que não curam moléstia nenhuma.

Pouco estava importando que a família de seu compadre se aborrecesse com ele. Indo e vindo de mãos nas costas pela varanda, parava às vezes para se explicar bem claro:

— Eu perco um amigo, mas vocês perdem um chefe, um pai.

João Batista compreendeu que estava se excedendo; moderou-se, mandando buscar o Pe. Leitão.

Estava tonto, desconexo, com a cabeça em fogos. Quando o Pintado saiu levando o alazão estrelo de estrebaria para trazer o padre, João Batista parece que se julgou responsável por alguma falta, chamando o Major Peixoto para a sala de jantar, onde sentaram.

— Sei que o caso de meu sogro é perdido. Ele mesmo é que não quis mais doutores aqui. Talvez o senhor não saiba que os prognósticos do Mestre Jurubeba são infalíveis. Há muitos casos, major.

Já agora se dirigia com humildade ao mineiro, que estava de cara trancada.

— Estando doente o mestre de Provisão Ilimitada Marcelo Lobato, na aldeia do Curral del Rei, alguns coímbras julgaram curável o seu caso. Chamado Mestre Jurubeba, ele falou alto: "Vim tarde. O doente morre amanhã, ao meio-dia." Ao meio-dia, menos um minuto, o professor morreu. E outros e outros casos são bem conhecidos de todos.

— E que tem isso com a doença do José Alves? Ele está morrendo à míngua de remédio certo, de fome e de sede!

— Major, Mestre Jurubeba, no dia em que aqui chegou, depois de examinar o doente, foi franco comigo: "Morre dentro de sessenta dias."

E abatido, arrasado, gemeu quase sem ser ouvido:

— Hoje faz sessenta dias.

O Major quase gritando, porque falou alto:

— Então este feiticeiro está aqui pra marcar data de morte ou pra curar seu sogro? Esse idiota enlouqueceu, está doido de jogar pedras, de rasgar dinheiro!

Esmagado pela reação, João Batista abaixou a cabeça, que também não estava regulando. Ao ouvir a acusação de muita gravidade, que nunca mais esqueceu, o moço tirou o lenço, enxugando os olhos. Peixoto falava como homem certo:

— Você está concorrendo para a morte do Capitão-Mor. Mande esse palhaço embora, pois amanhã vou chamar do Sabará o Cirurgião-Mor José Dias da Silva, para tratar, se ainda for tempo, do meu compadre.

Foi tardia a resolução. Às 11 horas da noite daquele dia, o Capitão-Mor José Alves da Cunha Porto expirava.

Mestre Lão estava desolado com a morte do Capitão-Mor. Foi também o primeiro a se lembrar do charlatão:

— E Mestre Jurubeba, que é dele? Onde está o curador de espinhela caída?...

Logo depois do óbito, saíra a pé, sem se despedir, a caminho do Sabará. Palacete informou que de madrugada ele pedira no portão para sair. Saiu apressado, quase aos pulos, como saracura fugindo no brejo.

Mestre Lão gozava aquela fuga:

— Foi-se sem chus nem bus...

Na varanda, inflando o peito raquítico, explodiu afinal em revolta:

— Ah, Jurubeba, do alto destas montanhas do Caraça, quarenta séculos contemplam sua extraordinária ciência!

Mestre Lão falava a várias pessoas no velório:

— Nunca vi Joãozinho tão desorientado. E quem mais chora. Grande coração de menino!

Dona Maria estava calma:

— Se sofrimento dá perdão, toda a família está perdoada dos pecados, pelo que José sofreu.

A esposa do Major Peixoto sentenciava com fingida desolação:

— É o caminho de todos. Uns, primeiro, outros depois. Ele ainda foi feliz por deixar a família colocada.

Dona Lucinda, mulher do Lauro Dias, da Fazenda do Pe. Tavares, observou:

— Ainda fica uma filha solteira, Laura.

Dona Maria confirmou com a cabeça:

— Laura ainda não casou. Quer entrar para o Convento da Piedade, para viver perto da Irmã Germana.

O caso da Irmã Germana fanatizava as populações mineiras. Tratava-se de uma jovem de 20 anos, que, de repente, à meia-noite de uma quinta para sexta-feira, abriu os braços, curvou os joelhos e com um pé sobre o outro, caiu em êxtase. Só às 3 horas da tarde de sexta-feira voltava de seu sacrifício. Os braços ficavam abertos rijamente e a moça não atendia as ordens de ninguém que não fosse seu padre assistente. Sua primeira crise foi numa sexta-feira de 1813, quando na Igreja de Nossa Senhora da Piedade meditava sobre a Paixão e Morte de Nosso Senhor Jesus Cristo. Sentiu os braços se estirarem como pregados na Cruz e as pernas como as do Grande Justo varadas pelo cravo. Nessas horas reproduzia a imagem de Jesus crucificado e agitava-se, gemia fundo, como sob dores insuportáveis. Vivia com o mínimo de alimentos e, quando caminhava apenas alguns passos, era tão curva para diante, que parecia semiparalítica. Foi examinada pelo Doutor Antônio Pedro, médico do Caraça, e pelo Doutor Manoel Quintão, que atestaram ser o caso sobrenatural.

No ano em que morreu o Capitão-Mor, o sábio Saint-Hilaire também a examinou em sexta-feira, no Convento da Serra da Piedade, notando-lhe a extrema debilidade, dizendo que ela mal respirava e seu pulso era apenas perceptível. O Dr. Antônio Gomide atribuiu seu caso à catalepsia[15].

No velório do morto, como falaram na ida de Laura para o Convento da Serra, para viver perto de Germana, o Tenente Sebastião, dono da mina de ouro do Pari, sorriu com ceticismo:

— Dona Laura vai ficar perto de uma doente...

O Major Matos protestou com veemência:

— De uma doente, protesto. Já li os atestados dos doutores Antônio e Quintão. Germana é mesmo Santa. É que poucos sabem de uma coisa. Germana, que é fraca das pernas, apenas engatinha. Depois de estar por muito tempo no Convento da Piedade, sua família resolveu levá-la para a casa paterna, no Sapé, arraialzinho perdido nas grotas, a cinco léguas da Serra da Piedade. Para levá-la de volta foi preciso pô-la em grande balaio, no lombo de um cavalo. O balaio ia de lado, com o outro para equilibrar, levando a Irmã que cuidava de Germana. Muito bem. Chegaram à noite no Sapé. Colocada na cama, a viajante logo adormeceu. Na manhã seguinte sua mãe foi levar-lhe um chá. Pois Germana desaparecera e naquela manhã mesmo foi achada, ainda dormindo, no leito que deixara no Convento, no dia anterior!

Todos confirmaram mas o Sebastião sorria:

— Pode ser...

Lão acudiu, paternal:

— Você é maçon, não pode entender disso, Sebastião...

Mestre Lão intrometia-se em todas as conversas do velório. Depois do silêncio feito sobre a resolução de Laura, ele dava por paus e por pedras.

Entrando o Major Julinho com a esposa e não havendo mais lugar nos bancos, ele se adiantou:

— Entrem para cá. Venham ver nosso saudosíssimo Capitão-Mor.

O saudosíssimo Capitão-Mor não apreciava o Mestre Lão, e pediu mesmo que não o levassem ao seu quarto de doente...

No quarto do defunto ardiam seis velas derretendo-se nos castiçais, ao vento da serra. Ainda em cama de ferro, o cadáver estava horroroso. Como os pés não cabiam nos sapatos, calçavam meias e os tornozelos se uniam com fitas muito fortes. As meias estavam encharcadas da água, extravasada das bolhas e das fontes abertas pela lanceta do prático. Cerrava os queixos lenço da Costa, bem atado em cima da cabeça. Bombeava sob coberta branca a pança hidrópica, fofa de água. Um cheiro de ranço azedo afetava as narinas. Muitos vizinhos já estavam presentes. Vários conhecidos de João Batista compareceram, de roupa negra. Alguns nunca estiveram lá, eram amigos à distância do velho minerador.

Mestre Lão salientava-se com inconveniências:

— É isto mesmo, é isto. De Catas Altas, terra do Joãozinho, (esquecia a viúva e filhos), terra do Joãozinho, só eu e o Pe. Leitão aqui estamos. Eu compareci à primeira notícia, como soldado de César.

Manoelzinho, filho do Peixoto, indagou, inocente, de seu pai:

15) O povo não aceitou o diagnóstico do Doutor Gomide mas o dos outros doutores. Todos tinham a certeza de que a Irmã Germana era Santa. Os mesmos fenômenos se repetiam, sempre às sextas-feiras, até 1856, quando a santinha morreu no recolhimento de Macaúbas.

— Que é soldado de César?

O mestre ouviu a pergunta e não quis perder a oportunidade de se exibir. O ambiente era propício a sua erudição clássica:

— Jovem, César, quando partia de Roma para suas conquistas gloriosas, levava as legiões, que lhe deram a glória. Marchava, por exemplo, para conquistar a Espanha, para levar a fio de espada as Gálias, cheias de povos invencíveis. Derrotou esses povos, sendo que, das Gálias, trouxe o incompatível livro *De belo Gálico*. Passava anos a dominar essas tribos. Ao regressar, coroado de louros, vencedor sem nenhuma derrota, licenciava suas tropas veteranas. Seus legionários eram gente do campo, vaqueiros, plantadores de trigo, batatas, beterraba. Enquanto havia paz, César ditava leis para o Império Romano. Bastava porém constar que o grande Capitão carecia de seus soldados para defesa do Império e acorriam em acelerado seus veteranos. Largavam as charruas, as searas, os gados, as famílias. Marchavam para Roma, apresentando-se ao Comandante, para novas empresas.

E, de pé, com os braços abertos, espetacular, concluiu alto, para ser ouvidos de todos:

— Eu, soldado de César, aqui estou para o que precisar a família do Capitão-Mor!

Todos se espantaram com a impropriedade daquele verdadeiro discurso em velório de defunto. Vendo o velho professor sujo, remendado, mas estoico, tinham a impressão de defrontar o maior amigo do morto. Estava ali desde a véspera, talvez doente, mas fiel à *amizade* antiga.

Às duas da manhã chamaram para a ceia. Três grandes panelas de pedra fumegavam no centro da mesa de jantar.

Naquele ambiente fúnebre, ao se sentarem, notava-se visível nos rostos dos presentes uma alvoroçada alegria. Os que tanto falavam nas almas, nos espíritos perfeitos e no além voltavam à terra e iam digerir as gorduras da cozinha do morto. Mestre Lão, que se comparara aos legionários de César, na marcha ovante das conquistas, debruçou-se sobre o prato com entusiasmo de recruta. Sua espada era a colher de estanho e o campo inimigo de batalha, o prato de sopa de cará, que ele venceu em poucos assaltos, com tática de curtido guerreiro.

Os cativos quiseram ver, morto, o senhor. Desfilaram pelo quarto, onde o cadáver ainda estava na cama de solteiro. Sujos, magros, cabeludos, contemplavam por instantes o Capitão-Mor. Quase todos choravam.

— Deus lévi Sinhô!

— Meo Sinhô, vai cum S. Jórgi!

O negro Geraldo, que sempre apanhou do amo por comer terra, chegou perto do corpo:

— Mi perdôi, meo Sinhô!...

A leal cozinheira Fausta, sempre considerada, humilde besta de carga da Casa-Grande, com olhos inchados de chorar, ao ver morto o senhor, estendeu--lhe a mão na mais abatida subserviência:

— Sua bênça, meo pai?

Passaram diante do defunto Barrocão, Negro Florismundo, Palacete, Pintado, Jabutirica. Negro Florismundo, negro preceituoso, se apresentou às ordens, de cabeça baixa:

— Tô aqui, meo Sinhô!

Apresentava-se, disciplinado, — estava presente, como quem diz: — Não o esqueci, não faltei; o cativo está perto de seu dono.

Meninos da senzala, com medo, viam o morto, estendendo a mão:

— Bença!

Quando os escravos se retiraram ficou no quarto, ao pé do amigo, apenas o choro cansado de Mariana.

O enterro foi no arraial de Santo-Antônio-do-Rio-Abaixo.

João Batista determinara que os escravos, revezando-se, carregassem o corpo.

Os negros da Guarda Pessoal do Capitão-Mor, aí, pediram para que só eles conduzissem seu senhor. O pedido comoveu a todos os presentes. O caixão de José Alves seguiu para o arraial, nos ombros de Barrocão, Negro Florismundo, Palacete, Pintado e Jabutirica. Ao vê-los pegar respeitosos o esquife, o Pe. Pereira, da Vila Nova da Rainha, falou para Agenor Faro:

— Aquele mais velho é o Barrocão. Salvou a vida do senhor no atentado de São Bento. O alto é Negro Florismundo. O magro de ombros largos é Palacete, comandante da escolta do ouro roubado. Morreram todos, menos ele e Sarangó. São heróis obscuros!

O Cel. Josias, dono da Mina Cata Preta, cochichou para a esposa:

— Aquele da direita, o segundo, é Palacete, o que matou os três ladrões do ouro.

Saiu o enterro.

Em Santo Antônio, ao saberem do óbito, todos os sinos começaram a planger a defunto, de meia em meia hora. Perguntavam na rua: — Tanto dobre deve ser pra gente rica. Quem morreu? — O Capitão-Mor José Alves, do Gongo Soco.

A população inteira recebeu com respeito o morto. Os que levavam na frente o esquife eram Barrocão e Negro Florismundo, negros considerados pela família de luto. Ao deporem o caixão na Igreja Barrocão chorava:

— Mi perdoi, Sinhô, si num carreguei Nhonhô cum mais coidadu.

As palavras do miserável cativo doeram no coração de todos os presentes.

O velho escravo pedia perdão por não trazer o corpo do senhor para a cova com mais delicadeza que sua afeição pedia. O Pe. Pereira não se conteve:

— Está aí um gesto que dignifica uma raça. Grande negro! Esse preto é um santo.

Vendo-o maltrapilho mas digno nas atitudes, o Dr. Moreira também disse com admiração:

— Ali está um homem! A cor não vale nada. Centenas de brancos não valem o que pesa o coração desse escravo. Eu, se pudesse, comprava-o, para alforriar.

E num rompante raro naquele tempo, avançou, apertando a mão do cativo:

— Eu quero ser seu amigo, Barrocão.

O enterro do Capitão-Mor revolucionara todos os lugares e arrastava multidões de curiosos para vê-lo morto. A Matriz estava repleta. No adro, gente importante, que não poderia entrar, palestrava em cochichos:

— E a família, não veio?

— Não. Veio só o João Batista.

— Dizem que a viúva está mal.

— Foi o susto. Sara logo, como toda viúva rica. Viúva moça ficando rica resiste muito a qualquer paixão...

— Viu o Major Peixoto, de luto fechado, sempre rente ao esquife?

— Era amigo. Compadre.

— Dizem que ele deve muito ao falecido. Centenas de contos!
— Também ouvi dizer. Será possível? O Major tem mina de muito rendimento.
— É pra ver. Falam mesmo que a Brucutu está hipotecada ao Capitão-Mor.
O Major Peixoto era o único amigo que nada devia a José Alves. Quando o caixão saiu para o cemitério, todos se descobriram. Mestre Lão segurava na frente a alça da esquerda e João Batista a da direita. Os sinos começaram de novo a planger.
À beira da sepultura, Mestre Lão falou. Oração prolixa, obscura, que fazia chorar e rir. Suas palavras saíam-lhe da boca aos arrancos, ásperas, duras, como se fossem pedras vomitadas sobre os ouvintes. Suas expressões não tinham música. Enquanto o velho falava, Pe. Germano, seu inimigo de Catas Altas, segredou a um amigo:
— Seu estômago é capaz de digerir um punhado de cascalhos?
— Não, por quê?
— Porque se for, você poderá entender esta arenga... Para compreender o mestrúnculo senhor Lão, é preciso ter moela de ema... O lobo tem medo do som da rabeca e eu dos discursos desse massacrador da língua!
Iam fechar o caixão quando se aproximou com humildade um negro insignificante, estendendo para o morto a mão trêmula:
— Bença, Nhonhô?
E ficou com a mão estendida, decerto esperando a benção. Esse negro era Barrocão.
Ninguém se comoveu com o discurso formal de Lão, mas o preto com duas palavras *Bença, Nhonhô*, fez surgir lágrimas de muitos olhos.
O Dr. Moreira comentou com amigos:
— Isso é que é eloquência. Respeito o caráter desse negro!
Todos saíram do cemitério. Dois coveiros ainda socavam com paus roliços a terra fofa da tumba.
Quando saíam, o filho adolescente do juiz de paz Ranulfo confessou ao pai:
— Não sabia que o Capitão-Mor fosse tão importante. Soube agora pelo discurso daquele velho.
O pai respondeu entre dentes:
— Cala a boca, menino. Gente pobre não pode ser importante. Para ser importante, importante mesmo, é preciso ser muito rico.

Foi rápido o regresso de João Batista para Gongo Soco.
Na porta do Major Clarindo, no Largo da Matriz, depois de agradecer, abraçou os amigos presentes. Montou, para voltar à mina.
Como chegasse Mestre Lão, o rapaz lhe agradeceu a oração fúnebre.
Muito enfatuado, o mestre respondeu:
— Não fui eu quem falou, Joãozinho, foi meu coração! O apoptegma de Aristóteles *Meus amigos, não há amigos*, para mim é mentiroso. Eu sou amigo!
Sabendo que João Batista já estava montado para sair, famílias do Largo da Matriz e das ruas próximas chegaram às janelas, para ver passar o genro.
As janelas do solar do Major Oliveira ficaram cheias de senhoras e mocinhas. João passou, levantando o chapéu.
— Parece que ficou mais magro com a doença do sogro.
— Que idade tem ele?

— Ouvi dizer que tem vinte e nove anos. É moço.
— É moço. Está é muito mal vestido.
— Não tem tempo nem de cortar os cabelos...
Uma filha do Major, que chegava ao grupo de curiosos, perguntou à mãe:
— Quem é aquele?
— Aquele? É o herdeiro.
O rapaz já ia longe. O Major comentou com os seus:
— Vão herdar muito ouro! O Capitão-Mor era riquíssimo. A mina vai continuar no mesmo ritmo porque João Batista é moço de muito juízo. Dizem que é mais agarrado ao dinheiro que o Zé Alves.
— E é bom homem?
— Em geral, quem é muito rico é mau e quando não é mau é doido.
Naquela tarde tropas carregadas chegavam ao arraial. Traziam toucinho e café em coco, das matas de Guanhães e Conceição do Serro. O cambiteiro, a pé, com lenço enrolado na cabeça, animava os burros com muxoxos. Batia com estrondo o cabo do piraí no couro cru das cargas. As bestas carregadas gemiam, subindo a rampa.
Joãozinho chegou ao Gongo ao anoitecer. Ainda na estrada, ouviu o sino da varanda anunciando o fim do trabalho do dia. Os cativos abandonavam o barro.
Ao avistar a Casa-Grande, seu coração apertou. Faltava ali alguém. Esse alguém era o chefe.
Estava para sempre no cemitério de Santo Antônio.

## V - OURO, INCENSO E MIRRA

*No Gongo, às cercanias das jazidas, ergueu um palácio monumental, maior que qualquer outro palácio de Minas.*

Viriato Corrêa — *Chica da Silva e Outras Histórias*, Rio, 1955.

Depois da missa de Sétimo Dia, João Batista viajou para Vila Rica.
— Mestre Lão, você fique por aqui enquanto viajo. Vou às pressas.
— Meus discípulos estão conjugando verbos e, se eu falhar, lá se vão mel e cabaça. Desaprendem.
— Não faz mal, aprenderão de novo. Se as senhoras tiverem qualquer novidade, chame o Mestre Jurubeba.
— Mas você ainda tem coragem de chamar aquele sujeito aqui?
— Por que não? Jurubeba é um sábio incompreendido.
— É o grande especialista de marcar hora de doente morrer... Tenho medo daquela carinha de macaco conservada em álcool. No Amazonas, os índios inquijilam a cabeça dos prisioneiros, de modo que ela fica perfeita em tudo, mas do tamanho de uma jabuticaba. Fica tal e qual Mestre Jurubeba...

João Batista só demorou mesmo oito dias em sua viagem. Regressou trazendo dez mestres-pedreiros, oito carpinteiros aprovados, oficiais que haviam feito belas casas na capital da Capitania.

A mãe ficou espantada com tanta gente:

— Para que tantos oficiais, meu filho? Mestres de obras cheios de empáfia...

Não tardaram a tombar cedros milenários da Serra do Caraça. Fogos repetidos rebentavam pedreiras na Serra da Terra Vermelha. O feitor Tijuba informava com orgulho:

— Nhô Capitão vai omentá a Casa-Grande. Vai tê cincoenta quartu!

Chegavam toras arrastadas por várias juntas de bois, no ajoujo de correntes. No Largo do Cruzeiro da mina, dezenas de madeiros em centenas de blocos de pedras estorvavam o trânsito dos escravos. Mariana e filho mudaram para a casa de Dona Maria, porque a reforma era geral.

Machados falquejavam toras, picões acertavam pedras. Um alarido de instrumentos agitou o recinto fechado do Gongo. Mestre Lão muito assombrado ousara saber do rapaz:

— Que mixórdia é essa, ó Joãozinho?

— Reformas.

Chegavam oficiais auxiliares de Santo Antônio, Vila Nova da Rainha, Sabará. Dona Maria, também assustada, portas adentro, perguntava a filha Ana:

— Minha filha, que é isto?!

— Sei lá...

Ao mesmo tempo que reformavam a Casa-Grande, ampliavam as senzalas e levantavam um prédio para hóspedes, ligado à sede por varandão[16]. Mariana, a viúva do Capitão-Mor, deixava-se ir na bubuia:

— O que ele fizer está certo.

João pouco se entendia com os seus, ocupado com riscos, projetos, embasamentos, materiais.

Uma noite, durante a ceia, Mestre Lão se aventurou a comunicar:

— Joãozinho, vou-me embora. Minha missão terminou e os discípulos já desesperam por minha volta. Sigo amanhã. Vou carregar esse saco de dores pela estrada. Porque eu hoje sou um surrão das dores mais danadas do mundo!

O Capitão encarou-o bastante ríspido, para decidir:

— Olhe, preciso de você aqui. Mande os discípulos às favas, mande tudo às urtigas, que aquelas aulas de Catas Altas não estão valendo de nada!

— Quer dizer que Alexandre Magno deprecia Aristóteles, seu mentor espiritual, escolhido por Felipe da Macedônia?

— Quer dizer, sim. Você vá ficando por aqui, com casa e comida, até que eu resolva o resto. Mande dizer que sua escola fechou e agora você tem emprego sólido aqui.

— Isto não, pois vou ter muito prejuízo...

— Ora, você ganha com suas lições menos que o Pe. Germano.

O mestre abespinhou-se:

— E sabe quanto recebe aquele *quídam*? Nada. Não recebe nada, porque em verdade seu ensino também não vale uma pipoca.

16) Esse prédio foi adaptado depois pelos Ingleses para hospital. — M. de L... — *Carta ao Journal des Debats*, I-VI-1820, Paris. Na carta ao Jornal francês diz ser "esse hospital um edifício espaçoso, bem distribuído que, em caso de necessidade, poderia caber 100 camas". Ainda existe parte de seus firmes alicerces. Tinha mesmo 50 quartos.

— Você vai ser meu secretário particular, vai fazer a correspondência.

— Quer rebaixar um intelectual à situação de miserável escriba?

João Batista levantou-se para se retirar, dando o caso por bem resolvido. Quando o Capitão saiu, o velho se queixou com as senhoras:

— Desprezar jovens, futuros homens do Reino, verdadeiras esperanças da América, na treva do analfabetismo, para escrever cartinhas... Lembrai-vos que Bandarra foi sapateiro e, instruindo-se, tornou-se profeta em Portugal. O Camões foi soldado pobre e, estudando, deu no que deu. Franklin, filho de fabricante de sabão, aprendendo a ler, foi patriarca da Independência Americana, dominou os raios, nas tempestades. Shakespeare, filho de um carniceiro, por estudar, foi o dramaturgo ímpar ao mundo! E por que brilhou essa via-láctea de celebridade? Porque achou quem os ensinasse...

Mas, arrependido por não dar logo a resposta, foi procurar o ex-aluno:

— Joãozinho, sacrifico os moços de Catas Altas, por amizade a você. Aceito o lugar.

— Está bem; vá ficando por aí.

— Agora acredito em previsões. O professor Manuel Dias, meu antecessor na catédra, chocado com falinhas do nosso arraial, disse que ninguém ali havia de passar de tropeiro. Com a minha saída, a predição será realizada. Eu mesmo vou terminar como carregador de carumbé.

Soube-se que o Capitão Batista ia fazer viagem, agora para a Corte. Dispondo as coisas no Gongo, tudo bem acertado com o feitor, partiu levando a escolta que fora do Capitão-Mor: Barrocão, Negro Florismundo, Palacete, Pintado e Jabutirica. Levou mais negros tropeiros e vinte bestas de canastrinhas.

Em Santo Antônio comentavam satisfeitos:

— O Capitão está se movimentando. Com certeza cumpre ordens do falecido. Reforma a casa, aumenta as senzalas. Falam que vai comprar mais negros.

— É sinal de que o ouro sai a rodo... O ouro ali está dando nos peitos...

Pouco se demorou na Corte. Chegou com a tropa magra, e os escravos esfolados. Ele porém era o mesmo. Apressava os oficiais:

— Tenho urgência! Quero tudo bom mas tenho pressa!

Não tardou a ir a Santa Luzia, onde comprou sólida mansão do Major Quintiliano, pai do futuro Barão de Santa Luzia. Na mesma viagem adquiriu em Sabará vasto, confortável prédio no Largo de Santa Rita. Em Vila Nova da Rainha recebeu escritura de sobrado do Largo da Matriz. Aproveitando o entusiasmo, comprou para seu filho João uma chácara[17], no fim da rua. Já era dele, por documento recente, um solar em Vila Rica.

Outra novidade assanhou os invejosos do ouro alheio: João Batista mandou levantar um palácio de pedras e esquadria fina em suas terras do Brumado, não no arraial, mas entre este e São Bento[18].

José Pires, dono da mina Pitangui, estava intrigado com o movimento do vizinho:

17) Era a mesma chácara onde o Dr. João Pinheiro instalou em 1895 modelar cerâmica, ainda existente sob direção de sua ilustre família. Essa chácara foi prada pelo saudoso estadista a um tal Pacheco.

18) Ainda se veem os alicerces do edifício, com a data de 1819 em pedra do alicerce. O prédio de dois pavimentos, media 36 metros de frente e 85 de comprido. Era cópia de novo palácio do Gongo Soco.

— Pra que aquele sobradão do Brumado, dando frente pra Serra do Gongo? Será que vão instalar fábrica ou é pra Quartel? Deve ser pelo ouro do ribeirão dos Coqueiros...

Já decorreram sete meses da morte do lusíada. Uma noite João chamou a mãe:

— Clara está mal, venha!

Era parto. Foram buscar a comadre Domingas, moradora nos terrenos, fora da muralha. Domingas era escrava casada e tinha regalia de casa para morar, por ser atendente de todas as senhoras brancas ou cativas que pariam no Gongo Soco. Amanheceu e o parto não adiantava. A parteira decidia muito calma:

— É amiaça.

Dona Maria ia e voltava, apreensiva:

— Não é ameaço não, Domingas. Clara sofre muitas dores, repetidas.

Ao meio-dia, ainda predominavam as dores e a moça estava extenuada. Domingas trabalhava, dando beberagens, impondo ordens. Dona Maria, nessas alturas, alarmou o filho:

— Olhe que o parto começou há vinte e quatro horas e não decide. Você não acha melhor chamar o Dr. Moreira, de Santo Antônio?

Pronto e seco, o filho respondeu:

— Não. Se demorar muito mando vir Mestre Jurubeba.

E mandou o escravo Songo arrear dois cavalos, aguardando ordens. A viúva queixou-se à filha Ana:

— Quer mandar buscar Mestre Jurubeba. Que coisa esquisita a confiança de João naquele homem!

Ana rezava pela boa hora da cunhada. Mestre Lão, farejando novidade, inquiriu do patrão:

— Dona Clara está em algum aperto?

— Não. Tudo em paz.

Finalmente, às 3 horas da tarde, o filho nasceu. Ao ouvir o grito alarmado do menino, João Batista lavou a tristeza em sorriso feliz. Dona Maria chorava de contente:

— Graças ao Altíssimo, Joãozinho, olhe que rapagão!

O pai sorria, abobado, vendo o filho no banho.

Mas Clara não passava bem. As dores continuavam, apenas mais brandas. Nesse instante a parteira limpava o resto, à mão. Untou-lhe o ventre com azeite e fumo. Fazia-a beber tisanas, cada qual mais repugnante. Só à noite a parturiente adormeceu.

João Batista empoava com delícia as ventas com areia-preta.

— Graças a Deus, de partos estamos livres.

Um ano depois da morte do sogro, com a mineração cuidada de olhos acesos, ficaram também prontos os acréscimos na Casa-Grande e nas senzalas. Concluía-se ao mesmo tempo a Casa do Brumado. A do Gongo ficara terminada, bem como o pavilhão dos hóspedes com os 50 quartos espaçosos, de largas janelas. No pavimento térreo da sede entrava-se agora por sala tosca, assoalhada de lajes da serra. Quatro bancos de pedra e mesa central de cantaria eram a única mobília. Uma escada de vinhático, de degraus de 12 palmos de cumprimento para 2 de largura, protegida por guarda-mãos de cabiúna abraçados por argolões de cobre, dava acesso ao primeiro andar. Um passador de pelo de cabra protegia o centro dessa escada, contido ao pé de cada degrau por travas de prata. Subindo a escadaria, entrava-se no Salão Amarelo, arejado por quatro janelões de vidraças de correr em caixilhos de cedro, com vidros em cores de Moscóvia, coisa ainda não vista mesmo em Vila Rica.

Numas das paredes havia ladrilhos mostrando um grupo de mulheres, a correrem espavoridas de um homem de chifres retorcidos e pés de bode. Uma delas caíra de lado e sua túnica rasgara-se, vendo-se a jovem de olhos assustados, tentando ocultar os seios com as mãos abertas. Algumas dessas jovens se atiravam na água, outras se ocultavam em moitas de tinhorões.

Seguia-se o Salão Vermelho de jantar, também com largas janelas. Suas paredes eram feitas, de alto abaixo, de azulejos onde havia peixes, enguias, ramas floridas e frutas maduras pendentes das galhas. Em uma parede se via piscina de água verde, onde se banhavam mulheres nuas.

Em certo ponto de suas paredes, em metro quadrado de ladrilhos coloridos de ouro imperial, saía uma torneira da boca de menino de mármore. Aquilo era um lavabo, com pia também de mármore verde.

Todo o assoalho do solar era de tacos alternados, de angelim, cedro e baraúna, em vistosos desenhos lineares. Esse piso não era acepilhado como se usava, mas envernizado.

Havia muito, chegavam da Corte tropas sobre tropas, com caixões, engradados e pipas. Muitos volumes dos maiores viajavam em carros-de-bois. Todos os lugares vagos estavam atravancados com essa imensa carga.

Ninguém ousava saber de João Batista o que pretendia fazer mais. Seus modos reservados não admitiam perguntas.

Clara depois do parto piorava a olhos vistos. Andava encolhida, não tinha fome e nem pudera aleitar o filho. A viúva Maria resolveu agir:

— João, sua mulher não vai bem. Há semanas não come e o que come vomita. Urina sem sentir, vive molhada. Tem febre à tarde. Repara como está inchada.

Ele procurou a esposa:

— Clara, você não melhorou?

Um soluço abafado foi quem respondeu. Comovido, assentou-se na cama, passando-lhe as mãos nos cabelos. Levantou-se, perturbado.

— Vou providenciar recurso.

Quando ele saía, Clara chamou-o:

— João, eu quero que o Dr. Dias venha me ver.

Mariana exultou com o pedido da doente, pois temia que ele mandasse vir o prático seu amigo. No outro dia chegou de Sabará o Dr. Dias.

Homem de meia idade, bem educado, era rico e só clinicava por ideal.

Formado em Coimbra, possuía cultura e sua conversa demonstrava ser governado por bom caráter. Chegou na casa de Dona Maria com a presença de homem de bem. Pedindo licença para entrar na sala, apertou a mão de todos os presentes, mesmo dos mais humildes. Olhando para João falou com modéstia:

— Estou às ordens de vossa Mercê.

— Então pode entrar.

— Desejo antes, se possível, lavar as mãos.

Introduzido no cômodo, ouviu com atenção o relato da enfermidade. Simples, indagando coisas essenciais, foi-se inteirando de tudo. No fim da exposição, chamou de parte o marido:

— É necessário um exame local.

Exame local era coisa muito séria naqueles idos de 1819. O Capitão chamou a mãe e expôs o problema. Dona Maria, com grande dignidade, optou, sem rebuços:

— Pois não, doutor. Acho mesmo preciso.

Começaram a dispor o quarto para o exame excepcional. João Batista se retirou algo aborrecido, porque seu amigo, também de Sabará, vendo no máximo o pulso e abaixando a pálpebra, fazia claríssimo diagnóstico, e o mais.

Saindo do quarto muito tranquilo, o Dr. Dias chamou o esposo:

— Preciso falar com o senhor em reserva.

— Pois não.

Abriu o quarto da mãe, convidando o médico a entrar. Ia fechando a porta, quando o doutor pediu:

— Desejava falar com o senhor na presença de sua mãe. Depois de breve silêncio, o doutor falou:

— O caso de Dona Clara é perdido. No parto, sofreu dilacerações muito graves. A bexiga foi também rompida, extensamente. Razões do puerpério intoxicaram-na e a circulação dos membros pélvicos está comprometida. O estado geral da senhora é mau. Tem resistido até hoje, por ser jovem.

Parou, de cabeça pendida:

— Na minha opinião, o caso não será resolvido, mesmo em centros adiantados.

E voltando-se para o Capitão:

— Este é o meu parecer, mas aconselho sejam ouvidos outros colegas. Não sou infalível.

João Batista ficou desolado.

— E quanto tempo poderá ainda viver, doutor?

— Marcar tais datas é privilégio de Deus e dos profetas bíblicos. Pelo que vejo, não vai sobreviver muito. Mas eu, se fosse o senhor, ouvia outros colegas. Estou pronto para qualquer conferência com eles.

Olhou para Dona Maria:

— A senhora me perdoe ser tão franco em sua presença. Console-se. Nós somos emprestados por Deus ao mundo. Vou orar pela vida de nossa doentinha.

Dona Maria começou a chorar com discrição, pegando depois, para beijar, as mãos do médico.

— Deus lhe pague pelo consolo!

Mestre Lão apareceu, avisando a chegada de mais tropas carregadas.

— Onde descarregar?

— Ponha aonde quiser. Clara piorou e estou com a cabeça ardendo.

O mestre saiu ciscando as barbas.

— Onde botarei essas cargas, Deus do Céu?

Lembrou-se:

— Aqui, venham por aqui. Vamos descarregar a tralha na capela de Santa Ana.

Enquanto os tropeiros afrouxavam os arrochos e a capela se abria, o velho coçou a nuca.

— Se for sacrilégio e merecer consequente castigo, fique tudo nas costas do Capitão Joãozinho.

Chegara o Major Tibúrcio e, vendo Lão na porta da capela, foi encontrá-lo. Depois de cumprimentos, o visitante indagou:

— Mestre Lão, o senhor que faz aqui?

O professor encarou-o:

— Cavalo aparecido é o bicho mais infeliz da fazenda onde chegou. Não tem dono; o fazendeiro desfruta de seus serviços sem dó nem piedade. É quem leva os caixotes de angu para a roça; quem vai ao arraial buscar remédio, sendo o mais constante no campeio do gado. Nele o dono da fazenda cavalga, os cunhados montam, os meninos galopam, o negro vai aos mandados. Com arreios, com um saco no lombo, em pelo... Quem pular em cima dele está no que é seu... Anda com freio de prata, com bridão grosseiro, com barbicacho de corda...

Parou, olhando o chão:

— Olhe, eu sou o cavalo aparecido do Gongo. Já vivo aguado de servir gente que, em paga de capim, não me dá sossego. Tibúrcio velho, se eu lhe contar minha vida, é beabá...

O Major Tibúrcio e esposa foram visitar Clara.

Dona Maria contou com minúcia a desesperante doença, referindo-se ao exame ginecológico feito pelo Dr. Dias. Convidou então Dona Augusta para entrar. Tibúrcio ficou na sala, escandalizado. Estava lá Mestre Lão, que ouvira o relato da doença. Mal as senhoras foram para o quarto da enferma, o Major Tibúrcio abriu-se para o mestre:

— Sou casado há trinta anos e ainda não vi minha mulher nua. Acho o que fizeram aqui uma indecência criminosa!

Lão achou vaza para opinar:

— Eu também sou velho e nunca ouvi falar nessas liberdades! Aliás, estou aqui, nem sei por quê. Fizeram-me fechar a minha escola em Catas Altas, do que muito me arrependo. Recebi ontem uma carta dizendo que vivo lá mais chorado que vintém perdido.

Tibúrcio conversou muito com Mestre Lão, que batia taquara sem parar. Quando saiu comentou com a esposa:

— A conversa de Mestre Lão é como bacupari, fruta do tamanho de um ovo mas que não tem o que comer senão uma gosminha à toa no caroço...

Parece que Clara ouviu alguma conversa, e mandou chamar o marido:

— Estou bebendo os remédios do doutor. Agora, uma coisa eu quero de você: É que não mande chamar Mestre Jurubeba pra me ver.

João encarou a mulher com escandaloso espanto, bem visto na sua cara fanática. Saiu, sem nada dizer. Clara, com o pedido, evitara viagem de Barrocão, que ia sair naquela tarde para trazer o "gênio incompreendido" da Terra do Borba.

O resto foi rápido. Dias depois, Clara morreu, ao aparecer no céu limpo a estrela da tarde. O enterro foi no cemitério de Santo Antônio do Rio Abaixo, e a morta ficou dormindo ao lado da sepultura de seu pai. Saiu da Matriz já escurecendo, e foram distribuídas velas para a multidão de acompanhantes. Foi comovente ver tantas luzes seguindo o caixão modesto, que era levado com lentidão para a terra.

Depois do sepultamento, um homem de opa roxa pedia aos acompanhantes os tocos das velas já apagadas.

— O festeiro de Nossa Senhora da Conceição pede a cera para a festa do dia oito de dezembro.

Todos entregaram as velas ao pedinchão, que era o boêmio Afonso. Pois Afonso vendeu as velas, para beber folgado sua pinga a semana inteira.

Ao saírem do cemitério, Mestre Lão e Ligonza procuraram uma taboca de pinga cheiros. Beberam. Enquanto bebiam, Mestre Lão, pesaroso com a morte da jovem, falou ao companheiro:

— A vida é bonita e incerta como gota de sereno em folha de inhame da grota.

Quando saíram, um bebedor perguntou ao vendeiro quem era o velho.

— É Mestre Lão; está agora no Gongo Soco. Vive lá mais quieto do que bicho preguiça.

— Nem o conheci. Está mais velho do que a mãe do diabo...

A morte de Clara abateu o esposo até a paixão. Calado, cabisbaixo, parecia vencido. No Sétimo Dia, foi à missa, de luto fechado e barba crescida.

Ao vê-lo de joelhos na Matriz de Santo Antônio, o Paiva, minerador rico, fez beiço apontando-o a um companheiro:

— A morte está voando baixo no Gongo. Pelo que vejo, esse aí não demora. Está na espinha.

À noite, na casa materna, o Capitão mais gemeu do que falou:

— A morte de Clara levou minhas ilusões. Sou um homem morto!

E depois de pausa dolorosa:

— Não quero mais ficar aqui. Não ficarei mais no Gongo. Tomei horror a estas brenhas. Pretendo ir para a Corte me arranjar por lá.

A mãe sussurrou traspassada de sofrimento legítimo, que lhe branqueava mais os cabelos:

— E seus negócios, meu filho?

— Meus negócios... Isto aqui é de Mariana e filhos. E também de meus filhos. Eu não quero nada!

Mariana estava com medo do mundo:

— E uma viúva ainda moça, que não entende de mineração, pode com esta babilônia de serviços?

— Vai compreendendo. Eu não posso mais ficar. Sou hoje um mutilado, falta-me parte do corpo, que se foi com Clara.

A irmã insistia:

— É o que faltava deixar o que só você entende!

— Muita gente conhece mina. O feitor mesmo pode tocar o serviço. Tudo está organizado, não dá mais dor de cabeça.

— Não seja criança, Joãozinho. A dor que você sofre vai passar. Eu também perdi o marido e não estou vivendo?

A família que estava toda junta para se defender da paixão recente, conversou até mais tarde, quando a lua cheia embranqueceu tudo no vale silencioso. O luar entrava pelas janelas abertas. Guaribas roncavam grosso nos jequitibás da floresta vizinha. João Batista revelou então coisa espantosa:

— Não quero mais ficar aqui, porque a mina está esgotada. Há dias não rende uma oitava de ouro! Sai às pitadas, quando já saiu às arrobas...

Dona Maria procurava convencer o filho:

— Isso acontece; ontem muito, hoje pouco, mas o pouco com Deus é muito e o muito sem Deus é nada. Deus não dá hoje, dá amanhã, mas nunca falha.

Mariana falava com sinceridade:

— Isso é paixão pela morte de Clara, mas na sombra de Deus ninguém desanima! Depois você tem três filhos... precisa cuidar deles, coitadinhos. Com o tempo, até pode casar de novo. Você está moço, não fez trinta anos...

— Casar? Que ideia! Não encontrarei outra Clara, tão boa, tão amiga!

No outro dia, João Batista levou rumas de papel para Mariana assinar.

— São coisas do movimento. Ela assinou tudo, sem ler.

Sempre rendido às recordações da esposa, João Batista parecia mesmo ferido por incurável tristeza. Naquele dia disse à família:

— Como comprei uns troços pra casa, vou abrir os caixotes.

Chamou os carpinteiros e Mestre Lão:

— Vão com esta lista procurar os caixotes da letra A.

Os que encontravam eram mandados ao patrão. Na senzala dos homens, na pilha enorme de caixas, era impossível Mestre Lão subir. Mandou o escravo Bengo procurá-las lá em cima. Depois de o negro empurrar muitos volumes, o mestre indagou:

— Achou?

— Achô u quê?

— Os caixões da letra A.

O preto parou, abestalhado, sem dar resposta. Mestre Lão súbito bateu na testa:

— Esqueci que você é analfabeto! Está como vão ficar os alunos que deixei nas Catas Altas.

Afinal reuniu uns trinta volumes com a maldita letra. Na porta da Casa-Grande torqueses puxavam pregos, alicates cortavam fitas de aço. Tábuas rangiam, abrindo-se, rinchavam pregos levantados na outra extremidade. Já estavam desembaladas 24 cadeiras de jacarandá rajado, com estofo de couro castanho inglês, taxiado de prata, subindo dos bordos do assento para o espaldar alto. Dois bojudos vasos de bronze com florões dourados apareceram, para enfeitar a vistosa lareira.

Armou-se a mesa de 50 palmos com 8 pés de leão arabescados em talho doce. Em volta da mesa principal surgiam mais 10, para quatro pessoas, com cadeiras iguais às da mesa principal. Na parede do nascente foi pendurado, por cordões de seda grená, grande quadro de prata legítima representando a ceia de Leonardo da Vinci. Dez baldes para vinho, de prata portuguesa trabalhada, foram postos no chão. Surgiram da serragem 4 caçoulas de porcelana, suspensas por pés brônzeos de cabra, caçoulas para queimar perfumes. Mestre Lão arregalou os olhos ao ver surgir em rolo, esplêndido, felpudo tapete de Bucara, onde se via Noé tonto de vinho, já meio composto por um manto, sob parreiras pejadas de cachos maduros. Foi colocado sob a grande mesa e cadeiras.

No centro do teto de cedro envernizado estava um gancho, onde foi suspenso, com mil cuidados, um lustre de cristal da Boêmia com 12 arandelas e 1.500 pingentes móveis. Nos portais das janelas foram atarrachadas 16 mangas de vidro colorido, de magnífico efeito.

Ao abrirem certo volume o oficial Pitres indagou:

— Capitão Batista, isso não está no projeto.

— Está. É para ser instalado na parede.

— Capitão, mas isto é uma talha de prata para água, coisa que não se usa no salão inglês!

— Use ou não, quero que fique aqui.

Foi instalada. Era talha para 15 litros, com torneira de ouro, na frente da qual, em alto relevo, um sátiro bêbado empunhava taça entornando abundante vinho.

Restavam com a mesma letra 5 bacias pesadas de prata, para os convivas lavarem as mãos. Encostada aos oito metros de parede, ocultando parte da beleza dos ladrilhos, erguia-se a *etagère*. Era suntuosa, toda lavrada como púlpito de igreja.

Ali se guardaria o que era fino para grandes banquetes. E, no outro dia, essa *etagère* recebeu duas baixelas completas para jantares de cerimônia.

Uma era de prata trabalhada por ourives-mestres do Porto, baixela completada por taças, copos, cálices, xícaras, pires, saleiros, paliteiros, argolões para guardanapos, tudo de prata de 20 dinheiros. O mais importante apareceu depois. Era baixela também completa, de ouro maciço, feita em Londres, por expressa encomenda, com o ouro generoso das Gerais. Pitres tomava uma peça:

— Vejam este paliteiro: um pavão de ouro com a cauda aberta.

Em cada orifício do alto das penas espetava-se um palito. Lão, de barba presa nos dedos:

— Vai ver que os palitos são também de ouro...

— Não são de ouro, são de sândalo perfumado.

Abriu uma caixa de ouro, do tamanho das de charutos:

— Vejam aqui os palitos de sândalo.

No fundo do salão colocaram o relógio-gabinete, alto, esguio. Deram-lhe corda. Badalou surdo e nobre, muito vagaroso. A pêndula oscilava luzindo o ouro imperial de sua imponência.

O salão vizinho era o de fumar.

Quatro grupo de três confortáveis maples de couro castanho foram colocados nos cantos do cômodo. Ao lado de cada maple erguia-se esgalgado cinzeiro de latão segurando no alto um recipiente de porcelana cor-de-rosa. Duas filas de 20 mesas forradas de couro pardo iam de extremo a extremo do salão.

Em cada uma havia um cinzeiro de prata e, em diversas, tabuleiros de xadrez, damas, copos de dados e pedras de gamão. A um canto, sustido de aparador cravado na parede, esguio lampião de prata alimentado por óleo de Chantre deixava ver um fio de luz para acender charutos, cachimbos e cigarros. Havia, em três dessas mesas, um narguilé persa com bojo de vidro verde, onde eram usados louros fumos sírios. Chupado no *torbuck*, o fumo passava pela água de rosas do bojo, chegando à boca suavemente perfumado. Havia um *khedra*, cachimbo riquíssimo de prata, com boquilha florida de pedras preciosas. Nesse cachimbo se usava o tabaco de Xiraz, o mais aromático do mundo, ou o fumo de Bagdá, igualmente perfumado mas forte.

Forrava todo esse salão vastíssimo tapete turco, de fundo grená com desenhos de ulemás sentados em almofadas, fumando seu cachimbo preguiçoso, ao lado de uma adolescente nua, a ostentar fios de pérolas nos cabelos enrolados.

Na parede do fundo via-se nos ladrilhos azul-esmaecidos a figura de um centurião armado da cabeça aos pés, apresentando numa salva a cabeça amarelo-oca, escorrendo sangue, de São João Batista. Encostada na outra parede, entre dois janelões, estava elegante armário de acaju, fechado pelos vidros *bisauté*, e que era o fiteiro onde se guardariam charutos Pook, cigarros ingleses de ponta prateada e cigarretes franceses com perfume de baunilha. Estes cigarros para senhoras tinham o nome *Mon Plaisir*, e começavam a ser usados nos salões de França.

Depois da trabalheira da arrumação João Batista ia mastigar sua tristeza na casa materna.

— Acabando de arrumar a casa vou sumir no mundo! Creio que vou entrar para um convento, como irmão leigo. Estive no mosteiro de São Bento quando fui pela primeira vez à Corte e sei como vivem os frades.

— Qual, filho, isto passa. Está viúvo há um mês. O tempo vai descorando as coisas. Vai cegando os gumes. Olhe, Joãozinho, tenho conversado muito com Mariana, que é sua irmã mais velha.

Mariana pode dar conselhos.

— Tem conversado o quê?

— Eu e Mariana estivemos conversando... Achamos que você deve casar com Laura...

O homem ergueu a cabeça guedelhuda:

— Ca-sar com Laura?

— E por que não, filho? Ela é irmã de Clara, irmã mais velha, moça honesta.

João abaixou de novo a cabeça.

— Deixem ao menos o calor do corpo de Clara esfriar na minha cama de viúvo.

— Não, meu filho, é bonito seu sentimento, mas você tem 29 anos feitos, precisa de uma companheira.

O viúvo olhava o espaço, como divagando:

— Laura não há de querer casar comigo.

— Você se engana. Ontem eu e Mariana falamos com ela...

— Não há de querer...

— Pois você se engana. Laura não disse sim nem não, ficou calada, o que é bom sinal.

Na mesma noite Mariana sussurrou, amiga:

— Laura, por que você não casa com o João?

A moça de novo nada respondeu.

— Joãozinho quer nos deixar... Ir para um convento. E não podemos ficar sós. Ele foi bom marido de sua irmã; viveu com ela como os anjos. Você não tem mais pai nem mãe. Tem parte na mina mas pense na desgraça que será a retirada de Joãozinho, para longe.

A jovem se conservava silenciosa. Apenas enxugava os olhos, assoando-se discreta, para guardar o lenço na manga. Nesse instante, chegou João Batista.

Mariana assumiu o comando:

— Você não quer, Joãozinho, casar com Laura?

— Destinei ir embora... vivo descrente da vida. Mas se vocês precisam mesmo de mim, posso ficar mais uns tempos.

— Mas você não quer casar com Laura?

Laura examinava, bem perto dos olhos, o bordado de seu lencinho. Dona Maria estava em ânsias:

— Quer casar com Joãozinho, não quer, Laura?

Ela vacilava. Afinal, sem erguer os olhos pestanudos, falou muito baixo:

— Quero.

Dona Maria cobriu-lhe a cabeça de beijos. Mariana abraçou-a, sorrindo. Abraçaram também a Joãozinho. E todos sorriam satisfeitos, depois de um mês de choro. João Batista nesse instante falou ponderado:

— Pra não dar o que falar ao povo, devemos casar logo.

Mariana aprovou:

— Muito bem. Casem logo. Casem de hoje a um mês, não é, Laura?

— Não sei.

Dona Maria ajudava:

— Sabe sim, casem daqui a um mês, não é, Laura?

Laura bateu a cabeça, que sim.

João Batista pediu que o noivado ficasse em segredo, mesmo porque Mestre Lão era linguarudo.

Dona Maria aconselhou, como quem vivera muito entre gente falsa:

— Tratem-se com humilde compreensão. Amor novo é como alfinim: quebra à toa.

— Vou cuidar dos papéis, depois todos saberão. O resto da minha vida é pra trabalhar pra o bem de todos.

Dois dias depois o capitão partiu cedo para Santo Antônio, no seu cavalo melado escuro de clinas pretas, bicho refugador de pisadas firmes. O cavalo entrou bonito na rua, na marcha picada de mãos altas.

Ia com ele Negro Florismundo, de calça escura, camisa e chapéu de feltro.

Levava além da faca na cinta, um bodinho e, no coldre dos arreios, duas reiúnas prenhas de balas. Ao passar por São Bento, Quincota chamou a atenção dos fregueses:

— Olhem quem vem lá. O capitão do Gongo Soco. Vejam que cavalo! Reparem como pisa alto, para os lados, quase na ponta aos cascos!

Os cavaleiros passaram e os que apareceram na porta da venda o Capitão saudou atencioso, levantando o chapéu:

— Bom dia, amigos.

Quincota, em mangas de camisa, tocado pela gentileza do cumprimento, gritou alegre:

— Bom dia, Capitão! Boa viagem.

Ele voltou a cabeça, cavalheiro:

— Obrigado, Quincota.

O cavalo raceado espumava na boca, no pescoço e nas ancas, pelos atritos do freio, das rédeas e do rabicho e, de frente aberta, marchava para diante.

O vendeiro comentou:

— Boa pessoa, o Capitão! Está podre de rico e dá importância aos pobres como nós.

Um habitual da venda perguntou:

— E o negro, quem é?

Quincota entusiasmado pela saudação estava expansivo:

— É Negro Florismundo. Cabra macho! Negro Florismundo tem regalia na mina!

— Regalia por quê?

— Então dois metros de homem moço, entupido de coragem e que já deu prova de valente não vale nada?

— Se deu prova, vale.

Quincota relatava:

— No caminho de Vila Rica, no tempo do Capitão-Mor, tocando mulas de canastrinhas, Negro Florismundo foi cercado por três negros, não se alterando.

— Que fez?

— Matou os negros à zagaia e a pau; levou a tropa e ainda chegou assobiando... Negro Florismundo vale por muitos, é bicho dunga!

O capitão foi ao tabelião e ao Vigário, conversando. Depois cortou os cabelos de três meses na barbearia do Nicolau, onde também raspou a barba de meio glabro.

Os amigos que com ele tinham negócios e boas relações esperavam sua visita.

Não fez nenhuma. De novo partiu soltando as rédeas do passarinheiro que, de cabeça erguida, farejando os pastos nativos, relinchou alto no fim da rua, já na marcha para regresso. Suas ferraduras tiravam chispas nas pedras do pé-de-moleque das ruas. Chegavam às portas:

— É o Capitão João Batista. Vai apressado!

— Que cavalo!

— E o negro? Olhem o Negro Florismundo que o acompanha, como torre vigilante!

Na volta fez inspeção ligeira no solar do Brumado. Chegou à mina ao anoitecer.

Mestre Pitres avisou-lhe de que a sala de visitas estava composta. No dia seguinte era vez do Salão Amarelo, a peça mais simpática e que seria a mais frequentada da Casa-Grande.

De paredes forradas de alto abaixo por azulejos amarelos, numa delas Dionisos, o deus da eterna juventude, em verde claro, ria, com a cabeça cingida de parras, a empunhar uma taça de onde o vinho rubro derramava.

Em outra parede, duas mulheres bíblicas se afastavam de um poço de água. Caminhavam com ânfora no ombro e a túnica escarlate de uma delas, mais suspensa de um lado, deixava ver a coxa roliça. No entremeio de duas janelas, estava uma talha de prata igual à do Salão Vermelho.

Não havia ali tapete mas um passador estreito de couro de camelo cruzava o salão. O piso era também ladrilhado de amarelo e a mobília de angelim flor-de-algodão, muito pesada, lembrava a da sala de jantar. Um abajur de porcelana cor de açafrão pairava sobre o cômodo. Mestre Lão ao ver tudo nos lugares esqueceu-se dos clássicos, para exclamar:

— Eta amarelão!

O quarto de dormir do Capitão era mais severo. Uma cama de casal[19], de jacarandá roxo torneado em estilo treme-treme, com colunas para baldaquino, que era cor de púrpura. Na cabeceira se via imenso coração de veludo carmesim acolchoado de paina. Eram lindos o camiseiro e os dois guarda-vestidos, além de criados-mudos guardando dois vasos de prata com capas de veludo cor-de-rosa. Num desses criados esplendia uma abajur branco para vela.

A penteadeira de espelho tríplice tinha em frente um consolo forrado de seda cor de limão. Nas paredes havia uma estampa de Nossa Senhora e, em frente, um quadro mostrando São Paulo carregado de correntes, assistido por legionários romanos. Estava de pé diante do Rei Herodes Agripa, que o encarava do trono herdado de seu avô Herodes, o Grande. As púrpuras do Rei empobreciam ainda mais a túnica de estopa do pregador atrevido.

No rés do chão de outra parede, um relógio de bronze com pêndula em forma de lira, trabalhava em silêncio vagaroso. Ao saírem do quarto, João Batista explicou:

— É a cela do eremita. Fiz tudo pobre aqui, por ato de humildade. Vou dormir nesta espaçosa furna, como Santo Antão no deserto da Tebaida.

Os 50 quartos de hóspedes eram forrados, cada um com papel de cor diferente. Na parede, um quadro a óleo comum para todos: Nua, sobre divã, com as mãos à nuca, uma jovem dormia.

Havia em cada quarto duas camas de jacarandá sem docel, e cômoda para roupas de linho irlandês, sempre perfumadas por Saquinhos do Serralho. Do outro lado, mesa redonda com bacia de prata e jarro igual. No criado-mudo escondia-se urinol de prata, com tampa de alto relevo mourisco. Completava a mobília mesa pé de cabra, sobre a qual ficavam tinteiro com o conservatório para tinta de três cores, boião de areia e pena de ganso já aparada.

19) Está hoje no Museu do Ouro, em Sabará. Falta o grande coração de veludo carmesim colado no meio da cabeceira e que servia de almofada para encosto da cabeça.

Os hóspedes encontravam em cima das almofadas de sua cama uma camisola para dormir. De linho fino, para os homens, e de seda belga, para as senhoras.

Em cada noite as roupas das camas eram mudadas e também as camisolas, sempre perfumadas por Saquinhos de Almíscar ou por Essência Inglesa. Essas camisolas eram de mangas compridas e desciam até os pés.

Sob a cama das senhoras havia sempre um par de pantufos de lã e na dos homens um de chinelos de pelica.

No andar térreo estavam os três quartos sem janelas, onde se acumulada o ouro em pó extraído durante muitos anos. Caixões de ouro em barra já quintado e com o carimbo real se superpunham num dos quartos. Só o Capitão-Mor e João Batista entravam ali.

Mais adiante estavam dois quartos para chuveiros, cada qual com uma banheira de cobre, onde torneiras vazavam água quente e fria.

Na ala esquerda ficava o vastíssimo depósito da prataria e da louça fina do palácio. Na ala direita, a adega. A adega! Ocupava o espaço de seis salões... Adega sempre renovada por "joias" caras, dignas de Reis... Não dos Reis de hoje, que são medrosos e sem graça, mas dos de outrora, chamados Tibério Augusto, Pedro o Grande, Luís XV...

A cada tropa que descarregava caixotões misteriosos, Mestre Lão, que tomara proa de secretário, puxava as barbas, com ganidos de cachorro com pulgas:

— Hum... Hum...

Considerava-se mártir do Gongo Soco, por ter uma unha do pé arrancada por volume despencado de pirâmide assustadora de caixões da senzala.

— Esse acidente não era para mim. Suportei-o, resisti ao desastre porque tenho fibra. Sou magro mas tenho garra, sou raçudo. É preciso que fique patente que, se o acidentado fosse Negro Florismundo ou outro gigante dos que andam por aí, estaria hoje nos ossos. Ou nas encolhas das muletas de inválido. Este serviço de verificar cargas é de negro de pé redondo, compete a macancro e não a um mestre de línguas clássicas.

Ficava sempre zangado ao se referir ao fato:

— Não sou secretário coisa nenhuma! Com o desabamento do formidável cutucum, sou a primeira vítima, o primeiro mártir de loucura manirrota...

O obscuro mestre primário, que se dizia professor de classicismo, por muitas vezes, ordenado por Pitres, carregava das senzalas caixotes de quinas vivas a serem abertos na Casa-Grande. Carregava, não sem rosnados protestos:

— Também Êsopo carregou imensuráveis balaios de pão, nas campanhas de Alexandre Magno! Faço esses atos humilhantes para ajudar *meu melhor aluno*, Joãozinho, erguer seu Palácio de Fadas.

Um dia Pitres procurou o Capitão Batista:

— Senhor Capitão, está tudo pronto. Seu palácio está mobiliado e desejo regressar. João foi franco:

— *Mister* Pitres, estou satisfeito com seu serviço, mas reclamo duas coisas: a sala de visitas não me agrada, é leviana...

— Mas, Capitão, na França tudo é assim...

— ... e a casa caiada de branco[20] também me aborrece.

20) Passados 114 anos do remate dessas obras, a cal empregada nas paredes externas da Casa-grande, em certos trechos da ruína de hoje, ainda é clara, sólida e brilhante.

O *mister* fora, no fim da construção, o que hoje se chama decorador de casas.

Pagou o mestre inglês o que fora combinado pela casa aviadora da Corte, mandando levá-lo de volta. Mestre Lão, magro e hirsuto de pelos brancos, despedia-se de Pitres com os olhos romanticamente úmidos:

— Mestre Pitres, o senhor foi o único vivente que fez um homem versado em Homero carregar caixões de utilidades! Sua retirada é para mim um alívio, mas fica em meus ombros outro peso bem grande: a saudade de sua companhia.

— Mestre Lão, enquanto o senhor carregou volumes de quinas agudas, ficou livre dos clássicos portugueses, gente ao meu ver indigesta. Qualquer volume que o senhor ajudou a levar, mesmo o que continha vasos noturnos de prata, vale mais que os volumes correspondentes da literatura clássica de Portugal. Pode ser que eu erre. Só mais tarde, esfriando a cabeça, o senhor poderá dizer se penso bem ou mal.

Mestre Lão, espantado, ficou desiludido do inglês com aquela franqueza.

— Mestre Pitres, concordo *in-partibus* mas peço licença para discordar, no que tange à *Vida do Arcebispo*, de Frei Luís do Sousa.

— Não concordo; nossos volumes de coisas valem mais.

— Perdão, Mestre Pitres, sem a exceção que apresento, vamos separar brigados!

— Pois bem, Mestre Lão, sinto muito, mas é preciso também ficar fora a *Vida do Arcebispo*.

— Fora, como?

— Fora, não fica nada!

— Deixe então para fora de sua fúria o *Menina e Moça*, de Bernardim!

— Não pode!

Mestre Lão, desesperado, perdido, indagou, na última trincheira:

— Então, fora tudo?

— Tudo fora! Só ficam valendo mais os nossos volumes de trens de cozinha.

E fingindo bravo, Pitres terminou:

— Deixo ficar acima do valor do que carregamos aqui, uma obra: sua futura *Gramática Histórica da Língua Portuguesa*...

Lão apertou o inglês num abraço minucioso, em que lhe derramava lágrimas nos ombros:

— Grande Pitres! Não é por vaidade, — mas estamos de acordo!... O mais é solecismo...

A Casa-Grande luzia como joia nova.

Para o meio e o tempo, não havia nada comparável nas Minas Gerais. As casas nobres de Vila Rica, Diamantina, Campanha da Princesa e São João del Rei pareciam cabanas de garimpo diante daquilo. O Capitão adquirira a roupa branca toda de linho belga e irlandês. A garrafeira que se aninhava na adega espantava até Pitres, inglês criado em Lisboa.

Depois de tudo feito conforme os planos, o Capitão marcou seu casamento. Mandou Barrocão, preto cortês com privilégios no Gongo, levar carta pessoal feita por Lão a cinquenta amigos em vários lugares. Tinha acomodação para cem hóspedes dormirem.

Mestre Lão fizera mais de 20 rascunhos do convite, em estilo clássico. Num deles estava convidando "para a sagrada festa do himeneu do conspícuo Capitão João Batista Ferreira Chichorro de Sousa Coutinho, senhor da mina aurífera do Gongo Soco."

Barrocão, bem vestido, com chapéu de feltro, solene em cavalo ruço bargado, cumpriu a missão com sua reconhecida dignidade. Quais foram os convidados? Muitos amigos do Capitão-Mor e de João Batista, que agora fazia timbre de ser chamado Capitão.

Foram testemunhas, do noivo, o Major Peixoto e senhora, e de Laura, o Dr. Moreira e esposa. O casamento foi no Gongo Soco.

Entre os convidados estavam muitas personalidades políticas, científicas e eclesiásticas da nobre província. Vários donos de minas de ouro. Entre esses convidados honravam as famílias com suas presenças (ou como disse o Mestre Lão, "foram honrados com o convite") o Pe. Germano, de Catas Altas com protesto do Secretário Particular); Pe. Leitão, que seria o oficiante; Major Domingos Peixoto e esposa; Dr. Manoel Moreira e esposa; Pe. Luís Teixeira Coelho, vigário de São João del Rei, que estava em Sabará; Pe. Sebastião de Carvalho Pena, vigário do Arraial do Brumado; Pe. Dr. Antônio Pedro, cirurgião do Colégio do Caraça; Pe. Mestre Joaquim Pereira, professor de Gramática Latina em Caeté; Pe. Manoel Pires de Miranda, professor de Latim em Santa Luzia do Rio das Velhas do Sabará; Pe. José de Araújo Cunha, vigário de Raposos; José Teixeira da Fonseca Vasconcelos, futuro Visconde de Caeté e Governador de Minas; Tenente Antônio Soares de Assis, proprietário da mina Cantagalo; Manoelão, comboieiro enriquecido; Major João Nunes, senhor da lavra de Água Limpa; Gaspar Albino, condômino das terras auríferas de São João do Socorro; Major Anselmo Marques, senhor da mina Boa-Vista; João Ligonza, negociante, e Dr. Luciano Alves dos Santos (Dr. Lu), juiz aposentado de Sabará. Não eram só esses os convidados de honra. Havia tantos... Muitas senhoras. Gente de prol de São João Batista do Presídio do Morro Grande, Itabira do Mato Dentro, Guarapiranga, Morro Vermelho, da episcopal cidade de Mariana...

O último a chegar foi Mestre Jurubeba, enfatiotado em sarjão negro, de paletó curto e camisa verde fechada por gravata de retrós. Ao vê-lo, Mestre Lão limpou a goela clássica, emproando a cara no pescoço pelanquento:

— Temos besteira à vista. Vamos saber quem tem dia e hora marcada para morrer...

No bolo de convidados, a indiferença do prático não se alterara.

Estava sempre frio, calado, como sonâmbulo. O Major Peixoto estranhou a roupa nova do Mestre Lão:

— Está bonito, mestre!

— Esta roupa foi presente do Joãozinho.

Só não contou que a fatiota fora feita havia dez anos, para o casamento do Ajudante de Sangue com a falecida Clara.

— Está gordo, estou gostando. Você parecia bode de seca... Era magrinho...

— Não é por falta de muito trabalho. Eu sou como cavalo ruim: quanto mais maltratado sou, mais engordo.

Na véspera do casamento, o Capitão chamou seu velho mestre:

— Mestre, o casamento vai ser de algum luxo, de modo que você tem que cortar cabelo e barba.

O velho arrepiou-se como jaratataca acuada de cachorro:

— Cortar o cabelo, posso. As barbas e os bigodes — nunca! Lembre-se que Dom João de Castro, quando Vice-Rei da Índia, utilizou fios de sua barba para garantir empréstimos a salvar dos arreganhos inimigos, em Dio, a Praça Militar Del Rei. Esta barba guarda a honradez de seu velho mestre. Sem ela serei homem desmoralizado.

— Bem, fique com elas e os bigodes, mas a cabeleira vai ser derribada.

E sério:

— Sua roupa também não serve. Vou lhe dar o terno do meu primeiro casamento.

— Ah, não preciso...

— Precisa muito. Sua roupa já devia ter dado baixa. Você tem dois ternos de algodão que não ficam bem a Secretário Particular do Capitão do Gongo-Soco!

O velho vestiu o terno do amigo. Ficou uma luva!

— Olhe, Mestre Lão, nem que fosse feito em Londres, pelo Pool, sob medida!

Na manhã do casamento, o escravo barbeiro, assistido pelo amo, cortou a grenha e aparou um pouco a barba do professor.

— Aparo a barba, sob protesto! Mas quero conservar as guias dos bigodes, para afagá-las quando ler meus clássicos!

O casamento, como todos ali, foi depois da missa, na capela de Santa Ana. A noiva se apresentava com vestido de seda branca *moirée*, que subia até ao pescoço, atacado por fila de botões de madrepérola; tinha nos cabelos uma coroa leve de flores de laranjeira. A cauda do vestido era imensa, de muitos metros.

Estava de luvas brancas, compridas, que completavam as mangas do vestido.

Não tinha o rosto o mais brando arrebique e estava linda com sua palidez emotiva. Calçava sapatinhos de cetim que, ocultos pelo vestido, só deixavam ver os bicos finos.

O noivo vestia terno preto jaquetão de casemira inglesa, debruado de seda, e usava colarinhos dobrados nas pontas, ostentando fofa *la-valière* roxa, a cor da moda.

O sino menineiro da capela bimbalhava, como brincando nos ares leves da manhã. É que terminara a cerimônia e, no Largo do Cruzeiro, várias girândolas de fogos coloridos espantaram a cavalhada dos convidados. Quantos cumprimentos e curvaturas educadas aos noivos! Muitos, calados, abraçavam aqueles felizes. Só Mestre Lão se excedeu:

— Joãozinho, a você e a Laura me rendo como vil escravo. Vivam sempre como Paulo e Virgínia e, morrendo, sejam no Céu almas gêmeas! Sejam, quando se forem do mundo, como Baucis e Filemon, duas árvores unidas, confundindo os ramos.

Pe. Germano cochichou ao Major Matos:

— Isto é que é ser burro! Falar em morte com um viúvo que se casa de novo... Não há dúvida que o pseudo Mestre Lão é o porta-novas do Gongo. Palhaço até no céu da boca!

Enquanto os nubentes recebiam intermináveis parabéns, Lão saiu com o Major Peixoto e, na porta da capela, teve uma surpresa:

— Mestre Jurubeba, o senhor por aqui!

O prático apertou-lhe a mão com indiferença. Mestre Lão estranhou.

— Não está me conhecendo?

— Quem é o senhor?

Lão se afastou, mais assanhado que caranguejo cabeludo na porta do buraco, ouvindo latido de cachorro. Nada respondeu e mais adiante falou ao major:

— Bestalhão! Esse arrepia-cabelos finge não conhecer a testemunha mais importante de seus assassínios!

Peixoto, que desprezava o sabarense, gostou do desabafo. Jurubeba sozinho, parecendo não ver ninguém, passeava para lá e para cá, em frente da capela. Estava duro, seco e frio como homem embalsamado.

Os noivos iam já saindo da capela. Enquanto se celebrava a missa, foi estendido um tapete vermelho sangue de boi, da porta da capela à entrada do solar. Por ele caminharam de braço os recém-casados.

Os convidados subiram, atrás dos noivos, pela escadaria ao hall que dava entrada no Salão Vermelho. O salão, de janelas apenumbradas por várias cortinas de veludo escarlate, estava cheio de flores. À entrada, um serviçal de calças rubras e casaca preta, calçando sapatos de verniz com fivelas de prata, recebia, curvando-se, os visitantes. Era o afamado *Maitre* Gil, vindo da Corte, para servir no Gongo Soco.

Mestre Lão e Ligonza subiram por último. O mestre, com sapatos apertados, alegava o desastre que lhe deixara o pé dolorido. Subiu as escadarias com sacrifício, explicando:

— Subo essas escadas como Jesus subiu os vinte e oito degraus, para ser julgado inocente por Pilatos.

A mesa central, coberta por toalha de linho alaranjado irlandês, oferecia seus vinte e quatro lugares para os convidados mais nobres. As mesas laterais para quatro pessoas estavam preparadas do mesmo modo.

Duas caçoulas de prata queimavam âmbar cinzento, aromatizando o ambiente.

Ouviam-se de todos exclamações assombradas:

— Oh!

— Ah!

— Será possível?!

— Que beleza!

— Parece um sonho!

Todos se julgavam pequenos naquele ambiente que jamais sonharam penetrar.

Nesse instante, foram afastadas as cortinas dos janelões, deixando entrar a claridade do dia de primavera. Brisas da serra balançavam de leve o lustre central, fazendo tremer os 1.500 pingentes de cristal boêmio.

As mesas estavam prontas para o almoço. Era de porcelana azul clara toda a baixela, com altos cálices e copos de cristal verde, para vinho. Parelhavam aquele requinte taças de prata para o vinho da Champanha francesa.

O Pe. Leitão, que era vizinho de mesa do Pe. José Araújo, murmurou-lhe com espanto:

— E os noivos?

— É verdade, e os noivos?

Pe. Luís por sua vez perguntou:

— Que é isto, Pe. Leitão? Que luxo é este?!

— Colega, parece que estou louco. Nunca vi dessas grandezas...

— Eu é que lhe pergunto: Nota em mim ar de doido furioso ou manso?...

Nisto apareceram na porta da entrada sul, de mãos dadas, os noivos. Todos se levantaram. Mestre Lão começou palmas que todos bateram, cerimoniosos.

João Batista entrava de calção azul, meias de seda branca, sapatos rasos com fivelas de ouro e casaca de seda verde. Vestia camisa de rendas com colarinhos de pontas compridas quebradas para baixo, de onde desabrochava a orquídea roxa de uma gravata esvoaçante. Na lapela, um cravo vermelho.

Dona Laura estava já vestida de azul celeste, com decote discreto e trazia colar de pérolas de duas voltas. Via-se-lhe de um lado dos cabelos uma rosa amarela e, no outro, barriera de granadas purpurinas.

O almoço ia ser servido e ainda todos admiravam a baixela de porcelana de Sèvres, com monograma J. B. dourado a fogo. O novo casal sentou-se na cabeceira da mesa grande. Todos estavam encarados nos noivos que inauguravam com aquela festa o novo lar.

Fez-se um silêncio difícil de ser quebrado. Ninguém sabia se o que olhavam era real ou de outros mundos, de planetas desconhecidos. Foi aí que o Capitão se ergueu, fazendo pausa.

— Meus amigos, agradeço vossa presença a esta choupana, onde recebo a Dona Laura como legítima esposa. Antes do aperitivo deste modesto almoço, peço que comam o pão duro da penitência, pão que está diante de vós. A casa é de meus amigos. Muito obrigado!

Ligonza segredou ao Pe. Pereira:

— Belos olhos, os da noiva! Grandes, esverdeados, têm luz!

O padre, com voz baixa, concordava:

— Olhos perigosos demais, para quem casa com homem feio. Em Roma dos Césares os olhos grandes eram sinal de influxo divino sobre seus possuidores.

— E homem de orelhas cabanas como o noivo, o que era lá?...

— Em Roma, não sei, mas, na China antiga, orelhas cabanas eram sinal de inteligência.

Riram nos guardanapos, para não serem vistos em risinhos em hora tão solene.

Sem ninguém esperar, no silêncio que se fazia em torno da mesa, Mestre. Lão cometeu a imensa *gaffe* de exclamar:

— Devemos fazer o que ensinou São Paulo: Comamos e bebamos, porque amanhã morreremos...

O Capitão fulminou-o com o olhar que era um tapa na boca.

Postos à vontade, como a fome de todos era brava, começaram a partir os pães secos. Houve logo clamor:

— Que é isto?!

Partidos os pães, que eram ocos, escorreu nos pratos, na mesa, nos guardanapos e nas camisas um pó amarelo. O Major Matos gritou, alegre:

— Estes pães têm ouro dentro!

Todos abriram o manjar.

— Ouro!

— Ouro de vinte e três quilates!

Depois de jubilosas exclamações, risadas de incontida alegria encheram o enorme salão. Cada um dos pães do começo do almoço continha 6 oitavas de ouro apurado. O Pe. Mestre Pereira estava pasmo e disse repentino:

— Posso exclamar aqui como fez o Cardeal Justiniano, ao penetrar no Mosteiro da Batalha: *Vidimus alterum Salomoni Templum*! Vimos um outro templo de Salomão!

Nesse momento, a claridade do dia dourado salientava as cores do maior vitral do salão, e que representava uma gazela pastando entre lírios abertos.

O Pe. Germano ficou exclamativo:

— Só no palácio de Creso seria vista esta maravilha!

O Dr. Lu se entusiasmava:

— Só Midas, o homem que transformava em ouro tudo em que punha as mãos!

Procuravam recolher com faca, dedos e colher o ouro derramado. João Batista ria, a noiva sorria, triste. A seu lado, em uniforme de seda cor-de-rosa, estacionava às ordens uma donzela da Rainha. Chegavam escravos moços, de calções amarelos e casacas vermelhas, conduzindo bandejas de prata, com aperitivo. Era gim, bebida ainda não provada nas Gerais, com cidra e Champagne, constituindo o *Millionaire Cocktail*, inventado por *Maitre* Gil. Servia-se em taça, com rodelas de limão flutuando no líquido. Mestre Lão provou, fazendo careta.

— Prefiro um martelo da *boa* da venda do Quincota.

Mas bebeu. Olhava de soslaio Mestre Jurubeba, que chupava calado sua dose, até a última gota. O professor rosnou com satisfação.

— Não estranha que seja pinguço. É, Deus me perdoe, de Sabará...

Não foi servida a canja proverbial, em largos pratos fundos. Veio um caldo leve de galinha, com ramo de salsa boiando na gordura, mas servido em chávenas de vidro de duas asas. Alguns bebiam o caldo com colher, mas *Maitre* Gil andava de mesa em mesa, ensinando que segurar a chávena com duas mãos é que era certo.

Quando a fome foi excitada pelo caldo quente, todos desejavam carnes, feijão, tutu com torresmos. O prato servido depois foram duas colheres de umas iscas finas, fritas, ressumando óleo. O *Maitre* seguia o escravo de cabeleira colorida de pó de açafrão, que levava a travessa. Explicava, muito cortês:

— São línguas recheadas de pássaros-pretos.

Ninguém comeu o delicado manjar. Debicaram apenas, não apreciando. Aquilo fora sugerido de conversas de Mestre Lão, que contara serem os romanos da idade do ouro gulosos de línguas de rouxinóis. O Capitão explicou aos amigos, em geral:

— Tencionava obsequiá-los com línguas de flamingo, que é acepipe de Reis. Não sendo possível mandei-lhes servir línguas de pássaros-pretos.

Serviu-se em seguida o prato de leitoa assada, já partida. Acompanhava tão suspirado leitão um tutu a que só faltavam couve e torresmos. Mas estava coberto pelo molho requintado de Béchamel.

Pe. Germano, que até ali estava em meio jejum, saiu de grave desconsolo:

— Graças a Deus, deixamos Roma e chegamos ao Gongo Soco.

Referindo-se às línguas de pássaros-pretos, Mestre Lão alfinetou:

— Talvez comendo línguas, Mestre Jurubeba dê para falar...

E já quente do gim:

— ...menos contando o dia em que vou morrer.

Por essas alturas, copos e copos do nobre vinho nevado Saint Êmilion eram sorvidos, no meio de murmúrio. Uma hora depois, com a supervisão atenta do *Maitre* Gil, estavam retirados os pratos do almoço. Nos de sobremesa foram servidas framboesas com creme de leite e maçãs assadas com recheio de cerejas, murchas em calda quente. Foi então que estampidos secos assustaram os presentes. *Maitre* Gil fez espocar Champagne Cliquot, vinda em baldes de prata, refrigerada por misturas químicas. As taças fervilharam espumas leves sobre o líquido louro. Muitos não gostaram da novidade. O Major Matos indagou do Pe. Pereira:

— Que diabo é isto? Fervilha...

O Pe. Mestre responde, já bem alegre:

— Isto... isto, major... Isto é o ouro do Gongo Soco... é a riqueza... a fartura. É sangue dourado das terras de França, haurido pelas raízes de cepas ilustres. É a Gália de César, é, quer saber mesmo o que é? É bom como o pecado!

Ligonza ficara parlante. Voltou-se para o vizinho de mesa, para dizer verdade:

— É isso mesmo. Quando o ouro amareleja, tudo vence e arromba sem peleja...

O padre, voltando-se para Jurubeba, indagou:

— Mestre, este vinho nevado não faz mal?

— Faz. Tudo que é nevado faz mal: embota os dentes, dá defluxo, traz mal do peito, cólicas perigosas e hidropisia.

Peixoto estava desapontado e segredava a Manoelão:

— É para ver. Conheci o João ainda novo, curando reses na senzala. Era rapaz de fraca roupa, mas hoje é o Rajá do ouro em montes, manda e não pede...

Lão, como completando seu pensamento:

— É como disse, tudo acontece quando o homem nada em ouro.

O vozerio daquela gente excitada pelos vinhos subia das mesas como um clamor. Limpas as mesas como foi possível (vinho derramado manchava as finas toalhas), foi servido o *Peppermint* final. O Pe. Pereira ao prová-lo exclamou com escândalo:

— Oh, arde. Pimenta pura!

Alguns cheiravam o cálice, receosos, para beber em seguida, com escrúpulos e tudo.

A fumaça do âmbar vinda das caçoulas, ora estava visível no salão, ora desaparecia varrida pelos ventos da serra. Distribuíram charutos Pook, coisa nova para todos. No meio da confusão que se fez, o Tenente Marinho indagava de Lão:

— Por que é que o Capitão mudou tanto, de uma hora para outra?

— Mudou? Mudou como?

— Tinha fama de avarento, vestia-se mal e hoje está como uma arara, dando nos olhos até de cego? Só o mágico Merlim podia transformar a vida de Joãozinho tão de repente.

— Joãozinho (por vaidade chamava-o assim), Joãozinho não mudou. O mundo é que está mudando. Era pobre, hoje é rico.

E vermelho pelos vinhos bebidos:

— Rico com o sacrifício de vítimas, de mártires como eu, em serviço pela queda de pirâmide de caixões, mais alta que a de Quéops, no Egito! Esta riqueza sacrificou a mocidade de Catas Altas, de que eu era o Péricles, isto é — o inspirado dirigente. Joãozinho não me poupou, esquecendo que borracha nova é que espicha muito...

De súbito, Mestre Lão se ergueu de copo em punho, para desdizer alto o que sentia:

— Saiba o grande Capitão nosso senhor que agradeço por todos este banquete. Poderei morrer em greve de fome, igual ao orador Isócrates, que assim procedeu por não se sujeitar às leis da Macedônia, depois da derrota dos gregos em Queroneia. Eu morreria de fome para ficar ao seu lado e para não me submeter à política do Barão de Sabará!

O Barão de Sabará estava intrigado, por questões políticas, com o Capitão Batista.

O desaponto foi geral.

O Capitão levantou-se com a noiva. As pesadas cadeiras se afastavam a custo.

Matos, com a boca seca das bebidas que não conhecia, chamou o *Maître*:

— Um copo d'água por favor.

Gil, formalizado, em voz a ser ouvida por todos respondeu:
— Água, só naquela talha. Pode beber, senhor.
O Major apanhou o copo sujo de vinho e foi direito à talha, enchendo-o. Bebeu sofrego e, assustado:
— Que negócio é este?
Mirava o copo com espanto. Mestre Lão, que também ia com seu copo, estranhou:
— Que há, Major?
O amigo apurava a língua:
— Água esquisita...
*Maitre* Gil, bem ensaiado, provou da água:
— Ah, o escravo, servente novo, enganou-se. Em vez de água na talha Champanha Pommery!
Mestre Lão, que estava rente, encheu logo seu copo, que emborcou na boca:
— É verdade. Bendito engano!
Nesse instante apareceu sede em todos. Até nos Padres-Mestres, nos Vigários Colados, nos Coadjutores, nos leigos da festa... Pe. Pereira estalava a língua, com o copo meiado:
— Ah, sede gostosa...
O Capitão foi provar também a coisa:
— Oh, que aguinha doce. Melhor que a da Serra do Caraça.
Mestre Lão bolia muito os beiços depois de bebê-la, repetindo as doses.
— É água benta por padre de boa vida...
Muitos convivas estavam tontos e desciam a escada procurando os reservados. Ao chegar à escada grande, Mestre Lão viu Jurubeba engatinhando por ela abaixo, atracado no corrimão.
— Bebeu também da água. Ah, danado, você agora não dá mais a data da minha morte.
Logo depois do almoço, Jurubeba foi-se despedir do Capitão. Ia sair.
— Não, Mestre Jurubeba, espere um pouco para conversarmos.
— Não posso. Tenho doente mal no Arraial Velho.
— Por que não fica hoje aqui?
Nem respondeu. Apertou a mão do amigo, saindo apressado. Mestre Lão sorriu veneno:
— Jurubeba quando quer regressar, ninguém o prende. Para detê-lo, só o sujigando com o aziar, como se faz com burro brabo...
O almoço durara quase três horas. Todos foram saindo, porque, se não viajassem logo, não partiriam mais... Saíam sem se despedir, cantando, esquecendo os chapéus... Quando o Pe. Leitão se retirava, por estar bem velho, desceu devagar a escadaria. João Batista ajudava-o a descer, avisando:
— Cuidado, Pe. Leitão, que o trem escorrega.
Mestre Lão, que apreciava a delicadeza de João Batista ajudando o padre velho, não deixou de feri-lo:
— Joãozinho chama escada de *trem*. Não foi isto que lhe ensinei na escola. Parece mais um dos infelizes alunos do Pe. Germano, professor de caçanje...
Já na sala de espera, o vigário estava apressado:
— Vou-me embora. Tenho obrigações. São horas de levantar âncoras!
Pe. Germano e Pe. Leitão, sendo do mesmo arraial, viajaram juntos. Logo que ganharam a planura do vale, o vigário cutucou o colega:

— Viu o Lão? Viu como está desmanchado em conversas? Fala de tudo, com sua natural leviandade.

Pe. Germano gemeu grosso para responder:

— Ele tem fumaças de letrado, mas só Deus sabe o que está na sua cachola. Tinha até medo quando ele me olhava. Lão parece o catoblepa, animal descrito por Plínio, bicho que andava com a cabeça enorme sempre baixa e matava com os olhos...

Riram ambos, com maldoso prazer. Pe. Leitão falou de novo:

— E que tal a festa, Pe. Germano?

— Fomos bem tratados. João sabe ser hospedeiro, como não sabe que está doido. Para mim aquilo tudo foi surpresa. Nunca mais voltarei a essa Babilônia.

O vigário estava mais tolerante:

— Tratou-nos com a atenção que merecemos. Respeita-nos, considera-nos. Certas palhaçadas são mesmo próprias dos ricos. Está de novo casado, o que é bom. O resto está nas mãos de Deus.

Pe. Germano mostrava-se insatisfeito:

— Ele tem, já maduro, o que teve Jesus ao nascer, pobrezinho: ouro, incenso e mirra. O ouro é muito, o incenso, já o está recebendo de amigos e aduladores. Pense que a mirra é símbolo da amargura do mundo. Deus permita que ele a prove pouco.

O outro nada disse. E, calados, marcharam para Catas Altas.

Seguiam tão absortos que nem viam, já abertas nos arrampadouros da Serra, as primeiras alvas flores das babas-de-boi. Nenhum deles ouvia, de dentro das ramas, o canto modesto de um passarinho sem nome: Gul-bil-bi. Gui bil, sil-bi. Gril-bil-bil. Guil-til-biuuu...

## VI — AS FESTAS DO REI SALOMÃO

O almoço de casamento do Capitão João Batista e Laura provocou escandalosos comentários.

O Pe. Pereira estava abismado, com o que vira no Gongo Soco:

— Sempre ouvi dizer que João Batista era homem do trabalho, econômico, sem vícios. Também ouço que esse mineiro tira ouro aos borbotões. Nunca fora lá. Mas o que vi com estes olhos que a terra há de comer ultrapassou os delírios de um doente de febre alta!

Com os olhos arregalados, parecia cheio de medo:

— Parece que estou sonhando. Não é possível! Sonhava ao ver aquelas riquezas orientais, com as auriflamas vermelhas ornadas de flores-de-lis dos antigos Reis de França, bem altas, nas manhãs de sol.

José Teixeira Vasconcelos, homem de fina educação, elogiada Saint-Hilaire, comentava com os íntimos:

— O ouro dá tudo no Brasil... No meu parecer, em Lisboa não se vê uma festa igual. O *Maitre* é da Corte, a louça parece que é da China, os vinhos são legítimos, de velhas cepas europeias. Fiquei chocado. Nunca pensei ver em Minas aquelas coisas.

O Pe. Pena, do Brumado, parecia ciumento daquilo tudo:

— Sempre vi o capitão com ternos surrados, sem meias, nas sapatorras reiúnas... Agora usa calções de seda, meias belgas, sapatos de verniz com fivelas de ouro... E a camisa de finíssimos folhos rendados? E a gravata do mais delicado cetim? João Batista é hoje verdadeiro *incroyable* dos salões frívolos de França no tempo do Diretório. Estou triste.

Em Santo Antônio, Itabira, Guarapiranga, Sabará e Vila Rica, os comentários eram os mesmos. Correu em Vila Rica que o Champanha no Gongo estava na talha para água: quem quisesse chegava o copo, bebia. Ninguém acreditou.

A esposa do Comandante das Milícias, impressionada com a descrição da festa indagava:

— E as senhoras, estavam bem trajadas?

— Se estavam? Ora... Dava na vista a viúva do Capitão-Mor, bem vestida em veludo negro, com uma tiara de esmeraldas na cabeça; a mãe de João Batista, com vestido de seda lilás, sem joias, e Ana, muita bem posta no rico vestido de seda branca. As outras madamas que lá estavam vestidas na mesma base...

— E a noiva?

— Espaventosa! Muito compenetrada de seu ofício de noiva. Linda como os amores.

Alguém descreveu o vestido da noiva.

Depois de ouvir a descrição da festa, com almoço e discursos, citando as pessoas presentes, a senhora se abateu na velha poltrona:

— É muito triste saber dessas grandezas... A felicidade dos ricos é humilhante demais para a modéstia dos pobres. Eu não sei, não... mas para mim este mundo está errado, de alto abaixo...

O Major Matos aparava os choques de críticas bem justas:

— Ora, o João Batista deu uma festa de casamento. Não se casa todo dia. É verdade que sua casa tem fausto excessivo, mas a casa é sepultura da vida. Prouvera a Deus que eu pudesse fazer o mesmo...

Enfrentando os sorrisos de inveja, explodia:

— Além de tudo ele é riquíssimo! Desde que o Cunha morreu, a mina rende arrobas de ouro por dia.

— É ouro!

— É ouro como terra!

O Major enganara-se, quanto a ser o almoço a única festa. Ele safra cedo mas, dos convidados para o casamento, lá ficaram 30, retidos pelo anfitrião.

Estavam como em céu aberto, saboreando as canjas, as camas confortáveis e os vinhos internacionais do novo rico.

— Dormem de dia, depois do almoço farto...

— Ressonam, sonhando com os anjos...

— Estão ficando de banhas soltas...

Ainda fervilhavam conversas a respeito do acontecido no Gongo Soco e o capitão mandou convidar seus amigos mais íntimos para uma ceia, comemorativa do primeiro mês de casado!

O capitão escalara o escravo Cassiano para ser observador reservado, espia bem instruído para lhe transmitir notícias exatas. Cassiano era negro polido, sabia ler e tratar as pessoas. Fora criado na Fazenda do Pântano, da Província do Rio de Janeiro, pela família Teixeira Leite, que naquele tempo já se orgulhava de quatro brasões de fidalguia limpa. Comprado pelo Capitão-Mor, chegara como feitor mas fracassou, por ser delicado para cumprir as ordens: manejar sem dó a palmatória de cobre e o vergalho de boi. Também já estava envelhecendo nos seus 65 anos de crioulo ladino. Foi tirado do barro para ser espião.

— Você fique sempre na Sala de Pedra, sentado. Sua missão é cochilar de mentira, para ouvir as conversas. Finja sempre sono, cochile... Se perguntarem se não trabalha mais, responda que está forro e vive aqui por bondade de seus ex senhores. Se provocado contra mim, fale mal de seu senhor, diga que sou mau. Ouvindo falar de mim, ajude, para saber da opinião de todos. Preste bem atenção em quem fala e no que dizem, para depois me contar tudo, direitinho.

O porteiro Arlindo, com sua libré verde-garrafa, calçado, com boné de galão e luvas, teve ordens de favorecer em tudo o serviço secreto do espia.

— Você diga que o Cassiano fica na sala de espera e arredores, por ser querido dos Nhonhôs.

Estava, deste modo, instalada no Gongo Soco a espionagem do capitão.

Naquele dia, à proporção que chegavam os convidados, espocavam foguetes para honrá-los. Escravos vestidos de casemira inglesa ajudavam os viajantes a apear e tomavam conta dos animais.

Ao entrarem na Sala de Pedra do solar, mal assentavam nos bancos toscos receberam das mãos de jovem ladina vestida de linho branco, apresentando avental cor-de-rosa e cabelos polvilhados de pó de açafrão, um copo de cristal em bandeja de prata, com limonada gasosa. Um escravo circunspeto convidava os hóspedes a lavar o rosto no salão contíguo, que era o de toalete. Ali, no salão de azulejos verdes, estavam bacias de prata com águas rosadas e, ao lado, toalhas de linho belga. Um divã turco de cada lado das paredes oferecia-se para lânguido repouso. Empurrada uma porta de vai-vém de vidros também verdes, entrava-se em outro cômodo, que era de instalação sanitária completa. Além do bacio higiênico servido por água automática, havia embutido na parede um mictório para homens. Media dois metros de largo para metro de altura, feito de louça rosada inglesa, pois tinha estampada a marca *The Diamant, Thwiford C°., London.*

Do alto do aparelho escorria água pela louça, lavando-a de umidades orgânicas e, embaixo, onde tudo desaparecia em ralo de cobre, estavam rodelas de limão para extinguir o cheiro das urinas.

O janelão que iluminava esse lugar era de vidro fosco, onde havia desenhos de ramos em flor, nos quais pousavam borboletas. Em frente, do lado oposto, outra instalação era destinada às senhoras.

Satisfeitos e lavados em água de rosas, os convidados voltaram ao salão da entrada, pois sem ordem ninguém subia para o pavimento superior.

Naquele dia, vendo partir para o Gongo uma cavalgada de amigos do Capitão, o Juiz Ordinário da Vila Nova da Rainha, que não fora convidado, rosnou para suas visitas:

— São cães de bom vento. Percebem de longe o cheiro das frituras do opulento Zé Ninguém... Vão para as papazanas do coroinha metido a lord...

As moças escravas, instruídas por *Maitre* Gil, serviam às senhoras confeitos-seixos em bomboneiras de porcelana. Mestre Lão se intrometia a cicerone recepcionista, embora sua roupa de sarja o incomodasse, teimando em subir, na gola, para o cogote. Explicava aos hóspedes:

— O Capitão Joãozinho, meu ex-aluno, é um coração de ouro! Agora mobiliou com decência suas mansões de Vila Rica, Santa Luzia, Brumado[21], Vila Nova Rainha e Sabará, para seus amigos terem nesses lugares mesas sempre postas e camas para descanso. Quem for seu afeiçoado e chegar a qualquer desses solares é só dizer: — Sou amigo do Capitão João Batista. Está servido. Essas palavras são o *Abre-te, Sésamo* dos felizes amigos de meu ex discípulo que, seja dito, foi decurião respeitado de sua turma. Fui seu mestre com a paciência com que São Paulo ensinava a Timóteo, ainda menino, e Barnabé instruía o futuro evangelista São Marcos...

Naquela tarde, os que chegaram às 3, só às 4 horas da tarde ouviram o ronco de um trabuco. Mestre Lão sobressaltou-se:

— O Capitão vai recebê-los. Façam o favor de me acompanhar.

E subiu vagaroso e imponente a escadaria, conduzindo os convidados para o Salão Amarelo. Muitos dos presentes já conheciam a Sala Amarela da Casa-Grande do Gongo Soco. A beleza do Salão abafou a palavra de todos. Só Pe. Pereira pode exclamar:

— Já apreciei esta maravilha mas não me canso de admirar tanto esplendor

Mestre Lão pô-los à vontade:

— Podem escolher seus lugares.

Ia saindo para avisar que os convidados já estavam no salão, quando no corredor encontrou *Maitre* Gil, que ensinara ao velho a introduzir as visitas.

Gil estava zangado:

— Mestre Lão, o senhor positivamente põe tudo a perder!

— A perder, como?

— Ensaiei muitas vezes essa cerimônia com o senhor e disse bem claro: — Quando os convidados entrarem no salão, o senhor dirá, curvando-se com elegância: — A casa é vossa; escolhei vossos lugares!

— E então!

— Então, o quê? Foi assim que ensinei? Ora dizer: A casa é vossa!..

Mestre Lão bateu a mão na coxa:

— É a mesma coisa! A mesmíssima coisa!

*Maitre* Gil entristeceu, desolado:

— Estou desiludido com o senhor! Põe tudo a perder... Estou com dor de cabeça.

Lão, de face erguida, estava sendo provocado por um simples *Maitre* de sala.

— Sabe do que mais, seu Gil? Sou professor de letras clássicas, mestre de tica e, se o capitão possui o que possui — deve-o às minhas lições.

Gil balançava a cabeça para os lados:

— O senhor pode ser tudo, pode ser sábio como diz, mas perdoe-me dizer, é um bocado burro para coisas de etiqueta. Não entra em sua cabeça que as palavras valem muito. As palavras têm vida, expressão. Ditas de modo diferente, têm sentido ás vezes contrário. As palavras saem da cabeça como diamantes ainda brutos. A língua, os dentes e a garganta é que as lapidam, tomam expressivas. A entonação é a alma a palavra.

Nisto se ouviu o alarma de uma árvore de campainhas que um escravo encasacado de vermelho vinha agitando, em rumo do salão do almoço. *Maitre* Gil agitou-se, correndo para esperar no Salão Amarelo. Afastou uma cortina o baixou a cabeça:

21) O solar do Brumado era perto do arraial do Brumado, hoje Brumal. Foi mais tarde residência do Capitão João Batista. Ainda subsistem seus alicerces, que dão ideia do que foi o fabuloso palácio.

— Aí vem o senhor Capitão!

Afastado o reposteiro, João Batista apareceu vestido de calções verdes e meias de sedas amarradas nos joelhos com laçarote de fitas vermelhas. Vestia casaca de linho branco e camisa de Holanda plissada, com esvoaçante gravata de seda grená. Seus cabelos frisados estavam aspergidos de pó de lis, o caríssimo pó usado pelos fidalgos da Corte da infeliz Maria Antonieta.

Nos sapatos rasos do camurça brilhavam fivelas de ouro. Ao chegar sorridente, entrada do salão, curvou-se para as visitas.

— Bem-vindos sejam os meus amigos...

Todos do pé ficaram pasmos diante do nababo. Correto, o Capitão sorria ao perceber o espanto dos convidados.

Ao se levantarem, Guimarães, Mestre de Artes em Vila Nova da Rainha, empurrou um rapaz para perto do Capitão:

— Creio que o senhor não conhece este aqui. Veio trazido por mim.

— Quem é?

— Meu nome é Alfonso de Arguilar Becerra Bermudez y Churruca, seu criado.

— É mineiro?

— Espanhol. Sou primo do Almirante Cosme Damião Churruca, morto gloriosamente combatendo o grande Nelson, em Trafalgar.

— Então, viva!

Apertaram-se as mãos.

O Capitão dirigiu-se a todos:

— Quero mostrar-lhes uma coisa bonita.

Conduziu os 42 convidados até o varandim da frente do andar, varandim de ferro forjado na Bélgica. Apoiando as mãos no balaústre, fez um sinal com a cabeça. Subiram então, soltados do Largo do Cruzeiro, três foguetes de vara, que rebentaram bem alto. Viu-se uma fumaça e, contra o sol da tarde, uma poeira dourada caía, devagar, nos ares claros. O Capitão apontou-a:

— É ouro. É poeira do ouro que mandei colocar nos foguetes pra vosmecês verem...

De boca aberta os convidados viam, em silêncio, cair aquela chuva de ouro de 22 quilates. Pe. Pereira apertou as mãos, comovido:

— Chove ouro, meu Deus...

O Tte. Pedro Alves, severo varão de virtudes espartanas, comoveu-se também:

— O ouro cai do Céu!

A poeira caindo, desapareceu da vista abismada dos presentes. Mais três foguetes subiram. O mesmo fato se reproduziu. O próprio Capitão amolecia na volúpia daquele espetáculo:

— É muito bonito... Vejam como brilha...

Dez, vinte, quarenta foguetes espocaram, deixando cair a esteira brilhante de pó sobre a terra. O Pe. Pereira ainda extasiado murmurava:

— O ouro serena do Céu... ouro que é vida, conforto, abundância! Deus fez chover maná sobre o deserto. João Batista faz peneirar dos espaços ouro puro... Ouro caindo, caindo como poeira das estradas, agitada pelos redemoinhos...

E alucinado pelo que via o padre pobre abraçou o amigo:

— Capitão João Batista, Joãozinho... Você é muito rico! Deus o guarde...

Voltaram à Sala Amarela. João Batista, muito comunicativo, muito eufórico, estava alegre:

— Gostaram?

Vozes gerais confirmaram, com elogios exclamativos. Ele procurava se diminuir:

— Foi para alegrar as visitas... Fiz uma festinha nos ares.

Ficando ainda na varanda, Ligonza ouviu uns gritos e indagou de Mestre Lão:

— Que urros são esses?

— É um escravo que começa a receber a novena do bacalhau. Vai ser surrado nove dias seguidos, porque se coçou na presença da Sinhá. Coçar-se na presença de Sinhá é um crime horroroso.

O *Maitre* Gil entrava, comboiando três garçons vestidos de casacas vermelhas e calções pretos, conduzindo bandejas com grandes malgas de refresco nevado. O Capitão, fingindo ignorância, indagou, de sobrancelhas erguidas:

— Que é isto, *Maitre*?

— Senhor Capitão, é o aperitivo.

Gil em pessoa despetalou rosas sobre as mesas. Os garçons colocaram diante de cada conviva uma taça de prata e em seguida, com uma concha também de prata, as encheram do líquido trazido. Todos se entreolhavam, ignorantes daqueles requintes de bom tom. O capitão pegou da taça, bebendo:

— É invenção do *Maitre*, deve ser gostoso.

Começaram a beber com medo, aos goles pequenos. Aquilo era um aperitivo de mistura de ron da Jamaica, vinho do Porto Cabacinho, Champagne Pommery, caldo de ananases e água de rosas, dentro da qual estavam maçãs partidas.

Mestre Lão, esquecendo sempre os clássicos nas aperturas do cotidiano, quebrou o silêncio exclamando:

— Danado de bom, c'os diabos!

Padre Pereira, a arregalar os olhos, degustando a coisa, resmungou do seu canto de mesa:

— Hum! Isto foi manipulado no Paraíso... Logo vi.
Todos já sorriam. Os escravos renovavam as taças vazias com as conchas de prata. Enquanto o gostoso coquetel descia pelas gargantas ávidas, suave como veludo, o álcool subia para o cérebro e para as faces que se coravam.
O Major Matos, já parlante, indagou:
— O Capitão, que aluá é este que é bom como namoro e amargoso como carqueja?
Quase todos já riam, comunicativos.
— *Maitre* Gil é quem sabe. O químico é ele.
Uma licenciosidade gaiata começou a desatar a língua dos convivas. Ensaiavam bate-bocas Guimarães e Conversinha, que afinal se ergueu de taça na mão:
— Neste momento não posso deixar de saudar o ilustre cidadão João Batista...
Mestre Lão aparteou, bastante confiado:
— Capitão João Batista!
O orador concordou:
— ... sim, o honrado Capitão João Batista, pelo prazer que nos dá a todos e a insigne honra de nos receber nas minas do Gongo Soco. Eu conhecendo-o há muito, desde Catas Altas...
O próprio Capitão interrompeu-o:
—Onde fui um pobre sacristão...
Conversinha, que estava solene, repimpou o papo em decisão formal:
— Esqueçamos o passado, pois neste instante eu me refiro ao ínclito Capitão da indústria do ouro, honra e glória do Reino, sob o combatido Regente Príncipe Dom Pedro!
O Pe. Pereira, que fora contra a retirada de D. João VI, pigarreou com acrimônia:
— Hum... Hum...
O orador ia adiante:
— Honra e glória do Reino, (exaltado, fazia largos gestos) só ele representa mais de trezentos anos da vitória portuguesa na América! Estas minas fabulosas, que são? Muitos perguntam, que representam? Eu posso dizer: Representam o trabalho braçal e o esforço intelectual de um homem que o país vai respeitar e já está respeitando, como varão de Plutarco. Este homem, senhores, é o Capitão João Batista.
Algumas palmas vibraram. Mestre Lão mofinou para Guimarães:
— Ele nunca leu o divino Plutarco. Fala nele, por ouvir dizer...
O Capitão, de face incendida, abraçou o orador:
— Obrigado, Dr. Conversinha. Você é de estrondo!
Por sua vez, Guimarães se ergueu de taça nas unhas:
— Quando esta mina, em completa decadência, teve a ventura de receber as luzes do Capitão, desconhecido acólito do Pe. Leitão, cantou-se uma aleluia no vale ubérrimo do Gongo Soco!
E destaramelado, de braços abertos:
— Uma aleluia, senhoras e senhores, uma aleluia, que quer dizer ressurreição. O ouro escasseado voltou. Voltou a alegria dos cativos, que eram tratados como bestas. Neste chão abençoado brotaram flores. É que João Batista foi a anunciação de uma Era Nova! Chegava aos nossos ouvidos a crispação do mundo que nascia. O grande apóstolo predileto João Batista voltou ao mundo, na pessoa do seu homônimo João Batista, aqui presente.

Agora muitas palmas reboaram e os garçons, com as colheres de prata, enchiam de novo as copas. Pe. Pereira, pulando de sua poltrona, falou para todos ouvirem na balburdia geral:

— Muito bem, Dr. Guimarães!

— Muito bem, falou bonito!

— Obrigado, obrigado. Foi meu dever... Cumpri apenas meu dever.

Um vozear alegre encheu a sala. Falavam de um só vez. O Capitão, de taça erguida agradecia, mal ouvido:

— Muito obrigado, ó Guima, você é de arrojo!

Eram 6 horas. Súbito a campainha de aviso soou brilhante no corredor. Todos silenciaram. *Maitre* Gil, muito bem trajado, chegando a uma porta, afastou as cortinas de veludo amarelo, para anunciar:

— Senhor Capitão, a ceia de vossa senhoria está na mesa!

O milionário pulou da cadeira muito vivo e fez, à sua moda, um convite geral:

— Amigos, à boia!

Muitos desceram a escadaria para necessidade no andar térreo. Enquanto os hóspedes saíam em revoada gárrula, o Pe. Pena, que não bebera, se aproximou de um janelão do fundo, murmurando em surdina uma prece.

— Ave Maria, cheia de graça, bendita sois entre as mulheres...

*Maitre* Gil se aproximou, para acompanhá-lo ao Salão Vermelho. O padre lhe disse:

— Nesta hora a menina humilde de Nazaré, ouvindo um ruflar de asas, viu, com susto, perto dela um Anjo do Senhor. Amparai-nos, Maria, dos pecadores, e protegei os doidos morais, pelo amor do Espírito Santo.

O *Maitre* espantou-se de ouvi-lo.

— Está doente, Reverendo?

— Não. Estou remediando a alma.

E caminhou, descrente da vida, para a sala da ceia. Foi aquela a última vez que o Pe. Pena compareceu a festa no Gongo Soco.

Entraram para a sala às 6 horas da tarde. Aliás, aquilo era ceia pelo convite do Capitão, pois a hora coincidia com a do jantar comum na Casa Grande.

Quem ali esteve no almoço do casamento, não viu mais as pesadas cortinas de veludo grená; em todas as janelas as cortinas agora eram de veludo cor de laranja. Nas mesas, as toalhas não eram de linho holandês, como naquele dia, mas de crivo creme, vindas da Ilha da Madeira. Em cada mesa, gargalada jarra de prata desabrochava em rosas frescas.

Os defumadores dos cantos da sala desprendiam leves fumaças de rosas e benjoim. As janelas largamente abertas, de cortinas afastadas, deixavam entrar a brisa da tarde. Apesar da frescura do tempo, jovens vestidas de amarelo agitavam com calma, à entrada e à saída, grandes flabelos de penas de avestruz.

Churruca ao entrar no salão estacou, olhos extasiados e de braços para o ar, exclamando sem querer:

— Caramba! Estarei delirando?

Pe. Pena ao transpor a portada olhou, abatido:

— Entro neste momento nos salões orientais do Califa Al-Rachid! Estou nos domínios do maravilhoso; creio ver na sua carnação pecadora, a mulher chamada Sorriso da Lua caminhando no palácio de coisas de magia!

Os hóspedes foram levados pelos ajudantes de salão a ocuparem cadeiras, e o capitão assentou-se por último na sua poltrona de inglês.

Ouviu-se então a árvore de campainhas do camareiro e João Batista ergueu, de olhos fitos na porta do fundo, velada por cortina verde. Todos em silêncio também se levantaram. O camareiro afastou, lento, a cortina e surgiu, como uma estrela, Dona Laura.

Estava vestida de seda carmesim, com atrevido decote deixando ver, justo no pescoço, um colar de rubis. Sua esplêndida cabeleira negra estava empoada de lis branco, tendo, a esplender, um diadema de diamantes de Visapur.

Trazia no colo uma rosa branca e, na face direita, um assassino bem preto.

No anular da mão esquerda, protegia a aliança de ouro burilado um anel de safira de Ormuz. Calçava sapatinho de seda verde, com fivelas de ouro cravejadas de esmeraldas do Peru. Mantinha sobre os ombros um xale de seda amarela de Cachemir com franjas pretas de palmo, que deixou escorregar para as mãos da açafata, logo que o esposo a foi receber.

João Batista foi alcançá-la no meio do salão e, segurando-a pelos dedos erguidos no ar, conduziu-a para sua poltrona.

Padre Antônio, de boca aberta, encarava a mulher moça, do tipo moreno-árabe, decerto resultante da permanência moura em Portugal.

Seus olhos rasgados, de cílios compridos, salientavam-lhe a beleza simpática.

O esposo, antes de se sentar, apresentou-lhe os convivas:

— São nossos amigos. Alguns estão acompanhados de suas senhoras, o que muito nos honra.

Laura cumprimentou-os com a cabeça. O Major Peixoto indagou de Mestre Lão:

— Aquela é a Laura, filha do compadre Cunha?

— É. Não a conhece?

— Ninguém a reconhecerá. Mudou...

O velho piscou um olho para o compadre do Capitão-Mor:

— Mulherão, hein?

As senhoras presentes sentiram, com a chegada de Laura, imediato mal-estar.

Dona Guiomar, esposa do Dr. Moreira, ficou de mãos frias; Dona Ricardina, esposa do Major Matos, resmungava não se sabia o quê. Lila, esposa do Quincota, de mão na face, esquecia-se, a contemplar a amiga dos tempos de escola em Vila Rica. Só Dona Carmem, esposa do Guimarães, teve vez para dizer:

— Assim paga a pena ser bela; é bonita sem senão.

E no ouvido do marido:

— Como é que mulher dessa ordem casa com um macaquinho como o capitão?

Churruca ao vê-la tocou o cotovelo em Conversinha:

— ! *Nombre de Dios! Hermosa que el mundo maravila*!

E ficou encarando-a, abobado.

O Dr. Lu fez uma observação perspicaz:

— Reparem que Churruca ao ficar muito entusiasmado ou bebedo dá para falar em sua língua.

Matos gracejou:

— Quando está raivoso também. O espanhol é a melhor língua para xingar. Nesses momentos para ser Dom Quixote só lhe falta o escudo de Mambrino.

Lão também estava absorto em Laura:

— Vivo bobo, espantado, olhando para Laura, como peixe para facho de fogo, na beira do rio... Podem até pegá-lo com a mão...

Guima confessava Mestre Lão:

— Ó Lão, como é que vocês todos aqui ficaram educados até enjoar, em tão pouco tempo?

— Olhe, seu Guima, a coisa aqui foi e é feia. Vivemos numa piririca medonha. Joãozinho trouxe do Rio o tal *Maitre* (o que aliás é galicismo), o *Maitre* Gil, para por em ordem a vida social da Casa-Grande. Esse gringo é português, criado em Paris. Ele não é mestre de nada e só entende bobagens de etiqueta. Tudo que vê aqui teve mais ensaios que os bailados russos. Levantamos de madrugada como negros das lavras, para as pantomimas do *Maitre*. Ensaia tudo em mutirões mais duros que os do Pompéu de Dona Joaquina.

Mesmo na mesa da ceia foi servido um Martini seco e *schnaps*, com uma azeitona descaroçada no líquido. Já haviam renovado o tal aperitivo, enquanto Laura conversava com seus vizinhos da cabeceira da mesa.

Lão explicava mais ao Guima:

— Gil veio com a Corte do Regente Dom João. Era, creio, garção ou coisa que o valha da Família Real e é sujeito entendido em coisas palacianas. Diz haver trabalhado nos Palácios de Queluz, das Necessidades e no de Sintra. No Rio, não sei o que aconteceu com ele no Paço Imperial. O pelintra caiu em desgraça e foi botado na rua. Joãozinho estava na Corte planejando as loucuras que aqui estão. Soube do fato e convidou o Gil para ser *Maitre* no Gongo.

Estava vermelho e parlante:

— Eu sou a primeira vítima destas reformas, pois fui esmagado por um caixão de mais de quinhentos quilos... Sou praticamente um inválido, com carta de mártir em terra de infiéis. Fui obrigado a interromper a escritura de minha *Gramática Histórica da Língua Portuguesa*, para ser secretário de confiança de meu ex-aluno Joãozinho.

Quase todos riram, desapontando o mártir. Mas ele se zangou, pisando nos amigos:

— Podem rir. Também São Paulo foi apedrejado na cabeça, nas suas pregações. Mas firam de frente!

Abriu os braços, com escândalo:

— Apedrejai-me como fizeram ao Apóstolo das Gentes, ao Prisioneiro de Cristo!...

Estava naquele momento sendo sentida a canja, em pesada baixela de prata do Porto, chamada *Bico de Pato*, valiosa raridade que só aparecia em mesas reais. Essa baixela fora lavrada por Martim Vicente, o maior ourives prateiro de Portugal.

Na sua cabeceira o Capitão explicava:

— O *Maitre* Gil trouxe cozinheiro da Corte, mas quem faz esta canja tão rica é minha escrava Fausta, que viu Laura pequenina. Fausta é negra que não sai da minha senzala por dinheiro nenhum nem por todo o dinheiro da terra!

Bebeu, saboreando, outra colher da canja.

— Notem o sabor desta sopa, a delicadeza dos temperos. Também, por fazer este manjar do Céu, Fausta goza regalias nesta mina. Pode sair aos sábados para visitar uma comadre, em São João do Socorro... Quando quer vai a cavalo, acompanhada por escravo nosso. Ganham vida os enfastiados, bebendo uma canja igual. Reparem que o pão de trigo que comemos com ela é feito aqui, todos os dias.

E depois de emborcar novo de vinho fogoso de Anjou branco limpou a garganta:

— Ninguém lhe toca nesta mina! Antiga cozinheira do Capitão-Mor, já tem privilégios de mestra cozinheira de primeiríssima ordem.

Os serventes *garçons* cuidavam dos copos, com incansável frequência.

— O que mais me encanta em Fausta é o asseio com que trabalha. Tem mãos limpas para tudo. É exemplar.

O vinho francês esquentava a língua dos convivas, em risos e em palavras impensadas. O Pe. Coelho apreciara o que dissera o anfitrião:

— É de fato deliciosa esta canja. Parece feita no Éden, de aves do Paraíso. Sou muito avaro de elogios para comidas. Em geral, como calado. A canja especialíssima, o prato e a colher de prata me avivam entretanto ganas de bebê-la como Lúculo, repetindo-a várias vezes!

O Major Lopes, da mina Vira Copos, bastante contrafeito naquela ceia superfina, também concordou:

— É mesmo bem feita esta canja. Nem parece as que tomamos, por aí...

Conversinha, no fim da mesa grande, estava curioso:

— Quem é essa Fausta? É nova?

O vendeiro Quincota, íntimo de João, explicou:

— Negra de meia idade, peça limpa. Cozinha aqui desde o tempo do Capitão-Mor.

O ruído das risadas, nem todas de pessoas corteses, alegrava o salão. O Capitão muito espevitado falava, falava. Laura perdera a timidez dos primeiros dias e integrava-se na alegria geral. Laura ria com discreta elegância, jogando para trás a admirável cabeça, um pouco pendida para um lado, depois para o outro, como a mostrar todo o pescoço provocante.

Estava quase terminado aquele prato bebido com tantos elogios. Nesse momento Laura, que tomava devagar sua canja, deixou cair a colher fazendo uma careta:

— Olhe!

O Capitão voltou-se para saber o que havia e Laura, com discreção, apontou um fio de cabelo de negro nadando nos restos da canja.

O cenho de João Batista cerrou-se e ele fez um sinal para a açafata de Laura, que se aproximou ligeira.

— Olhe, Jordelina, vá dizer a Barrocão que mandei ordens para botar Fausta na cafua, agora mesmo! Imediatamente!

E puxando um papinho inexistente falou para ser ouvido, corno justificando seu gesto:

— *Fiat Justitia tuat coelum*! Faça-se justiça mesmo que o céu caia!

Barrocão era encarregado das senzalas, espécie de chefe de polícia dos cativos. *Maitre* Gil, com precisão de máquina bem montada mandou substituir a baixela de prata por outra de porcelana chinesa da Companhia das Índias, *Família Rosa*, também chamada *Pavões*, igual a uma de Dom João VI. Era designada por *Família Rosa*, por causa de sua finíssima cor rosada. Estaria melhor na mesa de fidalgos franceses, que apreciavam coisa de tão alto valor, do que ali, servindo gente rústica, em casa de milionários recentes.

Mudou-se tudo, inclusive guardanapos, que também passaram a ser cor-de-rosa.

Serviam surubim do Rio Piranga, afogado em vinho Chablis tinto, seco. Com esse peixe, o molho branco levado a cada prato foi o mousseline com cogumelos e o vinho era o mesmo, porém branco, Chablis francês, usado em seu ligeiro cozimento.

O Capitão bebeu um gole de seu vinho e — era evidente que ensaiado — apurava o paladar, degustando-o. Elevou o copo à altura dos olhos, falando para os amigos:

— Saboreiem o *bouquet* deste vinho nevado. Que delícia.

Todos repetiram seu gesto:

— Admirável! Coisa muito fina!

— Muito especial!

João Batista ainda estalava a língua:

— É de missa... Com certeza foi vinho assim que São Paulo recomendou a Timóteo para seu mal do estômago...

Esvaziou com ânsia o copo. Pe. Coelho que ia bem com o invento de Noé, não tardou a exclamar:

— Sim, Capitão. Este vinho parece trazido dos odres de Caná, vinho fabricado pelo primeiro milagre de Jesus, nas bodas.

Dr. Conversinha bateu palmas, alterando a etiqueta do *Maitre* Gil:

— Olé, muito bem. Vinho divino! Este vinho só pode ser mesmo sobra do da festa de Cananeia. É incontestavelmente bebida feita por milagre.

João Batista alegrava-se, perturbando o protocolo:

— Sirva mais vinho milagroso, *Maitre*! Está supimpa...

O Dr. Lu, com olhos já batraqueanos, levantou seu copo:

— Peço licença para agradecer de coração o que aqui bebemos a São Vicente, o padroeiro dos fabricantes de vinhos...

Fizeram uma assoada, agradecendo também a ajuda do santo naquela hora tão agradável.

E o vinho rubro cascateou para os copos róseos de todas as mesas, onde o júbilo era transparente. Mestre Lão misturava clássico e plebeu, já com os olhos esbugalhando:

— Vinho bom danado! É vinho de orelha... *In vino veritas!*

Risos altos espocavam como rolhas de Champagne.

Pois naquele instante em que os convidados se julgavam em céu entre aberto, Barrocão colocava a escada na cafua de terra miseravelmente fétida, mandando Fausta descer para a prisão infamante. A cafua era uma cisterna larga, de quatro metros de fundura, para prender negros incorrigíveis.

A preta chorava inconsolada, ainda vestida com apuro para a noite de ceia. Sem saber por quê, descia pela primeira vez à abafada cisterna dos escravos criminosos. Barrocão cumpria ordem, também chorando. Retirada a escada, redobraram os soluços da infeliz, punida sem consideração nenhuma.

Na sala, ao calor da fraternidade, Churruca tomava embalo:

— Peixe magnífico, senhor Capitão. O senhor honra os peixes dos rios mineiros.

No vozerio, Pe. Pena, de cara amarrada, resmungou para seu vizinho Zéca Soares:

— O Capitão viu Deus pelos pés. Estou convencido que perco meu tempo aconselhando meus paroquianos a plantações de cereais. Hoje é loucura pelejar pé-a-pé. O enxota-cães do Pe. Leitão arrecada, segundo dizem, vários quilos de ouro por dia. Isto é visível...

Barrocão se afastava, com a escada no ombro. Fausta ficara no fojo úmido, por deixar cair, sem querer, um fio de seu cabelo na canja de Nhenhá. Pe. Coelho estava triste:

— Jáson e os Argonautas correram copiosos perigos em viagens para a busca do carneiro de velo de ouro, e ele tão perto do mundo, aqui nos vales montanheses...

Às 8 horas serviram o derradeiro prato de carne assada com molho de arroz, farinha do Reino e cebolas. Distribuiu-se com abundância vinho tinto suntuoso Bordeaux, em copos bojudos.

O lustre de 1.500 pingentes oscilava no centro do salão, espargindo brilhos. As arandelas acesas clareavam a sala ainda mais, em todos os ângulos. O vinho Bordeaux, começado a fabricar nos tempos merovíngios, quando a província gaulesa ainda era reino parte, coloria os rostos em alegria ruidosa mas ainda composta.

Quando foi hora da sobremesa, a baixela que chegou foi de porcelana da China, *Família Verde*. Além dos pratos grandes havia compoteiras para doces, terrinas para sequilhos, bomboneiras para *marron-glacé* e boiões para mel.

Esguia fruteira amparada por dragões ferozes mostrava a finura da porcelana de raça. Era baixela tão transparente que se viam os dedos por trás das peças. Dona Guiomar ficou espantada:

— Virgem Maria, que coisa linda!

Encarava aquelas coisas leves, como hipnotizada:

— Que encanto! Que esplendor!

E para o marido:

— Quando é que poderemos ter uma baixela desta?

— Nós? Nunca!

Essa maravilha em porcelana servia para 24 pessoas.

Para as outras mesas foi levada outra baixela do porcelana *Velha Viena*, de joias guardadas nos palácios nobres, com atento ciúme. Mal se aninhou a admirável coleção, *Maitre* Gil mandou um *garçon* trazer uma garrafa do Champagne e, emocionado, perto do magnata, explicou em voz para todos ouvirem:

— O senhor Capitão João Batista manda servir aos seus convidados de honra seis botelhas do vinho perfumado das colinas de Reims, colhido há cem anos em Villiars Mormary! Este vinho de um século vai ser degustado por Vossas Senhorias, como homenagem de meu amo a seus primeiros hóspedes.

Ele mesmo fez saltar a rolha da primeira garrafa, enchendo as taças do casal dono da mina. Cinco *garçons* com cabelos polvilhado de verde supriram as mais taças translúcidas. As outras garrafas espocaram com o vinho nobremente envelhecido para regozijo daquele momento.

O Pe. Pereira bebeu de um trago sua taça cheia, enternecendo-se:

— Se os Papas do Exílio recusaram a deixar seu desterro de Avignon voltando para Roma, foi para não perderem o precioso Champagne de Beaune, vinho de Reis, amado desde Pepino, o Breve, até o Duque de Borgonha... Oh, como tiveram razão! Grandes Papas.

Começavam a servir os doces. Muito exuberante, com o nó da gravata já quase desfeito, o Capitão se ergueu com a frágil taça na mão, para dizer:

— Meus amigos, esta modesta ceia é homenagem aos que nos estimam, desde Catas Altas. O pouco que possuo foi ganho com o suor de meu rosto, pois aqui cheguei pobre, sendo empregado como Ajudante-de-Sangue, passando a ser o que hoje sou. Devo minha felicidade às luzes que me deu o Exmo. Revmo. Pe. Leitão com seu exemplo evangélico, e um pouco do que sei ao Mestre Lão, que não conseguiu fazer de mim um letrado.

Mestre Lão, de cabeça baixa, ouvia cheio de orgulho a referência. O Capitão continuou:

— Muito devo também aos conselhos do Pe. Germano. E por fim, quem deu novo rumo a esta vida obscura foi minha esposa, Dona Laura, aqui presente e de quem só a morte me há de separar.

O vinho de Reims agia em sua língua:

— Como homem grato, sinto a ausência nesta noite de amigo a quem muito devo, em saúde. É Mestre Jurubeba.

O Dr. Moreira na foz da mesa segredou ao Dr. Lu:

— Deve-lhe muito, deve-lhe a morte do sogro...

De seu lugar, Mestre Lão pigarreou baixo:

— Foi bom não ter vindo. Como sou o mais velho nesta mesa, ele podia dizer a hora certa em que vou fechar os olhos. Que esse Jurubeba vá às favas! Diz que muito deve ao Pe. Germano... Esse capitão mente tanto que acua cachorro...

O Capitão terminava:

— Muito devo aos que lembro nestas palavras, mas estão pagos com a minha estima. Senhores, esta ceia foi para honrar aos que tudo merecem de mim os meus amigos.

Um tumulto de palmas e vivas encheu o salão, derramando para fora da casa.

— Viva o Capitão João Batista!

— Viva o amigo dos pobres!

— Salve, benemérito mineiro, glória do Reino do Brasil!

Numa das mesas laterais, o Dr. Lu se levantou muito solene:

— Neste momento histórico, ergo minha taça pela felicidade da Exma. Dona Laura.

E sentou-se, enquanto os aplausos estrugiam. Botelhas de Champagne estouravam, assustando os novatos. A fumaça das caçoulas enevoava a sala. Ouviram-se pedidos de silêncio.

— Psiu!

— Atenção!

— Si-lên-cio!

Todos se calaram. Mestre Lão se levantou com a cara mais séria do mundo:

— Bebo a saúde dos ausentes...

Riram, gritando:

— Fora os intrometidos!

O mestre irritou-se, esbravejando:

— Quais são os intrometidos?

O Dr. Conversinha respondeu pelos outros:

— Os ausentes. Nem devem ser lembrados aqui.

Lão acabou concordando:

— Isto é verdade. Retiro a saúde que fiz aos ausentes...

Gargalhadas gerais cobriram as palavras do velho.

Mas o Pe. Pereira estava de pé, aguardando ordem na sala. Um gesto do calou o barulho.

— Ilma. Dona Laura, Capitão João Batista, meus senhores. No fim desta ceia sou o menos credenciado para agradecer as elevadas distinções que recebemos. Outros fariam melhor. Está presente o peitável juiz aposentado Dr. Lu, a quem, por graduação, competia este lugar usurpado dele.

Lão segredou a Peixoto:

— Bom falar clássico mas imerecido. O Dr. Lu é um boboca.

Pe. Pereira depois da pausa foi adiante:

— Mas a solicitação de muitos, entre os quais dignas senhoras, mesmo constrangido vou agradecer por todos os convidados, a honra que se nos faz no Gongo Soco.

Lão cochichou de novo a seu vizinho de mesa:

— Boa construção. O padre sabe português. Belíssimo.

O padre, falando com lentidão, estava seguro de si:

— Vejo aqui o que apenas conhecia de leituras. Pobre, ganhando quatrocentos mil-réis por ano como Padre-Mestre de Gramática Latina, vivo em meu tugúrio de Vila Nova da Rainha como os pobres de São Francisco. Vivo de migalhas, como os pássaros, porque a vida cara só me permite o que baste para não morrer de fome. Recebo com humildade tão mesquinhos vencimentos, quando a receita para a Instrução em Minas, sobe à imensa, à milionária soma de treze contos, quatrocentos e cinquenta mil-réis por ano!

Aquela confissão de pobreza a todos emocionou.

— Mas hoje, nestas horas inesquecíveis, na flamância deste palácio de fadas, evoco, na caligem do tempo, os Reis que viveram em desperdícios de luxo. O mais rico de todos os homens nascidos de mulher foi Salomão, Rei dos Israelitas, que construiu o templo de Jerusalém. A esse templo aportaram muitos reis. Ali recebeu ele a Rainha de Sabá, cuja magnificência era pequena diante da grandeza babilônica do soberano. Ele teve o domínio dos Sete Mares, com suas frotas bem equipadas. Reuniu pérolas, ouro, pórfiros, mármores, prata e madeiras preciosas de todos os continentes conhecidos. O Capitão, habituado à sabedoria de seus padres, ouve-me conhecendo esta história verídica. Das navegações pelo orbe, o filho de David recebia cavalos de guerra, escravos, pimenta, bugios, incenso, benjoim, ágata, berilos, opalas, diamantes, rubis...

Lão monologava:

— Isto é que é saber!

— Rico também foi Midas, Rei da Frígia, que passava por ter recebido de Baco a virtude de transformar em ouro tudo quanto tocava. Viveu em Roma o Capitão Creso, cuja fortuna jamais pode ser calculada. Narciso, valido do Imperador Cláudio, teve fortuna também incalculável. O ouro é o primeiro, o mais nobre dos metais. É símbolo do sol; foi considerado remédio soberano para todas as moléstias, sendo a base do sonhado Elixir da Longa Vida. O ouro potável constituiu preocupação máxima dos alquimistas que, por esses estudos, foram os pioneiros da química moderna. Heliogábalo gastou numa ceia, 945 contos. O Imperador Calígula, 725 contos, num jantar. As refeições diárias de Lúculo custavam 67 contos e 500 mil-réis...

Os convivas ouviam abobados aquelas revelações.

— Pois bem. O conspícuo Suetônio, Salústio, Cícero, Tácito, Plutarco e Aulo Gélio, arquivistas idôneos da Antiguidade, ficariam desapontados com a pompa desta ceia, maior que as dos argentários do mundo antigo. O que assistimos nas montanhas mineiras do Gongo Soco chegará à posteridade como lenda. Estes fulgores, estas suntuosidades, esta magnificência de tudo que nos alumbra os olhos, farão de nosso hospedeiro figura só comparável aos daqueles eleitos da fortuna.

Mestre Lão ergueu-se num frenesi, vermelho até nas pelancas, para bradar:

— Peço licença para dizer *muito bem*!

Sentou-se, perturbado. O padre ia avante:

— Só o entre as púrpuras cardinalícias de um Papa como César Bórgia, pode mostrar iguais maravilhas. Ao contemplar extasiado estes salões, vêm-me à lembrança os de Lourenço de Médicis, o *Magnífico*, no seu palácio de Florença. Mas o que imita o Gongo Soco é a tenda de guerra de Dario, Rei da Pérsia, batido por Alexandre Magno na batalha de Arbeles. O próprio Alexandre ao entrar naquela tenda do vencido exclamou abismado:

— Isto é que é saber ser Rei! Tal a profusão de púrpuras, sedas, divãs, veludos, tapetes, ouro e pedrarias que deparou cheio de espanto. Depois do que vejo aqui, temo ficar com os olhos doentes para sempre, como ficou São Paulo, depois do divino clarão na estrada do Damasco. Nem falta aqui uma rainha, Dona Laura, cuja mocidade deslumbrante dá vida às coisas acumuladas neste tempo a que chamam palácio. Agradeço ao nobre minerador, com estas palavras muito pálidas, a recepção que seus amigos estão recebendo. Saio daqui com a certeza de que o nome do Capitão Batista ficará na memória das gerações atuais e vindouras, enquanto durar o mundo. Tais as proporções de sua estatura na história, que é a mestra da vida. Tenho dito.

Só os presentes ao banquete poderiam dizer como foi aplaudido o Pe. Pereira. Houve delírio, ardoroso entusiasmo nos aplausos que o pobre Padre-Mestre recebeu.

— Muitíssimo bem!
— Apoiado! Apoiado!
— É justiça!
— Muita justiça! Falou como o Crisóstomo!
Mestre Lão de novo se levantou para dizer sem propósito:
— Sou prova da grandeza da alma de Dona Laura...
O Dr. Conversinha estava com inveja do discurso do padre e punha-lhe defeitos:
— Pe. Pereira está tonto, tonto de matar com o chapéu...
Pe. Pena agastava-se com aquilo tudo:
— Terríveis heresias na boca de um Sacerdote! Um padre do preparo do Pereira...
Alheio às conversas, bebendo pouco vinho, o Pe. Dr. Antônio Pedro, médico do Caraça, encarava o salão com olhos tranquilos e distantes de boi deitado que rumina.
Joãozinho ainda falou, agradecendo os elogios:
— Amigos! Esta ceia foi-vos oferecida por Dona Laura, minha querida esposa. Precisava ter a boca de ouro de São João Crisóstomo para agradecer vossa presença neste ranchinho da serra ou pelo menos a *Língua de Prata* do Pe. Leitão. Não sendo isso possível, faço uso da minha pobre língua de carne, mal traquejada, pois falo como escravo arranca ouro, com instrumentos grosseiros. A todos, pois, agradeço em meu nome e no de Laura. Agradeço mas peço que todos pernoitem nesta cabana, em vista de ser bem tarde para viajar.
E num rompante triunfal:
— Vivam os meus amigos!
Demorada tempestade de palmas cobriu as palavras do Capitão. Os presentes estavam descontrolados com uma festa que jamais poderiam esperar.
João Batista, ainda de pé, bebeu de um trago seu Champagne resfriado e jogou para cima a taça de porcelana da China, que se espatifou no assoalho.
— Oh!
— Que horror!
— Que brincadeira!...
O Capitão, nesse instante, começou a jogar para cima pratos, a fruteira, as taças, xícaras, pires, chávenas, os copos, tudo... Quebrava tudo, aos gritinhos felizes. A baixela da riquíssima porcelana da *Família Verde* estava-se espatifando no chão. Também a baixela de porcelana *Velha Viena* das mesas laterais ia abaixo, no delírio do milionário.
As senhoras estavam pasmas, com as mãos frias. Dona Guiomar agarrou no braço do marido, tremendo. Dona Nina correu para uma janela pensando que o Capitão tivesse enlouquecido. Dona Francisca seguiu-a, com seu andar em balanceio, de palmípede que é forçado a andar depressa.
Acabava-se o quebra-quebra nunca visto no mundo. Só então João Batista serenou, e sorriu satisfeito. Fizeram grupos, comentando a excentricidade.
Por essa altura chegou perto de Dona Laura sua açafata uniformista, de touca na cabeça, começando a palitar os dentes da senhora, com palito de marfim, que trouxera em salva de prata. Laura abria a boca, para aquele requinte. Requinte inútil, porque possuía dentes perfeitos. Depois de os palitar com cuidado, a mucama se retirou levando o palito na salva.
Enquanto escravos uniformizados apanhavam no tapete os cacos das baixelas, outros ladinos empoados de açafrão ofereciam, em bacias de prata,

água rosada para os hóspedes lavarem as mãos. Uma ladina vestida de cor-de-rosa, com touca branca, distribuía, em caixa aberta de charão dourado, pastilhas de cato para perfumar a boca.

Dona Laura retirou-se para seus cômodos, extenuada pela ceia que durara quatro horas. O Capitão acompanhou-a, voltando aos amigos.

— Vamos para a sala de fumar.

Churruca se aproximou:

— Capitão, encantado! Estou encantado com tudo quanto vejo neste castelo! Sinto que o Almirante Churruca, meu primo, tombado na batalha de Trafalgar, ao lado do Almirante Cravina, combatendo Nelson, não conhecesse esta Casa-Grande, mais suntuosa que El Prado, o Palácio Real de Espanha. Quero ser seu amigo, para sempre. Amigo até a sétima facada!

O Dr. Moreira confirmou, convicto:

— Sim, todos nós seremos seus amigos, até a sétima facada!

O Capitão abraçava-os, conduzindo-os para o salão de fumar.

Pe. Pereira, passando, apontou um móvel:

— Capitão, que instrumento é aquele?

— Ah, é um cravo holandês. Alguém aqui sabe tocar?

Ninguém sabia. O cravo era o piano primitivo, feito de mogno com incrustações de prata. João sentou-se em frente dele, no cepo giratório, abrindo-o.

Ensaiou, com o martelinho, tocar alguma coisa. E começou a cantar, acompanhando em notas soltas do cravo:

*Vem cá, Bitu, vem cá,*
*Vem cá, meu camarada.*
*Não vou lá, não vou lá,*
*Tenho medo de apanhá...*

Aplaudiram, com calor. Pe. Pereira comentava:

— O cravo é quase um órgão. O Capitão já vai tocando... Será um grande cravista!

Lão fungou com orgulho:

— É preciso que os povos não esqueçam de que o Capitão é leite de Catas Altas, graças a Deus, e existem lá grandes músicos. O Capitão já é rebequista exímio! É outro Paganini.

Na sala da entrada, para onde muitos desceram procurando o mictório, Mestre Lão desabafava em queixas com Peixoto:

— Não gostei de duas coisas: Joãozinho falando no tal Pe. Germano, criatura abominável, e o vinho champanha. Olhe, Major, quando este vinho cai na taça faz umas bolhasinhas que apagam logo. E sinal de que a bebida não presta. Agora o senhor veja. Derramou: se um pouco da nossa cachaça de Santo Antônio, que o povo chama brucutaia, num copo e vê-se logo formar-se um rosário de bolhas na parede da vasilha. Essas bolhas demoram a rebentar e isso prova que a bebida é excelente, é de cabeça.

E expressivo:

— Pois na adega deste palácio, entre milhares de botelhas de vinhos e de outras bebidas raras no mundo, não há uma só garrafa de aguardente da terra. Isto deprime um patriota de meu tomo! Em Catas Altas vivia instruindo meus discípulos como Sócrates, debaixo dos plátanos, ensinava aos jovens sua filosofia. Mas sempre disse: Amem nossa terra, nossas coisas! E o resultado está aí... Não fui ouvido.

Peixoto parecia acalmá-lo:

— Não reclame. Você é feliz perto dele.

— Você se engana, eu não sou feliz. Não tenho felicidade, porque a felicidade toda do mundo está nas mãos dos ricos.

Ao voltar à sala de fumar encontrou o Dr. Conversinha.

— Doutor, gostou de meus apartes aos diversos oradores?

— Não. Você estava inconveniente, falando bobagens.

O velho queimou-se:

— A opinião de um esfolagato como você não diminui o valor de um mestre de línguas clássicas! Graças a Deus não sou compreendido por um bate-orelhas, que envergonha os foros civilizados de Minas!

A noite esfriava com os ventos que zuniam nos pontões da serra. A saparia dos brejos já era ouvida no silêncio iniciado pelos hóspedes sonolentos. Abriam-se as flores da noite, sentia-se o perfume suave das boninas. Na várzea, as trepadeiras roxas do chão recebiam o sereno da noite tranquila. Não tardaram a se recolher aos quartos os convidados que resolveram pernoitar ali.

Nas senzalas os cativos dedilhavam violas feitas por eles mesmos. Um ar de fartura sobrava em todos, hóspedes, senhores e até nos escravos.

Só uma pessoa chorava, sentada no chão frio da cisterna. Era Fausta. Ninguém se lembrava da escrava preferida do Capitão-Mor que, humilhada e pequenina, pagava na cafua a falta involuntária de deixar cair um fio de seu cabelo na canja do jantar.

Ninguém ouvia seus soluços no fundo da terra.

Quando João Batista entrou no seu quarto, a esposa já dormia. Jordelina, sua criada da rainha, despira-a, fazendo-lhe pelo corpo uma fricção de Vinagre de Cheiro. Enfiara-lhe depois pela cabeça finíssima camisa de cambraia, com rendas fluidas na sua delicadeza semipalpável. Sua cama estava perfumada a essência de cravos brancos de Atkinsons, o melhor perfumista inglês.

João, esquecendo de chamar seu criado grave, começou a despir os calções de seda; as meias altas, a ceroula enfeitada de rendas *valenciennes*. Ao tirar a camisa de bretanha de peito rendado suspirou, sorrindo. É que se lembrava estar comparado ao Rei Salomão e ao Rei Dário. Sua casa fora parelhada aos salões do Vaticano suntuoso dos grandes dias de César Bórgia.

Pequeno, magro, de pernas finas meio tortas, afastou os lençóis cheirosos de seu lugar no leito. Soprando a lâmpada de cabeceira, esqueceu de fazer o Pelo-Sinal.

Terminada a festa, o novo Lourenço de Médicis, já tonto, cochilava.

Não tardou a dormir.

## VII - A BAIXELA DE OURO

A 9 de abril de 1822, ao escurecer, o Príncipe Regente Dom Pedro chegou à Vila Rica.

Vinha a conselho de seu ministro José Bonifácio pacificar a província, que estava convulsionada por parte dos absolutistas portugueses e seus partidários em Minas, com a notícia do *Fico*.

— Como é para o bem de todos e felicidade geral da Nação, diga ao povo que fico.

Aquela resolução murchava a esperança dos partidários de Portugal, pois o trabalho em prol da independência era grande. Sendo Minas a Província mais populosa do Reino do Brasil, o movimento liberal crescia, alastrando-se, impressionante.

Era preciso proceder às eleições de deputados brasileiros às Cortes Portuguesas, e o Príncipe Regente determinou ao governador das Minas Gerais que providenciasse as eleições. O Governador Dom Manuel de Portugal e Castro escolheu os eleitores, por meio de uma junta, que foi constituída só de partidários de Portugal. Houve coisa pior: em abril daquele ano, em o Paço da Câmara de Vila Rica, Dom Manuel mancomunado com Frei José da Santíssima Trindade, Bispo de Mariana, ao lado do Ouvidor e povo reunido à força, juraram completa obediência à futura Constituição, que as Cortes Portuguesas ainda fabricavam para nos reger! Juraram obediência a coisa que ainda não existia...

Dom Pedro, sabedor dessa incrível irregularidade, ordenou formação de outra junta, que fosse constituída apenas de 10 eleitores das câmaras e seus procuradores. Para isso mandou à Vila Rica o brigadeiro José Maria Pinto Peixoto. Eleita a nova junta, coube Dom Manuel, como Governador, sua presidência. Mas o vice-presidente que foi escolhido era o Dr. José Teixeira da Fonseca Vasconcelos, o bravo pioneiro. Por proposta deste, a junta deliberou, no primeiro encontro, destruir o padrão de ignomínia erguido na Rua de São José, no lugar onde fora salgado o chão da casa do Tiradentes, demolida pelo absolutismo. Aquele ato de coragem de José Teixeira era o maior, o mais avançado da Junta Governativa Mineira. Nesse instante, ele se oferece para ir, à sua custa, levar ao príncipe notícia de que sua ordem fora cumprida quanto à nova junta, e o que deliberaram para lavar a nódoa de indignidade derramada na memória do mártir da Inconfidência.

O discurso em que ele deu parte do acontecido foi corajoso e representava as Minas, na sua quase total maioria. José Bonifácio tremeu ao ouvir o mineiro pois, diante do príncipe, ninguém ainda falara daquele modo ardente, claro e sem meias palavras.

Quando se deu o *Fico* o Governador de Portugal implorou ao povo uma sedição, para cega obediência às Cortes Portuguesas. Utilizou-se para isso do Ouvidor Cassiano Esperidião, agitando as massas contra o Regente Dom Pedro. O Brigadeiro Pinto Peixoto, que chegara para serenar as coisas, assumiu o comando dos insurrectos.Começou a correr sangue em Minas.

Foi quando o príncipe resolveu subir as montanhas.

Recebido com frenéticos aplausos em Barbacena, S. João del Rei, São José del Rei e Queluz, ele compreendeu bem claro o nativismo dos mineiros. Vila Rica embandeirou-se em arcos para honrá-lo. Sua fogosa proclamação aplacou os descontentes: pediu que todos se acercassem dele, não se deixando mistificar. Estava vencida a sedição encomendada. Os inimigos abateram bandeira diante do príncipe... Não quis castigar a ninguém. Conciliou tudo:

— Foi uma falta que se cometeu em família; esqueçamo-nos dela!

A recepção dada pelo príncipe no paço dos governadores até hoje se recorda, pela reminiscência transmitida dos mais velhos.

A fachada fora florida por luminárias de azeite fino e velhos passadores vermelhos forravam o meio das escadas. Pendiam das janelas antigas sanefas desbotadas e, no salão principal, um tapete gasto por pés realengos espichava-se no assoalho apenas lavado de fresco. Na hora da recepção das autoridades e pessoas principais, surgiram fardas deselegantes de militares e sobrecasacas muito escovadas. Não foram admitidas senhoras.

Os notáveis e altas patentes ingressaram primeiro, para o beija-mão. Curvavam-se em silêncio e osculavam as costas da mão direita do príncipe. A alguns ele falava, inquiria pelo estado das tropas. Outros deixavam o beijo respeitoso na mão do regente, afastando-se para os lados da sala.

O Dr. Estevão Ribeiro de Resende, seu secretário e futuro Marquês de Valença, ia anunciando em voz alta os que se aproximavam.

— Dr. José Teixeira da Fonseca Vasconcelos, advogado, com diploma de Coimbra!

— Dr. José Maria Moscoso, Juiz de Direito de Vila Rica!

— Frei José da Santíssima Trindade, Bispo de Mariana!

— Pe. Belchior Pinheiro de Oliveira, Vígário da Víla de Nossa Senhora da Piedade do Pitangui!

— Cônego Hermógenes de Araújo Brumswick, Padre-Mestre!

— Padre-Mestre Frei Maria da Conceição Veloso, botânico!

— Coronel de Milícias João Luciano de Lima Guerra!

Este era militar mas chegara atrasado, por estar enfermo. O secretário chamava enfastiada fieira de personagens oficiais, e importantes, que se acumulavam no salão do palácio.

Em dado momento aproximou-se um sujeito baixo, franzino, do estômago empinado na sobrecasaca negra. O Dr. Resende, que não o perguntou ao secretário do governador:

— Quem é este?

— É o Capitão João Batista, senhor das minas de ouro do Gongo Soco. O homem mais rico das Minas Gerais!

Subiu da multidão um murmúrio que, unido ao bimbalhar dos sinos, não permitiu ao príncipe ouvir tudo bem. Indagou do Dr. Resende:

— Quem é?

O homúnculo que se aproximara fechado na sobrecasaca de seda, com camisa de bretanha e gravata de fustão claro, foi que explicou quem era:

— João Batista Ferreira Chichorro de Sousa Coutinho.

Dom Pedro, que era mal educado, cofiou a pera, para replicar sorrindo.

— Maior é o nome que a pessoa...

O Capitão, diante do regente que fora homenagear, sem dele nada depender, sentiu-se humilhado no seu incomensurável orgulho. Beijou-lhe mesmo assim, serenamente, a mão.

À medida que o Dr. Resende falava os nomes, os mais súditos se aproximavam, beijando a real mão.

João Batista demorava aos pés do Príncipe. Com aquelas palavras irônicas, Dom Pedro ofendera-o. E ele, sempre Carmo, da altura de sua insignificância pessoal, teve coragem para dizer:

— Mesmo assim pequeno, convido a Sua Alteza para almoçar amanhã em nossa casa.

Dom Pedro, já arrependido da indelicadeza com que o tratara, aceitou o convite.

Terminado aquele ato de bajulação servil, onde súditos representavam de escravos, o desagradável salão de cortinas surradas foi ficando vazio.

O estofo de muitas poltronas estava esfiapado, e as sanefas descoloridas davam ao casarão colonial o aspecto de casa de fidalgo em falência. As molduras dos retratos a óleo de Dom João VI e Dona Carlota Joaquina tinham pedaços estalados. O de Dona Maria e dos antigos Capitães-Generais Governadores apresentavam-se empoeirados, pois os panos úmidos neles corridos às pressas mais sujaram do que limparam.

Dom Pedro estava eufórico e parlante, porque fora recebido de braços abertos nas Gerais. Como abafara a revolta da Junta Mineira com simples proclamação, ditada do Capão do Lana, chalaceava com os mineiros, embora lhes conhecesse o caráter retraído. A resposta que dera ao Capitão João Batista não era para um príncipe que estava com poderosa oposição e nunca seria dita por seu pai, Dom João VI que era cortês com todos.

O fogo de sua mocidade mal dirigida, que vencia as ponderações de seu tutor José Bonifácio, é que lhe transtornava o mau gênio, às vezes em palavras impróprias a gente de seu sangue.

O Capitão João Batista possuía solar nobilíssimo em Vila Rica e, ao ouvir falar na vinda do regente, para lá se transportou com o seu pessoal do Palácio do Gongo Soco, não levando muita coisa, pois sua mansão estava instalada no estilo da Casa-Grande da mina.

Às 11 horas da manhã seguinte uma Companhia das Milícias Equestres formou diante do palácio do Capitão-General Governador.

Às 12 menos 5 uma corneta marcial estrugiu, clara e pausada:

— Sentido! S. M. o Príncipe Regente!

Amontoava-se muita gente no Largo do Palácio, para ver Dom Pedro.

Ele desceu, compassado, os degraus de pedra, entrando no coche desconjuntado do palácio, que o levaria até a Rua Direita, onde era a do capitão. O piquete seguiu-o e ao chegar ao prédio desceu com sua pequena comitiva, de que faziam parte o governador, o Dr. Resende, o Comandante das Milícias Reais, o Juiz de Fora e os Juízes Ordinários, além de oficiais às ordens, vindos em outras carruagens. O piquete de Milicianos Montados que o escoltava seguia, em ordem, portando lanças com galhardetes vermelhos.

Na porta da entrada foi recebido por dois lacaios de calções amarelos, laçarotes de fitas nos joelhos. Calçavam meias brancas, sapatos rasos e vestiam casacas vermelhas. Usavam gravata na camisa de linho alvo, tendo os cabelos empoados de açafrão.

Logo que o Príncipe chegou, os lacaios, em silêncio, apontaram-lhe de largos degraus cobertos por passadores de veludo encarnado. Havia pétalas de rosas em toda a escada sendo que os guarda-mãos estavam cobertos de veludo cor de laranja.

O Príncipe subiu aspirando o aroma das Pastilhas do Serralho, queimadas no solar. No alto do patamar esperava-o o Capitão, vestido sobrecasaca azul, gravata preta esvoaçante e calças verde-cré. Calçava sapatos de verniz com grandes fivelas de ouro cravejadas de brilhantes.

— Alteza Real, este modesto rancho de garimpeiro é de Vossa Majestade!

Pisando em tapete de Esmirna, pelo breve corredor, Dom Pedro foi introduzido no salão de honra, onde poltronas inglesas pousavam no chão inteiramente coberto por felpudo tapete persa. Cortinas de veludo verde faziam discreta penumbra e, no meio do salão, mesa oval de mogno sustentava vitoriosa estatueta de jade, de mulher nua, com as mãos cruzadas à nuca.

Uma sólida cigarreira de ouro, aberta, oferecia cigarrilhas inglesas de ponta dourada, perto de cinzeiro verde feito de lava de Vesúvio, forma de concha.

Cobria a mesa uma leve toalha de seda esverdeada de Brussa, com franjas compridas de ouro.

Os nove do acompanhantes do regente acomodou-se e o Capitão ficou respeitoso, de pé. Dom Pedro protestou:

— Assentai-vos, Capitão.

Antes de se sentar o anfitrião falou, perturbado:

— Perdoai Vossa Alteza não estar presente minha esposa, para fazer as honras da casa, pois se acha adoentada na mineração.

Assentou-se na branda poltrona de couro, afundando nas almofadas sua pequena figura.

Relanceando os olhos pelas paredes forradas de papel azul e ouro, o Príncipe deu com o retrato a óleo de sua Real Família e sorriu, ao encarar o seu, ainda infante, na flor dos 16 anos.

— Capitão, não vejo aqui seus ascendentes.

— Meus ascendentes, Senhor Dom Pedro, não deixaram retratos. Somos do sangue de Vasco Fernandes Coutinho, Donatário da Coroa. Foi o primeiro Donatário da Capitania do Espírito Santo. Pelo que falam, o Donatário não foi feliz.

Dom Pedro falou franco:

— Se descende dos Coutinho descende de gente limpa, da mais alta fidalguia que já pisou no Brasil.

O Capitão acertou a garganta, alisando as mãos:

— Quem fez minha modesta família medianamente próspera fui eu mesmo, Real Majestade.

— Muito honroso!

O milionário tentou sorrir:

— Não faço muita praça de minha fidalguia...

Mostrou as mãos abertas:

— O pouco que possuímos veio destas mãos, cavando a terra.

— Muito nobre!

Chegavam dois lacaios vestidos de vermelho, com luvas de pelica branca, trazendo aperitivo em bandejas de prata lavrada. João Batista levantou-se, tomando de um cálice de cristal da Boêmia abarcado por folhas verdes e ofereceu-o ao Príncipe. Era mistura de Champagne seco, vinho do Porto Cabacinho e Gim, com uma cereja de conserva mergulhada no coquetel.

O príncipe ao provar o aperitivo espantou-se:

— Gelado?

— Sim, gelado, Dom Pedro.

— Como gelado?

— Temos um servidor que faz misturas para gelar, e podemos servir a Vossa Alteza o aperitivo gelado.

Com o aperitivo chegou uma salva de prata com tâmaras Luz de Djerid, grandes, de polpa transparente, raridade nos mercados europeus e trazidas do Oásis de Gabés por caravanas particulares.

Não demorou a aparecer na porta da entrada do salão, onde as cortinas verdes de Damasco foram presas aos portais por laçarotes amarelos, o *Maitre* Gil, agora promovido a mordomo. Vestia casaca e calções pretos, com meias e sapatos dessa cor. Estava com camisa de goma fechada por colarinho de gravata branca. Sua cabeleira, partida no meio, era empoada de pó branco de serragem, dando ideia de velho pajem do tempo de Dom José I, bisavô do Regente Dom Pedro de Alcântara.

O mordomo em correta vênia curvou-se falando baixo, com o guardanapo de linho no braço esquerdo:

— O almoço de Sua Alteza Real o Príncipe Regente Dom Pedro, está servido.

Afastou-se, recuando, sem dar as costas e desapareceu. O regente levantou-se, marchando firme para o salão. Ao entrar, parou, admirado:

— Que bela sala de comer!

A vasta mesa de jacarandá torneado em treme-treme, estava coberta por alva toalha rendada da Ilha da Madeira, em cima da qual esplendida em brilhos vivos uma baixela de prata inglesa lavrada, para 24 pessoas. No centro da mesa, esguia floreira de prata derramava uma braçada de rosas-de-bengala, cultivadas em Vila Rica.

As poltronas inglesas tauxiadas de ouro nas travas do assento de couro verde-garrafa e em torno do espaldar alto foram afastadas e, presidindo o almoço, Dom Pedro sentou-se de olhos em espanto:

— Linda baixela, Capitão Coutinho! É portuguesa?

— Não, Alteza, é da Inglaterra.

O Príncipe sopesou bem o prato, reparando depois, pelas cortinas verdes afastadas, o brilho das vidraças faiscantes. Duas caçoulas de prata desprendiam delicados perfumes de rosa e benjoim.

O mordomo servia peixe com molho dourado, enquanto os *garçons* distribuíam pelos copos o Borgonha branco nervoso.

Em seguida vieram a canja e vinho Perigord tinto ambarino. O regente encara o mordomo, para falar:

— Conheço esse sujeito!

João Batista explicou:

— É meu mordomo Gil, Dom Pedro. Trouxe-o da Corte.

O Príncipe, sem compostura, exclamou, erguendo os braços:

— Ó Gill C´os diabos! Tu por aqui...

Gil deixou a garrafa enrolada pelo gargalo no guardanapo e aproximou-se emocionado do príncipe:

— Peço vênia para beijar a mão de Sua Alteza, Dom Pedro.

Beijou-a, com unção.

— Como veio parar nestas alturas?

— Vim trazido pelo Capitão Batista.

O regente, desdobrando o guardanapo de linho galego, para proteger os dourados de seu fardão, ia dizendo:

— Gil foi nosso servente por muitos anos. Viu-me pequeno. No Rio teve um destempero com o mestre da cozinha da Corte e foi despedido. Mas é bom moço.

Sorriu, referindo-se ao ex-criado:
— Pelo menos tem cota livre no livro da Cadeia...
Iam servir, das sopeiras de prata, a canja fumegante. O mordomo serviu primeiro ao fidalgo. Enquanto derramava no prato o ouro da canja ouviu do príncipe:
— Muito bem, Gil. Lembra das partes que prefiro da galinha?
— Sim, Majestade: O sangue, a moela e as coxas. É o que estou servindo a Vossa Alteza.
O Príncipe riu, generoso:
— Isso mesmo. Gil é o mesmo. E não tens saudade da Corte?
— Muita, meu Príncipe. Vosso Augusto Pai não me foge da memória.
O nobre bebia as primeiras colheradas:
— Bom tempero, Capitão. Parece canja feita pelo Manoel José Rodrigues, cozinheiro predileto de meu Augusto Pai.
João Batista explicava:
— Quem faz esta canja é minha escrava Fausta. Apura bem caldo...
— Admirável. Essa escrava deve ser bem tratada, Capitão.
— É bem tratada, real senhor. Nunca sofreu castigo...
Ficara uma noite na cafua, por nonada... Nunca mais teve alegria. Chorava com frequência, sangrando da desumana injustiça de seu senhor. Fora necessária a intervenção de Laura para sair da cisterna a escrava predileta de seu pai.
Dom Pedro acabava de beber toda a canja.
— Capitão, mande chamar a escrava. Quero conhecê-la.
A um aceno, o mordomo saiu para voltar com ela. O regente encarou-a com olhos duros:
— Fausta, muito boa tua canja. Parabéns. O Capitão trata-a bem?
— Bem.. . Nhô Capitão é nossu pai, Nhenhô Dão Ped'u...
Fausta estava vestida de chitão amarelo, de alpercatas e com um lenço de Braga na cabeça. Tremia com o elogio e chorava, como se fosse para a forca. O regente mandou-lhe dar 10 patacas.
Fausta empurrada pelo mordomo beijou a mão do príncipe e saiu correndo, abalada por soluços. Chegou à cozinha toda urinada de emoção que nunca experimentara.
Retiraram os pratos para outro serviço. Mas a baixela que chegou era de ouro maciço. Ao chegarem as primeiras peças Dom Pedro sobressaltou-se, erguendo as mãos com assombro:
— Que é isto? Uma baixela de ouro?!
O Capitão afetava modéstia:
— Sim, Real Majestade. Foi feita com o ouro de nossa mina do Gongo Soco.
— Foi feita em Lisboa?
— Não, Majestade, foi feita em Londres, na proporção de 920 de ouro para 80 de cobre. É liga nobre, do primeiro título.
O mordomo acabava de distribuir a baixela na mesa, com os talheres, porta-guardanapos e, no meio, a floreira, também de ouro.
O regente avivava-se, excitado com suas manhas de refinado sovina:
— Isto é que é ter grandeza! No Paço de Queluz nunca vi baixelas a não ser das comuns. A de prata só aparecia para os grandes banquetes. A corte de meu Augusto Pai sempre foi modesta, porque nossos ascendentes lidadores eram mais pelas armas do que para o luxo. Uma boa espada de Toledo sempre

valeu mais para os reis, os Braganças que palácios cheios de prataria. Nossos maiores, os reis, comiam às pressas, de pé, muitas vezes com a mão, entre uma escaramuça e uma batalha. Mas o que vejo aqui! Uma baixela completa de ouro legítimo, para 24 pessoas, lavrada na Inglaterra por bons artistas de raça!

O mordomo em pessoa derramava nas taças grandes de ouro vinho Borgonha, tinto aveludado.

Dom Pedro cheirou o vinho recendente, bebendo dois goles. Os *garçons* serviam os pratos áureos do costeletas de carneiro de um ano, tostadas nas brasas, sendo que, sobre as carnes, fora borrifado vinho do Porto Ferreira. Uma folha fresca de alface que acompanhava o assado ainda estava aspergida do vinho louro.

O Príncipe bebia com delicia o néctar perfumado.

— Que vinho é este, ó Gil?

— Borgonha com perfume, real senhor.

Mudaram os pratos para outros. Já chegava a baixela de porcelana azul-celeste de Berlim, quando o Capitão-General Governador achou propício indagar:

— Alteza, qual o destino que devemos dar às Milícias de outros termos, acampadas hoje em Vila Rica do Ouro Preto?

Em brusco movimento de ombros, o regente respondeu, bastante áspero:

— Ora, Senhor Capitão-General, o senhor vir alcançar ordens, em mesa de almoço deste grande amigo que é o Capitão Coutinho, quando tudo aqui transpira graça, cordialidade e alegria? Falar em tropas, quando somos recebidos pela generosidade de um grande mineiro?

João Batista estava certo da amizade do regente e sentia as mãos trêmulas, ao ouvir aqueles elogios.

— Ardoroso admirador de Vossa Alteza, o menor súdito.

O mordomo mandava mudar as taças para outras de cristal vermelho, pedindo licença para servir vinho Côtes du Rhône fortemente capitoso.

Chegava aos pratos *roast-beef* sangrento, à inglesa, com molho frio picante feito de pimentas, cebolas e vinagre. O Príncipe estava expansivo:

— Neste palácio tudo é extraordinário. Que deliciosa carne! Este vinho é tão gostoso quanto os velhos vinhos portugueses. Ambos confortam o corpo!

Repetiu três vezes o *roast-beef.*

Quando distribuíram os pratos para a sobremesa, o mordomo fez espocar o vinho da Champagne que ferveu na taça elegante do regente. Gil, maneiroso, pediu licença:

— Alteza, este vinho veio da Abadia Beneditina de Dom Perigon, em Hautvillers, e foi fabricado quando era Rei, ainda moço, Luís XIV, o Grande.

— Ora viva, Gil; beber o vinho de cem anos, de cepas crescidas nas margens do Marne!

O mordomo mostrava a botelha de rótulo desbotado, suja do pó de mais de um século, e com teias de aranhas conservadas como relíquia.

Pedro tocou-a com os dedos:

— No Reino do Brasil só o Capitão Coutinho pode ter uma preciosidade destas. Acaricia-se esta velha garrafa com o mesmo carinho com que se toca a pele de mulher bela.

Os convivas pensaram, sem querer, na devassa Marquesa de Santos..

Foi servido creme de baunilha, com framboesas dormidas no vinho do porto de safra do tempo do Marquês de Pombal, acompanhado de novidade mineira, o cega-genros. Tratava-se de doce de ovos batidos com mel de abelhas e rala de coco, vindo com queijos Chester e Roquefort.

Em altos cálices verdes serviu-se, então, Chartreuse Jaune. Nesse momento o mordomo apresentou ao príncipe uma caixa de charão japonês, com charutos *Cuesta Abajo nº 1*. O Capitão informava:

— Real Alteza, são charutos de Cuba, colônia espanhola das Antilhas.

Mostrou em outra caixa de carvalho, filigranada de prata, outros charutos:

— Estes são *Tabaco Habano*, feitos de fumo especial da espécie *Nicotina repanda*, vicejada na sombra.

Todos aceitaram e o Real Príncipe cortou com os dentes a ponta de um charuto, mergulhando-a no licor.

Chegara o instante do café, que correu em xícaras de ouro da admirada baixela.

Repondo o guardanapo na mesa, a Real Pessoa, com o rosto corado pelos vinhos, depôs na toalha sua xícara.

— Amigo Capitão Coutinho, estou encantado com Vossa Mercê. Nunca supus que, em viagem política, viesse encontrar nas Minas Gerais o acolhimento que recebo neste solar. Bem disse o cientista Mawe que Minas é o estômago do Brasil. Estou satisfeito! Parou, acariciando o guardanapo dobrado:

— Agora, Capitão, o que me espantou foi sua baixela de ouro! Só mesmo um Rajá indiano e um Coutinho podem ser donos de semelhante maravilha!

João Batista abaixou a cabeça, para depois falar em palavras serenas:

— Majestade, a baixela de ouro que aqui serviu é de Vossa Alteza. Queira o Príncipe aceitá-la, como pequena lembrança de um pobre minerador.

Dom Pedro ergueu-se de um pulo, abraçando o anfitrião:

— Oh, que presente digno de um Rei do Oriente! Em nome da Princesa Dona Maria Leopoldina e no meu próprio, obrigado, digno amigo! Esta baixela me lembrará sempre sua pessoa.

Todos se levantaram.

— Não o esquecerei, nem sua rica lembrança. Procure-me, sempre que precisar.

O mineiro, sem tremer, pegou a mão do Príncipe:

— Beijo as Reais Mãos de Sua Alteza Real, pela graça que me fez comparecendo a meu rancho de Vila Rica.

Com as desusadas expansões do Príncipe Regente do Reino do Brasil, João Batista sorria mas também chorava.

Naquela mesma hora os escravos do Capitão começaram a embalar a baixela, que ficou às ordens do Capitão-General Governador. Mas o príncipe não arredou pé enquanto não viu suas peças de ouro luzidio dentro dos malões para viagem. Ele próprio envolveu em algodão em rama xícaras e pires de ouro que ganhara. O Capitão deu graças a Deus quando o governador mandou levar os volumes para seu palácio. Só aí o Príncipe se despediu:

— Mais uma vez agradeço a benevolência com que me tratou. Faço votos pela melhora de sua esposa, e digo mais: Se precisar de médico temos vários na corte. Os médicos do Paço têm muita fama e estão às suas ordens. Se houver necessidade avise, que mandarei para tratar de sua senhora quantos de nossos doutores precisar.

— Obrigado, Alteza, temos aqui o Mestre Jurubeba, muito acreditado.

— Quem é esse?
— É um prático, amigo em quem muito confio...
— Está bem. Porque médico, só serve aquele em quem o doente confia. O resto não vale nada. Em geral são uns ignorantes presumidos.

No outro dia João Batista partiu para o Gongo Soco.
Da janela do paço dos Governadores, o Príncipe viu-o passar no seu cavalo ruço porcelana, bem arreado. O cavalo pisava enervado nos pés-de-moleque do calçamento, com bufidos de fúria mal contida pelas rédeas. Dom Pedro, que era picador entusiasta, comentou:
— Como pisa aquele cavalo! Marcha com brio. O Capitão Coutinho sabe aproveitar as coisas boas da vida.
E piscando o olho para o Dr. Resende:
— E que tal a mulher do Capitão?
— Não a conheço mas dizem que é linda, Alteza.
— Hum! Como estou convidado, irei um dia ao Gongo Soco...
Laura estava em seus quartos quando uma ladina chegou apressada:
— Sinhá, Nhô Capitão êvem!
A senhora vestiu esplêndido quimono de Ispaão e foi-se encontrar com o marido.
O Capitão chegava coberto de pó ferruginoso dos caminhos. Calçava pela primeira vez botas altas de couro da Rússia, que lhe subiram até muito acima dos joelhos. Essas botas de montar foram feitas por seleiros da Capital da Província, tendo por modelo as que usava Dom Pedro. Sua figura miúda ficava grotesca usando botas compridas, como fazia o homenzarrão filho de Dona Carlota Joaquina de Bourbon.
A senhora sorriu com simpatia ao abraçar o marido:
— Joãozinho, que demora foi essa?
— Negócios, Laura. Trouxe-te a saudação especial do Príncipe Regente!
Ela fez cara de amuo:
—E é só?
— Que desejava mais?
— Que você trouxesse meu maridinho...
João riu, enlevado, orgulhoso daquela ternura. Sentiu o perfume estonteante da esposa já preparada para se vestir e que, por dengo, encostava-se nele.
— Há novidade?
— Só muitas visitas. Estava me preparando para recebê-las. Olhe, Mestre Jurubeba está aí. Não larga Mestre Lão. Estão muito amiguinhos...
— Folgo com isso. Eles são como dois meninos que ainda têm nos beiços leite materno que acabaram de mamar... Quais as outras visitas?
— Não sei. São muitas. De Sabará, Santa Luzia, Caeté.
João viu que a esposa estava no esplendor da beleza. Ainda de chapéu na cabeça. João Batista sentiu que estava empoeirado e com camisa umedecida de suor. Encarava com encanto a esposa, bem mais alta do que ele.
— Não vai se lavar?
— É verdade, vou pro banho.
Caminhou para seu quarto particular de banho. Chegara Juliano seu criado grave. Quando o escravo ia esvaziar a banheira ainda com a água em que Laura se lavara, o Capitão deteve-o:
— Deixe a água.

E entrou na água ainda morna, usada pela esposa em seu banho aromático.

Laura, entrando, viu aquilo e exclamou:

— Espere Juliano preparar o banho. Esta é a água em que lavei.

— Qual nada. Esta água está limpa. Água em que você se banha está mais limpa que a água das fontes.

Quando Laura saía do banheiro, João pediu-lhe:

— Mande servir *whiskey* House of Lords para os homens e licor Creme de Menthe para as senhoras. Tudo nevado! E mande o Cassiano aqui.

Juliano começou a ensaboá-lo com sabonete *Soir de Paris*.

O escravo esfregava o senhor com atento cuidado, e enquanto isso João Batista ouvia o relatório secreto de seu espião cochilador.

Tudo foi encontrado em paz na mineração.

Mariana, sempre discreta, a criar os dois filhos do finado Capitão-Mor. Sua mãe, debruçada no almofadão de rendas, tecendo. Ana, sua irmã solteira, bordando mais que Penélope, embora sem esperança.

Laura, à tarde, antes de João chegar, se preparara a aparecer nos salões. Tomou seu banho tépido na banheira de cobre, onde jogara três punhados de Sal de Viena para perfumar, amaciando a pele. Jordelina, sua açafata de confiança, ensaboou-a com sabonete de jasmins, de Atkinson, perfumista da moda em Londres. Deitou-se depois no divã de couro de Moscóvia e recebeu pelo corpo demorada fricção de esponja embebida em Vinagre Virginal. A escrava lavou-lhe a cabeça com Água Romana, penteando-lhe os cabelos com pente de ouro, arrepanhando-o para o alto, à grega. Firmou-os com trepa-moleque de tartaruga encrustada de fios de pérolas, com entremeios de rubis sanguíneos. Passou-lhe pelo rosto Água de Anjo e Massa de Amêndoas nas mãos.

Depois de vestida, pôs nas orelhas ciganas de ouro e no dedo anular, sobre a aliança trabalhada em relevo, o espaventoso solitário de 20 quilates.

De pé, diante do espelho tríplice, sorria, virando-se, a consertar particularidades do vestido de seda azul-violeta de Esmirna. Estava pronta? Ainda não. Fez um bochecho com Água Oriental e recebeu da escrava o frasco de Essência Real, o mais credenciado dos perfumes do fabricante inglês Rimmel.

Aplicou-o atrás das orelhas como faziam as favoritas do sultão, no Serralho de Constantinopla. Retocou o carmim da face com o guardanapo francês e o assassino engraçado abaixo da maçã esquerda do rosto.

Vestida como estava, Laura sempre gostou de percorrer os salões vazios para ensaiar passos e atitudes. Amava imitar nesses passeios a imponência de Dona Mariana de Áustria, esposa de Dom João V, embora procurasse em tudo parecer com a graciosa Maria Antonieta, consorte do Delfim de França.

Depois de preparados a capricho, Laura e João Batista deram entrada no Salão Amarelo. Os hóspedes levantaram-se e houve malestar entre as senhoras que, chegando Laura, ficaram, de repente malvestidas...

Dona Guiomar Moreira fez esboço de um sorriso amável, que foi como flor de mangueira com veranico de janeiro: não vingou.

Laura ria com discreta elegância, jogando para trás a admirável cabeça, um pouco pendida para um lado, depois para o outro, como a mostrar todo o pescoço provocante.

O mordomo aproximou-se do Capitão, para receber ordens.

— As senhoras vão beber vinho champanha Don Perigon doce e os senhores vinho velho do Porto Ferreirinha, em taças de prata e cálices de cristal boêmio.

Os olhos de todos se acenderam em luz especial, dizendo que aprovavam o pedido.

O Pe. Pereira liderava os amigos, que até ali beberam *whiskies Dewar's Nec Plus Ultra* e *Queen Anne*, já estando transbordados em risos fáceis.

Ao receber seu cálice do porto velho, o padre cheirou o vinho, erguendo-o diante dos olhos. Contemplou o topázio bruno da relíquia, em quase adoração.

— Pelo aroma e pela cor, este vinho superfino esteve por muitos anos em tonéis de carvalho. Mas não esteve dormindo nas adegas: esteve viajando. Viajando como lastro das naus; foi e voltou às Índias muitas vezes. Navegou para o Brasil, indo e vindo, para se habituar com todos os climas, depurando--se e envelhecendo. Ao bebê-lo, sorvo a seiva da terra generosa que subiu pelas cepas antigas. Sinto nele o calor do Oriente e o cheiro da maresia dos mares-altos arados pelas quilhas do Gama; bebo a friagem das chuvas zodiacais e o sol, o sol glorioso do Brasil. A luz do Brasil chegou a este vinho no mormaço tropical. Não o bebam sem lhe aspirar, lento, o aroma ancião e, degustando-o, pensem na luz que lhe amadureceu as bagas; no canto das vindimeiras, no gurgular dos rouxinóis pousados nas parras e, sobre o mais, na glória de Deus que nos permite a graça de bebê-lo.

Guima segredou a Churruca:

— Este padre é inteligente, mas não sabe mais de que freguesia é. O espanhol achou bom comentar:

— Caramba! O vinho que ele bebe vai pra dentro, com todos os sacramentos...

Como a tarde esfriasse, Laura mandou buscar seu xale de Cachemir, xale sem avesso, de pelo de cabra, que ocultou parte de seu vestido e os ombros admirados. Fez depois ao marido um sinal com a cabeça, como indicando alguém dos presentes:

— É o senhor que lhe falei. Trouxe a carta do Cel. Paula Santos.

Era um frangue que trazia coisas para vender, e estava recomendado pelo amigo capitalista de Vila Rica.

— Que vende?

— Porcelanas. Só trouxe uma baixela. Mas é preciosidade só digna de Reis. Em Vila Rica informaram que só vossa excelência poderia comprá-la.

— Amanhã veremos a coisa.

E viu. E comprou-a. Tão caro quanto só ele poderia fazê-lo: Sete contos e quatrocentos mil-réis! Tratava-se de riquíssima baixela de porcelana chinesa, obra dos ceramistas de Nanquim, mortos na sangrenta revolta malograda dos Taipings, nos primeiros dias do século XIX, contra a dinastia manchu. Esses ceramistas foram degolados, sem revelar o guardadíssimo segredo de encarnar a porcelana pela fusão a grande fogo. A baixela vendida era, encarnada em flamejante sangue de boi, da *Família Rosa Vermelha*, da dinastia Ming. O Capitão expô-la nas mesas do Salão Vermelho onde, por muitos dias, foi admirada por amigos, hóspedes e curiosos de Vila Rica, cidade de Mariana e Sabará, onde havia quem pudesse entender coisas raras que, na China, eram tidas como sagradas e mereciam a adoração. Correu mundo a notícia daquela compra, por ser a coisa preciosa, a única na América do Sul.

O Capitão, que voltara de Vila Rica prestigiado com a amizade do Príncipe Regente, era ouvido naquela tarde com a atenção que merecem os homens notáveis. Como fosse extrovertido, falava o que sentia.

— Vim da Capital com o coração tranquilo mas... mas aqui já tive um grande aborrecimento.

Os presentes encaram-no, assustados.

— Coisa que me feriu... Soube de fonte insuspeita (a fonte era Cassiano, seu espião) que andam me difamando em Catas Altas. Esse padre há tempos, aqui mesmo, me fez rasgados elogios, dizendo até que desejava ser um dos meus doze Apóstolos, se não pudesse ser dos meus setenta e dois discípulos... Agora me infama, esquecido dos favores que recebeu de mim. Como sempre fui seu amigo, a notícia me abateu. Em meus discursos elogiei esse Reverendo, por ter me dado conselhos úteis, quando eu era rapazinho.

Mestre Lão agitou-se, defendendo o protetor e ferroando seu inimigo de morte:

— Eu já sabia de tudo, não quis dizer para poupar seu coração de pai de todos nós. Mas esse Pe. Germano é assim mesmo, ingrato e ruim. Aquilo é um pária miserável da Índia, cujo olhar excomungado suja as coisas. Eu ouvi quando ele disse que se honraria em ser um dos seus doze Apóstolos... Agora, trai. Foi o primeiro a trair o homem puro, o verdadeiro benemérito sem falhas que é João Batista. Sendo de nós o único a trair, fez como Judas de kerioth, o primeiro a trair seu mestre. Queira Deus que não seja por pecúnia, como o outro, que vendeu Jesus por 30 dinheiros, que são agora pouco mais de seis mil-réis...

Ficou exaltado, pois odiava o Pe. Germano:

— Foi o primeiro a trair, esquecido de que os outros não trairão! Abandonou o mestre mas aqui estou eu, que serei o Matias que substituiu a Judas no convívio de Jesus. Esse miserável santarrão abandona João Batista por ser um democrata e estar ligado ao povo. Esquece de que São Paulo foi o primeiro homem do mundo, depois de Jesus, a acreditar na democracia.

Inchou o pescoço correado de perigalhos:

— Eu sei onde mora esse miserável traidor. Mora onde morava Judas, no tempo da traição. É onde hoje passa a Sak Dschanah, Rua Direita, da cidade de Damasco, perto do lugar onde Saulo teve a aparição de Cristo!

Seus olhos relampeavam ódios incontidos:

— Nós, seus amigos leais, vendo a deserção dessa ovelha negra, consideramos Pe. Germano como um vencido. Vencido pela sua bondade, Joãozinho. No circo de Roma, quando o gladiador caía, derrotado, o povo gritava: *Récipe ferrum*! Tome ferro! Seus verdadeiros amigos gritam para o Pe. Germano: *Récipe ferrum.*

Ardentes aplausos estrugiram por muitos minutos.

Às 3 da tarde do dia seguinte Mestre Lão foi mandado, para negócios, a Caeté. Pouco antes de chegar a São Bento, encontrou o escravo Calixto, que voltava de Santo Antônio tocando quatro bestas carregadas de compras. Calixto era tropeiro da mineração.

— Boa tarde, Calixto.

Calixto, sem se deter, ergueu o chapelão de palha, pedindo louvado. Lão sofreou seu zaino.

— Espere aí, homem. Vai em marcha de salvar afogado! Tome aqui um fuminho para distrair da poeira, que é muita. Calixto, foi bom encontrar com vosmecê. Ponha o chapéu, não tenha cerimônia comigo. Foi bom encontrar com você, pois sei que é negro direito. Calixto, ando doente, fraco, sem coragem. Sinto uma falência danada nas pernas... e não sou o mesmo homem de ontem... meio bambo! Sei que você conhece certas ervas do mato, muito boas para isso. Quero que você me arranje as tais ervas. Vosmecê arranjou pro Tameirão e foi relíquia! Foram umas batatinhas de catuaba e outras raízes, ramas, umas favas.

O negro olhou-o com respeito.

— O "amigo" sabe... ando muito estragado com serviços aí do Gongo e desejo meter sangue nas veias, reunir sustância! Pensei em lhe pedir essas drogas, a tal garrafada que arranjou pro Tameirão. Não sou mais menino, mas nem tão velho! Ando perdendo as estribeiras, e, com seu remédio, espero ser de novo o homem que já fui.

O preto ouvia, de olhos no chão.

— Já tomei certas beberagens que me recomendaram. Engoli umas pílulas do Dr. Moreira, médico que não presta pra nada. Fiquei na mesma, ou pior. Então pensei: Aqui só o Calixto, coitado, sempre na zurra, mas pessoa séria, com quem se pode conversar de coração aberto!

Tirou do bolso do colete um patacão de prata de 960 réis, que estendeu ao preto. Lão precisava falar mais e, como Calixto fosse saindo, o velho confirmou as prosas:

— Espere aí, Calixto, vamos acertar o negócio.

O negro, com um olho meio fechado, espiou o sol que marcava ali para 4 horas.

— Pois é, Calixto, ficamos combinados, não é?

— Nhor-sim.

E seguiu de cabeça baixa, tocando a tropa. Mestre Lão foi-se também, cheio de esperança de ficar moço, com a galhardia de frango no primeiro canto.

Calixto era crioulo de uns 40 anos, alto, desempenado, de músculos desenvolvidos na cata. Gozava fama de ser entendido em ervas, com que fizera muitas curas. Seu nome era respeitado pelos malungos e tinha freguesia nos arraiais vizinhos. Contavam, como milagres, curas que fizera da moléstia de Lão. Não casara e estimavam-no por ter caráter e saber misturar suas garrafadas, com mão de mestre.

Mas acontece que ele não gostava de Lão. Certo dia o Capitão precisou de Tijuba para sondagem de nova faisqueira e levou-o, deixando Mestre Lão a feitorar o serviço da mina.

No meio-dia em que Tijuba esteve fora, o serviço não rendeu. O feitor, furioso da vida, alinhou 25 negros responsáveis pela tamina do veeiro e deu em todos severo banho de piraí ensebado, que dói muito. Calixto naquele dia estava no barro. Quando acabou a tunda, Mestre Lão chamou Tijuba em particular:

— O negro Calixto merece também umas lambadas. Mandriou muito.

O feitor encarou o acusado com fúria, ainda sem fôlego do esforço da surra:

— Dexe el, qui ieu tiru u fuá del! Tô cum el di ôiu!

Calixto não apanhou naquele dia, mas tomou ódio de Mestre Lão, que mentira, pois fizera serviço de rendimento. Era tão grande a antipatia que tomou do velho, que nunca deixou de pedir a seus santos ocasião para se vingar dele.

Aliás, nas senzalas o professor era visto como bate-fogo; boquejavam que era agulha enferrujada. No silêncio da senzala, quando os cativos se queixavam dos mais perversos da mineração, Calixto aparteava na sua meia língua:

— U coisa ruim daqui é u véiu. Êl um dia mi paga!

O negro era considerado por todos, inclusive por Laura, que via nele um escravo de bem.

Calixto nem pensara em preparar a garrafada pedida, e espalhou entre os malungos a notícia da moléstia do intrigante. Foi uma pantomima entre os pretos a novidade, de que o mestre queria remédio para de novo ser homem.

Até as ladinas do Sobrado-Grande gozavam a notícia, com as críticas mais apimentadas:

— Tá assim...

Cambaleavam as pernas, ameaçando cair...

— Cruz! Diz qui tá... di tudu... Pidiu mezinha a Calixto.

O boato chegou a Santo Antônio, Morro Grande, Morro Vermelho, Caeté. Foi até Sabará...

Uma noite, Guimarães bebia na roda do Salão Amarelo, quando se lembrou de arranhar o mestre:

— É. A coisa não vai bem, não. Soube em Santo Antônio que um negro daqui está preparando umas beberagens, para levantar velho que bambeou.

Churruca assanhou-se:

— É gente daqui? Quem será?

Olharam para Mestre Lão com olhos marotos. Mestre Lão danou-se:

— Se fosse eu, não dava liberdade a cativo para essas safadezas. Não sei como o Guimarães tem boca para espalhar tais imoralidades. Isso é de sua cachola mesmo! Você só pensa em indecências.

O Dr. Lu deu parecer:

— Uai, Mestre Lão, se você precisa dessas escoras devia procurar o Jurubeba e não um negro senzaleiro.

— Isso é conversa boba do Guima, Dr. Lu!

E voltando-se para Guima:

— Dr. Guimarães, pode falar suas besteiras. Você tem uma grande qualidade para na vida: cara de bobo.

Manoelão deu má notícia:

— Pelo menos é o que falam, por aí. Estão falando desse caso sem parar, como quem coça pulga no cós.

Dr. Moreira entrou franco:

— Não há necessidade de procurar cumbas para isso. Temos a cantárida, Lão. Mas é remédio perigoso. Dá o mesmo que você quer mas pode matar, se usado sem medida. Faz efeito pronto mas é sinapismo dos rins e da bexiga.

Lão não se aguentava de desaponto:

— São lérias do Guimarães, Dr. Moreira; ele, não tendo o que fazer no Foro, dá para inventar gracinhas, graçolas sem pé nem cabeça.

Todos flauteavam sem piedade o velho.

— Ora o Lão, pedir muletas pra caminhar...

— Esta é muito importante, não é, Pe. Pereira?

O padre não respondeu, mas ria escarninho do doente.

Churruca derramava pimenta na conversa:

— O mestre está podre de amor e não pode fazer bonito pra ninguém. Quem sabe vai casar?

O Dr. Moreira pegava o fio de sua conversa:

— Como dizia, a cantárida é de efeito imediato, mas é faca de dois gumes. Contam que um ancião do Sabará tomou-a em doses sem regra e acabou morrendo. E mesmo morto... Foi escandaloso, mas um cordão deu decência ao defunto!

Mestre Lao, no extremo desaponto, saiu arrebatado.

Levou tempo a envelhecer o assunto, que tanto diminuiu o antigo professor de Catas Altas. Ninguém falou no Calixto como espalhador da conversa reservada, mas Lão jamais perdoou ao negro aquela inconfidência. Sabia que ele batera caixa por ruindade. Não preparou a garrafada, revelando por cima coisas íntimas do velho, que se fez inimigo mortal do escravo.

Nunca mais o cumprimentou, ficando arredio e preocupado. Certa vez, vendo o cativo passar perto dele, resmungou na presença do feitor:

— Quando vejo este negro, meu sangue ferve mais do que tacha de melado com fogo forte.

Quincota notou-o e inquiriu aos de seu grupo:

— Já repararam como Lão está triste, vivendo pelos cantos escuros, como bode de bicheira?

Quase um ano depois, quando o boato morrera, Mestre Lão, sempre às voltas com suas ideias gregas, murmurou ainda ferido pelo ridículo:

— A batata esfriou e vai agora agir Rhamnúsia, a necessária deusa da Grécia heróica, Rhamnúsia, a que não perdoa e vinga! Salve Rhamnúsia, o Mestre Lão te saúda!

João Batista terminara o prédio para hospedagem de visitas, aproveitado mais tarde para enfermaria dos feridos da mina. Era construção de pedra com porões altos[22], firme em paredes de 80 centímetros de espessura. Os porões estavam

22) Ainda restam partes de seus alicerces e paredes do edifício, que os ingleses aproveitaram para hospital.

prontos, só faltando parte de uma parede. Aquele dia fora movimentado. Depois do jantar acabado tarde, os hóspedes continuaram bebendo no Salão Amarelo. Já era quase meia-noite e vários convivas estavam vencidos. Todos beberam à farta e alguns foram para seus quartos, como sempre muito alegres.

Ao levantar-se o Pe. Pereira, para dormir, Conversinha achou cedo:

— Já vai dormir, Padre-Mestre?

— São horas. Ainda vou rezar o *Breviário.*

— Dormindo você perde tempo.

— Mas foi dormindo e sonhando que Alexandre da Macedônia planejou muitas de suas mais brilhantes batalhas...

O Capitão fora a todos os quartos dar boa noite aos hóspedes e os *garçons* já haviam servido nesses quartos o Vinho do Sossego, coisa obrigatória inventada pelo Pe. Pereira.

Ao sair do corredor dos quartos de hóspedes, João Batista entrou no Salão Amarelo, dirigindo-se a seus cômodos privados, quando ali encontrou o velho.

— Uê, Mestre Lão, ainda de pé?

— Venha cá, Joãozinho, sente-se aqui. Tenho uma coisa importante, muito séria para lhe dizer.

O Capitão sentou-se um pouco sobressaltado:

— Que há?

— Joãozinho, só minha incondicional amizade por você e minha lealdade de cão me obrigam a lhe falar sobre coisa da mais alta importância. Lembre-se de que oiro, vinho e amigo, o melhor é o mais antigo. Eu aqui sou o mais velho de seus amigos.

João Batista fez o seu habitual papinho de expectativa nos momentos graves.

— Mas que há?

— Há dias ouço por aí um papapá muito desagradável. Pensei vários dias se ficava bem lhe revelar a novidade terrível. Sei que são maledicências, mas maledicência é como rato em nossa gaveta: rói justamente os papéis de que mais precisamos.

O Capitão, piscando os olhos de mico, ficava nervoso. Lão abaixou os olhos, limpando com os dedos uma lágrima antecipada.

— Boquejam o fato, mas falo tudo de uma vez! Há pouco tempo, num domingo, nossa honestíssima Laura assistia à missa, aqui, na capela de Santa Ana, e, vendo-a sair, entre os escravos que ouvem o ofício fora da igreja, seu negro Calixto segredou para um malungo:

— Isto é qui é muié! Pur ela eu sô capais di sangrá meo Sinhô. João Batista estremeceu, firmando as mãos na borda da mesa:

— Que é isto, Lão?! Que está dizendo!

— A verdade, só a verdade. Não há doce ruim nem negro bom

— E quem lhe contou isso? Quem foi o negro que ouviu a conversa?

— Quem me contou é de fora. Não conheço o negro que ouviu. Olhe Joãozinho, não entre demais no miolo das coisas. Quando vejo preto de paçoca trunfada e beiçaria caída, já sei que é coisa ruim. É negro de tribulança.

— Mas quem ouviu a conversa dos pretos?

Apertado, Lão desapertava para a esquerda:

— Não consegui apurar quem foi. Cochicham por aí. É dixeme-dixeme de toda gente. O caso é que a notícia ganhou campo, está nas vilas, nos arraiais, nas minas. A conversa de mão em mão, chegou a meus ouvidos.

O Capitão abateu em silêncio o queixo para o peito, meditando. Depois agitou a campainha de prata. Acudiu logo o garçon do serviço noturno.

— Traga *whiskey* e soda nevada.

Quando o serviçal saiu, o Capitão gemeu:

— E há motivo para o negro se apaixonar por Laura? Diga a verdade!

— Oh, não, não e não! Laura é pura, é esposa modelo, é rival da mãe dos Gracos, a orgulhosa Cornélia!

O *whiskey* foi servido. João bebeu dose dupla, de um trago, e o professor, alisando o copo com a mão trêmula, ia bordando as teias da intriga.

— Este caso não afeta a honra de Laura, que ignora a indecorosa conversa do negro.

E muito agitado, olhando o amo na cara:

— E nem deve saber!

João repetia a bebida, com as mãos também tremulas.

O mestre já estava arrependido da conversa e dava conselhos:

— O que você deve é deixar o Calixto na cafua por uns dias e está acabado tudo. Oito dias de aljube, pronto! Nunca mais ele cairá noutra!

O Capitão passou o copo da terceira dose do *whiskey*, parecendo abatido. Súbito, vibrou de novo a campa de prata.

— Vá chamar Tijuba.

Chegando o feitor, espantado pelo inopino do chamado àquelas horas, só feito em casos graves, o Capitão deu-lhe meio copo de *wiskey*.

— Tijuba, acorde três pedreiros e leve-os ao serviço de casa nova. Vamos fechar, agora mesmo, a parte da parede que ainda falta do porão. Mande preparar reboco e o resto. Quando o reboco estiver pronto venha me chamar.

Era meia-noite. À 1 hora, o feitor entrou para avisar que tudo estava pronto. O capitão desceu e mandou fechar a parede. Quando faltava apenas um metro para terminar o trabalho, João Batista alimpou a goela:

—Vá buscar o Calixto.

Chegando o negro, o senhor mandou-o entrar para o porão, dando ordem para ser fechada a abertura, com pedra e reboco.

Ao aluírem as pedras para o serviço, fugiu delas pela parede acima ostentando a cauda em ponto de interrogação, um lacrau preto.

Os negros assentaram as pedras sobre o reboco. Trabalhavam em silêncio, mortos de medo do que lhes poderia acontecer depois. Quando faltavam só duas pedras para vedar de todo o cômodo, Batista falou ao preso:

— Isto é para você não desejar sua Sinhá, nem ter ideia de beber meu sangue pra ficar com ela!

Lao, que a tudo assistia, estava com as pernas bambas e limpava a garganta, aflito.

Acabavam de fechar o lanço da parede, rebocou-se a muralha, Calixto ficara lá dentro.

— Agora, Tijuba, nem você nem ninguém fale no que se passou aqui. Qem perguntar pelo negro diga que viajou de madrugada para a Corte, levando carta urgente.

E frisou com voz cavernosa:

— Quem contar qualquer coisa terá o mesmo fim! Pela memória de meu pai, acabo com quem falar no que agora fizemos.

Por seguro deixou um escravo vigiando a secagem da argamassa.

— Agora vamos, Mestre Lão!

Eram três horas e fazia frio. Longe, nos brejos cantavam três-potes e gemiam antanhas. Ouvia-se o barulho surdo das águas despencando dos cubos dos monjolos parados. Cantavam galos, em quintais de cafuas distantes. No céu, apenas um caco de lua minguante.

O Capitão foi para seus cômodos, sem nada mais dizer a seu ex-mestre. Lão seguiu para seu quarto. Ao passar pelo Salão Amarelo, viu a porta aberta e, na mesa em que estiveram, uma garrafa ainda pelo meio. Bebeu seis dedos do *whiskey* puro e caminhou para o quarto. Não contava com a terrível sentença de João Batista. Tinha a cabeça perturbada e um peso no peito. Ao se despir, com as ideias baralhando, falou sozinho:

— O Capitão armou um mondé feio para o negro. Desse mondé ele não escapa...

Dormiu até seis horas, acordando atordoado e com náuseas. Ao entrar no Salão Amarelo em busca de café sem açúcar, lá encontrou a turma de visitas chegadas na véspera. O Capitão ainda não aparecera.

— Eh Mestre Lão, que cara é essa?

Churruca, já de copo nos dedos, procurava arrumar o estômago revoltado. Manoelão olhava, fixo, o velho:

— Cara de purgante de óleo de rícino com losna... Cuidado com o mal-real.

Lão estava verde, abatido:

— Passei mal. Ontem bebi como não devera. Hoje vou passar com água de Seltz e goma de sementes de lima.

O mordomo adiantou-se, atencioso:

— Pode-se arranjar um caldo de pintinho...

O Dr. Lu aconselhou, com prática:

— O que cura isso é outra boa dose. Em Sabará cura-se dor de picada e escorpião, esfregando o próprio escorpião em cima da picada.

O mordomo insistia, muito circunspeto:

— Se quiser o caldo do pintinho...

Com o gesto agradeceu, descendo a escadaria principal. Na Sala de pedra encontrou Cassiano, firme no banco, e Arlindo na porta.

Olhou a manhã. Andorinhas vadias brincavam nos ares lavados.

— Bonito dia, Arlindo.

— É, Nhor-sim.

— Alguma novidade, de noite?

— Nhor-não. Chegou visita.

Mestre Lão entrou pelos fundos da casa na chácara, onde floravam limoeiros e madressilvas pendiam das cercas, em tufos de flores cremes. Foi beirando a sebe, até chegar na construção nova. Olhou para a parede, onde larga mancha ainda molhada mostrava o serviço feito. Parou, escutando. Um silêncio pesado lhe doía no coração. Revoltou-se contra a própria covardia.

— Não é possível! Vou contar tudo a Joãozinho, o falso que levantei a um inocente. É preciso salvar Calixto!

Marchou ligeiro, de olhos no chão, para a Casa-Grande. Doía-lhe a cabeça, as fontes latejavam-lhe, aos arrancos.

— Não é possível. Fui muito baixo; não sei como pude fazer calúnia tão indigna! É urgente salvar o negro!

No corredor dos quartos de hóspedes, encontrou o Dr. Conversinha nervoso, porque não sabia onde botara seus Pós Dentifrícios Ingleses. Manoelão sorria:

— Lave os dentes com barro preto, como fazem os escravos africanos. Ninguém possui dentes mais brancos.

Pe. Pereira consolava o vozeiro:

— Há muitos anos escovo os dentes com borra de café. Não há dentifrício igual. Já não sou menino e desafio quem tenha dentes mais fortes.

Ao chegar ao Salão Amarelo, o mestre reencontrou os velhos boêmios, mas faltava João Batista. Ainda não aparecera. O Dr. Moreira discorria com os amigos sobre resistência do homem à morte.

— O homem morre por falta de água, ao cabo de uma semana. Por falta de sono, ao fim de dez dias e por falta de ar, em cinco minutos.

Aquela conversa parecia proposital para arrancar lapos de sua alma.

O doutor discorria:

— No caso, por exemplo, de falta de ar pelo confinamento em lugar fechado, o ar fica sem oxigênio de gás carbônico, expelido pela respiração. Aí o respirar se torna estertoroso, difícil, o homem fica tonto, cambaleia; aparecem dores agudas na cabeça, torna-se alucinado, sua frio, procura o ar a custo, com o fim de encher os pulmões. Grita, urra, debate-se até ir ficando estúpido. Perde então os sentidos e morre, lentamente.

Lão saiu engasgado. Foi até a copa, dizendo a Gil:

— Caro mordomo, bote aí um copo cheio de seu *coice de burro* bem reforçado.

Deu-lhe a bebida.

— Que é isto, Mestre Lão, está triste hoje ou brigou com a namorada?

— Não estou triste nem briguei, estou é danado da vida. Há coisas, mordomo, que só a morte resolve, morte rápida a tiro ou a ferro frio.

Saiu agitado. Gil balançou a cabeça:

— São as tais brincadeiras dos amigos. Não gosto disso.

Quando ia ganhando a estrada que saía do reduto, encontrou Ligonza que chegava a cavalo.

— Onde vai, ó Lão?

Ia ligeiro e, sem parar, bateu a mão:

— Depois conversamos.

O que chegava ficou a olhar o jeito diferente do amigo. Gritou para brincar:

— Cuidado com os filhos doidos do cruz-credo, aí na baixada.

Lão caminhou sem chapéu, rumo da fazenda do Pe. Tavares. Conversava sozinho, delirando. O remorso passava em sua consciência as unhas agudas. Esmurrou a cabeça, com os punhos fechados.

— Sou o assassino de Calixto! Matar é tirar a vida mas assassinar é matar de caso pensado. Sou um assassino! Um inocente se acaba por minha culpa, na escuridão da matamorra!

Errava pelos caminhos.

— Volto hoje mesmo para minha terra, onde irei comer o pão ganho com o suor de meu rosto.

Nisto ouviu gritos:

— Socorro! Socoorro!

Voltou-se, repentino. A voz cessou.

— Me perdoe, Calixto! Me perdoe, pelas Cinco Chagas de Cristo! Perdi a alma por falar demais.

Teve medo de estar só. Voltou ligeiro para se proteger com a presença dos amigos. Chegou suado ao Salão Amarelo. Pe. pereira ao vê-lo abatidíssimo:

— Lão, você está doente. Sinto-o cor de oca, emagreceu de repente; está agitado, quase não fala.

— Estou mesmo adoentado.

Pegou no copo de ron com soda que lhe deram. O líquido entornava. Tremia.

Churruca encarou-o, sorrindo:

— Tem tomado direito a garrafada do negro? O velho Caldeira tomou esse remédio, que pra ele foi milhão! Você está tomando a coisa à hora certa?

Não respondeu, olhando para o amigo com os olhos tristes rasos d'água. Encarou-o humilde, vencido, quase a pedir misericórdia.

O Pe. Pereira teve-lhe pena:

— São brincadeiras, Mestre Lão, brincadeiras de velhos camaradas.

Ouviu-se então o claro retinir das campainhas, que anunciava as grandes coisas: ou as horas de comer ou a chegada de João Batista aos salões.

Um crioulo fardado chegou na frente, afastando as cortinas de veludo cor de ouro e um pouco atrás, o Capitão entrou na sala, de braços erguidos, dançando, pulando, a dar voltas com o corpo. Parece que estava alegre, pois cantava com voz desafinada:

*Furrunfunfum*
*Passou por aqui,*
*Com um saco de ouro*
*Pra dar pra ti.*

Todos aplaudiram, sorridentes. O Pe. Pereira estava eufórico:

— Boas novas; o Capitão cantando...

O dançarino, a castanholar com os dedos, ainda pinchava, repetindo:

*Furrunfunfum*
*Passou por aqui...*

Parou súbito, só então dando bons dias a seus protegidos. Eram 11 horas da manhã e o minerador chamou:

— Mordomo, vinho, o branco dos brancos, para todos. Sentou-se mesmo sujo como estava, com sapatos ingleses enlameados e o terno de linho irlandês com placas de barro.

— Vamos beber coisas boas, pois o dia começou bem.

Churruca interrompeu-o:

— Capitão, que quer dizer Furrunfunfum?

— É o que eu ia dizer. Houve na antiguidade, na mina do Pe. Faria, no arraial do Ouro Preto, um africano já velho chamado Furrunfunfum, negro beiçudo da muçumba grande. Escravo assim, como sabem, não presta pra nada. O cativo do Pe. Faria andava sempre lanhado pelo escorpião, em surras sem fim. Mas não tinha conserto. Muito ruim de serviço. O padre gritava todo dia: — Todos rendem na lavagem, só você não dá ouro, negro olhudo! Pois um dia desabou uma galeria e Furrufunfum morreu soterrado com os companheiros. Não foi possível salvá-los. Uma noite a alma do morto apareceu para o padre, pedindo benção e perdão de sua vida à toa. Disse que agora estava vendo tudo mais claro e deixava um ramo verde em certo lugar. O senhor mandasse cavar ali, que arrecadava ouro como ninguém ainda lhe dera. Bem cedo o padre mandou cavar o chão e achou um despotismo de ouro! Quando na cata alguém sonhava com o africano, saía ouro aos montes. Os negros souberam que a alma dele andava correndo as minas. Na que chegasse, era ouro pra dar nas canelas.

Bebeu de uma vez sua taça de vinho fino.

— Pois hoje Furrunfunfum passou por aqui: nas primeiras picaretadas na jacutinga, pegou-se pepita de um quilo e meio. Isso foi às 6 horas. Às 9 já tínhamos arrancado 45 quilos e pico[23] de ouro grosso! Em três horas apurei um dilúvio de ouro de 23 quilates[24]. Por isso cheguei alegre, cantando.

Os presentes abraçavam-no efusivos, e o felizardo gritou para o mordomo:

— Mais vinho espumante! O branco dos brancos!

No meio da admiração geral, Churruca, de taça em punho, se ergueu:

— Peço licença ao grande Capitão pra beber a saúde da alma de Furrunfunfum...

Todos beberam, em grande algazarra. O Dr. Lu, já vermelho como galo depois de briga, falou com entusiasmo:

— Foi muito bem lembrado esse brinde à alma de Furrufunfum! Associo-me a ele como quem está calejado de fazer justiça, com todas as veras do meu coração!

Mestre Lão se retirou para o quarto, quando a gritaria dos hóspedes esfusiava o salão, em júbilo triunfal. Resmungava, com os beiços trêmulos:

— Coitado!! No cárcere cego, vê chegar a morte sem socorro, *por maldade de um energúmeno mais bárbaro que Nero.*

Estava esbagaçado de corpo e alma. Deitou-se vestido, fixando o teto com os olhos congestos.

— Não sei como um homem pode ser insensível como esse bosta milionário! É preciso não prestar mesmo para nada, quem pratica tanta perversidade! É o cumulo! Parece que hoje está com a alma pura, livre de pecados, sem remorso, resplandecendo graça divina.

## VIII — ADEUS À CANANEIA

Passavam os dias arrastando as coisas. Viera o 7 de Setembro, acabara-se a Guerra da Independência, na Bahia.

Muitos que ajudaram a Independência foram deportados, entre eles o *Pe.* Belchior Pinheiro de Oliveira e José Joaquim da Rocha. O próprio José Bonifácio se fora barra afora, quando o Imperador, em 1823, dissolveu a Assembleia Constituinte.

Conversando no Salão Amarelo com amigos constantes, João Batista justificava-se:

— O diabo leve a política. Lá se foram para o exílio, *Pe.* Belchior e José Joaquim. Foram doentes, sem dinheiro, perseguidos. José Bonifácio é macaco

23) 100 libras (peso), conforme escreveu M. de L... A libra comercial pesava 459 gramas.

24) Essa fartura de ouro no Gongo Soco é confirmada por Castelneau: "O ouro... foi extraído às mancheias pelos primeiros exploradores da mina, a ponto de vez terem sido tiradas mais de cem libras em três horas". Francis castelneau — *Expedição às regiões centrais da América do Sul*, de Olivério Pinto, S. Paulo, 1949.

velho e, ao meter a mão na cumbuca, já era argentário. Quando em Portugal, tinha dezesseis empregos... Foi passear. Tem amigos lá. Mas os pobres de Cristo de Minas, lisos, caindo aos pedaços, de miséria...

Bebeu, deliciado, seu vinho vermelho de Chio, a ver, feliz, seus amigos também bebendo. Guima boliu com Mestre Lão:

— Você bebe este vinho caro como pinto bebe água.

O mestre olhou-o com súbita raiva, sem compreender. O advogado explicou:

— Pinto bebe um gole d'água e depois vira o bico para cima, abrindo-o muitas vezes, como a saborear. É como se pensasse: Vem do Céu! Vem do Céu...

Só aí Lão riu, pois bebia um gole do grande vinho e, elevando a cabeça, degustava como pinto... Passado a alvoroço da pilhéria, o capitão continuou:

— Eu vivo é disto aqui... do ouro, do ouro que não mente, do ouro que pesa, do ouro que vale.

Tentou fumar um Ponta de Ouro da cigarreira de charão, aberta na mesa grande.

— As galerias que abri no serviço a céu-aberto rendem ouro pra sufocar.

O cigarro, mal manipulado, apagou logo. Reacendeu-o. Não tinha paciência para fumar. Tirou então do bolso esplendida tabaqueira de ágata tauxiada de rubis, com transflor de ouro sobre o esmalte da tampa. Apanhou, com os dedos já calmos, farta porção de Rapé Rainha, o mais fino dos rapés, e aspirou-o com volúpia.

— Fiquem sabendo que a pobreza avilta, é doença que contamina a família toda. Ser pobre era antigamente ser honesto, hoje ser pobre é ser burro.

Os muitos hóspedes naquela noite ouviam, com a habitual atenção, o minerador.

— Vejam; no que parecer, ninguém trabalhou mais para a Independência do que José Joaquim da Rocha, Pois lá se foi, tocado, sem justiça, não se sabe viver de que modo, na Europa. Dirão que a pátria agradecerá, vai ser exemplo para as outras gerações. Não fio nisso. Será ou não. Competente, homem puro, que fez pela família? Nada. Vão dizer que deixará nome honrado. Ora, dois vinténs furados valem mais do que a fama de homem honesto que deixou filhos com fome... Daqui a pouco ninguém mais se lembrará dele. As nações são como as pessoas, esquecem depressa os benefícios e os nomes de seus amigos da adversidade.

Todos concordaram, como sempre concordavam com o milionário. Estava presente o Major Peixoto, velho amigo do Capitão-Mor. Peixoto conhecia bem o rendimento do Gongo Soco[25], sabia quanto ouro estava empaiolado nos quartos térreos da Casa-Grande. Agora o Joãozinho de ontem falava em riqueza e nem precisava falar, porque seu palácio dizia tudo. Ouvindo as verdades do homem rico, pensava: Não fez inventário do tio e sogro... Aí estão Mariana, a viúva e seus dois filhos, crescendo sem a fortuna a que têm direito. Os próprios filhos de João Batista e Clara não tiveram o quinhão legal... Mas quem reclama, quem tem coragem de reclamar? O Capitão é cavaleiro de espora dourada, pode fazer o que quiser.

Pe. Pereira que ouvia, de mão no queixo, o amigo discorrer sobre miséria e riqueza, ousou lhe perguntar:

— Com quantos anos está, Capitão?

25) As galerias puseram a descoberto linhas auríferas de uma riqueza fenomenal. Como nunca mais foram vistas outras em Minas Gerais. Engenheiro Antônio Olinto dos Santos Pires, *A Mineração — Riquezas Minerais*, *in Livro do Centenário do Brazil*, Rio, Imp. Nac., 1900.

— Com trinta e seis. Estou ficando velho.

Todos riram, mesmo porque parecia muito mais moço. O padre suspirou, invejando tamanha abastança:

— Vá ver o mundo, Capitão. A vida está passando e você ainda não viu nada por seus caminhos. Vá ver outras terras, civilizações mais adiantadas, cidades imensas como Londres, Roma, Paris...

— Penso às vezes nisso. Mas quero levar trinta ou quarenta amigos do peito, para fazermos lá nossos serões do Gongo.

Concordavam, com unânimes agradecimentos.

— Bravos, pela ideia!

— Pensa como quem é.

— Eu não ia sem os amigos...

— O Capitão tem amigos de verdade!

Este aparte lhe agradou:

— Sim, eu sei ter amigos, pois sou também amigo às direitas!

Pe. Pereira, afogueado pelo vinho caríssimo:

— Eu disse há dias no Caeté que o Capitão é quem possui nas Minas maior número de amigos, e amigos de inabalável lealdade.

Dom Manoel de Portugal e Castro teve amigos a grande, mas não os soube conservar. Bastou ficar contra Dom Pedro, todos fugiram e ele se foi, até odiado...

E eloquente, falando alto e claro:

— Nas Gerais, o Capitão é quem possui mais amigos e todos dedicados, amigos fanáticos. Todos morrem por ele!

Muitas palmas. Apoiados entusiásticos. Mestre Lão segredou para Ligonza:

— Pe. Pereira está bebendo um bocado. Bebe até na igreja vinho que não é da missa...

O padre ouviu e não se importou. Apenas respondeu, muito bem disposto:

— Mestre Lão, aprenda mais uma coisa. Na igreja, só o sacerdote bebe, mas o sangue do Cristo. Mas no tempo antigo, sete dias antes do Natal, servia-se vinho aos devotos, nos templos. Bebia-se ainda vinho nas igrejas no dia de Nossa Senhora do Ó. Não era apenas beber vinho: dançava-se também nas igrejas.

Quincota esgoelava, insistindo em morrer pelo Capitão:

— Morremos por ele!

O padre animou-se com os aplausos:

— E não só por ser rico, mas por ser bom, alma franca, generoso coração!

Mestre Lão confirmava, remexendo as barbas:

— Eu sei que isto é verdade. João Batista pode ir para o céu vestido e calçado.

O Dr. Lu estranhou a expressão:

— Que negócio é esse de ir pro céu vestido e calçado?

O mestre explicava:

— Uso de figura clássica. Quer dizer que o Capitão merece ir para o céu, sem fazer mais do que já tem feito.

O padre intrometeu-se:

— Mestre Lão disse bem. Elias, o maior dos profetas, foi arrebatado para o céu, sem ter morrido. Também Enoch, filho de Caim, foi vivo para o céu.

Lão repisava:

— Minha expressão está nos Frei Luís de Sousa, nos Camões, nos Bernardim. Um juiz na ativa já sabe pouco, mas aposentado, como o Dr. Lu, esqueceu tudo. Um juiz aposentado não entende nem pode entender um João de Barros, nas Décadas!

O Capitão, emproado com elogio tão incomum, foi quem se saiu melhor daquela embrulhada: sorria, ria e chorava, agradado pelos amigos incondicionais.

— Pois está aí uma coisa que me agradou: ir para o céu, vivo, de botas e esporas...

Riram, alegres, em torno dele.

— Todo justo não teme a morte, mas eu confesso que tenho medo de morrer. Desprendida a alma para o julgamento infalível de Deus apodrecer na terra, inchar, arroxear, desfazer o corpo em águas podres... É horrível. Tanto que, se eu morrer, quero ficar na terra como São Francisco, pois, seiscentos anos depois de falecido, quando foram tirar seus ossos, foi encontrado em perfeita conservação, como vivo.

Enquanto no Salão Amarelo os amigos gozavam a presença de João Batista, nos cômodos reservados da família, a esposa de Quincota fazia a Laura tremenda revelação.

Lila e Laura eram amigas desde Vila Rica e foram colegas da mesma escola de ler, escrever e contar. Quando o Capitão-Mor foi para a mineração, levou Quincota, abrindo para ele uma bodega em São Bento.

As amigas se visitavam às vezes e, por morte do pai de Laura, Quincota se tomou íntimo do novo Capitão. Era dos frequentadores do Gongo, deixando Lila à testa do negócio. Naquele domingo o casal deixara São Bento para uma visita aos amigos. Lila pensara muito antes de contar grave segredo à amiga.

— Laura, vou lhe contar coisa muito importante. Mas pelo amor de Deus você não me comprometa, pois se o Capitão souber que fui eu quem lhe abri os olhos é capaz de me matar.

Laura abriu os olhos negros, tão admiravelmente belos.

— Que é, Lila?

— Olhe, Laura, todo mundo já sabe disso. Acho do meu dever contar-lhe tudo.

Laura, fita na amiga, ficara de repente mais pálida e respirava com ligeira aflição.

— Agradeço muito a você. Mas o que é Lila?

— O Capitão tem outra mulher na Lagoa das Antas. Eu não gosto de milodença, mas é verdade.

— Não me diga! E que mulher é essa?

— Não sei, mas dizem que é cabo-verde muito engraçada.

— Hum. E é moça?

— Falam que tem dezessete anos.

— Tem família, Lila?

— Tem. Dizem que tem.

— É casada?

— Não. A respeito disso anda por aí um vuvurru de tremer carne no corpo.

— Vuvurru, como?

Lila, embaraçada, arrependera-se de começar a história.

— Não sei não, Laura. Ouço é contar. Todo mundo já fala...

— Fala o quê?

— Que ela anda muito bonitona, com boas roupas, joias, lavrados, tudo dado por ele...

Laura só de raro fumava. Tremendo, tirou um cigarro da caixa, acendendo--o. Começou a tragar fundo.

— Quer dizer que a coisa velha, está adiantada...

— Não sei. Melhor conte Deus, mas ouvi dizer que ela ontem teve filho. O capitão vai sempre lá, com parte de obras no palácio do Brumado.

Laura terminava o cigarro, no resto do qual acendeu outro. Lila prosseguia, falando sempre em segredo:

— Não gosto de embruxo, mas contaram na venda que o menino é a cara do Capitão. Mas pode ser mentira. Eu acho que pode ser mentira...

— Qual, boato ruim é sempre verdadeiro e se espalha como peste nas águas, no vento, no ar! Notícia má é que anda depressa.

O relógio do gabinete do quarto de Laura ressoou 5 horas. Laura ergueu-se num pulo.

— Vou me vestir para o jantar. Você fique aqui mesmo. É pra você ver como são as coisas...

Caprichou nos arrebiques, com mãos nervosas e ela mesmo começou a pentear os cabelos, o que era novidade, pois tinha mucamas para esses trabalhos.

Enquanto passava o pente de ouro pela cabeleira negra-azulada, ia dizendo:

— É isso mesmo, Lila. E ele que vive me jurando amor eterno. Bem dizia minha mãe que ovos e juras foram feitos para quebrar... Não há homem que preste.

Fincava um pente trepa-moleque de tartaruga e ouro, para firmar os bandós.

— Não confio em homem... A vida é assim mesmo, Lila.

Bateu irritada a campainha. Apareceu a ama para ajudá-la nos franjipanos.

Foi paramentada, de vestido de musselina verde-garrafa de Bengala decotado baixo, com larga faixa vermelha salientando-lhe a cintura fina. Empoou o pescoço com pó de cheiro, enfiando no anular, sobre a aliança, grande anel de opala alequim. Esfregando nas mãos Essência Inglesa, ajeitou no peito uma rosa mogarim que Jordelina apanhara naquele instante. Já preparada, fez ligeira fricção atrás das orelhas, de uma gota de óleo de gul, fabricado na Pérsia.

Assentou-se depois em poltrona de talha dourada, estilo Luís XIV, com forro de brocado de Bagdá, acendendo outro cigarro. Lila reparou no rosto da amiga, onde o doce olhar de corça mudara-se no esfogueado olhar da pantera.

Laura fingia-se distraída e distante.

— Como se chama a mulher, Lila?

— Ouvi dizer que é Emiliana. Mas olhe lá meu nome aparecer nessa confusão, Laura. A corda rebenta é pela parte mais fraca. Eu e Quincota somos pobres...

Com um gesto distraído de mão, Laura afastou pequena mecha de cabelos que lhe caía pela testa, mas, retirada a mão, os cabelos voltavam a lhe engraçar o rosto moreno.

— Não tenha receio. Vou deixar a coisa correr, sem dar importância. Isto custou foi a acontecer.

Sorriu num rítus muito forçado, de raiva:

— Ele está riquíssimo. Pode sustentar muitas mulheres. Emiliana tem dezessete anos, é muito tenra ainda. Eu estou com trinta, estou velha. Meu pai dizia que para burro velho, capim novo...

— Quincota diz que para gato velho, ratinha nova...

Eram sete horas e ressoou, alarmante, a árvore de campainhas anunciando o jantar. Laura jogou nos ombros um chale verde de Manila, com franjas de ouro de três palmos.

Embora bebessem a tarde toda, o Capitão queria na sua mesa o cerimonial de Luís XV. O mordomo serviu o aperitivo Sherry com Tequila mexicana, que trazia uma cereja no fundo da taça bojuda.

Quando as senhoras entraram no Salão Amarelo, parece que os convivas, já acomodados, falavam sobre Magia Negra, pois Pe. Pereira terminava certo assunto:

— Nero, pelos vistos, apreciava a Magia Negra, tendo recorrido várias vezes a Simão, o Mago, também chamado Primogênito de Satanás. Nero desejava ver um homem voar e Simão prometeu ao Imperador voar, penetrando, de dia, pelo céu adentro... Chegou o dia da coisa. Na imensa multidão que acorreu para esse inacreditável milagre estavam Paulo e Pedro, os futuros São Paulo e São Pedro, que temiam o impostor. Na hora marcada, de fato Simão subiu nos ares e já estava bem alto, vitorioso, quando São Paulo e São Pedro ajoelharam, pedindo socorro ao Senhor. O Mago que já ia alto despencou como chumbo no balcão onde estava Nero, esmigalhando-se...

Foram para a sala de jantar. O mordomo já servia peixe do Rio Piracicaba, o dourado, com molho de especiarias ardentes, manteiga italiana derretida, vinagre do Chile e louro-rosa.

O mordomo desarrolhou vinho Rhine branco, alemão. Ao sacar a rolha, sob as vistas de seu amo, cheirou-a, farejando mofo que alteraria o *bouquet* do vinho velho.

Atrás de Laura, escrava bem uniformizada agitava uma ventarola, refrescando-lhe o rosto, medida inútil, pois o tempo estava agradável.

Do meio dos 45 convidados para o jantar, o Capitão observou:

— Laura está triste; por que é?

—Triste, eu? Não estou triste, a cabeça dói-me um pouco.

É que no bulício daquele jantar, Laura ouvia um chorinho de recém-nascido, via a moça deitada, socorrida pelo ouro do amante esbanjador. De que valia tanta jura de amor, tanto juramento de que sua única paixão era Laura...

Revoltada, quase a estourar em pranto, levou aos lábios o copo de vinho nevado, esgotando-o.

Naquele momento um barulho tremendo, um choque brutal abalou todo o salão.

— Foge!

— Fujam todos!

— Corram!

— Socorro!

Caíra o grande, pesado lustre de cristal da Boêmia com os 1.500 pingentes!

Arreara sobre o tapete, alcançando mesas. Ouviu-se grito ansioso do Capitão:

— Há alguém ferido?

O mordomo em altas vozes acalmava:

— Não há nada! Ninguém foi ferido!

O espanto era geral e os corações batiam galopando. João Batista ainda indagava, subido na mesa grande:

— Alguém se machucou? Respondam, alguém se machucou?

Laura chorava, tapando os olhos com as mãos abertas. Mestre Lão perguntava ao capitalista:

— Que foi isto? Será algum aviso, como no festim do Rei Baltazar?

— Não é aviso nenhum. Não seja idiota. Foi o lustre que caiu. E rindo, controlado, parecendo alegre, deu ordem:

— Alimpem o salão. Apanhem os cacos. Joguem no lixo.

Bateu palmas, feliz:

— Amigos, vamos terminar o jantar no Salão Amarelo! Pe. Pereira comentava com os outros:

— Que homem, o Capitão! É um verdadeiro comandante! Seu sangue frio foi notável!

O comandante foi ver a esposa, que não quis mais comer e retirara-se para seus cômodos. Deitou-se, mesmo vestida, no divã de seda verde-malva.

Ao voltar ao salão, Churruca perguntou-lhe:

— Estamos avaliando o preço do lustre. Quanto custou?

— Ora, vocês preocupados com frioleiras. Quebrou-se, jogou-se fora o resto. Não se fala mais nisso!

O Dr. Lu ainda lastimava:

— Tinha muita imponência, no salão...

— Não seja apegado a pequenas coisas, doutor; partiu-se, compra-se outro.

Acabaram de jantar, bastante bebidos. O Capitão dispôs as coisas:

— O mordomo fica às ordens. Vou atender Laura, que se assustou, Boa noite.

No outro dia o Capitão, ao aparecer no Salão Amarelo para o *café-noir*, viu o escravo porteiro Arlindo subir anunciando a visita de um homem do povo, conhecido de João Batista. Ainda nem sentara entre os hóspedes e já reclamavam sua atenção.

— Madrugou na estrada... Suba!

Acolheu-o bem, mandando-o sentar. Era velho conhecido de perto de Catas Altas, homem de cabelos brancos, que não sofrera a febre contagiosa do ouro.

Permanecera na lavoura de cereais, com o que criara os filhos já casados.

Recusou o vinho do porto oferecido e outras misturas amargas, só aceitando uma xícara de café.

— Como vai a Benta?

—Vai indo. A velha é prata quebrada...

O Capitão insistia para que bebesse qualquer ponche:

— Você vai tomar um cálice desta água choca, Malaquias.

— Não, seu Capitão, não bebo nada: ando com o bucho fraco. Só aceito mesmo o café, que pra mim é cordial.

— De fato, está magro. Está feio Abraão!

O velho, com o chapéu no joelho, sorvendo o café forte:

— Adoeci na segunda capina do ano passado. Trabalhei o mês todo na roça e o veranico de fevereiro me pegou no rojão. Entrou sol na minha cabeça. Andei tratando. Quando o sol entra na cabeça tira-se, ainda de madrugadinha, derramando nela uma garrafa branca de água dormida no sereno. Pois o remédio não valeu.

Ficou triste, encarando o milionário.

— Me disseram que o melhor é rapar a cabeça e enfiar nela o bucho ainda morno de carneirinho recém-nascido. Não tive coragem de matar o bichinho, em meu benefício.

Aquela declaração do homem simples comoveu os presentes.

— O jeito foi procurar o Dr. Moreira, que me deu umas mezinhas.

— Sarou?

O doente sorriu, com delicadeza e tristeza:

— Sarei o quê, Capitão. Mas melhorei, voltando ao guatambu. Estou mais forte, mas o bucho não deixa assentar toda comida.

Parecia ocultar no chapéu as mãos calosas, estragadas pelo trabalho. Tentava ocultar o que devia ser mostrado a todos, como padrão de orgulhosa dignidade.

— Agora vou alargar a lavoura e me lembrei de Vossinhoria, seu capitão. Vim pedir emprestados cem mil-réis, pra tocar o serviço. Vossinhoria sabe, tendo-se milho, tem-se tudo — a farinha, a carne, a gordura. Um mandiocal é pão pras secas. No carrasco, a mandioca está no paiol e espera até dez anos, garantindo boia certa. Uns pés de algodão tapuio fornecem vestimenta pros barrigudinhos...

— Ora, o milho as saúvas levam, os periquitos vassouram o resto. A mandioca, os tatus arrancam...

O lavourista encarou, pasmado, o velho amigo de Catas Altas, que prosseguia:

— Ora, Malaquias, você é homem tão fora de seu tempo que está plantando roças... Está com a mania do Dr. José Teixeira — era o Presidente da Província — que ainda fala em charrua, adubo, planta, colheita e outras doidices. Acho a coisa mais inútil do mundo fazer um roçado. É mesmo serviço de malucos.

João Batista levantou-se e pegando o braço do velho levou-o até uma janela, que descortinava a várzea.

— Está vendo aquela almanjarra? O cavalo roda o dia todo, puxando a trava que move as pás de misturar barro. O cavalo sua, cansa, fica sem pernas de tanto andar e está pisando sempre os mesmos passos, no círculo fechado de seu giro. Assim são vocês, agricultores, inclusive o Zé Teixeira. Você tem trabalhado muito, eu sei. Mas não sai do lugar. Está como cavalo de almanjarra.

Assentou-se de novo e, com entono magistral:

— Olhe, escolha aí um ponto de faisqueira. Bateie a terra e, se cada bateada render duas gramas, a lavra serve. Para isso, se precisar de 500 mil-réis, um conto de réis, venha buscar que estou às ordens. Você está de cabeça quente não é de sol que entrou nela, não. É de trabalhar em vão, com dívidas e outras preocupações. Outra tolice foi procurar o Dr. Moreira, médico de água doce. Quando quiser ficar bom para sempre venha procurar uma carta pra médico de verdade, que eu tenho no Sabará. Pra mineração, minha bolsa está às suas ordens, mas, pra lavoura, não posso emprestar os 100 mil-réis. Tenho família e não posso jogar dinheiro fora. Se continuar na lavoura acaba com o miolo mole!

O velhinho já engasgado se levantou para sair, estendeu a mão.

— Deus lhe dê saúde, com a família. Deus proteja sua mina.

Apertou mal-mal a mão de todos, retirando-se, humilde e humilhado. Sua roupa velha e rasgada fez pena a alguns dos lordes presentes. Desceu a escadaria, como um fantasma leve. Lá embaixo enterrou o chapeirão de palha na cabeça, falando sozinho:

— Não cabe mais nas bainhas... Mas o mundo de Deus ainda não acabou.

Apanhando a manguara encostada na parede, olhou a altura do sol e caiu na poeira.

Depois que Malaquias se retirou, o Capitão se abriu para os amigos:

— Estou preocupadíssimo. Laura não passou bem. Teve febre. Só dormiu de madrugada, com um copo de sossego, que tomou quase à força. Foi o susto de ontem. Laura tem os nervos delicados.

A notícia penalizou os hóspedes, que silenciaram, à espera de mais informação. Serviam o café matinal. Consistiu em *bacon* quente, arenque defumado com muito sal, oriundo da Inglaterra; ovos estrelados em manteiga dinamarquesa Haymann; queijo francês Cruyère; pão de trigo feito diariamente no

Gongo, leite e café sem açúcar. Para o fim seria servido um cálice de vinho branco alemão Oberemmler Sptatlese, seco. Antes, porém, de sua chegada, os visitantes já bebericaram coisas amargosas para consertar o estômago pororocado pela ressaca, pois a noite anterior fora de tempestade...

— Eu e Laura andamos cansados. Trabalho há muitos anos, sem descanso. Laura precisa fazer estação de águas, talvez em Carlsbad. Preciso ir à Europa, como alguns amigos aconselham. Quero ver a língua de São Januário, no dia em que sangra. Imenso milagre! Desejo visitar as catacumbas, os lugares santos. Sonho meditar no Jardim das Oliveiras, ver de perto o Calvário, umedecer o rosto nas águas do Jordão, no Mar da Galileia...

Pe. Pereira suspirou, mesmo comendo:

— Ah, pudesse também eu ter esse privilégio! Ah! os Lugares Santos! Parece incrível o que os tiranos fizeram com o Cordeiro Divino, depois de sua morte humana. Um velho debochado como o Imperador Adriano colocou no lugar exato em que Jesus ressuscitou uma infame estátua de Júpiter e a de Vênus no Monte Sagrado do Calvário! Em Belém, na gruta em que nasceu Nosso Senhor, pôs um busto de Adônis...

João Batista arrepiou para cima os cabelos aguados, falando nervoso:

— Era um monstro. Mais do que porco, monstro!

Churruca resmungou:

— Monstro; foi igual a César Bórgia.

João Batista, que pouco dormira, replicou devagar:

— É mais um erro. Ordenado, depois de viúvo, Rodrigues Lenzuoli era de boa moral e foi bom Papa. O mundo profano boqueja muita coisa.

Churruca falava mal-educado, a provocar escândalo:

— Dizem que houve até Papas meninos...

— Um só: Benedito IX, sagrado aos 12 anos. E que tem isso?

— Ora, o que tem! E a papisa Joana?

— Não convém discutir com você. Eu fui rato de sacristia, sei de todas essas coisas do agnosticismo. Mas vou explicar o caso do papa João, que vocês hereges chamam papisa Joana. A Igreja tem combatido em muitas guerras, vencendo todas.

Lão consertou a garganta, interrompendo de alta, como que a sonhar:

— O Capitão falou nas viagens que pretende fazer, por terras longínquas. Nunca revelei a ninguém que também fantasio há muitos anos ver o Continente Velho. Perco sono às vezes a malucar uma viagem, que não será pela Terra Santa, nem compreenda as cidades milenares de Paris e Roma. Desejo no meu sonho ardente ir à cidade de Axum, na Abissínia, para me ajoelhar de mãos postas diante do túmulo de Belkiss, a Rainha de Sabá, e também para conhecer o Helicarnasso, por onde viajou em meditados estudos, Heródoto, o Pai da História.

Pe. Pereira admirou-se:

— Muito bem, mestre. Sonha fazer coisas dignas de um idealista com tintas de nobreza.

O Capitão concordou, protetor:

— Pois está nos casos de realizar esses projetos, uma vez que você irá na comitiva como meu secretário e, depois de visitarmos as Terras Santas, iremos bestar pelo mundo, vendo coisas...

Arlindo porteiro pediu de novo licença e entrou no salão:
— Mensageiro da Imperial Cidade de Ouro Preto, Sinhô.
— Mande entrar.
E para os amigos:
— O mordomo ainda não conseguiu que o Arlindo pronuncie as palavras como deve. Mistura pronúncias certas com topadas de sua língua.
Entrou um Furriel de Linha, entregando ofício ao Capitão.
— Mordomo, hospede o Furriel de Milícias que, decerto, ainda não tomou café.
E para os hóspedes:
— Dão-me licença. Vou ler o ofício.
Retirou-se muito solene para seu gabinete. O ofício era, em verdade, uma carta particular do Presidente da Província, Dr. José Teixeira da Fonseca Vasconcelos, chamando-o com urgência a Ouro Preto. À noite no jantar falou aos amigos:
— Estão me chamando a Ouro Preto. Ignoro para que me querem lá.
Fez cara de tédio:
— Estou de levante mas vou enfadado. Podia viajar de liteira mas isto demora. Vou fazer doze léguas em seis cavalos escolhidos, para não cansar muito. Nesta viagem não levo os amigos porque vou às pressas, pra voltar logo. Mesmo porque deixo Laura adoentada. É importante: quando não preciso, aqui estão os doutores Moreira e Jurubeba. Quando preciso, como agora, para Laura doente, nenhum aparece. Mas mandei, de madrugada, buscar um deles.
Seguiu antes do alvorecer do outro dia.

Quando tomava café para viajar, recomendou a Tijuba:
— Mande agora cedo o Benvindo levar esta carta para o Pe. Pena no arraial do Brumado. Aí dentro vão 200 mil-réis de esmola que ele me pediu. Mande Benvindo com gancho no pescoço e máscara de lata, que o negro é chambuqueiro.
Ao chegar ao arraial de Camargos, resolveu descansar meia hora, na casa de um amigo. Estava de cócoras, na calçada dessa residência, mulher mendiga com enorme seio exposto. O seio inchado e com tumores abertos em vários pontos parecia imenso mamão caiana picado de passarinhos. O Capitão parou, para ver o abcesso.
—Pra que esse unto com fumo, no seio?
— Ah, meu senhor. Este unto é santelmo pra ferida!
Deu-lhe esmola de 20 mil-réis e entrou, para ligeiro repouso.
Mal o Capitão partiu, Laura mandou chamar Benevides e Higino, peça moça, carismocho de olhos ariscos. Benevides era negro madurão, de carapinha branca. Muito conceituado pelo Capitão-Mor, a quem acompanhava nas viagens, antes do assalto no caminho de São Bento. Os próprios cativos consideravam Benevides, a quem chamavam tio, em sinal de respeito.
— Benevides você me leve, agora mesmo, à Lagoa das Antas. Vai também o Higino. Pegue os cavalos e não diga a nada a ninguém.
Saiu escondida dos próprios hóspedes. Montada no cavalo zaino retoução do marido, seguiu a meio-galope, acompanhada pelos cativos bem montados.
Com duas horas de marcha forçada estavam a chegar, pois Laura viu fumaça branca subindo do telhado de um rancho. Não havia ninguém na porta mas a senhora estava bem informada de que, na beira da lagoa, só havia aquela casa. Pulou do cavalo, chamando os negros:
— Entrem depressa!

E entrou de sopetão pela casa adentro, na frente dos cativos. Laura levava chicote de couro cru para castigar a jovem mas, ao chegam viu no quintal um mamoeiro com mamões verdes. Mudou de ideia. Parou ao pé da cama da parturiente, mandando que os negros a sujigassem de cara para cima, bem firme.

Ela mesma apanhou um mamão verde e com a unha do polegar feriu-o, deixando cair, escorrer o leite nos olhos abertos à força, de Emiliana. Ela própria abria as pálpebras, fazendo pingar o cáustico bem nos olhos da rival.

Depois de arrasar os olhos de leite de mamão, deu ordem:

— Agora, larguem!

Ia saindo, quando, no canto da cama, o menino acordou, com os gritos da mãe.

Laura foi à cozinha, pegando uma lata com que apanhou, na boca do fogão, um pouco de borralho quente, jogando-o no rosto do recém-nascido.

Montou precipitada, descendo a galope a Serra de Cocais.

Ao vê-la passar por São Bento, Quincota assustou-se, gritando para o interior:

— Lila, corra aqui! Depressa!

A mulher chegou, espantada.

— Olhe lá, não é Dona Laura?

— É! Me-u De-us...

— Passou por aqui, sem saudar, passou voando!

— Que estará fazendo?

Um beiço pessimista do esposo indicou que não sabia. Quando ela desapareceu na beira do Rio São João, Quincota, de cabeça baixa, falou com mistério:

— Temos. Você verá! Boa coisa ela não veio fazer.

Ficaram calados, espiando a poeira por onde os cavaleiros sumiram.

— Lila, será que Laura já sabe da coisa?

— Acho que não...

— Porque se sabe, Deus me livre!

Lila, pálida, tremia.

— Reconheceu os negros?

— Um é o Benevides. O outro não conheci.

— Será Barrocão?

— Barrocão não é negro pra bagaceira.

Entraram para a venda. Quincota balançava a cabeça, alimpando o balcão:

— Vai ver que embrulhada Laura fez por estas bandas. Estou até com medo do resto! Laura não saía a estas horas pra coisa que preste. Voltou de galope, sem ver os amigos...

Lila fingia sossego:

— Qual, Laura não é mulher de violência...

— Pois meu coração está dizendo que aconteceu fuzuê medonho. Ela ronca grosso porque pode. Ronco do ouro... O ouro deles já está dando pro meio das coxas.

Só às 2 horas da tarde, em São Bento, souberam de tudo. Um rapaz que passava pelo rancho saltou do cavalo suado, com as virilhas batendo da corrida:

— A mulher do Capitão João Batista fez seboseira na Lagoa das Antas! Atacou com negrada, matando e queimando! Tem gente cega e gente queimada. Vim caçar recurso.

Os ouvintes emudeceram, com o estupor da notícia.

O Major Peixoto, para quem o pai da ofendida trabalhava, foi ver o que acontecera. Como achasse o caso muito grave, mandou os feridos, numa rede, para Sabará.

Correu logo notícia do ataque. O povo verberava o repente de Laura e defendia, com pena, o Capitão. Mas todos acusavam os negros. Vigilato Mendes, que não gostava de Higino, que o desfeiteara em Caeté, carregou sobre ele:

— Negro de olho torto e beiçada caída, nem dado presta. Além de ser desleal é preguiçoso e ladrão. Aquilo é negro pras galés.

À tardinha apareceram em São Bento, Pintado e Jabutirica procurando o escravo Higino, que desaparecera com cavalo do senhor. Contaram que Higino saíra com Sinhá e, na volta, já perto do Gongo, fugiu. Os negros estavam espantados.

Quincota, indagado, só pode dizer:

— Hoje cedo ouvi o barulho de cavalos galopando. Chegando na porta vi, já pelas costas, uma senhora passar de galope num zaino e dois negros na cola. Quando vi, já iam adiante. Não reconheci nem Dona Laura nem os pretos...

— Era Benevides e Higino.

— Se souber alguma notícia mando dizer no Gongo. Eu mesmo vou.

Quando os negros saíram, Quincota falou com a esposa:

— Não disse? Isso vai dar um fardunsco de tremer terra. Que vai haver o diabo, é nove! O diabo anda solto na Serra do Gongo... Tem armado estrepolias e hoje fez munã triste na Lagoa das Antas. Pulou em cruz e cuspiu sangue.

Quando João Batista se apresentou ao palácio, foi recebido sem demora. O Presidente expôs-lhe logo o negócio, para que o chamara.

— A Companhia Inglesa *Imperial Braziliam Mining Association*, organizada em Londres, deseja comprar do amigo as minas de ouro do Gongo Soco. Estou autorizado a abrir negócio com você, querendo saber se quer aceitar as propostas que tenho ordem de lhe fazer.

João Batista ficou emocionado, murmurando em voz baixa:

— Querem comprar o meu Gongo Soco... Querem me retirar das minas de ouro!

Silenciou, pensativo. O presidente insistia:

— Você está assombrosamente rico[26]. É sem dúvida o mais rico dos mineiros.

— Meu presidente, pra responder, preciso assentar as ideias. A proposta foi às súbitas, sem que eu esperasse. Quero um prazo para responder, sim ou não.

— É justo. Mas concorra para o progresso industrial da província, favorecendo a vinda de capitais estrangeiros. O Brasil este ano já teve a renda de 6.042 contos e 49 mil-réis! Ajude a incrementar novas indústrias. Venda a mina...

— Dentro de dois meses darei solução final.

Naquela noite o rico negociante Francisco de Paula Santos[27] procurou o Capitão em seu solar da Rua Direita. Encontrou-o entre velhos amigos da Capital. Pediu dois minutos de licença, para falar em reserva com ele.

Era decerto mandado pelos pretendentes da mina, pois estava a par da transação. Fecharam-se em salão de esplêndido fausto — o gabinete do minerador.

— Capitão Batista, quero felicitá-lo pelo negócio que lhe propõem os ingleses.

— Que negócio?

— Sei de tudo. É assunto só conhecido de poucas pessoas. Eu sei de sua conversa com o Presidente.

26) ... ficou imensamente rico. M. de L... — *Carta ao Journai des Debats.*

27) Avô do aeronauta Santos Dumont...

— Não sei se aceito suas felicitações. Estou pouco propenso a vender a mina. O Gongo Soco é lavra milagrosa, de ouro com grandeza...

— Mas, Capitão, pense que o metal está se esgotando. Das 450 minas do município do Ouro Preto, poucas ainda rendem. Grande parte é de lavras frias, mortas. O senhor pode perder o maior negócio do Brasil. O senhor já é milionário muitas vezes! Pode viver descansado e seus filhos também. Ouça meu conselho de homem prático: venda a mina!

— Vou pensar. Pedi prazo para resolver. Por enquanto não sei o que vou decidir.

Lá fora os amigos receberam o nababo com sorrisos doces.

— Vamos tomar uma taça do campanha. Sinto não estar aqui meu mordomo para bebermos o vinho nevado.

Os serviçais do Capitão, em vistoso uniforme, serviram o nobre vinho em taças de prata. Chegou com o Champagne, uma salva de cerejas de saco, em conserva, e uma bomboneira com *marron-glacé.*

O ar interior da mansão cheirava com suavidade, pois ardiam em castiçais de prata velas coloridas de lestres, junco odorífico.

O velho negociante ouro-pretano, entrado encoberto no negócio da compra, encarava, extasiado, o homem que, além de muitíssimo rico, podre de rico, ainda se desinteressava por milhares de libras esterlinas, como se fossem derréis azinhavrados. Parecia desprezar tanto dinheiro, deixando de vender um pedaço de chão esburacado de cisternas.

Naquele momento no solar, amigos já ébrios do Capitão ouviam-lhe falar com desprezo de montes de ouro que saía às pás, e do que guardava nos porões do Gongo Soco:

— Em verdade estou cansado de tirar ouro. Vivo farto, enfastiado de ouro... Durante dois meses do ano passado apurei 200 quilos de ouro[28] e a gente acaba enfarando de tanta abundância!

Os ouvintes estavam arrepiados de inveja. O Dr. Taborda, agiota, vasculhava coisas que não eram de sua conta:

— E não está ligado a alguma empresa estrangeira, a alguma indústria?

— Sim, a algumas. Agora mesmo amigos obrigaram-me a ficar com a maioria das ações da Companhia de Navegação do Rio Doce, com armazéns nas margens dos rios Guieté, Suaçuí Grande, Santo Antônio e na Província do Espírito Santo. O governo, desde 1808, deu concessão do negócio ao Grão Duque de Baden, que mandou seu Conselheiro Privado examinar as terras marginais e pôr em ordem a companhia, que já navega o Rio Doce.

E desinteressado:

— Tenho mais negócios na corte e no estrangeiro.

— Capitão, qual o peso da maior pepita encontrada pelo amigo, em suas lavras?

— Encontrei uma de 2 quilos e 295 gramas[29]. Outras menores saem todo dia.

— Vendeu essa pepita?

— Não. Está como lembrança em cima de meu *bureau*.

— Tem filhos?

28) Esta notícia está em Paul Ferrand, L'or à Minas Gerais, Ouro Preto, 1894, e Gardner — *Reports of the Imperial Brazilian Mining Association,* London, 1826.

29) ... dois negros descobriram um grosso fragmento de ouro maciço, de peso de cinco libras, numa pedra micácea ferrugínea. M. de L.... — *Carta ao Journal des Debats*, Paris. A libra comercial de então, como já disse, era de 459 gramas.

— Sim. Um casal, do primeiro casamento e um menino, do segundo. Estou mesmo à procura de um mestre competente para o menor. Talvez mande vir da corte um alemão e um inglês para educarem os meninos.

— Mas o senhor tem lá o Mestre Lão.

— Mestre Lão? Vive abibliotecado na adega do Gongo, como tatu no buraco...

Depois que todos riram, o Capitão formalizou-se:

— Mestre Lão é meu secretário particular. Foi meu mestre. Está velho e com pouca paciência.

— Ele vem aqui, às vezes. Diz que está escrevendo sua vida e sobre a grande obra que realizou na mina. Fala que seu segundo livro chamado *Décadas do Gongo Soco*, é obra de fôlego.

João Batista sorriu complacente:

— Meus amigos Padre-Mestre Pereira, do Caeté e Padre Diniz, Vigário de Raposos, é que andam metendo essas ideias na cabeça do velho. Lão fala nesses livros há muito tempo, mas cacareja sem botar o ovo... Enfim, vamos ver.

Pe. Simões, mestre de Gramática Latina em Ouro Preto, sabia das escrivanices do secretário:

— Falou-me também numa *Gramática Histórica da Língua Portuguesa*, em que trabalha há quarenta anos.

Riu gengivas nuas, sob efeito do vinho:

— Mestre Lão está entusiasmado com seus livros. Julga-se grande escritor.

O Capitão sorria atencioso. O Pe. Simões parecia ofendido com a vida folgada do Mestre Lão:

— Creio que se ele morrer sem concluir tais obras vai exclamar como Nero ao se matar: — *Qualis Artifex pereo*! Que grande artista vai perder o mundo!

Só muito tarde as visitas se retiraram. Já na rua, o Dr. Taborda cochichou para o Pe. Simões:

— O Capitão é sapo da terra, desses sapões a que nada entope as goelas...

João Batista viajou com estrelas ainda no céu, mas a noite já estava branqueando os cabelos no lusco-fusco do amanhecer.

Ainda no caminho soube do que a Laura fizera na Lagoa das Antas.

Os boatos ferviam por todos os lugares, desencontrados e confusos como todos os boatos.

— Emiliana, a pobre Emiliana ficou cega!

— O menino morreu!

— Não morreu ainda, mas está com os olhos brancos, cozinhados pelo borralho quente!

— E as autoridades? E a polícia?

— As autoridades mexerem com a mulher do João Batista... Você já viu polícia procurar punir gente rica? Em Minas os ricos sempre tiveram impunidade hereditária...

— E os negros da confusão?

— Benevides está firme no Gongo, Higino fugiu e fez bem. Pode-se dizer que já é canhen-bora, é negro arribado. Ninguém pega ele mais...

Em São Bento, Quincota foi quem lhe contou as coisas certas:

— O Major Peixoto, patrão do pai de Emiliana, mandou mãe filho pra Sabará, creio que pro Mestre Jurubeba. Emiliana perdeu uma vista e o menino também. Não morreu nenhum deles.

— E quais foram os negros?
— Benevides e Higino. Higino parece que com medo fugiu, quando voltava da empreitada. Até ontem não tinha aparecido. Pintado e Jabutirica andaram por aqui, farejando o rasto dele.
— Negro sabido! Até adivinha... Mas mesmo que vá ao fim do mundo mandarei pegá-lo para merecido castigo!
Quincota num assomo de coragem defendeu os pretos:
— Mas espere, Capitão... Os cativos fizeram o que sua mulher mandou. O certo é que foi ela quem fez o principal e os pretos ajudaram, garantiram a galegada. Eles devem obediência à sua Sinhá. À toa eles não iam à Lagoa das Antas fazer a tribuzana. O senhor me desculpe, mas a opinião geral põe a culpa toda em Dona Laura...
— Veja você. Vou a Ouro Preto tratar de grandes negócios... deixo a mina em ordem. Ao voltar...
Quincota falara certo, informara sem exagero. Mal o Capitão saiu ele confessou aos de sua venda:
— A coisa não está boa. É um virapovo tão danado, que não sei, não...
Em Sabará o caso provocou muita revolta. O solicitador Zé Marciano dava seus palpites:
— O crime de Dona Laura comporta condenação de muitos anos de calabouço e, pelo menos, 200 chibatadas. A criminosa deverá trazer ferro no pescoço por dois anos, no mínimo. Só de açoites o Manoel Bento (algoz preferido) vai biscoitar 8 mil-réis, a 2 mil-réis por 50 açoites diários. Porque ninguém resiste os 200 da Lei, de uma só vez. Os escravos terão pena mais grave. As custas deste importante processo vão ser de 200 mil-réis pra cima!
João Batista chegou ao Gongo muito aborrecido. O feitor apareceu de olhos brancos, misterioso.
— Que houve aqui, Tijuba?
— Nada não, Sinhô...
— Então não houve nada?
— Higino é qui fugiu nu seu ca'alo castanhu istrêlu.
— Fugiu como? Isto aqui não tem feitor? A mineração é agora cu de mãe Joana?
O forro, de pé, respeitoso, abaixou os olhos que se encheram d'água.
— E Benevides?
— Tá na mina.
— Vamos lá!
E rápido, ainda calçado com as botas altas à Pedro I, prendendo esporas de prata, e de rebenque em punho, caminhou duro para as lavras. Veio o negro.
— Benevides, o que houve na Lagoa das Antas?
Um silêncio digno que enobrecia o cativo se fez em sua pessoa, com tantos anos de servidão sem castigo. O Capitão tremia de ira mal contida. Benevides não queria comprometer a Sinhá e por isso resolveu não responder nada, embora soubesse estar na beira de um abismo.
— Que aconteceu, negro?
De sua boca honrada o senhor não saberia o que aconteceu. Nada respondia embora soubesse que iria pagar pelo crime da esposa de seu algoz. De pé, vestindo apenas uma tanga, estava impassível. Parecia um cristão do tempo de Valério, ao ser inquirido pelo Procônsul.

— Como foi o caso, desgraçado?

Em vista da nobre mudez do cativo, João Batista avançou para ele e, furioso, meteu-lhe a tala na cabeça, na cara, no pescoço, nas orelhas. Quando a tala começou a cair, o negro fez todos os efeitos de uma vez.

— Como foi, merda?

Ante a obstinada inteireza moral do preto, o feitor afastou com respeito o braço do Capitão, e acabou de debulhar o orgulho do homem em lambadas secas do escorpião. No supremo da dor, Benevides gritou, de mãos postas:

— Mi apadrinha, Imperadô Dão Ped'o!

Foi água fria na fervura. João Batista mandou parar a flagelação, pois a vítima pedindo apadrinhamento do imperador era obrigatório cessar imediatamente a surra.

— Então conte tudo.

Qual contar! Benevides não era negro para revelar o segredo que podia denegrir sua Sinhá!

O Capitão, tremendo e de olhos esgazeados, rugiu:

— Só matando um safado desta ordem!

Vendo o serviço feito, Tijuba gritou para seu ajudante Miloto:

— Traga u lemão cum soda pra isfregá nu pé-de-rabu desti negu.

Chegou o ajudante do feitor trazendo a gamela sempre pronta com vinagre, sal, pimenta e caldo de limão, para esfregar com sabugo de milho nos lanhos abertos pelo bacalhau. O milionário, mais calmo, deteve-o:

— Não; está evangelado pelo nome do imperador.

Já ia regressando para casa, quando Tijuba pediu ordens:

— Boto na cafua?

— Não. Mande pra galeria. Bote na arrebentação de pedra.

Foi direito para seu gabinete, não procurando a esposa.

Mandou chamar o Pe. Pereira:

— O amigo deve saber do crime pavoroso da Lagoa das Antas

— Capitão, não houve nenhum crime pavoroso. O que houve foi uma esposa de vida admirável que se vingou de uma vagabunda que usurpava seus direitos. Foi lamentável, mas tudo isso é humano. Ninguém morreu; dizem que a moça e a criança perdem apenas um olho. Estive com o Subdelegado de Sabará, para onde foram os ofendidos. O processo tinha de ser começado lá, onde deve ter sido feito o exame médico, o auto de corpo de delito, embora nossa comarca seja Mariana. Pois o subdelegado me disse que só iniciou o processo, premido pelo clamor público. Quando soube que Laura é sua senhora deu de ombros: — É gente do Capitão? Então as partes lá se avenham. O processo está arquivado. Provou que era seu amigo, às direitas. Foi um desvario de Laura, que tem defesa, Capitão. O ciúme faz dessas sortidas. Aconselho a não falar mais nisso, que é coisa acabada, autos conclusos.

João Batista estava acabrunhado:

— Sou um incompreendido. Vivo mais pra os outros do que pra mim. Veja as contas que paguei em dezembro de 1824: Despesas com a casa do Caeté — 9 contos, 251 mil e 90 réis, em Santa Luzia — 8 contos, 545 mil 233 réis; no Sabará — 11 contos, 121 mil 340 réis; no Ouro Preto — 14 contos, 265 mil 940 réis; Soma: 43 contos, 281 mil 513 réis. No Brumado não tive hóspedes, pois fiz o solar para minha residência, para veranear, e ainda não pude cumprir esses gostos. Não estão aqui as contas do Gongo Soco, que são imensas.

Pe. Pereira coçava a cabeça:

— É um horror! É um assombro! Sempre pensei que suas despesas fossem vultosas mas não as acreditava tão grandes!

— As despesas que lhe mostro são das casas, que não esta. Depois lhe mostrarei a quanto montou o que gastei aqui no ano passado.

— Mas, Capitão, por que não fecha suas casas sempre francas em Sabará, Santa Luzia, Ouro Preto e Caeté?

— Por que não fecho? Pra não aborrecer os amigos, nos quais confio de coração aberto. Quero ser o São Julião Hospitaleiro, mas com vinhos finos nevados e comida de primeira ordem... Ainda não fiz nessas Tebaidas, de que viu as contas, o que desejo fazer para agradar meus amigos.

De súbito se levantou:

— Vamos pra o salão, padre. Estou sem almoço.

Encontrou os 33 hóspedes bebendo run de Porto Rico.

— Qual nada! Vão beber coisa melhor. Mordomo, traga para todos seu Champanha Veuve Cliquot doce, bem nevado!

Em certo momento o Dr. Lu chegou a uma das janelas abertas para o pomar. Esteve contemplando as flores do jardim que cercava a casa.

— Que beleza de girassóis abertos! De onde vieram as sementes, Capitão?

— Não sei, Doutor. Esses girassóis foram plantados aí por meus jardineiros, que são negros cabindas. Os cabindas adoram o girassol, que para eles representa a lua. Eles têm tanto cuidado com essas plantas que as capinam com a mucofa, que é enxada sem cabo.

Pe. Pereira, que vivia impressionado com o fausto do Capitão, elogiou seu jardim:

— Lembro ao contemplar esses canteiros floridos, os jardins suspensos de Semiramis, na cidade de Babel. Os jardins do Capitão em ser comparados, não aos do Palácio de Versailles, de Luís XIV, mas aos da cidade indiana de Chazipore, onde só vicejam rosas!

Laura sabendo da chegada do marido não se alterou. Cantava, de propósito, afetando serenidade.

Dois meses depois o Capitão voltou a Ouro Preto.

— Presidente, vim trazer a solução.

Zé Teixeira empalideceu, olhando-o nos olhos:

— Muito bem.

— Vendo a mina, nos termos da proposta, por um milhão de cruzados[30]. Se entrarem no negócio alguns escravos especializados na extração do ouro, o preço é de 95.000 libras esterlinas[31].

Zé Teixeira mandou chamar o *Capitain* Tregoning, encarregado de fechar o negócio que ele iniciara, como intermediário. O Capitão Tregoning viera de Londres especialmente para terminar a grande transação. O técnico inglês precisava de intérpretes, não falando ou falando mal o português. Mesmo diante do engenheiro, Zé Teixeira, já manobrado, rejeitava o preço pedido:

— Onde é que você está com a cabeça, homem? Uma velha mina quase esgotada...

— Esgotada... ontem rendeu cinco quilos. Se está quase esgotada, os ingleses não devem se interessar por ela. Ninguém melhor do que eu conhece a minha Gongo Soco.

30) Um milhão de cruzados, 400:000$000, na época; hoje Cr$ 400.000.
31) 95.000 libras esterlinas, para compra à vista. a 4$955, 470:725$000, hoje. Cr$ 470.725. O preço da libra esterlina aqui, então na cotação do dia, é para pagamento à vista.

— Você está doido!
Aquela expressão ofendeu a João Batista, habituado ao calor de constantes adulações. Levantou-se, como desinteressado.
— Ou 95.000 libras esterlinas, ou nada! E nesta cifra não entra o que está na Casa-Grande.
Tregoning falava pelo intérprete:
— Espere, por favor, Capitão: reduza o preço. Eu conheço as minas africanas...
— Não posso, *mister*. Sei o que faço.
Depois de muita conversa de vai e vem, o Capitão do Gongo saiu aborrecido.
— Este negócio está me enfastiando.
O Presidente deixou-o sair.
— Quando volta a seu vale?
— Amanhã cedo. Só vim dar a resposta. Estão jogando cabra-cega comigo.
Zé Teixeira, que conhecia o gênio suscetível do amigo, pôs-lhe a mão no ombro, para acalmá-lo:
— Demore-se mais em Ouro Preto, João. Precisamos conversar com mais tempo.
— Volto sem falta amanhã, depois do almoço.
Quando ele se retirou, Zé Teixeira estava impressionado com o desinteresse do minerador.
— Não sei, mas parece que perdemos a caça, na espera.
Fazia muito frio. Ventos gelados vergavam os arbustos da serra do Ouro Preto, onde as canelas-de-ema estavam floridas em cachos brancos.
Mal entrou em sua mansão, começaram chegar visitas de amigos e visitas de encomenda, dos pretendentes à assombrosa mina.
João Batista esfregava com força as mãos, para aquecê-las. O mineiro, embora habituado em Catas Altas e Gongo Soco, varjão úmido, queixava-se do frio:
— Eu sou como algodão, o frio me enquijila...
Vibrou a campa, chegando um *garçon* fardado de casemira inglesa e com os cabelos cobertos de ouro em pó.
— Traga vodca russa legítima, bem misturada com *okoleao* do Havaí.
E para os amigos já presentes:
— Pra mim a cachaça é o cobertor dos pobres e acho que essas bebidas estrangeiras são pura pinga, com outros nomes lá deles.
Tudo que ele falava era aplaudido com calor. Começaram a beber despreocupados, conversando em viagens, no tempo, em política.
As visitas almoçavam ali os manjares só vistos na mesa régia do Capitão.
Quando bebiam o caro vinho húngaro Tokay, o Pe. Anunciato ergueu o copo, a ver contra luz a cor do vinho.
— Nunca bebi este elixir em dias da minha Vida! Pensei que esse nome Tokay fosse fantástico. Nunca bebi, nem beberei mais, pois só quem priva da intimidade do Capitão Batista goza deste privilégio.
— Meu rancho do Gongo está sempre às suas ordens, Reverendo.
O padre encarado na cor do vinho parecia em êxtase.
— Estou procurando ver a alma deste vinho...
Na sobremesa foi servido vinho Nectarose d'Anjou Rosé, cor-de-rosa lindo, que provocou outros êxtases ao padre já mais rosado o próprio vinho.
Ao terminar a refeição, nova surpresa apareceu para as taças de prata cinzeladas: o Champagne Charles Heidsieck Brut. Nesse momento o Capitão ergueu sua copa, agradecendo a presença dos amigos.

Depois do cálice de licor Cointreau, ofereceram charutos de Manila, que todos desconheciam.

À noite chegaram outras pessoas — amigos e atravessadores de negócios, todos com furiosa ganância de porcentagens para o final da compra. Chegaram Paula Santos, Dr. Taborda, Mestre Simões, o velhíssimo Pe. Soares, o Cel. Inácio Gama, alguns, como o último, peitados por Tregoning. Foram só estes? Não. Foram duas dezenas de bocas ávidas, sedentas, famintas de dinheiro. Esses espoletas enchiam de elogios o Capitão, enquanto desfalcavam sua adega.

João Batista que chegara de Palácio firme no seu preço, incensado na sua vaidade de homem rico, pela madrugada começou a fraquejar. O *Capitain Tregoning* chegou, mesmo àquela hora, à casa do capitalista! Percebendo que ia perder a aquisição da mina, resolveu procurar seu proprietário, para aceitar o que ele pedira em Palácio, 95.000 libras esterlinas. Ao chegar, porém, achara o vendedor abalado por seus amarra-cachorros. João Batista reduzira o pedido a 80.000 fibras. O inglês, por seu intérprete, fez então nova oferta:

— Damos setenta mil libras, para encerrarmos o assunto.

O relógio de mogno do gabinete soou, lentas, 2 horas da manhã. O Capitão, cansado, terminava a guerrilha de escaramuças:

— Estou com sono e vou viajar ainda hoje. Nada feito. Voltarei talvez, depois.

Tregoning fez a derradeira oferta de tentativa, pois ia aceitar o primeiro preço pedido:

— Como bons amigos, faço a última oferta: 73. 916 libras[32], pagas à vista. Aceita?

O Capitão calou-se.

— Aceita? Tudo em ouro, em libras novas? É um monte de libras reluzentes!

— Aceito[33]. Peço três meses para entregar a mina.

Apertaram-se as mãos, o inglês com força, o Capitão já arrependido. Mesmo assim fingiu alegria.

— Então vamos beber a realização do negocinho...

Tregoning protestou:

— A realização do assombroso negócio! Do maior negócio feito no Brasil.

Beberam o resto da madrugada, em comemoração. Todos aqueles atravessadores a mando de Tregoning ganharam na transação.

Ouro Preto amanhecia dentro da neblina gelada de setembro.

Tonto, atordoado, bêbedo, o Capitão deitou-se vestido, para só acordar às 11 horas do dia nublado. Ao pensar no que fizera, sentiu-se ferido, arrependera-se. Pensou que agira precipitado, ao ceder diante da matilha que o acossara sem descanso. Quando Tregoning o procurou pela madrugada, foi para aceitar a compra, por 95.000 libras esterlinas.

A capital inteira já conhecia o final das duras negociações.

Os capitalistas de Londres foram avisados da compra feliz.

A Companhia que comprara naquele ano da graça de 1825 o Gongo Soco era a primeira a empregar capitais nas terras auríferas de Minas. Fora organizada em Londres pelo negociante de Pedras Coradas Edward Oxenford,

32) 363:253$780 (Cr$363.253.780,00) com a libra, em cotação do dia, a 4$995.

33) ... Joao Batista, proprietário da lavra, foi feliz em vendê-la pelo extraordinário preço de 73.900 — Von Eschwege, *Pluto Brasiliensis*, trad. de Domicio Murta, Brasiliana. Companhia Editora Nacional. ... Finalement Il la vendit à la Compagnie pour 73.916 livres sterling. — Ferrand, *L'or à Minas Gerais*, 1894. A cifra exata é a de Ferrand.

que já residira em Vila Rica, repatriando-se por doença. A *Imperial Brazilian Mining Association* integralizara em 1824 o capital de 350.000 libras esterlinas, no começo das especulações mineralógicas iniciadas na Inglaterra, desde 1823. A notícia do negócio da mina reboou por toda a província como trovão assustador.

— Foi vendido o Gongo Soco!

— Vendeu-se a grandiosa mina!

— Quem comprou?

— Está nos olhos que foi godeme... Eles querem engolir o mundo todo. Aposto como jogaram terra nos olhos do Capitão Batista...

Por entendimentos posteriores, a companhia comprou também 200 escravos especializados da mineração, a um conto de réis cada um[34].

Quando o vendedor chegou com a notícia ao Gongo Soco, houve geral protesto, mesmo revolta dos amigos habituais da Casa-Grande. Foram unânimes a reprovar a venda; alguns choraram. João sorria impermeável às acusações de tibieza, que ouvia na cara.

— Vamos para o Brumado, isto aqui já aborrece. Preciso tirar muita coisa inútil ao serviço, modernizar a safra do ouro. Ainda fico aqui três meses e nesse tempo o ouro tirado ainda é meu.

Só dali a 30 dias o capitalista começou a tratar da mudança. Carregaram primeiro os caixotes, as borrachas, as malas do ouro em pó e em barras que estavam nos porões. Todo esse incrível ouro foi conduzido em carros de bois para igual esconderijo, no Palácio do Brumado. Gastaram muitos dias para a mudança da preciosa carga. Os carros eram acompanhados pelos negros da guarda do Gongo.

Havia no reduto muitos escravos, por idade e doenças, imprestáveis para o trabalho. O capitão vendeu-os; os mais velhos até por 60 mil-réis.

— Preciso desentupir as senzalas, deste cisco. Só levo pro Brumado gente forte pra mutirão.

Tijuba indagou, com inocência:

— I us mininu?

— É verdade, os meninos!

Num repente decidiu:

— Os meninos não vão. Que vou fazer eles?

Apareceram compradores de peças avulsas.

— Não vendo. Só vendo as reses às balaiadas, pois não tenho tempo pra discutir preço.

Mandou chamar outros pretendentes e vendeu, em lotes, todas as crianças menores de 5 anos. Os que eram de colo ou de 3 anos para baixo saíram do Gongo em vastos balaios, pendidos dos lados e cangalhas de cavalos cargueiros. Conservando as mães, era preciso ter coração duro para assistir à partida dos cachorrinhos vendidos às balaiadas. Mas os negrinhos botados nos balaios partiam logo, para evitar lamúrias das mães. Seus gritos, ao verem os filhos se afastando, eram serenados a chicote.

Assinou-se a escritura no fim de dezembro de 1825. Por cabeça dura não o fez antes. Aproveitando-se disto, alguns amigos lhe cochichavam:

— Desista, que é tempo. Dê uma desculpa, caia fora...

34) Com o remate das negociações, o total da vendagem foi de 566:253$780 (Cr$566.253,78).

— Não, se meu ouro vale, minha palavra vale mais.

Esgotado o prazo para entrega do Gongo Soco e já estando resumidos os negócios particulares da mina, o resto da mudança foi feito em pouco tempo.

Naquela manhã seguiam para o Brumado os escravos escolhidos pelo senhor. A récua dos negros saiu apressada, fugindo a cerco de guerra. Mulheres se esborrachavam sob trouxas e pretos carregados como burros caminhavam a trote, debaixo do peso dos volumes.

Pelos caminhos, ventos sem-vergonha levantavam as saias das mucamas.

Partiram para a nova moradia liteiras, cadeirinhas, carros de bois, a caleche de vidros recém-comprada e animais de estima e tiro.

A alteração mais notável da venda foi que Dona Maria, Dona Mariana, Ana e os filhos de Clara não quiseram se transferir para o Brumado. Mudaram-se para Caeté. A mãe de João Batista repetia muitas vezes:

— Aquilo é muito triste, meu filho. Vou pra lá o quê!

Mariana apresentou justas razões:

— Não, mano. Vou para onde houver escola para meus filhos e para os seus. Vou procurar outros mestres. Ficar nas minas é mau negócio para mocinhos. Seus filhos também precisam de escola, sem as liberdades daqui. Ninguém sabe o que nos reserva o destino.

Como falasse com muito acerto, João cedeu.

— Vou botar os meus filhos e os seus no Colégio do Caraça.

Falou isso muitas vezes; nunca o fez. João Batista comprou em Caeté casa muito confortável para os seus, e para lá se iam eles. Preferiu comprar casa para a família, a ceder a que lá possuía, que era para os amigos...

— Irei vê-los toda semana. Darei tudo quanto precisarem. Não quero que lhes falte nada!

Desde a véspera da partida havia confusão na Casa-Grande, onde amigos constantes do vendedor esperavam para acompanhá-lo na mudança. Lão estava nervoso e sem lugar, muito preocupado com o agreste amanho das barbas. Manoelão notou aquilo:

— Mestre Lão está mais desinqueto que jacu...

Chegou a hora da partida. A mãe, as irmãs, filhos e sobrinhos saíram chorando. Laura estava com os olhos alagados; até os velhos escravos Fausta e Barrocão, humildes, choravam ajudando a carregar os últimos objetos. Laura subiu para a caleche com a cabeleira de cometa apanhada atrás por fita verde, mas ao partir cobriu a cabeça com grande lenço amarelo da China.

Só o Capitão sorria, feliz e irresponsável. Vendo o choro de todos ficou bravo:

— Chorar, por quê? Ora, chorar. Alguém vai pra forca?

Já na liteira para seguir, Dona Maria se lembrou:

— E Mestre Lão, já foi?

João Batista bateu na testa:

— É mesmo. Nem me lembrava.

Dona Maria balançou a cabeça:

— Esqueceram o velhinho. Rio passado, santo esquecido. *Rosa mística, ora pro nobis!*

Foram encontrar o mestre no pomar, enxugando os olhos já vermelhos. João Batista vendo-o gritou:

— Vamos embora, Mestre Lão! O que está caçando aí?

Ele aproximou-se lento e calado.

— Vamos embora! Não lhe arranjaram cavalo? Arranja-se uma garupa...

Foi então que ele muito ofendido, conseguiu falar:

— Uma garupa... Ficará muito bonito que um historiador do futuro, descrevendo sua retirada do Gongo Soco, venha a dizer que o gramático helenista Mestre Antônio de Oliveira Lão foi levado, como fardo inútil, na garupa de um negro! Não sou homem para essas humilhações, Capitão João Batista... Recebi em espírito a seiva heroica do chão do Peloponeso, que dava oliveiras e vinhos que alimentaram os espartanos, para quem os perigos eram ninharia. Vou mesmo a pé! Sou esquecido pelos ingratos mas a história guardará meu nome! Vou mesmo a pé.

Com a revolta do velho, arranjou-se um pangaré, desmontando um escravo carregado de embrulhos.

Já montado, muito comovido, Mestre Lão pervagou os olhos por tudo e se despediu, quase a chorar:

— Adeus, para sempre, Terra dos Milagres! Adeus, País dos Montes de Ouro! Adeus, Cananeia!

E tocou a trote largo seu cavalo.

Alguns velhos escravos que ficavam, como Faustino, Catarina e Luísa Gonga, suplicavam, de mãos postas:

— Mi leva, Nhonhô!

— Mi leva, meo bem!

Luísa Gonga gemia, lavada de lágrimas:

— Ah, Nhonhô, vancê dispreza dêsse jeitu quem cuidô di Sinhá Laura inda minina...

Catarina estava sufocada no pranto:

— Nhonhô, num aparta nóis di seos fiu qui ieu criei nesses peitu!

Mostrava, sob a camisa suja, os seios fartos que aleitaram os filhos de Clara e o de Laura. Aquilo doía muito, pois ela fora a Mãe-Preta dos filhos de Clara, que muito a considerava. Vendo-os partir, gritava plangendo gemidos de dor sincera:

— Nhonhô, dexa iêu bejá us pé di meos fiu! Fais issu nãu, Nhonhô, queru i cum meos fiu!

Ele não ouvia, não respondia. Gritou para Barrocão e Negro Florismundo, que tangiam a liteira:

— Vamos! Toca pra diante! Vamos embora!

Gritos lamentosos sangravam até nos corações mais empedernidos:

— Até nunca, Sinhá Laura di meo curaçãol

— Mea fia, nun dêxa Luísa nas mãu dus herege!

Faustino, de cabeça embranquecida no serviço, estendeu a mão suplicante:

— Bênça, Nhonhô! Bênça, meo amu! Perdôi seo negu véiu.

A caleche seguira com Ana, Laura e Mariana. A liteira abalava ao passo das mulas, com Dona Maria e bagagens, além dos filhos de Clara.

João Batista partiu impassível, sem olhar para trás, mal contendo seu cavalo alazão espantadiço.

Quando a caravana se movimentou, deixando para sempre o Gongo Soco, brancos e negros soluçavam amargurados. Ouviam-se lamentos, gritos dos velhos escravos deixados para trás. Aquele rebotalho ou já estava vendido ou ficara como lixo. João Batista, de olhos secos, como a responder o pranto geral, bateu a mão no bolso da calça:

— O que é bom vai aqui, é a cheta... O resto são bobagens.

## IX — O SOLAR DO BRUMADO

O grupo dos retirantes do Gongo marchava silencioso a caminho do solar do Brumado. Mais atrás seguia a liteira, escudeirada por Benevides como volatim, com o Negro Florismundo regulando o burro dianteiro e Barrocão o da sota.

O milionário, no alazão crinalvo favorito, seguia a passo a liteira mas às vezes galopava, para dar ordens aos negros que adiante carregavam volumes.

Ele trouxe da Corte uma badine flexível de castão de coral, de que se servia para trazer em ordem as ladinas do serviço. Quem tivesse um vergão empolado nos braços, pescoço ou cara sabia para que viera aquela boniteza.

Quase todas aquelas criaturas caminhavam com o coração apertando. Sofriam ao deixar a mina, onde viveram tantos anos. Parece que João Batista seguia apenas mal-humorado, a julgar por seu rosto contraído.

Ninguém conversava. Passada a crise de choro, os que iam na caleche e na liteira tinham os olhos vermelhos e não se falavam.

A mãe e irmãs de João iam deixar a liteira em São Bento, para seguir a cavalo para Caeté.

O sol do veranico de dezembro brilhava nas folhas do mato fortalecido pelas chuvas. O chão enxuto deixava subir uma poeira branquicenta, ao passo dos burros da liteira. Fazia calor. Pela preguiça dos chapadões bocejavam as estradas sonolentas.

Ao chegarem a São Bento, portas e janelas se encheram de curiosos, para verem a caravana do Capitão. Laura estranhou não ver ali nenhum dos amigos do seu marido. Nem Quincota nem Lila. Dona Maria, Mariana e Ana passaram para os cavalos que as esperavam, guardados por Palacete. As despedidas foram frias, como se pessoas apenas conhecidas. As senhoras choraram ao abraçar Laura e Joãozinho. Este apressou a separação:

— Vamos, Laura, é tarde.

E às senhoras já montadas bateu a mão frouxa:

— Até amanhã.

A dois quilômetros do solar começaram a ouvir bombões estrondando. Laura assustou-se:

— Que é isto?

Bombas, bombões e fogos de festa explodiam, espocavam no ar. Apareceu claro, na imponência de seu ar nobre, o novo palácio da várzea.

Redobraram os estouros de fogos do ar e mal se viu a caleche aparecer, verdadeira chuva de espadas de fogo subia e descia em luzes de sete cores.

Já se ouviam hurras, vivas, palmas e gritos de júbilo. É que o pátio lateral da entrada do palácio estava repleto de amigos, que foram esperar o Capitão e Dona Laura no seu novo domicílio.

Mal se deteve a caleche, a banda de música de Vila Nova da Rainha clangorou os metais em dobrado de triunfo. Os cavalos assustaram-se com a barulheira, precisando ser dominados pelas rédeas.

O Capitão chegou de pescoço esgorjado à matifa, com ares de grão-senhor, que de fato era.

Estava bem escanhonhado, pois seu escravo barbeiro Juliano, depois de lhe fazer a barba, como todas as manhãs, fizera-lhe no rosto severa massagem com miolo de pão.

Dona Laura apeou-se cansada e triste. O Capitão abraçava a todos com os olhos luzindo prazer.

— Obrigado pela *traição*, obrigado!

A corporação musical de Vila Nova terminara o dobrado e a Banda de Música das Taquaras atacou marcha militar em homenagem ao recém-vindo. O mormaço do veranico ardia no pátio ensolarado.

— Vamos subir, amigos. Todos pra cima!

Invadiram a Sala de Pedra, galgando a escadaria. Seguiram por último o Dr. Lu, João Guedes, da mina Pari, e Mestre Lão. Guedes bateu no ombro do mestre:

— Aqui o Mestre Lão é que sabe viver. É quem mais adula o Capitão apatacado.

— Você se engana; eu sou amigo e não corta-jaca! Está muito enganado. Fui o guia mental do Capitão, sou seu secretário, mas não adulo porque não sei adular!

Guedes sorria, perverso. Lão enchouriçava-se:

— Adulador é Vossa Senhoria que deixa sua mineração falida entregue a negros à toa e vem ficar de joelhos diante de João Batista, de turíbulo na mão, incensando!

— Você é xeleléu do Capitão-Mestre...

— Xeleléu é a excelentíssima senhora sua mãe!

— Não dou importância a um velho bebe-água..

— Eu fui culpado de discutir com você. Você não presta. Sabarense e cavalo cabano, quando dá um bom, é por engano...

O Dr. Lu acomodou os brigões. Guedes subiu na frente e Lão subindo atrás, falou com os outros:

— Esse Guedes é como idiota curado, nunca deixa de ser bobo...

Ligonza também quis reconciliar os desavindos:
— Mestre Lão, você deve pedir desculpas ao Guedes. Ofendeu-o muito.
— Eu sou homem que só apresento desculpas pela boca do bacamarte!
Chegando depois dos outros, o Pe. Pereira espantou-se ao ver Cassiano a cochilar no banco de pedra do salão de entrada.
— Cassiano aqui! Pensei que tivesse ficado para os merengues. Cassiano sempre sentado nesse banco parece Teseu, que foi condenado a viver por toda a vida sentado no inferno...
Subiram a escadaria, pelos passadores vermelhos. Todos, até Lão, desconheciam a missão de Cassiano: fingir-se sempre em cochilos para espionar os amigos do poderoso. O Salão Amarelo regorgitava de visitantes. Muitas senhoras estavam presentes, para alegria de todos.
Mestre Lão, que ainda estava agastado com Guedes, abria o peito num grupo de amigos:
— Esse João Guedes é sujeito tão fingido, tão insensível e tão venal que não devia ser minerador e sim juiz.
Já passava de meio-dia de 31 de dezembro de 1825.
Dona Laura e João pediram licença para mudar de roupa.
Os visitantes bebiam cerveja belga Petermann e as senhoras Pale Ale fraca, inglesa, que o mordomo nevara desde a véspera.
Na mesa para quatro, em que ficaram Dr. Lu, Dr. Moreira, Ligonza e Mestre Lão, Moreira encarava as cortinas e passadores novos da sala:
— Sim, senhores. Tudo novo! Muito valem as libras dos ingleses...
Lão retrucou, muito orgulhoso:
— Não são libras inglesas, é ouro nativo, tirado por João Batista. Ouro acumulado, que veio para aqui em dois carros de bois, em viagens que duraram semanas. Os milhares de libras esterlinas foram apenas pequeno reforço. Estamos saindo da *Aurea Aetas* do século XVIII, a idade de ouro de Minas, para sermos sufocados pelo dilúvio de ouro de João Batista.
— Mestre Lão, vocês deixaram aquele paraíso do Gongo e só em Laura noto certa tristeza.
— Pois eu estou abafado. Senti grande dor em abandonar aquilo tudo em mãos da gentilidade! Eu sou como os escravos Iatua, da Costa de Moçambique. Sou igualmente a eles, indomável. Eles, quando presos, morrem logo de banzo. Não escapa um. Meu coração ficará pelo varjão do Gongo Soco por muitos anos, se não rachar de nostalgia.
Olhando as serras pelas janelas escancaradas, o Major Matos e Ligonza comentavam:
— Tem muito terreno isto aqui, Major?
— Muito. Mas... falam, não sei: dizem que esta fazenda do Brumado cercou muitas propriedades de gente pobre que não pode protestar...
— Se assim é, que o Capitão se precavenha, porque ódio dos humildes de quem se toma propriedade é como breu debaixo da terra, não acaba nunca.
O Dr. Guima, noutro grupo, relanceando os olhos pelo salão, comentava a grandeza do proprietário:
— Duvido que o filho recém-nascido do Imperador tenha um palácio assim para viver.
Ligonza enternecia-se, o que era raro:
— Deus lhe proteja os passos, de saúde e sabedoria.

Lão falava como mestre:
— Deus lhe dê juízo, que seu pai tem pouco. Com que nome ficou?
Matos sabia:
— Pedro de Alcântara, João Carlos Leopoldo, Salvador Bibiano, Francisco Xavier de Paula, Leocádio Miguel, Gabriel Rafael Gonzaga. Será um dia Pedro II. Tomara que nos faça felizes.
Lão gosmou:
— Mais que o malucão do papai.
O Dr. Moreira conciliava:
— Não falem mal do Imperador. Não gosto disso. Se tem errado, todos erram. É preciso lembrar que ele nos deu a Independência. Tem lutado pela unidade do País, pois já houve assanhamentos para se divir o Brasil. Minas já tentou, a Bahia...
Lão empanturrado de patriotice:
— Minas pode ser independente, é seis vezes maior que Portugal, é maior que a França. Falta só uma coisa — homens.
Moreira resmungou:
— Homens, nascem.
Manoelão em mesa próxima tocou no braço de Ligonza:
— Olhe que beleza a filha do Peixoto.
— Muito nova.
Mestre Lão intrometeu-se:
— Mulher é igual a banana, só amadurece bem, abafada debaixo das cobertas...
Retiniu vibrante a árvore de campainhas dos grandes momentos. O serviçal, de casaca verde com cabelos empoados de amido branco, afastou a cortina dourada, anunciando com vozes bem claras:
— O senhor Capitão João Batista e Dona Laura!
Entravam de mãos dadas. Laura apareceu com vestido de seda preta de meio decote, com gorjal de diamantes justo no pescoço moreno jambo. Trazia uma *fontange* de ametistas em placa, de um lado dos cabelos, entre a orelha e o olho esquerdo. Nas mãos, apenas a aliança. Calçava sapatinhos de pele de texugo com fivelas de prata e, no meio das fivelas, estava um guizo de ouro que vibrava a seus passos.

O Capitão trajava roupa inglesa de esporte, com colarinho rendado e gravata verde. Trazia os cabelos frisados com brilho de bandolina. Pisava em sapatos de couro amarelo inglês, e vinha aprumando em grave pose seu corpo grande de pernas curtas.

Antes de sentarem na cabeceira da mesa grande, o anfitrião falou simples:
— Amigos, Dona Laura e eu agradecemos as manifestações que nos fazem. Mudamos de casa mas o coração é o mesmo. Viemos minerar aqui, mudando de ares. Não vendi a outra mina por precisão, mas por estar enfastiado de arrancar ouro sem trabalho. Nada devo a ninguém. A única dívida que tenho é com Deus, a quem devo a alma. Nada me agradou mais do que a lembrança dos amigos ao mandarem celebrar amanhã em Vila Nova da Rainha solene *Te Deum Laudamus*, pela minha felicidade e a de Dona Laura, por nossos negócios e mudança. Muito obrigado.

O Dr. Lu, que era reumático, não perdia vaza para falar com Moreira ou Jurubeba sobre seu mal de aposentado. Depois de conversar com o Dr. Moreira afastou-se o coímbra, expandindo-se com os outros:
— Acho preferível sofrer doença crônica a ouvir toda vida uma pessoa queixar de suas doenças eternamente crônicas.

Saíram do Brumado ainda escuro. Piavam curiangos pelos trilhos e sapos mira-lua roncavam grosso na baixada do ribeirão dos Coqueiros. Ventos frios arrepiavam as carnes. Sentia-se o perfume das flores-da-noite.

A cavalhada do Capitão estava pronta para viajar e os hóspedes aguardavam no pátio a chegada de João Batista.

Manoelão ficou olhando a várzea deserta:

— Ligonza, não era aqui o rancho da Eufrásia?

— Aqui em frente, mesmo em frente do palácio.

— No tempo em que faiscamos ouro neste varjão, a alma de Eufrásia aparecia muito para os negros do barro. Em certo tempo, aparecia todas as noites, assombrando os escravos.

— Aparecia mesmo. Eu não vi a alma, entretanto ouvi muitas vezes seus tristes gemidos. Aparecia todas as noites, depois foi falhando. Esqueceram dela. Hoje é alma fora da moda.

Mestre Lão achou esquisito sair em jejum:

— Vamos bater poeira sem o estômago soletrar ao menos um gole de café? Vocês são cus-de-sete-lares mas, por isso mesmo, não viajam no ora-veja.

Pois acertara. Chamaram os viajantes para ligeiro *breakfast*: presunto de York com ovos mexidos, *bacon* frito, pão de trigo daquela noite, com manteiga francesa Demagny e um cálice de vinho Casa da Calçada, branco.

Os visitantes que chegaram a cavalo iam neles. Os que estavam desmontados, como o Pe. Pereira, Ligonza e Lão, viajavam em cavalos árabes-bérberes da montaria escolhida do Capitão. Quando este subiu para seu cavalo baio crinalvo, Churruca chamou a atenção dos outros:

— Vejam a elegância marialva com que o Capitão cavalga!

Pe. Pereira concordou, com calor:

— Parece que leu a *Arte de bem cavalgar*, do Rei Dom Duarte, mas ultrapassou o mestre.

Às 6 horas da manhã estavam em Vila Nova da Rainha. Nos quintais de casas melhores, ameixeiras mostravam pencas de ameixas sazonadas. Em alguns deles, pitangueiras velhas estavam com galhas cheias de gotas de sangue de pitangas maduras.

A vila acordava para o dia de Ano Novo de 1826.

No começo da Rua da Ladeira, havia umas árvores velhas de óleo, com largas sombras. Ali estavam as cadeirinhas do Brumado, esperando os senhores. Todos apearam na sombra, subindo a rua ao lado das cadeirinhas que se dirigiram para a casa do Capitão. Os cavalos ficaram amarrados em torno do óleo. Quando os negros das cadeirinhas partiam, Barrocão, que fora na comitiva, pediu ao senhor para os escravos assistirem à missa. Foi consentido, embora a alma dos negros não existisse, conforme pensavam os senhores e até grandes filósofos do tempo. Tanto assim era que não se importavam com confissões e absolvições, na hora da morte desses cachorros.

João Batista consentiu que assistissem à missa, não determinando que nenhum deles ficasse vigiando os cavalos.

Quando as duas cadeirinhas entraram na Largo da Matriz, estrondaram girandolas de fogos e bombas de estrondo estremeceram o chão. Aquilo fora preparado pelos amigos do milionário. Ao descerem das cadeirinhas, a banda de música local atacou um dobrado altaneiro, homenageando os viajantes.

O largo estava cheio de gente que fora assistir à missa de 1.° de janeiro, por ser feriado de Ano Novo, e também para ouvir a banda.

A casa era espaçosa mas não cabia todos os amigos do Capitão. Os que entraram souberam que a talha de água da sala de jantar estava cheia de Champagne Pommery. Beberam à farta em copos comuns, para compensar as horas de viagem. Os que ficaram na porta, com a notícia, entraram satisfeitos.

Dona Laura e João Batista retiraram-se para seus quartos, a trocarem de roupa. Pelo ar do rosto, o Capitão estava feliz.

Enquanto isso, os escravos do Brumado entraram na Matriz de Nossa Senhora do Bom Sucesso, para breve oração. Os escravos não podiam molhar os dedos na pia de água benta destinada aos brancos. Havia uma pia, só para eles. Foi ali que umedeceram a ponta dos dedos para fazerem o Pelo-Sinal, benzendo-se. Percorria a nave, com grande desembaraço, falando com alguns, a mulher do sacristão, a sacudir com escândalo os trazeiros estufados de abelha-mestra.

Na calçada do prédio comentavam o bate-boca de João Guedes com Mestre Lão.

O Dr. Lu sorria, com malícia:

— Lão é brabo, mas com defuntos e ausentes. Destes ele fala sem perigo de murros nas fuças...

Patrocínio também sorria, gozando o desentendimento:

— Mestre Lão está brabo que nem dragão de procissão...

Churruca achava engraçada a valentia do camarada:

— Depois que foi para o Gongo, Lão deu pra brigador. Já anda influído por mulher. Anda mais influído por fêmea do que cavalo roncolho.

Às 8 horas ouviu-se o sino dar outra entrada para a missa.

Nesse momento, Laura e João saíam de casa. Laura vestia saia balão de doze arcos, de seda negra, estilo *Princess Ane*, e luvas de pelica branca. A cabeleira estava apanhada em cima por grande pente de madrepérola escamada, de feitio oriental, terminando em cauda de peixe, com salpicos de topázios amarelos. Trazia nas faces leve toque de carmim, em arrebique discreto.

Mas não iam atravessar a praça pisando no chão bruto. Os escravos superintendidos por Tijuba peneiraram um caminho de ouro em pó, com um metro de largura, para os senhores pisarem indo para a Matriz. Foi por aquele tapete de ouro em pó que os milionários caminharam, debaixo do pálio sustido por pessoas notáveis da Vila.

O Capitão vestia terno de casemira inglesa, com gravata de fustão branco e camisa de holanda. Os cabelos frisados pelo escravo cabeleireiro luziam bandolina perfumada a essência de âmbar. Levava na botoeira uma flor roxa, dando ar de mais mocidade a seu tipo vestido a rigor.

Quando seguiam, a passos muito lentos, Churruca indagou de Lão:

— Não acha impróprio o Capitão ir para a missa solene, de flor na lapela?

— Não há nada de impróprio. São os estilos!

— E que flor é aquela? Será lírio roxo?

— Aquilo é flor de batata inglesa. Também Luís XVI apareceu com ela na botoeira em festa esplendorosa do Trianon, ao lado da Imperatriz Maria Antonieta. O sábio Parmentier plantara nos jardins das Tulhérias a nossa plebeíssima batata e sua flor encantou a Corte, que ainda guardava os esplendores do Rei-Sol. Veja como é delicada aquela flor.

— Isso deve ser influência de conversa do Pe. Pereira...

Entraram na Matriz, onde possuíam genuflexórios próprios.

Todos que lotavam a igreja se voltaram para os visitantes. Ao ajoelhar, Laura cobriu a cabeça com um véu negro de musselina bordado a mão.

Mal ajoelharam, os pulmões asmáticos do órgão deixaram sair, em arquejos, peças escolhidas com antecedência. Muitas pessoas ficaram na porta do templo, que não cabia tantos devotos. Zé Cristiano, o feliz condômino da mina Cata Preta, vendo Mestre Lão ajoelhado, contrito, falou a Quincota:

— Mestre Lão hoje está açaimado como cachorro bravo...

— É; com a mordaça do respeito ele não pode discutir enquanto estiver de joelhos.

— Viu como Laura está linda? Viu seus olhos? Eu, só de ver a boca de Laura, sinto nos lábios o gosto do mel-de-pau...

— Coisa louca! Mas não fique com dengos por ela, senão você é capaz de ir em degredo por dez anos pra Angola, ou subir na forca...

— O João Batista tem razão de ser ciumento. Ela é coisa muito upa!

O velho escrivão Josefino parece que estava despeitado com a riqueza de João:

— O pata-choca do Pe. Leitão começa a bicar o ovo pra sair...

A missa, que fora cantada, demorou muito. Ao terminar, o povo derramava-se para fora do templo, mas quase todos esperavam na porta, para ver sair os homenageados.

Laura saiu primeiro, esperando o esposo na calçada. O tempo estava frio e ela fez sinal a sua açafata Jordelina, que lhe apresentou um agasalho, ajudando a ama a vesti-lo. Era caríssima pele de armelina da Lapônia, coisa que ninguém na Corte de Lisboa possuía.

Afinal João Batista apareceu, cercado de amigos leais. No chão da porta da igreja havia dois balaios de tampa, guardados por escravos do Brumado. Esses balaios estavam cheios de libras esterlinas.

O capitão se aproximou deles, abrindo-os, e começou jogar punhado de libras esterlinas para a multidão que o aclamava. Enfiando as duas mãos nas libras, atirava-as para cima, para os lados, como quem de manhã joga milho para galinhas. Pobres e ricos, brancos e pretos se abaixavam catando as moedas, que choviam do alto. Os padres agarravam o ouro com as unhas ávidas.

E o Capitão jogava ouro para o ar, até que as moedas acabaram. A agitação dos devotos era imensa, e floriam sorrisos nos rostos frios dos serranos.

Os companheiros de João Batista, que também cataram libras, estavam pasmos de tamanho desperdício.

Trocadas as roupas, entraram de novo nas cadeirinhas para o regresso. Laura ungira as mãos com creme do Líbano para, na viagem, protegê-las do sol.

Chegando ao lugar onde estavam os animais, uma incrível surpresa aguardava os viajantes. Terminada a missa, os escravos, capitaneados por Barrocão, foram logo para onde estava a tropa. Ao se aproximarem notaram qualquer novidade. Os animais batiam a cabeça sacudindo-a, inquietos e, puxados, não queriam sair do lugar. Patinavam, apalpando o chão com os cascos, como se estivessem diante de um abismo. Examinando melhor, Barrocão exclamou assombrado:

— Vi'ge!

Chegavam as cadeirinhas com os senhores e a numerosa guarda de honra do costume. O escravo falou quase gritado:

— Vi'ge! Nhô Capitão, vi'ge! Nossa Sinhora!

— Que é, Barrocão?

De olhos fitos na cara dos cavalos o velho negro se benzia:

— C'ren Deus Pad'e!

O preto examinava os outros animais, chorando, tremendo.

— Que houve, homem!

O capitão apeou-se para ver o que era.

Haviam furado a faca os olhos de cinco cavalos!

Dos buracos dos olhos escorria gosma sanguinolenta e os bichos, de cabeça muito pendida para baixo, pareciam farejar o chão. Chegou Tijuba, que examinava o estrago. Todos que viram as caras dos cavalos estavam indignados. Patrocínio exaltava-se, dando de braços:

— Nunca se viu coisa igual no mundo!

Pe. Pereira deplorava o fato:

— Só muita perversidade. É incrível!

Churruca estava ofendido:

— *Fue el mas brutal baño de sangre que ge pueda imaginar*!

Mestre Lão enlouquecia de raiva:

— É preciso prender, punir o autor ou autores deste crime! Perversos! Merecem pena capital. É crime de cabeça!

Laura chorava, de compaixão. Afastou-se, para não ver as alimárias cegas.

Foram chamar o Subdelegado. Lizonza informava-o do crime:

— Um horror! Furaram os olhos do baio crinalvo da montaria do Capitão; do zaino estrelo de Dona Laura; do castanho cascalco em que veio o Pe. Pereira; do preto frente-aberta que trouxe Mestre Lão e do ruço bargado em que vim. Cinco de primeira ordem, peças caras, alguns presentes de amigos do nosso chefe.

O Subdelegado cheio da honra de ser requerido pelo ricaço viu com atenção o desmantelo.

— Sabe quem fez isto, Capitão?

A pergunta nem merecia resposta.

— Quando o senhor chegou, viu alguém aqui por perto, com faca ou chuço na mão?

Mestre Lão esfregava as barbas.

— É preciso prender os criminosos, sô Urbano!

— Prender como, se não sei quem é!

— Procure, indague, investigue, prenda gente, esfole na taca os vadios... O responsável há de aparecer!

A autoridade, com a mão no queixo, parecia meditar:

— Se os senhores descobrirem quem foi, prendo logo! Ah, prendo!

O Capitão, que estava aborrecido, então respondeu:

— Nesse caso vamos fazer o seguinte: você descubra o criminoso, e quem o prende sou eu...

Mestre Lão estava nervoso e aproveitou uma brecha para agradar o amigo:

— Na batalha contra o Rei Porus, nas margens do Hidaspe, Alexandre Magno perdeu seu cavalo Bucéfalo, que sepultou com honras divinas. O Capitão João Batista perde cinco cavalos de raça numa guerra guerreada contra os demônios, depois de um *Te Deum*. Há grande semelhança entre os dois guerreiros...

Já se ajuntava muito povo em torno dos animais. A certa altura João Batista rosnou:

— Vou dar jeito nisso! Engulo um boi sem sentir mas engasgo com um mosquito!

E irritado montou num cavalo dos escravos, assim fazendo Dona Laura e os que ficaram sem condução. Já montado falou à débil autoridade:

— Os cavalos perdidos ficam aí, pra você dar jeito. Não os quero mais.

Partiu a trote para seu solar. Todos viajavam calados, porque João Batista fora desfeiteado em Vila Nova da Rainha. Lá em cima no largo o vendeiro Zeca, que vira os cavalos e ouvira as conversas, espalhou:

— Mestre Lão está mais brabo que onça com a pata prega na armadilha. Quando ele fica brabo é bom quem está perto levantar as mãos pro céu e chamar Nossinhô de compadre.

Depois que o Capitão partiu, falavam sobre o caso. O Maestro Marcolino deu indício aproveitável:

— Isso pra mim é vingança da barruada na Lagoa das Antas. Ouvi dizer que o pai de Emiliana prometeu vingar. Tendo medo de vingar nos ricos, vingou nos bichos.

— Pode ser mesmo. Não é outra coisa.

Foi mesmo vingança. O pai de Emiliana tentou matar Dona Laura, na manhã da missa. Não lhe convindo esfaqueá-la em público, arranjou um garruchão, ficando de tocaia no caminho. Viu-a passar e não teve oportunidade para o tiro. Viajavam muito embolados. Quando os milionários foram para a igreja, Salustiano, o Salu dos conhecidos, reconheceu os cavalos no fim da rua. Não foi fácil aquela barbaridade. Amarrou os cavalos de queixo encostado no pau, furando os olhos de cinco dos mais caros. E desapareceu, até hoje. Muitos amigos, os mais brutos, elogiavam a vingança, esquecendo a covardia do ato.

— Trem doido, o Salu!
— Nego dereito!
— Nego de culhões!
— Cabra de culhão roxo...

Mal chegaram ao Brumado, João Batista, fechando o imenso sombreiro de pé alto, de tafetá verde de 18 varetas, chamou o feitor:

— Tijuba, mande pingar Barrocão debaixo dos olhos, nas maminhas e na ponta dos dedos da mão direita!

O feitor, que recebia de olhos baixo a ordem, ousou encarar o senhor:

— Pingá Barrocão, Sinhô?

— Cumpra o que mando. Ele descuidou dos cavalos na Vila e o resto é sabido. Faça o que ordeno. *Fiat justitia!*

Mestre Lão, que ouvia a sentença, teve coragem de protestar:

— João Batista, você consentiu que os cativos ouvissem a Santa Missa. Eu ouvi você permitir. Durante a missa fizeram a zaragata. Olhe que pingar Barrocão é caso sério. Barrocão sempre mereceu sua estima e Laura sabe que, a custo da vida, salvou o Capitão-Mor do assalto noturno. Depois, pense que Barrocão é um velho servidor sem falta nenhuma!

O Capitão, que o ouvia de semblante carregado, confirmou a ordem:

— Pingue o negro!

Chamavam pingar, queimar às partes escolhidas com sebo quente ou azeite fervendo. Era castigo ultrajante. Negro pingado era de venda e compra difícil, pois assinalava peça revoltosa, ladra ou imoral.

Como já fosse tarde, o Capitão chamou os visitantes para o aperitivo no Salão Amarelo. Manoelão levantou-se do banco do pedra, sorrindo:

— Gosto de aperitivo forte mas o melhor que conheço é a mostarda de São Bernardo...

Saboreavam, com a abundância de sempre, os aperitivos Sherry Sandemans, Martini Sec e *Cocktail* Mordomo *Maitre* Gil. Havia faces alegres, línguas soltas, risos felizes. Estavam ali beberetes, bebedores, beberazes, beberrões.

O escravo Arlindo, bem posto na sua casaca de baeta vermelha e carapinha empoada de branco, pediu licença para falar: Sussurou um nome ou recado no ouvido do senhor.

— Mande subir. Suba logo!

Não tardou a aparecer no salão, muito esquerdo, muito murchinho, Mestre Jurubeba. O capitão levantou-se para abraçá-lo.

— Ó Jurubeba! O Jurubebíssimo! Seja bem-vindo. Ave, Mestre dos Mestres. Só faltava você...

O físico chegara com a esposa. O Dr. Moreira torceu a boca, em gesto de enfaro:

— Boas. Mais esta.

Jurubeba então falou:

— Vim fazer uma visita. Na nova morada.

Padre Pereira, muito expansivo, falava ao recém-chegado:

— Ó mestre, você me perdoe mas está muito magro. Cuidado com a moléstia ruim. O que vale é que você sabe o melhor remédio para isso, que é cainana babadeira na cachaça.

Mestre Jurubeba olhou-o de esguelha, sem responder. Todos sorriram, menos o Capitão.

Já estava tarde para o almoço, que era ajantarado. Passaram em charola para o Salão Vermelho.

Atrás do grupo seguiam Dr. Conversinha e Churruca. O espanhol falou de senhoras presentes:

— Viu Laura, que espetáculo?

— É do bico dourado. Está linda! Não é beleza ajudada, não. É mulher pra levantar até defunto. Põe até feitiço manso nas criaturas, o feitiço que desinquieta os homens, levando mesmo ao suicídio.

— E a mulher do Dr. Moreira?

— A mulher do Dr. Moreira é como os curiangos: só tem de bonito os olhos.

— E o tribufu de Jurubeba?

— Essa é como o basilisco, mata com os olhos todos a que encara...

Naquela tarde João Batista vestia casaco de sarjão preto com gravata de retrós e esquecera de mandar frizar os cabelos que, muito untados de oriza, pareciam comprimidos por escova. Dava semelhança com bezerro que acabou de nascer e foi, ainda molhado lambido pela mãe.

O Capitão e Laura ocupavam seus lugares habituais na mesa grande. Em pé, por trás de Laura, mucama vestida de branco e de cabelos empoados de verde, refrescava-lhe o rosto com uma ventarola.

Logo que todos se acomodaram nas diversas mesas, João Batista se ergueu:

— Bem, amigos, aqui estamos no novo ninho, que é meu pedaço de céu. Ele é menos meu do que vosso, pois vossa presença muito me engrandece. Quero mesmo que esse meu pedacinho de Deus, choça pobre do morro, seja o *Sanctus Sanctorum* dos meus queridos amigos.

Ergueu a taça de prata sobredoirada nos cachos de uvas das bordas:

— À felicidade de todos.

Todos ficaram à vontade mas Churruca estranhou:

— E ninguém agradece a hospitalidade?

Pe. Pereira declarou que ia agradecer, no fim do almoço. Distribuíram a baixela de prata pelas mesas, quando João Batista ainda falou:

— Minha recâmara de ouro é muito pesada para uso diário, de modo que eu gosto mais de ver na mesa a de prata lavrada *Bico de Pato*, feita no Porto.

O mordomo mandara servir em primeiro lugar uma salada, que talvez ninguém mais no mundo lembrasse de fazer. Era uma salada de pétalas de rosas rubras. As pétalas ainda frescas eram servidas e os *garçons* as temperavam nos pratos de comer, com sal, vinagre e óleo de oliva, para não murcharem e serem usadas logo.

Enchiam os cálices de vinho Rosé, nevado. O anfitrião perguntava:

— Que tal?

Quase todos respondiam:

— Ótimo!

Churruca mastigava com cara engraçada:

— Divina!

Pe. Pereira foi além:

— Digna de Sardanápalo.

O Capitão dirigia-se às senhoras:

— Que tal, Dona Lila?

— Está gostosa...

— E que acha Dona Nina? É salada de rosas Príncipe Negro.

Era a esposa de Patrocínio.
— Não sei, Capitão, parece de bom paladar.
— E você, Mestre Jurubeba?
— Só conhecia isto pra xarope de tosse.
O outro prato foi de moelas de pombas verdadeiras, torquazes, juritis. Esse prato lembrava a mesa de Nero, que apreciava moelas de pardal. Com certeza aquilo fora lembrado pelos Reverendos, nas suas conversas históricas.
Ninguém na verdade gostou de nenhum dos dois pratos. O seguinte foi de caviar russo, coisa jamais vista em Minas, quanto mais comida.
Foi servido com vinho Hocks do Reno, branco. Ninguém sabia que era produto do esturjão dos rios da Rússia, misturado a ovos batidos com sal, em cima do que vazaram molho de mexilhões apimentados. O mordomo, com ordem do senhor, deu explicações:
— Com licença de meu amo, lembro que o caviar é a mais fina iguaria dos povos eslavos. São ovas do esturjão, que sobe do mar para o Volga e o Ródano russos. Felizes os Reis, como Luís XIV e Luís XV, que puderam saborear esse raro acepipe. Tenho dito.
Mestre Lão perguntou a seu vizinho Dr. Moreira:
— Quer dizer que são ovas de peixe?
— Exato, pelo que ouvimos.
O Capitão respondia a uma pergunta:
— Vem da Inglaterra. É a mais cara das minhas encomendas para mesa, feitas na W. Rand Co., de Londres. Guardei o precioso caviar para este dia.
Todos pepinavam a coisa com as pontas do garfo. Quando mudaram os pratos, o mordomo, inconsolável, segredou ao amo:
— Quase não comeram do caviar. Parece que não gostaram.
— Nem eu. Mas toca pra diante...
O mordomo balançou a cabeça, completamente infeliz.
Apesar das bebidas que ingeriam havia três horas, ninguém estava satisfeito com o jantar. De novo trocaram o vinho que era agora Bordeaux tinto rubi, vinho de corpo. Mestre Lão exclamava:
— Até agora o que veio, diabo leve. Chumbo fino de ovas, pétalas aéreas, frissuras de passarinhos...
Tudo mudou ao aparecer paca assada, já dividida em pedaços. Churruca se reanimou:
— Agora, sim, vamos mastigar. Até agora só recebemos perfumes pra nariz.
O Dr. Lu, no fim da mesa grande, espiava as ganas de Lão na mesa satélite:
— Lão já está sobressaturado de vinho. Agora empanturra-se de carnes. Já está ficando triste, como acontece com ele depois de comer. Quando chega à mesa, bebe e come tal um porco; com os vinhos fica brabo como leão. Depois acaba manso como cordeiro que pode ser levado por um menino...
Patrocínio indagava de Lão:
— Como é que o Capitão apresenta sempre caça em sua mesa?
— Como é? O Capitão tem escravos só para caçar. Aqui temos os negros Jacinto e Clemente. São os buscantes. Eles têm quatro cachorros, que nem sempre vão à caça. Sabe como gostam de caçar? Alguns animais como pacas e cutias são cevados por eles. Um belo dia chegam no ceveiro e tiram as roupas. De quatro, com as mãos no chão como os bichos, vão caminhando até onde

andam os cevados. Ao verem os negros a quatro pés, acreditam ser macacos, e não correm. Ao estarem no ponto de atirar, por trás de pau ou moita levam a arma à cara. Às vezes, os dois atiram combinados de uma só vez. Com veados agem do mesmo modo. Conto isto porque vi. Nesse momento os cachorros ficam amarrados longe.

A sobremesa foi de geleias de frutas e pudins de receita particular do mordomo. Mestre Lão empinou a barriguinha para a frente, alisando-a.

— Agora sim. Parece que lutei com um efebo, contra horda de bárbaros! Estou satisfeito e cansado. Já estou pingando de sono.

O Capitão convidou as visitas para um cigarro, na Sala de Fumar. Passando pelo Salão Amarelo Churruca provocou um grupo de pinguços, velhos colegas:

— Vamos a um arrebenta-diabo?

Concordaram. Quase todos concordaram. O Dr. Guimarães aderiu logo à ideia:

— Na bigorna se prova o ferro e na bebida o homem. Vamos às provas! Vamos. Dr. Lu?

— Na terra de sapos, de cócoras com eles. Vamos a isto.

João Batista, sabedor da providência suicida dos amigos, sorriu maldoso:

— Mordomo, atenda a esses malucos.

O Dr. Conversinha reprovou logo a deliberação dos companheiros:

— O vinho sendo bom, é um excelente companheiro, se a gente o sabe tratar bem. Isto é conselho de Shakespeare.

Mas aderiu à ideia que tanto combateu. Sentou-se, mergulhando folgado nas águas.

E bebendo e jogando dados, os amigos boêmios do Capitão começaram seu arrebenta-diabo.

O Pe. Pinto ia se retirar.

— Como há tempo certo da germinação da semente; da flor abrir, da espiga amadurecer, a saudade tem hora certa de chegar... ei-la chegando... Vem conversar comigo coisas reservadas, que só nós dois sabemos.

Levantou-se:

— Dão-me licença, amigos. Vou conversar com a saudade, fechado no meu quarto. Chegou a hora de sofrer em que recordação, suspirando.

O Capitão precisou de uma informação que só seu ex-mestre podia fornecer.

Foi procurá-lo no quarto, que estava cerrado. Voltou sem acordar o velho:

— Mestre Lão está roncando mais que bandeira amadornado. Ronca mais do que barbado no cio. Mestre Lão depois de velho, em vez de dormir menos, está dormindo mais do que São Pedro...

No aperitivo da tarde, enquanto Dona Laura e as mais senhoras ainda dormiam a prolongada sesta, o Capitão palestrava com seus cupinchas. Estava como hóspede passageiro no Brumado o velho Major Amaro, das Milícias Montadas e que se recolhia doente, para exame de baixa, na Imperial Cidade de Ouro Preto. Militar muito simpático, já com vários anos de serviço no sertão de dentro das Gerais, todos o ouviam com respeitosa curiosidade. Já contara muitos fatos de que fora parte. Naquela tarde falava sobre diligências contra mucambos:

— Há muitos anos, como já estava colhido o milho, o Ten. Simão Pereira da Cunha, da Esquadra do Serro do Frio, saiu com 15 soldados com fito de pegar negros fugidos nos mucambos. Os negros trocavam milho por cachaça e nessa época, tendo comida e pinga, faziam festas nos seus esconderijos.

Um dia o tenente chegou de supetão num terreiro de palhoças onde estavam dançando, a cantar, 30 quilombolas. O tenente chegou gritando: — Força Del Rei! Força Del Rei! e sem mais, despejou todos os clavinotes da Esquadra na negraria. Morreram logo cinco mucambeiros, mas um negro, em bote de azagaia, matou o cabo da tropa e feriu três dragões, que morreram pouco depois. Alguns pretos fugiram, mas os dragões restantes amarraram cinco mulheres. Quando a força regressou, os dragões levaram a cabeça do negro assassino, morto no encontro, o cadáver do cabo e três menininhas espetadas nas baionetas. Com esse botim de guerra, entraram no Serro do Frio, assombrando os povos.

Chegava nesse instante, da Imperial Ouro Preto, um ofício para João Batista.

No ofício, o Presidente José Teixeira comunicativa ao Capitão sua escolha para membro do Conselho do Governo que, sob presidência do Dr. José Teixeira, fora instalado em Minas em 1825.

Todos os membros do conselho eram homens de valor: Dr. Bernardo Pereira de Vasconcelos, que começava a vida pública; Dr. Teotônio Maciel, ex-deputado às Cortes de Lisboa; Dr. João Mendes Ribeiro, ex-secretário do Governo da Capitania; Dr. Joaquim Lopes Ribeiro, ex-membro da Primeira Junta Governativa; Pe. Dr. Marcos Antônio Monteiro de Barros, futuro Senador do Império; Dr. João José da Silva Brandão; Pe. Dr. Francisco de Santa Apolônia; Romualdo Monteiro de Barros e o Capitão João Batista Ferreira Chichorro de Sousa Coutinho. João Batista, que lera o ofício com atenção silenciosa, dobrou-o com calma, falando para os presentes:

— Senhores, meu secretário particular, Mestre Antônio de Oliveira Lão, vai ler para os amigos o ofício com que acabo de ser honrado.

Fez um sinal ao *garçon* de prontidão:

— Chame os amigos que não estão nesta sala.

Os que andavam ali por perto, desentorpecendo as pernas, acudiram com brevidade. Entregou o ofício a Mestre Lão que, de pé, leu-o com espevitada clareza. Ao terminar foi o primeiro que abraçou, chorando, o antigo aluno.

Uma prolongada, viva salva de palmas aplaudia o novo conselheiro. Todos os presentes o abraçaram; recebia apertos de mão. O mordomo pediu licença para felicitá-lo e recebeu ordens:

— Mande ir vinho espumante nevado!

Parecia autêntica a satisfação de todos. Quando espocaram as garrafas, Pe. Pereira com imensa compenetração empunhou sua taça, temperando a garganta:

— Sr. Conselheiro. Em nome dos amigos, seus hóspedes neste palácio, felicito-o pela honra insigne que acaba de receber. Desde 1821 insisto com o ilustre amigo para se dignar ser eleito Deputado Geral à Assembleia Constituinte do Império. Dizia eu então que estava aberta sua carreira política e ninguém o venceria nos pleitos públicos. Sua capacidade não se limitaria apenas à indústria de minérios de que é o *primus inter pares*: chamava-o a administração da coisa pública. Tanto eu tinha razão, que está Vossa Senhoria, escolhido entre nobres pessoas, para Conselheiro do Governo Liberal das Minas, destas Minas onde ninguém o venceria, como não vencerá nas urnas. Será como o ginete selvagem que conduziu Mazeppa, através das estepes. O Conselheiro João Batista vai ser, no cenário nacional, o que já são os colendos mineiros: José Bento Leite Ferreira de Melo, Pe. Belchior, José Joaquim da

Rocha e Bernardo Pereira de Vasconcelos, o esperançoso jovem de quem a pátria precisa com tanta urgência. Ver-se-á no seu exemplo o estudante Honório Hermeto Carneiro Leão[35] e serão parelhas de seu labor Cândido José de Araújo Viana[36], José Teixeira da Fonseca Vasconcelos[37], José de Resende Costa[38], José Antônio Marinho[39] e outros. Nada impede que seja no Brasil um José Bonifácio, um Evaristo da Veiga, um José Clemente Pereira, um Gonçalves Lêdo, um Manoel Jacinto Nogueira da Gama[40].

E terminou dramático, abrindo os braços:

— Não seja nunca um saco de carvão, nessa nebulosa refulgente! Seja estrela de primeira grandeza nessa via-láctea de celebridades!

Mestre Lão torceu o nariz:

— Muito ruim a saudação do padre. Muito arrastada, vulgar e sem imagens. Também ele bebe desde cedo. Está embotado.

Todos estavam abismados ao ver ali, palpável, o rapaz que acabara de receber 73.916 libras esterlinas, além do muito que possuía, o que era na verdade fora das normas nacionais. João Batista levantou-se para agradecer.

— Obrigado, Pe. Pereira, mas eu me sinto pequeno entre esses gigantes citados por Vossa Reverendíssima. Nunca pensei em política, pois sempre vivi de mãos enterradas no barro, a extrair ouro. Recebo com humildade minha designação para conselheiro. Pobre acólito, ainda me sinto puxado para os conventos, para os templos, para as capelinhas do monte. Quis ser, na meninice, um Pe. Anchieta, depois um Monte Alverne, esse moço que está alcandorando os púlpitos, e desejei mesmo ser um bispo. Sempre tive o sonho de subir ao púlpito, com a eloquência de Monte Alverne, que faz chorar tantos olhos. Mas a pobreza de minha mãe não permitiu que me ordenasse. Para ser os que desejei imitar, seria preciso muita coisa, aqui...

Com o dedo indicador apontou a cabeça.

— ... e sou homem pequenino.

Pe. Pereira num assomo de endeusamento protestou:

— São Paulo também era pequeno. Foram pequenos Dante, Horácio, Aristóteles e Pope, mas Plínio já dizia que a natureza, ao formar os homens pequenos, gastou menos com seu corpo do que com seu espírito!

— São Paulo era pequeno e calvo, tendo cabelos vermelhos... Eu não podia ter, como o Apóstolo das Gentes, a cabeça de lutador daquele gigante, nem o perfume da sua virtude.

O Padre-Mestre Manoel Pinto Ferreira, de Vila Nova da Rainha, bateu palmas:

— Muito bem. *Cabeça de lutador daquele gigante!* Disse muito bem.

Satisfeito por ouvir elogiar São Paulo, o Pe. Pinto riu, feliz riso escorbútico de gengivas purulentas com dentes bambos, riso que fedia de longe.

João Batista ia terminar:

— Tudo tenho feito para ser fiel a Deus, à minha terra e à Liberdade. *Aut Libertas, aut nihil...*

35) Depois, Marquês do Paraná.
36) Marquês de Capucaí.
37) Mais tarde, Barão e Visconde de Caeté.
38) Um dos Inconfidentes de 1879, quando era tesoureiro do Erário Público. Voltou à Pátria, depois da Independência
39) Um dos futuros chefes e historiador da Revolução Liberal de 1842.
40) Futuro Marquês de Baependi, um dos fatores da Constituição Política do Império, membro da comissão para isso nomeada por Dom Pedro I.

Churruca bateu palmas quentes:

— *Mucho bien. ! Dios, Pátria y Liberdad!*

João Batista ainda falava:

— Agora, escolhido para Conselho do Governo, estou às ordens do meu País. Vivam meus amigos.

Ligonza cochichou para Manoelão:

— Viu como valoriza os amigos?

— Para agradar os amigos ele toca o cu com o dedo.

O Major Matos entrou:

— Mas viram que seu discurso foi muito superior ao do Pe. Pereira? Mais clareza, mais sentido. Não há como ter mestre de tutano, porque Lão é meio gira mas é competente.

Enquanto ouvia as arengas, alheio aos aplausos a João, Mestre Lão estava desprendido do ambiente, pensava na batalha de Salamina, e em seu Comandante Temístocles, vitorioso, e na Acrópole, onde esplendia a deusa Minerva de olhos verdes. Ouvia o frondejar dos loureiros do Pindo, e o rulo do Mar Roxo onde navegaram os heróis de Homero...

Encontraram-se no Salão de Pedra, voltando do mictório, o Pe. Pinto e Dr. Lu. O aposentado ainda sorria de gaiatice de Churruca.

— Esse Churruca quando bebe dá pra muito bacharel...

O padre falou de outra coisa:

— Dr. Lu, pensei que o Capitão fosse homem rústico. Pois conversa muito bem, é claro em assuntos eruditos. Seu discurso foi até bom.

— Sobre religião sabe bastante. Conviveu com Pe. Leitão e Pe. Germano, que são sábios. Quanto ao resto, é burro como uma pedra.

Sentaram-se num banco de pedra da sala de entrada, onde já se achavam Mestre Lão e Dr. Moreira. O doutor estava conversando com Lão e não interrompeu:

— Ó Mestre Lão, vejo nosso amigo tão cordial com Laura... não houve nada de mais com o caso da Lagoa das Antas?

— Nada. Andou brabo ao chegar, chamou Benevides nas correias e por horas ficou arrufado. Foi arrufo de sensitiva, arrufo de peru. Passou depressa. Ninguém mais por aqui falou no caso.

— É para você ver. A Emiliana ficou cega de uma vista, o menino de outra, além de cicatrizes feias no rostinho. Também, tratadas por quem foram... Se tivessem assistência, talvez não ficassem cegos. E ninguém fala mais nisso. Dizem mesmo que o Capitão desprezou a todos, inclusive o filho.

— Jurubeba é, ao que eu saiba, a única pessoa que o Capitão o respeita. Comigo tem às vezes arranca-rabos medonhos. Jurubeba é o queridinho do papai...

— Mestre Lão, e Higino? Apareceu?

— Suverteu no mundo... até dias que hoje...

O Dr. Guima riu grosso:

— Higino é negro lagarteiro.. . Descapivarou no mundo tão ligeiro que nem fez rastro... Se foi pra Capão Redondo, já morreu matado; se foi pra Carinhanha, já morreu de fome; se foi pra Sabará, já morreu de ver tanta mulher feia...

Manoelão via as coisas apertadas para o fugido:

— Eu é que não queria ser Higino. Se correr, bicho come; se ficar, bicho pega...

— E João Batista vai explorar ouro, aqui?

— Vai! Onde ele bota o almocafre espirra ouro! Os escravos já estão aluindo piçarra e lavando areias. Buscam ouro nas jazidas aluvionárias, veeiros de quartzo, piritas auríferas e na itapanhoacanga. É verdade que em muitas bateias só tem aparecido ogó...

Riram, com maldade. Lão sussurrou:

— O ouro está dormindo na sua cama de piçarra, nem se importando com o mundo... Basta João Batista bater o pé no chão, ele acorda e vem tomar a benção a seu senhor... Aliás para João Batista este assunto de ouro está como melado comido demais: está enjoando só de lembrar dele.

Ligonza que ouvia calado falou, aéreo:

— Ontem foi coroinha de olhos pudicos, hoje é bichaço que ronca grosso.

Lão gemeu:

— É, mas quem me faz bem, esse é meu compadre...

Lão justificava os trabalhos:

— Veja porém os padrões do ouro por todas essas serras circunvizinhas do Brumado: Só vicejam canela-de-ema e candeia. Onde há essas plantas — há ouro. E quer saber, Dr. Moreira? João não precisa disso. De andar bateando nada neste mundo! Está rico de assombrar, tem muito ouro empaiolado, salas cheias dele, neste andar térreo. Possui muitos títulos de Companhias Inglesas na África e de Portos da Inglaterra. É dele a maioria das ações da Companhia do Rio Doce, além de financiar várias minas por estas serranias. O grosso de sua fortuna está no Banco Inglês, que tem correspondente na Corte.

Moreira, pobre, já avelhantado e doente, ficou abatido com aquela informação, pois a abastança dos outros nos faz sempre mal.

Murmurou, como duvidando:

— É um caso curioso. Homem sem letras, sem educação, acabar logrando uma Companhia Inglesa...

— Logrando, como?

— Vendendo mina esgotada por assombroso monte de libras esterlinas.

— É engano. A mina não está esgotada e o Capitão sabe disso. O ouro está mais fundo, mereja muita água. Ele cavou 40 metros chão adentro, fez galerias. Para exploração a talho-aberto é muita fundura. Com o que ele possui pode viver paparriba, gastando à larga, descansado. João Batista, sem merecer, tem inimigos que o invejam. Está correndo os perigos que aguardam os homens de que se fala bem, como está dito na Bíblia.

— E... Mariana?

— Ora Mariana. Está muito rica, todos estão. Os pobres somos nós...

O Dr. Lu suspirou, com visível despeito:

— A João Batista, não há ouro que faça papo!

Levantou-se e Moreira apontou com o beiço para Cassiano:

— E isto?

Lão fez com o dedo sinal de doideira:

— Miolo mole, idade, fomes curtidas nas lavras e que só agora lhe enfraqueceram as pernas. Pelo menos este é feliz; quem dorme esquece...

Todos, até o mestre, ignoravam a incumbência do cochilador.

Quando acordou de sua sesta Laura chamou Jordelina:

— Mande chamar Barrocão, que preciso dele.

A mucama voltou com má notícia:

— Nhá Laura, Barrocão tá duenti.

— Doente? Que tem ele?

— Sei não, Nhanhá.

— Chame Fausta.

— Fausta, Barrocão está doente?

A velha escrava abaixou a cabeça, enxugando um olho na manga.

— Que é isto? Ontem viajou conosco. Que doença é, Fausta?

— Nhanhá, Barrocão foi pingado.

— Pin-ga-do?! Quem mandou pingar o velho?

— Num sei, Nhenhá.

Laura levantou-se, estouvada, e foi à senzala.

O negro tinha os olhos quase fechados pelas queimaduras debaixo das pálpebras e a mão balofa com bolhas nas pontas dos dedos. Estava sem camisa, com os mamilos em chagas, que folhas de bonina cobriam.

— Que foi isso, Barrocão?

Engasgado, não podia responder. Chegou Tijuba. Sabendo que ele fora pingado por abandonar os cavalos na hora da missa, explodiu:

— Não é possível! Ele pediu, que eu ouvi, para os negros assistirem à missa, e Barrocão também foi!

Ao saber que ele fora queimado, de dentes trincados, sem um gemido, sentiu os olhos rasos de água.

Saiu como um furacão. Já encontrou o marido no quarto, levando o ofício do Presidente de Minas para a esposa ler. Fora levar a grande notícia.

— Por que mandou pingar Barrocão?

Quase trêmulo, ele explicou a razão, a seu modo.

— É ser muito cínico! Você é um miserável! Não há homem tão baixo como você! Tenho medo de seu coração de lobo-tigre!

— Laura...

— Pingar, com infâmia, um escravo exemplar como Barrocão! Que vergonha! Esqueceu a idade dele, os serviços prestados; esqueceu que ele salvou a vida de meu pai! Você está é doido varrido, doido de rasgar dinheiro, de andar nu pelas ruas!

— Escute, Laura...

— Escute o que, lheguelhé cheio de ouro furtado!

— Laura!

Ela enfrentou-o, chegando o rosto perto do seu:

— Laura o que, ordinário! Não chamo o Dr. Moreira que aí está e sabe o que vale Barrocão, para ver sua vítima inocente, para evitar que espalhe lá fora a notícia de sua ação covarde!

João Batista fugiu para o Salão Amarelo, com medo da mulher nobre que lhe dizia terríveis verdades.

Laura arranjou roupa, um lampião de óleo de Chantre e pronto-alívio. Mandou levar tudo para a senzala. Enviou por outra mucama um jarro de leite e ela própria levou Bálsamo Samaritano e linhas para penso.

Iluminada a senzala, fez ela mesma o curativo do ferido, passando com as mãos nuas, sem escrúpulo, o bálsamo nas feridas. Chorava.

Determinou a um escravo acordado ao pé da cama, com ordem para atender seu velho protegido.

O Capitão chegou nervoso na sala, no instante em que o Dr. Lu falava, assistido por sorriso do Dr. Moreira:

— Mestre Jurubeba tem a prudência da serpente e a vigilância do galo, animais consagrados a Esculápio, o inventor da Medicina. Mestre Jurubeba pode ser visto como galo e serpente, isto é, atento e cauto.

Churruca sorria, como percebendo a perfídia. O Capitão, que chegava espinhado, rosnou entre dentes:

— Não gosto de chacotas sobre Mestre Jurubeba.

— Não é chacota, não! Falo em símbolos, como na Igreja São Marcos é representado por um leão, São Lucas por um touro e São João por uma águia.

O Capitão estava embezerrado e começou a beber ron com água de Seltz.

Dois dias depois João Batista seguia para a Imperial Ouro Preto, a assumir o cargo para que fora convocado.

Laura não permitiu que ele se aproximasse dela, dormindo com Jordelina, em quarto reservado para pessoas de sua família. Na manhã em que viajou, aproximou-se da esposa suplicando pazes.

— Pois é, Laura, não fico em Ouro Preto sem você. Se precisar permanecer lá mais dias, mandarei buscá-la. Adeus, meu bem.

Estendeu a mão, que não foi apertada. Não obteve dela uma só palavra, um único olhar. Partiu carrancudo e grosseiro com todos, seguido por sua temida Guarda Pessoal de negros provados em brutalidades de jagunços.

Ao chegar a São Bento, ouviu fogos de festa, bombas de estouro. Na porta de Quincota estava um grupo de amigos:

— Viva o Conselheiro João Batista!

— Viva o grande mineiro!

— Salve! Chefe insubstituível.

Descarregavam para o ar reiúnas, garruchas de carregar pela boca, polveiras de morrão. O Capitão sorria, enlevado, sorriso que amojara muitos dias para dar naquele instante o leite da fraternidade.

— Desça, desça. Por bem ou por mal!

Entrou na casa de Quincota, onde estava mesa posta para desjejum. Pe. Pereira, sufocado por imenso cachecol de baeta, explicou:

— Até aqui temos sido seus hóspedes. Hoje vai comer e beber à nossa custa. E vai beber o afamado *wiskey* Schenley de 1820, que só na sua adega já vimos.

Clareava o dia enevoado de neblinas.

Começaram a beber em copos comuns, *wiskey* misturado a jingibirra. Pe. Pinto, amigo novo do Capitão, ergueu seu copo:

— Ao Conselheiro Capitão João Batista.

— À razão da mesma!

— Ao herdeiro dos Inconfidentes!

— João, toque aqui, mineiro à antiga!

— Hurrah, chefe dos chefes!

Pe. Pereira estava contente:

— Ao Mestre da Vida, ao Conselheiro do Governo, e nosso!

Não tardou a aparecer Dona Lila, fresca, de cabelos esticados, com duas boninas ainda vivas fincadas neles. João reprovou-a levantar tão cedo, por sua causa.

— É obrigação. Quando é pro sinhor tudo é fácil a gente fazer.

Quando ele bebia é que viram, sobre a aliança, um esplendido brilhante azul querosene e em dedo da mão direita outro, de 32 *carats*. Lila falou sem querer:

— Que beleza, Capitão. Coisa mara-vi-lhosa!

— Às suas ordens, Dona Lila. Às suas ordens.

Muitos chegaram os olhos mais perto, para ver direito a pedra montada em platina. Patrocínio, que era conhecedor de joias, como todos de Sabará, também via:

— Coisa muito boa. Só mesmo nas mãos em que brilha; um vale as outras...

Comeram um porco assado, beberam como água a safra irlandesa de 1820. Como ia viajar para longe, o Conselheiro se levantou para sair. Puxou a carteira.

— Dão licença, mas vou pagar.

Houve protestos gerais. Guimarães ofendia-se:

— Que diabo, nós somos pobres mas lhe oferecemos este quebra jejum. Foi o modo de lhe dizermos o quanto o estimamos.

João Batista deixou, disfarçados sob um prato, 500 mil-réis.

— Então, muito agradeço. Vou demorar poucos dias. A saudade vai me empurrar pra cá... A saudade dos amigos não me deixa aquecer lugar. Adeus, amigos.

Manoelão estranhou:

— Adeus como, se nós também vamos?

— Vão pra onde?

— Pra Ouro Preto. Vamos comboiar o grande homem.

A cavalgada partiu, com o novo Conselheiro na frente. Eram 8 horas da manhã gelada. O dia estava enevoado e não deixava ver o sol.

Quando a caravana partiu, Zé Francisco, fazendeiro em Catas Altas e inimigo de Mestre Lão, rosnou de pé na calçada de Quincota:

— Só falta ali o Mestre Lão... O pé-rapado agora virou gente. É secretário particular, não demora a aparecer com a Comenda de Cristo no peito de refinadíssimo lambe-cu!

Em Ouro Preto, ao despertar com o dia embruscado, muito frio, preparou-se e, às 10 horas, estava no Conselho do Governo. A caravana dos xeleléus voltou logo.

Moço, rico, importante, começou a ser chamado por todos — Conselheiro. Ganhou ar de estadista, pois em verdade estava ajudando a organizar as Comunas das Alterosas para as eleições provinciais.

— Você é dos bons, João Batista. Cumpre seu dever com muita dignidade.

— Não faço nada demais. Ou cumpro minha obrigação como é preciso, ou largo tudo de uma vez.

Dias depois o conselho, para o qual Bernardo Pereira de Vasconcelos traçara avançado programa de trabalhos, interrompeu as sessões. Alguns conselheiros adoeceram de influenza e, com esta, o Dr. José Joaquim da Silva Brandão e Dr. Monteiro de Barros caíram de pneumonia. A pneumonia pelo inverno nas montanhas era lobo que devastava os lares, roubando os doentes fracos.

O Conselho entrou em recesso e João Batista aproveitou para dar um pulo ao Brumado.

Janeiro é pleno mês de chuvas grandes no planalto mineiro.

João Batista partira da Capital ao meio-dia, sem avisar sua viagem. Viajou com tempo incerto mas claro. Ao meio da viagem, notou que estava escuro para os lados da Serra do Caraça e, pelas 5 da tarde, crescia um olho-de-boi ameaçador. Perguntou a Negro Florismundo:

— Que será aquele pretume?

— É chuva di ped'a, Nhonhô. Iscuti a zuera.

Quando passaram ao largo por Catas Altas, não havia dúvida: a tempestade estava prestes a desabar. Apressou o cavalo a meio galope, tentando alcançar São Bento antes do aguaceiro. Relâmpagos sucessivos com estampidos de trovões medonhos faziam os cavalos agachar, com o susto. Escureceu de repente e começou a chover grosso. Negro Florismundo gritou:

— Chuva di ped'a êvêm, Nhonhô!

— Mas creio que ainda chegamos. O ar-de-raio está só começado.

— Chega não, Nhonhô. É bãu pará nu São Bentu!

Rajadas de ventos molhados torciam as árvores, acamavam os arbustos. Coqueiros, vistos com os relâmpagos, pendiam, quase a cair. Com chuva de granizos grandes muita água caía quando, às 9 horas da noite, entraram no arraial. João Batista, que temia como criança as tempestades, gritava sem parar:

— Santa Bárbara, valei-me. Valei-me, São Jerônimo, advogado dos trovões!

A tropa, atingida na cara pela granizada, abaixava a cabeça, recusando galopar. João Batista guinou para a casa de Quincota, a pedir socorro. Desceu do cavalo gritando para os escravos:

— Procurem abrigo!

Palacete desceu rápido para ajudar o senhor a apear, mas chegara tarde. Pegou o cavalo e saiu à procura de um rancho de tropa, enquanto João Batista batia na porta com o cabo do chicote de prata:

— Quincota, abra! Quincota, Quincota!

Com o barulho da tempestade, era difícil ouvir de dentro os batidos frenéticos.

— Quincota, abra!

Molhado, encharcado, tremendo de frio e medo, o Capitão insistia batendo como doido:

— Ó Quincota! Ó Quin-co-ta!!

Viu pelas telhas vãs e frestas que acendiam luz dentro da casa.

Não tardou e perguntaram do interior:

— Quem é?

— João Batista, do Brumado! Estou no vendaval, abra!

Dona Lila, com lampião na mão esquerda, protegendo a chama com a parede, com a direita girou a grande chave da porta inteiriça. Uma lufada gélida embarafustou pela casa, remexendo a saia da moça.

— Uai, Capitão, é o senhor?!

O homem entrou e Lila fechando de novo a porta:

— Mas que é isto, Capitão?

— Estou chegando de Ouro Preto! A tempestade me pegou. Cadê Quincota?

— Foi de tarde pra Sabará. O senhor com essa roupa molhada! Está como um pinto!

O Capitão tremia de frio e susto.

— Vamos tirar esse capote e o paletó. Está encharcado!

E, serviçal, foi tirando o gavusão inglês de pele, com o paletó agarrado nele.

— Mas não pode ficar assim! Olhe, Capitão, venha pro quarto de hóspede e tire a roupa toda. Vai vestir roupa de Quincota. Ao menos hoje o senhor vai vestir roupa de pobre...

João Batista obedeceu, cerrando a porta. Dona Lila foi buscar calça, camisa e paletó do marido. Entregou tudo ao Capitão.

— Mude logo essa roupa, olhe lá pneumonia! Viajar com um tempo deste!

Quincota era mais gordo e maior que o viajante. Vestido com aquelas roupas, ficara quente mas ridículo. Abriu a porta, mas estava descalço. A moça viu.

— Não, descalço não, temos chinelos de Quincota.

Os pés 38 do homenzinho calçaram chinelos 42 do amigo. Ela riu, ele também riu, estremecendo em seguida com um trovão que abalou casa e terra.

— Olhe, seu Capitão, vou fazer um cafezinho quente pro senhor. Ah, mas espere, escondi uma garrafa daquela bebida do dia em que o senhor foi, vou ver.

E trouxe, sem bandeja, uma garrafa de *whisky* escocês, que depôs na velha mesa de refeições. Buscou um copo.

— Olhe, seu Capitão, eu quis beber um traguinho mas não consegui tirar a rolha.

Ele riu-se, retirando a pequena tampa e balançando para baixo o gargalo conta-gotas. Caiu, aos jatos, no copo barato, o líquido louro.

— Ahn...

— Traga outro copo.

Veio o copo em que ele derramou *whisky* até o meio.

— Isto é pra senhora.

— Pra mim, Capitão? Olhe, vou dizer verdade: naquele dia bebi pra exprimentar e não gostei. Tem gosto de cheiro de percevejo...

— Nada. Beba comigo, senão não bebo. Estou em sua casa, como hóspede incômodo.

— Encomodo, ah! Temos é muito prazer em servir o senhor com o pouco que temos.

— À sua saúde, Dona Lila. À saúde também do Quincota.

Bebeu e ela ensaiou beber, mesmo de pé como estava. Torceu a boca.

— Não sei como podem. Bebida tão cara...

Com luxos e negaças foi bebendo. Não demorou a se sentar, em frente do hóspede. Lá fora o temporal abalava o mundo.

— E seus escravos, Capitão?

— Procuraram pouso. Estão por aí.

— Coitados!

Dona Lila bebia, sempre repugnando, com caretinhas engraçadas. O capitão notou que ela enfiara às pressas o vestido sobre a camisa de dormir. Num de seus gestos para servi-lo, viu pelo decote baixo do vestido de chita que ela não usava corpinho e seus seios morenos, miúdos, estavam arrepiados de frio. Os cabelos penteados com os dedos prendiam-se em coque frouxo, na nuca. Nessa altura, já riam, bebendo, ela, às vezes, escorando o cotovelo na mesa, a amparar a testa com a mão em concha.

— Coitado do Capitão... no meio da chuva, com ventania. E não teve medo?

— Eu? Medo?... Tem graça. Eu não sou homem pra medo, Dona Lila...

— É muita coragem viajar com esse alvoroço. Escute o barulho. Que horror! Vou acender palmas bentas.

Foi acender e voltou à mesa.

— O senhor tem muita coragem...

Fez-se silêncio dentro do qual se ouviam rápidos estalidos de corisco e canhoneios de trovões.

— Olhe como estou com as mãos geladas...

Encostou os dedos na mão do hóspede. Ele avivou-se, para dizer:

— Dona Lila, acho que devo sair. A chuva está amainando. Não tem aqui quem vá procurar meus escravos?

— O que, Capitão? Sair com esse tempo? Não tenho ninguém pra caçar seus escravos, porque estou sozinha.

Ele concentrou-se:

— Pois é por isso. Não devo ficar em sua casa, sem meu amigo Quincota estar presente.

— Ora, Capitão, que bobagem é essa? A casa é sua. Devemos ao senhor tantas finezas, que nem sei. Se meu marido souber que o senhor saiu, a estas horas e com esse tempo, só porque ele não está, não sei o que será de mim. O senhor pensa que não sei da dívida de Quincota com o senhor? Sei de tudo. Conheço o que todos devem ao Capitão. O senhor é um santo e nós todos somos seus escravos.

— Qual, Dona Lila. Isso não vale nada.

A chuva rolava em lanços d'água, sob ventos e com latidos roucos de cães hidrófobos. As vezes os ventos pareciam roncar como *caititus* acuados, mas se abafavam, com os trovões aos ribombos de artilharia pesada desmantelando fortaleza.

Só restava meia garrafa de *whisky* quando Lila, já meio mareada, determinou, levantando-se:

— Capitão, o senhor vá deitar, que está tarde: são doze e meia. A casa é pobre mas estendi sua cama com o que temos de melhor. Não tenha escrúpulos, que o senhor vai dormir nos meus lençóis.

João ergueu-se, dirigindo-se para o quarto. Dona Lila acompanhou-o, levando o lampião. Sentado na cama, acovardado para outra conversa, gemeu, de cabeça baixa:

— Deixe o lampião aí, Dona Lila. Muito obrigado.

Dona Lila cumpriu a ordem, abaixou a chama e ia sair.
— Boa noite, Capitão. Nem é mais boa noite, é bom dia.
Ele estendeu-lhe a mão.
— Bom dia.
Lila apertou-a com perturbação, quando foi puxada com brandura, para ele.
— Fique mais, fique aqui...
— Você está doido, Capitão?
— Venha, venha pra cá.
Não logrando soltar a mão, era puxada para o leito; de pé, debatia-se, horrorizada.
— Você está doido, Capitão?
Ele ergueu-se, atirou-a na cama enérgico, sem palavras.
— O senhor está doido, me larga!
João pegou-lhe as pernas, contendo-a no leito. Ela protestava com energia:
— Não, não! Não faça isto!
Ele também se deitou, ligeiro, violento, ajeitando-se.
— Eu conto... eu...
Com beijos frenéticos, foi imobilizada, apertada nos seios duros de mulher que nunca parira.
— Lila.
— Não... não...
— Li-la...
Quando ele acordou no alvorecer do dia, a mulher não estava mais na cama. Passara o vendaval, mas a chuva peneirava, incessante. Os escravos, molhados, já estavam na porta.
— Tragam os cavalos.
Dona Lila, muito pálida, apresentou a bandeja de café a duas mãos. Ele bebeu, em silêncio, apenas o café.
— Por que vai tão cedo?
Ele respondeu outra coisa:
— Nunca me esquecerei de você. Vá com mais frequência ao Brumado. Darei jeito.
Ela suspirou, de olhos baixos:
— Agora, hoje mesmo, você volta pra Laura.
— Nunca me esquecerei de você.
Pôs-lhe na mão um punhado de libras esterlinas. Ela abriu a mão e as moedas caíram no assoalho.
— Não dormi o resto da manhã mas não sei agora como viver sem sua presença. Você fez minha infelicidade. Perdeu minha alma. Foi o único!
Chegavam familiares de Quincota e amigos do Capitão, que souberam de sua arribada, a altas horas, dentro do vendaval.
Chegou ao Brumado às 9 horas.
Todo o baixio da bocaina estava inundado pela cheia da noite.

## X — O BARÃO DE CATAS ALTAS

Naquela segunda-feira ensolarada, depois do almoço, o magnata do ouro, de roupão de seda em cima das ceroulas, deitou-se no divã de seda malva da Pérsia, espreguiçando, no começo da digestão.

Bebera durante o almoço o legendário vinho de garrafa verde Bernkasteler Doktor e sentia-se leve. Espichou-se no divã enquanto a escrava Prudência, sentada no fofo tapete de Casablanca do chão do quarto, lhe coçava com pachorra os pés descalços e a cativa Osmarina fazia-lhe na cabeça demorados cafunés. Dona Laura já dissera:

— Pela-se por cafunés. Temos escravas especializadas nessa manha de rico sem "quefazer"...

Os dedos hábeis de Osmarina passeavam-lhe pela cabeça, estalando cafunés. Prudência coçava com dedos de seda os pés pequenos, quase femininos. João Batista flutuava entre o sono e os afagos das mãos cativas. A escrava coçava ao de leve as plantas, os dedos e o peito dos pés, chegando com essa carícia até as canelas finas. Às vezes, cochilava, lenta, alisando, amimando os pés do senhor. Ele também cochilava num torpor, acordava, tornava a cerrar os olhos, sem problemas senão o da sonolenta preguiça. Na gostosura das mãos quentes na pele, sentia a volúpia do sono aparecer, negacear, fugir, voltar envolvente, coisa boa.

Lá fora, a manhã esplendia em ouro, azul e cristal fino. Nos ares transparentes, andorinhas rápidas brincavam, iam e vinham, escorregando no ar com as asas plenas. Arquejavam sob as araçazeiras do quintal galinhas de asas caídas com o calor.

No dia silencioso, ouvia-se, às vezes, à feição dos ventos da Serra do Gongo, o canto plangente dos escravos escavando a montanha. As vozes vinham, amorteciam, entreouviam-se, a espaços.

Laura dormia sua sesta obrigatória, ressonando de leve. Vestia um penteador de linho branco irlandês, com rendas belgas. Um silêncio majestoso invadia o solar, perfumado pelo aroma das madressilvas que floriam na cerca, entre o jardim e a chácara de plantas adolescentes.

As senhoras visitantes também dormiam, gozando as camas perfumadas, suaves, que nunca haveriam de possuir. No Salão Amarelo, cinco ou seis conversadores fumavam cigarros feitos com o perfumado tabaco louro do Serralho, fumo em folhas recebido como presente do negociante Calil, da Corte, ao amigo mineiro João Batista.

O Dr. Moreira afinava suas ideias com as do Pe. Pereira, sempre aparteado por Churruca, Dr. Lu e Guima.

Falavam da importância política do Conselho de Governo e da atitude de João Batista nas discussões. Moreira falava com certa paixão:

— Não se pode negar que ele só apoia as boas deliberações. A do Bernardo contra a Companhia do Rio Doce teve seu voto favorável, embora seja ele o maior acionista da tramoia.

Churruca pensava ao contrário:

— Tramoia, não. Precisamos de capitais e penetração de indústrias no território, que diabo!

Moreira raspava:

— O João apareceu ali, entre competentes, como o patinho torto da ninhada. Seu valor é seguir o Bernardo, que age como um gigante abrindo picadas no mato virgem.

O Major Matos esclarecia:

— Não apoia o Bernardo, somente. Agora mesmo acaba de ordenar que seus vencimentos até aqui, no Conselho, sejam empregados para consertos da ponte de Santo Antônio do Rio Abaixo, sobre o Rio Santa Bárbara. Já concorreu com dinheiro para a civiliza dos Botocudos[41].

Pe. Moreira era nacionalista exaltado:

— Pois agiu muito bem. Tudo quanto fizerem para nossa emancipação política e econômica terá meu aplauso. Quando penso nos impostos das cem arrobas anuais de ouro, tremo as carnes. Vocês pensam que era só ouro que as Frotas do Ouro levavam. Estão enganados. Essas naus quando partiam do Rio levavam nos porões, como lastro, toneladas de gêneros alimentícios. Além do ouro, ia também alimento para os buchos do Reino. O Capitão-General Governador Gomes Freire de Andrade, de certa feita mandou 1.700 alqueires de arroz e feijão, declarando que as Gerais estavam esgotadas de farinha e rapadura para os lastros, aconselhando que isso fosse procurado na Bahia e em Pernambuco... Em geral vocês pensam que nosso ouro ia todo para as libertinagens de Carlos V. Pois grande parte dele ia é para o Santo Padre, que encheu as goelas com o ouro nativo das Minas. Se a Inglaterra sustentou o bloqueio continental contra Napoleão, deve-o a nosso ouro, furtado pelos Reis Magnânimos. Mas grande parte foi para o Vaticano.

Guima encarava-o:

— Desta eu não sabia. Pensei que o inglês papava tudo.

— Não apenas isso. Quando Napoleão voltou de Elba, sua irmã Paulina, então princesa de Borghèse, lhe entregou todos os seus diamantes para auxiliá-lo na epopeia dos *Cent-Jours*. Esses diamantes foram confiscados pelos ingleses, depois de Waterloo, e foi verificada uma coisa que nos envaidece: eram todos eles, os diamantes, brasileiros, de Minas.

Bebeu com delícia expressada pela língua:

— Também o célebre colar de Maria Antonieta, causa concludente da queda do Rei e da morte de sua possuidora, era de diamantes mineiros. Tudo isso saía daqui de mão beijada, tanto prova que os diamantes de mais de vinte quilates, retirados em qualquer garimpo, pertenciam ao Rei...

O Dr. Conversinha sorriu para o mordomo:

— Seu *whisky* está delicioso. Parece que foi tirado da adega do Rei Carlos I da Escócia.

— O doutor que perdoe, mas se fosse dessa adega não prestava mais. O vinho, quanto mais velho, melhor. O *whisky*, entretanto quando passa de três anos de fabricação fica fraco, perde o sabor...

— Desta eu não sabia. Nenhum de nós sabia disso, mordomo.

— O Dr. Lu forçava o assunto para o Conselho do Governo:

— Eu soube ontem que o capitão correu mesmo grande perigo ao voltar do Ouro Preto. Ao longo da estrada, naquela noite, seis árvores foram atingidas pelos coriscos.

Guima confirmava:

— Negro Florismundo me contou que nunca viu tempestade igual. Imagine o capitão nesses apuros, medroso de raios como é...

Patrocínio era prático:

41) Está na *Correspondência* de Guido Marlière, Capitão do Regimento de Cavalaria da Capitania de Minas Gerais.

— É porque o capitão não sabe. Na tempestade, não há perigo nenhum se gente deita de bruços, com a boca no chão, rezando a Maria Concebida.

Pe. Pereira estava convencido da grandeza do amigo:

— Muitos grandes homens tinham e têm pavor de raios. O Imperador Calígula tinha tanto horror das tempestades que ia para debaixo da cama quando ouvia trovões... Mas eu falava em ouro. Imaginem se nosso ouro ficasse todo nas Gerais, em mãos honestas como as do Capitão, o que não aconteceria? O Gongo Soco é palácio de pompa asiática, este aqui me assombra. Para mim este palácio de Brumado é igual ao paço do Rajá de Nagpore, que assusta, pela grandeza, os peregrinos da cidade santa de Benares.

O mordomo chegou, perguntando o que precisavam. O Dr. Lu foi quem respondeu:

— Estamos batendo taquara enquanto os mais sesteiam. É raro aqui uma tarde tranquila. Tarde assim era possível só no Paraíso, quando nossos pais ainda estavam nus e viviam namorando a maçã fatídica...

O mordomo sorriu:

— Em verdade esta hora é a única de paz neste palácio. Para prolongar o sossego, vou mandar servir mais *whisky*, com gengibirra, bem nevada hoje.

— Você é benemeritíssimo!

Este superlativo foi de Churruca.

O Pe. Pereira voltou atrás:

— O Dr. Lu falou em maçã do Paraíso, maçã que perdeu nossos pais ainda solteiros. A árvore da vida para os italianos é a macieira, para os gregos é a figueira e para os espanhóis, a laranjeira. Mas a árvore da Vida do Éden foi a bananeira, cujo fruto tentou a Adão e Eva. Assim também pensam os habitantes da Índia. Sabem que não é planta americana mas asiática ou de África, adaptada no clima subtropical do Brasil. Em El Gutha, na planície de Damasco, ainda vicejam plantas descendentes diretas, segundo os árabes, da árvore do Bem e do Mal, que é a bananeira. Com suas folhas, depois do pecado, Eva cobriu sua nudez. Lineu pôs-lhe o nome científico de *Musa Paradisíaca*. Musa do Paraíso, por saber que ela vicejou com pujança no Éden terreal. Aqui essas folhas servem para cobrir queimaduras, por serem macias, embrulhar cobus e encher travesseiros. Na África prestam-se para mortalha dos pobres que se enterram. A banana é grande afrodisíaco. O milagroso excitante sexual dudaim usado por Raquel, na Bíblia, era a banana, segundo o sábio Olaus Celsius.

Churruca acanalhou a dissertação:

— Ah, se Mestre Lão souber disso...

Chegava o mordomo trazendo, ele mesmo, seu prometido *whisky* e gengibirra muito nevada.

Chegara o escravo correio trazendo a mala de couro, com a correspondência da Imperial Cidade do Ouro Preto. O escravo de confiança, Vigilato, buscava o correio todas as semanas, chegando sempre nas segundas-feiras.

João Batista, que dormira bem duas horas, dispensara as negas coçadoras e, de olhos abertos, com os braços sob a cabeça, ainda gozava no divã um resto de preguiça. Uma aia entrou, uniformizada:

— Capitão, Vigilato chegou com o correio.

— Traga aqui.

E começou a ver os timbres dos envelopes, indisposto a ler as cartas. Chamou-lhe a atenção um envelope grande, de papel encorpado branco. No ângulo superior esquerdo estava o timbre oficial do Palácio do Governador da Província de Minas Gerais, dentro do qual havia papéis e um pergaminho.

— Deve ser reunião do Conselho do Governo.

Ainda bocejando, rasgou o imenso envelope. O presidente comunicava-lhe que S. A. I. Dom Pedro I agraciara-o com o título de Barão de Catas Altas. Alimpou os olhos com as costas dos dedos, sentindo a garganta apertar-se em nó angustiante. Leu de novo, já desvairando; estava mesmo agraciado com o nobre título de Barão de Catas Altas!

Saltou do divã, com o ofício na mão:

— Laura! O Laura, leia isto!

Laura acordou assustada, sentando-se na cama:

— Que foi, João?

— Leia isto!

A moça leu, de olhos muito abertos. Pulou no tapete, com o papel ainda na mão. Já sorria, alvoroçada:

— Parabéns, Sr. Barão!

Ele abraçou-a, beijando-lhe a cabeça:

— Parabéns, Baronesa...

Arrebatou o ofício das mãos da esposa, e saiu correndo de ceroulas e chambre para o Salão Amarelo, onde estavam poucos amigos enrolando língua. Entrou, como pé-de-vento:

— Amigos! Amigos, sou Barão!

Padre Pereira arregalou os olhos:

— Barão? Barão, como?

Guimarães foi quem desenrolou o papel pergaminho:

— Mas isto é um Decreto Real!

Leu alto, com as mãos trementes:

*Attendendo aos muitos e bons serviços de João Batista Ferreira de Souza Coutinho, e de José Feliz Pereira de Burgos: E querendo Dar-lhes hum público testemunho de quanto são dignos de minha Imperial Consideração: Hei por bem Fazer mercê ao primeiro do Título de Barão de Catas Altas, e ao segundo do Título de, Barão de Itapicurumirim, em suas vidas.*

*Palácio do Rio de Janeiro em desoito de Outubro de mil oitocentos e vinte e nove, oitavo da Independência e do Império.*

P

JOSÉ CLEMENTE PEREIRA

Pe. Pereira esclareceu:

— O Imperador assina apenas com a inicial de seu nome: P, de Pedro.

O Dr. Moreira então gritou:

— Ei-lo! Ergamo-nos, elevemos às estrelas o nome do Barão de Catas Altas! O Imperador Dom Pedro I, Defensor Perpétuo do Brasil, houve por bem agraciar a João Batista Ferreira Chichorro de Sousa Coutinho com o título de nobreza de Barão do Império do Brasil, como primeiro Barão de Catas Altas.

Depois que os presentes leram o Decreto Real, o novo Barão retomou o pergaminho, beijando respeitoso a chancela do Imperador.

O Dr. Guima despejou-se sobre o amigo em abraço arrasador:

— Barão de Catas Altas, que honra para Minas Gerais! Parabéns!

O Dr. Conversinha gritava, em frenesi:

— Barão! Meu abraço! Minha eterna dedicação! Sou o seu primeiro amigo que se declara seu súdito incondicional.

Padre Pereira, sorrindo, também o abraçou:

— João Batista, grande Barão! Agora sim, temos Barão assinalado de que nos falou o Camões!

Não queria separar o franzininho de seu abraço envolvente de polvo.

— Agora temos Barão de verdade!

O Dr. Lu, saindo de sua insignificância aposentada, gritou muito alto, de braços erguidos:

— Viva o ilustre Sr. Barão de Catas Altas.

Os que terminaram a sesta apareceram, com os cabelos ainda molhados de banho no rosto. Pe. Pinto estava curioso:

— Que foi, Pe. Pereira?

— Que foi? Temos Barão e Barão às direitas. João Batista foi agraciado com o título nobiliárquico de Barão de Catas Altas!

Laura chegou de rosto lavado de fresco. Vinha sorridente, dos olhos negros à boca vermelha. Trazia os cabelos resguardados por fino capeleio de ouro. Quase todos se aproximaram da senhora:

— Parabéns, Baronesa!

— Parabéns! Grande honra para todos!

As senhoras que sesteavam apareceram, assustadas com a barulheira. Sabendo por que, abraçaram a nova Baronesa, apertando a mão do titular. Só aí Laura notou que o esposo vestia chambre em cima das ceroulas e estava de chapins de lã com bolas amarelas:

— Vá se compor, que está uma marmota!

O nobre já estava é amassado, massacrado por tantos amplexos fortes. Advertido de seus trajes menores, deixou o salão para se vestir. Saiu pisando miúdo, de pernas curtas, mas agora com a firme dignidade que convinha a um Barão do Primeiro Império. Bateram palmas, quando ele se retirava, e o Dr. Conversinha observou, olhando-o atento:

— Vejam como pisa. Tem a imponência do Duque de Palmela e o porte fidalgo de Lorde Palmerston!

Churruca achou bom corrigir, impando de orgulho:

— Parece o Almirante Nelson quando pisava o convés de seu navio capitania, mandando responder ao fogo do Almirante Gravina, com o qual pelejava meu primo Almirante Churruca!

Havia corre-corre tremendo no solar. Todos os hóspedes, mais de quarenta, entre os quais doze senhoras, faziam barulho festivo pelo acontecimento. Passavam para o salão enormes bandejas de prata com garrafeira e taças finíssimas para o Champagne resfriado. Juliano já frisava os cabelos do Barão, com massa franjipana e, de novo escanhoado, ia receber no rosto a massagem de miolo de pão. Laura, perdão, a Baronesa, também se preparava pelas mãos de sua aia Jordelina.

Enquanto isso, os hóspedes bebiam, na tagarelice de quem está feliz. O Dr. Moreira bebia como nunca, talvez despeitado com a honra que o amigo recebera. Cochichou para Churruca:

— Muito vale o dinheiro. Temos um Barão comprado pela baixela de ouro de Vila Rica...

— Isto não, doutor! O presente da baixela foi em 1822 e só sete anos depois João Batista vai elevado à baronia.

Moreira sorriu com fria inveja:

— Não sei para que tantos Barões. Barão de Santa Luzia[42], Barão de Caeté[43], Barão de Sabará[44], e agora Barão de Catas Altas...

O Pe. Pinto entrou em fogo:

— A Revolução Francesa acabou com os títulos da nobreza mas Napoleão subindo ao trono, restabeleceu todos eles. São artimanhas políticas. Esses nobres são a garantia política do grande homem que é Dom Pedro I.

Moreira encarou o padre:

— Quem?

— O Imperador.

O médico sorriu enojado:

— Grande homem... quem deixou se separar a Província Cisplatina, por entregar o Exército a um General como Barbacena... O General Lavaleja no ano passado, a soldo da Argentina, se uniu, fingindo amigo, a Frutuoso Rivera, e revolucionou a Província Cisplatina, com apoio da Argentina. Nosso General, o bravo Bento Manoel Ribeiro, foi derrotado em Sarandí. Que fez a Argentina? Comunicou ao Brasil que a Província Cisplatina estava, com aquela derrota, incorporada à Argentina. Nossa esquadra bloqueia o Rio da Prata, vencendo a esquadra de Brow. Mas Lecor, quem sabe por quê? ficara inativo em Montevidéu... Dom Pedro, que fora dar brio às tropas, regressa por morte da esposa, S. A. Real a Imperatriz Dona Maria Leopoldina. E a quem entregou o Comando Geral do nosso Exército? A Barbacena...[45]

Bateu nos joelhos as mãos abertas:

— Ao General Barbacena.. . Este idiota, com 5.000 homens e 10 peças de artilharia, atacou 10.000 inimigos com 24 peças, em Ituizango. Até aí muito bem, muito bonito, pois nós valemos em dobro. Quando já estávamos vencedores limpos e claros, vitória líquida pelo número de mortes, que aconteceu? No fim da batalha, Barbacena manda tocar retirada geral... Tocar retirada, quando nossos mortos eram 160 e os inimigos perdiam 1.000 homens! Aquele toque de retirada foi a perda da Província Cisplatina, hoje Banda Oriental do Uruguai. Não é só. Morreu Dom João VI. Dom Pedro foi proclamado em 1826 Rei hereditário de Portugal. Para engambelar o Brasil, abdicou a coroa na filha Maria da Glória. Um olho lá, outro aqui... Defensor Perpétuo do Brasil...

Levantou-se excitado, menos pela política do que pelo vinho espumante, e segurando o amigo pela gola:

— Não direi mais nada, porque já disse o que não devia. Sabe, Churruca? Este Imperador é um cachorro!...

42) Manoel Ribeiro Viana.
43) José Teixeira da Fonsêca Vasconcelos, depois, Visconde de Caeté.
44) João Gomes da Silveira Mendonça, depois, Marquês de Sabará.
45) Felisberto Caldeira Brant Pontes, Marquês de Barbacena. (1772-1841).

—Você está dizendo bobagens. Estamos felizes com a baronia do João Batista. Vivemos desprezados, esquecidos. Ele agora nos dará proteção.

Já de pé, o Dr. Moreira perguntou:

— Muito bem. Vamos ver nas futuras eleições com quem fica ele... Garanto como acompanha o Imperador.

O Dr. Conversinha respondeu convicto:

— Você se engana. O Barão votará no candidato de Vasconcelos. Tudo fará pelo Brasil.

Quincota se achegou ao grupo com um copo nas unhas e, sem conhecer o assunto, se meteu por ele em bairrismo agressivo:

— Brasil? O Brasil é isto: Minas Gerais e, nas Minas Gerais, o Barão de Catas Altas!

Os Barões já vestidos, o Barão mandou reunir os escravos de serviço no solar:

— De hoje em diante serei tratado por todos Sr. Barão, Barão de Catas Altas. Minha esposa será chamada Senhora Baronesa, Baronesa de Catas Altas.

E muito solene:

— Não admito esquecimentos. Castigarei com severidade aos que não me chamarem Barão!

Já saía para o Salão de Visitas quando apareceu Tijuba.

— Nhô Capitão...

— Barão! Barão, por favor!

O feitor arregalou os olhos, porque não tivera ciência da ordem formal.

— Um capitão do matu tá i cun Higinu pegádu.

— Higino? Higino apareceu?...

Fechou os punhos com força e sorriu com rictus de grande alegria fervorosa.

— Ah, custou mas apareceu... Fez-me perder noites de sono, mas agora vai ver como se ludibria um Barão do Império!

Seus olhos cresceram de súbito, esgazeados e chamejantes.

Chamou o feitor a uma janela, em conversa reservada:

— Olhe, não morreu uma égua no morro?

— Morreu, Nhô-sim.

— Pois você hoje na meia-noite leve três escravos, abra a barriga da égua morta, tirando as entranhas, e enfie o Higino dentro da pança da égua. Costure a parte aberta com correia forte, só deixando de fora a cabeça do negro. Compreendeu? Encarou o feitor nos olhos:

— Compreendeu?

O forro alisou a cabeça com a mão cascuda:

— In-sim.

Chegava o Pe. Pereira, a chamado do Barão.

— Pe. Pereira, hoje vou ter a delícia de fazer vingança com Higino, que foi preso no arraial de São Bom Jesus de Matozinhos de Sabará.

— Perdoe sempre Barão. Seja o sândalo que perfuma o machado que o fere.

— Pra ser feliz, Pe. Pereira, seja sempre como o machado que fere o sândalo que o perfuma...

O Barão palestrava com o padre, à espera da Baronesa, para se apresentarem nos salões já iluminados, quando o mordomo pediu licença para falar:

— Senhor Barão, sou mordomo, pois Sua Senhoria ainda não tem mestre de cerimônias. Permita pois um parecer. Estão chegando da Imperial Cidade umas trinta pessoas. Será conveniente que eu receba primeiro esses visitantes, entre os quais muitas senhoras, para então S. Sa. aparecer a todos, oficialmente, como Barão de Catas Altas.

O Barão, que estava ainda esquerdo dessas etiquetas, concordou, sentando-se com o padre no Salão Vermelho, à espera do cerimonial do mordomo.

Chegavam mesmo os visitantes de Ouro Preto, entre os quais o representante do Presidente da Província, que vinha felicitar o novo grande homem. O Barão estava muito sem liberdade com a vestimenta de gala, que exibia pela primeira vez. Sua indumentária era casaca de seda preta, fosca, cintura fina e abas muito grandes. A gola da casaca subia pelo cogote como levantada gola de sobretudo. Usava colete de seda branca fechado até a gravata *La Vallière* clara, por pequenos botões de madrepérola. As calças eram também brancas, muito apertadas, chegando apenas ao meio do cano dos borzeguins de pelica negra. De bolso a bolso do colete traspassava o corpo uma corrente de platina, em rosário de diamantes e elevados quilates. O pequeno relógio seguro pela corrente era de ouro, cravejado de rubis de Giamscid.

Demorou bastante a recepção e acomodação dos ouro-pretanos, que ficaram nos confortáveis quartos do solar. Só então o mordomo reapareceu:

— Senhor Barão, tudo está resolvido, mas S. Sª. deve dar entrada no Salão de Visitas, lugar de grande elegância, até hoje sem serventia.

Tudo acertado, chamaram a Baronesa, que estava espetacular no vestido de seda negra brilhante, com justilho apertado pondo em relevo os guarda--infantes e decote baixo, que expunha metade dos ombros. Não usava jóias, a não ser o suntuoso brilhante de 23 *carats*.

O fidalgo salão estava enriquecido por cortinas de veludo cor de rosa e era flagrante o aroma de âmbar cinzento queimado nos perfumadores de porcelana. Os hóspedes encaravam a beleza severa do imenso espelho Duas Cornetas Cruzadas, com molduras de lâminas de ouro, puro estilo Luiz XV, que refletia o corpo inteiro dos visitantes.

Eram 6 horas da tarde e as luzes estavam acesas em claridades esplendentes.

Ouviu-se o retinir nervoso da árvore de campainhas dos grandes momentos. Todas as visitas se levantaram quando o mordomo afastou as da porta principal, anunciando:

— Os Barões de Catas Altas!

O Dr. Lu, Guimarães e Pe. Pinto bateram discretas palmas e o Barão, com a esposa, ocupou o sofá de seda rosada, vindo de Paris. Um silêncio embaraçante se fez, muito constrangedor. Nesse instante, ainda todos de pé, o Major das Milícias Rosendo Simas se adiantou, em reverência, de militar de boa raça:

— Sr. Barão e Exma. Baronesa, em nome do Presidente de Minas Gerais venho especialmente felicitar os ilustres mineiros, pela honra que lhes concedeu S. M. I. Dom Pedro I, fazendo-vos mercê do título de Primeiros Barões de Catas Altas.

Os alamares de ouro das dragona; do oficial brilhavam, como as platinas, à luz dos candelabros. O Barão se ergueu, engasgado de orgulho e falta de jeito para a cerimônia:

— Agradeço em meu nome e no da senhora Baronesa a honra que nos dá o Sr. Presidente da Província, enviando-nos tão nobre cumprimento, pelo correto oficial das Milícias Montadas de Minas Gerais.

Estava pálido e tremia. Ainda teve presença de espírito para dizer aos presentes:

— Assentai-vos, por favor.

Nesse instante, Lão tirou do bolso uma papelada. Era uma ode ao novo Barão.

Palmas chochas se ouviram quando terminou a leitura. Guima sorriu para Churruca:

— Os versos de Lão me espinham os ouvidos mais do que grito de arara...

Padre Pereira ouviu e respondeu:

— Esse mentecapto agora deu para poeta. Não sabe que, no século passado, a profissão de bardo só era tolerada em cegos e em mendigos.

Muitos *garçons* fardados de verde, com cabelos em polvilho branco, serviam em copas da Boêmia o Champagne resfriado. Foi então que o Pe. Pereira, de taça erguida, pigarreou corajoso:

— Excelentíssimo Senhor Barão de Catas Altas e digna Senhora Baronesa. A hora não comporta a não ser a saudação de todos os vossos amigos, hóspedes deste solar. Nosso amado Imperador compreendeu que nos faltava, para complemento de sua Corte, um Barão que merecesse sob os aplausos do Clero, Nobreza e Povo, a graça que acabais de receber. Dom Pedro I vergôntea da cepa brotada sob signo do heroísmo nos Campos de Ourique, é hoje para os brasileiros lidador como Bayard, *sans peur et sans reproche*.

Trouxe os cativos do absolutismo para as doçuras da constitucionalidade, com a grandeza de Moisés, que levou o povo do Egito sofredor para as farturas da Terra Prometida. O Barão de Catas Altas é a alma do povo montanhês e foi eleito, por adoração, nosso protetor e guia esclarecido. Homem de coração columbino, pela bondade, pureza e desprendimento pessoal, pode ser comparado a Jesus! Simples, modesto, escondido, nasceu quase no chão, para crescer na Família humilde, pronto pelo seu idealismo, a confundir de novo a Pôncio Pilatos, Governador da Judeia. Pode ter defeitos, que seus amigos ignoram, mas é no Brasil a única pessoa que não tem inimigos.

Mestre Lão aparteou, confiado:

—As personagens que ele mais admira são Jesus, o homem que morreu por uma ideia, Tiradentes, que foi esquartejado pelo amor à Liberdade, e o escravo Nicolau, que sacrificou sua liberdade para acompanhar no desterro o seu senhor.

Churruca estava admirado:

— Que beleza!

O próprio João Batista aparteou, atento:

—Que diabo, isto está um bocado bonito.

O mestre terminava o aparte:

— Sou o cão fiel do generoso dono. Minha fidelidade quer dizer sangue, nervos, caráter, vida. Serei o derradeiro *grognard* da Velha Guarda: *Vive l'Empereur!*

Só então o padre prosseguia na sua arenga:

— A ele, os generosíssimos amigos estão dispostos a dar a última gota de sangue, em penhor de eterna amizade e infinita gratidão.

Quincota, rubro de entusiasmo e vinho, gritou, convicto:

— Ele dispõe de nossas vidas e de nossas famílias, pois seus favorecidos não esquecem o amigo, nem na quinta geração!

O Dr. Conversinha acrescentou com voz firme:

— Bravos! Está falando por nossos corações. Nossas esposas e nossos filhos garantirão, perpetuarão nossa amizade, quando faltarmos!

Churruca estava frenético:

— Acompanharemos, mesmo para a morte, a figura majestosa do Barão de Catas Altas, como o exército francês seguia cheio de ânimo, nos combates, o penacho branco de Henrique IV!

Bateram palmas, inclusive o Major Simas, que achou muito bela a comparação. Várias vezes se esvaziavam e enchiam as taças, que paravam menos nas mãos do que nos lábios. O Pe. Pinto, sempre discreto em pessoa e juízos, falou com clareza:

— Obedecemos às ordens do Barão *perindo ac cadaver*, como defunto, conforme prescreveu Santo Inácio de Loiola nas suas *Confissões*.

O Dr. Conversinha, invejando o latim erudito do reverendo, aprovou, sem propósito, para se mostrar aos presentes:

— O Barão dá-nos tudo de que necessitamos. Sim, ao Barão pedimos *panem et circenses*! Pão e circo!

Churruca, de olhos arregalados, também concordou com força:

— Oh, sim! *Pan y toros!...*

A sala de visitas não acomodava as sessenta e três pessoas, pois algumas senhoras estavam cansadas de ouvir de pé tantas saudações. O mordomo cochichou no ouvido do amo:

— Barão, é urgente levar os convidados para o Salão Amarelo, onde há mais espaço.

Lá se foi o grupo de hóspedes para o lindo Salão Amarelo, cheio de luzes e de flores em todas as mesas.

Mas houve uma gafe na cerimônia tão bem começada — tomaram a palavra do Pe. Pereira, que não terminou a saudação...

A alegria aproximava pessoas desconhecidas no mesmo intuito de agradar os Barões.

O salão resplandecia de lustres e arandelas. Nos lábios já desabrochavam sorrisos que não tardaram a dar frutos de risos agradáveis. Não demorou e algumas senhoras já riam sem motivo, sinal de que o vinho de Reims cumpria seu dever. A Baronesa ria com discreta elegância, jogando para trás a admirável cabeça, um pouco pendida para um lado, depois para o outro, como a mostrar todo o pescoço provocante.

Estabeleceu-se repentina cordialidade entre todos. O milionário ficou desenvolto, esquecendo os trajes que lhe tiravam até ali a graça natural.

A certa altura se lembrou de conversa com o Pe. Pereira, na qual soube que Nero incendiara Roma, celebrando o incêndio a lira em punho. No momento do cataclismo, o Imperador usava monóculo de esmeralda, pelo qual via as labaredas verdes comburindo a cidade.

Ao chegarem ao Salão Amarelo, Churruca avisou que o Barão ia agradecer as saudações. Calaram como por encantamento, de olhos postos no grande homem. O Barão, com altitude de fidalguia à antiga, tirou do bolso do colete um monóculo do tamanho comum, feito de água marinha cor-de-rosa. Entalou-o na órbita direita, fazendo caretas desajeitadas.

O dr. Conversinha cochichou para Guima:

— *Chic*! Parisiense como trezentos diabos. Parece o Conde d'Artois, irmão de Luís XVI, em noite de recepção nas Tulhérias.

Pe. pereira concordava:

— Isto é que é ser faustoso. Na Corte de Lisboa ninguém possui tão precioso *aparelho*.

O Dr. Lu acomodava-se melhor na poltrona:

— Muito catita.

Ligonza intrigou-se com a novidade:

— Que diabo é aquilo, ó Churruca?

— É da indumentária das grandes pessoas. Você não conhece os grandes. Lorde Nelson usava esse artifício nas reuniões do Palácio de Buckingham ou nas corridas de Ascot.

Aquele uso era novo por completo para todos os presentes. Causou espanto o monóculo precioso no olho do imponente fidalgo. As senhoras, sobre os mais, julgaram encantador aquele objeto que desconheciam.

O Barão levantou-se, com a coisa entalada na cara. Levantou-se para agradecer. No instante de profundo silêncio, ele parou com majestade, relanceando os olhares por todas as mesas ocupadas.

— Meus amigos...

Sem que ninguém esperasse, o monóculo espatifando-se no ladrilho. Muitos hóspedes se abaixaram, apanhando os cacos. Senhoras puseram as mãos nos rostos. Dona Guiomar Moreira deu um grito involuntário:

— Meu Deus!

— Oh! Oh!

Dona Lila sentiu a cabeça rodar:

— Que horror! Coisa tão rica!

Deploravam o acontecimento com palavras de sincera lástima. Só o Barão, de pé, nada dizia. Ficara indiferente ao desastre. Quando voltaram do susto, Pe. Pereira ousou perguntar:

— Como foi isso, Barão?

Ele, solene, sem responder, tirou do mesmo bolso outro monóculo, feito de água marinha verde, e enganchou-o na órbita. Churruca gritou sem sentir:

— *Oh, maravila! El ardor de generosa opulencia...*

As senhoras olhavam, embasbacadas, a grandeza do mais rico dos serranos.

O Dr. Lu, encantado, parecia em êxtase:

— Vamos ouvir a voz do novo profeta!

O Barão, com caretas e as mãos prontas para apanhar o que caísse, falou, como prosseguindo:

— Meus amigos... agradecerei no jantar.

Era evidente que não agradecia naquele instante porque, se falasse, o monóculo tombava e, se caísse, a novidade não dava imponência às palavras de um Barão do Império.

Na mesa, Patrocínio contou a Lão que Churruca estava ridicularizando sua ode ao titular. Pe. Dinis, que estava perto, consolou o poeta:

— Não se importe com as críticas de Churruca. Aristóteles também ridicularizou Platão...

No jantar, ou melhor, ceia, começada às nove da noite, por motivos óbvios não foi servido aperitivo. A adega jorrava líquidos finos desde três horas para os hóspedes mais antigos e, a partir de seis, para os ouro-pretanos. O mordomo estava aborrecido:

— Assim não é possível ordem. Em jantar de cerimônia, os convivas não sabem mais degustar meus vinhos nem saborear as finas coisas que vieram à mesa. Por estas e outras dissonâncias foi que o grande cozinheiro Vatel se matou. Não quis ficar desmoralizado.

O mordomo supervisionou o banquete, nervoso, às vezes desastrado. Em baixela de prata *Bico de Pato*, feita na Bahia, foi apresentado pela primeira vez em Minas um prato desconhecido. O mordomo explicou, por ordem do Barão:

— Com a devida licença do Senhor Barão, estou servindo um prato novo nas Gerais: é o macarrão, comida dos bem-aventurados. Este alimento é servido nos conventos aos Padres, Frades e Irmãos em que se percebe o odor de santidade, por ser feito da mesma substância com o que se fabricam as hóstias em que, depois de consagradas, se encarna o corpo de Jesus Cristo. Tenho dito.

Serviu-se aquilo, até com respeito. Dona Marocas Jurubeba negou-se mesmo a comê-lo.

— Cruzes. Comer isto, pra mim é pecado.

O Barão determinou:

— Pois comemorando o prato raro que hoje o mordomo nos serve; vamos beber com ele o Vinho Púrpura! Churruca, admirado, abriu a boca:

— Vinho Púrpura? Que é isso, Barão?

— É o vinho também chamado *Lacryma Christi*, lágrima de Cristo.

Os presentes estavam abismados com aquelas novidades. O Pe. Pereira, muito comunicativo, esclarecia as dúvidas:

— Esse vinho, *Lacryma Christi*, é coisa preciosa demais para ser bebido sem que todos saibam o que é. Diz a lenda que Satanás, ao ser expulso do Paraíso, furtou um pedaço desse admirável Paraíso, com intenção de fazer um outro igual na terra. Um dia o Senhor andando pelo mundo, ao chegar à Itália, viu seu pedaço de Paraíso, que Satanás furtara. Ficou tão triste que chorou e suas lágrimas caíram na terra furtada, e que era agora o Reino do Anjo Mau. Dessas lágrimas brotaram videiras, que se arriaram de cachos. O vinho feito de tais uvas foi o melhor de todos, é o Vinho Púrpura, também por isso chamado *Lacryma Christi*.

O Major Simas adiantou-se, muito agitado:

— Não posso deixar de felicitar o Diabo pelo bem que nos fez, furtando o pedaço do Paraíso que nos deu este vinho. Tenho dito.

Vivas e vaias se confundiram no ar. Vivas pelo vinho, vaias à cara do Major, que estava apalhaçada de tanto beber.

Pois não apreciaram o macarrão. Uns acharam o molho de tomate e pimenta bastante desagradável, outros se queixaram da massa crua.

O prato seguinte foi de borrachos cozidos no leite e dourados em manteiga dinamarquesa Banish Butter fervente, com purê de batatas. A cerimônia da mesa aristocrática exigia que os borrachos fossem trinchados no prato, com garfo e faca. Foi difícil. Patrocínio desistiu:

— Com a mão nua eu comia até quatro ou cinco. Com garfo e faca não sei lidar com estes bichinhos.

Alguns comiam o peito tenro, não indo adiante.

Lão cochichou para Manoelão, indicando Laura:

— Mulher bonita como o demônio, hein?

— Ora, Lão. Mulher é coisa pra agarrar e levar, e você, hoje, de mulher, só pode achar bom mesmo é o leite dos peitos...

Lão ofendeu-se:

— Antes ouvir isso do que ser surdo.

Manoelão discordava:

— Acho que não; antes ser surdo que ouvir isso.

Tiravam as baixelas de prata e o mordomo, ainda por determinação do amo, falou, muito correto nos gestos:

— Vou trazer a baixela de ouro maciço, em homenagem do Barão de Catas Altas aos seus amigos!

Muitos desconheciam a preciosidade. Seu aparecimento impôs silêncio respeitoso aos convivas meio ébrios. Nela foram servidas costeletas de ovelhas e alface crua. O Barão chamou com um gesto o Mordomo Gil:

— Mordomo, esse negócio de vinho especial para cada prato não voga mais de ora em diante, neste banquete. Sirva, à larga, champanha Veuve Cliquot!

Se bem mandou, melhor foi feito. O vinho francês avivou a chama da alegria geral, como um sopro aviva as brasas. Pe. Pinto pediu a todos não fizessem discursos, antes do prometido agradecimento do anfitrião.

Quando retiravam com os devidos cuidados a baixela de ouro, Mestre Lão se ergueu, esquecendo o combinado:

— Pois eu vou contar a vida do meu Joãozinho!

O titular interrompeu-o:

— Mestre Lão, de agora em diante acabaram-se João, Joãozinho Batista e Capitão. Devo ser tratado por Barão, Barão de Catas Altas!

— Assim sendo, Barão e digna Baronesa, meus cumprimentos brotados como sulfataras, do coração do velho servidor.

Sentou-se, desapontado. Do fim da mesa o Dr. Conversinha, apesar da austeridade da reunião, feriu o velho:

— Cacaria-cóó!

E abaixou a cabeça, disfarçado em comensal correto.

O Major Simas revelara-se ótimo companheiro de garfo e copo. Bebiam, pilheriando, alguns com fineza de gente de prol, outros com chalaças de gentalha. Falavam de uma só vez, eufóricos nas raias da bagunça, contida embora pela presença dos nobres. Esquecido do que acabara de acontecer, Mestre Lão de novo se levantou:

— Meus senhores, se Belém foi a terra de Jesus, Roma a de César Augusto, e Atenas a de Péricles, nós temos também Catas Altas, que foi berço de seu primeiro Barão!

O mordomo bateu palmas corteses, para silêncio que se fez logo:

— O Senhor Barão de Catas Altas vai falar!

Ele ergueu-se, com muita proa, encarando todos os presentes das diversas mesas. Notava-se grande mancha de vinho no seu colete de seda branca e a gravata saíra do lugar, estufando mais do que era possível.

— Meus amigos, não é hora de meu agradecimento, que ficará para depois da sobremesa. Quero dizer aos queridos hóspedes e amigos que vou homenageá-los com o que tenho de mais rico, de mais raro e precioso neste ranchinho. Vem agora para a mesa a baixela de porcelana da China, da *Família Rosa Vermelha*, joia que ninguém mais no mundo pode possuir, porque os detentores do segredo dessa porcelana foram degolados em revolta contra o Imperador da China. Mordomo, prepare a mesa principal a receber insuperável baixela!

A mesa foi limpa dos pedaços de pão, flores e folhas arrancadas das jarras de prata pelos amigos menos polidos. Desfolharam pétalas de rosas frescas pela toalha de seda cor de ouro e a preciosidade chegou, nas mãos cuidadosas dos garçons. A chegada da baixela fez levantar os que estavam nas mesas laterais para verem de perto o tesouro delicadíssimo do Barão de Catas Altas.

Olhavam-no calados, pasmos de tão suntuosa beleza. Algumas exclamações dão a medida desse estado emocional. Dona Guiomar, com a mão na face, sussurrava para Dona Lila:

— Será possível uma louça tão bela?

Dona Carmem, mulher do Dr. Guima, ficara extasiada:

— Não pode ser verdade o que meus olhos veem!

Pe. Pinto não tirava os olhos da mesa:

—Não podem ser vasilhas de comer. São vasos sagrados!

Serviu-se nos pratos *roastbeef* ferventado, rápido, em vinho do porto velho, com molho de cebolas brancas, leite, louro, alho e caldo de pimentas maduras.

O mordomo esclareceu com vênias distintas:

— O Barão manda servir o *roastbeef* mal passado, com vinho da Champagne Curvoisier, de safra remota — é vinho de oitenta anos.

O Dr. Lu parecia delirar:

— Agradeço a Deus ter conservado minha vida até este instante, quando experimento emoção tão grande que é capaz de matar um homem sensível.

O Major Simas murmurou:

— Sinto isso mesmo que falou o doutor, mas não tenho expressões para dizer o que experimento. Estou emocionado. Pensei que felicitar um Barão fosse coisa fácil mas conviver com o Barão de Catas Altas é qualquer coisa de prodigioso!

O Dr. Conversinha com a taça na mão, encarava o vinho:

— Este vinho precisa ser respeitado como se fosse subtraído aos deuses.

Estou rezando para poder bebê-lo. Estava terminado o *roastbeef*. Todos cruzavam os talheres, quando o Barão pegou seu prato, jogando-o para cima. Espatifou-se no chão. O em que a Baronesa comia também, do mesmo modo, foi partido. E num frenesi o Barão saiu procurando a porcelana, que aos pulos, espatifava. Senhoras pediam que poupasse o resto. Ele sorria.

— Vou poupar.

Em menos de minuto a baixela *Família Rosa Vermelha* estava reduzida a cacos. Não faltou nada para ser quebrado. E leve, pernicurto, o Barão saltava pelo Salão Vermelho, com as abas da casaca voando... Pulava, com as mãos erguidas, em volteios, delirante, a ganir sem a menor compostura, como se não fosse Barão:

*É de pi, pi, pi,*
*É de pó, pó, pó.*
*Ninguém chupa cana*
*Com um dente só...*

A assistência estava pasma. O Major Simas desculpava o gesto alucinado:
— Parece que bebeu um pouquinho mais.
Churruca discordava:
—Qual nada. Ele pode beber a noite toda que não descontrola. Nunca o vi bêbado. É duro como ferro!
Outros achavam que aqueles gestos eram prova de superioridade. Patrocínio clamava com entusiasmo:
— Isto é que é democracia. Venham ver, nações do mundo, o que é ser democrata!
Depois de muitas piruetas, parou, já recomposto na catadura de Barão:
— E a sobremesa? Vamos a ela!
Depois de muitos pinotes o Barão voltou a seu lugar. Todos se assentaram de novo, embora desapontados. Havia grande mal-estar entre os presentes. Algumas senhoras estavam com raiva do ricaço, pelo absurdo que fizera.
Dona Francisca reprovava a estroinice:
— Assim também é demais. Não é de homem educado. Pra mim, se não está ébrio, ficou doido.
Dona Guiomar apoiava:
— Estou com as mãos frias. Foi um crime. Isto não se faz.
Dona Lila, muito abatida, ria sem graça.
O Dr. Conversinha justificava o delírio:
— Isto é natural dos grandes homens...
Pe. Pereira concondou, com os olhos muito abertos:
— Também Marco Antônio quando Cônsul comia em pratos de ouro, dando-os depois de presente, aos amigos do peito. O Imperador asteca Montezuma, o último soberano do México, só comia uma vez nas assombrosas baixelas de seu Palácio. Depois dos banquetes também quebrava a louça, como fez o nosso adorado Barão. Os grandes homens se encontram, até nas excentricidades.
Disse mais:
— É preciso meditar que o Barão de Catas Altas é de nobreza avita, provém dos Coutinhos, do Donatário da Capitania do Espírito Santo. As raízes da sua fidalguia estão escondidas na caligem do tempo. São da idade de Portugal, antes de Aljubarrota! Suas excentricidades são naturais aos gênios.
Mestre Lão, no auge do entusiasmo, ficou de pé exclamando com os braços arreganhados:
— Essa cabeça simpática merecia, pela vida que tem e enobrece os povos, a coroa de folhas da oliveira sagrada do Peloponeso, coroa que recebiam por prêmio, nos Jogos Olímpicos, os vencedores do pentatlo!
Padre Pinto não estava habituado a beber e havia horas bebia aos poucos mas sem regra. Invejando a expansão do colega, confessou:
— Eu sempre combati o Capitão João Batista, mas, conhecendo hoje o Barão de Catas Altas, me penitencio, pois julguei com provas erradas. Quero ser agora como o Imperador Valeriano, vencido pelo Rei Sópor e que durante sete anos serviu de estrado para seu vencedor montar a cavalo.
O Major Simas bufou, afogado em súbito calor interno. Começaram a servir raríssimo *roshab*, doce de passas, maçãs, ameixas cozidas com açúcar, e perfumado com água de cedro.
Foi depois distribuída uma taça de prata cheia de morangos com creme Chantilly. Patrocínio espantou-se:
— Como consegue trazer morangos da Corte para aqui, Barão?

— Esses morangos são nativos da Serra do Caraça. Têm o mesmo sabor dos cultivados com esmero.

O mordomo chamou a atenção do amo:

— Devo servir na sobremesa Vinho de Chipre ou Vinho Schiraz?

— Pra os paisanos, champanha mesmo; pra os padres, água benta...

O Pe. Pinto precisou descer ao mictório. Um garçon ajudou-lhe a vencer a escadaria.

Quando voltaram, o escravo garçon murmurou na copa a seu colega malungo:

— Ocê arreparô u Pad'e Mest'e?...

— Calanguianu... Si nêgu s'atrevê a ficá comu essi mussonaru — é marufu, pan! tá na pêia... tá na cafua... Cala aí, mea boca.

O Barão levantou-se para agradecer a todos, de uma vez.

— Meus dedicados amigos. Hoje me lembro do Pe. Leitão, quando eu era enxota-cachorros (risos discretos, mas gerais) da Igreja de Nossa Senhora da Conceição de Catas Altas do Mato Dentro. O padre desiludido da vida, falou uma vez no púlpito: — Meus filhos, não creiam no mundo, meditem no que disse o filósofo Aristóteles: *Meus amigos, não há amigos*. Esse Aristóteles devia ter cabeça fraca; a prova sois vós, que me amparais com vossa amizade, desde que cheguei às minas, pobre e desconhecido.

Pe. Pinto contestava:

— Nós não amparamos, rendemos preito de admiração à sua pessoa!

— Nasci na pobreza, em lar perseguido pela doença, pois meu pai morreu cedo, deixando a família desamparada. Disse bem o Pe. Pereira, que nasci no chão e muitas vezes não tinha o que comer.

Mestre Lão ergueu-se, espevitado:

— Sou testemunha disso. O Barão fala como se escrevesse uma página de Heródoto, o Pai da História.

— Vivia do trabalho de minhas mãos, era operário como Jesus antes de ser escravo e réu de crime capital. Foi quando me chamou Pe. Leitão para ser servente de sacristia (muitos risos, em tom educado) e por muitos anos fui eu, menino, quem matou a fome dos meus, com xenxéns ganhos da Igreja.

Churruca exaltava-se:

— *!Arriba tus manos! Honor a la verdad. !Noble chico!*

— Muitas vezes passamos fome...

O Major Simas animou-se:

— Nobre confissão. Coisa rara nos tempos que vivemos. Estou edificado!

Pe. Pereira carregou, cheio de ânimo:

— Confissão de um novo Santo Agostinho!

—...até que me foi dado vir para o Gongo Soco.

Quincota protestava:

— Veio por valentia, por ter vencido um cavalo selvagem, que era indomável! Eu sou testemunha de vista de sua bravura!

Pe. Pereira acrescentava:

— Veio por ato de coragem, domando potro bravio, que a todos fazia recuar, com horror, como Alexandre Magno domou o cavalo Bucéfalo.

— Aqui chegando como Ajudante-de-Sangue, passei a Administrador, pelo trabalho honesto, pela economia. Entrei para a família do Capitão-Mor. Fui chamado, por méritos que não tenho, ao Conselho do Governo, e ali, ombreando com Bernardo Pereira de Vasconcelos, trabalhei para o povo, corrigindo algumas vezes excessos do Conselheiro Bernardo. Eu e Bernardo desvendamos rumos novos para o povo... por isso sofri perseguições de colegas como o Padre Doutor Apolônio, que estava com mania de ser o maior. Sofri prejuízos[46] mas, de olhos sempre para o alto, mostrei aos mineiros quem era João Batista Ferreira Chichorro de Sousa Coutinho, descendente direto de Vasco Fernandes Coutinho, Primeiro Donatário da Capitania do Espírito Santo.

— Muito bem! Bravíssimo.

— Fala claro, certo e sem medo!

— Hoje, agraciado com o título de Barão de Catas Altas; hoje que sou grande no Império, não por pedir, mas por merecer... meu ouro tira o sono aos invejosos; hoje que o menino esfarrapado de Catas Altas fala alto na Praça de Londres, declaro com muita lealdade — sou de meus amigos!

Uma saraivada de palmas e vivas encheu o Salão Vermelho, passou para o Salão Amarelo e saiu para os campos tranquilos, onde pastava naquela hora seu gado pacífico. O titular prosseguia, impassível:

— Meu crédito é ilimitado na Inglaterra, porque ouro é o que ouro vale e os ingleses, gente calculada, conhecem os montantes dos meus depósitos.

O mordomo e quatro *garçons* serviam, em roda viva, inesgotáveis garrafas do Champagne. Embora bebido a mais dois dedos, com seu papinho agora obrigatório de nobre, ele ia terminar:

— Se me acompanharem, faremos uma nova Minas. Não como quer o Bernardo, alterando tudo de uma vez, mas em bases firmes, passo a passo. Eu já lhe disse: — Bernardo, vamos devagar! Os Barões são para servir o Império. Mas eu, Barão de Catas Altas, sou também vosso, meus amigos, sou de vossas famílias, porque no meu ouro mando eu! Tenho dito.

Estrondaram palmas. Muitos vivas. Pe. Pereira declarou com firmeza:

— Eu não sou súdito do Imperador, pela concordata, mas me considero cativo do Barão de Catas Altas, pelo que tem feito pelo Brasil!

Ligonza de cabeça alta e mão para cima perguntou:

— E para o Barão, nada?

Patrocínio respondeu primeiro:

— Pra o Barão, tudo! Hip, hip, hurrah...

Todos o acompanharam:

— Pro Barão, tudo!

O Major Peixoto esgoelava:

— Por ele — tudo; Por ele nossa própria Vida!

O Dr. Moreira crescia, com audácia:

— Eu e minha família morremos pelo Barão de Catas Altas. Ninguém toque num cabelo do Barão!

Várias vozes se ouviam:

— Ao Barão ninguém ofende!

Quincota rouco e vermelho repetia:

— Ninguém fere o Barão, sem passar sobre meu cadáver! Nenhum falso amigo olhe ao menos para o Barão!

O Dr. Lu esbravejava, convicto:

— Neste ponto o Barão é maior do que Jesus, porque não há falso em sua mesa.

46. Ele era grande acionista da Companhia de Navegação do Rio Doce, atacada no Conselho do Governo por Bernardo Pereira de Vasconcelos, sendo por isso anulado o privilégio.

De muitos que falavam ao mesmo tempo, pouco se ouvia, na algazarra que se fez.
A confusão era infernal.
Churruca já estava rouco para ser escutado:
— Barão, Barão, toque meu copo. Para vida e para a morte. *!Baron, Baron, arriba el Baron!*
O espanhol pedia a palavra sem que o atendessem:
— *!Muy señores mios!*
Gritava mais alto, de mãos para o ar:
— *Muy señores mios! !El Baron nos a mostrado el camino de la liberdad y la justicia!*
Mestre Lão gritava, para ser bem ouvido:
—Respeito muito a memória de meu pai, mas seria o mais feliz dos homens se fosse filho do Barão de Catas Altas!
Churruca arregalou os olhos para o Dr. Moreira. Lão ainda gritava no mesmo tom:
— Não é para desmerecer minha santa mãe, mas ela e eu seríamos honrados com isso!
O vozerio enchia o solar e o Major Matos disse no ouvido do Dr. Lu:
— Ele seria o mais honrado dos homens se fosse filho da puta...
Todos estavam exaltados, como loucos, no desvario do entusiasmo por João Batista. Mestre Lão, sempre aplaudido, subindo em mesa conseguiu falar, ainda uma vez, em incrível arreganho de adulação:
— Se um dia, meus amigos, os invejosos invadirem esse castelo para depreciarem meu Senhor, pularei para a vanguarda de seus defensores, defendendo nas armas o estandarte do Barão de Catas Altas. Se me arrebatarem esse estandarte, buscá-lo-ei como Duarte de Almeida retomou o de Afonso V na batalha de Toro. Se me deceparem a mão direita, levantá-lo-ei com a esquerda; se me cortarem a mão esquerda, farei ainda como Duarte de Almeida, agarrando com os dentes o pavilhão do Barão de Catas Altas!
Churruca também subiu em outra mesa, com o copo em punho:
— Pois se isso acontecer, Mestre Lão, eu morrerei ao seu lado defendendo o Barão de Catas Altas, como meu primo Almirante Cosme Damião Churruca tombou na batalha de Trafalgar, combatendo o Almirante Nelson, morrendo em defesa do glorioso pavilhão das Espanhas!
Uma rajada de palmas e vivas coroou o discurso de Lão e o aparte de Churruca. O Barão levantou-se, abraçando seu ex Mestre com os olhos molhados:
— Não tenho palavras, Mestre Lão. Não tenho palavras. Você não me transmitiu sua eloquência...
Abraçou o espanhol, também comovido:
— Churruca! Churruca!
Lu sorriu:
— Para mim esse Lão é como a Princesa Magalona, que, ao falar, deixava cair bosta de cavalo de sua boca...
Lingonza sorria:
— Ele hoje é homem de quitiliquê...
O espanhol mal podia falar, honrado com o abraço:
— *Baron, suplicote no olvides Churruca. Nunca servicio fue tan bién pagado. !Muchas gracias, Barón!*

Quebravam copos. Guima caíra da mesa de onde em vão tentara falar. Na desordem pisaram no pé de Dona Ricardina, cujo sapato desapareceu no acúmulo de pessoas em pé, celebrando, aplaudindo o insuperável fidalgo.

O Barão, ovacionado por todos, com a roupa em desordem, sorria e chorava.

À meia-noite o feitor tirou Higino do tronco e levou-o para o morro, com braços sogados nas costas. Iam também três escravos garantindo a segurança do preso. Chegando no local onde estava a égua morta, revoaram urubus.

Abriram a pança da coisa, que já fedia, retirando a tripagern toda. Empurraram o negro para o vão da barriga da carniça, deixando de fora apenas a cabeça. A abertura da faca foi costurada com correia forte, de modo que o pescoço ficou entalado com pequena folga no couro do animal. O negro estava assim sepultado no vazio de onde arrancaram as tripas. Feito o serviço, Tijuba e os auxiliares voltaram para o Brumado. O feitor para seu rancho, e os ajudantes para a senzala.

Ao descerem o morro, viram a estrela boieira ainda esplendendo, branca e trêmula, duas braças acima do horizonte. Ventos frios remexiam copas de árvores, assobiando nos galhos secos.

Voejavam no trilho, adiante dos pretos, ariscos amanhã-eu-vou. Lá embaixo, no alagado dos córregos, piavam saracuras. A terra estava úmida do sereno da noite.

Regressando, ainda viram luzes nos salões do solar e adivinharam risos alegres lá dentro.

Não tardava a amanhecer e o baile ainda estava em flor, pegando as barras do dia com as mãos.

Tijuba passou a manhã impressionado com o que fizera. Trabalhou carrancudo, com o remorso a morder-lhe a consciência.

— Tem cada coisa nu mundu...

Revia o negro metido na barriga da égua, resignado como rês que era, na hora da matança. O forro fumava sem parar e às vezes estremecia, parecendo ouvir gritos do cativo, pedindo misericórdia. Ali pelo meio-dia, cheio de susto, fez o Pelo-Sinal. Um pensamento o assaltou: E se Nossinhô mi priguntá na hora du jurgamentu: — Tijuba, qui foi que ocê feis cum Higinu?

Que poderia responder? — Fui mandadu, Nossinhô. Num fui ieu... mi perdoe, Nossinhô.

Viu com assombro urubus passando para a carniça do morro. Não almoçou e sentia vontade frequente de chorar.

Assistindo à lavagem do ouro, estava revoltado. Teve ímpeto de largar tudo, ir embora. De repente, em sobressalto, perguntou ao bateeiro:

— Tão gritanu?

O negro apurou o ouvido:

— Num iscutei, Nhor-não.

Metido na barriga da égua, Higino assistia à chegada dos corvos. Já no chão, grasnavam, de asas semiabertas, aproximando-se de sua cara, e ele se defendia com gritos, balanceios de cabeça, cusparadas. Os abutres afastavam-se um pouco para voltar, cevando a carne podre, aberta pelas hemorroidas e vagina. Batia as pernas esticando-as; procurava com os dedos das mãos abrir brechas da correias cruas. Tudo firme. Sentia sede, fome, medo feio do bico dos urubus.

Passou pela lavra um conhecido do feitor:

— C'mé, muito ouro?

— Ôru?

— Estão lavando muito ouro?

— É.

— Pois vou dar um abraço no Barão. Grande homem, homem de bem!

Tijuba, com o estômago ruim, rosnou ao vê-lo se afastar:

— Todu mundu é bão, mais na lua farta u'a banda...

Justas palavras: Todo mundo é bom mas à lua falta uma banda.. Banda que ninguém vê...

À tarde foi levar resultado da lavagem a seu senhor.

— E o negro? Fez o que mandei?

— Fiz, Nhô-sim.

— Agora ele está vendo como é bom fazer cu-de-boi na Lagoa das Antas...

O feitor saiu zambo, leso, vendo a primeira estrela brilhar no céu que ainda era dia. Fechou os negros na senzala e foi para o rancho; acendeu o pito e ficou sentado na porta absorto, besta.

A noite engoliu a terra, gelada pelos ventos fortes da montanha.

Acabado o cigarro, acendeu o fogão, fez um chá bebendo-o sem sentir, com o pensamento longe. Parecia serenar, depois se espantava a gemer curto, como o grunir atencioso de caititu que ouviu latido de cachorro. Ouviu, claro, vozes pedindo compaixão. Chegou à porta, escutando. A noite estava quieta e a rosa branca da lua minguante começava a despetalar claridade fria sobre os morros. Já roncavam puitas graves das antanhas nos brejos. O varjão estava polvilhado de vagalumes verdes, azuis, vermelhos.

À distância, os salões iluminados da Casa-Grande resplandeciam luzes multicores. Deitou-se e não dormiu. No começo do cochilo pareceu ouvir a voz de Nosso Senhor: — Tijuba, que fez você do Higino?...

Tossiu, para se encorajar, acendeu outro cigarro.

Na serra, os urubus que dormiam perto da carniça afastavam-se quando iam chegando para a ceia as furtivas raposas, raposões atrevidos, gatos-do--mato, lobos entresilhados. O negro gritava, já sem força:

— Chô, bicho! bicho, deabo!

— Fincava os joelhos em puxões na barriga da Fricha; fazia o cadáver se mover, afastando um pouco os carnívoros com fome. Agitava a cabeça, movia-a para os lados, bravo, heroico, defendendo-se dos dentes vorazes. Batia os pés no períneo da égua, conseguindo afugentar por instantes os bichos. Gritava fraco, pois perdia as forças naquela guerra desigual.

O fedor das carnes podres tonteava-o, insuportável. Mas os bichos voltavam à carne já saboreada. Chegavam outros, atraídos pela catinga.

No seu rancho, velando, Tijuba sentiu o coração doer e o sangue de liberto latejar-lhe nas fontes. Um brio desconhecido naquele velho ralado por 70 anos de servidão, fomes, doenças, humilhações e obediência sob vergalho de boi, sacudiu o esqueleto do africano septuagenário. Pôs-se de pé, ao ouvir cantos de galos em lugares incertos, muito longe. Pegou o facão de mato, apanhou o varapau de andar de noite, enfrentando as consequências.

Desceu pelo trilho, deixando o Sobrado-Grande à direita e, com pernas firmes, começou a subir a Serra da Terra Vermelha, onde a égua morrera. Caminhava apressado, pela montanha acima, sentindo o coração pular sem ordem.

De longe sentiu o bafo da carniça. Pisou duro até chegar perto.

— Higino?
— Inhô?
E sem mais palavra cortou com o facão as correias que ele mesmo cosera no couro da égua. Ajudou a puxar o malungo para fora, enquanto Higino gemia, de goela seca, fraco mas valente. Ao se ver de pé caiu, para beijar as chancas empoeiradas do forro.
— Higino, ocê agora fúgi, vaimbora! Suverte nu mundu!
O negro, parado de pé, tremia, preso ao chão.
— Anda, coisa-ruim, vais'imbora! Se ocê bubiá el ti mata.
Higino afastou-se extenuado e faminto, no rumo de Guarapiranga. Às 5 horas da manhã Tijuba estava à frente da negrada, no barro.
Depois daquele jantar romano, que durara seis horas, os hóspedes só podiam levantar muito tarde. A festa acabara às três da madrugada e às seis o Barão estava de pé pelo Juliano, com a massagem indispensável. Tomara banho frio de chuveiro e estava lépido e pronto para outras. A Baronesa se recolhera à meia-noite e às oito estava de pé, não muito bem disposta.
O Barão vestia um terno de tropical cor de cinza claro, feito pelo alfaiate inglês Pool, sob medida enviada de Ouro Preto por Oxenford, que voltara a Minas.
Àquela hora mandou acordar Mestre Lão para ler a correspondência chegada da Corte e para saber de outros assuntos.
Quando Lão passou pelo Salão Amarelo, encontrou lá alguns convivas da extravagância noturna. Guima estava trêmulo, fazendo caretas repuxantes de enjoo, só de pensar em garrafas. Vendo-o assim Pe. Pereira chasqueou para todos:
— Hidropsia a bombordo! *Delirium tremem à vista!...* Eu mesmo estou como se comesse raiz de poaia...
O Dr. Lu estava escaveirado:
— Irra! Bebi mais do que Omar Khayyam.
Pe. Pereira contestou enjoado:
— Você está em erro. Omar Khayyam cantava o vinho mas era abstêmio. Só bebia água.
O Dr. Conversinha lastimava-se:
— Levantei com a cabeça chocalhando, nariz frio, dor nos ossos e nas carnes. Sinto mal-estar tão grande como quem viaja pela primeira vez em mar picado.
Pe. Pereira aconselhou:
— Bote uma chave na boca, para não vomitar. Esse remédio é santa relíquia.
Churruca apareceu, comprimindo o estomago:
— *Hoy, sueto gaseosas y refrescos...* Sinto uma dor danada na boca do ventrículo. Parece que vou morrer. Estou todo seco por dentro. Minhas tripas estão trincando como biscoito doce torrado... Parece que agora meu fígado não tem mais jeito. Estou com um *spleen* mais triste do que o de inglês que há muitos anos não bebe água...
Guima estava pensativo:
— Vou ver se bebo um café, o tal *café-noir* do Gil. Vou passar o resto do dia com água de Marienbad ou Selters.
Conversinha opinou com cara triste:
— Ora, você não bebe café, porque ele não é *persona grata* de seu estômago... Você precisa tomar providência, pois arrota tanto que seu bucho parece a mãe dos ventos...

O certo é que todos estavam verdes, escaveirados, de mãos trêmulas.

O Dr. Lu, que já vomitara muita bile, fazia-se de forte:

— Viram como o Barão depois de nobre está esquecendo os assuntos e palavras eclesiásticas, para se expressar em jargão mercenário?

Pe. Pereira, sentado em *relax* com a mão no rosto, ainda teve alento para justificar o amigo:

— Uma língua não pode ficar estratificada, sem a seiva primaveril dos neologismos que a atualizam, vitalizando-a. A língua portuguesa está inçada de estrangeirismos de todos os quadrantes. Foi o linguajar dos jograis andarilhos da Provence que lhe amainou as quinas do dialeto saído do latim. Em nossa língua entram milhares de palavras ameríndias e africanas de várias nações, de onde partiram nossos cativos. Havemos de falar sempre com resíduos verbais de franceses, ingleses, ítalos, gregos, alemães, espanhóis, índios e africanos.

Chegou outro portador, de novo chamando Lão. O secretário apareceu no gabinete com a alva dos olhos rajada de sangue, pela bebedeira imoderada da véspera.

— Está doente?

— Foi um afito, depois do jantar. Esta trabusana me ataca muito...

O rico percebeu do que se tratava:

— Vocês estão bebendo continuado como canto de grilo. Pra vocês deixarem de beber tanto, só andando com barbilho no focinho... Mestre Lão, preciso mandar a Sabará, com urgência. Chame o Benevides pra ir à Fidelíssima Vila com carta de negócio.

Lão estava até rouco da pavorosa ressaca.

— Barão, o Benevides não deve ir a Sabará porque é perseguido ali. A Baronesa não quer que ele tenha questão com os Pilatos de lá.

Irritado, o Barão tocou a campa, aparecendo seu ajudante de câmara.

— Chame o Benevides.

E para Lão:

— Escreva a carta que vou ditar!

Benevides era marcado pela polícia de Sabará, por ser parte no caso da Lagoa das Antas, e João Batista ficara inimigo mortal do Juiz de Direito sabarense, por um fato insignificante, em que o Juiz tivera razão. Quando ainda morava no Gongo Soco, depois do crime de Laura, o Capitão fora a Sabará, decidindo visitar seu velho amigo Dr. Quintiliano José da Silva, Juiz de Direito da Vila. Depois e conversa agradável, chegou, na sala, o café. O Juiz, muito educado, tomou a xícara e ofereceu-a ao Capitão, que recusou recebê-la.

— Obrigado, doutor.

— Não bebe meu café?

— Não gosto de café, doutor.

— Mas este foi coado especialmente para vosmecê.

— Agradeço. Não aprecio essa bebida.

O Juiz depôs a xícara na bandeja, sentando-se:

— O café, Capitão, é o sinal de nossa hospitalidade. Em Minas é habitual em todos os lares o café da Ave-Maria, para os hóspedes.

— O doutor não precisa disso para ser acolhedor...

O juiz estava ofendido:

— O café é a prova de que a visita é recebida como pessoa da amizade do dono da casa!

O Capitão ignorava essa delicadeza, que vinha dos avoengos. Não aceitar esse café era a desfeita agressiva. Saiu, sem pensar no que fizera. A notícia correu logo pela Vila:

— O Capitão Batista recusou uma xícara de café, entregue em pessoa pelo Doutor Juiz!

O Barão de Sabará reprovou a indelicadeza:

— Foi grosseiro! Aquilo valeu por um tapa. O café é o liame entretenedor da amizade nos lares. Beber, juntos, o café, incrementa simpatias, aperta os laços de fraternidade. Recusá-lo em casa de amigo é ofensa grave. O Capitão talvez não saiba que praticou uma ação reprovável.

O escândalo encheu a Vila e os lugares vizinhos. O Juiz estava agastado.

— Julgava-o amigo, desde o tempo do Capitão-Mor Cunha. É um bruto. Só aprecia as bebidas estrangeiras... Isto não tenho para oferecer. Sou pobre mas honrado! Não quer ser amigo, lá se avenha. Sua alma, sua palma.

Todo o pessoal do Foro tomou as dores do Juiz. E cada qual com amigos desabusados, os desavindos foram-se enchendo de razões justas. O mais, para ferir cada um deles, ficou entregue à surda batalha tagarela da intriga.

Mas Benevides foi.

Com a carta no bolso, seguiu para Sabará. Entregou-a ao destinatário e ao voltar resolveu lavar os dentes numa venda.

Às seis da tarde o escrivão do crime Luís Caetano entrou como um furacão na casa do Subdelegado Antônio Lessa:

— O Benevides está aí!

— Que Benevides?

— O negro do Barão que ajudou a Baronesa no crime de Emiliana! Está bebendo um panete no balcão do Justino e pagando em ouro!

O Subdelegado agitou-se e, sem mais, apanhou a garrucha prenha de balas, saindo de trote:

— Vamos! Mas espere... Vá chamar três prés! A criminosa escapou mas os co-réus serão responsáveis por tudo!

Luís Caetano saiu aos pulos, sem tempo de tomar seu torrado preto. O caso era sério. O pessoal do Foro tudo fazia para agradar seu juiz e a oportunidade era boa para vingança. Além de Sabará não ser sede da Comarca, ninguém tinha coragem de intimar gente do Gongo, nem do Brumado, onde quem mandava era agora Barão. Quando Emiliana apareceu ofendida, fizeram auto de corpo-de-delito e foi só. Tudo se acomodou na base da adulação. A desfeita ao Juiz, com o caso do café, mudou os tempos. Dera gana aos funcionários para uma barretada ao superior.

Chegaram os meganhas com armas nos quartos, além de clavinas cheias. Benevides foi agatanhado pelas costas e jungido por cordas, com os braços para trás.

O negro tinha fama de valente e de fato o era. O escrivão ao vê-lo nos sedenhos vangloriou-se:

— Viu, negro safado, o que é autoridade de Sabará?

Bate-paus aduladores gosmavam ameaças:

— Cadê seu fuá, cachaceiro?

—Agora o couro espicha nas vara!

— Agora o refle mastiga mal mastigado...

Já na cadeia, o carcereiro trouxe arrastada a esposa, para sujigar no pescoço você o criminoso. O Subdelegado foi positivo:

— Agora você vai contar tintim como foi o crime da Lagoa das Antas! Vai contar como a Baronesa (que era na época do caso somente Laura, mulher do Capitão), como a Baronesa fez pra cegar o menino e a mãe. Ela cometeu o crime de *suum*, em companhia de alguém, e esse alguém é você! Queria que o incriminado respondesse isso...

O carcereiro revelava-se:

— Sô Delegadu, dexa eu isquentá ele com umas varada pra contá logu tudu!

— Espere, espere. Meta ele na enxovia que vou tomar parecer com o Doutor Juiz.

Chegava o vozeiro Elias Pinto. Sabendo da prisão, assanhou-se:

— Agora vamos saber da frojoca toda. Bote os pés dele no escarpe, que a coisa sai... Ponha o anjinho nos dedos dele, que ele desembucha... Vocês não têm aqui a chapa de torrar pés? Chega pra frente o espremedor de anjujo, que ele conta... É preciso dar pra trás no fogo do Barão, prender a criminosa e os cúmplices. É preciso, também urgente, botar o açamo no focinho do Mestre Lão, que está danado na Serra do Gongo.

— Quando arrancar as unhas com alicate ele espirra a verdade. Negro ruim! Bem diz meu pai que quem nasceu preto não toma a benção a Nosso Senhor no dia do Juizo...

Um soldado negro desorientava ainda mais o preso:

— Nesse sufragante num tem Rei de França nem ronco de papo, nem mamãe me acode.

Amarrado pelo pescoço, pela corrente negra, ele ouvia tudo, calado. Sempre merecera proteção da Sinhá, era o volatim de sua liteira. Fora sempre bem tratado, e, ouvindo aquelas ameaças de martírio, teve medo de, pela dor, falar o que sabia, comprometendo Nhenhá. No escuro da masmorra, sempre de pé, altivo na sua compostura de gigante até ali respeitado, o cativo preferia morrer a acusar a Baronesa. Sabia de um malungo que contou um crime, ao ser apertado com a coroa da cabeça, que espremia as fontes com parafusos de roscas, enlouquecendo o padecente. Lembrou que em Sabará a polícia empregava o espremedor de testículos, de que falara o vozeiro espécie de esmagador de feijão, a que nenhum homem resistia.

Pensava nessas coisas terríveis quando o relógio da Igreja do Carmo bateu 7 horas. Ouviu então uma algazarra de povo chegando na cadeia. O Subdelegado voltava, com ordem de obter a confissão, a ferro e fogo. Luís Caetano sorria, imitando as hienas:

— O amo dele vai ver como é gostoso desfeitear Juiz... Um Juiz como o nosso, que é a flor da juizança toda do mundo!

O cativo, de olhos duros, esperava de pé firme. Aí Benevides foi grande.

Botou a língua para fora o mais que pode, e começou a cortá-la com os dentes afiados. A carne da língua resistia, mas ele trincava os dentes com fúria, cortava-a como um pedaço de carne que mastigasse com fome, ansioso de acabar logo. Esguinchou sangue, a boca encheu-se dele, quente e vivo. Pode afinal cuspir um pedaço da língua, e golfadas borbulhantes de sangue de artérias e veias abertas. Escorria sangue, empapando a boca, o queixo, o peito. O chão molhava-se do que corria da boca.

Quando tudo ficou pronto para a inquirição no corpo da guarda, inclusive honestas testemunhas falsas, abriram a porta, chamando pelo escravo. Ele marchou, seguro, para a porta, balançando as correntes. Quando à luz do lampião e da cambona do carcereiro viram a sangueira e os olhos doidos do cativo, recuaram com espanto.

— Que é isto, Benevides?

Ele abriu a boca alagada pela hemorragia. Chegaram perto a cambona de azeite. O Subdelegado entreviu o estrago:

— Que foi? Hein? Que foi, homem?!

No fundo das goelas um coto vermelho golfava muito sangue.

— Que aconteceu?

Benevides voltou os olhos para o chão da enxovia. Iluminaram. O carcereiro estava horrorizado:

— É a língua dele, olhem lá. Parece a língua. Ele cortou a língua com os dentes!

Mandaram chamar o Cirurgião-Mor José Dias da Silva.

— É a língua mesmo! Só ficou um pedaço, que retraiu para a garganta.

— E agora, doutor?

— Agora não tem jeito. É ficar sem ela!

— Que horror, que horror. E pode morrer?

— Como não? Pode morrer. Depende da hemorragia, que às vezes estanca por si. Se não estancar, morre!

O negro estava ensanguentado e cuspia sem-cerimônia, no chão. Desataram as cordas. Ele alimpava os beiços com as mãos agora livres. Abriram o cadeado que fechava a gargalheira da corrente.

O escrivão do crime correu à casa do Dr. Quintiliano e voltou assonsado:

— O Juiz mandou soltar. Soltem o coitadinho!...

Confirmou, com assombro:

— Pode ir, Benevides! Por que fez isto?

O negro limpava sem parar o sangue da boca, jogando longe os coágulos.

O carcereiro nauseava:

— É muito sangue! Virge'Maria...

Salivava também, com nojo.

O escrivão repetia, de olhos arregalados:

— Pode ir, Benevides... Vai pra casa.

O cativo reapertou o correião da cintura e saiu desempenado, caminhando firme. Pequena multidão de curiosos via-o afastar-se, sem se despedir de ninguém.

Benevides seguiu pela Rua do Fogo-Apagou, que desembocava na estrada do Brumado, pronto a caminhar cinco léguas. Ficou sem a língua mas também se manteve leal. Não acusou, sob torturas, a Baronesa sua Sinhá.

## XI - A FUGA DAS ANDORINHAS

A chegada de Benevides no solar foi comovente.

Viera logo antes dele contar o fato o Damásio, irmão de Patrocínio, que não perdia vaza para um fuxico e adulação. O Barão esbravejou contra o Juiz, como se soubesse com certeza que ele é que determinara o estrago:

— Diga ao Juiz de Sabará que mande sua toga de magistrado pra meu negro Firmino ir com ela ao marapiá dos pretos de Vila Nova. Firmino vestindo a fantasia do passaculpas mais venal do mundo vai ficar desmoralizado mas lá se avenha... Diga também a meus inimigos de Sabará que qualquer dia encrespo o pelo e apago o fogo daqueles fideputas com o bafo de meus bacamartes boca-de-sino.

O Juiz era mulatinho e Lão também o atacava, para agradar o amo:

— Eu nunca tive confiança em negro caboré de couro baio, olhos verdes e cabelos açafroados, que são sinais de muita ruindade. Aquele carafus só tem cachimônia para essas desforras... Esses sacripantas do Foro de Sabará pensam como mulatos e falam como negros. Coisa ruim foi ter-se inventado a África!

A Baronesa chorava, pedindo socorro para o ferido. O Barão atendia-a:

— Nesse caso, se o sangue parou, não há mais perigo. Vamos dar um gargarejo, até ver como a coisa fica. Se for preciso, chamo médico.

Mestre Lão valorizava o escravo para os hóspedes:

— Benevides é negro mimado, por ser volatim da liteira da Baronesa. Ele é quem apanha flores, gabirobas e cajuís para ela no caminho, quando viajam. Sabe ouvir de cabeça baixa e faz com preceito o que ela manda.

Benevides foi para o quarto de doentes da senzala.

O Major Matos estava abafado com o sucedido:

— Nosso amigo fez bem revoltando-se contra a agressão dos trastes do Sabará. Quem apanha sem ficar ferida é a água... O Barão não é homem de renrenrén mas não pede bença a Nossinhô pra sabucar o Juiz de Sabará bem sabucado, no acalenta-menino de Negro Florismundo. Ele não tem medo de Pilatos nenhum e pode entrar no Sabará com seus negros, meio-dia, com sol quente e, solto no mundo, arrasar aquilo tudo com mais fúria que a de Deus quando desgraçou Sodoma!

Não demorou e novo aborrecimento feriu ainda mais o milionário: Chegava um negro com carta do Visconde de Caeté.

Vinha datada da fazenda de Taquaraçu, latifúndio do ex Presidente da Província. O Visconde lastimava na carta que estivessem correndo notícias do caso do Higino, metido dentro da égua podre. A notícia já passara a escândalo, e era preciso que os homens da nobiliarquia respeitassem seus títulos, para evitar agitação das massas contra os poderosos. Dizia que aquele fato estava capitulado no Código Vigente. Terminava: "Que meu caro João Batista pense primeiro, antes de determinar castigos como aquele, digno de Amílcar Barca. É necessário cuidado com certos amigos que, às vezes, dão suspeitos conselhos".

O dignitário do Brumado amarrotou a carta, rugindo para o escravo portador, como leão crucificado:

— Diga ao idiota de seu amo que aqui quem manda é um Barão de verdade e não a sombra de um Viscondezinho de folha de Flandres como Zé Teixeira. Não temo as bachalices dele. Ele tem muitas letras e eu tenho muitas pretas.

O negro retirava-se quando ele repontou:

— Diga também ao politicão assanhado que nesta casa meus amigos não passam fome, como em Taquaraçu. Nossa mesa é franca e não sou como ele que come na gaveta...

Os amigos riram, deliciados pela franqueza do anfitrião, que esbravejava com a insolente empáfia de um garnizé. Mestre Lão exaltou-se:

— Viram a resposta do Barão? Nós de Catas Altas somos assim: Quando falamos, falamos na dureza!

O titular, sentado, ficara em silêncio, como absorto. Todos respeitavam seu silêncio. Ouviam-se curiós cantando na baixada. Um perfume de flores de ameixeiras do pomar entrava pelo salão. Aí o milionário pareceu despertar, respirando fundo:

— Que gostosura de cheiro de moça na hora do casamento.

Mesmo com essa evasão, o nobre mostrava que sua alma devia estar mais amarrotada do que roupa de preguiçoso, esquecida na cabeça.

O Barão estava com um dente cariado que doía, quando ficava nervoso. Preparava viagem ao Rio para tratar do dente, levando a récua de mais de trinta amigos dedicados. Depois da raiva explosiva ao ler a carta do Visconde, levou a mão ao queixo. O dente latejava. Chamou seus hóspedes para um quivira no Salão Amarelo. Ainda estava agitado:

— Devia mandar o negro de volta, bem surrado ou castrado. Se capasse o preto, a resposta seria mais bonita. Sou homem para soltar meus negros da Guarda pra uma sebácea no Taquaraçu, onde não ficará pedra sobre pedra, conforme a palavra divina.

Começaram a beber, e os amigos estavam orgulhosos dos poderes daquela baronia.

O Marquês de Inhambupe[47] fora a Ouro Preto, visitar uma filha doente. O Visconde de Caeté foi vê-lo. No final do encontro o Visconde perguntou:

— Sabe quem vai à Corte? O Barão de Catas Altas. Vai arrancar um dente... Para ele, nas Minas não há dentista que preste... Todos são sacamolas...

O Marquês sorriu com perversidade:

— Esse dente vai ficar mais célebre, mais falado do que o dente de Maomé, que está venerado em Meca... Vai levar os amigos... Esses amigos do Barão são como os cães vadios que acompanhavam os exércitos dos Emires tártaros na invasão das estepes da Sibéria, com o fim de abocanhar restos da cozinha dos bárbaros... E tira muito ouro no Brumado?

— Na madre da água, creio. O ouro ali é escasso.

O baiano indagava:

— Em que ficou o caso do café?

— Ah, essa água de batata tem dado pancas no mundo. Dizem seus amigos que não era café mas água rala de semente de assapeixe. Vai nisso um bate-boca enjoativo. É preciso dizer que, na questão, só foi nobre o escravo Benevides.

Inhambupe comentou:

— Não há no Brasil quem aproveite mais o baronato.

— Baba-se todo, quando fala ou ouve falar no seu sangue fidalgo... Passa agora por descendente de Vasco Fernandes Coutinho Donatário da Capitania do Espírito Santo... Está atacado do se chama auricídia.

O Marquês revelava:

— O Imperador me contou o banquete que João Batista lhe ofereceu aqui. O Barão vestia camisa de holanda branca e tinha botões de brilhantes nos punhos de rendas *valenciennes* bordadas a fio de prata. Creio que foi você quem lhe disse que agora a Baronesa usa borzeguins de pele de texugo, com atacadores de ouro terminados por brilhantes amarelos... O Imperador voltou pasmo de tanto luxo, levando como presente a baixela de ouro.

47) Antônio Luís Pereira da Cunha, baiano. Fora Ouvidor-Geral em Sabará. Em 1826, como Ministro, assinou com a Inglaterra o tratado extinguindo a escravidão.

— O que Dom Pedro falou é verdade. Eu estive no almoço. O Barão é um tanto selvagem, um bocado sem linha, mas sabe prender os amigos com conversa de sacristão feito fidalgo. Sua mesa é servida com abundância de Lúculo e finezas do cerimonial de Luís XIV.

Chegava a data das eleições para Deputados Gerais e o Ministro do Império, Conselheiro José Antônio da Silva Maia, era candidato à reeleição, bafejado pelo próprio Imperador. O Partido Liberal apresentara outro candidato, Gabriel Francisco Junqueira. Nesse instante foi que Dom Pedro subiu as montanhas para nova visita a Minas, onde sua popularidade decaía.

Sua presença coincidiu com acintosas exéquias por alma do jornalista italiano Líbero Badaró, que diziam ter sido assassinado em São Paulo por partidários do Imperador.

O Barão de Catas Altas manifestou-se a favor de Junqueira.

Na sua excursão por Minas, Dom Pedro chegou ao Gongo Soco a 14 de fevereiro de 1830, seguindo no dia 16 para o arraial do Brumado, onde foi hóspede do Pe. Sebastião José de Carvalho Pena. O Barão irritou-se, ofendido:

— Hospedar-se naquela casinhola, desprezando o palácio de um Barão! Levar a Imperatriz para a água furtada do Pe. Pena!...

Mas o Imperador alegou ser antigo e insistente o convite do vigário. Prometeu, entretanto, fazer o desjejum do dia seguinte com o Barão.

E foi. Às dez horas compareceu ao Palácio do Brumado, levando a Real Consorte. Recebido com as honras devidas, o titular ainda na Sala de Pedra se derramou para o beija-mão:

— Reais Majestades, a casa é de Suas Altezas.

Os nobres foram conduzidos ao Salão de Visitas, junto do qual estava um quarto preparado para repouso dos convidados testas-coroadas.

Convidados a lavar as mãos, entraram no cômodo onde havia grande luxo e bacias de prata com água de rosas. Mas ao penetrarem no quarto, acompanhados pelos anfitriões, o Barão deteve-se:

— Baronesa, o que é isto?!...

O leito composto por colcha de seda branca de Macal; as cortinas alvas, os baldaquinos de seda, as toalhas, os móveis e o próprio chão envernizado estavam cobertos de espessa poeira! A brancura de sedas e linhos desaparecia sob o pó amarelo, que fazia uma nata na própria água as bacias. Na parede, um magnífico espelho oval Jitirana de molduras laminadas de ouro estava tão empoeirado que seu cristal *bisauté* nada refletia.

O Barão estava desolado:

— Meu Deus, essa imundície justamento quando recebo meus amados Imperadores! Que vergonha! Chamem as açafatas!

Voltou-se para elas, que chegavam em grande uniforme, com ciganas de prata nas orelhas e cabelos empoados do lis branco:

— Que é isto? Poeira no apartamento de meus reais hóspedes?

As ladinas abaixaram a cabeça. O Barão esbravejava:

— Chamem o mordomo!

O mordomo apareceu, correto:

— Perdão, Senhor. Isto não é poeira de terra, mas ouro em pó, depositado aqui não sei como. Talvez porque no porão ensacou-se às pressas ouro gemado que chegou das lavras.

— Ah, então é ouro?
— É ouro, Senhor.
— Sacudam tudo, alimpem... varram... espanem...
A Arquiduquesa da Áustria, agora Imperatriz, saiu-se bem:
— Pois eu quero lavar as mãos na água com essa poeira.
Lavou-as, enxugando-as na toalha polvilhada de ouro.
Dom Pedro sorria, ante o fingido embaraço dos Barões.
— Foi o Barão quem me doou nossa baixela de ouro, Real Esposa. Estou acostumado com seu fausto.
Já na mesa, o assunto dos reinantes era ainda o quarto empoeirado. A Imperatriz ainda não vira no Brasil, nem no Paço de São Cristóvão, serviço tão rico e serviçais tão bem vestidos como ali. O que os visitantes ignoravam é que o Barão mandara na véspera espalhar ouro em pó, com fartura, no aposento onde os nobres entrariam para lavar as mãos.
O Imperador estava contrafeito, pois fora avisado de que nas eleições o Barão apoiava a Gabriel Junqueira, contra seu Ministro Maia. Fora esta a razão pela qual não era hóspede de seu velho amigo.
Quando terminavam o *petit dejeneur*, o mordomo surgiu com uma bandeja apresentando-a seu amo:
— Senhor Barão, peço vênia para dizer que o pó que enxovalhava o quarto das Reais Majestades era mesmo ouro. Está aqui o que foi varrido: são oito quilos de granetes. Peço perdão pelo que aconteceu.
A Imperatriz abriu muito os olhos, encarada na poeira que tanto decepcionara os milionários. O Barão fazia-se desinteressado:
— Leve isso, mordomo.
E para a Imperatriz, com ar suficiente:
— O ouro não tem a importância que aqui lhe dão. Heródoto conta que na Abissínia, até as cadeias que prendiam os eram feitas de ouro. Aqui em Minas já se fizeram de ouro até gamelas de cozinha...
Mestre Lão, que estava presente, embora engasgado pelas majestades a seus olhos, teve audácia de ajuntar:
— O grande Plínio conta que no tempo dos Romanos, Portugal produziu muito ouro...
Ninguém deu ao velho menor importância, além de zagaiada de um olhar do Barão, que o pôs mudo para o resto do dia.
Aquela erudição barata sobre correntes de ouro fora aprendida do Pe. Pereira.
Logo depois do café, os Imperantes se retiraram e, naquela mesma tarde, seguiram para o Seminário do Caraça.
As eleições se realizaram, sendo que o liberal Junqueira venceu, espetacular, o Ministro Maia, afilhado de S. A. I.

Já havia passado um ano da visita Imperial a Minas. Os comentários do fracasso dessa visita já ficavam descorados.
Repentinamente, em janeiro de 1831, assombrou toda a Província uma notícia sensacional: O Barão de Catas Altas estava falido!
Os amigos constantes do milionário sorriam, com o boato.
Naquele dia alguns deles conversavam em Caeté, de viagem para o Brumado. Pe. Pereira não deu a menor importância ao boato:

— O despeito e a inveja podem rosnar... Eu, que conheço o que possui o grande Barão, respondo: é mentira! O que falam é mentira. São murmúrios da "ínfima plebe", como dizia o Governador Gomes Freire.

Churruca também contestava as falinhas:

— Não pode ser. Há muita gente despeitada com a assombrosa fortuna do Barão.

O Dr. Moreira dava seu testemunho:

— Nunca soube da menor maledicência sobre a fortuna do Barão. Nem eu nem ninguém. Estão jurando malícia contra ele. Em Minas gostam muito de enterrar gente viva...

Ligonza, que chegava de Sabará, falou com pesar:

— Pois parece que caiu raio na caravela. A não ser que isso tudo seja obra do Visconde de Caeté, que está a sangue e fogo com o Barão.

Ao ouvir o boato em São Bento, Mestre Lão enviperou-se:

— Ó gente cega de barbaridade! Não compreendem o que vale o nosso Barão. Vale seu peso em ouro ou em diamantes de galerim de Visapur!

Churruca ouviu atento e balançou a cabeça:

— *Maestro Lão tiene obligación de defender el Barón, a qualquier precio.*

Quincota opinava com grosseria:

— Essa bagagem no nome do Barão é de gente sem raça, é de coxicoló.

Manoelão concordava:

— É isso mesmo. É preciso não confiar muito na palavra da ralé.

Ranulfo, de Santo Antônio do Rio Abaixo, balançava a cabeça:

— Olhem, fumaça é sinal de fogo. Ouvi falar (Deus não me chame por testemunha), que os cofres do Barão estão emborcados! Notícia boa pode ser mentira, mas notícia má é sempre verdadeira.

Os amigos ali reunidos resolveram seguir logo para o Solar, em visita de solidariedade ao capitalista caluniado. Com o mesmo fito chegavam outros, de Santa Luzia, Sabará, Morro Vermelho e São João do Morro Grande, que engrossaram o número dos que já estavam, como de costume, no palácio.

Chegaram, na manhã clara da serra. O solar ensolarado da luz fria do planalto pareceu-lhes ainda dormir como os castelos antigos, sob o olhar das sentinelas indormidas.

O porteiro Arlindo recebeu-os barbeado e bem posto, com o mesmo cerimonial do costume. Cassiano cochilava no seu banco. O Barão esperava-os no Salão Amarelo, onde ventos estabanados agitavam as cortinas cremes como bandeiras em dia de festa.

O Barão estendeu os braços:

—Amigos, aqui está o velho camarada, à espera daqueles que são recebidos de braços abertos nesta cafua.

O titular sorria, feliz da vida. Estava mais magro e pálido, afetando uma alegria fingida. Com barba escanhoada e rosto rejuvenescido por massagem de Água da Inglaterra, sorria de leve aspergido de *Poudre de Ris de Pineaud.*

Seus cabelos entretanto estavam despenteados, sem o brilho do óleo de Lubin, que o acamava em outros dias. Mas podia ser trabalho dos ventos.

Já no conforto das *maples* inglesas, o Pe. Pereira, falando por todos, mesmo engasgado pelo que corria, abriu o bocão:

— Pois aqui estamos, nobre, querido e para sempre prezado Barão. Não viemos como das outras vezes nos honrar com sua presença e a da Baronesa, mas para darmos a ambos o testemunho da nossa nunca mentida amizade, que resistirá à passagem das eras!

*Garçons* chegavam com bandejas de copas de Bucara e botelhas resfriadas do vinho de Reims. Sorvida a primeira taça espumante o padre retomava o que parecia discurso, como quem procura uma ponta do fio perdido de meada.

— Porque não somos os aproveitadores, como por aí se apregoa da nobreza do digno homem público. A prova é esta, na hora exata. Vimos hipotecar ao Barão de Catas Altas nossa solidariedade, contra a maledicência leviana de quem nunca pode erguer as asas.

O milionário baixou a cabeça, de olhos alagados. O padre seguia:

— Nesta visita de amigos cem por cem, é impossível me expressar na palavra o que lateja em nossos corações. Quem o faria? Cícero Demóstenes, o grande Vieira? Não, pois estes sabiam mais acusar que elogiar. Barão, este pugilo de amigos representa a legião dos que não vieram, por ser impossível estar presente neste solar toda a Província de Minas! Mas está aqui a Velha Guarda, cópia da que garantia a vida do gênio chamado Napoleão. Aquela Guarda só era impelida para o fogo, nos momentos cruciais. Quando todo seu Exército falhava o *Petit Caporal*, orgulhoso, mandava avançar sua Velha Guarda, para esmagar o inimigo. Sr. Barão, como na última carga de Waterloo, nós, seus verdadeiros amigos para sempre, amigos até a morte, fazemos nossa a resposta do cabo Cambrone ao ser intimado a se render pelo oficial inglês Halkett: — *Braves français, rendez-vous!* Ele respondeu por todos: — *La garde meurt mais ne se rend pas*!

Silenciou, com os olhos molhados.

— Barão, se a calúnia quiser rondar o vosso castelo, vossa honra e vosso nome de família engrandecido desde priscas eras, nós aqui presentes seremos vossa Velha Guarda, que responde desde já aos invejosos: — *La garde meurt mais ne se rend pas!* Todos o sabem compassivo até para os escravos. Por não ser o que é o Barão, foi que Nero se matou, afogado na maré crescente de injustiças e incompreensões com os povos que dominava.

Parou, para terminar:

— Senhor Barão de Catas Altas, sua Velha Guarda aqui está. *La garde meurt mais ne se rend pas!*

Padre Pereira, de amarelo que era, estava verde e parecia disposto a enfrentar todas as circunstâncias.

Foram ouvidas palmas tão vivas como nunca. Manoelão já sossegado quanto aos boatos, no outro ângulo da sala, espichou as pernas no ladrilho, convencido da solidez da fortuna do amigo e falou muito calmo:

— Grande coisa é não precisar do ninguém. É ter tudo na mão; fazer o que quiser; mas os que não precisam de ninguém estão sujeitos aos botes da inveja.

Enquanto palestravam todos a um só tempo, Mestre Lão aproximou-se do Pe. Pereira:

— Vossa Revma. se equivoca ao dizer que Nero se matou. Encostou um punhal na garganta o ficou sem coragem para calcar. Um escravo então empurrou a coisa, para dentro. Está em Tácito,

— Ora vá às favas.

— Eu, como historiador, não perdoo seu deslize...

O Barão, muito bebido, procurava manter a linha de sua baronia, oriunda de Vasco Fernandes Coutinho. Fez mal em agradecer o discurso, dando explicação a respeito de suas finanças e economia. Foi lamentável.

— Queridos, prezados e bons amigos. Pra vocês as portas deste solar estão sempre abertas. Quando chegarem, serão atendidos. Se não estiver o escravo porteiro, metam a mão e abram a taramela. Se não conseguirem, batam. Se não atenderem derrubem a porta e entrem.

Calorosas palmas e vivas encheram o Salão sempre repleto deles.

— Compreendo que a visita de hoje se prende a boatos sobre minhas finanças. Em verdade muitos títulos de Companhias, comprados do Banco da Inglaterra, sofreram verdadeiro colapso, pelas revoltas coloniais de África o Índia. Falindo na Corte a casa importadora inglesa John W. and John, sofri imensos prejuízos. Enganam-se, porém, os que me dizem quebrado. Além do largos depósitos internos em Casas Bancárias da Corte, *o que tenho em mãos de amigos certos e indiscutíveis me garante velhice abastada, e sossego.*

Palmas vibraram mais chochas, e apareceu de repente a sede mais infeliz na Velha Guarda do Barão. Começaram a beber como para apagar fogo no bucho. Como para despedir da vida.

Com aquela declaração ficavam patenteadas as dificuldades financeiras do minerador. Quando ele falou no dinheiro na mão de amigos certos e indiscutíveis, feriu fundo os presentes, sem exceção, porque todos lhe deviam grandes somas que não poderiam pagar, nunca.

Descendo para o mictório, Churruca estava desapontado, tanto que falou a Ligonza:

— Quem diria? O Barão de Catas Altas, quebrado!

O outro resmungou, encantoado pela evidência dos fatos:

— A juba do leão orgulhoso também cai atacada pelos piolhos...

O Dr. Lu, que estava ao lado, gemeu:

— Mostrou o gato por leão. Parece que deseja nos enganar.

Dos 41 amigos ali presentes naquele dia, só três pernoitaram no Brumado...

Os assuntos tratados naqueles salões com tanta flamância esfriaram, em fingidos bocejos de sono. No outro dia o Barão estava só.

Desde que reformou o Gongo Soco, iniciando sua trepidante vida social, foi a semana que findava a única em que não estagiavam Brumado os seus *Trinta de Gedeão*, em vez dos 300 da Bíblia como falava seu censor Pe. Germano. Fugiram os amigos a leais, os que lhe devotavam amizade incorrutível. Quincota, negociante prestigioso em São Bento, levantara a cabeça com o dinheiro do Barão. Patrocínio dava cartas no comércio de Sabará, com capital do minerador. Churruca minerava e negociava em Santo Antônio, com largo empréstimo do Barão. O Dr. Moreira comprara fazenda e era político, às expensas do ouro do amigo. Era só? Não era. Pe. Pereira, Ligonza, Major Matos, Calimério, Manoelão... Todos deviam enormes quantias ao companheiro prestimoso. Diziam mesmo que em Ouro Preto só não deviam ao capitalista os mudos, que não podiam falar, pedindo. Pois todos eles fugiram depressa do solar acolhedor.

O Barão deixara de pagar as dívidas de fornecimentos anuais às suas casas de Santa Luzia, Sabará, Caeté e Ouro Preto. Por anos e anos, saldava com pontualidade esses débitos, e agora não pudera honrar seu crédito. Joãozé, seu dedicado amigo de Caeté, que lhe fornecia com largueza, estourou cheio de ódio:

— Foi ao fundo, levou o diabo! Não pagou o que deu aos amigos em sua casa desta vila. Não tem mais crédito pra uma libra de toucinho...

Estava falido o Barão de Catas Altas. A notícia desse desastre abalou a Província como abalou Portugal o terremoto de 1775, que subverteu Lisboa e o mundo, ou a derrota de Napoleão em Waterloo. Quincota já tinha boca para acusá-lo:

— Muito vaidoso... Ocupava demais os amigos em seu palácio. A gente não tinha tempo pra trabalhar...

Lila, ao ouvir aquilo, falou, retirando-se:

— Sempre ouvi dizer que o que faz de cachorro gente viva morre com a cauda no dente.

Pe. Pereira já reconhecia erros do protetor:

— Está pagando o pecado do orgulho, horroroso pecado! Queria viajar pela Europa em navio especial, levando todos os amigos do peito... Queria mostrar aos países civilizados quem era o Barão de Catas Altas... Resultado: chegou aqui de trouxa às costas e vai decerto voltar para Catas Altas com as mãos na cabeça.

Patrocínio revolvia cinzas:

— Eis em que deu ficar com a parte do leão. Pôs o pé no pescoço dos herdeiros do Capitão-Mor, tomou tudo... O Barão é estradeiro em roubar viúvas e órfãos. Rouba até o que o rato guarda.

Churruca parecia satisfeito, no tamborete incômodo em que sentava na venda de São Bento. Esticava as pernas no assoalho, com as mãos nos bolsos da calça:

— O Barão urrou na subida... deitou com as cargas... Está aberto nos peitos...

O Dr. Moreira estava glorioso:

— Aí está. Perdeu o pé. Eis em que deu se mover com todos os ventos. O que vale é que o Barão é boquimole, fala sem reservas, revelando a todos coisas íntimas. Ele mesmo se confessou insolvável.

Pe. Pereira mexericava:

— E Laura?

O Major Peixoto respondia:

— Você pergunta por Laura, eu tenho pena é de Mariana, com dois filhos já rapazinhos e agora pobres como escravos. Foi embrulhada com os filhos. Foi mandada pra aqui, sem direito a nada...

Pe. Pereira estava realista:

— Onde não há, até o Rei perde... Devia ser multado na cabeça, por esse nefando crime! Devia imitar o Imperador Diocleciano que, atormentado pelos remorsos, deixou-se morrer de fome.

Peixoto revelava coisas:

— Quando morreu o compadre Cunha, João Batista mandou a mana assinar muitos papéis.

Churruca interrompeu, sarcástico:

— *Enseñaba sus garras y afilaba los dientes...*

O Major continuava:

— Foi passando o tempo. Sem querer, soube por que os Juízes não intimaram o genro a apresentar bens a inventário. O João entupiu a boca do Juiz de Fora com muita nota e o Foro comeu até piar... todos paparam a grande... Agora, quando os filhos do Capitão-Mor estão no ponto de estudos... Lembro muito que o Cunha me dizia: — Meus filhos quando tiverem quinze anos vão para Coimbra. Só voltarão doutores.

Assoou-se com estrépito:
— Coimbra... Doutores... Pobres meninos!

Os ingleses, ficando com o Gongo Soco, também compraram 200 escravos do capitão. Agora o Barão vendeu ao Gongo Soco mais 20 escravos dos quarenta que ainda possuía. O escrivão Abrantes jogou-lhe sua pá de cal:
— Acabou-se o homem. Está torrando a escravatura!
A pior notícia correu logo. O Barão escreveu a todos os seus devedores pedindo a liquidação de seus débitos. Nenhum respondeu, para saldar suas clarezas. Surgiu no mundo boato inquietante: As onças da Guarda Pessoal do Barão iam receber, de qualquer modo as contas.
Deu-se um fato singular. Os amigos que enchiam a boca o nome do Barão, Barão de Catas Altas, para diminuí-lo começaram de novo lhe chamar João Batista, João Sacristão, Joãozinho do Padre...
De todos esses aproveitadores, só o Pe. Pinto, até ali, se mantinha digno:
— Fui dos últimos a conhecer o Barão, mas lhe sou grato pelo acolhimento que sempre me deu. Pedro negou a Jesus três vezes e certos miseráveis negam mil vezes o homem, porque faliu. Nada é sólido no mundo. Os leais amigos de ontem não esperavam as três quedas de quem leva nos ombros o madeiro. Na primeira, os cireneus às avessas abandonaram o protetor. Esses são mais que lobos, são hienas que só atacam, de noite, os feridos do caminho...
*Vae victis!*
A formidável adega do Brumado, que era cofre de vinhos mais velhos e caros, húngaros, alemães, espanhóis, portugueses, chilenos, franceses (oh, os suaves vinhos de França!) tornou-se areia revolvida, na caça das últimas botelhas. Aquela adega que o Pe. Pereira dizia ser a segunda Biblioteca de Alexandria, mais preciosa pelas antiguidades, perdera seus "incunábulos" que eram os vinhos da Champagne, *sec, demi-sec, brut e douce...* O vasto depósito de gêneros ficara oco.
O mordomo entrou um dia na adega despovoada e gemeu, com o pasmo de Wellington ao visitar, anos depois, a planície de Waterloo:
— Deformaram o meu campo de batalha!
Que lhe restava para fazer sustentar a tradição de servidor da Rainha Dona Maria I, do Príncipe Regente Dom João e do Barão de Catas Altas? Despedir-se. Procurou o amo:
— Barão, peço vênia para me despedir de V. Excia. e da Excelentíssima Baronesa. Minha missão está cumprida. Deus proteja Vossa Senhoria.
Naquele tempo, lágrimas significavam sofrimento e lealdade. O Barão deixou cair a cabeça para o peito. A Baronesa afastou-se, para não chorar na vista do retirante.
Mandaram-no levar a Ouro Preto, como pediu, de onde tomaria destino.
O derradeiro a se retirar foi Mestre Lão.
— Joãozinho (já esquecera o nome Barão), Joãozinho de minha alma, seu velho mestre pede licença para se retirar para Catas Altas.
O vencido encarou-o, com espanto:
— Até você, Lão? *Tu quoque, fili mi?* Também tu, meu filho?
— Estou velho, encaneci a seu serviço... Sempre fui homem simples e as grandes desgraças me abatem logo. Quisera ter o corpo, como tenho a alma,

de espartano, para arrostar os bárbaros, as máquinas militares da Pérsia, a cavalaria númida...

Seus olhos embaciaram nas lágrimas.

— Nunca fui como os ratos que fogem do barco, na amplidão do oceano, ao perceberem que a caravela vai-se abrir. Quisera afundar com ela, firme no meu posto, descendo para os abismos como o bravo Almirante Pater que exclamou, ao desaparecer no mar revolto: *O oceano é o único túmulo digno de um Almirante bátavo!* Duas coisas me levam ao voluntário asilo que hoje procuro: escrever imparcial como Tucídides, a *Vida do Grande Barão de Catas Altas* e minha *Gramática Portuguesa*. Essas obras forçarão as barras da posteridade, para seu obscuro professor de primeiras letras.

Ninguém o demoveu de se desterrar. Foi o último. O navio ao naufragar já estava com ondas revoltas lambendo os tombadilhos.

Pois Mestre Lão, embora se despedisse com delicadeza, chegou muito bravo a Catas Altas.

— Acabou-se o Barão com sua prosopopéia toda. Acabou, por não me ouvir. Artemidoro de Cnido, sabendo da conjuração de Brutus, entregou a César a carta de aviso do que ia acontecer, dali a momentos, no Senado. César não leu a carta e foi assassinado com vinte e três punhaladas. Eu avisei com muita antecedência ao Joãozinho o que ia suceder. Não quis ouvir. Faliu, arrastando várias vítimas de sua loucura.

Por todas as casas fazia intermináveis comícios contra o Barão. Na porta do sapateiro Francisco extravasou-se:

— Fenelon foi mestre do futuro Duque do Borgonha, e para ele escreveu *As Aventuras de Telêmaco*; o aluno cumulou-o de honrarias e riquezas. Pois bem, eu fui Mestre do Barão, escrevo o livro *Vida do Grande Barão de Catas Altas* e, dele, só tenho recebido osgas...

Os amigos só se lembravam do falido para ridicularizá-lo. Quincota dizia aos de sua bitácula:

— Há meses não sai. Dizem que está com barba de palmo, toda branca. Está tão pobre que não demora a ser botado na rifa... Água deu, água levou...

Ligonza, que agora bebia a brucutaia amarga, riu sacudido:

— Ele tem é recebido pragas dos céus à terra. Acabou-se pra sempre. Cachorro sem rabo não atravessa pinguela...

Manoelão estava abafado mas parecia satisfeito:

— Está aí. Fez suas maluquices, etc. e tal e agora está como bêbado na ponte.

Padre Pinto, presente, advertiu:

— Não entupas o poço depois de beberes... Pensem que a língua é chicote do corpo. Todos nós somos fracos, a carne é fraca. Lembrem que o infame Pôncio Pilatos também foi juiz e acabou por preferir Barrabás a Jesus.

O padre estava distraído, pensando decerto no Barão. Apanhou a tabaqueira, ficando absorto, com ela na mão, sem a destampar.

Os próprios escravos do Barão perdiam-lhe o respeito. Relaxavam a rigorosa disciplina dos outros tempos.

Estabelecera-se, com ignorância dos senhores, terrível inimizade entre os escravos do Gongo Soco e os do Brumado, que se ameaçavam constantemente.

Naquele dia, indo a serviço a São João do Morro Grande, Negro Florismundo e Pintado encontraram na estrada o feitor Zinga, do Gongo Soco. Ao cruzarem no caminho, o do Gongo ia a cavalo e os do Brumado a pé, Negro Florismundo insultou-o, com sua voz de comando:

— Pera aí, caixorro! Vou te mostrá ocê pra qui obra ruim sua máis'arreganhô!

O inglês inquiriu:

— É cumigu?

— Iêu l'amostru!

A confirmação foi uma porretada seca na cabeça do feitor, que procurava tirar a garrucha. Pintado quebrou-lhe o braço com o porrete. O três-folhas de Negro Florismundo voltou-lhe firme no pescoço, nas orelhas, na cara.

Pingou sangue, Zinga caiu do cavalo e Pintado, furioso, puxou da faca para sangrá-lo.

— Dexa u'a lambugi de sangui pra meo ferru, malungu!

O braço de Florismundo afastou a arma e continuou a derrubar o pau no coco do feitor, que, desmaiado, gemia soturno. Pintado rosnou de olhos vermelhos:

— Árri, trem ruim!

Ainda cansado do exercício, com o pau na mão. Negro Florismundo inchava o pescoço:

— Toma, deabu! Nen toda hora o riu pega pexe...

Comentando essas porretadas, Manoelão estava contente:

— Negro Florismundo atacou o inglês com tanta gana que saíam até lascas de fogo nas porretadas...

Os negros, pensando que o agredido estivesse morto, continuaram a caminhada para o solar. A intenção de Pintado era sangrar o inimigo, pois só era homem no ferro frio, nas chuchadas à noite. Na senzala perdeu o sono, lastimando não ter podido gozar sua deliciosa facada no feitor.

À tarde correu no São Bento notícia da briga. O Major Peixoto, que voltava do Brucutu espalhou boato, na venda do Quincota:

— Soube agora, no caminho, que teve um na cerca-lourenço feio dos negros do Brumado com os do Gongo. Os do Gongo entraram na xaramandusca e no ferro frio. Diz que morreu gente.

Só mais à noite souberam que Zinca estava espaldeirado no chão. Ninguém morrera.

Zinga era inglês preto e vivia soberano em Gongo Soco. Os ingleses o trouxeram de Kinberley, como feitor de confiança e seguro manejador do gato de nove rabos. Em vista do sucedido, o Capitão Lyon deu queixa dos criminosos.

As autoridades ficaram prontas para agir. Não agiram, por mais que os ingleses reclamassem, alegando que seu auxiliar quase morreu. A polícia desejou prender os acusados, mesmo por acinte ao fracassa o Barão. Prender, prendiam. Mas ninguém livrava as autoridades de vingança infalível das onças pretas do Brumado. A coisa ficou por isso mesmo. Tudo na impunidade.

O Dr. Moreira comentava com razão:

— Não respeitam mais ao Barão mas mijam de medo dos escravos de sua Guarda.

Era tal a preocupação dos interessados no estouro do magnata, que aconteceu coisa bastante incrível. A abdicação de Dom Pedro I e o 7 de abril de 1831 pouco abalaram o centro mineiro, onde dominara o Barão. Só aos retrógados a abdicação feriu fundo. É que o povo, pouco político, estava entretido com a falência do milionário.

Era humilhante o atrevimento com que os credores cobravam contas do titular. Iriam ao Brumado para levar por conta o que pudessem, caso não temessem os famosos valentões do palácio.

O Barão mandara empenhar, parece que no Ouro Preto, as baixelas de ouro e de prata. Pouco lhe restava para a manutenção. Nada recebeu das cobranças que mandou fazer em delicadas cartas. O novo Rei Creso estava quase às esmolas...

Naquele serão noturno Laura conversava com ele, sem recriminá-lo de tantas leviandades.

— Devíamos tomar providência quando o feitor lhe avisou que as andorinhas estavam fugindo. Nas minas de ouro, quando fogem as andorinhas o ouro acabou e vão chegar desgraças. No Gongo Soco, meu pai, ao se levantar, ia logo à varanda ver o céu. Procurava as andorinhas. As andorinhas do nosso Brumado sumiram todas... Pode ser que algumas vão, como dizem, para outros climas. Mas algumas nunca saem da região em que nasceram. Estas se foram também...

O Barão, com frio, estava embiocado no seu sobretudo de couro de camelo com gola de marta. Quando Laura deixou de fala, ele gemeu com lentidão:

— Havia um homem na terra de Uz, cujo nome era Jó... Era o homem mais rico da terra em ovelhas, camelos, ouro, palácios, lavouras, chãos. Reduzido à ruína pelo bafo de Deus, ele próprio foi transformado numa chaga maligna. E aquele que fora potentado não pecou nem atribuiu falta alguma ao Senhor. Seja feita a vontade divina...

Começou a soluçar, dentro da insônia. Lá fora, na paz da noite desabrochavam as boninas. Piavam, as espaços, peixes-fritos.

As luzes dos Salões estavam apagadas. A Baronesa acendeu um cigarro:

— Levante a cabeça. Não se deixe humilhar pela choldra que sempre viveu engasgada de tanto ouro seu, corja que devorava ouro como porcos comem batatas. Vamos vender tudo que é nosso. Vamos mudar de terra, vamos embora!

— Laura, tudo que temos está hipotecado.

Laura ergueu-se da cama e, de camisola, chegou a uma das janelas. No silêncio da noite velha, roncavam gias no tremedal do varjão. A moça contemplava a noite quieta. Um soluço quis rebentar na sua garganta. Ela reteve-o, com seu grande caráter.

Seu marido choramingava, no mais completo desalento. Ela apagou a lâmpada de cabeceira, dando ordem:

— Joãozinho, vamos dormir.

## XII — MARÉ DE LUA CHEIA

Mas não dormiram.

Deprimido e com crises quase histéricas, o Barão escondia-se, não recebendo mais ninguém. Laura, sem recriminações, assumiu o controle de todo o solar, dos escravos restantes e da recepção aos credores.

A moça singela do mato cresceu em energia, exigindo respeito ao nome de seu marido e compostura, ao falarem com ela. Não prometia absurdos nem falava com engambelos. Estava ajuntando as contas para pagar o que fosse possível.

A pavorosa situação da família já durava seis meses, período no qual só os credores a procuravam.

Era já meio-dia quando chegou um desconhecido, pedindo para falar ao Barão. Laura recebeu-o:

— O Barão está doente. Sou a esposa dele e posso atendê-lo.

— A senhora não vê que tenho umas terras pra vender. Coisa pouca. Perdi a velha e ando perrengue; pra lutar sozinho é encravo. Tenho uma filha de criação na Barbacena e quero reunir tudo e ir para lá. Ver as netas crescerem. Esperar a vontade de Deus.

— Nós não podemos comprar terras. Mas agradeço a preferência.

— Minhas terras, pra quem possui capital, tem valor...

A senhora silenciara. O homem continuava:

— ... tem ouro.

Vendo frustrada sua viagem, encarou o chão, como vencido.

— Eu trouxe até uma amostrinha da terra.

Ela, sem pegar o embrulho que ele tirara do bolso, recusava.

— Não nos interessa, seu... qual é seu nome?

— Augusto. Augusto Gouveia da Silva, seu criado.

— Não nos interessa o negócio.

— Mas o Barão, vendo... às vezes se anima.

Laura tomou o embrulho e foi mostrar ao marido.

— Mande chamar o Tijuba.

Sopesava a terra, pesada.

— As ordi, Nhô Barão.

— Bateie isto.

Não tardou que o feitor voltasse espavorido, entrando no próprio quarto do senhor:

— Nhonhô Barão, tem cinco oitava! Um tiquinho de terra, Nho-nhô...

— Uai! Onde está o homem?

Foi para o Salão Amarelo, onde o visitante fumava tranquilo cigarro. Depois dos cumprimentos, o Barão passou a inquirir o ofertante.

— Onde são as terras?

— Na Macaúba[48].

— Quantos alqueires?

— Coisa de vinte, sim, senhor.

— E as terras são suas só ou tem herdeiros?

— São minhas. Não tenho filhos, isto é — tenho uma de criação, na Barbacena.

— O amigo minerava?

— Nhor não. Planto uma besterinha de roça. Tive um gado, pouco; vendi... Depois que a velha foi chamada por Deus, vou de gangão em gangão... Desanimei.

— Como descobriu que em suas terras tem ouro?

— Vai tempo, já.

— E por que não explorou?

O velho sorriu pela primeira vez:

— Sou discrente disso, Barão... No tempo do Capitão-Mor no Gongo, falei com ele no assunto. Disse que ia mandar ver, não mandou. Ele morreu

48) Não era a fazenda de Macaúbas onde até hoje está o Recolhimento de Macaúbas, fundado por Felix da Costa. A Macaúba dessas terras era um sítio, hoje entre as cidades de Florúlia e Rio Piracicaba. Está agora no município de Florália, perto da cidade de Santa Bárbara, então Santo Antônio do Rio Abaixo.

(Deus o conserve em sua misericórdia), e eu sempre querendo vir falar com Vossa Senhoria, sem poder. Vem dia passa dia, e o dia chegou...

Riu de novo, delicado. E em desalento:

— Estou meio velho. Vou esperar a mão de Deus me chamar.

Laura reacendia os olhos, havia sete meses amortecidos.

— Seu Augusto, aceita um café?

— Aceite, sim, senhora, não sendo incômodo. Saí cedo...

O Barão também se reanimava:

— E quanto quer o amigo por suas terras?

— O preço é sete contos. Mas o senhor pode ver, examinar meu chão... sei que tem ouro.

Seria possível que Augusto não soubesse da situação de João Batista, nem tivesse ouvido falar na sua queda?

Laura engrenava as conversas:

— Pois eu sou filha do Capitão-Mor, seu Augusto.

— Pois não. É a Senhora Baronesa?

— Sou, seu Augusto.

E ele, se levantando, estendeu-lhe a mão:

— Muita honra. Um criado de Vossa Senhoria.

O Barão indagava:

— Posso mandar ver suas terras?

— De mais!

— Pois vou mandar.

Laura, obsequiosa, estava sempre dentro do assunto:

— O senhor dorme aqui e nosso feitor vai com o senhor amanhã.

— Espere... amanhã eu não posso. Vou no Sabará. Estou de a pé e cinco léguas não são graça.

O Barão alvitrou:

— Não, o amigo vai de madrugada com o feitor, em nossos cavalos.

O ancião vacilava:

— Tenho um chamado, lá, do Coletor... é negócio de uma casa, que ele me ofereceu pelo terreno...

Laura, vendo a presa fugir, pulou como onça:

— Temos pressa em conhecer seu rancho. Depois o senhor vai, em nosso cavalo, pra Sabará.

Ainda estava indeciso:

— Trato é trato...

— Olhe, seu Augusto o senhor já jantou?

— Pra dizer verdade ainda não vi hoje cruz de sal na boca...

— Pois vai jantar!

Jantou, pernoitando no solar. Às cinco da manhã partiu com Tijuba, que levava almocafre o bateia. Levava ordens para nada revelar ao proprietário, quanto ao ouro que aparecesse.

Por volta das seis da tarde, o feitor regressou dc olhos arregalados, trazendo nas garras 3 quilos e 400 gramas de ouro do 23 quilates.

A Baronesa ouvia lá dentro o relatório reservado do forro:

— É oru muntu. Só venu... É oru cumu nu Gongu!

O velho, que voltava com o feitor o estivera na chuva desde a madrugada, tremia, batendo os dentes.

— É frio, Augusto?
— Friage, Sua Senhoria. Minha velhice não aguenta mais a friage...
— Quantos anos?
— Perdi a conta. Sou veterano... Até a morte da falecida ia assim, assim. Hoje, estou destelhado...
A senhora trouxe um cavur de casimira inglesa, colocando-o nos ombros do velho:
— Este capote é pra você, Augusto.
— Não mereço, Sua Senhoria.
— Merece muito, é seu.
Levaram-no para o jantar. Laura vasculhou a imensa cave encontrando duas garrafas e vinho de Catas Altas, coisa sem valor para os outros tempos.
No fim da refeição, Laura entrou, apalpando:
— Augusto, acho que vamos negociar. Mas sete contos são dinheiro imenso pra suas terrinhas...
— É o preço. O Coletor do Sabará...
— Mas Augusto, na crise em que vivemos, terras não valem quase nada!
— Não cortando o bom propósito de Sua Senhoria, o Coletor do Sabará, sabendo de minha propriedade...
— Não! Me ouça! Você faz uma diferença?
— O preço é sete, mesmo.
Aquela guerra de preços passou a guerrilha, a escaramuça de ataques e recuos, de investidas e defesas. Com o cansaço, o vinho, o sono, além da heróica bateria mosqueteira de Dona Laura, que falava por dez, às 11 da noite chegaram a um acordo. O Barão comprou as terras de Macaúba por três contos de réis. Esse dinheiro foi obtido por Laura, que havia pouco vendera as últimas joias.

O Barão de Catas Altas, com a altiva Baronesa, foi para o rancho de taipa onde morara, por 50 anos, o velho Augusto.
Levaram todos os escravos úteis, machos e fêmeas, que pudessem trabalhar no barro. O mocambo residencial coberto de sapé dos nobres falidos tinha dois quartos, sala e cozinha. Levaram roupa de cama e colchões de clina.
Os ontem orgulhosos Barões passaram a residir no rancho de terra batida, com parede de sopapo.
Barrocão, com ordens de guerra, ficou guardando o solar. Os escravos em Macaúba se arranjaram em ranchos erguidos às pressas. Ninguém reclamava.
Só Fausta se carpia:
— Nha Baronesa, genti, nesse ranchu... Coitadinha...
Souberam logo em Santo Antônio, da mudança dos Barões. Churruca estava deliciado com a novidade do salto mortal, do palácio para a cafua:
— Foi o remédio... foi plantar roça pra não morrer de fome... Os credores estão na justiça pedindo praça do que lhes restou, cacarecos, pra pagamento das dívidas.
Pe. Pinto sorriu, fazendo beiço:
— Justiça... justiça... Creio eu lá em pilanga que ouve perjuros como prova idônea, e condena inocentes perseguidos...
O Major Matos confirmava tudo:
— De qualquer modo ele está arrasado. Está nu, em cima das pernas. Não possui mais nada, nem um puto vintém!
Patrocínio mexericava:

— Dona Maria, Dona Mariana e o resto da parentalha, envergonhados com o desastre, mudaram-se, de repente, pra Sabará. É a primeira vez que vejo mãe ter vergonha de filho...

Pe. Pereira tentava justificá-la:

— Fez muito bem. Dizem que ele está meio gira...

O Dr. Moreira falou com ares doutorais:

— Gira ele sempre foi. Soube que anda muito magro, que está atacado pela hetiquidade. Quero ver onde ele irá agora, com aquelas pernas tortas de burrinho criado em várzea... Burro criado em várzea, com o esforço para comer no chão, acaba ficando cambota...

Riu da própria graçola idiota, para adiantar em invencionices:

— Dizem mesmo que um negro de sua senzala tentou matá-lo, a foice, para vingar maus tratos do tempo em que era gente...

Pe. Pereira afetou ares circunspetos:

— Acredito, não é impossível. Pompeu dominou todos os povos da Ásia, chegando a Roma com butim de guerra de incalculável riqueza. Entrou em Roma revestido com o assombroso manto de Alexandre Magno, retirado pelo vencedor, do tesouro do Rei Mitidrates. O povo se prosternou diante da imponência do herói, que exibia nos ombros o manto real de Alexandre, o maior capitão da antiguidade. Pois Pompeu não demorou a ser apunhalado, por um miserável felá, nas praias tristes do Egito. A história sempre se repete...

Aquelas bocas vorazes que mastigam manjares finos e engoliram catadupas de vinhos de Reims não sabiam é que, no fim de uma semana, foram apurados, em Macaúba, 41 quilos de ouro de quilate nobre! No fim de dezembro, com mês e meio de trabalho, estavam nos seus surrões 211 quilos de ouro! O ouro forçava a terra, estufando-a, querendo sair. Filões grossos do metal apareciam, assombrando os próprios escravos cavadores. Corriam em horizontal, com palmo de espessura, a meio côvado da superfície[49]! Fausta, ao arrancar uma batata doce, na velha horta de Augusto, achou uma pepita com 3 oitavas de ouro!

Nas terras cruas das redondezas, até escravos velhos e fracos cavavam, carregando terras em samburás, de que apuravam muitas oitavas.

Tendo ciência do trabalho em Macaúba, o Dr. Moreira sorriu com fingida tristeza:

— Coitado, vive a aguar esperanças... Mas agora é inútil. O Barão desfez-se em vento; acabou-se.

O velho Pe. Pinto, ao saber das críticas assacadas pelos ingratos, revoltava-se:

— Suas setas embebidas em caldo de pimenta oleoso são, às vezes, como as dos gregos, molhadas no veneno das serpentes.

O ouro apurado de dia era conduzido à noite, sob guarda de Palacete e Jabutirica, para o solar do Brumado, onde Barrocão vigiava com seus olhos de cão de fila. Em fins de janeiro já haviam apurado perto de 400 quilos de ouro nativo. O ouro virgem era tanto que, em parte, era fundido em panelas de barro na boca da mina. Nesse cadinho tosco, o ouro, misturado a azougue e aquecido ao rubro, fundia.

Cinco meses depois do início do trabalho, os Barões voltaram para o Brumado, porque Laura adoecera. A casa de chão, umedecida pelas chuvaradas do inverno, abalara a saúde da senhora, que tossia sem poder dormir. Mal

49) Na mina de Macaúba o Barão apurou de uma feita 100 arrobas de ouro, que vendeu por 614:400$000. (Cr$ 614.400).

se deitava, a tosse aparecia, sacolejada, com pianços de asma. A mineração ficara guardada por Negro Florismundo e Pintado, sob as ordens de Tijuba, que ainda era o feitor de confiança.

Em março, a conselho da esposa, o Barão foi a Sabará pagar tudo o que devia no comércio!

Antes de seis da manhã, no seu velho cavalo sabino de marcha batida, o Barão, envolto em alvo guarda-pó, surgiu, na reta da chegada de São Bento, seguido por Palacete e Negro Florismundo, que levavam armas aparelhadas de prata.

Iam-lhe na esteira dois negros bem vestidos, com chapéus de feltro, levando malas na cabeça dos arreios.

Quincota, que gozava o sol nascente na porta de sua venda, reconhecendo o viajante entrou estabanado na casa, tropeçando na soleira da porta.

— Lila! Lila!

A moça chegou assustada.

— Olhe! Corra!

Os viajantes passavam pela porta, nem olhando a casa acachapada, de grandes telhas sujas de limo verde, com cercas laterais cobertas de são-caetanos, de cujas ramas pendiam brincos escarlates de frutos maduros.

Uma poeira leve se levantou do chão mal-molhado, atrás dos cavalos, para cair logo. No rompante com que marchavam, às 10 horas chegariam a Sabará.

No domingo de céu azul suave e cristal irradiante, como são os dias de Sabará, o povo saía da segunda missa. Muita gente, ao ver passar a ligeira cavalgada, reconheceu o viajante:

— O Barão!

— O Barão de Catas Altas!

As ferraduras novas de sua cavalaria tiravam chispas nas pedras de fogo do calçamento. Ao passarem pela Igreja de Nossa Senhora do Carmo, Mestre Jurubeba, que se retirava do templo com sua velha esposa, deu com os olhos no ilustre ex-cliente. Procurou se esconder atrás da mulher, puxando, perturbado, o chapéu para os olhos. Nesse instante o Barão passou por ele e, com sorriso davídico, balançou a mão, saudando-o:

— Jurubeba!...

O charlatão, abismado com o que acontecia, tirou rápido o chapéu, na mais servil adulação:

— Barão, me honro de respirar a poeira que seu cavalo levanta!

João Batista nem ouviu, já ia adiante. Foi parar na calçada de sua confortável residência do Largo de Santa Rita, agora fechada. Palacete abriu-a.

— Chame todos. Todos que tem contas a receber.

Citou muitos nomes. E alto, para os devotos que saíam da missa e passavam por sua porta:

— Vim pagar todas as minhas dívidas, a dinheiro!

Abertas as janelas, Palacete, com um pano, limpava a poeira havia meses acumulada nos móveis.

Foram chegando os credores. Reverentes, curvavam-se ao Barão que, instalado na *maple* de couro da Rússia, respondia com a cabeça.

Quando todos os credores estavam presentes, os olhos duros do infamado percorreram o grupo.

— Palacete, falta o boticário Mestre Juca.

Não tardou a chegar, apressado. O Barão então falou, sob o silêncio monetário dos agiotas:

— Peço perdão por ter demorado a saldar as contas apresentadas por Suas Senhorias. Vim hoje pagar tudo. Queiram passar recibos das contas, que não conferi, por fiar na honradez dos senhores.

Foi pagando um por um, com dinheiro retirado das malas abertas no chão. O último foi o boticário, que afetou indiferença pelo dinheiro.

— Barão, o senhor não me conhece. Fui dos que confiaram no seu caráter impoluto... Fiquei indiferente com Mestre Jurubeba, por acusá-lo sem razão. Alegava que o senhor não lhe queria pagar dois contos e cento e cinquenta mil-réis que lhe deve, há muitos anos. Disse-lhe mesmo: — Você não presta, Mestre Jurubeba. Porque esse bigorrilha acusava-o sempre. Eu repetia: — Cale a boca, você não sabe quem é o Barão de Catas Altas!

Parou para ver o efeito de suas palavras.

— Só recebo seu dinheiro porque Vossa Senhoria insiste. O senhor tem o crédito todo do mundo na minha Botica!

Enquanto ouvia aquela declaração de amor, recordava que, ainda havia pouco, o boticário se negara a lhe mandar, a crédito, um remédio para dor de dentes.

Mandou Negro Florismundo procurar Jurubeba, dizendo-lhe que ignorava lhe dever mas, se provasse, viesse receber a conta na boca do cofre.

Tudo resolvido, partiu para o Brumado, parando apenas para uma oração na Igreja do Carmo. O povo estava pasmo com o que se dera, pois todos o julgavam falido para sempre. Ajuntou gente na porta do solar do Largo de Santa Rita, gente curiosa de ver o Barão, de que tanto se falava. Alguém comentou:

— Ainda voltou muita pelega. Mais de meia caixa!

O negociante Salustiano, que recebera tudo que lhe era devido e fora dos que mais infamaram o devedor, explodiu com olhos piscos:

— Assim fazem os honestos! Pagou tudo no Sabará, de cabo a rabo.

Padre Romão, mestre no Inficionado e que estava na Fidelíssima Vila, conhecendo toda a história, falou claro:

— Falaram pelos cotovelos. Fizeram um boi-de-fogo danado com o caso do Barão. Ele chegou, limpando seu nome, e saiu de cabeça erguida!

O velho Damasceno, ex-seminarista de muito preparo e que vivia bêbedo, sorriu com sarcasmo:

— Fez o que se chama dar coice na fuça... Isto é que é ser homem!

O assunto assanhou a vila em peso. O nome do Barão saiu do lodo, enobrecido. Cresceu, ultrapassando a antiga fama.

Na sua Botica, Mestre Juca repetia os elogios ao titular:

— Eu sempre disse: — Não menosprezem um Barão, pois melhor que um Barão, só outro Barão.

O que João Batista fez em Sabará, repetiu em Santa Luzia, Ouro Preto, Caeté. Não demorou a viajar para a Corte, onde também pagou todas as dívidas, trazendo 30 escravos meias-caras, comprados a dinheiro na Capital do Império.

Veio com ele o Mordomo Gil... Voltou ao solar o precioso homem que deu vida ao cerimonial mais admirado das Gerais. Estava radiante de alegria, e comprara na Corte o que faltava no Reino da Serra do Gongo.

Quem não andava bem da saúde era a Baronesa. Depois dos exaustivos trabalhos e a vivência no rancho térreo, não recuperara as forças; tossia sempre.

Com o frio das montanhas, parecia mais abatida.

O dia 2 de junho de 1833 amanheceu enfarruscado. Um nevoeiro cinzento desceu dos céus, escorregando pelas escarpas e ligou-se à neblina plúmblea que velava a terra.

Parecia a iminência das tempestades antigas, no começo das chuvas, em outubro. Junho sempre foi, no planalto montanhês, o mês frio das névoas adensadas que fazem o sol aparecer, em certas regiões, com o dia pelo meio.

Mas naquela manhã o *fog* chegava denso demais. Em toda a longitude da Província o fenômeno foi igual. Acenderam-se candeeiros, nas casas ricas e pobres.

A bruma entrava pelas habitações, para dentro das florestas, acomodava--se sobre o lençol das águas, lagoas ou ribeiros apressados. Não era fumaça movediça, coleante, como a névoa comum nas alturas mineiras. Ampliava-se, pesada, vedando a luz solar. Parecia o asfixiante *smog* de Los Angeles, mas era frio. Mesmo de dia, apareceram pirilampos noturnos e lagartas luminosas nos charcos. Revoejavam corujas, caborés, peixes-fritos. Coaxavam sapos nos brejos. Ouviam-se uivos amarelos de lobos nos espigões dos morros. Morcegos retiniam reticências de pipios, voejando às tontas. Bichos do mato surgiam no descampado, onde andavam homens, porque era dia.

Capivaras fungavam nas cercas das roças de inhames e, no fumaceiro, tatus fuçavam plantações de mandiocas.

O povo alarmou-se. Os velhos não tinham memória de igual fuligem, nem ouviram de seus avós notícias de semelhante escuridão. Aquilo não era a névoa seca, repentina, habitual nos chapadões de Minas. Não boliam folhas, não sopravam ventos.

As populações simples do geral com razão se amedrontavam. A noite vinha sem luzes de estrelas.

Na manhã seguinte, continuava a cerração. Uma semana depois, tudo do mesmo jeito. A inquietação cresceu e o povo procurava os templos, as igrejinhas isoladas na vastidão do território. Passado um mês, não havia mudança para melhor.

Como haviam colhido as roças de milho e favas, contaram com o paiol para as emergências. Os mais otimistas sentenciavam:

— Os ventos de agosto vão varrer as fumarolas.

Veio agosto mas não vieram os ventos.

A fome rondava as casas pobres, entrava nos lares modestos. Já haviam arrancado as mandiocas novas, o que faziam com a luz dos candeeiros a óleo, porque a treva crescia. As raízes dessas mandiocas já estavam pubas, pela umidade prolongada. O milho em palha mofara. Em setembro, o mês das plantas, ninguém pode cuidar da terra para semeaduras. Os canaviais amarelaram, melando as canas. O único alimento passou a ser o feijão das tulhas, curado com piçarra. Não houve plantio do feijão da seca e o das águas não se podia fazer. Abatiam o gado doente de gabarro das unhas, provocado pela terra umedecida. Começavam a roubar gado alheio. Os próprios bichos do mato perdiam a pelagem na gafeira geral. O nevoeiro úmido lembrava o que às vezes devasta as costas da China.

Em outubro havia fome na Província. A umidade ambiente ensopava as raízes, fazia cair as folhas, quase todas amarelas.

Apareceu nas populações enfraquecidas a influenza, e atrás dela as pneumonias, os pleurises. Os velhos portadores de bronquites e os asmáticos morriam quase todos. Por falta de verduras e frutas, o escorbuto devastava os lares.

No rigor da calamidade, pediam socorro ao governo, que explicava, com razões cretinas, ser aquilo um fenômeno natural... Apelaram então para a misericórdia divina, que nunca deixou de atender aos sofredores. Faziam procissões levando pedras na cabeça, para que o sol voltasse. Faziam tantas promessas...

No fim de novembro o tempo começou clarear. A nevoaça foi ficando parda, depois cinza claro, até que claridade fosca a adelgaçou, deixando ver o sol.

A essa calamidade se chama até hoje, em Minas, a Era da Fumaça, o Tempo da Fumaça, que, na cronologia mineira, fixa o ano de 1833. Passou a designar coisa muito antiga: Homem da Era da Fumaça, caso do Tempo da Fumaça.

Pois durante esse até hoje inexplicável fenômeno, passou mal.

Sua fibra de mulher enérgica resistia com bravura às investidas da febre vesperal, além de repouso e boa alimentação que pareceram vencer a crise.

Enquanto o nevoeiro embaraçou a vida provincial, a mina de Macaúba não cessou de golfar ouro com abundância. Esse ouro pagara todas as dívidas do Barão, que levantou a hipoteca de seus bens imóveis, ficando livre de qualquer compromisso financeiro.

Sabendo que suas terras as mineiras foram compradas por esforço de Laura, começavam as loas à integridade moral da Baronesa. Dona Lila explicava:

— Ela vendeu as últimas jóias pra comprar o chão...

O Pe. Pereira já tinha palavras elevadas para a filha do Capitão-Mor:

— Sua coragem dignifica a espécie humana. O Barão encontrou na esposa uma Verônica. Há homens tão mulheres e mulheres tão homens, que o exemplo de Dona Laura merece vivos aplausos. Voltaire falava no grande homem que se chamou Catarina da Rússia, que dominou seu Reino por 34 anos. Napoleão disse que a Duquesa de Angouléme, filha de Luís XVI, foi o único homem de sua família. Laura é o homem de mais caráter que João Batista já conheceu.

Churruca apoiou, vivo:

— Sim, a Baronesa é macha de cabelo nas ventas.

Todos já sabiam que a inacreditável ressurreição do falido se devia às iniciativas de sua esposa.

Na conversa com amigos em que se elogiava a Baronesa, o Pe. Pereira se desdizia de seus conceitos de há pouco tempo:

— Que o Barão é homem formidável, sei eu. É homem para sanear as finanças de qualquer país! Ando doido por lhe dar um abraço de parabéns muito sincero. Minha ausência do Brumado me tira o sono...

Em Sabará, Mestre Jurubeba lembrava a preferência do nobre para sua medicina:

— Me quer muito bem. Como estou mais desocupado, qualquer dia a apareço por lá. A saudade do meu velho amigo está me entristecendo e tenho medo da melinconia, que acaba matando os homens preocupados. Todos sabem que a melinconia é resultado da bile negra, da cólera preta funcionando mal por paixão curtida.

Naquele dia, antes do almoço, chegou ao solar o Dr. Moreira.

— Barão, desculpe o incômodo tão cedo. Sabendo que a Baronesa está enferma, vim lhe fazer uma visita de amigo, que sempre fui de seu tio e sogro e ainda sou mais do Barão de Catas Altas.

Ensaiou contrafeita cara de amizade:
— Sou como chuva de agosto, custo mas venho...
Avisada, Laura arregalou os olhos:
— Veio me vi-si-tar! O Dr. Moreira veio aqui!
Tapou os olhos com o lenço, começando a chorar.
— Veio nos fazer uma visita, Laura. É até bom, pois receita minha querida.
E alisando-lhe os cabelos negros:
— Não chore, nossos amores. O choro envelhece. O choro mata devagar, mas mata.
Num intervalo do pranto ela disse, muito sem querer dizer:
— Parece que aqui só não tem lugar pra mim... Mande esse homem entrar.
Quando ele saiu do apartamento, foi para o gabinete do Barão.
— Caro amigo, é um caso de bronquite asmática. Está fraca, e a febre de que se queixa é uma efêmera. Essa efêmera pode mesmo ser provocada por cansaço e exaustão.
— Há perigo, Doutor?
— As palavras sim e não, em medicina, são difíceis de empregar. Conferem com os vocábulos nunca e sempre, que é preciso usar com cautela. O que tem muito valor na arte médica o adjetivo talvez.
O marido coçou a cabeça, ficando na mesma. Murmurou, como se rezasse:
— A Baronesa pra mim tem tudo: mansuetude, angelitude, beatitude. Não posso perdê-la, nunca!
Fez-se a receita e o doutor foi levado ao Salão Amarelo, onde tomaram um cálice de vinho do Porto Cabacinho.
— Agora temos gelo no solar. Mas o vinho do Porto se bebe sem ele.
— Ah, o senhor tem gelo aqui?
— Temos gelo. O mordomo trouxe máquina portátil para fabricá-lo.
João Batista estava embaraçado:
— À sua saúde, Doutor. Diz o Pe. Pereira que o vinho velho do Porto deve ser bebido em companhia de poucas pessoas.
O doutor sorriu amarelo:
— Pe. Pereira sabe coisas...
— Diz ele que usava este vinho o Marquês de Pombal; o Almirante Nelson bebeu-o ao cair ferido, para morrer; Napoleão e Josefina apreciavam-no; Wellington sorveu-o quando começou a batalha de Waterloo... Fala que o Almirantado Britânico só delibera depois de saboreá-lo, como coisa santa...
O milionário fez sinal ao *garçon* para reencher os cálices. O doutor protestou com civilidade:
— Estou satisfeito. Obrigado, Barão.
— Obrigado? Dizem os ingleses que garrafa de vinho do Porto aberta é garrafa vazia.
O garçon serviu, passando a garrafa da esquerda para a direita no sentido dos ponteiros, como é de praxe na Inglaterra.
Entrou o porteiro Arlindo:
— Nhô Barão, Negu Florismundu tá cheganu.
— Negro Florismundo? Só o esperava à noite. Que houve?
Saiu precipitado, sem pedir licença.
Negro Florismundo e o meia-cara Daniel chegavam de Macaúba.

Ao voltar ao Salão, o minerador tinha o ar de satisfeita fartura:

— Em quatro horas de serviço foram apurados cinquenta e três quilos de ouro, na mineração. Os escravos vieram trazer a boa notícia com a mercadoria. De fato era ouro demais pra ficar no mato...

O doutor não teve palavras para comentar o acontecimento. Aliás todo o mundo já sabia que o ouro brotava, borbulhava em Macaúba, como nos melhores dias do Gongo Soco. Correu que o ouro, de tanto que era, precisava ser seco em couro de bois, para seguir para o solar. Alguns não acreditavam, mas era verdade. Sabendo do fato, Churruca achou bom comentar:

— Na minha terra, as marés mais grossas, mais abundantes, são as da lua cheia. O ouro da Macaúba está em maré de lua-cheia. Abençoada maré, porque favorece um dos maiores brasileiros de todos os tempos — o Barão de Catas Altas. Porque é preciso que se diga: quando os vindouros falarem nos varões importantes deste país, no Tiradentes, em José Bonifácio ou em Evaristo da Veiga, é de justiça que inclua nessa lista benemérita o nome do Barão de Catas Altas, que Deus conserve por muitos anos perto de nós.

Escravos consertavam os caminhos danificados pelas chuvas e oficiais vindos da Imperial Ouro Preto caiavam externamente o solar, pois o Ano da Fumaça prejudicara todos os edifícios pela saturação do ar úmido.

Padre Pinto, ao saber que o Dr. Moreira procurara o Barão, com desculpa de visita a Laura doente, sorriu com amargura:

— São Jerônimo diz que Herodias furou a língua de São João Batista com o estilete dos cabelos, para vingar a liberdade de suas palavras sobre ela. Fúlvia, mulher de Marco Antônio, que foi atacada por Cícero, também traspassou sua língua com alfinete de ouro dos cabelos, quando trouxeram a cabeça do orador a seu marido. Será que a Baronesa não pode fazer o mesmo com a língua de seus miseráveis detratores e dos que desvalorizavam o Barão?...

João Batista sentara na frente do doutor. Ficaram calados por momentos. Moreira pensava nos couros de bois secando montes de ouro de Macaúba e mentalmente dizia: Não é que tornou a levantar a cabeça?

O Barão perdia seu pensamento em Laura, que adoecera ajudando-o a recuperar a fortuna.

Pelas janelas abertas, entrava o aroma das jabuticabeiras floridas tardiamente no pomar novo. No silêncio que se fizera, ouvia-se a voz dolente de um rapaz que, subido em alta escada, ajudava a caiar a frente do palácio:

*Canta no mato o sabiá,*
*Sabioa, sabiuna.*
*Mas viver alegre ou triste*
*Depende só da fortuna.*

O Dr. Moreira, como despertando, levou o cálice de vinho aos lábios. Meio aéreo, murmurou diante do amigo, como a falar consigo mesmo:

— Homem como o Barão não há dois neste mundo!

Lá fora, na paz do dia tranquilo, cantavam avinhados no varjão.

## XIII - VINHO, MÚSICA E MULHERES

Voltaram ao solar do Barão todos os amigos afastados pelo seu desastre financeiro. Apareceram outros, novos comensais, dizendo-se velhos admiradores do magnata. O Visconde de Caeté dizia, sorrindo:

— Com o tombo do Barão, todos fugiram dele como de leproso; agora voltam e estão "mui manos". Estão cevados na mameteria, não querem deixar a comilança... Qual deles será, amigos ou Barão, o que não quero dizer?...

A doença da Baronesa foi o pretexto da volta dos antigos camaradas, alegando visitas e oferecendo préstimos.

Recebidos de braços abertos, voltavam agora com esposas e filhas, também para servirem a Baronesa.

A esposa de Churruca revelava um voto que fizera com o marido:

— A promessa é subirmos a pé a Serra da Piedade, levando na cabeça uma pedra de meia arroba, para depositá-la no adro da Capela, se Laura sarar.

Madame Dolores tinha o rosto muito belo, o mais era uma trouxa. Gorda como estava, seria grande sacrifício subir a Serra da Piedade, com pedra na cabeça.

Pe. Pereira, para o mesmo fim, prometeu cem terços a Nossa Senhora do Socorro e cem missas para as almas esquecidas.

— Baronesa, poucos entendem a tragédia das almas esquecidas. Mortos os parentes na terra, ficaram esquecidas de todos no mundo Essas almas sentem saudades da terra e sabem que foram para sempre esquecidas da memória humana. Nenhum pensamento as lembra, porque nossa saudade é a elas levada pelo pensamento. Foi para essas almas que prometi as missas para a senhora se salvar.

Dona Guiomar contou o drama do marido, enquanto tratava da Baronesa.

— O pobre não dormia; passava a noite debruçado nos livros de seus mestres... Parece que estava ficando amalucado. Na mesa, tomava uma colher de sopa e parava, com a colher vazia na mão, distraído, pensativo. Eu fingia brava: Que é isto, criatura? — É a Baronesa, coitada. Pode ter piorado...

Chegavam casais de Sabará, Santo Antônio, Santa Luzia, Itabira do Mato Dentro, Caeté, Mariana, Ouro Preto. O solar encheu-se de hóspedes visitantes.

A arrumação interna do palácio voltou a ser o que já fora — extrema limpeza com extraordinário luxo. A adega de novo se abarrotara das preciosidades mais caras e esquisitas do mundo civilizado. A despensa nunca estivera tão provisionada, até de coisas pouco conhecidas como conservas de cogumelos, ninhos de andorinhas para sopas, além de ovas de peixes russos, toucinhos de fumeiro, paios portugueses em caixas de madeira, bacalhau da Noruega em barricas, *bacon*, arenques defumados na Inglaterra... Montanhas de latarias empinavam até os elevados tetos. Tanta coisa...

Naquela manhã, de casa cheia, as aias vestidas de cor-de-rosa com aventais de linho branco e toucas vaporosas, tinham os cabelos coloridos com pós franjipanos.

Ao amanhecer e as levavam a cada quarto, balançando argolas de prata nas orelhas, salva com cálice de vinho do Porto Ferreira para os senhores, e cálice igual com gema de ovo crua, para as senhoras.

Outra ingênua levava para cada hóspede larga toalha de bucho perfumada por Saquinhos de Chipre e uma saboneteira de prata com sabonete Narcise Noir, francês.

Era só descer aos banheiros, onde banheiras de latão brunido se enchiam, por torneiras de prata. No toucador de cada quarto havia Poudre de Risa Haviland, pente de tartaruga, espelhos manuais e vaporizadores de água de colônia fabricada em Londres.

Às 8 horas as mesas estavam postas para o primeiro café, que o mordomo chamava *petit déjeuneur*. Um carrilhão de campainhas alegres passava, vibrando, pelos corredores dos quartos de hóspedes, anunciando que o *café-noir* estava na mesa. Mas era farta a refeição matutina.

Ao ocuparem seus lugares, em frente, nos copos, estavam os guardanapos armados em forma de lírios, catos, leques, pirâmides. Fora dos copos estavam os armados em forma de bolso, leque em ângulo, lanchas, cristas de galo...

O efeito desses guardanapos sobre as toalhas era de que havia flores em panos brancos diante do lugar de cada conviva.

Naquela manhã, o primeiro prato que foi de servido completo, constava de bacon, toucinho de fumeiro e dois arenques, pão de milho, manteiga italiana Faccioli e mostarda. Veio depois uma chávena de chocolate quente, queijo francês Gruyère, com fatias de pão torradas em manteiga e geleia de morangos. Havia um prato de fritada de amor, ao lado de cada hóspede.

Chegou depois o *café-noir*, café forte, escuro, que o mordomo insistia em servir sem açúcar, à moda árabe. Em seguida a esse café, em finos cálices de pé alto, licor Chartreuse, verde, creme de cacau, Calisay com Marrasquino.

Dona Guiomar estava conversada:

— Aprecia café, Pe. Pereira?

— Muito. Considero, como Voltaire, o café uma bebida intelectual. As melhores músicas de Mozart foram compostas sob ação do café.

Em caixa de raiz de cerejeira incrustada de prata, ostentando na tampa o monograma em ouro do Barão, B. C. A., foram servidos charutos de Java, Manila, e Havana Vuelta Abajo n.º 1, de Cuba. Outro *garçon* abriu uma caixa de ébano marchetada de marfim, onde estavam compridas cigarrilhas francesas *Vanile*, de ponta prateada. Por fim era oferecida aos presentes pequena cuba de água morna perfumadas de rosas, para limpar os dedos.

Finíssimo aroma de olíbano subia das caçoulas de porcelana.

Terminado o café, espalhou-se o grupo de visitas. Quincota que fora bem recebido ao aparecer de novo para homenagear a Baronesa... e ficara, saiu com o Dr. Moreira em excursão à chácara onde frondejavam árvores europeias.

— Viu que luxo explendoroso, Quincota?

O vendeiro sorriu sem graça:

— Estou acostumado a vê-lo. Mas o Barão pode. Tem saído tanto ouro em Macaúba que parece mentira. O ouro escasseia tanto que fecharam, no ano passado, a Real Casa da Intendência do Ouro de Sabará e do Ouro Preto. Só o Barão se afoga em poeira amarela!

— Só pode haver tamanho desperdício para quem possui tanto dinheiro. Soube mesmo que em Macaúba estão secando ouro no fogo, em grandes tachas, como farinha... Agora, uma coisa seja dita: nosso amigo é homem de coração generoso. Fizemos-lhe, eu e você, guerra de morte, quando quebrou. Pois ele nos recebe de cara alegre, como ontem.

Voltavam agora calados ao solar. Viam, decerto, enquanto silenciosos, na mina de Macaúba, o ouro secando em couros de bois, e em grandes colchas de cama, secando devagar, ao sol macio das montanhas.

No Salão de Visitas o Barão apareceu escanhonhado por Juliano e, depois de frisado com ferros quentes, mostrava sua cabeleira escassa lustrada de óleos franceses.

Recebera antes massagem de creme Tesouro da Sultana e vaporização refrescante de água de colônia húngara.

De calças de veludo azul, jaqueta de linho branco sobre camisa praiana de folhos rendados, o Barão sorria sem preocupação, como se jamais visse diante dos olhos nuvem cinzenta. Palestrava com amigos, exaltando a vida:

— Amo tanto a vida que, para me tirarem dela, só à força, pois mesmo à força, aos brados, agarrando as coisas próximas, resistirei às investidas da morte. Se por desgraça ou desastre ficar aleijado, serei como essas velhas árvores mal arrancadas pelas tempestades que tombam, mas, de raízes meio expostas, ainda têm força para abrir uma flor, amadurecer uma fruta... Amo a vida e as coisas que nos cercam. Tenho alegria em fazer os outros felizes, na minha choca da Serra do Gongo.

A claridade do meio-dia iluminava os vitrais do Salão de Visitas e os vidros coloridos das janelas do solar. Ouviu-se o som festivo das campainhas chamando para o aperitivo do almoço, que era à uma hora da tarde. Esse aperitivo era tomado com requinte, para provocar a fome embotada pela fartura. Já reunidos no Salão Amarelo, o Barão, ainda de pé, falou a todos:

— A Baronesa pede desculpas por não estar presente, pois guarda repouso aconselhado pelo Dr. Moreira e por Mestre Jurubeba. Pede entretanto que estejam em nosso Carmelo da Serra, como se estivessem em suas próprias casas.

O mordomo mandou servir o aperitivo gelado, Scherry de aroma louco e Vermouth Extra Dry seco, tipo francês. No fundo de cada taça desses aperitivos, estavam uma cereja da colônia em conserva e azeitona passada de Elvas. O Barão de novo falou:

— Bebam, com certeza de que os produtos são originários de países de boa fama. Faço questão que meus aperitivos sejam apreciados pela cor, sabor e cheiro. Os vinhos da minha adega são "vivos", não alteram e, mesmo assim, ao abrir qualquer garrafa, meu insubstituível mordomo cheira a rolha, prevenido contra o mofo, e prova-a com a ponta da língua, evitando que meus hóspedes bebam vinho derrancado pela acidez. Neste rancho ou tudo é átimo ou não serve. O bom, o sofrível e o regular não entram nesta mansão.

O Dr. Moreira, que tinha o umbigo enterrado na região, indagou do magnata:

— Na sua formidável adega o senhor tem decerto o vinho de Catas Altas.

O Barão ficou em dúvida:

— Mordomo, há na adega vinho de Catas Altas?

Gil torceu os lábios num gesto de desprezo:

—Na minha lista não consta isto, Senhor Barão. Se houver esse vinho lá, deve estar no lote dos refugos que Sua Senhoria mandou dar aos escravos, no dia do aniversário da Senhora Baronesa. Quer que veja melhor?

— Sim; vai ver.

E recomeçou o elogio de seus vinhos:

— Pra cada prato aqui usamos um vinho apropriado. Hoje tenho grande surpresa para os amigos. Vão beber vinho de Corinto, no Peloponeso, levado pra seus países pelos franceses e ingleses que venceram os turcos na batalha de Novarino, e vendido na Europa, a troco de muito ouro. A partida foi comprada por nós, depois de duas viagens do mordomo à Corte, onde se empenhou até com diplomatas para obtermos a rara preciosidade.

Mestre Jurubeba resmungou, desiludido:

— Não troco esses vinhos pelo nosso aluá de ananás...

O mordomo chegou mal-humorado:

— Sobraram duas garrafas do "tal vinho", Barão.

Este voltou-se para o doutor, esfregando distraído as mãos de padre:

— Como ouviram, temos duas garrafinhas do vinhoca. O senhor precisa dele pra remédio? Mestre Jurubeba usa macerar suas raízes nesse vinho.

Mestre Jurubeba confirmou:

— É bom pra macerar para tudo, postemeira e cainca. Muito bom pra conservar orelha-de-pau pra vomitório.

Muitos dos presentes riram. O Dr. Moreira espinhou-se:

— Estou perguntando pelo vinho de Catas Altas, porque o considero ótimo. Não serve só para os escravos beberem aqui, nem para curtir postemeira, não. Estudei em Coimbra e lá bebi bons vinhos, em nada superiores, no meu parecer, ao nosso de Catas Altas.

Mestre Jurubeba falara sem maldade, até elogiando o produto. Mas o doutor ficou ofendido com a história do vomitório da orelha-de-pau, que era bem conservado naquele ingrediente. Raivava, depois de ingerir a terceira dose do seu Scherry:

— Vocês são uns nacionalistas engraçados. Ajudaram o Grito do Ipiranga, por serem jacobinos. Num país sem indústrias, renegam como o pior zurrapa, mais ordinário que o vinho Lisboa que os padecentes bebem ao subir ao patíbulo, um vinho das Gerais que o Bispo de Mariana Dom Frei José da Santíssima Trindade não se envergonha de consagrar no cálice da missa!

Churruca procurou apagar fogo com azeite:

— Pra mim o melhor vinho do mundo é o Xerez espanhol e o pior do universo é o de Catas Altas.

Moreira aborrecia-se:

— Você está com o paladar estragado pela cachaça. Não regula em gosto, perdeu o dom mais delicado que Deus nos legou — o paladar. Menosprezam, ridicularizam o vinho que foi elogiado pelo cientista Mawe; não sabem fazer justiça.

Churruca parecia voltar atrás:

— Não desmereço o vinho de Catas: concordo que, com o tempo, ele pode ser transformado em vinagre de primeira ordem...

Jurubeba, vendo o interesse do doutor pelo vinho, derramou-se:

— No Sabará esse vinho é empregado em compressa, pra curar galos na testa e em panos pra curar enxaquecas. Minha mulher sempre diz que pra dor de cabeça, uma compressa do vinho de Catas melhor que folha de café amarrada na testa.

Ligonza riu alto, com escândalo; todos riram. O Barão repisava o assunto:

— Não usamos "esse vinho", porque os que os amigos bebem aqui são produtos apurados pelos anos, até por séculos, como os vinhos do Porto do Alto Douro e o Champanha de Reims. Um dia ele poderá ser bebido.

Procurou alguém com os olhos:

— Mordomo, explique aos amigos como são servidos nossos vinhos finos.

— O Barão manda servir os vinhos na ordem seguida pelas Cortes da Inglaterra e Portugal. Com o *hors d'oeuvres* — vinhos brancos secos, como o Asti, o Graves, Chatis, Pouilly; com ovos e peixes — brancos mais ou menos secos, tipo Borgonha; com as sopas — Xerez, Marsala, Madeira seco; com entradas, um vinho *rosé* suave, bem leve; com legumes — vinhos tintos; com carnes brancas e aves — vinho tinto, brando; com caça e queijos vinho tinto novo, da última colheita; com *foie-gras* — os grandes Sauternes; com as sobremesas — Champagne doce; com os doces de caldas — Champagne meio seco; com frutas — Porto Velho Cabacinho ou Madeira doce. Na corte francesa, quando com Luís XV, começou-se a beber o Champagne doce, seco e bruto com todos os pratos. O Barão está usando muito, em certos dias, a moda de Luís XV.

O Barão estava vaidoso:

— E pra confirmar o uso de Luís XV, vamos beber o champagne gelado, embora seja melhor sem gelo, pois falta uma hora para o almoço.

Foi quando apareceu um velho, magro, abatido, de barbas brancas assanhadas: era Mestre Lão. Abriu os braços, gritando:

— Barão, não pude ficar longe do ex-discípulo! Voltei, para só sair daqui morto. Meu fito ao deixar quem tanto admiro foi escrever a *Vida do Grande Barão de Catas Altas* e a *Gramática*, planejada há muitos anos. A ausência do grande titular me abateu. As traças e o cupim destruíram as notas para a *Gramática*, notas acumuladas há do 45 anos. Escrever sobre o Barão, só no solar do Brumado, perto do amigo e protetor de todos os mineiros. Petrônio só conseguiu escrever o *Satiricon* perto de Nero e Horácio só escreveu as *Sátiras* sob a proteção de Augusto. Eu deixarei para a posteridade a *Vida do Grande Barão de Catas Altas*, abrigado sob as asas do meu segundo pai.

Avançou, resoluto, agarrando as mãos do amigo que beijou sôfrego.

— Está aqui o filho pródigo. Castigai-o!

O discurso estudado de Lão agradou à imensa vaidade do nobre e aos presentes.

Mestre Lão mesmo se reempossou:

— Reassumo neste momento o lugar ainda vago de Secretário Particular do Barão de Catas Altas!

Pe. Pereira agitou-se na poltrona:

— Homem que fala, arre! Mestre Lão parece filho do filósofo pitagórico Arquitas de Tarento, o inventor da matraca.

Na mesa do almoço, onde todos já discutiam, Dona Francisca, esposa do Patrocínio, palestrava com o Barão:

— Dizem que o senhor não gosta da lavoura de cereais.

— Não é isto. Cada um para o que Deus o fez. Nas Gerais, o que valeu primeiro para negócio foi o índio, depois o boi, em seguida o novelo de linha de algodão, coisas essas que já foram a nossa moeda corrente. Veio o ouro; o ouro regula o câmbio de todos os países; é o metal mais nobre da terra. Eu sou minerador de ouro e não me preocupo com mais nada...

O Major contava que, no Morro Vermelho, uns noivos foram casados depois da missa, e, ao irem para casa, lá chegou só o noivo, porque a noiva fugira no caminho.

Churruca riu com os outros, gozando o fato:

— Essa, pelo menos, enganou mas não traiu.

Guimarães comentou, com erudição de rábula:

— Enganar é o mesmo que trair. Em Portugal, até pouco tempo, se o marido enganado não acusava à justiça a mulher adúltera, era com ela degredado para o Brasil... e o intrometido era degredado para Angola, por de dez anos...

Churruca fez cara apalhaçada:

— Ai, se essa lei regulasse no Império, muitos de vocês estariam a estas horas na Angola...

Já estavam no fim do almoço quando Joaninha, filha do Patrocínio, indagou:

— Barão, é proibido dançar no seu palácio?

— Não, menina. Em geral não se dança aqui porque vêm poucas senhoras ao Carmelo. Mas hoje é preciso honrar as senhoras presentes. Vai haver baile.

Guima, que já entornara bastante, rejubilou-se com a notícia e espalhou-a:

— Pessoal, o Barão vai dar baile hoje. Vamos balançar o esqueleto por esses salões alagados de luzes.

Joaninha transbordou de entusiasmo ao saber do baile. Ao Pe. Pinto que se aproximava ela perguntou, ingênua:

— O padre gosta de baile?

— Eu sou como Madame de Maintenon que, mesmo com todas as articulações doloridas, dançou uma noite inteira em baile de máscaras. Meu baile de máscaras é a vida.

Umas das novidades, na nova fase do Brumado, era a orquestra de nove escravos músicos, alguns excelentes. O maestro cativo fora procurado por toda a Província, sendo comprado na nova vila de Diamantina, ex-Tijuco. Tocava todos os instrumentos e era clarinetista notável. Chamava-se João da Costa, de apelido Janjão.

Crioulo baixo, encorpado, de pernas finas e chancas esparramadas tinha a cabeça enorme. Depois que seus músicos conheciam os instrumentos, Janjão aboliu os erros, a seu modo. Para cada nota em falso, dois bolos infalíveis.

— Ou inducam os ouvido ou ficam alejado das mão.

Conseguiu coisa regular de seus discípulos. Janjão era organista e tocava com os martelinhos o cravo do solar. Compôs modinhas de grande voga em Minas, letras e músicas saídas de sua cabeçorra macrocéfala. Muitas de suas valsas até hoje se ouvem, com o nome de compositores modernos, está visto.

O jantar daquele dia era às seis, para acabar às oito, a fim de não roubar vão ao baile. O aperitivo ia começar às quatro. O Barão chamou o mordomo a seu gabinete:

— Peço que você no jantar misture os vinhos de Quincota e Churruca. Ao começar o baile, quero que os miolos dos dois estejam bem remexidos por suas misturas.

— Deixe comigo!

Todos os presentes no solar, inclusive senhoras, estavam sabereando os aperitivos para o jantar. Reinava no Salão Amarelo a alegria habitual às reuniões do dono do ouro. Já haviam ingerido muitas taças de preciosas misturas geladas, quando os garçons fecharam as portas atrás das cortinas. Súbito, Dona Francisca Patrocínio gritou:

— Ui! Cobra! Uma cobra!

Saltou da poltrona, segurando a saia, a mostrar pernas finas. Todos se alvoroçaram, mas Ligonza confirmou, também num grito:

— Cascavel! Olhem uma cascavel!
O Barão contestava, com a maior calma:
— Cobra, aqui? Não é possível.
Mestre Lão apontava, já de pé:
— Cobra, sim. Olhem ali uma! Tem chocalhos, olhem!
Era verdade. Embaixo de uma das mesas, estava enorme trouxa de cascavel encimada por cabeça pronta para bote. Todos se levantaram, espavoridos.
O Barão subiu na cadeira e na mesa. Os hóspedes quase todos estavam trepados nas cadeiras. Dona Guiomar correu para a porta da entrada, esmurrando-a.
— Abram! Abram depressa!
Imensa confusão se fez. Coleavam iradas pelo salão cinco cascavéis, duas das quais, já entrouxadas, ameaçavam picar. Em fulminante alvoroço, o Barão repimpado na mesa gritava com os outros:
— É cobra mesmo! Acudam que é cobra...
A esposa do Dr. Moreira, não podendo fugir, subiu na cadeira, tremendo, a gritar por socorro. Mestre Lão logrou subir em janela, que cavalgava, ameaçando pular para fora. Com a gritaria, os bichos assanharam, procurando fugir. O Barão estadeava grande medo:
— Mate as cobras, Lão! Pisa nelas.
— Eu, pegar cobras? Nunca. Morro de medo disso.
O Barão continuava aos berros:
— Pe. Pereira, benza a peçonha das bichas! Churruca, pegue as cobras pelo pescoço. Você é homem! Pegue à unha e estará rico...
— Eu?! Não sou doido, Barão.
Dona Marocas desmaiou, de borco na mesa, com as saias ainda arregaçadas. Ninguém obedecia as ordens do Barão. Joaninha chorava, pisando toalha de linho alvo. Rolavam taças, quebravam-se cálices nas mesas pisadas por todos.
Só então os *garçons* apareceram com paus, matando as intrusas. Desciam das mesas os valentes de boca. Senhoras já riam dos mais escandalosos. O Barão justificava ter sido o primeiro a subir em mesa.
— Eu não tenho medo de cobras. A gritaria é que me atordoou.
Afinal ninguém foi picado. Serenavam os assustados. Já perto do ricaço, Pe. Pereira não perdia vaza para cortejá-lo:
— Até nisso o Barão é grande. As coisas encaminham para torná-lo igual a outros grandes homens. Heliogábalo, *Imperator et Rex*, dava um jantar, quando imenso urso selvagem entrou no salão da festa. Aconteceu o mesmo que aqui, em susto e confusão.
Nenhum conviva chegou a saber que o Barão mandara apanhar as cascavéis, arrancando-lhes os dentes, para aquela surpresa.
O susto geral fez-lhe grande bem.

O Barão anunciara que, depois do jantar, iam ser sorteados, em rifa, um quilo de ouro, um anel de brilhantes e uma caixa com surpresa.
Mestre Lão espalhou a novidade:
— O quilo de ouro e as outras coisas do sorteio já estão expostos no Salão Vermelho.
Todos foram ver as prendas. O salão, de cortinas cerradas, iluminado pelos vitrais austeros, esplendia em vernizes e metais polidos.

O piso de tapetes suntuosos engraçava as mesas, sobre as quais estavam floreiras com rosas colhidas pouco antes.

Quem entrava no Salão Vermelho sofria choque de beduíno que, adormecendo na areia, faminto e sedento, acordasse maravilhado no Céu de Alá.

A caixa com o ouro virgem estava aberta sobre mesa revestida de colcha espanhola e, ao lado, o estojo com o anel, além do embrulho fechando a surpresa.

Pe. Pinto e Mestre Lão estiveram contemplando as coisas a sortear. O velho estava pessimista:

— Eu só tenho certeza de que não tiro nada.

O Pe. sorriu:

— Pois a única coisa de que tenho certeza é de que um dia vou morrer. Tudo mais pode acontecer ou não...

Vendo o rancho de moças chegando para admirar as prendas, o mestre indagou:

— Padre, dá-se bem com essas meninas?

— Quando eu era seminarista, vendo passar moças em flor, abençoava-as. Hoje, velho e murcho, vendo-as perto de mim, no coração eu as amaldiçoo...

Nesse momento, chegava para olhadela aos prêmios uma velha encruada, de cara miúda, com múltiplas ravinas de rugas. O padre apontou-a com um gesto de cabeça:

— Quem é esse maracujá de gaveta?

O amigo não soube. Murchinha, cor de oca amarela, com cabelos ralos já branquejando, ela apanhava-os na nuca, em coque do tamanho de uma goiaba. Tinha a voz rouca e áspera, por bócio dividido em dois caroços, que se moviam quando ela falava. Seus olhos feios, sempre muito abertos, como os de caranguejo assanhado, eram garços cinzentos, iguais aos do gato-do-mato ao meio-dia.

Moreira, que se achegava aos amigos, conhecia-a:

— Esposa do Jurubeba...

— Uff!...

Sorriram à sorrelfa. Pe. Pereira desvendou mistério muito antigo, que desafiava o próprio Édipo:

— Por isso é que Jurubeba é tão calado, triste e cheio de espinhos...

Moreira desvendava intimidades:

— Imaginem dormir com um espantalho deste, vê-lo de camisola, ter de beijar aquela boca de chupar ovo, abraçar esse feixe de ossos sob pele, áspera como lixa...

Fez uma careta. O padre estava com cara de nojo:

— Tudo pode ser, menos abraçar e beijar mulher tão desmanchadona. Uma coisa dessas é refratária a certas intimidades, é inabordável como nau de guerra com morrões acesos...

Patrocínio, que era seu conterrâneo, sorriu envenenado:

— Na casa de Jurubeba reina o maior desmantelo. O marido apanha da mulher, a mulher apanha da sogra, os meninos apanham da mãe, os cachorros apanham dos meninos, os escravos apanham do senhor e até as laranjeiras do quintal apanham de varas compridas que derrubam as frutas.

Churruca sorria, encarando em Lão:

— Ela precisa ter cuidado é aqui com o gramático. Dizem que pra mulher ele é foice... derruba todas.

Ligonza parecia acreditar:
— Pelo menos em velhacarias ele é mais examinado do que vigário cabeça branca...
Manoelão afastava o perigo:
— Qual nada. O mestre tomou banho de cipó imbé a mandado de Calixto...
Pe. Pereira voltou a sorrir:
— Na Província de São Paulo existe um lugarejo chamado Jundiaí, onde todas as mulheres têm papo, que consideram indispensável ornamento à sua beleza. Se essa vivesse lá, seria decerto a mulher mais feliz do lugar, não só pelo papo como pelo seu olhar saltado, que é pura exoftalmia provocada por seu adorno...
Pe. Pinto desculpava:
— Está ficando velha.
Guima pulou:
— Velha? A peçonha da cobra, mesmo fervida, não perde o efeito...
A esposa de Churruca apareceu para ver as prendas. Guima cutucou Manoelão:
— E essa?
— É a Dulcineia do espanhol. Tem bom gênio. É mulher bocejada, sem pressa, amolecida pelas sestas preguiçosas dos dias de calor.
Chegou o Barão, rejubilando-se:
— O solar não cabe mais ninguém! Eu gosto disto. É a primeira vez que recebemos tantas senhoras.
Pe. Pereira também se alegrava com a presença das famílias:
— Saúdo as carmelitas mendicantes, chegadas a esta Palestina para se prostrarem aos pés da Baronesa. Chegam, desrespeitando as ordens de Santa Teresa, amorosa de Jesus, pois é vedado às freiras entrarem em casas onde há homens. Hoje elas estão ruflando no solar da Serra as penas bíblicas, e esse tatalar de asas nós não podemos ouvir com os miseráveis ouvidos humanos.

Estava na hora do aperitivo para o jantar. O Barão erra inquieto pelos salões, parando nos grupos de amigos para conversa ligeira. Barbeado cedo pelos escravo, recebera no rosto massagem manual de Creme de Amêndoas, que lhe amaciava e perfumava a pele. Esfregara as mãos com Água de Alfazema, pondo na boca uma Pastilha de Bafo.
Pois antes do aperitivo mandou Juliano lhe escanhoar de novo o rosto, renovado com bazulaque inglês. Recebeu também no corpo demorada fricção de Vinagre Aromático. Encontrando-se com Dona Lila, chamou-a a uma janela:
— Olhe, aqui está dobrado um dos papeizinhos com que vamos correr a rifa. Você coloque este papel entre os dedos médio e indicador da mão direita, assim, e quando chegar sua vez de tirar o número no saco, puxe a mão com este papel e entregue ao Pe. Pinto, que vai dirigir o sorteio. Logo que receba o prêmio, dirija-se pra meu gabinete, dizendo que vai dar à Baronesa o embrulho pra guardar. O resto é comigo.
Padre Pinto, que chegara havia pouco, elogiava o Barão:
— Está penteado como César. César também gostava de cabelos bem penteados, partidos com esmero. Só coçava a cabeça com a unha do dedo mínimo, para não desfazer o penteado.
O Dr. Moreira curvou-se, para mais elogio:
— Elegante como Petrônio, *o Arbiter Elegantiarum*...

Começaram a percorrer as mesas bandejas de prata, com outros aperitivos gelados. Servia-se naquela tarde Old-Fashioned Coquetel, que consistia em Angostura Bitters, meio torrão de açúcar-cande, água gelada para cobrir o açúcar, uma fatia de laranja, dois pedaços de cascas de limão, cerejas e *whisky*.

Mestre Lão se deu ao luxo de não gostar do aperitivo e pediu whisky. Ao ser servido, preferiu-o puro.

O Dr. Lu comentou com os vizinhos de mesa:

— Lão é como inglês. Começou a beber *whisky* com água; passou bebê-lo sem água e agora bebe-o, como água...

Quando o aperitivo elevava as vozes, todos pareciam ungidos da graça e glória de viver. Mas viver sem preocupações, como se a vida fosse eterna. A orquestra de Janjão acomodava-se na Sala Vermelha, pois ia tocar durante o repasto.

O Barão pediu licença para se recolher a seus cômodos, pois ia se vestir para o jantar.

O mordomo convidou os hóspedes para o Salão Vermelho.

Indicou os lugares na mesa principal e nas vizinhas, colocando uma senhora entre dois cavalheiros. Quando o Pe. Pereira se sentava, Churruca lhe disse, a título de aviso:

— O Reverendo há pouco queixava fome. Pode comer e beber à larga, pois eu já o recomendei a Santo André Avelino, o advogado das apoplexias... E também porque temos aqui dois suplentes paisanos dele: Dr. Moreira e Mestre Jurubeba.

— Você não pode condenar ninguém por comer muito. Você come mais do que terra de cemitério... Parece até que já nasceu cheio de dentes, como Luís XIV.

O Dr. Conversinha louvou a moderação do dono do solar:

— Todos se dizem regrados na mesa, mas, aqui, quem come pouco é só o Barão.

Pe. Pinto acudiu, para loa:

— O Barão é como César Augusto, que, por comer pouco, acabou dominando o mundo...

Os músicos afinavam interminavelmente os instrumentos no grande salão. Um silêncio de expectativa pairava sobre os convivas. Todos já estavam em seus lugares mas faltava o Barão. Começavam a lamentar em voz sussurrada a ausência daquele pelo qual todos estavam no palácio. O mordomo apresentava-se nervoso, andando ao longo do salão. Pe. Pereira achou azado o momento para elevar ainda mais o amigo:

— Vejam o que vale um grande homem. Sem ele, a nossa mesa não tem vida... Somos como um exército sem chefe.

Mestre Lão apoiava:

— É o grande ausente, sempre presente em nossos corações.

Nisto o reposteiro foi afastado por um pajem que ainda com a mão na cortina, anunciou escandindo as palavras:

— Os Barões de Catas Altas!

A orquestra atacou marcha triunfal.

O Barão entrou na sala, com vistosa farda verde, conduzindo pela mão a senhora Baronesa. Todos se levantaram.

Os Barões caminhavam a passos vagarosos, com majestade. O Barão estava espetacular com a farda nova bordada por galões de ouro legítimo, a gola militar de quatro dedos com ramos também de ouro. Os punhos das mangas ostentavam a mesma riqueza pesada, de ouro com folhas de loureiros. O peito estava enriquecido por florões ainda de ouro, representando folhas de carvalho. A Baronesa trajava vestido preto de seda *moirée*, singelo mas bem feito. Não trazia joias e apenas no pescoço o espaventoso gorjal de brilhantes de 30 quilates.

Chegou à mesa parando, de pé, na cabeceira. Atrás dos nobres vinham Fausta e Barrocão, bem vestidos, mas tremendo de medo. Acompanhando os escravos, um pajem conduzia almofada carmesim, com dois papéis por cima.

A Baronesa sentou-se e o Barão, dentro do silêncio completo, começou a falar muito compassado:

— Senhoras, senhores. A Baronesa quis comparecer, embora por pouco tempo, a este jantar em que homenageamos amigos do maior conceito para nós. Por vontade da minha querida esposa vamos dar, neste momento, Carta de Alforria a nossos escravos Fausta e Barrocão.

Os hóspedes estavam abismados com aquelas novidades, inclusive a da alforria.

A emoção entre todos era geral e empalidecia os rostos sacudidos por aquela surpresa. O coração dos mais liberais batia em súbito galope.

O Barão pegou um dos papéis que estavam na almofada:

— Fausta, por deliberação dos seus senhores, de hoje em diante você está forra. Nossa casa, porém, está a suas ordens, para que termine os dias perto de seus amigos. Muito obrigado por seus bons serviços.

Laura entregou-lhe a Carta de Liberdade e a forra daquele instante caiu de joelhos, beijando as mãos e os pés de Laura e do Barão. A ex-escrava rompeu em soluços altos, comovendo a assistência. Quase todos também choravam. O titular apanhou o outro papel:

— Barrocão, você está livre; eis aqui sua Carta de Alforria. Poucos escravos a mereceram tanto. A Baronesa quer lhe agradecer sua lealdade pelo Capitão-Mor, no assalto da estrada. Você foi sempre negro de confiança, peça digna, que mereceu muito este prêmio da liberdade. Pode ficar conosco, se quiser, pois sua presença honra qualquer família.

Entregou a carta ao velho negro. Barrocão pegou as mãos do ex-Sinhô, cobrindo-as de beijos molhados de lágrimas. Beijou depois os pés da Baronesa, soluçando com a mais digna compostura. O mordomo estourou uma garrafa de Champagne, enchendo quatro taças. O Barão deu uma a Laura e outras a Fausta e Barrocão. Bebeu da sua:

— Bebo à saúde dos libertos, em nome da Baronesa e no meu próprio.

Instigados pelo mordomo, os velhos pretos beberam o vinho. A emoção emudecera a todos que assistiam àquele ato de justiça. A Baronesa chorava, enxugando os olhos. A emoção acarretou-lhe ligeiro acesso de tosse. O Dr. Moreira não se conteve. Levantou-se e foi abraçar os Barões e os libertos. Todos o acompanharam na justa homenagem.

Depois de tomar algumas colheradas da sopa de aspargos, Laura se retirou, pois alterara o repouso para ser agradável às visitas e para alforriar os escravos.

Quando o Barão saiu, acompanhando a esposa a seus cômodos particulares, Churruca, bastante inconsiderado, deu palpite:

— Achei a Baronesa muito magra. Está verde. Queira Deus isso...

O Dr. Moreira respondeu:

— Ela convalesce. Ainda está em tratamento, mas reage muito bem.

Mestre Jurubeba não quis ficar atrás:

— É assim mesmo. Convalescença custa. Mas vai.

Lila ficara triste:

— Coitada de Laura. Ficou diferente. Não ri, quase. Sorri forçada. Eu sou uma tola mas, pra mim, Laura está perdida.

Pe. Pinto pôs fim aos comentários:

— Vocês não são médicos. Os que tratam da Baronesa já falaram. Roguemos a Deus para que ela fique logo boa.

Lão pigarreou, embora desapontado:

— Que Telésforus, o deus da convalescença dos gregos, a leve pelo caminho de flores da saúde.

Pe. Pereira desabafava, satisfeito:

— Os Barões hoje me encheram as medidas. Alforriaram dois escravos merecedores da esmola! O tamanho da misericórdia a que assistimos tem a grandeza dos corações que a fizeram. Não vemos isso todo dia.

Todos apoiaram, principalmente o Dr. Moreira:

— Bela ação! Grandes momentos vivemos aqui. É um consolo ver praticar um ato de tão verdadeira humanidade.

Lão estava feliz com aqueles elogios:

— Ele fez o que é natural nas almas grandes. O Barão é da linhagem de Donatário, herói da Índia, fidalgo de prisca idade.

Churruca abria outro assunto:

— Belo fardão, o do nosso amigo! Mas um pouco apertado no pescoço. Parece um pouco enforcado... Me lembrei do retrato a óleo de meu primo Almirante, na farda de gala...

Pe. Pereira desculpava:

— O Barão ficou um pouco teso, por força dos dourados da gola. Mas está muito majestoso! A farda de Barão aumenta-lhe ainda mais a simpatia.

O titular voltava, com a cabeça entalada no fardão.

O jantar correu cheio de surpresas e discursos dos Padres, do Dr. Moreira, do Dr. Lu e do Mestre Lão. O de Lão foi o mais humano:

— Afinal, depois de muitos anos a serviço de meu ex-aluno Barão, vi um ato de caridade a dois negros, meus companheiros de lealdade ao homem mais rico do Brasil. Os ricos não cuidam dos pobres a não ser para sugá-los em suas energias, enquanto as possuem. Nós, pobres, somos o rebotalho do mundo e até a justiça recebemos como esmola e favor. Nascem dessa situação muitas revoltas, que passam por brutalidades de negro sem-vergonha. Porque a apelação mais convincente para os atos da injustiça, é o ferro frio. A faca de ponta resolve, em última instância, todas as demandas. Os pobres não têm direito; sua honra não é reconhecida e as leis só existem para os oprimir, para os justiçar não. As provas testemunhais são sempre contra os pobres. O pobre só tem por amigo, o silêncio. Ser rico é ter prerrogativas; ser pobre é não valer nada. Quando cheguei para ajudar o Capitão a erguer a mina do Gongo Soco, estava ainda fresca a lembrança de que o negro hoje alforriado jogara a vida para salvar a de seu senhor. Sempre o vi disciplinado e digno, preto de palavra honrada, homem de bem. Envelheceu na servidão, sem uma revolta verbal ou mesmo revolta entrevista no seu rosto de escravo respeitador. Fausta foi a mãe-preta de Laura, foi a sombra da filha do Capitão-Mor, vivendo mais para ela do que para si própria. Ninguém acredita que os pretos possam ser santos, embora a Igreja haja canonizado alguns, nos quais na verdade ninguém crê. Preconceito de raça é uma coisa que a gente, falando, não possui mas no íntimo — tem. Para mim as duas criaturas que hoje deixaram de ser cativas são almas santas, no mundo errado em que vivemos. De modo que, também eu, beijo os pés do Barão e da Baronesa, que abriram mão da posse de dois seres que, em verdade, só pertenceram sempre a Deus. Como a palavra dos pobres não vale nada, Deus sirva de testemunha da gratidão que fico a dever aos Barões de Catas Altas pelo que fizeram a seus amigos Fausta e Barrocão.

É exato que Mestre Lão só fez esse discurso revolucionário por estar bastante bebido. Não adulou, mas também a verdade não se enfeita.

Aliás, naquele jantar, todos beberam como para despedir do mundo. Quando chegou a salada de frutas final, o mordomo serviu água, para acompanhá-la. Pe. Pereira estranhou:

— Água, mordomo!

— Água. Com salada de frutas, onde entrem framboesas e ananases, usa-se água com uma gota de essência de banana cravo, na mesa do Barão!

Entusiasmado com o que acontecia, o Dr. Moreira saiu de sua modéstia:

— Eu te saúdo, água doce da Serra do Gongo, pelo seu primeiro aparecimento nas mesas faustosas do Barão de Catas Altas! Vieste das entranhas da terra, filtrada por várias camadas de minério e explodiste nos olhos-d'água das fontes. Correste por saibros e rochas, dando de beber às raízes e aos pássaros de Deus. Para amar-te, basta saber que és pura e matas a sede aos peregrinos. És pobre e cantas alegre nos lacrimais, que encorpam os ribeiros. Mataste a sede dos bandeirantes destas paragens, no século XVIII, e lavaste o primeiro ouro aparecido na bateia dos paulistas. Contigo batizaram os primeiros cristãos da Serra, quando, nos ranchos garimpeiros, o amor frutificou no filho. Quando sobes evaporada para as nuvens, voltas, à noite, como invisível orvalho que borrifa as plantas. Enfim, posso te sentir nos lábios, no solar de um Barão do Império, onde, até aqui, só entraram preciosidades estrangeiras. Ó pobre, ó desprezada, ó sempre repelida destas copas, ao chegares aqui, humilde e mal vista no fim do banquete, eu te saúdo, rainha das bebidas, a mais pura, a mais salutar da terra...

O doutor bebeu com solenidade a água de seu copo, enquanto uma salva de palmas coroou suas palavras corajosas. Pe. Pereira exclamou, numa careta:

— Aplaudo, condicionalmente, a você; a ela — não...

Mestre Lão fazia graça insossa:

— Aplaudi apenas suas palavras, pois já perdi o sabor da água. A água existe?...

O Barão estava indeciso se aplaudia ou não:

— Não sei... Acho que o Dr. Moreira bebeu um pouco acima do comum... Deu para elogia até a água!

Quincota, vermelho, ria sem cessar. Churruca saiu dançando pela sala, com um guardanapo aberto na cabeça.

O Barão bateu palmas:

— Agora, a rifa!

O Maestro Janjão, com a enorme grenha polvilhada de amarelo regia marcha vibrante, manejando a batuta como a pelejar, no jogo da grima, com invisível competidor. Pe. Pinto ia presidir a rifa; já estava com o saquitel de números na mão. A ordem era para Janjão tocar uma peça, quando saísse qualquer um dos três prêmios.

— Podem começar, que vou atender a Baronesa que me chama.

Quem primeiro enfiou a mão tirando um papel, que entregou ao Pe. Pinto, foi Dona Guiomar. O padre abriu-o, lendo:

— Branco!

Uma assoada divertida sacudiu os candidatos ávidos dos prêmios. Dona Guiomar desapontara:

— Não tenho sorte...

A segunda foi Das Dores, filha de Peregrino:

— Branco!

A terceira foi Dona Dolores, a mulher de Churruca;

—Branco!

Churruca, para agitar as coisas, gritou:

— Pe. Pinto está fazendo bandalheira!

A quarta a tirar o papel foi Dona Lila. O escrutinador balançou no ar o papelzinho:

— Um quilo de ouro. Ganhou!

Lila apanhou a caixa, no meio da algazarra geral:

— Vou pedir a Baronesa pra guardar...

E saiu sorridente, enquanto a orquestra fuzilava a marcha. Foi direita ao gabinete do Barão, como estava combinado. Mal entrou, ele correu a chave na fechadura de bronze dourado, beijando as mãos, os olhos, o pescoço da vencedora.

Foi empurrando-a com branda energia para o divã turco, enquanto ela vacilava:

— Que é isto, Barão?

— Minha Lila...

Forçava-a à se deitar, ao que ela resistia:

— Olhe Laura, olhe o povo...

— Lila...

E num assomo febril, tomou-a nos braços, deitando-a no divã, A música parara lá fora. Não tardou a se ouvirem apupos, vaias. Era papel branco que alguém tirara para o sorteio do anel.

Abraçados, suando, o fidalgo apertava nos braços a esquiva amante.

— Há tantos anos te amo, e só duas vezes foste minha.

Lila, feliz e espantada, parecia estar com medo. Abria muito os olhos.

— Não tenha receio.

Calaram abraçados, até o suspiro fundo do homem.

Lila, defendendo-se dele, num pulo se pôs em pé, de olhos baixos, a recompor as roupas. Nesse instante, quando o Barão ainda a beijava na cabeça, bateram na porta. Espantados, pararam, a ouvir. Continuavam a bater, com mais violência. O coração da moça disparou e ela, pálida, tremia.

— Eu não disse?!

Agora esmurravam com desespero a larga porta. O Barão resolveu abrir. Podia ser o mordomo. Resoluto, correu a chave, entreabrindo a porta para ver quem era. Ombros de homem empurraram, às brutas, entrando no gabinete.

Era Quincota, marido de Lila.

— Que é isto, Barão?

Acovardado, não soube responder. O marido, de olhos esgazeados, marchou para a esposa:

— Que é isto, sua puta?

Ela, sentindo as pernas sem ação, sentou-se em poltrona de couro, debruçando-se no espaldar, em súbitos soluços. O enganado prosseguia:

— Que fizeste de teu lar e da honra de teu marido? Esqueceste os ossos de tua santa mãe, no cemitério de Santo Antônio?

Voltando-se para o nobre, mediu-o de alto a baixo:

— Muito bonito, Barão. O senhor desrespeitando mulher honesta e a Baronesa doente, com esta patifaria!

Arrepiava os cabelos com as mãos, crescendo em voz. Avançou para o sedutor:

— Por que fechou minha mulher neste quarto, ó miserável, sabendo que eu estava debaixo de suas telhas?

O Barão, com voz sumida, procura por cobro ao escândalo:

— Quincota, escute...

Quincota já berrava:

— Miserável Barão, vai pagar a audácia de desencaminhar quem vive a ajudar o marido pobre...

— Quincota, escute. Calma, ouça.

— ... marido que sempre confiou na safada que tinha em casa e no indecente Barão, que se fazia de seu amigo.

Num assomo, arrancou da cintura uma reiúna de dois canos enferrujados, exclamando bem alto:

— Vão morrer os dois, para lição aos sem vergonhas do mundo!

O Barão pegou o braço que agarrava a garrucha, pedindo calma:

— Vou explicar o que houve...

— Vão morrer agora, para todos verem quem é o cão que vivem a adular.

O ameaçado, com voz débil, mas morto de medo, sacudiu o amigo:

— Quincota, pra que esta arma?

— Pra lavar minha honra!

— Então pode guardar a coisa, que sua honra está limpa. Sua mulher veio me mostrar o prêmio e aproveitou pra me pedir dinheiro para você botar grande armazém de gêneros em Sabará, como filial de sua venda!

— É verdade, Lila?

Balançou a cabeça que era. O vingador da dignidade ofendida, no momento de atirar, desarmou os pinguelos, guardando a arma.

— Então, sim. Se minha honra está intata, isto é — se não chegou a ser manchada, posso guardar a caixa do amendoim.

O mordomo chegou, alegre:

— Barão, pedem sua presença. Mestre Jurubeba, que tirou o terceiro prêmio, está furioso.

O Barão travou seus braços nos de Quincota:

— Vamos ver o que houve.

Saíram, desprezando Lila. Jurubeba estava exaltado. Seus olhos ficavam brancos, entortados no acesso da cólera incontida:

— Não admito deboches. Me desmoralizam na cara de minha mulher, com vaias, assobios, palhaçadas!

Ficava cada vez mais leso:

— Na hora do ódio, faço bambarato da vida, endoideço, chamo os ferro pra diante e sou temeridade!

Ninguém o vira tão desassisado.
O Barão indagou:
— Que aconteceu, Pe. Pinto?
— Nada. O mestre tirou o prêmio e, abrindo o volume, encontrou umas folhas. Danou-se, desgraçou a xingar.
O físico deblaterava:
— Sempre fui respeitador. Não dou praça à molecagem. Tenho entrado em lares respeitáveis, como o do Barão de Sabará e do Barão de Santa Luzia. Vão fazer mofarra, vão debochar da mãe! Não sou pra parrochedo...
— Jurubeba! Respeite meus hóspedes!
O nervoso caiu em si, embora rosnando.
— Quem o aborreceu?
— Me insultaram, dando um ramo que é pra brochas, pra homem, não!
— Ora você se ofender por causa de folhas de catuaba. Todo mundo sabe que você é macho. Mordomo, veja champanha pra todos.
Eram 10 horas da noite. O baile ia começar.
De repente, sem pedir licença, o porteiro Arlindo entrou desarvorado no salão:
— Nhô Barão, Nhô Barão, mataro Nego Florismundo!
— O que está dizendo! Mataram como?
— Genti du Gongu cerco a iscorta!
O Barão, abobado, pode ainda perguntar:
— Quem disse isto Arlindo?
O negro, gaguejando, chorava de emoção. O Barão desceu aos pulos a escadaria, seguido dos que ouviram a notícia. Na Sala de Pedra, o surrão de ouro estava sobre mesa e o crioulo Lelé chorava, com muito sangue a escorrer da cabeça.
Mesmo ferido, trouxera o ouro, escorado pelas armas de Daniel e Ganjarra, negros da guarda dos surrões. O Barão tremia:
— E os outros?
— Tá tudu firídu.
Palacete e Pintado não deixaram o amigo morto. O senhor interrogava a Lelé:
— Morreu mais gente?
— Vi treis môrtu, du Gongu.
— E dos nossos, morreu mais alguém?
— Nu ataqui, curri com um oru, mais dexemu ele nu rôlu.
A guarda dos surrões era de seis pretos, incluindo o chefe, Negro Florismundo.
O sino do solar tocou alarma e Tijuba soltou os cativos da senzala para o que fosse preciso. Partiu muita gente para buscar o morto. Só então ficou bem conhecido o ataque. Negro Florismundo, que há pouco esbordoara o feitor inglês Zinga, caminhava na frente, com o malão de 60 quilos de ouro. A escolta era de Palacete, Pintado, Daniel, Ganjara e Lelé. Depois de São Bento, vários escravos do Gongo Soco atacaram a escolta, para vingar o sangue de Zinga. Visavam principalmente Negro Florismundo. Caíram em bolo sobre ele, enquanto um gritava: Cerca Zinga, negu ruim! Quando o negro arriava o volume para se defender, caiu em sangue. Se tivesse as mãos desimpedidas, talvez não morresse, pois era bravo até à temeridade. Ouviu-se então uma voz de comando: — Corre geni, qui u negu tá mortu! Ficaram também no chão três do Gongo, mortos por Palacete e Pintado. O resto correu. Nesse instante, Palacete abaixou-se, apalpando o ferido: — Acúdi, gênti, qui Nêgu Florismundo tá sangradu!

Ajoelhado no chão, Palacete soergueu a cabeça do ferido, que ainda respirava aos arrancos, de boca aberta, com a ronqueira da morte. Morria. Morreu.

De través no caminho, como uma tora de cabiúna, estava derrubado na terra, ainda morno, o leal escravo do Barão. Cercado por amigos de Zinga, nem pode morrer combatendo, como ele sempre desejava. Ao depor a carga do ouro, caiu zagaiado pelos inimigos, que vingavam a sova recebida pelo seu feitor. Vendo o perigo perto, Palacete mandou Lelé fugir com o ouro para o solar, protegido por Daniel e Ganjarra. Ele e Pintado ficaram guardando o malungo amigo.

Os assaltantes foram muitos, tantos que os escravos do Brumado, matando três, ficaram todos feridos a pau e a faca.

O Dr. Moreira, abatido pelo crime, dizia, com orgulho, do morto:

— Os negros do Brumado não se entregam. Quando caem é também matando! A prova são os cinco do comboio: sangraram três e dois estão feridos!

A notícia correu por todo o continente:

— Negro Florismundo foi matado no caminho! Morreu com sete zagaiadas no corpo!

Fausta chorava inconsolável:

— Coitado di Nêgu Flurismundu, tão bão!

Churruca ficou cheio de espanto:

— *!Negro Florismundo gravemente herido ó muerto! !La hiena queria sangre! !Muera el assassino en su pelear cobarde!*

Pe. Pereira estava emocionado:

— Morreu no ferro frio, mas de pé, ferido de frente, como morrem os bravos.

O Major Peixoto, muito aborrecido, ainda blazonava:

— Morreu como macho, mas deu de mamar a sua faca no sangue do valentão que caminhou pra ele de zagaia nas unhas! Bacabra de brio! Negro desempambado!

Manoelão, que temia o morto, sentiu também:

— Era nego grugudo (Deus o tenha em glória, foi em vida, não em morte) mas era mestre de trovejar uma foice até em campeão de cabo duro!

Ligonza abateu-se com o sucedido, mas fazia justiça ao morto:

— Morreu valente como viveu. Não arriou nem pra morrer. Nego surunga! De nego assim Deus aceita a alma até com muito pecado.

Patrocínio estava com medo de tanto crime:

— Estão matando muito aqui. Esse pessoal pensa que quem não morre, o diabo não leva.

Todas as ladinas e os escravos do mutirão choravam assustados. O Dr. Guimarães açulava o Barão:

— Esses gringos do Gongo não prestam. O Capitão Lyon trata os brasileiros como estrume de vaca — pisando neles. Aposto foi ele quem mandou matar o negro.

Conversinha concordava:

— Não prestam, não. Vivem há tanto tempo aí e ainda não entraram na casa de um mineiro. Na estrada não cumprimentam ninguém. Não dão esmolas. Só sabem tirar couro dos pretos nas garras de ferro dos calabrotes. Eu é que não dou casca de alho pela vida de Zinga...

O Barão, com cara de choro, da insônia e da bebedeira, além do susto, revelava o que todos já sabiam:

— Muito me arrependo por ter vendido o Gongo pra essa corja. Vão fazer no Brasil o que fazem no mundo: vão tomar tudo.

Guima concordou, caloroso:

— Muito bem! Diz muito bem. Onde o inglês bota a pata, não tira mais. São de morte! Negro Florismundo censurava os castigos que o tal Zinga aplicava nos escravos que foram do Barão e, encontrando com ele, lascou-lhe o pau. O Capitão Lyon que se previna...

Foi um piquete de negros para buscar o corpo do gigante massacrado. O Major Matos, que era amigo do morto, foi com eles. Ao deparar o corpo já frio, exclamou, como saudação:

— Forte dos fortes, seu dia chegou. Mas morre bonito quem morre cumprindo o seu dever.

A morte do Negro Florismundo acabou com o baile começado.

Como ouvisse falar que o cadáver seria conduzido de noite mesmo para ser enterrado muito cedo, Manoelão observou:

— Defunto matado, se é enterrado antes do sol sair, não toma a bênção a nosso Senhor no Céu, nem que Nossa Senhora peça de mãos postas.

O enterro foi em Santo Antônio do Rio Abaixo.

O Barão fez ponto de honra em acompanhar o defunto e sepultá-lo com respeito. Celebrou-se missa de corpo presente na Matriz. Plangeram os sinos, como para enterro de gente rica.

A população recebeu Negro Florismundo como se recebe o cadáver de um homem de bem. Portas e janelas estavam apinhadas de gente quando o corpo chegou ao arraial, conduzido por todos os escravos do Brumado. Os hóspedes quase perpétuos do Barão estavam presentes. Pe. Pereira cochichou a Ligonza na porta da igreja:

— Repare como as ruas estão cheias de pessoas que desejam ver o corpo de Negro Florismundo. O povo está mais apertado nas ruas do que São Jorge em Lua Nova...

Quando o caixão saiu da igreja para o cemitério, carregado pelo próprio Barão e seus amigos, o velho Souto falou para um vizinho:

— Olhe o Barão como está sentido com a morte do preto. Carrega o caixão, na alça da frente. Ninguém acreditava que ele de novo se levantasse. O jequitibá tombado na tempestade botou novos grelos, refloriu bonito!

— Está tirando ouro como tatu tira terra...

Antes de o corpo descer à cova, Mestre Lão se despediu do escravo, em nome de seu amo. Falou na lealdade do cativo, na sua bondade pessoal, na lição de sua vida de africano que viveu sem castigo, sempre admirado por amigos, senhores e até por desconhecidos. Atacou os intrusos... "os argentários sem alma, os sanguessugas do país pobre mas milionário potencial como nenhuma nação do mundo". Falou que para abater Negro Florismundo, o capitalismo escolheu numerosos assassinos e noite escura, para tocaia própria da mais baixa covardia. Seus companheiros do Brumado saíram feridos na cara e na frente do corpo, como as mães romanas exigiam que seus filhos fossem feridos ou mortos. Terminou em rompante muito elogiado:

— Não verá mais o ouro brilhar nas bateias nem os rios cantando nas pedras. Não verá mais as neblinas de nossas serras, mas verá Deus. Descanse em paz, até que seus companheiros vinguem, com sangue dos assassinos, o seu sangue de homem cumpridor dos deveres de escravo modelo. *Debut, leg mortes!*

O Barão abraçou o orador:

— Obrigado, Lão. Você é insubstituível. Muito belo o seu discurso.

Pe. Pereira estendeu-lhe a mão:

— Falaste como Cícero elogiando Milone e ao mesmo tempo esmagando Catilina, que aqui são os brichotes.

O velho rábula Oliveira gostou da fala fúnebre:

— Mestre Lão parece bobo, mas é bicho no discurso. Cabra danado!

Na ceia do Brumado pouco se conversou. Respeitavam o pesar do Barão, que não perdera só um escravo, mas um amigo. Parecia incrível que, numa vida tão cheia de altos e baixos, tão borbulhante de leviandades, a morte de um cativo entristecesse tanto um Barão do Império, o respeitado Barão de Catas Altas.

## XIV — OS OLHOS VERDES DE LAURA

*Secou-se a rosa... era rosa;*
*Flor tão fresca e melindrosa*
*Muito não pode durar.*
Laurindo Rabelo.

Havia três anos a vida no solar trepidava no mesmo ritmo de alucinada fartura. Havia três anos a mina de Macaúba, ingurgitada, vomitava ouro às pampas.

O velho Major Peixoto encheu de espanto seus amigos de Sabará:

— É uma enchente de ouro! Quase não é preciso batear: basta catar as pepitas mais grossas... É ouro que enche cuias, cabaças, potes, quartas e gamelas.

Naquele dia estavam a passeio no Brumado o Juiz de Fora da Fidelíssima Vila de Sabará e sua esposa. Como primeira cortesia, o Barão disse à senhora:

— Amanhã, a primeira bateada de Macaúba será de Sua Senhoria.

Deu ordens para que isso se fizesse. Na tarde do outro dia, ela recebeu meio quilo de ouro, da bateada prometida.

— Nunca ouvi falar em tanto ouro. O senhor é homem predestinado! É triste dizer que meu marido ganha 400 mil-réis por ano, fora umas custas ridículas.

À noite, quando a visitante se recolheu a seu quarto, encontrou uma tigela tampada com guardanapo de linho. Curiosa, foi ver o que continha. Era outro meio quilo de pepitas, que a senhora recebia como presente chamado *canjica de rico.*

Dona Eufrásia sentia os olhos úmidos:

— E nós, vivendo das lambugens do Império... pão que se come para não morrer de fome. Estudar anos e anos queimando pestanas em Coímbra, para ser Juiz de Fora nas Gerais... Viver catando pulgas de descuidos, erros, artigos citados por engano em autos, para ganhar 400 mil-réis. E para isso é preciso dormir com as pavorosas *Ordenações do Reino* debaixo dos travesseiros. Homem há de ser como o Barão!

No toucador de seu quarto alinhavam-se perfumes de *élite*: *Supreme Caresse*, francês, *Triumph*, da Inglaterra. Vaporizadores de água de colônia alemã, húngara, polona... A escrava mostrou-lhe a caixa de pós para avivar as olheiras, as escovas de pelúcia, crina, arame e penugens de ganso para seu uso pessoal, e caixinha de veludo verde onde estavam os assassinos.

— Parece que vou cair com uma birola.

Deitou-se no divã de seda verde-musgo, acomodando a cabeça no plumazo de penugens de ganso. Um perfume de âmbar trescalava os linhos galegos das camas. Era a essência de âmbar usada nas roupas brancas dos quartos de hóspedes.

— Tudo isto será sonho, Manoel? Se for sonho, que ele dure pelo menos uma noite...

Laura continuava doente.

A febrícola à tarde, com palpitações, tosse à noite, suores continuados.

Passava tempos melhor, para de novo recair.

Estava magra, pálida, que um toque bem feito de carmim disfarçava mal. Seus olhos verdes, agora maiores com o emagrecimento, cintilavam, lindos, dentro do rosto descarnado. Pe. Pereira, notando sua ausência nos saraus brilhantes do Brumado, exclamava em desconsolo:

— Esta Versailles de Luís XV sente ausência de nossa Maria Antonieta...

O Barão acudia:

— Os médicos recomendam-lhe repouso. Mestre Jurubeba então é severo quanto ao que prescreve. Basta saber que ela está no solar para que eu me sinta feliz. Essa criatura privilegiada adoeceu estar comigo num rancho de chão, molhado pelas chuvas de nosso terrível inverno. Sempre viveu em casas altas, secas, arejadas e passou a morar em rancho de paus-a-pique. Voltando ao conforto antigo, veio marcada pelas unhas da doença. A corrubiana de 1833 agravou-lhe os males.

Pe. Pereira suspirou:

— Mulher romana!

O Barão sentiu as pálpebras rorejadas.

— Não pode me ver triste. Pergunta o que tenho. Aconselha que eu mande chamar os amigos, pois sou um sentimental.

O padre concordou:

— Isso é verdade. O Barão é como o pianista Chopin, que está assombrando a Europa. Dizem que se comove com uma nuvem que passa, ou uma rosa se despetalando...

Chegava atencioso o mordomo. O Pe. Pereira encarou-o:

— Estamos aqui como beduínos atravessando o deserto: doidos de sede e consolados apenas com miragens de águas frescas...

A garrafa que chegou estava ainda com o estanho dourado no gargalo, mostrando, na etiqueta, a data de 1820. Churruca pegou a botelha:

— *Whisky*.

O mordomo voltou-se para o amo:

— Com licença do senhor Barão, seu Churruca não pronuncia bem a palavra. Quando se diz *whiskey*, com "e" final — *uísque*, é referente a bebida inglesa. Quando o *whisky* é escocês, não se diz o "e" final — fala-se *uisk*. O modo de escrever é também diferente: o inglês escreve-se *whiskey* e o escocês — *whisky*. Este é escocês. O senhor me perdoe essa observação.

Churruca espantou-se:

— Uê! Eu não sabia disso, não, mordomo. Mais esta pra ser acomodada na minha cachola...

Riram; ninguém sabia daquilo. O Barão gostou da coisa, orgulhoso de seu auxiliar:

— Só mesmo quem foi *garçon* de Reis, no Paço de Queluz...

— Perdão senhor, não servi só no Paço de Queluz, mas também no Paço da Ribeira, no Paço de Sintra e no Paço das Necessidades... No Brasil, no Paço Imperial do Rio de Janeiro.

Curvou-se e saiu sob a pesada glória de ter servido e visto de perto Reis, Rainhas e um Regente da Coroa.

Laura mandou chamar o esposo. Na sua ausência, Ligonza indagou de Lão:

— Ó Mestre Lão, e os filhos do Barão com Clara?

— Estão com Dona Maria. A menina é um encanto: Manoela. João fez o curso primário, não deu entrada ao latim nos miolos. Anda à toa, vadia. Tem pai alcaide...

— E o filho de Laura?

— Ah, morreu aos dois anos, quando os pais estavam a passeio no Ouro Preto. Falou-se tanto nisso e você nada sabe...

— Quer dizer que o Barão, com esta farrompa toda, deixa o filho jogando as pernas, no Sabará.

Lão riçou a unha no senhor:

— O Barão cria filhos como Deus cria batatas, à lei da natureza. Há pouco, mãe, irmãos e filhos foram pra Sabará.

— E a casa em que moravam no Caeté? E a chácara tão bem plantada?

O mestre encolheu os ombros. Não sabia ou não desejava dar informações.

O Dr. Conversinha mexericava:

— Viram como Laura está magra?

O Dr. Lu respondeu:

— Magra, triste e bela! Parece muito fraca, mas está corada.

O Major Matos estava pessimista:

— Corada? Aquilo é sangue de gaveta.

Lão informava:

— Convalesce. Mas está em boas condições. Tem o trato de uma Infanta!

O Barão voltava aos amigos, acompanhado pelo Pe. Pinto, que conversara com a Baronesa. O padre, ao sentar, estava abatido, parecia preocupado.

— Barão, vou lhe pedir um favor. Mande chamar os padres médicos do Caraça para verem a nossa Baronesa. Um é Padre Doutor Macedo, o outro é Padre Doutor Antônio Pedro, que esteve num jantar, aqui. Veio pedir um favor ao vizinho.

O Barão coçava o queixo, indeciso.

— O Dr. Moreira pulsa-a[50] sempre e Mestre Jurubeba não descuida de nossa enferma. Ela está tomando agora o brancolim, novo remédio pra febre. Acham que ela sofre febre palustre. Já tomou infusos de três folhas brancas, infusos de três folhas vermelhas...

— Mas eu desejo que chame os do Caraça.

Depois de breve silêncio o Barão ergueu o rosto:

50) Pulsar era usado para medir grau de febre. Era sinônimo de examinar. O pulso regulava tudo.

— Pois vou chamar.

Ao chegarem no Salão Amarelo, o Juiz de Fora, diante de uma janela, contemplava a Serra do Gongo. O Barão saudou-o, passando a explicar as belezas da Serra. O juiz extasiava-se:

— Que beleza! Como são majestosas aquelas árvores!

— Não as deixo abater. As árvores são a cabeleira das serras as águas o seu sangue.

No outro dia chegaram os doutores do Caraça. Depois de demorado exame, conferenciaram com o Barão. O Pe. Dr. Macedo discorreu:

— Não vivemos como médicos, somos padres, mas auscultamos e percutimos o tórax de sua doente. Notamos na inspiração um rumor subcrepitante, que se assemelha a sal jogado no fogo. Notamos mesmo um som de gargarejo análogo ao líquido misturado a bolhas de ar. Um de nós ouviu a pectolóquia, assentando uma orelha nas costas e ordenando à doente que falasse: a voz parecia sair das costas e entrar toda nos ouvidos. Os suores parciais durante o sono, em especial no pescoço, na cabeça, nos pés, cessando quando a doente acorda, foram por nós indagados. É inegável seu emagrecimento e pouco apetite em pessoa de tanto trato. Sua tosse, ora seca, ora com escarros cinzentos com rajas amarelas, também nos impressionou.

Fez um silêncio, afagando a barba inculta já grisalha, para terminar:

— Por fim, a febre combatida há anos e sempre presente à noite, não nos deixa vacilar. A Baronesa está hética. É uma tísica sorrateira que vai consumindo inexoravelmente sua esposa.

E vivo:

— Pode durar muito, morrendo de outro mal, e pode morrer logo, se não deixar o clima úmido do vale. Há casos de sobrevida de vinte, trinta anos e morte rápida, por sobrevinda de forma galopante.

O Barão abateu-se, de olhos marejados.

— Então... não é bronquite nem estalicido?

— Bronquite é sempre encontradiça nesse morbo. Não é estalicido nem bronquite simples.

Os padres doutores almoçaram cedo, para regresso ao monastério. Consumiram em dois tempos um pato assado, um empadão com miúdos, uma banda de leitoa frita, além de terrina de doce de leite acanelado. Limparam ainda uma compoteira de lambe-lhe-os-dedos... Salvaram almas do purgatório com aperitivo de *eau-de-vie* com *bitter* e duas garrafas de legítimo Saint Julien, vinho patrício de um deles, que era francês. Comparadas as receitas, havia pouca diferença entre a dos sábios e as do Dr. Moreira e Mestre Jurubeba.

Depois que partiram, o Barão, abatido por momentos, voltou ao quarto da Baronesa:

— Tudo como antes, no quartel de Abrantes. Os dos Caraça aprovaram o tratamento seguido. Agora é comer do bom e beber do melhor, que a coisa não vale nada. Quando estiver mais forte, vamos passar tempos em Águas de Caldas, clima próprio pra seu caso.

E saiu murmurando, de cara desanuviada:

— Enquanto há vento, bota-se água nas velas...

Sentou-se entre os hóspedes no Salão Amarelo, exclamando com alívio:

— Quero lavar os peitos com *whisky* com "e". Já dizia minha bisavó que tristeza encrua o estômago...

Pe. Pereira estava curioso:

Que disseram os doutores?

— Se são sábios, não mostraram. Se são santos, não deram provas. Como tinham pressa, almoçaram uns gafanhotos e água apanhada na fonte, com a mão.. Já ouviu contar que a sucuriú engole um novilho, só deixando fora da boca, pra apodrecer, a cabeça com os chifres?

Ele mesmo respondeu:

— Agora eu creio...

Na constante reunião de hóspedes, na sala de bebidas, palestravam viciados nos bons tratos do solar. Churruca pilheriava com Jurubeba, sempre mal humorado:

— Os licores do Barão desenrugam nossos rostos, mas o de Jurubeba está cada vez mais amarfanhado. Para consertar isto, só passando a ferro quente sua cara, que está sempre como roupa de quem dormiu vestido...

O charlatão cruzou os braços desviando o rosto, sem responder. A conversa generalizava-se. O dr. Moreira, muito político, indagou do Comandante das Milícias como ia a Regência de Feijó.

— Não vai bem, não. A oposição não o deixa trabalhar. Feijó é homem, mas seus Ministros parecem temerosos dos adversários. O mais perigoso é o Deputado Bernardo de Vasconcelos.

Bebeu com fartura seu vinho Xerez.

— Como sabem, o Bernardo é doente desde moço, de mal que lhe tortura em dores a cabeça, os ombros, as mãos e as pernas. Desde muito, para andar, joga os pés para fora, batendo com eles no chão. Mas de cérebro, é imenso! Mesmo doente fez carreira esplendorosa, desde o Conselho do Governo da Província, onde foi colega do nosso Barão de Catas Altas. Passou a Deputado Provincial, a Deputado Geral, a Ministro da Fazenda, a Vice-Presidente de Minas, a Presidente Provisório da Província e vai ser, na certa, Senador do Império. Tornou-se, na oposição, brilhante parlamentar que todos temem, governistas e Ministros do Império. Há pouco, quando ele ia atacar o Ministério da Regência, as galerias da Câmara não cabiam mais ninguém. Juristas, literatos, jornalistas célebres, estudantes e o povo acorreram desde cedo, para ouvir o maior parlamentar nascido no Brasil. A Câmara estava completa; seus membros mais arredios compareceram para assistir ao duelo de morte do Deputado por Minas e os apologistas da Regência. Todos já estavam em seus lugares e só faltava o Vasconcelos. De repente, um zunzum no plenário e nas galerias; um corre-corre de contínuos, e Bernardo Pereira de Vasconcelos surgiu, andando com dificuldade, aos arrancos. Vestia sobrecasaca preta, colete branco e gravata *plastron* negra, compondo o colarinho duro, de pontas roçando os queixos. Caminhava para a tribuna, que sempre fora o palco memorável de suas campanhas. Amparava-se em singela bengala de brejaúba com castão de ouro, onde estão gravadas as iniciais B. V.[51]. Subiu os degraus sobraçando livros e, já na tribuna, enxugou o suor da testa apolínea. Nesse

51) Essa bengala está hoje em poder do Dr. Roberto de Vasconcelos filho do historiador Diogo de Vasconcelos, que era primo-irmão de Bernardo.

instante, as galerias em peso, sem exceção de ninguém, irromperam numa tempestade de palmas ao grande homem. O Presidente fez soar os tímpanos, ameaçando evacuar as galerias.

O Comandante acendeu um charuto de Manila, tirado da caixa de pau-santo aberta na mesa.

— O flagelo do Gabinete ia atacar o Ministério de Feijó. Honório Hermeto, porém, notou grande novidade no rosto do amigo e indagou de Miguel Calmon:

— Não acha o Bernardo esquisito? Está sem aprumo e com a boca apertada, sem seu riso sarcástico!

Miguel Calmon concordou:

— São, decerto, as dores de sua moléstia que começam a atacá-lo.

O orador genial estava positivamente em mau dia. Começou baixo e embolado:

— Sr. Presidente!

Lino Coutinho ergueu as sobrancelhas para Paulino de Sousa, como a indagar:

— Que há com ele?

Mas Bernardo remoia as primeiras palavras:

— Sr. Presidente!

E começou, gaguejando, coisas que ninguém entendia. Os governistas exultavam, certos do fracasso do tribuno, de que tinham tanto medo. Bernardo reagia:

—Extinta a era... passada a era dos... dos Ministérios rasteiros... rasteiros...

O oposicionista Holanda Cavalcanti tocou no braço do seu colega Rodrigues Torres:

— Vai mal. Nem parece o Bernardo! Que haverá? Estamos perdidos!

Bernardo atacava o Ministro da Marinha, Almirante Tristão dos Santos. Montezuma, Ministro do Interior, presente à sessão, sorria do fiasco cerebral daquele que Armitage chamara "O Mirabeau do Brasil". Percebendo que estava ridicularizado pelos inimigos, Bernardo Pereira de Vasconcelos não teve meios termos: Levando o lenço à boca retirou com dificuldade imensa dentadura, que lhe enchia a cavidade bucal, empastando as palavras.

Ao guardar a peça no bolso da sobrecasaca, sorriu vitorioso e, alto, claro, conciso mas contundente, com voz que enchia o salão da Câmara e extravazava para a rua, começou a torpedear o Ministro da Marinha, passando por Montezuma, Ministro o Interior... Passou em revista o Ministério todo! Feijó queixou-se nesse instante:

— Não me aguento mais, porque os Deputados silenciam diante de Vasconcelos!

O Comandante, ouvido com atenção, arrematou:

— A dentadura de Bernardo estava protegendo Feijó e, tirando-a, banguelo como é, pôs tudo a perder, abalando os poderes do Regente[52]...

O Barão sorria, como orgulhoso de sua amizade com o parlamentar. E deu, sorrindo, sua opinião:

— Como há, na marca das idades, tempos *antes* e *depois* de Cristo, para o homem e principalmente para as mulheres há também uma triste, inexorável verdade: antes e depois da dentadura.

Laura estava passando melhor. Nos últimos dias, mostrava-se mais alegre, alimentava-se bem e parecia fortalecer-se. Prometeu a sua amiga Lila visitá-la, indo de cadeirinha.

52) Flagelada por Bernardo, a Regência de Feijó caiu a 19 de setembro de 1837.

A melhora da Baronesa dera boa disposição a todos de sua casa, em especial a seu marido, que andava rindo à toa.

O jantar daquele dia era o último a ser servido ao Comandante das Milícias e senhora, pois viajavam na manhã seguinte. Regressariam também na mesma hora o Dr. Juiz de Fora de Sabará e digna consorte, ainda abismada com o que vira no palácio. Estavam no solar mais de quarenta visitas, reunidas àquela hora no Salão Vermelho, onde era servido esplendido jantar.

Nisto se ouviram gritos alarmados. Jordelina, a açafata de Laura, chegou correndo no salão:

— Acudam! A Baronesa está morrendo!

Outros gritos eram ouvidos nos quartos interiores. O Barão correu e os mais íntimos acompanharam-no.

A Baronesa morria, vomitando repetidas golfadas de sangue. Sentara-se na cama em grande aflição, e não podia mais falar. Em minutos perdeu todo o sangue e caíra, mole, nos linhos ensanguentados do leito.

Acenderam vela benta, que o Barão apertava, chorando, na mão da esposa. Pe. Pereira dava-lhe a absolvição. Dr. Moreira após-lhe compressas frias nos peitos e Mestre Jurubeba escovava-lhe os pés. Um gargalho subia-lhe do peito. Todas as mucamas do serviço choravam, de joelhos, tremendo, em soluços.

O Barão, encarado na face da agonizante, gritava, para ser escutado:

— Laura, minha Laura, é João! Lau-ra! Ouça-me, é João!

O Dr. Moreira por fim ascultou-lhe o coração, com o ouvido no penteador ensopado de sangue:

— Está morta, Barão! Deus foi servido. Meus pêsames.

Mestre Jurubeba abraçou o amigo, que sustinha no braço o busto da morta. Pe. Pereira tentou levar o viúvo. Ele resistiu, caindo de joelhos e ocultando o rosto nas mãos ainda mornas da esposa.

— Laura, perdoe as faltas de seu marido. Você foi a única pessoa a quem amei na vida.

Soluços sufocantes sobrevieram-lhe, em ondas amargas. Todos choravam. Fausta, abraçada aos pés da Sinhá, beijava-os com respeitosa paixão.

A boca da infeliz senhora debruava-se de leve espuma sanguinolenta. Desgovernada no leito, via-se em seu regaço a majestade de ouro, pendida de corrente de platina. Só então era visto um lunar preto escondido no seu entre-seio. Na mão ensanguentada, seu precioso anel de lincúrio protegia a aliança. Mestre Lão, num intervalo de choro, exclamou de olhos fitos na morta:

— Está aí, cortado da haste, o lírio branco de Salomão, o lírio angélico de Jesus, a rosa branca da lira de David.

O sino deu o sinal de alarma, reunindo todos os escravos do Brumado, a quem foi dada a notícia. Sucediam-se cenas de desesperação dos cativos, que eram doidos por sua Nhenhá.

Não tardou e partiram portadores urgentes para Santo Antônio, Mariana, Ouro Preto, Santa Luzia e Caeté. Barrocão e Pintado seguiram, para buscar os parentes de Sabará. Naquela tarde começaram a dobrar de hora em hora os sinos grandes da Matriz de Santo Antônio do Ribeiro de Santa Bárbara, de Santo Antônio, da Matriz de Nossa Senhora de Caeté, da Igreja de Santa Ana, do arraial do Brumado, da Matriz de Nossa Senhora da Conceição e das

Capelas do Rosário e do Senhor do Bonfim de Catas Altas, oh, de todos os lugares onde os Barões eram queridos e respeitados. Quando na Imperial Ouro Preto o colossal sino Elias, da Igreja do Carmo, plangeu, rouco, vozeando em clamores profundos, gente da rua perguntou:

— Quem morreu?

— A Baronesa de Catas Altas!

— Hum. Só mesmo ouro para obrigar, de hora em hora, o Elias a gemer seu bronze, que lembra a voz do Profeta seu xará.

As aias prediletas da Baronesa vestiram-na como sempre pediu. Queria ser enterrada de vestido de veludo negro, descalça e com os cabelos alisados para trás. As mãos seguravam, entrançadas, um crucifixo de prata, herdado de sua mãe. Ficara exposta mesmo no quarto do casal, na cama forrada por colcha azul do Oriente, bordada de ouro legítimo. Depois de fria, ficou ainda mais magra.

O Barão, de luto fechado, na poltrona ao lado da morta, chorava sem cessar, assistido pelos Padres Pereira e Pinto. No Salão Amarelo, em grupo de íntimos que falavam em voz baixa, Quincota abria o peito:

— Estou convencido que Mestre Jurubeba é formidável. No dia do aniversário do Barão, antes de entregarmos a tabaqueira de ébano salpicada de diamantes vermelhos, perguntei ao velho qual era o estado verdadeiro de Dona Laura. Ele respondeu com seu ar frio: — A Baronesa, pra mim, morre dentro de dois meses. Está magra que de carne só tem a língua.

Quincota parou, para beber seu ron com limonada:

— Eu não acreditava nele. Agora o respeito. Jurubeba ou é sábio ou tem parte com o demônio. Olhem que um médico marcar com certeza mês, dia e hora do doente morrer é coisa muito séria. Isso é um dom de Deus.

Churruca sorria:

— Você tem certeza disso, ó Quincota?

— Foi como disse. Mestre Jurubeba, com antecedência de dois meses, marcou a data certa em que a Baronesa morreu[53].

Os presentes, chocados com a morte súbita da Baronesa, não sabiam o que dizer. Guimarães, recém-chegado, com a surpresa do óbito, perdeu a cabeça.

— Olhem, somos nada. Pouco sabemos do mistério da vida. Coitado do Barão!

Os que entravam nos aposentos de Laura sentiam o perfume de heliotrópio que ela usava em saquinhos, nas roupas da cama.

53) Houve um caso semelhante no Brasil. O professor Andrade Pertence, o cirurgião de grande fama, possuía essa singularidade excepcional. Poucas vezes errava um prognóstico a tal respeito. Contou-me o Dr. Alfredo Nascimento, ilustre médico e distinto historiador, um fato que julguei inverossímil. Para esclarecê-lo, procurei o dr. Samuel, filho do eminente prof. Pertence, que era no tempo Cel. Médico da Polícia do Distrito Federal, que o confirmou. O caso foi este: Estando muito mal no Rio um grande negociante português, foram chamados vários médicos para uma conferência. Entre estes estavam o notável prof. Torres Homem e o Dr. Martins Costa, além de autoridades do maior naipe científico da Corte. Na conferência, não julgaram grave o caso, conformo diagnosticava o também célebre Dr. Rocha Farias, de quem fui aluno e amigo. O dr. Mateus de Andrade, o mesmo que amputou o pé de Castro Alves, propôs ouvissem o prof. Andrade Pertence, para também opinar. Pertence examinou o enfermo, dando o seu parecer contrário a todos os colegas declarando estabanado, como era de seu feitio: — Uns querem operá-lo mais tarde. Outros aconselham não operar o doente. Operem ou não operem, o doente morrerá hoje, às 6 horas da tarde! Mateus de Andrade, assistente do enfermo, protestou com respeito: — O senhor está pessimista. Nosso cliente está bem disposto, lúcido e tudo indica que vencerá a batalha. Pertence enterrou a cartola na cabeça e saiu sem se despedir de ninguém. Às 6 horas da tarde do mesmo dia, quando conversava animado com família, o doente morreu.

Chegavam muitas pessoas dos lugares vizinhos. Pode-se dizer que o arraial de Catas Altas mudou-se para o Brumado. A consternação era geral. Dona Lila assumira a direção do palácio e o mordomo recebera ordem de tudo fazer para comodidade dos amigos.

O solar formigava de gente das relações do casal e de curiosos inteirados da morte da Baronesa. Negociantes de Santo Antônio, Morro Grande e Caeté ofereciam os préstimos, no farisco de bons lucros. O Barão respondia, desolado:

— Com Quincota. Quincota é quem resolve tudo. Estou sucumbido, desorientado, morto!

Padre Pereira, serviçal, perguntava, para providências:

— Barão, onde vai ser o enterro? Chegou um caixão de jacarandá, de seus amigos de Catas Altas, pedindo o sepultamento na sua terra.

— Depois resolvo. Não falem em sepultamento de Laura, Pe. Pereira!

Pela madrugada, chegou outro riquíssimo caixão, mandado pelo povo de Santo Antônio.

Ao meio-dia, estavam no solar os parentes, vindos de Sabará. Por velha e enferma, Dona Maria não compareceu. Cenas emocionantes molhavam os olhos dos presentes.

A casa, acomodada para cem hóspedes, abrigava mais de duzentos, que dormiam acumulados em camas, divãs, tapetes e mesas. Os cinco serventes do mordomo não davam conta de conduzir bandejas de bebidas de todos os países.

Alguns boêmios aproveitadores se transportaram para lá, com o fim de gozar a célebre adega do Barão. Bebiam à farta repetidas taças de vinhos de que nunca ouviram falar, *cognacs*, licores e da vodca, desconhecida em Minas. Um deles, o Chicão, do Caeté, de taça vazia do Champagne na mão, exclamava, não cabendo mais líquidos:

— Que assombro! Morrerei feliz se morrer agora, afogado no dilúvio de tantas preciosidades!

O Barão contava com doze sacerdotes, para o enterro, mas, ficando tarde para esperar a todos, resolveu fazê-lo só com os Vigários de Catas Altas, Guarapiranga, Santo Antônio, Caeté, Sabará, Raposos e Arraial do Brumado. Celebrou-se missa de corpo presente.

Nunca uma defunta recebera tantas flores, de tantos lugares do sertão mineiro. Flores cultivadas e flores da serra, as que ela tanto amava.

O enterro foi no Arraial do Brumado. O viúvo, resistindo aos amigos de Catas Altas, Santo Antônio e Caeté, exclamava com enorme paixão:

— Vai ficar perto de mim, no Arraial do Brumado! Quem sempre viveu no altar de meu coração, deve ficar perto de quem tanto a amou.

O préstito fúnebre saiu à tarde. Todos disputavam a honra de segurar uma alça do caixão. Dois deles, pela humildade com que pediram aquele dever, comoveram muito. Fausta e Barrocão levaram por algum tempo sua Sinhá, pela meia légua de caminho. Pe. Pinto murmurou cheio de emoção:

— Dignos pretos!

O Dr. Moreira apoiou convicto:

— Dignos só, não exprime bem. Revivem a lealdade antiga, de quando o caráter dava respeito.

Na beira da cova falaram vários amigos, despedindo-se: Pe. Pereira, Pe. Pinto, Dr. Moreira, Dr. Lu, Dr. Conversinha, Mestre Lão. O orador que mais comoveu foi a ex-escrava Fausta. Antes de se fechar o ataúde, ela estendeu a mão trêmula para o corpo de sua amiga, gemendo:

— Bença, Nhenhá?

Não houve quem não chorasse. Quando todos se retiraram, Fausta e Barrocão, os dois velhos servidores da infeliz milionária, ficaram de pé, enquanto os coveiros socavam a terra fofa da sepultura. O Dr. Lu, ao saber do fato, revelou aos amigos, com seu modo sincero de encarar o mundo:

— Não digo? Fizeram mais que nós. Permaneceram firmes ao pé da cova, como duas sentinelas leais.

No dia seguinte, bem cedo, Mestre Jurubeba se despediu do Barão:

— Me vou. Não precisam mais de mim.

O viúvo encarou-o:

— Você vai? Deixa o amigo sem um doutor que o socorra, na hora da tormenta?

— Sô Moreira fica.

O Barão abaixou os olhos.

Muitos imitaram Jurubeba, foram desertando para seus lares, para seus deveres. Na tarde do outro dia, só restavam no solar uns quarenta amigos, alguns com as esposas.

Desde o dia seguinte ao do sepultamento, o Barão precisou beber para dormir. Recolhido cedo a seu quarto deserto, pela meia-noite apareceu com ares alucinados no Salão Amarelo, onde hóspedes bebiam e palestravam. Apareceu em mangas de camisa, de calças de seda e alpercatas. Seus cabelos despenteados e os olhos estranhos diziam que a insônia trabalhava-o com rigor. Chegou calado, como sombra e de olhos vermelhos muito abertos. Sentou-se, como sonâmbulo.

— Sabem? Vejo Laura, vejo os olhos verdes de Laura!

Pe. Pereira apiedou-se:

— Tem razão. A dor é muito nova para descorar. Peça a Deus a sua paz.

De olhar fixo, com as mãos no queixo, o viúvo parecia ver alguma coisa ao longe:

— Não veem? Olhem os olhos de Laura!

O Dr. Moreira assustou-se:

— Beba um cálice de vinho, Barão.

Ele, indiferente a todos, monologava:

— Laura... estou aqui. . . Está me vendo? Vejo bem seu rosto, seus olhos verdes.

Bebeu a custo uma taça cheia de vinho do Porto. O doutor pegou-o pelo braço:

— Vamos, Barão, veja se dorme.

Não respondeu. De olhos parados, parecia ver, através do mundo, alguma coisa imaterial. Moreira saiu, voltando com uma copa em que derramou um pó marron. Despejou vinho sobre ele, sacudindo-o, para oferecer ao viúvo:

— Beba, por favor, amigo.

Bebeu de um trago, sem palavra. Os presentes perderam o assunto; calaram-se.

O Barão amolecia. Caíram-lhe as pálpebras. Debruçou-se na mesa. Pareceu adormecer, com a cabeça deitada sobre os braços, como bêbado. O doutor fez gesto de silêncio. Passado algum tempo travou-lhe o braço no seu:

— Vamos deitar, Barão.

Seguiu, sem resistência, a cambalear. Foi seguido também pelo Pe. Pereira.

Pe. Pinto gemeu, realmente abatido:

— Coitado. Não pode dormir. Bem disse Spartacos que a noite é grande para a dor que vela.

O doutor deitou-se, cobrindo-o com ededron escarlate. Já deitou dormindo. Cerrada a porta, voltaram ao salão.
O padre indagou:
— Que remédio foi o que ele ingeriu?
— Ópio. Agiu logo.
Patrocínio estava pensativo:
— Pobre homem, o Barão. Acho-o abatido demais. Nem parece o homem de anteontem. A viuvez é coisa muito dolorosa e não, como dizem os cínicos, libertação.
Churruca indagou:
Que idade tem ele, realmente?
Lão sabia:
— Quarenta e sete.
— Não demora a casar mais uma vez.
Dr. Lu também concordava:
— Ora se casa. Casa com quem quiser.
Mestre Lão estava acabrunhado, parecendo ter perdido a mãe:
— Mulher como Laura ele não achará mais. Foi em verdade uma santa. Agora, uma coisa está me impressionando. João se refere aos olhos de Laura. Confesso que eles também me impressionavam; grandes, serenos, verdes. Eu também os vejo ainda, luminosos, na penumbra do quarto da doente. Quando cheguei ao Gongo Soco, ela estava com 24 anos e a beleza de seu rosto moreno de turca realçava os olhos ainda sorridentes. Os sofrimentos (a vida), a perda do único filho e as dores morais (a vida), foram dando beleza mais triste aos seus olhos. Só por ver, encarados nos seus, aqueles olhos, João foi um homem feliz.
Guima arrepiou os elogios:
— Belos, eram. E no dia da ida à Lagoa das Antas?
Lão explicava:
— Naquele dia, antes e depois da viagem, os olhos de Laura estavam acesos em cólera santa. Naquele dia, não há dúvida: foram os mais belos do mundo!
Pe. Pereira parecia concordar, de face pendida:
— Laura tinha, em verdade, os grandes olhos brilhantes das mulheres maratas da Índia.
Moreira voltava sobre passos já dados:
— Pois verão outra aqui, não demora. Laura morreu moça, virá outra mais nova...
Lu indagou:
— Laura morreu com que idade, Lão?
— Com quarenta e dois. Mas parecia ter trinta.
— Pois em breve você verá chegar aqui outra mulher. Paixão de velho rico por mulher bonita é como rabo de teiú: corta-se hoje um pedaço, amanhã torna a crescer outro pedaço...
Pe. Pereira estava pensativo:
— Pobre Laura. Os diamantes do Transvala, depois de lapidados, dias tempestuosos costumam explodir e incendiar-se de repente, reduzidos a uma pitada de cinzas. Laura também foi assim.
O escravo servente noturno, de pé, às ordens dos hóspedes, cochilava, deixando pender a cabeça, que depois repunha em posição de sentido. O relógio gabinete do salão bateu uma hora. A ressonância do metal encheu a sala de tristeza. O Dr. Moreira ergueu-se:

— Dão-me licença, vou dormir.

Inesperadamente um grito engasgado alarmou a mansão, como um tiro:

— Laura!!

E em seguida o Barão reapareceu, de camisola, descalço e descabelado.

Moreira foi encontrá-lo:

— Que há, Barão?

— Laura! Os olhos de Laura não me deixam dormir! Fitam-me, de perto, fogem, voltam.

Mesmo de pé rente à mesa, encheu uma taça de vinho, emborcando-a. Lão acercou-se:

— A noite está gelada. Vou buscar um sobretudo. Este frio faz-lhe mal.

Com o capote que lhe trouxeram, solto nos ombros, sem enfiar as mangas, ele sentou-se, com os cotovelos na mesa e os dedos metidos nos cabelos ralos. Estava magro, amarelo, de barba crescida. Sua figura comovia os presentes; Lão chorava. Churruca, de cigarro na boca, tinha os olhos fixos nos ladrilhos do chão. Não demorou, o insone, brusco, voltou a cabeça para o ar:

— Olhem, estão lá, os olhos verdes de Laura!

Churruca enxugou com o lenço as pálpebras úmidas.

A missa de Sétimo Dia foi em Caeté. Na noite anterior à missa, no Salão, o Dr. Moreira falou, amigável:

— Precisa fazer a barba para amanhã, Barão.

— Os papas usaram barbas crescidas, doutor. O Papa Clemente VII deixou-as crescer em sinal de luto, quando os espanhóis pilharam Roma. Anos depois, Leão III resolveu raspá-las. Com as minhas, crescidas, imito Clemente VII; fico em boa companhia.

Ao chegar para a missa fúnebre, a vila em peso se abalou para ver o Barão, viúvo.

Ele chegou com seu esquadrão de amigos inseparáveis e foi direto à Matriz.

Mariana e os mais de sua família chegaram na frente.

No centro da nave estava erguida a eça. Ele curvou-se no genuflexório, sem olhar o povo que enchia o templo.

Mocinhas, moças, solteironas, viúvas ainda em forma, olhavam-no, com olhos gulosos. Dona Dejanira, discreta sob véu negro, tocou o cotovelo da filha ao seu lado, segredando:

— Veja que simpatia. Ainda moço, milionário e viúvo!

Suspirou, trançando o rosário nos dedos nervosos.

Quando o órgão alteou seu arquejo asmático de litúrgica tristeza, o viúvo enxugava amiúde os olhos, com lenço perfumado a violeta de Parma. Um olor suave alcançou os que estavam mais próximos.

Assistia ao ofício fúnebre com dignidade, comungando, depois de confessado na véspera, pelo Pe. Pinto.

Depois da missa, recebeu pêsames de todos, agradecendo a presença de seu povo. Vários amigos o convidaram para o café, pois viajara em jejum de comunhão. Agradeceu, por estar comprometido com um deles.

Ao sair do templo, multidão de pobres se prostrou nas lajes, à espera de esmolas. O Barão procurou com os olhos o escravo Guilhermino, que o acompanhara. O escravo se aproximou com um samburá e o viúvo começou

a atirar para os maltrapilhos punhados de libras esterlinas. Jogava-as para a direita e para a esquerda, com as mãos cheias. Todos se agacharam rápidos, enchendo bolsos, chapéus, saias suspensas para conter a esmola farta. Repetia o que ali fizera depois do *Te Deum* pela sua mudança para o Brumado.

Reparado por toda a população que enchia ruas, portas e janelas, montou no cavalo negro alevantadiço, que Pintado segurava pelo freio de ouro. Pe. Pereira firmou a caçamba também de ouro da sela sobre xairé preto, com manograma B. C. A. de cada lado. Montado, ergueu o chapéu:

— Amigos, até à volta. Deus lhes pague por mim a misericórdia.

Soltou as rédeas, seguido pelo piquete de quarenta e dois amigos e escravos que o aguardavam.

Mariana, Ana e os filhos do viúvo e Clara, João e Manuela, regressaram para Sabará.

Naquele dia, em todas as vilas de Minas, só se falou no Barão de Catas Altas.

Estavam enganados os que pensaram ser passageira a paixão do viúvo. Ele, com a ideia fixa da morta, perdera a vivacidade, tornara-se mau companheiro.

Uma noite, em seu quarto de dormir, ele conversava com o Pe. Pinto.

— Tudo hoje me desinteressa. Tenho até nojo do ouro.

Súbito, no meio da palestra, gritou rouco:

— Olhe Laura! Olhe os olhos de Laura, fitos em mim!

Levantou-se e, descalço, vestido apenas de camisolão de noite, saiu pela casa a clamar, desfigurado:

— Laura! Laura!

O Dr. Moreira, ouvindo os gritos, confessou, com desinteresse, ao Pe. Pereira:

— Muita hemorragia às vezes estanca com a própria hemorragia. Deixem o Barão chamar por Laura. Sua própria voz irá despertá-lo. Não há tratamento para isso, não. O tempo é o melhor remédio para essas dores.

Reconduzido a seus cômodos pelos padres parecia se acalmar, falando para a sombra da morta:

— O galardão de viver tantos anos a seu lado converteu-se para mim em sofrimento insuportável. Viva, como agora morta, viverei sempre *sub alarum tuaram*, debaixo de suas asas. Esta saudade não tem fim. Esta saudade é como o remorso, volta sempre.

Havia dois meses Laura estava sepultada no adro cercado de achas da Igreja de Santa Ana, no Arraial do Brumado. Morreu a 3 de junho e a 4 de agosto, pela madrugada, o Barão mandou levar quatro tachos grandes e muita lenha para o Largo da Igreja do arraial. Chamou Barrocão, pois o feitor estava em Macaúba:

— Barrocão, leve agora mesmo vinte negros com enxadas, enxadões e alavancas, e me espere no arraial do Brumado.

Apontou para uma canastra coberta de couro e taxeada de prata:

— Leve também para lá esta canastra.

Antes que os hóspedes se levantassem, cavalgou, acompanhado por Palacete, Pintado e Jabutirica, rumo do arraial.

O Largo da Igreja, cheio de capins rasteiros, estava umedecido pelo sereno da noite frigidíssima. Ventos gelados boliam nas palmas dos coqueiros uricuris que rodeavam a grande praça.

Os negros, mandados, fizeram trempes de pedras soltas, onde colocaram os tachos com água, acendendo fogo. Apareceram nas portas os moradores que acordavam cedo.

O cemitério do lugarejo era no adro da igreja. O Barão aproximou-se de uma tumba, descobrindo-se, para compungida oração.

Na sepultura, a terra estava batida e viam-se muitas coroas com fitas desbotadas. O Barão, depois de orar, persignou-se ordenando aos cativos:

— Abram a sepultura. Cavem!

Enxadas morderam a terra ainda balofa podre e ardeu o buraco foi-se abrindo, aprofundando. Um cheiro de coisa podre ardeu nas narinas, cheiro cada vez mais ativo à proporção que cavavam. Não custou a aparecer a tampa do caixão, coberto pela colcha de seda azul e ouro ali colocada pelo viúvo, na hora da despedida final. Aquela colcha fora a que servira na cama dos noivos, no dia do casamento.

— Cuidado! Tirem o caixão com cuidado!

Foi difícil. Com trabalho foram passadas cordas nas alças de prata, para o que pisou no caixão o escravo Levino, que era maneiro.

— Agora puxem, devagar.

O caixão subiu, espalhando horrível fedentina. Escorria por suas frestas pegajosa salmoura sanguinolenta. Retirado da cova, o caixão estava com manchas cinzentas de bolor na tampa. O viúvo abriu-o, com a chave que guardara. Foi horroroso o que se deparou. Inchado, verde e negro-azul, o corpo de Laura se desfazia, em adiantada decomposição. No rosto, as carnes podres caíram de um lado com bolhas verdoengas cheias de sânie pútrida, mostrando trechos de ossos amarelados, com estrias pardas. Os olhos afundaram e, num deles, furado e já sem pálpebras, enxergava-se massa escura estufada, delindo gosma azul bruno. As mãos deixavam ver o esqueleto de alguns dedos, já sem unhas, e o mais era uma pústula roxa, babosa. A aliança de casamento foi retirada pelo próprio viúvo, que a depositou num lençol aberto no chão, ao lado do crucifixo com que fora para a cova.

Rasgou-se o vestido de veludo e o Barão deu ordem dura:

— Peguem nos braços. Puxem!

Os negros recuaram, com o intolerável fartum da carniça. Jabutirica pegou num braço, que se desprendeu da articulação do ombro.

— O outro, o outro braço!

Palacete segurou-o, sufocado pelo mau cheiro.

— Botem no tacho! Vamos! Na água fervendo!

Os negros obedeceram.

— Agora a cabeça. Você, Barrocão. Pegue na cabeça! Segure com jeito!

O cabelo se destacava em mechas, áspero, morto. Placas de caveira apareciam nos pontos em que o couro cabeludo se desgarrava.

Barrocão pegou a cabeça, que soltou do corpo sem dificuldade. O negro tremia:

— Ah, Nhá Baronesa, seu nego véio machucanu Nhanhá!

Correu pelas mãos do forro do buraco que fora boca, uma baba grossa, esverdeada. Barrocão chorava, com a cabeça nas mãos, esperando ordens.

— Coitada di Sinhazinha, genti!

O Barão gritou:

— Ponha no tacho! Com jei-to!

Barrocão estava indeciso:

— Nossa Sinhora du Céu! Coitada di Nhenhá!

Soluçava, com lágrimas pingando.

— Ponha no tacho!

E, como a cabeça e os braços, também as pernas com carnes mortecores desprendendo-se, e o espinhaço, foram levados para a fervura a fogo forte. A barriga estufara, roxo escura, furada pelos gases cadavéricos, deixando ver o que foram vísceras em massa negra amarela suja. A pele, negrejada com placas da cor de azinhavre, desprendia-se, fofa. Dos membros já arrancados, escorria graxa em borra fedorenta.

Ajuntou gente para ver a insólita exumação, mas o viúvo não consentiu que chegassem perto de onde trabalhavam. Os curiosos permaneciam em frente das casas, onde estava a do vigário. Mulheres cuspiam e cães, atraídos pela carniça, apareceram nas proximidades.

Os tachos ferviam com as peças e os escravos carregavam as vasilhas com carnes já desprendidas da ossada, emborcando-as na sepultura. Com água mudada, os ossos continuavam a dançar na fervura. O Barão, com ares de louco, superintendia aquela cozedura ao ar livre, dos restos da Baronesa.

Nesse instante, ciente do que acontecia, o Pe. Pena foi para o adro a ver o que era aquilo. Certo do que se dava, dirigiu-se ao viúvo em tom autoritário:

— Que é isto, Barão! O senhor desrespeita o Vigário Colado e as Leis Eclesiásticas, exumando um cadáver, no adro da minha igreja?

— É verdade, Pe. Pena. Esse cadáver é meu, faço dele o que quiser.

— O senhor, sendo Barão, desconhece que somos regidos por leis severas e que os restos mortais só podem ser tirados da cova depois de cinco anos?

— Sei, sei muito. Mas quis tirar do chão os ossos de minha esposa e nem papa nenhum, nem Rei, nem ninguém no mundo me impede de fazê-lo.

— O senhor comete um crime!

— Crime... Há tantos crimes, fora e dentro da igreja...

— Depois, o senhor me desrespeita. Parece doido. Sua loucura é perigosa!

— Não dou satisfações a um padre que se serve do púlpito pra fazer política. Mais criminoso é o sacerdote que tem portas-a-dentro u'a mulher moça e bonita, na cara de seus paroquianos.

O padre avançou de punho cerrado:

— Barão!

Calmo, cínico, o Barão chamou um dos negros:

— Jabutirica!

O escravo apresentou-se.

— Fique aqui...

— O senhor não me intimida com bandidos!

Enquanto os cativos ferventavam os ossos, o Barão provocou o padre:

— Depois, o senhor sabe que não violei sua igreja. O cemitério é fora dela...

— O Concílio de Braga, desde de 1553, proibiu o sepultamento nas igrejas, temendo emanações venenosas, mas mesmo assim os ricos passaram a ser enterrados nos adros, que pertencem às igrejas. É o seu caso.

O Barão, fingindo não ouvir, ordenava:

— Vão tirando os ossos já limpos e enxuguem na toalha perfumada. Depois depositem-nos nesse lençol de linho.

O lençol já continha vários ossos. Virando-se para o padre, o Barão falou:

— Abri a cova com boa intenção, por piedade. Não podia concordar que os ossos de minha esposa fossem comidos pela terra. Eu fui seu marido, e cabe-me resguardar o que foi a Baronesa de Catas Altas!

— Quem manda nas almas é Deus Nosso Senhor, e os corpos que foram delas, já sepultados, a Santa Madre Igreja Romana e as Leis do Império. O senhor está incurso em crime capitulado, como violador de sepulturas. Está sujeito a multas e a prisão dura, além de esquartejamento! Pense que está representando uma pantomima criminosa em minha freguesia.

— Estou agindo como homem de coração bem formado. O senhor tem suas razões, eu tenho as minhas. Além disso, tenho ouro pra garantir minhas ações, e foices, entre outras armas, destes escravos, para fazerem o que eu determinar.

Altivo e ruvinhoso, o padre destabocava:

— Quanto ao ouro, não tenho inveja, mas respeito a eloquência das foices, porque o senhor é capaz de tudo...

O padre retirou-se a largos passos, tonteado pela fedentina insuportável:

— É um louco! Barão excomungado...

O Barão gritou, para ser bem ouvido:

— Louco mas poderoso! Se por isso eu for pro inferno, lá nos encontraremos...

Descarnados, limpos, os ossos de Laura, a caldaça e os restos podres foram jogados na cova. O Barão retirou da canastra uma colcha de seda lilá de Esmirna e, com as próprias mãos, reunindo os ossos da morta, envolveu-os na colcha, guardando tudo na canastra.

— Agora, vamos.

Barrocão pôs a caixa na cabeça e marchou na frente. Atrás dele, o Barão, todo de luto, seguia, com ar de orgulho, a passo de seu cavalo. Os escravos caminhavam na retaguarda.

A sepultura fora recomposta com a própria terra, em cima da qual recolocaram as coroas.

Ao meio-dia, chegaram ao solar, com a preciosa joia que ele roubara à fome do chão. Todos, inquietos pela sua ausência, acercaram-se dele:

— Que houve, Barão! Estamos assustadíssimos!

— Não houve nada. É que o espírito de Laura não me abandonou, mas faltava seu corpo. Fui buscá-lo. Está de novo perto de mim. Agora a Baronesa está de novo aqui, em alma e corpo.

Conduziu a urna para seus cômodos particulares, onde ficou provisoriamente em mesa forrada por *edredon* da seda amarela. Ante a estupefação de todos, falou a sua esposa, em espírito sempre presente ali:

— Laura, agora estamos de novo juntos. E pra sempre...

Lavou as mãos e foi para o Salão Amarelo, onde, bebendo o seu vinho de Reims, contou o que fizera.

Seus hóspedes estavam pasmos. Pe. Pinto sempre justificava os gestos de seu amigo:

— Fez como Dom Pedro, o Justiceiro, filho de Dom Afonso IV, desenterrando Inês de Castro, a que depois de morta foi Rainha.

Mestre Lão extravazava autossuficiência:

— Vocês estão enganados com o Barão, por ser ele cordato. Mas pelo que hoje fez, enfrentando um padre belicoso, é preciso reconhecer que o Barão de Catas Altas é como Bayard, cavaleiro sem medo e sem mácula!

O Dr. Lu, abobado com a coragem do titular, balbuciava:

— Isto sim, é amor! Amor que, no dizer do Dante, move os astros e as estrelas!

Ninguém naquele instante deixou de elogiar o sentimento elevado do viúvo, que foi buscar os restos da esposa, como remédio à saudade intolerável. Até o próprio herói do feito estava eufórico e sorria, pela primeira vez desde o pesado luto.

O almoço foi quase alegre, denotando que a primavera chegara para as almas como para as árvores da serra.

Naquela tarde, o indispensável Pe. Mestre Pereira pediu licença para regressar a seus deveres.

— Posso ir. Já vejo um sorriso nos lábios do nosso Barão. Estou fora da cátedra há dias... Estou com parte de doente, mas é hora de indagar onde estão meus discípulos.

O Dr. Conversinha serenou sua consciência:

— Ora, Pe. Pereira, seus discípulos estão onde sempre estiveram, — no mundo da lua...

O Barão não queria deixar o amigo ir-se. Entristeceu:

— Ora discípulos... quanto mais analfabetos, mais felizes. Já viu alguém muito letrado ficar rico?

Em 1830, foram concedidos certos privilégios para exploração de lavras de ouro, com o nome de Sociedade de Mineração, a Eduardo Oxenford, ao Marquês de Queluz[54] e ao Barão de Catas Altas. Oxenford é quem organizara

54) João Severiano Maciel da Costa, marianense. Nomeado pelo Regente Dom João, Governador Geral da Guiana Francesa, foi quem trouxe para o Brasil mudas da cana de Caiena, hoje nossa cana caiana.

a Companhia inglesa que adquirira o Gongo Soco e tinha ilimitada confiança no Barão de Catas Altas, para iniciar serviços profícuos de mineração. Nos últimos tempos, procurava ouro de gamela perto do arraial de Caeté. Não era compensador o resultado desse trabalho, e o inglês estava de olho na mina do sítio de Macaúba, de onde escorria uma torrente de ouro.

Aproveitando a desorientação do milionário Sousa Coutinho, com a morte da Baronesa, Oxenford apalpou o Barão, propondo negócio. Mais uma vez, servia de testa-de-ferro aos ingleses, que viam com tresdobrada ambição a riqueza das lavras do sítio de Macaúba.

Num repente muito seu, inexplicàvelmente, o Barão fechou negócio, vendendo a mina! Quando os amigos mais íntimos souberam da transação, os documentos estavam assinados e o Barão de Catas Altas fizera outro grande negócio na sua vida[55].

Padre Pereira quase cai de susto ao saber da venda:

— Que loucura foi esta de vender a milagrosa mina, em franca produção?

— Cansaço da vida. Sem Laura, perdi o estímulo de trabalhar. Pra dizer tudo, sem ela a vida pra mim não tem mais atrativos.

— Imagino o que vão dizer seus admiradores, ao saberem deste negócio, para mim feito de cabeça quente! Considero-o gravíssimo erro!

— O futuro dirá se foi erro. Pra mim, hoje, Pe. Pereira, só considero como verdade na vida esta saudade torturante de minha esposa, saudade sempre avivada pela presença dos olhos verdes de Laura, que me fitam dia e noite.

## XV — VISITA DE PILATOS

Um ano depois de vender Macaúba, uma notícia acabrunhou o Barão. Seu filho João casara sem seu consentimento, com uma jovem de família pobre de Caeté. O viúvo esbravejou, mas caiu em si.

O menino fora criado pela avó e mudou-se com ela para Sabará para onde também foram sua irmã Manoela, além das tias Mariana e Ana. O mocinho deixara a namorada na Vila Nova e, não resistindo à ausência, voltara, casando--se logo. Foram morar na chácara que o pai comprara para João. Agora o viúvo se aborrecera com o casamento:

— Nunca botarei os pés em sua casa. Não o deserdo, mas não conte comigo pra nada. A desconsideração foi grande demais pra ser perdoada.

João criara-se sem o afeto paterno, e desde que saíra do Gongo com a avó, procurara o pai somente quando morrera sua tia e madrasta, Laura. Voltou, pouco depois da missa de Sétimo Dia.

O Major Matos, que ouvira as imprecações do Barão, tinha sorriso complacente:

— Tudo isto acaba quando nascer o primeiro neto... Pra mim o rapaz fez bem, nada participando sobre o casamento. O Barão jamais deu importância ao filho. Cresceu mal educado, mas no fundo é boa praça; mostra que sua mãe era gente de sangue limpo.

55) Não foi possível saber por documentos qual o preço da venda. A tradição aqui mais uma vez se impõe, fixando o montante do negócio em 50.000 libras esterlinas. Além da mina, a Companhia representada por Oxenford comprou 30 escravos escolhidos a 1:000$000 cada um. 50.000 libras esterlinas, pela cotação do dia, 4$955, somam 247:750$000. Mais 3 escravos especializados em mineração, vendidos 1:000$000. total: 277:750$000, Cr$ 277.750.

João sempre teve um amigo: o crioulinho Jetro, comprado num comboio de sortidos, quando o filho estava com poucos anos. Até então os rapazes se entenderam e o escravo estava na chácara com o Sinhozinho.

Alguns hóspedes habituais palestravam, bebendo, no Salão Amarelo. Patrocínio adiantou-se:

— Não acham que o Barão anda malacafento, com ar marmuro?

Churruca falou por todos:

— É a falta da velha. Nos primeiros tempos é assim mesmo. Ontem me disse que está esperando Mestre Jurubeba, para uma revisão de suas máquinas...

Guima olhou com ironia o Dr. Moreira.

— Com um coimbra como o Moreira em casa, ele espera um tipo como o Jurubeba...

O Dr. Moreira enchouriçou-se, calando. Guima seguia:

— Não sei o que ele acha no charlatão. Será mesmo confiança? Olhem que Jurubeba nem companheiro é; não sustenta uma prosa, vive sempre de nariz torcido e boca fechada.

Pe. Pereira, que não simpatizava com o passamanguara, falou franco:

— Para mim o chochinho não vale nada. A primeira condição do médico é a bondade pessoal, extravazada num sorriso complacente, mesmo que seja triste. Para ser médico é preciso ter alma compassiva, ser simples e cordial, ter paciência e saber ouvir com carinho as queixas do sofredor. Não pode ser vaidoso nem grosseiro, fingindo-se importante. Sua presença amável também cura. Não deve ser apressado nem dogmático. Seu sorriso singelo é remédio para as dores e ele não pode tirar a esperança de ninguém, mesmo na última hora. O médico sem simpatia não pode curar, nunca. Sendo altruísta e imbuído de otimismo, com palavras mansas precisa mentir, para elevar o espírito de quem sofre. Mentir para o bem, para consolar os aflitos, os desenganados. Nas trincheiras da morte, deve ser o derradeiro a abandonar a esperança da cura. O médico precisa ser irmão dos Anjos, um anunciador de boas novas e não uma Cassandra a espalhar pânicos, a anunciar desgraças. O doutor pode e deve ser frio mas educado no falar, no agir com calma, o que agrada ao enfermo e sua família.

Bebeu com serena gravidade seu *whisky* com soda gasosa.

— Quando o doente necessita de paz, consolo e ternura, esse Jurubeba só lhe traz caretas, olhos de onça e braços cruzados. Médico assim, Satanaz páre às dúzias. Ao vê-lo chegar para a sua missão de atropelo e pantomima, tenho vontade de gritar: — Misericórdia, Deus de clemência! Se a morte já traz a foice, ele chega com muitas pedras nas mãos. Com sua permanente cara de purgante e alma cheia de cacos de vidro, não deixará jamais que nossa Mãe Santíssima desça para derramar bênçãos ao moribundo. Sua presença é cheia de arame farpado, apressa a morte.

Churruca aparteou com escândalo:

— Com Jurubeba é pão-pão, queijo-queijo... Medicina com ele é na dureza! Ou coalha, ou rebenta...

Ligonza sorria, assustado:

— Ele mesmo diz: — Não fui eu quem pari doença pra ter engabelo com ela. Se tiver de curar, cura; se tiver de matar, mata...

O Major Peixoto sabia coisas:

— Jurubeba não gosta de ser chamado para ver doentes. Costa é de empreitar a cura... Com ele é na empreitada.

O Barão chegava e os hóspedes silenciaram.

— Estão calados, que é isto?

Churruca justificava a súbita mudez:

— Estamos elogiando o Mestre Jurubeba.

— Ah, Mestre Jurubeba é especial. Tem dedo pra coisa. Com ele, ou vai ou racha, ou arrebenta a tampa da caixa.

Sorriu com malícia:

— Foi ele quem tratou do Marquês de Sabará, liquidando logo com o assunto... Tomara que ele assista o Doutor Juiz Quintiliano, quando adoecer...

Uma gargalhada geral encheu o salão. Pe. Pereira conseguiu dizer:

— Pela primeira vez o Barão fez justiça ao murchinho...

O Barão sorria, aliciante:

— Jurubeba pra matar é foice. É faca cega...

Depois voltou atrás:

— Estou brincando. Mestre Jurubeba é um sábio modesto. É discípulo de São Lucas, pois cura pela arte e por milagre.

De repente, silenciou, pedindo atenção:

— Ouçam!

Todos calaram, a ouvir. Em árvore do pomar, uma rola caldo de feijão arrulhava dolorida, como geme criança doente a dormir no seio materno. Era um arquejo de dor em febre, gemido compassado com a respiração de quem sofria. Evolava do peito exausto, saía do coração sem forças, em gemido de amarguras desconsoladas. Parecia o sopro final de um peito aflito, buscando no gemido o último apelo de vida a se esvair.

O Barão murmurou:

— Que coisa triste. Que beleza dolorosa o gemido da rolinha!

Pe. Pereira estava espantado com o que via:

— O que admiro não é o arrulho de uma pomba doente, mas um homem ouvir, sensibilizado, um coração que sofre.

Lão inflamou-se com o episódio:

— Do que acabamos de assistir vou escrever páginas homérica na minha *Vida do Grande Barão de Catas Altas!* Será página antológica!

Churruca não apreciava aquelas finezas:

— Eu não vou com tristezas. Evito o que me entristece. Ser triste é ser doente.

Padre Pinto, abarracado diante de seu copo, resmungou em palavras emplastadas pela boca enferma:

— Até certo ponto você tem razão. Está nos Provérbios que a tristeza faz secar os ossos, ao contrário da alegria, que torna a idade florida, conservando-a forte.

Churruca emborcou seu copo gelado:

— Ora, de qualquer forma morreremos. Alegres ou tristes, todos vamos pro beleléu, mas eu quero ir alegre, saboreando esta gostosa bebidinha gelada do mordomo.

Pe. Pereira balançou a cabeça, agourando:

— Sim, todos morreremos, eis a dolorosa verdade. Todos passamos. Estamos passando. Como ondas que se apagam na areia, pois os dias são ondas que morrem nas dunas. As gerações, as idades, as vidas, vêm e vão morrer no abismo das horas. Os primeiros homens passaram. Os homens das cavernas, os orientais, os fenícios, os gregos, os romanos, a civilização dos Luíses, os testas coroadas, os guerreiros, os atletas olímpicos, os camponeses, os pobres, os milionários, os vencedores e os vencidos passaram como ondas apagadas no mesmo nada...

Guimarães suspirou:

— Que tristeza saber que morreremos, sem apelo...

Churruca desolava-se:

— Que horror pensar que não apreciaremos o grande Barão por toda vida!

Ligonza concordava, resignado, à força:

— Não quero pensar que, daqui a uns anos, o solar do Brumado será dos felizes herdeiros de nosso amigo... passará a outras mãos... será de outras pessoas, com outras ideias...

Pe. Pinto sorria com desconsolo:

— Para o futuro, estaremos mais velhos, mais frios para a obrigação de vivermos para o insuperável Barão, nosso protetor...

Quincota completou:

— Nosso protetor só não — nosso pai!

Dr. Lu gemeu baixinho com desânimo:

— Seremos poeira...

Churruca estava revoltado:

— Irrita-me pensar que as solas de nossos sapatos viverão mais que nossos ossos! A terra respeita a sola de nossos sapatos, os ossos não... Estes sapatos velhos viverão mais do que eu... Quando eu não for mais nada eles estarão resistindo os decênios, o passar do século...

O Barão levantou-se, impressionado:

— Que é isto, gente! Eu, reduzido a ossos, sem Laura perto de mim? Vocês estão doidos?

Saiu estabanado, de olhos em desvario, para uma janela dos fundos. Erguia os braços:

— Estão loucos! Cruzes em vocês!

Afastou de arranco as pesadas cortinas:

— Vão pro inferno com essas conversas! Olhem o sol. As montanhas. As árvores verdes florescem. As andorinhas brincam nos ares. Eu quero a vida!

Arrepanhou os cabelos com as mãos nervosas:

— Eu quero a vida! Eu, morrer sem Laura?

Retirou-se cambaleante para o interior do palácio, gritando:

— Laura! Laura! Cadê Laura!

Já sumira desatinado atrás das cortinas:

— Laura! Laura!

Pe. Pereira murmurou, misterioso:

— Parece doido. Shakespeare já dizia que a loucura dos grandes é perigosa. Não falemos mais perto dele, em coisas tristes.

Só à noitinha reapareceu, bastante abatido. Sentou-se, segredando com voz sumindo, parecendo sonâmbulo:

— Estão aqui a sombra do Barão de Catas Altas e a saudade de Laura.

Pe. Pinto, a quem o milionário respeitava, ousou indagar:

— O mundo é muito perverso. Por que o Barão não se casa?

Ele sorriu com bondade, alisando o copo que lhe trouxeram:

— Conhecem os canaviais? A Bíblia fala na cana de suave cheiro, vinda de terras longínquas. É a nossa cana de açúcar. A cana é plantada no tempo próprio, viceja, multiplica e, dois anos depois, é colhida para safrejar açúcar. Ficam nas covas uns brotinhos mofinos, é a soca. Um segundo casamento é como soca de cana: os brotos vivem sem forças, produzindo canas finas que são ou salobras ou desenxabidas...

Riram na roda, riso forçado.

O titular continuou:

— Não condeno quem casa pela segunda vez. É, não raro, uma necessidade. Eu, porém, sinto a meu lado, Laura. Perdi sua presença material mas estou impregnado de sua alma, que é também Laura. Além disso converso todos os dias com um pouco de minha esposa, seus ossos, que estão sempre perto de mim. Quem se casa pela segunda vez é porque não viveu com mulher das qualidades de Laura!

Arlindo entregou-lhe uma carta, que leu sorrindo. Dobrou-a, explicando aos amigos:

— Sabem de quem é? Da Veva. Conhecem a Veva?

Quincota, Pe. Pinto e o Major Peixto conheciam. O Barão informava aos que ignoravam quem era ela:

— Veva é mulher que tem a profissão mais incrível do mundo — é catadeira profissional de piolhos. É a única a exercer essa profissão e vive atarefadíssima, sem tempo pra mais nada. Não é mesmo, Peixoto?

O Major conhecia-a bem:

— É verdade, Veva é minha comadre e ganha sua vida catando piolhos na cabeça de todo mundo... É já madurona, tem um filho e um sitiozinho bem plantado, com pequena lavoura. Tem até cavalo para atender chamados. Acho graça quando pedem para ela ir a uma casa despiolhar a família. Veva sempre responde: — Por esses dias não posso. Estou até aqui de serviço. E marca à altura do pescoço com a mão aberta...

Tudo quanto ali diziam era verdade. Veva ficava às vezes semanas em casas de vários lugares, despiolhando famílias, e gozava fama de trabalhar com perfeição. Seus dedos longos e magros, de unhas crescidas ciscavam os cabelos, abrindo-os, a pilhar os parasitas de todo piolhento em que a praga fosse difícil de extinguir. Punha no colo a cabeça do cliente, homem, mulher ou criança, e catava piolhos com agilidade de galinha que pega milho no chão.

Esmagava-os depois nas unhas.

Enquanto catava, ia conversando com os presentes. Sabia do segredo de todos os lares e era tão hábil de dedos como de língua. Contava novidades, em reserva, espalhava boatos perigosos. Com isso, ajudava a desmoronar reputações de matronas tidas como honestas. Revelava brigas, conversas particulares, comentando-as, mas em geral suas indiscrições tinham base.

Mães de meninos piolhentos provocavam-na:

— Sá Veva, e a filha de Milene, casa ou não?

— Hum, hum. Sei não...

E contava que os namorados viviam muito íntimos, até que a moça começou a vomitar pela manhã. Tomou chá de cabacinho e foi para a cama, cansada sem razão. O remédio agora era casar.

— Por causa dos três vinténs, vai correr muito ouro...

Enquanto falava, ia levando de eito sua empreitada, da frente para a nuca, em rigorosa catação. Falava sem tirar os olhos de sua roça, vasculhando trunfas. Pilhava piolhos com argúcia invejável de vista. Ia-os esmigalhando com agilidade e método.

Quando dava por bem catada uma cabeça, lavava-a com sabão da terra, enxaguando-a com infuso de erva-de-santa-maria. Outro paciente se deitava em seu colo. O pai de um desses piolhentos assistia à limpeza e saiu comentando:

— Veva não cata, arrasa a piolharia e debulha as lêndeas...

Às vezes, quando acabava a capina de uma cabeça, o piolhoso estava dormindo... Parecia delicioso ser catado pela especialista.

Na grenha das matronas, enquanto trabalhava sua lavoura, revelava coisas ainda escondidas. Contava fatos de casas, lugarejos, mi nerações. Levava recados e respostas, marcas para encontros. Nesses instantes, repetia, tirando-se da missão de alcoviteira:

— Sou pobre, não da graça de Deus, mas sou honrada!

Muitas mulheres, quando se levantavam do colo de Veva, estavam sem piolhos por fora da cabeça, mas com ela fervilhando de novidades escandalosas. Em certa casa, ao revelar que sua cliente Dona Maria Massena era amante do Major Nunes, pareceu arrepender, batendo muitas vezes na boca a mão aberta:

— Cala aí, minha boca, rhum...

Enquanto isso, as muquiranas faziam-lhe sangrenta massa ao lado das unhas, onde as estourara.

Buscava muquiranas onde ninguém as via.

— Mucurana é bicho veiaco... suverte num átimo.

As prensas de suas unhas esmigalhavam-nas, lambusando-se.

A catadeira ia mais adiante, abrindo trilhos na cabeleira.

— E o marido dela não desconfia? E a mulher do Major não vê essas indecências?

— Sei lá. Às vez é manso... Home tão bão!

Fazia silêncio atencioso, de olhos cravados no rastro de sua caça.

— Tão cumu dois bicho.

Dada por limpa aquela cabeça, não pense que era coisa rápida sua tarefa. Levava, não raro, horas para limpar uma cabeça fervilhante de piolhos. A esposa do escrivão de Caeté gostava de dizer, como elogio:

— Caça lêndeas como quem caça agulha em palhas. E acha. Não fica uma...

O escrivão concordava:

— É porque Veva tem o faro dos piolhos. É como cachorro veadeiro de focinho fendido: fareja até no vento parado.

Quanto mais catava, mais era chamada para esse serviço de limpar cabeças. A piolhama daqueles lugares todos estava perdida com a habilidade da forra. Mas Veva não era catadeira só dentro das casas; tinha prazer em trabalhar na porta da rua, ao ar livre, sentada num banquinho que ela conduzia para onde a requeriam. Queria ver melhor, não deixar fugir nada.

Tanto lhe fazia pegar muquiranas velhas como piolhinhos novos no começo de piolhamento. Não eram só os piolhos de cabeça, muquiranas e piolhos-de--doentes que ela enfrentava, corajosa.

Procurava também piolhos da virilha, os mais chatos, mais difíceis de se verem no seu aferramento de seis garras, na pele. Aí, para esses, era preciso levar o cliente para o quarto, onde descompunha as senhoras, atacando a praga com valentia. Com uma unha, descarnava da pele o parasita e com duas esmagava-o. Ao dar por despiolhada a região do púbis, ficava de pé, endireitando, com uma careta, a espinha forçada em tantas horas:

— Meus rim...

Não era só a dor dos rins, mas o reumatismo e outros estragos do tempo da senzala. Não atendia apenas a mulheres e meninos, mas também a homens. Desbichava-lhes a cabeça, os sovacos, as partes pudendas. Procurava na bolsa escrotal, esticando-lhes as pelancas, os bichos esparsos, zangando-se com o resultado do calor de suas mãos.

Aquelas mãos, que debulhavam cartuchos de lêndeas das sobrancelhas e muquiranas dos sovacos, ao tocar em partes delicadas do púbis, eram mãos de mulher. Arrepiavam, alvoroçavam as catrambagens. Com esses mutirões, Veva estava folgada de dinheiro. Seu sítio bem plantado, possuía três vacas e usava lavrados. Falando dela o Major Matos sorria com malícia nojenta:

— Cada um vive do que sabe. Ela trabalha com honestidade...

O Barão mandou responder à carta, consentindo que ela tirasse a madeira que pedira.

À noite, o Barão estava expansivo, conversando com os quarenta hóspedes que no momento alegravam seu solar.

— Amanhã vamos fazer o piquenique prometido. Chegaram hoje tropas do Sabará e Ouro Preto trazendo mantimentos. Chegaram também as vindas da Corte, com encomendas do mordomo. Recebemos bebidas de que nunca ouvi falar. Esse mordomo conhece coisas... É celebridade. Com ele na mordomia, vivo descansado. Sujeito inteligente!

Bebeu gole de seu *whisky* com soda gelada:

— Vamos sair daqui às oito horas. Passaremos o dia no mato. Já estão lá os escravos que alimparam o local do almoço e o mordomo remeteu a garrafeira para nosso regalo. Vamos todos em bons cavalos.

As senhoras estavam encantadas com a festa campestre. O Barão fez o plano de partida, de modo a estarem os hóspedes de pé às seis horas para o *breakfast*. Sairiam, sem falta, às oito horas.

Aquela noite... aquela noite foi a da alegria mais esfuziante das vividas nos salões do magnata. Foi mais ruidosa, mais florida de alegria do que todas do Gongo Soco e do fantástico solar do Brumado.

Estavam presentes muitas senhoras da Imperial Ouro Preto, Mariana e Santa Luzia, lugares de sociedade farta de ostensivo luxo. Corria muito vinho caro e as reservas chegadas do Rio na véspera, mais caras ainda, levavam risos felizes a cada boca.

Dançavam com entusiasmo pavanas, minuetos e valsas antigas. A esposa do Desembargador Fagundes, de Ouro Preto, cantou a ária da *Norma*. Várias moças de Santa Luzia cantaram modinhas de grande voga. A donairosa Eugênia, sobrinha do Barão de Santa Luzia, dominava as atenções, com a sua graça espontânea e admirável presença. Começaram a boquejar sobre o interesse do Barão por ela. Pe. Pinto sorria com um prognóstico feliz:

— Seria a digna sucessora de Laura. Eugênia é o remédio de que o Barão precisa para curar-se da paixão insensata.

Dona Francisca irritava-se, com a cotação da mocinha. Cochichando a Dona Dolores:

— Quer ser a madamesela mais mimada da noite. Não gosto de moça bacharela.

Dona Guiomar Moreira gracejou com a luziense:

— Pelo que vejo, vai quebrar o encanto do viúvo empedernido. Não tarda e será Baronesa...

Eugênia, em gargalhada, abriu o escrínio de 32 dentes de sua boca vermelha.

Depois de dançar muito, ela bateu palmas com desenvoltura:

— Não há quem recite? Queremos ouvir poesias.

O Dr. Conversinha respondeu:

— O Doutor Lu recita muito bem.

O Barão buscou-o para o meio do salão, onde ficou à espera do silêncio preparatório. Três violões estavam preparados para a *Dalila*. Começaram a tocá-la, em surdina. O doutor pigarreou, um pouco embaraçado:

— *As Violetas*, do Marquês de Sapucaí. Tinha o poeta uma filha de quinze anos, que plantou um canteiro de violetas e ela mesmo as regava diariamente. Vítima de doença repentina, a mocinha morreu, antes que suas violetas florescessem. Quando as plantas floriram, o pai colheu essas primeiras flores e levou-as à sepultura da filha, com a poesia que ele chamou *As Violetas*.

Pigarreou de novo, passando o lenço nos lábios:

*Da planta que mais prezavas,*
*que era, filha, os teus amores,*
*venho, de pranto orvalhadas,*
*trazer-te as primeiras flores.*

*Em vez de afagar-te os seios,*
*de enfeitar-te as lindas tranças,*
*perfumarão esta lousa*
*do jazigo em que descansas.*

*Já lhes falta aquele viço*
*que o teu desvelo lhes dava.*
*Gelou-se a mão protetora*
*que tão fagueira as regava.*

*Desgraçadas violetas,*
*a fim prematuro correm...*
*Pobres flores! também sentem!*
*Também de saudades morrem!*

Muitos aplausos cobriram o último verso. O Dr. Lu, com a mão na garganta, desculpava-se de não haver declamado bem:

— Ando um pouco resfriado. Estou rouco.

Reclamaram outro declamador. Muito a custo, o Dr. Guimarães recitou o episódio de Inês de Castro, do Camões. Vários rapazes recitaram. O Barão aproveitou o ambiente para se pronunciar:

— Desejamos ouvir os versos do Pe. Manoel Xavier, velho pároco da Vila de Tamanduá, que morreu devorado por um chupão. Alguém sabe? São uma beleza!

Depois de várias consultas nos grupos, Pe. Pereira denunciou um conhecedor das poesias do Pe. de Tamanduá. Era o Dr. Conversinha, que foi afinal para o seu posto no meio da sala.

— Só conheço, do Pe. Xavier, a *Carta ao amigo Cerqueira.* — Cerqueira era companheiro de infância do padre que, convidado para o casamento da filha do amigo, não pode comparecer, por estar com o nariz comido por um cirro. Escreveu, como desculpa, a carta em versos:

*Enquanto estiver no mundo*
*ninguém se julgue feliz,*
*que a desgraça, às vezes, corta*
*a mais altiva cerviz.*

*Sempre fui sincero amigo,*
*como sabes, meu Cerqueira,*
*de torcer dessa carreira*
*eu nunca estive em perigo.*
*Fui moço junto contigo*
*conhecemo-nos a fundo,*
*e desse tempo jocundo,*
*de tão leda mocidade,*
*lembrar-me-ei com saudade*
*enquanto estiver no mundo.*

*Quanto prazer e saúde*
*(até — prenhes de esperança —*
*quantos mares de bonança)*
*eu gozei na juventude!*
*Hoje, tristonho alaúde,*
*em rouquenha voz me diz :*
*Vê, contempla o teu nariz...*
*Toda vaidade desterra,*
*depois brada que na terra,*
*ninguém se julgue feliz.*

*Esta musa que partilha*
*tua alegria e prazer*
*vai por mim comparecer*
*nas bodas de tua filha.*
*Se vai triste, se não brilha,*
*se em gozar se não conforta,*
*é porque, já quase morta,*
*mal pode cumprir deveres,*
*onde não há mais prazeres*
*que a desgraça, às vezes, corta.*

*Ao sopro do furacão*
*cai o cedro da floresta,*
*é essa sorte funesta*
*que o aguardava no chão.*
*Do infortúnio à férrea mão,*
*de tantas quedas motriz,*

*quando quer torna infeliz*
*a quem venturas abrange,*
*cortando com férreo alfange*
*a mais altiva cerviz.*

O Barão exclamava, com a taça de Champagne na mão:

— Grande poesia! Muito bonita. O Pe. Leitão sabia-a de cor.

A balbúrdia estabelecida depois das recitações era ruidosa e denotava o bem-estar de todos. Quebravam-se copos e taças aristocráticos de Baccarat. Surgiam pequenas discussões entre os degustadores dos vinhos raros.

Num grupo à parte, conversavam alguns hóspedes, bebendo. O Dr. Guima falava com franqueza:

— Sou como Santo Agostinho e Platão, desgosto de poetas e de poesias. Não sei por que, mas não gosto.

O Dr. Conversinha pensava ao contrário:

— Acho linda a poesia sobre as violetas, do Sapucaí. Aprecio a *Carta ao amigo Cerqueira*, pela resignação com que foi pensada.

O Pe. Pinto explicou-se bem:

— Aprendi a admirar os poetas ainda seminarista, lendo Homero. Mesmo hoje, velho e enfermo, arrepio-me ao pensar na guerra de Tróia. Escuto os ventos desabridos ladrando nas enxárcias dos 1186 navios que levaram o exército às praias de Tróia, onde estava prisioneira Helena, a mais bela mulher do mundo. Ouço a marcha dos exércitos dos povos aliados contra o Rei Príamo, progenitor de Paris, o raptor de Helena, entre os quais os espartanos que, se fugissem dos combates, não podiam mais aparecer nas praças públicas, nem casar, nem mesmo sentar diante de uma criança, nem mesmo usar perfumes.

Bebeu, com calma, seu *whisky* com soda.

— Estou ouvindo os heróis da Ilíada cruzando as compridas lanças nos prélios de morte, ante os muros de Tróia. Heitor sai da cidade para atacar os gregos; mata Patroclo, amigo de Aquiles, mas Aquiles investe, protegido pelo escudo bordado contra Heitor, em cujo capacete flutua o penacho de crina. Heitor cai morto e Aquiles o arrasta em fúria, aos urros, em tomo dos muros troianos.

Dr. Lu interrompeu-o:

— Temos aqui um poeta. Não lembram da ode que Mestre Lão fez para nosso grande amigo? Recordam seu latim de cozinha da epígrafe?

O Barão acercou-se dos conversadores:

— O quê? Venham ver Eugênia, que está impressionante.

Eugênia encantava os homens, fazendo inveja às senhoras e senhoritas mais feias. O Dr. Moreira aproximou-se do Dr. Lu:

— Estou encantado com essa recepção. Foi a festa mais brilhante a que já assisti. Nem em Coimbra vi outra igual. É um sarau digno do Barão!

Sorriu, carregando o rosto:

— Só tem que bebo um pouco exagerado, mas... a fartura é que induz a esses excessos. O Barão de Catas Altas possui o salão mais fabuloso do Império. Ser amigo do Barão é ser também grande!

O Dr. Lu estava também admirado do que via no aparatoso solar.

— Concordo com o que o doutor fala. Já pensei isso muitas vezes, nesta reunião inesquecível. Um historiador poderá escrever que o sarau do Barão de Catas Altas, nesta noite de 15 de agosto de 1838, foi a recepção mais rica, mais grandiosa do Império do Brasil, em todos os tempos!

Aquela soirée só terminou quando a madrugada apareceu com a chave do dia na mão.

O Barão mandou apressar os hóspedes.

— Sairemos às oito horas, em ponto. Vamos viajar com o sol ainda frio. Além das coisas boas que vamos ter na festa, os amigos irão comer churrasco assado em espeto de ouro, que mandei fazer especialmente para este piquenique.

Já apareciam no salão algumas senhoras prontas para a viagem. Eugênia surgiu sorridente, com um lenço de seda carmesim na cabeça. Lão veio do interior do palácio, muito alegre:

— Já fizemos provisão de água e carnagem para viajarmos. Estamos como as naus antigas, depois de aviadas, com as velas do traquete abertas para partir.

Vendo Eugênia, foi cumprimentá-la. O Dr. Conversinha arranhou-o:

— O mestre tem bico de ser bonitão e ergue a crista quando vê mocinhas...

Guima sorriu com maldade:

— Esse Lão é um erro de imprensa, mas sem errata. Ficou mesmo incompreensível...

Lá fora, a cavalhada estava pronta para a partida. A montaria aprestada para Eugênia era um cavalo açúcar-e-canela de alto preço, que vivia em mangedoura. Arreado com silhão de couro inglês, levava uma sobreanca purpurina com as iniciais do Barão bordadas em branco.

As falas altas dos hóspedes misturavam-se aos risos felizes das senhoras.

O piquenique era na Lagoa das Antas. Já haviam esquecido a alucinada vingança de Dona Laura, na amante e no filho recém-nascido do esposo. A casa em que se dera o fato caíra com os da serra, e na sua tapera cresceram fedegosos e mamoneiras. Nasceram ervas no trilho que levava à casinha de Emiliana. Uns cacos de telhas recordavam o teto que abrigara os amantes, e o sono tranquilo da criança.

Os craveiros-da-serra começavam a florir naquele mês e seu aroma divino enchia os ares.

Daquele espigão da montanha, avistavam-se lugares obscuros, casas brancas de fazendas, rios e horizontes perdidos.

Acabavam o *breakfast* no Salão Amarelo, quando Arlindo subiu em grande uniforme, comunicando novos visitantes.

— Mande subir.

O Barão foi esperá-los no patamar da escadaria. Eram quatro senhores de botas, denotando viagem longa.

— O Barão de Catas Altas?

— Um seu criado. Queiram entrar. Estamos terminando o café. Convido-os à nossa mesa.

— Obrigado, Barão. Precisamos falar com o senhor, particularmente.

Entraram para o suntuoso gabinete, onde o dono da casa lhes apontou as poltronas de couro da Rússia.

— Estou às vossas ordens.

O que parecia mais credenciado falou cheio de emoção:

— Senhor Barão, eu sou o novo Juiz de Fora do Distrito de Mariana e estes outros senhores são serventuários do nosso Fórum.

Fez um silêncio mau.

— Sinto vos declarar que estou aqui, para cumprir uma precatória da Corte. Viemos para o fim especial de fazer o arrolamento de seus bens imóveis e semoventes.

Voltando-se para o oficial de justiça, determinou com voz dura:

— Leia a precatória!

O oficial leu com voz clara e afetada. A firma Sousa Moreira & Sons Ltda. requereu na Corte, a falência do Barão de Catas Altas e o Juiz concedeu-a, em vista dos documentos. Dados os prazos, enviou a precatória a ser cumprida pelo Juiz de Fora da Comarca de Mariana. Finda a leitura, o Juiz decidiu com a fria serenidade profissional:

— Vamos dar começo ao arrolamento de seus bens!

O Barão, pálido e trêmulo, falou, fingindo calma:

— Protesto contra a violência; vou apelar. Sigo imediatamente pra cidade de Mariana, pra me defender.

— Senhor Barão, o momento de defesa passou. Vossa Senhoria deixou passar à revelia todos os prazos. Esta diligência não é para discutir a validade das dívidas, mas para executar uma sentença que passou em julgado, sem assistência da parte interessada. A Carta Executória foi deferida pelo juiz competente, e agora não cabe mais apelação. *Dormientibus non securrit jus*; o direito não ampara o que dorme.

— Mas... mas... eu pago a dívida!

— Isto é outro assunto, com o qual nada tenho.

Só então o executado se lembrou de que não quis receber em seu palácio um meirinho, que lhe fora levar intimação urgente. Mandou dizer ao oficial de justiça que nada devia a quem quer que fosse e sua visita era, portanto, indesejável.

E na manhã clara, em vez de sair para o piquenique na Lagoa das Antas, o Barão entregou às ordens da Lei, o solar, as terras, os móveis, a prataria, os escravos e os animais do serviço.

Não lhe foi possível ocultar a diligência aos hóspedes e convidados. Um vulcão que estourasse, de inopino, na crista da Serra do Gongo, não espantaria mais os hóspedes e amigos presentes do que a Justiça do Império em casa do magnata do ouro, a escriturar todos os bens, identificando os escravos e a marca dos animais de sela e carga.

O Dr. Moreira e esposa, bem como o casal Churruca fugiram, espavoridos, como quem foge de peste. Nem se despediram, Quincota chamou a mulher à parte:

— Vamos embora! Devemos muito ao Barão e o Juiz de Fora pode nos chamar para confirmação da dívida!

Dona Lila encarou-o com rictus de escárneo:

— E deixa seu amigo, sem compartilhar de sua aflição?...

— Você está doida? Compartilhar de quê? Eu voumbora!

— Covarde! Pobre de quem confia em sua conversa...

Retirou-se, como queria o marido, mas foi primeiro abraçar o Barão.

— Se o senhor precisar de nós, nossa casa está às ordens!

Saiu soluçando. O Dr. Lu, ciente do desastre, procurou o amigo:

— Barão, sonegue as joias! Esconda o ouro!

— Minhas joias, dei-as a minha mãe, em memória de Laura. Ouro, não tenho mais!

Quase todos se retiraram à capucha, alegando não aguentar a dor de assistir à penhora dos bens do amigo... Pe. Pereira escafedeu-se. Mestre Jurubeba saiu sem ser visto, conforme fazia ao perder um doente. Patrocínio, alegando ter negócio urgente, retirou-se com a esposa e as três filhas caçadoras de marido. Ligonza e senhora lembraram-se de que um filhinho ficara com febre, em Sabará... Todos partiram precipitados. O Dr. Guimarães não se lembrou de que era vocante, não ofereceu os seus serviços a quem lhe dava tudo; desapareceu com seu colega Dr. Conversinha, sem dizer água-vai. As visitas de longe, o irmão do Barão de Santa Luzia com a bela Eugênia, o Dr. Lu... todos fugiram... Todos, menos Lila, saíram sem falar com o Barão.

Embaixo, na Sala de Pedra, enquanto aguardavam os animais, a esposa do Dr. Moreira inquiriu o Dr. Lu:

— Acho isso feito muito às pressas. Não haverá lugar para uma apelação que salve esta enorme riqueza?

— Não há. A justiça penhorou os bens do devedor, para segurança do direito dos credores. Em outros tempos davam a cabeça em penhor da palavra. Ele deu seus bens móveis e imóveis: perdeu-os.

Dona Guiomar falava às tontas:

— Tive um susto mortal ao saber que o pilatos visitava o Barão, para lhe tomar os haveres. Ainda estou com as mãos geladas.

Chegou à sala, muito abatido, o velho Lão. Dr. Guima estava azedo:

— Nosso Mestre Lão agora vai mamar na Paula...

— Vocês estão enganados! Agora é que vou provar o que vale o Mestre Lão! Vou escrever um líbelo tremendo contra o impostor que inutilizou minha carreira! Vai ser um líbelo à Cícero, com toques de João de Barros, o historiador do Oriente! E mesmo que tudo falhasse, não me envergonharia de sair pelas ruas, como Aristóteles também o fez, vendendo pós odoríficos, ervas secas e remédios para dor de cabeça.

Dentro de uma hora, todos aqueles amigos incondicionais — e eram 52 — desertaram do palácio onde gozavam a vida e empanturravam os bolsos.

No primeiro grupo de apressados fugitivos do solar, chegaram a S. Bento, Quincota e sua chorosa Lila, Dr. Lu e Pe. Pereira. Aberta a venda, o Pe. Pereira exclamou, erguendo os braços:

— Arre, que afinal estamos libertos da ultrajante escravidão a que nos sujeitava o Barão Fritzmark! Quincota, queremos vinho.

— Só temos o de Catas Altas...

— Não é este o vinho que desejo. Quero é o vinho de Helena, vinho que faz esquecer... Homero conta que Helena de Tróia preparava uma beberagem que continha vinho, bebida que fazia esquecer o sofrimento da alma.

— Deste vinho não temos.

— E é este justamente de que todos precisamos.

Mas bebeu de um trago o copo cheio do vinho de Catas Altas.

No Brumado, os da justiça interromperam os trabalhos para almoçar.

Na hora do almoço, ao meio-dia, além dos gaviões da Justiça Imperial, só estavam na mesa, ao lado do titular, Pe. Pinto e Mestre Lão.

O Dr. Moreira, já ausente, foi nomeado depositário dos bens em penhora.

Bebendo Borgonha tinto perfumado, o Juiz de Fora levantou o copo contra a luz do dia esplêndido, para ver-lhe a cor:

— Magnífico.

Estalou a língua. Seus auxiliares batiam a cabeça, aprovando. O Juiz não cessava de encarecer o luxo interno da mansão e em especial as cortinas de veludo de Veneza, o lustre, os tapetes, os talheres de prata, os copos de manufatura da Boêmia. O Barão não comeu. Mestre Lão, que bebera muita vodca ao saber do acontecido, saboreava o Borgonha com cara de marido enganado. Pe. Pinto forçava um assunto:

— O doutor é mineiro?

— Não, paulista.

— Ahn.

— Mas aprecio os mineiros.

Sem assunto e sem lógica, o Juiz indagou de Mestre Lão:

— E o senhor, quem é?

— Secretário Particular do Barão. Sou gramático, escritor.

A autoridade estranhou o Barão não almoçar.

— Não come?

— Estou sem apetite, senhor Juiz.

Ao terminar a refeição, a autoridade endireitou o corpo:

— Vamos terminar a relação. Preciso voltar amanhã cedo.

Lacraram a adega, a soberba despensa. Continuavam a fuçar tudo.

Enquanto isso, Pe. Pinto e o mestre palestravam baixo, na Sala de Fumar. O padre parecia um defunto. Tremia e chorava lágrimas constantes.

— Coitado do Barão! Nunca pensei assistir a um fato dessa natureza. Se morresse hoje cedo, seria mais feliz do que testemunhar o desabamento de um amigo que tanto preso.

Mestre Lão esfregava as barbas:

— É. Mas também sacrificou meu futuro. Me trouxe de Catas Altas, onde eu ganhava rios de dinheiro... me trouxe com promessas que nunca deram semente. Por causa dele, larguei de mão minha *Gramática Histórica da Língua Portuguesa*. Estou velho e pobre, porque ele não pagará o que me deve. Esse Barão é ruim que nem topada.

— E a *Vida do Grande Barão de Catas Altas*, está pronta?

— Não está nem ficará. Com a vida a que me obrigaram aqui, perdi a embocadura para escrever. Se tiver vagar, escreverei a Vida da Baronesa de Catas Altas. Mas isso depende de meu acerto de contas aí, com o desmiolado.

O padre gemeu, baixo:

— Há quantos anos foi descoberto o ouro de Macaúba?

O mestre rosnava, com os olhos secos:

— Há seis anos. Foi em fins de 1832. No Ano da Fumaça, os escravos já afundavam os caminhos carregando o maldito ouro.

O Pe. Pinto olhou o dia claro e encheu os pulmões do aroma das madressilvas, entrado pelas janelas abertas. Ouvia-se, ao longe, o canto de uma seriema, no alto da serra da Terra Vermelha. Suspirou, pendendo a cabeça:

— Voltaram as vacas magras do sonho do Faraó. O Dante sentiu bem o coração do viúvo deste palácio já destelhado. Nenhuma dor é maior que recordar, na miséria, os tempos felizes.

A falência incluía todas as propriedades do Barão, em Minas. Os credores retardatários procuravam legalizar suas dívidas. O arrolamento foi impiedoso, pois prevalecia o direito das Ordenações do Reino, que não poupava nem cama de dormir, nem roupas íntimas do falido. Nem sua tralha de cozinha. Só escapou do arrolamento a caixa de jacarandá, onde estavam guardados os ossos da Baronesa. Mesmo assim foi mandada abrir, pois era possível que guardasse joias.

Gil voltou para a Corte. Soube-se, mais tarde, que ele se mancomunara com seu patrício Sousa Almeida, sócio do inglês Sons, para roubar o senhor que tanto o honrara. Era ele que ia ao Rio fazer as compras do amo, e complicou os negócios do Barão para o fim a que chegara.

O solar do Brumado, com seu conteúdo, e escravos seriam rematados em praça, por quem mais desse. As casas de Ouro Preto, Caeté, Santa Luzia e Sabará estavam incluídas na massa para a arrematação.

Rolara por terra, esfacelada, a torre de ouro do vale, onde vivera muitos anos o rival do Rei Salomão...

## XVI — MÃO NA DOR

Os que saíram precipitados do solar, ao saberem do tombamento dos bens do Barão falido, remansaram na casa do Quincota, em S. Bento.

O Dr. Conversinha, sentado num tamborete de couro peludo junto ao balcão, encarou os amigos fugidos, a bater a cabeça:

— Está aí em que deu a baronia do sacristão de Catas Altas... Assistimos à morte moral de um Barão do Império!

Dona Lila, corajosa, enfrentou o doutor:

— À falência qualquer um está sujeito.

Dr. Guima agitou-se:

— Qualquer um está sujeito, quando lida com negócios lícitos, mas falir por ser manirroto, por desperdícios... um Barão falir por proceder como um louco varrido, como doido de jogar pedras, tenham paciência...

Churruca perdera seu otimismo brincalhão:

— Caiu de prancha... *!Lo abandonaram a su suerte! Tudo fué tan rapido...*

Pe. Pereira aprovava, embora muito desapontado:

— Caiu como mamão maduro, esborrachando-se! Viram que cinismo? Não se defendeu, não protestou, nada fez. Omitiu-se em tudo como réu sem defesa, réu confesso de falência fraudulenta! Entregou-se como carneiro à faca do Juiz de Fora, sem movimento pelo menos de surpresa, quando nada para iludir, mais uma vez, os amigos... Deixou-se esfolar sem alegação, de braços cruzados!

Damasceno, que estava na venda com a família, demonstrava-se indignado:

— Fingiu até na última hora. Inquirido sobre o caso, nada disse. Quis imitar Jesus, que silenciou diante de Pilatos. *Jesus autem tacebat...* Jesus, então, calou-se...

Patrocínio parecia ter dúvidas:

— Será possível que ele não tenha ouro amoitado? Capaz disto ele é. E as cinquenta mil libras esterlinas da Macaúba? Não entra na cabeça de ninguém que ele gastou essa montanha de ouro em seis anos!

Dona Francisca Patrocínio indagava:

— E as riquíssimas joias de Laura?

Pe. Pereira explicou:

— Deu-as a Dona Maria.

O Dr. Lu estava impressionado com a impassibilidade do falido:

— O oficial de justiça quis arrolar também Barrocão e Fausta, entre os bens dados a rateio. O homem ficou mudo, não defendeu os escravos libertos pela esposa. Foi preciso que os negros apresentassem suas Cartas de Ingenuidade. Mesmo assim o escrivão insistia: — Não valem, são papéis particulares. O Juiz é que decidiu: — A Carta de Liberdade, quando particular, vale o mesmo que perante o tabelião.

Ligonza carregou no amigo de ontem:

— Ficou bobo, alheio à própria situação. Caráter fraco, o desse homem abominável.

Pe. Pereira discordava:

— Caráter fraco? Falta de caráter. Mostrou-se indigno dos amigos que aguentaram com ele, nos dias perdidos que passamos ao lado desse vadio...

Manoelão estava chocado;

— Não haverá um meio jurídico de evitar essa desgraça, Dr. Lu?

— Não conheço o processado, mas, pelo que ouvi, não há mais recursos. Ele devia, pelo menos, ao se sentir falido, pedir aos credores prazo para pagamento. Mas, depois de acionado, não pode obter Carta Régia de moratória. Está perdido.

Como não tinham mais de mão beijada a milionária adega do Brumado, Churruca apalpou Quincota:

— Não temos aí nada que abata o frio?

— Temos a papudinha... É cachaça especial... E um vinho, o de Catas Altas.

— Vamos a ambos!

Todos procuravam rir, mas o desaponto abortou o riso ameaçado, em sorrisos amarelos.

O Major Peixoto começou a beber em copo barato, o vinho que era rubro como granada líquida; gostoso. Esquecia a guerra guerreada que fizera ao vinho de Catas Altas... Bebia calado.

Quincota chalaceava, parecendo divertido com o que há pouco vira:

— Coitado do Barão... não levanta mais. Vai ver o que é miséria...

Dona Lila não estava de acordo com os presentes:

— Me desculpem, mas o Barão tem muito dinheiro nas mãos de gente boa. Quase todo mundo deve ao Barão, e agora, certeza ele vai procurar o emprestado...

Aquelas palavras queimaram como ferro em brasa a carne viva dos maledicentes. Todos desapontaram, sem responder. Foi tal o desapontamento que alguns se afastaram da roda. Os que ficaram penderam o rosto. Lila, só Lila encarava os faladores, com olhos leais fulgurando nobre consciência.

O Juiz de Fora viajou no outro dia, depois do almoço.

Oficiaram ao Dr. Moreira, avisando-o de estar investido no cargo de depositário da massa falida.

Chamaram-no a Mariana, sede da Comarca, para tomar posse perante o Juiz de Direito.

Só ficaram no solar o Barão, apeado de sua pompa salomônica, o Pe. Pinto e Mestre Lão. No gabinete do potentado de ontem, conversavam os três. O padre elevava o espírito abatido do amigo, citando-lhe exemplos de resignação.

O Barão, afundado na poltrona de couro, gemeu com voz débil:

— Exemplos, eu sei que há. Nada porém mais triste que imitar esses exemplos, quando a gente precisa segui-los. Estou despojado de tudo, de improviso, sem contar com isto.

Lão, amargado nas raivas, estava desatencioso:

— Culpa sua, culpas em exclusivo suas. Nunca teve contabilidade!

O acusado ouvia, olhando o tapete persa. O velho enterrava as unhas:

— Deixou correr o rio do ouro, sem pensar que tudo acaba no mundo. A riqueza, os amigos, a saúde, a vida.

Emproou-se, com as barbelas das pelancas debaixo do queixo:

— Barão, chegou a hora de fazermos nossas contas. Você me deve 28 anos de serviços assíduos, como secretário que foi também seu escravo branco. As contas estão aqui.

O Barão leu com desinteresse a papelada, para responder:

— Vamos ver o que sobra pra mim, na praça dos bens. Você vai receber tudo, faço questão de honra em pagar-lhe as dívidas.

— Questão de honra... o senhor faz questão de honra... coisa que nunca teve.

— O senhor me insulta, ao ver-me de mão atadas. Sempre foi tratado como filho nesta casa.

— Caiu Júlio César. Otávio, o Imperador Augusto, chamava também a Cícero "meu pai" e acabou mandando matá-lo. Acreditar em ricos e em poderosos...

Sempre de pé, remoia ódios:

— Nesta casa só houve dignidade enquanto Laura era viva! O senhor é um trapalhão. Quero meu dinheiro. Sacrifiquei minha vida para segui-lo, desistindo de vencer a posteridade com a minha *Gramática Histórica*, que não pude escrever por me iludir com seus contos de sereia... Comigo não tem meu-pé-me-dói. Recebo como pagaamento da dívida uma coisa que os credores esqueceram: sua do Caeté.

— A chácara é de meu filho João, comprei-a em nome dele; foi um presente.

— Até nisso fui ludibriado. Desde ontem sonhei ficar com a chácara e o senhor me espezinha, mais uma vez, com miserável patranha!

— Disse a verdade, Lão.

— Verdade? Alguma vez na vida já disse alguma verdade? O senhor é um refinado impostor. Refinadíssimo malandro!

Pe. Pinto procurou conter o velho:

— Tenha tento na língua, mestre! Você está desacatando o Barão, merecedor de nosso respeito.

Lão estava furioso:

— Você nunca me ouviu. Sempre esteve como o Rei Prusias, que preferia ler seu destino nas tripas de uma vaca a escutar seus Capitães com as práticas da guerra...

Parou diante do falido, encarando-o, duro:

— Pois vistos estes autos, retiro-me de sua companhia. Em vista do que você me fez, com suas partes de velhaco, lembro-me que Dona Maria I também era devota do Santíssimo Sacramento... Regresso a Catas Altas, para recomeçar a vida. Vou sem vintém, quando trouxe um patrimônio inestimável — o capital de minha mocidade, esbanjada em vão em seus serviços. Foram vinte e oito anos jogados fora.

O padre perguntou:

— Com quantos anos chegou ao Gongo?

— Com cinquenta!

— Está com setenta e oito. Boa idade para recomeçar a vida.

O ancião de novo se agitava:

— Tenho saúde, energia e iniciativa. Vou reinstalar meu colégio e escrever com afinco as *Memórias de Um Secretário Ludibriado*, em que contarei tudo do tempo em que joguei pérolas a porcos, pérolas, a mancheias!

Abatido com os contratempos e as insônias, o Barão cochilava enquanto os outros dois discutiam. Lão escarneceu-o:

— Aí está o Barão de Catas Altas, nobre do Império, cochilando enquanto seu ex Mestre o acusa de espoliação. Pobre Império, o que brazonou o filho pródigo! Alexandre Magno não ousava dormir, quando acusado pelo imenso Aristóteles por gastar em excesso o precioso incenso com os deuses pagãos?

— Você foi sempre amigo do Barão; hoje, entretanto...

— Isso acontece. Labieno foi o capitão mais amigo de César nas Gálias, e acabou lutando contra ele em Roma.

Pe. Pinto sorria, deliciado com a ira do valetudinário. E Lão, no cume da cólera, de olhos terríveis, voltava as pontas da barba fulva de sarro para a boca, mordendo-as.

Depois, em súbito repente, saiu estabanado:

— Retiro-me daqui mas vou procurar meus sagrados direitos! Chamá-lo-ei aos Tribunais, não tem reré nem corda de rabeca!

Já saía na porta quando voltou com ira:

— Retiro-me. Mais uma vez serei sacrificado como cordeiro nas aras, por ser bom e desprendido. Agora irei viver para a renúncia, como o Príncipe Buda, ao deixar seu palácio de Kapilavastu. Irei mendigar pelas estradas — mas também vou queimar a obra já terminada, a *Vida do Grande Barão de Catas Altas!* A posteridade não degustará esse livro, feito com as crispações do gênio. Queimá-lo-ei como Eróstato queimou o templo de Diana; como Omar pôs fogo na biblioteca de Alexandria, como Nero incendiou Roma! Queimei as pestanas e arruinei a vista sobre a obra de Heródoto, o pai da História, para escrever a vida deste barrasco, e estou mais pobre do que Aristides e Dom João de Castro. Não aguento mais. Como como pinto e vomito como galo! Vou abrir a boca no mundo para que Vereança, Clero, Nobreza e Povo saibam que no Brasil há um homem sacrificado. Um inocente jogado às feras.

Arfou o peito magro, erguendo os braços:

— Que vá ter a vida escrita pelo diabo que o carregue!

O Barão falou, sem se agitar:

— Lão está brabo, mas hoje achei na sua gaveta, ali, cartas datadas de um ano, recebidas da Corte sobre meus negócios e ainda não abertas. Os credores me avisavam sobre contas em aberto, pois o Mordomo Gil, que fazia viagens de suprimento, desviava o ouro que levava para saldar os débitos.

Pe. Pinto suspirava:

— É espantoso, mas é tarde para armar provas. O amigo estava entregue a um maluco e a um ladrão. Belos auxiliares.

Ficaram sem palavras, encarando o tapete.

O faiscador Antônio Sales, de Catas Altas, ouviu os arreganhos de Lão na casa de Quincota, onde se detivera para beber. Chegando ao arraial, contou aos amigos de lá:

— Parece que a coisa está preta para o lado do Barão. Mestre Lão vem aí botando matos abaixo...

De fato, o mestre chegou a Catas Altas com ganas homicidas. Bebera na venda de Quincota e estava indignado com o falido.

— Vou mandar celebrar u'a missa por alma de Caim. Foi o primeiro homem que não aturou humilhação e desaforo. Foi ele que, por ser homem, derramou o primeiro sangue na terra! Foi ele quem primeiro se aproveitou da legítima defesa natural. Foi ele quem descobriu o que se chama liberdade! Foi o primeiro revoltado contra a injustiça! Quem defendeu, o primeiro no mundo, seu direito postergado! O primeiro a mostrar à criação a personalidade de um homem. Caim eu te saúdo!...

Padre Germano, ao saber das iras do inimigo, riu sacolejado:

— O bramido do leão passará breve a miado faminto de gatinho. O tal mestre está ferido. Agora só empregando no Lão o Bálsamo de Ferrabraz, que Dom Quixote usava depois das surras que recebia.

Entregue ao Dr. Moreira a massa falida, o síndico pediu ao Barão para se retirar com urgência do Brumado. O velho médico tomou-se áspero e não teve condescendências com o que fora seu amigo e grande protetor.

— Barão, dou-lhe o prazo de vinte e quatro horas para deixar o palácio. Minhas responsabilidades são graves e desejo cumprir a lei. Não posso ficar omisso.

A pedido do Pe. Pinto, o depositário concedeu a casa de Caeté para o falido residir, *até o Barão tomar rumo*. Emprestou-lhe para viajar o cavalo pombo que servia para os moleques buscarem, à tarde, as vacas leiteiras.

O Barão ia-se retirar, só com a roupa do corpo; não pode levar mais nada. Suas roupas pessoais e as de cama estavam escrituradas entre o que foi apreendido.

Já de partida para Caeté, o padre e o Barão desceram, em silêncio, a escadaria. Ao chegarem à Sala de Pedra, Cassiano c Arlindo se ergueram, beijando-lhe as mãos.

Um cheiro ativo das madressilvas avivara-lhes a lembrança das horas calmas de ontem. O padre apressou o companheiro:

— Vamos, Barão.

De cabeça pendida, a limpar sempre a garganta, o Barão cavalgou o matungo, acompanhando em trote duro o cavalinho melado do padre. Todos os escravos presentes choravam. Ele parecia não ver. Apertava os calcanhares sem esporas na barriga do gaia, empurrando-o para frente, Fausta e Barrocão seguiam adiante, a forra com suas trouxas na cabeça, Barrocão levando os seus trapos e a urna dos ossos da Baronesa.

Mal saíam do terreiro do solar, um velho alto e espigado cortou-lhes a marcha.

— Nhô Barão, é iêu ...

— Adeus, Tijuba!

O forro plantou-se diante do cavalo:

— Nhô Barão...

Começou a chorar, choro que lhe empatava a voz.

— ...tenho u'a incunumia... di muntus anu!

Entregou ao amigo decaído uma cabacinha arrolhada.

— É duzenta oitava di ôro.

— Pra que isso, Tijuba?

— Pra Nhonhô... é u negu veiu qui dá. Foi batiada nu Gongu nus dia dus cativo.

Num ímpeto, agarrou as mãos do viajante, beijando-as repetidas vezes. Afastou-se ligeiro, de cabeça baixa, soluçando.

O padre sofria, não resistindo:

— Vamos, Barão!

O fugitivo meteu a cabaça no bolso do sobretudo, agitando as rédeas. Trotaram na manhã luminosa, de leve dourada pelo sol ainda novo. Pelos campos floresciam as laranjeiras-do-mato, as candeias, as semprevivas-da--serra, as margaridas amarelas. Para-tudos abriam as flores em bolas como ouriços, sanguíneas, com pétalas finas, pontudas. Viajavam calados.

Ao entrarem no arraial de S. Bento, alarmaram-se os habituais da venda de Quincota:

— Quincota, lá vem o Barão! Vem com o Pe. Pinto.

Lila, ouvindo a notícia, saiu para encontrar os cavaleiros.

— Quincota, venha cumprimentar o Barão.

— Estou ocupado.

Os viajantes iam passando mas Lila cortou-lhes a frente:

— Barão, vamos apear um pouco. Desça pra beber meu café de pobre agradecida.

— Não posso, Dona Lila. Estou fugindo!

Os olhos da moça encheram-se de água. O padre estava nervoso:

— Vamos com muita pressa, Dona Lila. O café fica para outro dia.

Mesmo ali na rua, Lila confessou:

— Barão, tenho vivido tão triste por sua causa... tão desalentada... Preferia morrer a ver o senhor em embaraço tão grande. Tive um susto tão horroroso...

— Estou sendo vítima de maus amigos, em quem confiava.

— É inveja, creia o senhor.

— Imagine que trancaram a despensa, e a adega, a louça, as roupas das camas, até os vestidos da falecida Baronesa... Tomaram os anéis de brilhantes que estavam nos meus dedos... só não ficaram com as duas alianças e o anel de Barão porque fiquei bravo, era demais. Fizeram questão de abrir a urna os ossos de Laura, procurando ouro! Hoje o Dr. Moreira pediu que me retirasse. Permitiu que eu fosse pra casa que foi minha, no Caeté, assim mesmo sem mobília... Ele me disse: — *O senhor fique na casa até segunda ordem; até tomar rumo!*

Lila indignou-se:

— O Dr. Moreira não tem negócios com o senhor?

— Tem e grandes. Deve-me muito. Mas chegou importante, com o rei na pança.

— E Mestre Lão?

— Foi embora ontem. Falou que vai me processar.

— Ele passou mesmo por aqui. Aquilo é doido de nascença. Andou há pouco a namorar aqui uma menina e procurou um cumba pra amarrar a moça. Fiz pra ele muito chá de chocalho de pestana lisa, de que tomava copos cheios. Depois contaram a Quincota que isso é pra levantar força perdida de velho e eu peguei e zuni fora até a beca em que fazia o tal chá. Bebia a tiborna, porque a moça falou que não casava com velho nem que o diabo rezasse um terço. Mestre Lão não vale nada e tem a língua muito quente.

O padre consultou o relógio despertador de bolso:

— Estou às ordens, Barão. Ainda temos caminho!

— Quincota, o Barão já vai!

Ele apareceu limpando as mãos em pano sujo.

— Ainda é cedo.

— Adeus, Quincota. Em Caeté, às ordens. Hoje sou um mendigo, mas meu coração é o mesmo.

Os cavalos trotaram, enquanto Quincota sorria, ao vê-los se afastando.

— Sujeito bobo esse padre. Que ganha em andar pastejando aquele idiota? Vai tirar muito proveito em ser camarada daquele bunda suja.

Lila, de pé, ainda na rua, estava engasgada.

Fausta e Barrocão haviam seguido na frente.

Ao ver os retirantes entrarem na vila, o oficial do registro civil pigarreou com alegria:

— Grande canalha! Agora afundou mesmo, de casco aberto... Hoje ainda tem um cireneu, o Pe. Pinto; amanhã, veremos.

Ele, que havia pouco, para a festa do Divino, chegara na vila entre palmas verdes, como Jesus em Jerusalém, agora voltava sob um silêncio geral, no trote duro das mãos de pilão de um cavalo velho.

Os forros que já estavam sentados na escada levantaram-se, quando o Barão deteve o animal ao pé da porta.

A casa estava sem móveis, a espaçosa mansão que fora do ex-magnata do ouro e onde ia agora morar por favor dos credores usurários. padre mandou um catre de colchão usado com lençol e colcha, além de duas cadeiras de pau. Correu logo notícia.

— Chegou, para moar aqui, o Barão de Catas Altas!

— Vem mais quebrado que telha despencada do beiral...

Na porta da Botica de Mestre Carlos, onde se reuniam depois do jantar as notabilidades da vila, o coímbra Honório, pintando um cigarrinho de palha, comentava para os mais:

— Vejam as voltas que o mundo dá. Não faz três meses, o Barão deu ao povo daqui um jantar para mil pessoas! Mataram trinta bois para o churrasco, além do mais. O vinho correu como água. Louvaram-no pelo menos cinquenta pessoas, em discursos ardentes.

Soltou para cima fumaça leve.

— Hoje o Barão volta arruinado e já esquecido. Veio em cavalo alheio e não tem o que comer, pois em sua casa dos outros nem há panelas.

O Dr. Guimarães, o Guima dos saraus do Brumado, vozeiro de alguma voga, parecia satisfeito:

— Eu ainda podia interpor recursos, se não soubesse que a situação do homem é de insolvabilidade irremediável. Não lhe ofereci meus serviços para não ligar meu nome às maluqueiras do tal Barão.

Para o almoço tardio, Fausta comprou em venda o necessário, porque o Dr. Moreira recusou deixar seguir mantimentos da régia despensa do Brumado. Comprou também dois caborés de barro, para cozinhar.

O Barão comeu sem fome o modesto repasto preparado por sua famada cozinheira, que chorava ao pôr a mesa da cozinha. Cansado e deprimido como no primeiro dia de esterro em país distante, deitou-se vestido num leito simples.

Em laranjeira do quintal, na parte da tarde, gemiam, arquejando, rolas caldo-de-feijão, que recordavam o palácio para sempre perdido. Só e pensativo, o Barão tirou o lenço de linho, ainda cheirando a cravos brancos. E, com a mão trêmula, começou a enxugar os olhos.

O Bispo de Mariana ficara entristecido com o que se dera.

— Ele não precisa de caridade mas de misericórdia.

Pois não recebia nem uma coisa nem outra, dos incondicionais amigos de ontem. Opinião geral é que escondera muito ouro. O boticário Mestre Juca, de Sabará, falava convicto:

— Não cabe na cabeça de um negro ter o Barão gasto o ouro todo que arrancou de Macaúba, somado com as cinquenta mil libras da vendagem. Eu muitas vezes lhe disse: — Barão, olhe o futuro, olhe as extravagâncias...

Mestre Jurubeba, temendo cobrança, andava agitado:

— Nunca pagou os serviços que lhe prestei, desde o Gongo Soco. Não me pagou até hoje o meu trabalho científico com o Capitão-Mor. Mas estou tirando a conta...

Só não dizia que recebera tudo de seu protetor, a quem ainda devia seis contos de réis, garantidos em documento válido. Em Sabará, Damasceno espalhara a tragédia, com cores de intrigante bem ouvido.

Os comensais, os lambe-pratos do falido ficaram tristes, por não haver mais na Província outro Barão de Catas Altas. Esses vampiros do sangue do arruinado sentiam haver secado a fonte milagrosa. Damasceno minuciava:

— No dia do estouro todos que lá estavam fugiram para São Bento. Acabara o nosso tempo das vacas gordas. Vejam como são as coisas: às sete horas da manhã bebemos o caro Vinho Cabacinho e muita champanha na hora do café reforçado, porque íamos sair pro piquenique e, às onze horas da mesma triste manhã, estávamos bebendo uma cachaça amarga na venda do Quincota. Acabara-se tudo...

O Dr. Lu sorria velhaco:

— Não acredito. Aquilo é finório demais. Viram como logrou os ingleses, vendendo a Macaúba já esgotada?[56]

Ligonza pensava ao contrário:

— Parece que ficou limpo como olho de padre. Caiu, de pés e mãos quebrados.

— E Mestre Lão?

— Muito decadente. Ouvi que Tijuba lhe arranjou pé de vergalho de suçuapara pra ver se vai pra frente. Mas parece que ficou mesmo mijando nos calcanhares...

Ligonza achava tudo sem jeito:

— A Baronesa (que este testemunho não lhe sirva de pena) parece que adivinhava o que ia acontecer, pois andava triste.

Patrocínio tinha razões suas para explicar os acontecimentos:

— Andava triste é porque foi obrigada a fazer a desgraceira da Lagoa das Antas, ao saber da amante e do carbono. Vivia desiludida.

Bateram palmas na porta. O próprio Barão foi ver quem era.

— Ó Churruca, que prazer! Vai entrando.

Não se sentou. Mesmo de pé disse ao que ia:

— Barão, o presente do seu último aniversário que os amigos lhe deram (a caixa de rapé em tartaruga, marchetada de diamantes vermelhos) foi comprada por nós, a crédito, no Sabará. Os companheiros estão em dificuldade para pagar a conta e mandam pedir pro senhor devolver a joia.

No dia de seu último aniversário o Barão recebera dos amigos um pergaminho, com felicitações caligrafadas em tintas carmim e ouro. Com o pergaminho, a rapezeira agora reclamada.

56) Foi verdade. Noventa dias depois de vendida a mina de Macaúba, o ouro acabou, repentinamente. Por mais que trabalhassem, não apuraram mais uma oitava de ouro. A mina estava para sempre exausta. Aquilo foi um colossal bucho de ouro, de que o Barão esgotou toda reserva. Teria percebido o que estava acontecendo?

Não ficou uma gota de sangue no corpo do Barão, ao ouvir a cobrança do velho amigo:

— Churruca, sinto lhe dizer que a caixa do presente foi arrolada entregue ao Juiz de Fora.

O cobrador ergueu a cabeça, desafiante:

— E não tem uma joia que corresponda ao valor do presente?

— Não, Churruca. Não tenho mais nada.

— Que diabo, será que eu vou pagar sozinho esse troço?

— Vou fazer a cobrança dos que me devem e, recebendo, pagarei também essa conta.

Uma tarde, Barrocão, voltando de pequena compra, indagou do ex-senhor:

— Nhô Barão, Pad'e Perêra veiu cá?

— Não veio, ainda.

— Iêu vi êle na casa du Pad'e Pinto.

A garganta do Barão apertou-se. Pe. Pereira não o procurara ainda. Calou-se, alimpando a garganta, e depois, de olhos baixos:

— Você tem visto o Tijuba?

— Nhor-não. Num vi mais ele, Nhi sim.

Não sabiam que o velho feitor, horrorizado com o que acontecera, mudara-se para Mariana, onde tinha um sobrinho.

Parecendo acordar, o falido sussurrou:

— O Pe. Pereira não me procurou mais, Barrocão. Os amigos se foram. Acabou o tempo dos amigos. Os que me restam são você o Fausta.

Agora lhe doía o que fizera com os dois: a Fausta, fazendo-a descer à cafua por falta involuntária, e a Barrocão, mandando pingar com toda impiedade. Sua mãe, com Mariana, Ana e sua filha, com Clara e Manoela, mudaram-se havia tempos para Niterói. Nem lhe deram aviso. Não tivera mais notícia deles. Só o filho João voltara de Sabará, casando-se, mas sem o procurar.

Naquela triste emergência, mandara a Barrocão chamá-lo para se reconciliar com ele, e entregar-lhe a cobrança das vultuosas somas que emprestara a pessoas de posse. Com a venda das joias que foram de sua mãe e que o Barão mandara a Dona Maria, o rapaz casou-se e enfrentava o mundo.

Ao ser surpreendido pela falência, o Barão tinha no bolso 320 mil-réis, quantia que levou para seu exílio.

O brazão da baronia que levara consigo, com vistosa moldura dourada, não fora para a parede da sala sem mobília. Ficara encostado ao rés-do-chão da parede de seu quarto, que fora quarto de hóspedes amigos, quando a mansão era sua. Das trinta famílias pobres que ele sustentara, em segredo, raros apareceram, mas para pedir esmola.

Mestre Lão em Catas Altas, alvoroçava o povo contra o nobre:

— Indigno de ser filho desta abençoada terral É um canalhas Ele sempre me disse: — Mestre Lão, querido Mestre Lão, se eu morrer não quero ser enterrado no lugarejo que se chama Catas Altas. Não desejo que ninguém deste lugar pestilento (vejam só!) acompanhe meu enterro. Queridíssimo preceptor

que me deu as luzes do saber, escreva um livro sobre o Barão de Catas Altas. Pago-lhe três contos e mando imprimir a obra na Corte. Você ficará célebre! Eu respondia: — Não. Só escreverei como Tucídides a *História da Guerra do Peloponeso*, com documentos nas unhas. O que vejo não vale casca de alho... E não é tudo. A hora que eu entender ele será encarcerado, irá para as galés perpétuas ou subirá à forca. Posso provar um crime, um pavoroso crime que ele cometeu no Gongo Soco, *embora eu lhe rogasse por todos os Santos que não descesse a tanto!*

Mestre Lão referia-se ao caso do negro Calixto.

Enchouriçou-se, com ira:

— O que me vale é que passei pelos salões do Gongo Soco e do Brumado, de cabeça erguida. Elogiava o Barão como Petrônio elogiava a Nero: para poder viver.

Mais uma vez mentia. Lão passara por ali baixo, rasteiro como os tapetes. No caso de Emiliana foi até congonheiro, do Barão para a moça e vice-versa.

O tempo foi para adiante e desde setembro de 1838 o falido comia o pão do diabo, desprezado de todos, até do Pe. Pinto. Ao chegar o ano de 1839, em janeiro, as dificuldades apertaram.

Com as chuvas do inverno, Fausta e Barrocão queixaram velhos reumatismos. Dormiam no assoalho, em esteira com coberta rala. Dona Lila, pelo começo do inverno, mandou ao Barão dois cobertores irlandeses, que foram presente de Laura à amiga. O falido entregou a cada um dos pretos um desses cobertores de lã.

Em janeiro, os bens do Barão foram arrematados na última praça, por um grupo de Ouro Preto, capitaneado por Paula Santos. Todo aquele mundo de preciosidades, casas, terras, cativos, foi entregue aos arrematantes por miseráveis 45 contos. Justamente nesse tempo o ex-senhor chamou os forros:

— Estamos quase na miséria. Se quiserem sair para tentar vida aí por fora, não se acanhem. Meus pequenos recursos estão no fim.

Os pretos ouviram em silêncio, mas, no dia seguinte lhe entregaram um quilo de ouro. Barrocão foi quem lhe pôs na mão o embrulho.

— Nhô Barão, é pra Vassuncê. Juntamu issu, nus dia dus cativu.

O chefe, vencido, chorou.

O dia dos cativos era sábado, quando os senhores consentiam aos negros batearem. Dali por diante os três párias passaram a viver daquilo, da esmola dos dois ex-escravos. Entretanto, as poucas pessoas que o procuravam, até para cobrar dívidas fantásticas, viam-no barbeado e vestido de casimira preta, com camisa de seda também preta. Trazia gravata de retrós negro e sapatos de verniz francês enfiados sobre meias de seda. Era o resto do luxo do viúvo de ontem.

Na mão magra, mal cabendo no anular esquerdo, por baixo das duas alianças de ouro, resplendia o anel de Barão, com seis quartéis contraveirados por campo de blau. Quase não falava; apenas respondia, pois minguara a graça das vivas palestras de seus perdidos solares. Ele, que se recostava em *maples* de couro da Rússia, agora se contentava em descansar em cadeiras de pau ordinário, mesmo assim emprestadas. Gemia às vezes:

— Contra o temporal não há recurso. Ninguém segura o raio. Fui traído mas não culpo ninguém.

Ligonza encontrou Pe. Pereira em Sabará,

— E o homem, como vai?

— O homem? O descendente do fidalgo Vasco Fernandes Coutinho está acabando às esmolas, como o Donatário da Capitania do Espírito Santo[57].

Ambos sorriram. Pe. Pereira completava:

— O homem está com mão adiante e outra atrás. Está mais doido que Pedro I...

Certa noite, bateram na porta do solitário. Era um trabalhador do campo, de mãos rudes, que o procurava.

— Ah! É o senhor? Há quanto tempo não nos encontramos!

— É verdade, Barão. Tenho pouca folga pra andanças no mundo.

E foi direto ao assunto que o levava:

— Soube de seus incômodos. O senhor sabe que não sou rico, mas tenho o que os meus braços me dão. Venho lhe trazer 100 mil-réis como ajuda ao seu estado. O senhor perdoe minha liberdade, mas é de coração que lhe ajudo, com o pouco que tenho.

Estendeu as cédulas que o Barão recolheu, com as mãos tremendo. Era a terceira esmola que recebia, pois a primeira foi de Tijuba e a outra de seus velhos forros.

Quem levava o dinheiro era o pica-fumo Malaquias, a quem o arrogante magnata negara no Brumado o empréstimo de 50 mil-réis para aumentar sua roça.

57) Vasco Fernandes Coutinho, vendendo os seus haveres para não voltar mais à pátria e consagrar-se à sua Capitania do Espírito Santo, teve que arrostar a fúria dos índios bravios e colonos, e ao cabo de muitos desastres, acabou mendigo, esfarrapado, vivendo de esmolas. João Ribeiro — *História do Brasil*, Rio, 1955. Velho, pobre, aleijado, Vasco Fernandes Coutinho depois de gastar muito patrimônio e muitos mil cruzados que trouxe da índia, acabou tão pobremente na ilha de Santo Antônio (Nossa Senhora da Vitória), que ali recebeu comida pelo amor de Deus, Assim como o lençol como lhe amortalharam os restos mortais. F. T. D. — *Elementos de História do Brasil*, Liv. F. Alves, Rio, s/d.

Aquela noite envelheceu sobre a tristeza silenciosa dos três velhos. Três velhos, porque o Barão, entrado em 50 anos em 1839, era no aspecto geral um valetudinário. Emagrecera, ficara de cabelos brancos.

Quando os escravos o viram quieto em seu leito, acomodaram-se também nas esteiras do chão.

O frio de maio já castigava os lugares altos nas montanhas. Caíam as primeiras geadas, no entresseio das alterosas. Alta noite os negros foram despertados por gritos roucos:

— Laura! La-aura

Fausta foi saber o que havia. O Barão, com o candeeiro aceso, estava sentado na cama, de olhos desvairados fitando o espaço. A negra deitou-o, como se fosse uma criança. Aconchegou o papa de lã que o Barão lhe dera, no corpo magro do doente, esperando de pé. Quando parecia adormecido, pulou no chão, em clamor assombrado:

— Laura! Laau-raa!

— Qui é, Nhô Barão? Drumi.

O insone soluçava. Quando a crise passou, gemeu para a negra:

— Vai dormir, Fausta. Já é de madrugada. Os galos estão cantando.

De sua esteira gelada, os pretos ouviram pelo resto da madrugada o senhor gemer.

Ainda não alvorecia quando Fausta fez um chá de folhas verdes de maracujá, que ele bebeu à força. Muito cedo Barrocão saiu para comunicar ao filho o estado do Barão. Caminhava tiritando de frio, pois a baixada toda dos arredores de Caeté estava branca da geada noturna, muito densa naquela altitude de 943 metros.

O negro explicou ao rapaz as condições do pai, alegando que ele estava com a lista de devedores e os documentos para entregar ao filho.

Chegaram à vila quando subiam das chaminés das casas humildes as primeiras fumaças do fogo aceso para o café matinal.

Ao se encontrarem, depois de tantos anos de ausência, os dois choraram. Estavam cerimoniosos, como estranhos. O Barão, quase de cama, embora vestido como para sair, não se afastava do quarto. Estava encostado no catre, demonstrando grande debilidade.

Foram entregues as clarezas de grandes quantias, de devedores que eram os amigos incondicionais do outro tempo.

— O que apurar é tudo seu. Assim que fechar os olhos, tire de meu dedo este anel da baronia e leve o diploma de mercê, assinado por Dom Pedro I. Leve também para sua chácara os dois forros, que são os únicos amigos que me ficaram. São dois diamantes sem jaça.

Tinha os olhos marejados, com lágrimas tremendo, quase a cair.

— Também Lila me socorreu algumas vezes. Mandou gêneros, algum dinheiro.

O moço comoveu-se e, sentado na cama, pôs a mão no ombro do pai. Seus olhos estavam também rasos d'água. Limpava a garganta, não tendo palavras para falar.

Todos sabiam na vila e nos lugares vizinhos que o Barão morria aos poucos. Churruca procurou o Dr. Moreira:

— Dizem que o homem está mal. Que será?

— Ora, que será. É a melincolia ou melhor, a melancolia, variedade da alienação mental a que são sujeitos os que sofrem grandes abalos morais. O tal Barão sofre melancolia do terceiro grau, provocada pela súbita perda da fortuna. É uma paixão opressiva que age sobre os centros nervosos e, por eles, em todos os órgãos. O homem sofre um traumatismo moral difícil de ser tratado, pois exige medicina especializada e assistência que ele não pode ter. Sente falta do que possuiu, do domínio e das terras que foram suas, do ouro de inopino perdido. Aconselham-se para isso exercícios ao ar livre, diversões, caçadas e principalmente, ai de mim! a volta à posse do reino que perdeu... Tronchin, médico de Voltaire, para esses casos recomendava movimentação, marchas a pé, quadrilhas ligeiras... Às madamas doentes de sua Comuna, aconselhava esfregassem, elas próprias, o chão de suas casas nobres.

Churruca sorriu, cínico:

— Aconselhar trabalho a quem sempre foi vagabundo ocioso...

Pe. Pereira, de pernas cruzadas, emagrecido pela falta da vida boa do Brumado, opinou com desinteresse:

— E por não trabalhar, vive agora doente de melancolia que, se compreendi bem o Dr. Moreira, é uma espécie de banzo africano. O trapalhão agora come fogo na sua irremediável decadência... Dizem que chora e geme. É isto mesmo, hoje vive com a mão na dor, o que não adianta.

O doutor revelou coisa que a todos fez sobressalto:

— Barrocão disse-me que ele entregou ao filho, que é bruto, os documentos de todos os seus devedores. O rapaz fala que vai receber tudo, doa em quem doer. O João é perigoso, está pobre e revoltado. Braveja que vai receber o dinheiro, mesmo que seja a ferro frio!

Todos estremeceram, muito desapontados. Churruca protestou, em causa própria:

— Esquece que pra ferro existe fogo!

Padre Pinto foi chamado para confissão do doente. Ao chegar, saudou-o como a um qualquer, pois também o padre agora o desprezava.

Ao sair do quarto perguntou a Fausta:

— Tem se alimentado? Parece fraco demais.

— Quaji num comi. Comi cumu passarinhu.

— Se precisar de um pouco de fubá para mingau, pode buscar um punhado lá em casa.

A negra baixou os olhos, com altiva dignidade. Via no padre um dos muitos que desprezaram o Barão, mesmo na doença final.

Naquela noite, Fausta e Barrocão velaram o ex-senhor, que estava com as palavras enroladas, até as duas horas da madrugada. Como pareceu dormir, os negros recostaram-se também nas esteiras do chão. Ao amanhecer de 31 de maio de 1839, Fausta foi ver o doente.

Estava frio, duro, com a boca aberta e os olhos fundos arregalados.

— Nhonhô! Nhonhô!... Acude, Barrocão!

Morrera só, pela madrugada fria, o Barão de Catas Altas. João chegou, deu-lhe duas lágrimas, mandando chamar a esposa.

Recompondo o cadáver, foram encontrados no seu bolso 1$250 réis.

Alguns curiosos apareceram, para ver o cadáver. Dos leais amigos do morto só foram vê-lo o Pe. Pinto e o Dr. Guimarães, que abraçou a João, indagando com fingida pena:

— De que morreu?

A resposta veio na fumaça do tiro:

— Dos bons tratos dos inimigos que ele encheu de honras e de dinheiro.

A farpa tirou sangue.

O enterro em caixão sem tampa foi à tarde. Estavam presentes sete pessoas, além do filho, esposa e os forros dedicados.

Ao segurar na alça do caixão, o filho falou alto, sabedor que era de tudo:

— Não vejo aqui o Pe. Pereira, pra acompanhar os restos do Rei Salomão...

Foi enterrado em cova oferecida pela Irmandade da Misericórdia, intermediária do morto no sustentar, por muitos anos, 30 famílias pobres de Caeté. Ao saírem apressados do cemitério, mal o corpo desceu à cova, foram descendo para a rua. Pe. Pinto, indignado, resmungou para os que se retiravam com ele:

— Viram a insolência do João sobre o Pe. Pereira? Ouviram-lhe a resposta ao Guimarães?

Guimarães, fingindo-se displicente, afirmou de cara limpa:

— Aquilo é coisa muito ruim...

Já estavam na rua. Entrava na vila um lote de burros carregados de bruacas e fardos. A besta madrinha subia a rampa sob o peso da carga, batendo nos encontros o peitoral com carrilhão de guizos. O tangerino empoeirado, de lenço na cabeça, dirigia da retaguarda a tropa, espevitando-a aos gritos:

— Sete Ouro! Namorado! Barbacena!

Esperando passar a tropa a cessar o barulho da guizalhada, os amigos pararam na rua, sem conseguirem falar. Logo que o lote passou, Guimarães pode concluir a frase interrompida:

— Aquele João é tralha. Não presta pra nada. Puxou o pai...

## XVII — O FILHO

A mãe do Barão mudara-se com as filhas para a Província do Rio de Janeiro, não voltando mais a Minas. Manuela, filha de Clara, fora também com a avó. Mariana, viúva do Capitão-Mor, seguira-a. Soube-se mais tarde que todos viviam da costura da viúva do Capitão-Mor e de sua irmã Ana.

Só João, primogênito de Clara, vivia em Caeté e já com um filho.

Morto o Barão, o filho retirou-lhe do dedo o anel da Baronia, de ouro com dois soberbos brilhantes, não se sabe como escapou à rapina do arrolamento de seus bens de falido. João herdou 96 contos de réis de dívidas a seu pai, garantidos por documentos na forma da lei.

Eram devedores pessoas de alta posição provincial. Procurados para saldar a dívida, muitos alegaram já haver pago... outros diziam estar perdoados pelo morto, de modo que as clarezas não passaram de papel sem préstimo.

O herdeiro dessa trapalhada só logrou receber, de tudo, oito contos de réis. Sabe-se que vendeu os brilhantes do anel de nobreza, ignorando-se por que preço.

Quando procurou o Dr. Moreira, ouviu ameaças.

— Comparemos as contas, pois sou credor de mais de doze contos de réis que o senhor me cobra. Ora, muito obrigado. Ocupar um doutor de meu tope, tê-lo como escravo às ordens, doente como sou, vivendo de regimes... e ainda vir cobrar doze contos de réis!

O P.e Pereira ficou baio ao receber a cobrança:

— Ocupar-me meses e meses com assistência religiosa, aturando suas maluquices, e deixa contas a cobrar, uns miseráveis cinco contos e trezentos mil-réis que qualquer lheguelhé possui! Esqueceu que sou Padre-Mestre de Gramática Latina, com Provisão Ilimitada concedida pelo Imperador Dom João VI, de sublime memória e que Deus tenha. Fui censurado pelo Ministro Del Rei por viver afastado de meus deveres profissionais, e por quê? Para seguir um... não-sei-que-diga!

Alargou o colarinho, pedindo ar:

— E por que me afastava? Para atender a insistentes e importunos chamados de seu pai, que me suplicava ficar ao seu lado... Estava presente quando sua mãe morreu, pus-lhe a vela na mão. Assisti sua tia e madrasta Dona Laura entregar a alma a Deus. Viajei três vezes com seu pai, como intérprete, para que negociasse com os ingleses.

Era sabido que o padre não conhecia, do inglês, nem uma frase de algibeira...

Quincota era o maior devedor: 23 contos de réis, imensa quantia para o tempo. Procurado, ladeou, encolheu-se, mentiu como todos.

— Eu dever isso tudo? Devi, é certo, mais amortizei xenxém por xenxém, seu João. Seu pai esqueceu de anotar, no crédito, os recebimentos entregues. Também entregou a escrita das Minas do Gongo Soco e Macaúba a um caduco irresponsável como Mestre Lão...

— Pois foi ele quem me indicou seu nome como o maior devedor.

— Cachorro! Cínico. Eu bem dizia que ele também olha pro torno! Com certeza ele não lhe disse que, sendo tipo que não tem uma esteira pra cair vivo, bebe café em xícara e pires dc ouro, roubados da baixela do Barão. Quer ver quem é ele?

Abriu um livro imundo e procurou com o indicador:

— Está aqui, página 32: Mestre Lão (Brumado). Seu débito de cachaça até 31 de dezembro de 1836... 71 mil-réis. Idem, até 30 de maio de 1837. 102 mil e 250 réis.

Ficou irado:

— Não convém gastar tempo com ele. Eis a soma do total até esta data: 311 mil e 930 réis.

Fechou com estrondo o livro.

— Aí está o canalha que me intriga com o senhor!

— Isso aí, seu Quincota, não influi na dívida que venho cobrar.

— Essa cobrança é difícil; não devo a conta apresentada.

— Se o senhor assinou o documento... como negar?

Dona Lila entrou com brandura no assunto:

— É preciso ver, marido, que o rapaz tem documento.

— Olhe, seu João, vou falar com meu advogado Doutor Guimarães, e procuro o senhor no Caeté. Não estou negando a dívida, estou explicando o que houve.

O moço emburrou:

— Que dia o senhor me procura?

— Por toda esta semana.

João saiu. Estando em São Bento, resolveu ir a Catas Altas procurar Mestre Lão, de quem possuía crédito vultoso e precisava saber do negócio das xícaras.

Ao chegar o moço, o velho estava com admiradores, em sua salinha de bancos. Fazia-se de herói em comício diário, de que vivia. Clamava contra a escravidão branca feita por um pirata em palácio, onde fora Secretário Particular. Ele, na própria voz, era o cavalheiro, o reinvidicador rebelde dentro do rebanho de aduladores acomodatícios. Só ele reagia, só ele era o puritano entre a corja de borrachos sem pudor. João Alves ouvira o final de seus arreganhos.

— Mestre, eu sou filho do Barão que o senhor está babando. Vim cobrar a conta que o senhor ficou lhe devendo e buscar as xícaras de ouro que o senhor trouxe de lá.

Aquela cobrança nas bochechas do orador foi bruta que nem topada.

— Eu nada devo à massa falida do Barão. Sou é credor!

João tirou o crédito, batendo nele a mão:

— A prova está aqui. O senhor deve sete contos, 652 mil-réis.

— Eu?! Eu trabalhei para seu pai anos e anos, *ad-honores*, isto é, a leite de pato...

— Se trabalhou não sei. Vim buscar meu dinheiro e as xícaras e pires de ouro que estão aqui.

O professor empalideceu.

— Seu mestre, o que é meu é meu mesmo e não me importo de ir pra cadeia, dentro do meu direito.

Lão abriu os braços dramáticos:

— Infelizmente nada tenho. A escrita de seu digno pai era baralhada...

— Então vamos decidir o que é legal. Sua clareza está aqui e só volto com os cobres!

O velho deixou pender a cabeça, chorando:

— Estou na miséria. Estou entregue à caridade dos amigos, meus ex--discípulos.

— E as xícaras?

— Não tenho xícara nenhuma, seu João...

— Eu levo as xícaras ou faço um cu-de-boi nesta casa. Já estou por conta do diabo.

Vendo as coisas pretas, Lão explicou:

— Foi o seguinte. O Barão notando certas nódoas em algumas xícaras de sua baixela, mandou-me levá-las a Sabará, para limpeza. Neste ínterim aconteceu o que o senhor sabe, de sopetão. Guardei as jias para entregá-las a quem de direito.

Foi buscar as três peças com os pires, que o herdeiro meteu no bolso.

Só de Quincota o resultado foi mais agradável. Recebeu 4 contos de réis, mas por esforços de Lila, que vendeu suas joias e umas vacas. Com outros recebimentos pingados, logrou o total de 8 contos de réis. Essas choradas migalhas foram tudo quanto apurou dos 96 contos do devido. Pe. Pereira afirmava cheio de cólera:

— Vejam a que está sujeito um homem. O doidivanas chegava em Santa Bárbara num cavalo refugador e apeava na ponta de rua, onde tomava a cadeirinha[58] para serem jogadas como milho, no bolo dos necessitados da porta da igreja. Nesse

58) Por morte do Barão, uma de suas cadeirinhas passou a propriedade de sua parenta de Catas Altas, dona Manuela Celestina de Figueiredo Vasconcelos, que a vendeu ao então Vigário Pe. Francisco Xavier de França. Estava guardada no Consistório da Matriz de Nossa Senhora da Conceição de Catas Altas e servia para levar anjinhos ao cemitério. Quando Dom Helvécio, Bispo de Mariana, passou por ali em visita pastoral, resolveu levar a cadeirinha para o Museu da Inconfidência, de Ouro Preto. Alegou que o que estava na igreja era bem eclesiástico e, embora sob protesto de ilustre mineiro José Aymoré Vieira, coletor federal aposentado de Catas Altas e descendente do Barão, o veiculo foi para o Museu, onde está na Sala dos Cóches. Não se sabe como essa cadeirinha escapou ao arrolamento na falência, pois a justiça daqueles tempos era ávida. Talvez por estar aguardando o senhor, para as entradas nos lugares que visitava.

tempo é que o idiota do filho devia guardar o ouro que saía do barro. Agora, anda como Ruth, a procurar espigas por onde passaram os segadores...

E com suspiro, bateu nas coxas:,

— Arre, que até morto o tal Barão nos dá trabalho!

Em vista do desplante do devedor, João deu por terminada a liquidação.

— Vou interromper a cobrança pra não acabar assassino!

Homem sem artes e sem letras, passou a fazer pequenos negócios. Comprava gêneros para revender, fazia barganhas. Vendo-o passar, Pe. Pereira torceu o nariz:

— Filho de milionário... O pai comia faisões dourados e a cria compra galinhas para negociar, nas portas...

Era verdade que certa vez foram servidos faisões dourados aos amigos do Barão, e P.e Pereira também os comeu, elogiando o prato e o hospedeiro.

O modesto comerciante criava os filhos (já eram dois) com seu trabalho obscuro mas digno.

Mal sabiam os parasitas do Barão que aquele rapaz plasmava, em sua família, homens de bem para Minas e para o Brasil. Seus descendentes são a prova.

O Dr. Guimarães tornara-se ácido e impiedoso. Vendo o moço no seu labor, rascava risos histéricos:

— Filho de rico falido por prodigalidade. Cresceu como um leãozinho mas a gafeira da fome derrubou-lhe a juba. Leão sem juba não passa de cachorro...

Os papadores das mesas prodigiosas dos dois solares pareciam querer vingar no filho do protetor a falência, que lhes fechara as bocas para as fartas comesainas e insaciáveis beberrices, terminadas naquela manhã clara do vale do Brumado. Dona Lila, servindo-lhes cálices de aguardente paga, pensava nos vinhos de Reims que eles ingeriam com delícia de borrachos curtidos. Ao ouvir chufas sobre o filho do Barão defendia-o:

— Poucas vezes o vi no Gongo e, no Brumado, só quando Laura morreu. Nunca esteve nas mesas das papanças dos que se diziam amigos do mais liberal dos mineiros.

Quincota corrigia, limpando a boca da lambada:

— O mais desperdiçado, maluco de rasgar dinheiro...

— Do mais liberal e do mais ingênuo, pois acreditava até em sacerdotes que o comparavam a Jesus...

Mestre Lão, uma tarde, apareceu em São Bento, no farisco do que beber. Estava magro e cabeludo. Lila recebeu-o de cara amarrada:

— Como vai, Mestre Lão?

— A um velho não se pergunta como vai, mas aonde está doendo...

Puxou logo deboche sobre Barrocão:

— Vi-o hoje no Caeté. Veste o casaco de veludo azul com bordados de ouro, que o doido usava nos *break-fasts* do português Gil... Vestia o mesmo casaco já esfiapando que usava, no fastígio, o *Petit-Caporal...*

Riram desapontados. Churruca ergueu as sobrancelhas:

— Escutem, e os ossos de Laura? Quem herdou aquelas coisas?

Lão, agora mais desabrido, coçou as barbas sujas de sarro:

— Devem ter ficado como herança do João...

Alguns fizeram cara de nojo. Dona Lila foi quem respondeu:

— E quem tinha mais direito a essa herança do que ele? Mas os ossos de Laura foram sepultados com o Barão. Ao sair o enterro, Fausta levou o caixote dos restos de sua Sinhá, pedindo que os enterrassem na mesma cova.

Mestre Lão alimpou a goela irritada pela cachaça:

— Aqui se veem dessas coisas. Já morreu na miséria uma neta de Chica da Silva, a assombrosa milionária do Tijuco, de quem o Conde de Valadares beijou as mãos. Hoje temos um filho de Barão do Império cavando a terra, para plantar batatas.

Churruca rugiu, como se gloriando:

— É isto mesmo. Pagam os justos pelos pecadores.

O que o mestre dissera era verdade. Naquele setembro de seivas novas, João cavava suas terras, plantando. Espantava a fome com as mãos grosseiras, quem chegara no mundo como filho de Reis, em suntuoso berço de linhos e rendas de Flandres, em câmara recendendo a essências da Arábia.

Na parede da sua casa pobre se via o quadro com o Decreto do Imperador Dom Pedro I, concedendo a Baronia ao cidadão João Batista Ferreira Chichôrro de Sousa Coutinho. Ao lado, na parede, bem quartelado, o Brasão do Dignitário, com seis quartéis e o campo azul de blau, salientando-se dois montes de ouro, do Gongo Soco e de Macaúba.

Viviam ainda os veteranos da *Velha Guarda* do Barão, como um deles, o Pe. Pereira crismara a súcia de admiradores, de aduladores do magnata reinante. Bem falou Bernardo de Vasconcelos: — Mais doidos que o Barão, só seus amigos...

Agora voltavam à condição de gente do trabalho; estavam magros, desiludidos e sem graça.

Desculpavam-se de suas ações indignas, com chalaças sobre o morto. Secando a fonte generosa, a vida continuava a moer, a desgastar os viciados da fartura alheia.

Só três pessoas dignificavam a saudade do morto — Dona Lila, Fausta e Barrocão. A cova do cemitério de Caeté abateu, afundou, e a grama brava já crescia na terra que escondia para sempre quem só era ainda lembrado por três amigos neste mundo.

Uma tarde, ao saírem do cemitério onde foram deixar um comerciante, o Dr. Conversinha passando, olhou para a tumba onde jazia o Barão. Riu acachaçado, grunindo para os comparsas:

— Ainda se lembram dele...

Dissera aquilo por ver na terra da sepultura uma flor do campo, já murcha. Era verdade.

Fausta lembrava-se do seu ex-senhor e, quando podia, se ajoelhava ali, deixando uma oração e flor silvestre apanhada no caminho.

Fausta e Barrocão dormiam em cafua de capim, nos fundos da Chácara. Ao terminar os serviços diários, em que labutavam ainda como cativos, os dois velhos forros armavam no chão da sala um fogo com que combatiam o frio da noite. Sentados em torno do braseiro, acendiam os cachimbos, fumando, calados. Certa noite Barrocão gemeu:

— Nhô Barão tá custanu...

— Custanu u quê?

— A mi buscá.

A forra, depois de silêncio pensativo:
— Quem vai premêru é iêu...
O velho protestou no gemer grosso:
— Iêu sintu mais farta dele...
— Fal issu nau; el vévi aqui...
Abriu a mão larga sobre o peito.
Como resposta, o valetudinário começou a limpar os olhos com os dedos trêmulos. Aqueles dois velhos disputavam-se a honra de ir, primeiro, encontrar no céu o falecido senhor.
Fausta reparou que Barrocão falava sozinho, até de madrugada. Estava magro, de mãos tremidas, porém firme no andar.
João Alves Coutinho acordava-o, com o dia ainda escuro:
— Vamos, Barrocão?
— Bamu, Nhonhozinhu!
Madrugavam para o trabalho na roça.

Fausta acordou dentro da noite velha, vendo Barrocão chorar em silêncio, na beira do fogo quase apagado.
— Qui é ui ocê tem, Barrocão?
— Nada. É sodade de Nhô Barão, de Nhenhá Baronesa.
Silenciou, encarando o borralho.
— Cabô tudu. Tá tudu nu céu, nas mãu de Nossinhô. Nhô-Barão inda gora tava mi gritanu: Barrocão! Abri a porta, num vi ninguém.
A forra dissuadia-o:
— Barrocão, issu é caduquiça...
Fez um café que tomaram sem palavras, ambos recordando as Casas-Grandes do Gongo e do Brumado, com as pessoas que as enchiam, senhores, hóspedes, negros escravos, que eram afinal de contas suas famílias.
O velho acendeu o cachimbo com uma brasa. Pareciam cochilar, madorrados na recordação de outros tempos. Cantavam galos nos quintais de longe. Não demorou muito e Fausta foi ficando inquieta, soerguendo a cabeça para melhor escutar. Limpou a garganta, sobressaltada. E perguntou:
— Tá uvinu, Barrocão?
— U quê
—Nhá Baronesa me chamanu!
Sentia o velho coração bater descompassado. Sentou-se, atenta, espevitando o fogo já nas brasas cinzentas.
— Nhá Baronesa tá mi chamanu — Fausta!
Abriu a porta, com decisão atenciosa de quem vai atender.
O luar da madrugada branqueava nas árvores, na terra, nos morros do lado de lá do ribeirão.
Assim passavam as noites, vivos, ainda governados pelos senhores já varridos do mundo. Quando tentavam de novo dormir, acreditando que o luar estava lá fora, era o dia que os encontrava diante dos borralhos, livres mas cativos da saudade de seus brancos.

O rancho dos pretos estava mais tranquilo, pois por duas noites dormiram bem. Numa dessas noites Barrocão ressonava, alquebrado pelo trabalho que fora duro.

Súbito acordou, com vozes aflitas.
— Ói, Nhô Barão cheganu, genti! Vem cum Negu Florismundu, Palaceti, Pintadu, Jabutirica... Nhôzinhu vem nu bixu rifugãu...
Fausta sentou-se, espantada, no seu girau.
— Qui é?
— Nhô Barão cheganu di Macaúba! Vou sigurá a caçamba de Oru mode eli apiá.
A negra deitou-se de novo, virando para o canto. O velho continuava, já no terreiro:
— Bença Nhô Barão, sus Cristu?
Só então Fausta percebeu que o forro já estava lá fora, a segurar a caçamba de ouro para o Barão apear do baio clináureo refugador...
O negro entrou apressado no rancho, procurando a malunga:
— Fausta, café quenti pra Nhônhô. Coitadu di Nhônhô, tá moiadinhu di uruváiu...
Fausta, com um muxôxo, foi até a porta da cafua. Espiou a noite. Só se ouvia, lá embaixo, o pio cadenciado de um peixe-frito. No céu, a boieira, muito branca, tremia com a friagem da geada.
— Vem deitá, Barrocão!
O velho acabou se deitando.
Como aquela cena se repetisse, a esposa de João palpitou, sorrindo:
— Barrocão parece que anda leve da ideia...
Fausta respondeu com amargura:
— Barrocão tá véiu...
Era isso mesmo. O nobre africano amolecia os miolos, depois de uma existência de tormentos, trabalhos forçados, fomes e dedicações incondicionais aos brancos da família do Capitão-Mor.
O Dr. Moreira, agora soberbo adversário de tudo que cheirasse ao Barão, sabendo da decadência do negro, ainda teve justiça para lastimar:
— É pena. Sempre admirei sua compostura de negro puro. Foi a única coisa que prestou dos que cercaram o sacristão João Batista. Caíra com dignidade, alto, seco pelas privações, de corpo aprumado para cumprir ordens com cara sem sorriso. Estava habituado a injustiças e a tiranias. Sempre me pareceu um príncipe africano de sangue limpo, surpreendido num cerco de negreiros.
Parou, de olhos no chão, para os erguer, olhando longe:
— Agora dizem que adoeceu. A fibra do valente cede à ação do tempo, mas foram precisos 89 anos para alquebrar a fortaleza física do negro de grande classe moral. Só aos 89 anos a idade logrou endurecer suas artérias, tremer-lhe as mãos, sem vacilar seus passos ainda seguros. Pode-se dizer que está sendo vencido por quase um século, quem não foi derrotado pelos trabalhos, pela fome e pelo azeite fervente.
Silenciou, cabisbaixo, não pensando, decerto, que ajudara a derrubar a torre em cuja sombra o escravo vivera.

Não demorou e o negro passara a encargo embaraçoso para João. Riam dele. Os moleques da rua, vendo-o passar, gritavam deliciados:
— Olhe ali o Barão de Catas Altas!
Ele voltava-se, agitado.
— Olhe ali...

Verificado o engano, o forro prosseguia, caminhando teso como Soldado romano. Nas vilas, nas minas, nos arraiais e nas fazendas, a população miserável apegava-se, para viver, nas migalhas da terra já exausta do ouro farto. Em São João do Morro Grande vivia um caboclo de batear ouro no Rio São João. Com esse ouro, criou numerosa família e morava em boa casa própria. Começada a decadência do ouro, o velho caiu em apertos. Lastimava-se, arrancando os cabelos:

— Como hei de fazer agora com o ouro sumindo, meu Deus?

A filha mais velha interveio:

— Pai, por que o senhor não guardou parte do ouro que corria nas águas?

— Por que não guardei ouro? Porque ninguém no mundo podia acreditar que tanto ouro de gamela acabasse nos rios, filha!

A liberalidade do Barão tomara-se motivo de chufas, na boca dos amigos que ele alimentara e provera por longos anos. Seu filho João criava os descendentes, escorrupichando a seiva da terra de sua Chácara, de onde tirava o sangue para a família.

O solar do Brumado silenciara, com ervas crescidas em torno das paredes de pedra. Venderam os vitrais franceses do Salão Vermelho, para igrejas vizinhas. Contavam que, à noite, gemiam negros no Sobradão escuro, vozes chamavam por alguém. O Barão, agora, assombrava; quando vivo, o adulavam; morto, fazia medo aos peregrinos notívagos. Vivo, sempre fora adulado como sogra velha, viúva e rica, por genro pobre. Morto...

Barrocão desertara ainda vivo, da vigília de recordar o amo, pois descontrolava o pensamento em desvarios. Falava nele, em excitação delirante mas sem a presença lúcida que faz sofrer quem recorda. Esquecia de tudo que se passava no presente, mas sua memória era viva dos fatos acontecidos no tempo de seu Senhor, ainda na glória de seus Palácios.

O Barão, agora, só vivia na saudade consciente de Lila e Fausta. Lila, ao evocá-lo, suspirava. Fausta deixava cair dos olhos água amarga. Quando só, ficava calada, a olhar o vazio, com as pálpebras úmidas.

As lágrimas sem pranto, nos olhos dos humildes, valem mais do que todas as palavras.

# ELUCIDÁRIO DE NOMES PRIMITIVOS DE LUGARES; DE EXPRESSÕES; DE BRASILEIRISMOS DE ONTEM E MAIS TERMOS DO PASSADO AQUI REFERIDOS

## EXPLICAÇÃO

**Argentária** — Guarnição de ouro ou prata para mesa. Baixela.
**Campanha da Princesa da Beira** — Hoje cidade de Campanha.
**Capitão-Mor** — Comandante Militar das Ordenanças; depois de 1708 eram encarregados de casos policiais, militares, de recrutamento, obras públicas e também secundavam os juizes. A mais das vezes era cargo honorífico.
**Casa do Real Contrato** — O mesmo que Real Casa da Fundição do Ouro.
**Catas** — Escavação de onde se tira terra para lavar o ouro.
**Folheta** — Ouro em pequenas lâminas.
**Gongo Soco** — Baixio entre as serras do Gongo e da Terra Vermelha, onde floresceu a mina de ouro do Gongo-Sôco. Aí estão suas ruínas. Hoje fica no município de Barão de Cocais.
**Lisboa de Santo Antônio** — Lisboa, capital de Portugal
**Minas do Ouro Preto** — Nome das Minas, quando eram restritas as primeiras descobertas.
**Minas Gerais do Ouro** — Hoje Estado de Minas Gerais.
**Ouro de gamela** — Em pó, colhido nas bateias.
**Real Casa da Fundição de Ouro** — Estabelecimento Real onde o ouro era fundido e quintado. O mesmo que Casa do Real Contrato.
**Recife de São Miguel** — Hoje cidade do Recife. Nome posto pelo Governador Martim Afonso de Sousa.
**Santa Luzia do Rio das Velhas do Sabará** — Hoje cidade de Santa Luzia.

## I - JOÃOZINHO DO PADRE

**Ajudante-de-Sangue** — Enfermeiro.
**Almocafre** — Alavanca de ponta curva, em garra.
**Areia preta** — Rapé de boa qualidade.
**Barruada** — Assalto de surpresa, ataque violento, choque sangrento em casas ou fazendas.
**Boca de serviço** — Lugar onde começam a escavar.
**Bate-patus** — Capangas assalariados; ajudantes nas excursões punitivas.
**Branquinha** — Cachaça.
**Bufido** — Fungado de cavalo assustado.
**Cadeirinha** — Pequena liteira para duas pessoas, conduzida por dois escravos.
**Candeia** — *Vanillosmopsis crytropappa*. Árvore de cerne duro que, enterrada, resiste um século. É padrão de terra ruim para lavoura, mas sinal certo de ouro no subsolo. Viceja em altitude de 800 metros para cima.
**Cavalo alazão aceso** — Cor de fogo, escuro tostado.
**Cavalo alazão tostado** — Alazão escuro.
**Cavalo cascalvo** — Que tem um ou mais cascos brancos.
**Cafua** — Cisterna rasa para prender criminosos, que desciam por escada.
**Canelas-de-ema** — Planta, de alturas elevadas, delicadas flores alvas. Padrão de terras auríferas.
**Cartuchos** — Embrulho piramidal de papel, com confeitos cristalizados de amendoins.
**Chacra** — Fama.
**Chio... chio...** — Voz de acalmar cavalo.
**Destranque** — Complicação, desastre.
**Dindinha** — Cachaça.
**Dobrão** — Moeda de cobre de 40 réis.
**Esse vai partir o queijo do Céu** — No Céu há um queijo que só poderá ser partido por quem nunca desejou mulher alheia. Ó queijo ainda está inteiro
**Fecha-fecha** — Barulho na rua, briga.
**Fil da unha** — Filho da puta, desclassificado.
**Fogos de vista** — Foguetes de cores.
**Itapanhoacanga** — Conglomerado de minérios ferrosos.
**Libambo** — Corrente pesada de prender negro.
**Malungo** — Irmão, entre os africanos; patrício.
**Mãos de padre** — Finas, sem calos.
**Martelo** — Copo de 30 gramas usado para medir cachaça.
**Meleca** — Cera do nariz.
**Não fui de papagaio nas costas** — Como sertanejos chegavam, pedindo emprego.
**Negrinha** — Corrente comprida de prender escravo.
**Orelhudo** — De pouca ou nenhuma doma.
**Palitos-de-fogo** — Fogos do ar, foguetes de varas.
**Peças** — Escravos.
**Periperi** — Cyperus Papyros, lin. planta, aquática; é o mesmo papiro egípcio.
**Pau-nas-costas** — Pataca.
**Pó de homem** — Rapé de fumo forte, ordinário.
**Política** — Polidez, preceito de boa educação...
**Punhal do Rio das Contas** — Vindo da Bahia. Era o mais afamado pela têmpera.
**Rabo-de-tatu** — Chicote de muitas tranças, imitando o do tatu.
**Rebelão** — Assustado; bruto, pronto a se rebelar.
**Redes de arruar** — A mesma rede de dormir, enfiada em pau e conduzida no ombro de dois escravos.
**Retrógrados** — Os partidários de Portugal, durante e depois da Independência do Brasil.

**Rodomão** — Poldro apenas repassado.
**Santo Antônio do Rio Abaixo** — Hoje cidade de Santa Bárbara.
**São João Batista do Presídio do Morro Grande** — Hoje cidade de Barão de Cocais.
**São João do Socorro** — Hoje arraial do Socorro.
**Sapucaia** — Prisão pequena e sem janelas.
**Socar canjica** — Ficar de muito tempo de conversas, mudando de posição os pés cansados.
**Tabaco marrafão** — Rapé feito de fumo ordinário.
**Toco de matar cobra** — Homem ruim.
**Travanquante** — Gole de cachaça.
**Umburana** — Cachaça velha, cheirosa e boa.
**Vila Nova da Rainha do Caeté** — Hoje cidade de Caeté.
**Viola de Arco** — Rabeca.
**Xenxém** — Moeda portuguesa, de cobre de 20 réis.

## II — GONGO-SOCO

**Abertão** — Geral sem limites, vão; terra aberta às distancias.
**Acólito** — Ajudante de missa; sacristão
**Água-boa** — Cachaça.
**Águas-grandes** — O inverno.
**Amendoim** — Arachis hypogea lin sementes afrodisíacas de efeito exagerado pelo povo.
**Anjo-da-Guarda** — Enfermeiro.
**Arraial do Brumado** — Hoje Brumal.
**Azul loio** — Azul arroxeado, quase violeta.
**Bacabra** — Escravo africano.
**Bichados** — Doentes.
**Bigorrilha** — Biltre, desocupado.
**Bocais de fidalguia** — Parentesco com os nobres; nobre.
**Cabeças de alcatrão** — Escravos africanos importados de fresco.
**Cachorro** — Escravo.
**Cadete** — Segundo filho de titular do Império.
**Canjiquinha** — Milho pilado fino, às vezes único alimento dos escravos.
**Carne-de-sereno** — Carne curada no sereno, sem exposição ao sol.
**Carta de Ingenuidade** — Documento particular ou público de alforria.
**Cavalo ruço rodado** — Branco, com manchas de pelos de cor diferente pelo corpo.
**Cebola-d'água** — Ninfácea dos alagados, de delicada flor lilá claro.
**Congo** — Natural do Congo, congolês ou congolano.
**Chumbinho** — Português.
**Descoberto** — Onde apareceu ouro.
**Faisqueira** — Lugar onde se encontram granetes de ouro.
**Galego** — Estrangeiro.
**Grupiara** — Lugar na margem ou dentro da água onde se garimpa. Lugar de lavra aurífera ou diamantina.
**Homem de cascão duro** — Grosseiro.
**Homem de olhos vermelhos** — Bravo, enérgico.
**Incantumé** — Pobre-diabo, gente da ralé.
**Itacolumito** — Arenito ferrugíneo.
**Jurubaco** — Intérprete.
**Levantar poeira de riquezas** — Fazer rumor de fidalgo rico.
**Magano** — Comboieiro, vendedor ambulante de escravos.
**Mal-rei** — Icterícia. Considerado moléstia incurável.
**Mama-cadela** — *Brasimum Gaidichamdii*, Prea. Arbusto leitoso dos campos secos.
**Maginado** — Calmo, calculista, sabido.
**Mesa da Consciência** — Tribunal do Santo Ofício, encarregado de julgar os crimes da fé, praticados nas colônias portuguesas.
**Minas do Pitangui** — Nome da hoje cidade de Pitangui.
**Moxinga** — Surra de sangue.
**Negro pagão** — O que impedia, por não ser batizado, o aparecimento do ouro.
**Nobre castiço** — Homem não degenerado nas ações e no sangue.
**Oitava** — Oitava parte da onça, ou 3,586 gramas.
**Pagãos** — Escravos recém-importados. Mesmo com batismo, eram assim chamados.
**Papudos** — Os paulistas, os bandeirantes.
**Pelo dos gumes** — Fio de faca.
**Perreiro de Igreja** — Sacristão.
**Piratininga** — Primeiro arraial de Anchieta, hoje capital do Estado de São Paulo.
**Podarcada** — Grande gole de cachaça
**Quando saio à noite, saio com o Credo na boca** — Rezando.
**Raiz de mama-cadela** — Raspa dessa raiz, que se junta ao fumo. Muito perfumada ao se queimar.
**Reiúna** — Garrucha primitiva, de espoleta.
**Reuma (ou reima)** — Humor maléfico, gosma doentia, predisposição hereditária para doenças, em especial para as tornadas crônicas. (Costumavam estes gentios beber fumo... A alguns faz muito mal; a outros faz bem e lhes faz deitar muitas reimas pela boca. Fernão Cardim — Do Princípio e Origem dos Índios do Brasil, Rio, 1881.)
**Rolão**— Rapé ordinário.
**Saca-bucha** — Sacatrapo, saca-rolha.
**Sacrista** — Popular de sacristão.
**Sapatorras de esmagar cobra** — Sapatos ingleses muito grosseiros, usados pelos mineradores.
**Serra Acima** — As Minas Gerais.
**Talho aberto** — Explorações da terra em valões fundos, mas sem galerias.
**Tapas** — Africanos importados, muito estúpidos. Talvez o adjetivo tapado venha do nome desses escravos.
**Topetudo** — Valente, atrevido.
**Trem** — Coisa, traste.
**Truxamante** — Intérprete.
**Vila de Nossa Senhora do Bom Sucesso das Minas Novas do Araçuaí** — Hoje cidade de Araçuaí.
**Volatim** — Escravo às ordens, que ia à frente da liteira ou cadeirinha para pedir passagem.
**Vosmecê** — Vossa mercê. Empregado a pessoa pouco importante, ao contrário de Sua Mercê, dado a gente de consideração.

## III — OURO, DOENÇA DA TERRA

**Acavaleirado** — Protegido, por jagunços a cavalo.
**Ananás-caiana** — Ananás do mato, espécie de gravatá maior que os de pedra e de raposa, talvez por vicejarem nos vales úmidos.
**Andaça** — Epidemia.
**Arcabuz boca-de-sino** — Arma de fogo de cano terminado em boca de trombeta e que exigia o croque para descanso antes de disparar.
**Bacamarte** — Arma de fogo de cano curto terminado em boca-de-sino, para espalhar a carga de chumbo.
**Baraúna** — Melanoxylon braÚna, Sch. Grande árvore de madeira de lei.
**Bate-caixa** — Palucurea tetrathylla, Cham. Arbusto do campo, de grandes folhas coreáceas, folhas nas quais o vento faz ruído surdo, de caixa-de-guerra. É poderoso diurético.
**Bexiga-preta** — Forma grave da varíola, chamada então pele-de-lixa e olho-de-polvo, que conflui mais no rosto. Quando as pústulas contêm em lugar de pus, sangue negro, são as bexigas pretas, quase sempre mortais, principalmente se hemorrágicas.
**Bicho-mau** — Cobra.
**Bodinho** — Clavinote curto, de cavalaria.
**Boiquira** — Cascavel.
**Borracha** — Surrão de couro cru, para conduzir e guardar ouro em pó.
**Cabanga** (língua bunda) — Cachaça feita de milho branco.
**Cacundeiros** — Capangas.
**Cavaleirado** — Acompanhado por gente a cavalo. O mesmo que acavaleirado.
**Cidade do Carmo** — Hoje cidade de Mariana.
**Ciganas (1)** — Calliandra macrocaphala, Benth. Arbusto de delicadas flores cor-de-rosa claro. O povo diz que a cigana atrai cobras, mesmo nas suas flores levadas para casa.
**Ciganas (2)** — Brincos de argolas de ouro, para as orelhas.
**Coímbras** — Físicos diplomados pela Universidade de Coímbra; médicos.
**Coipo** — Corpo.
**Conceição do Serro** — Hoje cidade de Conceição do Mato Dentro.
**Continente** — Região, zona.
**Curiangos** — Amanhã-eu-vou, pássaro noturno.
**Corrubiana** — Chuva fina e fria, com nevoeiro.
**Chambuco** — Chicote grosseiro de couro cru.
**Destorcido** — Direito de corpo, forte, valente.
**Distrito do Ouro** — Região do Ouro Preto e vizinhanças, onde é hoje o Quadrilátero do Ferro.
**Endez** — Ovo deixado no ninho, para entreter a galinha.
**Emboanças** — Embrulhadas, complicações.
**Espingardão** — Mosquete mais aperfeiçoado, que comportava baioneta.
**Fava caoé** — Café. Fava caoé, como o chamavam os africanos.
**Físico** — Médico prático aprovado pela Junta de Exames do Governo, presidida pelo Cirurgião-Mor.
**Framboezeiras** — Rubus roseafolius, Sim. Arbusto da framboeza.
**In-sim** — Sim, senhor.
**Intendência** — Real Casa da Intendência do Ouro, onde eram cobrados os quintos.
**Jaguaruna** — Onça preta, a mais feroz de todas.
**Jequitibá** — Cariniana brasiliensis, Cas. Grande árvore; madeira de lei.
**Kilulo** — Espírito mau dos congoleses.
Lençóis do Rio Verde — Hoje cidade de Espinosa.
**Língua de cobra** — Faca afiada, muito comprida e de ponta fina.
**Lupipa** — Cachaça feita de batata-doce.
**Mabamba** — Espírito mau dos congoleses.
**Macamau** — Quilombola.
**Macutena** — Morféia; o próprio morfético.
**Mal-de-São-Lázaro** — Lepra.
**Mal-feio** — Lepra.
**Malungada** — Porção de irmãos; irmandade.
**Manungo** — Sezão.
**Matanha** — Lepra.
**Mosquete** — Arma de fogo muito pesada, que exigia croque.
**Murungura** — Senhor (Deus) dos congoleses.
**Olhos capeados** — Sombrios.
**Oxem!** (excl.) — Ó gente!
**Paus-d'arco** — De três espécies — amarelo, roxo e branco. O pau-d'arco é, como o pau-brasil, a árvore simbólica da flora brasileira.
**Papa** — Cobertor felpudo, de lã muito boa.
**Pestana-lisa** — Crótalus horridus, Lin. Cascavel.
**Políticos** — Educados, polidos.
**Pus a orelha na boca** — Ficou muito admirado.
**Ramo de ar** — Apoplexia cerebral.
**Real Casa da Intendência do Ouro** — Onde o ouro em pó era fundido e quintado para o Real Imposto.
**Rês** — Escravo ou escrava.
**Rimão** — Irmão.
**Segurar cabra para cabritinho mamar** — Ter mulher desonesta.
**Sus-Cristo?** — Louvado seja Nosso Senhor Jesus Cristo? Pedido de bênção.
**Trouxa** — Rodilha de cobra, pronta para picar.
**Ultra-sexagenário** — Mais que sexagenário.
**Via** — Ânus.
**Vila Real do Sabará** — Hoje cidade de Sabará.
**Vinha correndo atrás da fome** — Faminto.
**Xacoco** — Introdutor de barbarismos
**Zinguezarra** — Desordem, briga.

## IV — O HERDEIRO

**Açúcar branco redondo** — Açúcar-cande, que só era usado como remédio.
**Abre-boca** — Aparelho com que os tropeiros abrem à força a boca dos burros de sua tropa.
**Anguzon** — Angu com couve, para escravos.
**Arraial de Santa Quitéria** — Hoje cidade de Esmeraldas.
**Arte (fazer uma arte)** — Estrepolia, crime, maluquice.

**Aruega** — Chuva muito fina, com nevoeiro, em Minas Gerais.
**Batraquite** — Pedra que diziam crescer na cabeça do sapo. Usada em medicina como contraveneno geral.
**Bichas** — Sanguessugas.
**Bucho de ouro** — Bolsão de ouro encontrado na jacutinga.
**Cana-crioula** — Saccharum officinarum, Lin., oriunda da India, por Chipre e Sicília, até se propagar na Ilha da Madeira, de onde passou para a Colônia do Brasil. É chamada caninha-de-chupar, com casca e tudo, por ser macia, mesmo a casca. Da caninha fazia-se o açúcar especial dos Nhonhôs.
**Caterdilha** — Pequena cátedra; depreciativo.
**Changuana** — Água choca.
**Clister de tabaco** — Folha seca de tabaco, 2,0; Água, q. s. para 250,0 de decôto. Empregado para redução da hérnia e no tétano.
**Curral del Rei** — Hoje Belo Horizonte.
**Dia judicatório** — Dia em que se decide fase de doença cíclica. Muito temido pelos antigos.
**Espinhela caída** — O apêndice xifóide. Acreditavam que o apêndice afundava por malefícios, curando-o com rezas e manobras. Dessas manobras, a mais preconizada era virar o doente de cabeça para baixo.
**Estiomeno** — Gangrena.
**Febres-podres** — Tifo.
**Florear a lancêta** — Sangrar com destreza.
**Foi-se sem chus nem bus** — Sem se despedir, calado.
**Fonte** — Incisão na pele e tecido subcutâneo, por onde correm humores orgânicos.
**Guaribas** — Mycetes stentor. Quadrúmano corpulento, barbado e de voz grossa e assustadora.
**Jacutinga** — Itabirito onde o ouro é comum.
**Malinas** — Febres tifóides.
**Mata-são** — Doutor que mata mesmo os sãos. Imperito.
**Matas do Café** —Hoje zona da Mata, no leste mineiro, onde ainda é grande a cultura cafeeira.
**Mingau raro** — De farinha de mandioca, bebido como peitoral.
**Noli-me-tangere** — Úlcera cancerosa. (No latim, quer dizer: não me toques.)
**Passarinha** — O baço. Usado da expressão: Não me bate a passarinha, isto é, não me assusta nem dá desejos.
**Picão** — Bidens pilosa, Lin. Planta herbácea, empregada contra icterícia e outros males do fígado.
**Provar a urina com a língua** —Modo de saber se eram doces, para o diagnóstico de diabetes.
**Rapa-coco** —Punhal grosseiro.
**Sedenho** — Cordel de crina ou seda passado, com agulha, sob a pele. O fio permanecia no local, para provocar supuração como dreno de líquidos.
**Sinapismo de cinza** — Usado como resolutivo de inflamações internas.
**Terra do Borba** — Do Borba Gato, o verdadeiro fundador de Sabará.
**Traz os caval'aí!** — Onomatopéia do canto da zabelê.

## V — OURO, INCENSO E MIRRA

**Âmbar cinzento** — Substância excrementícia dos cachalotes dos mares do Japão, Molucas, Madagáscar, etc., usado como tônico nas moléstias nervosas. Seu grande valor é como suavíssimo perfume.
**Angelim** — *Placyamus Regnelli, Benth.* Madeira rija, de belo efeito para mobília.
**Angelim flor de algodão** —*Peralta eryhrimaefolia, Lin.* Madeira de lei. De lindo efeito decorativo para tacos de assoalhos. Sementes vermífugas.
**Arrepia-cabelos** — Pessoa intratável.
**Aziar** — Aparelho de pau para apertar os beiços dos burros, afim de os manter quietos, pela dor.
**Baba-de-boi** —Acharia babata. Árvore de delicadas flores alvas.
**Bacopari** — Plattonia insignis, Lin. Arbusto do campo, de fruta de grande caroço e mínima polpa.
**Barriera** — Pente com pedras preciosas, para usar nos penteados.
**Bater taquara** — Conversar fiado.
**Bicho-preguiça** — *Bradypus tridactylus*, O mais lerdo dos bichos.
**Cabeleira empoada de pó de açafrão** — Grande moda, de efeito agradável.
**Cabiúna** — *Salbergia nigra, Fr. Al.* Madeira de lei muito apreciada.
**Canastrinhas** — Pequenas canastras próprias a serem conduzidas, duas a duas, pelas bestas da tropa.
**Carumbé** — Vasilha de madeira para carregar terras e de argila, para fogão.
**Cavalo melado escuro de clinas pretas** — Cor de mel tostado. Quando de clinas pretas é de grande resistência no trabalho.
**Cavalo ruço bargado** — Branco, com manchas azuladas ou vermelhas no flanco, na barriga e nas pernas.
**Cedro** — *Cedrella brasilienses, Lin.* madeira de lei, de que se extrai óleo fino.
**Cidra** — Bebida fermentada de peras e maçãs.
**Cutucum** — Fardo grande.
**Donzela da Rainha** — Criada de quarto, para vestir e despir.
**Dunga** — Duro, valente.
**Essência inglesa** — Essência volátil inglesa: Essência de alfazema, 15,0; essência de bergamota, 8,0; essência de cravo, 4,0; essência de canela, V gotas; essência de rosas, X gotas; tintura de almíscar, 15,0; amoníaco concentrado, 500,0.
**Estilo treme-treme** — De roscas superpostas ou de rosquinhas. Era o estilo manoelino.
**Fraca-roupa** — Pobre de pouco valor, mal vestido.
**Macancro** — Gente ordinária, boateira.
**Mal-do-peito** — Hética, tuberculose pulmonar.
**Misturas químicas para resfriar** — Fórmulas químicas para resfriamento. (Ver algumas

em vinho nevado, no cap. Vinho, Música e Mulheres.)

**Molho de Bechamel** — Molho de manteiga, ovos e farinha de trigo, inventado por Bechamel, Mordomo de Luís XIV.

**Negro de pé redondo** — Sem qualidade, ordinário.

**Óleo de Chantre** — Óleo fino para lâmpada, do fabricante Chantre.

**Pássaro-preto** — Vive em bandos; dá ninho às sementeiras.

**Pastilhas do Serralho** — Benjoim, 80,0; bálsamo-de-olu, 20,0; sândalo citrino, 20,0; carvão do lenha leve, 500,0; nitro, 40,0; mucilagem de goma alcatila, quando baste.

**Pinga-cheiro** — Cachaceiro.

**Porta-novas** — Artista cômico, truão, comediante ambulante.

**Saquinhos de Almíscar** — Substância retirada do moscho, animal das montanhas da China e do Tibete. Foi usada como antipasmódica. Fechada em saquinhos, desprende suave e persistente perfume.

**Saquinho-de-mil-flores** — Flores de alfazema, milho, folhas de rosas em pó, benjoim pulverizado, aná - 500,0; favas tonca, baunilha, sandalo, aná — 125,0; almíscar, algália, aná — 3,0; cravos da India pulverizados, 125,0; canela e pimenta da Jamaica pulverizadas, aná — 56,0. Distribuir em pequenos sacos, para perfumar roupas.

**Se lhe contar minha vida, é be-a-bá** — É coisa de história, muita história, romance.

**Taboca** — Venda.

**Vinhático** — *Platymenia reticulata, Benth.* Madeira de lei muito preciosa. Pau amarelo.

**Vinho nevado** — Frappé, meio gelado por misturas químicas.

**Açafata** — Moça que vestia as rainhas.

## VI — AS FESTAS DO REI SALOMÃO

**Aguardente-da-terra** — Cachaça.

**Assassino** — Sinal de tafetá preto colado na face, imitando natural.

**Banhas soltas** — Obesidade.

**Bate-orelhas** — Jumento, burro.

**Brucutaia** — Cachaça ordinária, forte.

**Cachaça de cabeça** — A primeira destilada; a melhor e mais forte.

**Cães de bom vento** — De bom faro.

**Confeites-seixos** — Amêndoas ou amendoins cristalizados em açúcar.

**Coroinha** — Sacristão.

**Esfola-gato** — Advogado que torce a lei a seu favor.

**Farinha-do-reino** — Farinha de trigo.

**Juiz Ordinário** — Autoridade municipal, com privilégio de Juiz. Eleito por dois anos.

**Ladinas empoadas de açafrão** — Com o pó da raiz do açafrão, em moda nas cortes européias.

**Leite de Catas Altas** — Natural de Catas Altas.

**Letrado** — Rábula de advocacia.

**Lis branco** — O aristocrático e caríssimo pó de raízes do lis, que era sempre branco.

**Mestre de artes** — Rábula provisionado a advogar.

**Novena do bacalhau** — Surra diária por nove dias.

**Papazanas** — Comilanças, comidas fartas.

**Pastilhas de cato** — Preparado com lenho de certas madeiras como a Acácia catechu. Essas pastilhas comunicam ao hálito seu aroma agradável.

**Pelejar pé-a-pé** — Aos poucos, palmo a palmo.

**Piririca** — Trabalho incessante, aperto.

**Pós-de-lis** — Os mais caro; para colorir cabelos. Eram feitos de raízes do lis. O mesmo que lis branco.

**Schnaps** — Aguardente alemã de batata inglesa.

**Surubim** — Pseudophatystoma coruscans, Agas. Peixe de rio, malhado de préto, muito apreciado quando novo, com o nome de moleque.

**Vergalho de boi** — Sexo do boi ressecado. Fica maleável e servia de chicote, de que os cativos tinham horror.

**Vinagre-de-cheiro** — Folhas de ervacidreira, 25,0; folhas de hortelã-pimenta, 25,0; folhas de alecrim, 25,0; folhas de salva, 35,0; flores de alfazema, 50,0; vinagre branco, 2.000,0. Para perfumar o corpo e despertar pessoas desmaiadas.

**Vinho de orelha** — Muito bom; de fabricante respeitável.

**Vinho tinto suntuoso Bordéus** — Quanto à cor é brilhante, suntuoso.

**Viu Deus pelos pés** — O que é feliz na vida.

## VII — A BAIXELA DE OURO

**Água-de-anjo** — Infusão de folhas de murta, para empalidecer a vermelhidão do rosto.

**Água oriental** — Para perfumar o hálito. Álcool retificado, 100,0; essência de hortelã, 1,0; essência de rosas, VIII gotas; cochonilha, 0,50. Uma colher de chá em um copo de água, para lavar a boca.

**Água romana** — Para limpar e amaciar os cabelos. Era solução alcoólica de saponina aromatizada com óleos essenciais.

**Agulha-enferrujada** — Intrigante.

**Aljube** — Cafua, prisão subterrânea.

**Banho aromático** — 500,0 de alfazema, alecrim, tomilho, hortelã-pimenta, manjericão, losna, salva, erva-de-são-joão e cordão-de-frade. Ferver tudo e adicionar ao banho morno.

**Bate-fogo** — Incitador contra escravos, intrigante.

**Bochecho Tesouro das Bocas** — Alcoolato de colcheária, 60,0; alcoolato de alfazema, 60,0; alcoolato de hortelã, 30,0; alcoolato de cascas de limão, 30,0. Misture. Uma colher das de chá, em copo de água, para lavar a boca.

**Borgonha branco nervoso** — Quanto ao grau alcoólico, pronto, nervoso.

**Borgonha tinto aveludado** — Quanto ao sabor, agradável, aveludado.

**Branco dos brancos** — O vinho da Champagne.

**Cantárida** — Melói Vesicatórios, Lin. Inseto empregado como afrodisíaco muito enérgico.

**Caldo de pintinhos** — Para curar ressacas de bebidas.
**Catuaba** — *Erythroxylum speciosa* — Planta usada como afrodisíaco. Utilizam-se-lhe as túrberas, em cozimentos. Teraupêtica herdada dos índios. A decomposição da palavra em tupi-guarani quer dizer — homem forte.
**Cavalo ruço porcelana** — Azulado, com manchas claras no corpo.
**Cega-genros** — Doce de ovos batidos com mel de abelhas e rala de coco. Doce pobre que parece rico, para atrair futuros genros.
**Coice-de-burro** — Mistura de muitas bebidas, em coquetel, para embebedar logo.
**Cumba** — Feiticeiro.
**Dixemedixeme** — Boatos de intriga, mexerico.
**Donatário da Coroa** — Que recebia bens de El-Rei.
**E foi relíquia** — Coisa santa, evidente.
**Escorpião** — Chicote com vários ramais, terminados com farpas de ferro.
**Está podre de amor** — Amoroso no máximo.
**Frange** — Estrangeiro.
**Guardanapo francês** — Paninho embebido em carmim, coisa de grande luxo.
**Guardapata** — Penteado antigo, de cabelos apanhados no alto por pentes de tartaruga. Usado por mulheres ricas e importantes.
**Goma de sementes de lima** — Usada em gastrites e como desalterante.
**Intanha** — *Ceratophryx dorsatus*. Antanha, sapo chifrudo, sapo-boi.
**Ladina** — Escrava de educação familiar, ocupada na casa-grande. Escrava que possuía prenda doméstica.
**Lembranças** — Brincos de orelhas.
**Libra** (comercial) — 459 gramas.
**Madressilva** — Lonicera Caprifólium, Lin. Planta trepadeira de flores cremes. Seu perfume é suave e persistente.
**Mal-real** — O mesmo que mal-rei, icterícia.
**Massa de amêndoas** — Amêndoas amargas, 18,0; farinha de arroz, 60,0; lírio em pó, 15,0; carbonato de potassa, 8,0; espírito de jasmim, 12,0; essência de rosas, X gotas; essências de nerole, X gotas.
**Matamorra** — Masmorra.
**Mondé** — Armadilha, focria.
**Muçumba** — Bunda.
**Negro olhudo** — De olhos grandes. Tido por mau.
**O remédio para ele foi milhão** — Foi riqueza; de grande valor.
**Paçoca** — Cabeleira.
**Papapá** — Falatório, mexerico.
**Pataca** — Moeda de prata, com valor de 320 réis.
**Patacão** — Moeda grande de prata, com valor de 960 réis.
**Pedindo louvado** — Bênção. Forma abreviada de: Louvado Seja Nosso Senhor Jesus Cristo? Saudação instituída pelo Papa Pio II.
**Perigalhos** — Pelancas do pescoço.
**Pó branco de serragem** — De serragem pulverizada de certas madeiras. Éram pós de várias cores, para colorir cabelos.
**Pós dentrifícios ingleses** — Greda branca, 30,0; cânfora em pó, 10,0; carvão vegetal, 120,0; essência de canela, 4,0.
**Pulga de cós** — De cós de calça ou saia, onde é difícil de ser pegada e está picando sem descanso.
**Queijo Roqueford** — Feito dos leites de cabra e ovelha.
**Rosa-de-Bengala** — Rosa Centifólia, Lin. Veio da Ásia, pela Ilha da Madeira.
**Sabonete Soir de Paris** — Francês; o mais fino dos que se usavam.
**Sal aromático de Viena** — De fórmula desconhecida. Era secreta.
**Tamina** — Tarefa predeterminada.
**Trepa-moleque** — Travessa muito grande de cabelos. Algumas eram cravejadas de pedras preciosas.
**Três-potes** — Aramides plumbeas, saracura. Canta à noite e especialmente nas madrugadas chuvosas. Seu canto é onomatopaico do nome três-potes, sempre repetido.
**Tribulança** — Negócio escuso, safadeza.
**Vila de Nossa Senhora da Piedade do Pitangui** — Hoje cidade de Pitangui.
**Vinho Borgonha tinto aveludado** — Quanto ao sabor, agradável, aveludado.
**Vinho do Sossego** — Vinho forte bebido à hora de dormir, para dar o sossego com o sono. Era muito usado nos conventos.
**Vinho Perigord tinto ambarino** — Quanto à cor, dourado ambarino.
**Vinagre virginal** — Para clarear a pele. Mistura de álcool, vinagre e benjoim. Algumas gotas em cálice de água, para ungir a pele.
**Xale de Cachemir** — Xale sem avesso de pelo de cabra, fabricado no Indostão, India. Na França, Alemanha e Inglaterra, tentavam em vão imitar essa obra-prima. Fabricavam-no de lã merina, seda e algodão, nenhum porém como o de Cachemir.
**Zaino** — Cavalo castanho escuro, sem manchas.

## VIII — ADEUS À CANANEIA

**Algodão tapuio** — Algodão amarelo de fibra curta, para tear caseiro.
**Almanjarra** — Aparelho de misturar barro, para fabrico de adobes e telhas.
**Amarra-cachorros** — Auxiliares em empregos subalternos.
**Anel de opala** — Arlequim — Opala de mil cores.
**Barrigudinhos** — Filhos pequenos.
**Cabeleira de cometa** — Penteado hoje com o nome de rabo-de-cavalo.
**Cabelos cobertos de ouro em pó** — Era comum, para ostentação, empoar de ouro a cabeleira dos escravos em serviço nas casas-grandes.
**Cabo-verde** — Sertaneja moça e bonita.
**Cachorrinhos** — Filhos pequenos de escravos.
**Caen-borda** — Negro fugido, quilombola.
**Cananeia** — A Terra Prometida, Canaã. O nome que Deus deu à Terra de Israel.
**Cavaleiro de espora dourada** — Com regalias

de riqueza. Pessoa intocável.
**Cavalo retoução** — Árdego, inquieto.
**Cereja de saco** — A de melhor procedência. As melhores vinhas da Polônia.
**Céu-aberto** — Buraco em valões, sem galerias.
**Chambuqueiro** —Treteiro, viciado, malandro.
**Cheta** — Dinheiro.
**Copo de Sossego** — Copo de vinho tomado ao se deitar, para sossego do sono. O mesmo que Vinho do Sossego.
**Derréis** — Moeda de cobre, de 10 réis. A de menor valor no Império.
**Dois vinténs furados** — Coisa mesquinha, sem valor.
**Embruxo** — Intriga.
**Enquijilar** — Mofinar, encruar.
**Escola de Ler, Escrever e Contar** — Escolas primárias, públicas. Havia, em 1860 até escolas volantes, do mesmo estilo.
**Essência Inglesa** — (Nova fórmula): água-de--mel-cheirosa, 80,0; água-sem-igual, 160,0; alcoolato de jasmins, 45,0; alcoolato de cálamo aromático, 20,0; alcoolato de cravo, 40,0; alcoolato de junça-de-cheiro, 20,0; alcoolato de lírio, 40,0; alcoolato de neroli, XXV gotas.
**Está feio Abrão** — Horrivelmente feio.
**Estar de levante** — De partida.
**Evangelado** — Protegido por coisa sagrada; poupado.
**Fardunsco** — Confusão, complicação.
**Franjipanos** —Pós e maçãs para arrebiques.
**Fuzuê** — Barulho, briga.
**Galegada** — Estrago, briga com sangue.
**Gancho de pescoço** — Coleira de ferro com 2 e 3 ganchos espetados, para escravos fujões.
**Godeme** — Inglês.
**Guatambu** — Enxada.
**Ir para o céu vestido e calçado** — Sem fazer por onde.
**Lavrados** — Joias de ouro, como pulseiras, broches, brincos.
**Lemão** — Pronúncia cabinda de limão.
**Lemão com soda** — Vinagre, sal, pimenta e caldo de limão para esfregar nos lanhos abertos nos escravos surrados. Diziam que essa aplicação era para evitar o tétano.
**Máscara de lata** — Usada na cara dos escravos incorrigíveis. Havia-as também de couro.
**Médico de água doce** — Atrasado.
**Milodença** — Intriga.
**Mucofa** — Enxada sem cabo, para obrigar a capina com cuidado. Era também castigo capinar agachado com essa enxada.
**Munã** —- Confusão, barulho.
**Óleo de gul** — óleo de rosas, de fabricação persa. Eram necessárias 25.000 rosas para obter 20 gramas desse caríssimo óleo, considerado o melhor do mundo.
**Palanquim** — Rede estendida em paus, levada nos ombros por dois escravos.
**Pé-de-rabo** — Bunda.
**Pó-de-cheiro** — Espécie de pó-de-arroz de amido.
**Prata quebrada** — Coisa que nunca perde o valor.
**Rapé-rainha** — O mais fino e delicado de todos. Era perfumado com essência de rosas.
**Rosa-mogarim** — Bogari.
**Sapo-da-terra** — Homem de insaciável cobiça.
**Santelmo** — Remédio milagroso que cura todas as dores.
**Seboseira** — Sujeira, atrapalhada.
**Transflor** — Lavor de ouro sobre esmalte.
**Vela de incenso** — Usadas em casas nobres, à imitação da França.
**Velas odoríficas de lestres** — Feitas de junco que queimava exalando odor suavíssimo.
**Vinho vermelho de Chio** — Muito raro, caríssimo. Provinha da ilha de Chio, no Arquipélago, ilha que passava como pátria de Homero. Esse vinho chegava ao Brasil, via Inglaterra.
**Virapovo** — Confusão, falatório.
**Vossinhoria** — Vossa Senhoria.
**Vuvurru** — Falatório, boato.

## IX — O SOLAR DO BRUMADO

**Ar de raio** — Vento de tempestade.
**Ar de rosto** — Semblante.
**Armelina-da-lapônia** — Espécie de arminho, de pêlo branco imaculado. O agasalho de armelina, muito raro, atingia preços elevados.
**Arrebenta-diabo** — Gole de vinho, depois do Graças a Deus no fim das refeições. Esse gole de vinho era, em geral, continuação da bebedeira da mesa.
**Arranca-rabos** — Discussão violenta, briga.
**Aut Libertas, aut Nihil** — Ou liberdade ou nada. Divisa para a Inconfidência Mineira, proposta pelo Dr. Alvarenga Peixoto.
**Arrebique** — Cosmético para o rosto.
**Bacharel** — Falador, linguarudo.
**Bálsamo Samaritano** — Vinho puro e óleo de oliva, partes iguais. Preconizado nas úlceras e dores. É remédio bíblico.
**Banda de Música das Taquaras** — Todos os instrumentos eram fabricados em taquaras, de várias grossuras. Essa originalidade era do arraial do Sumidouro, perto de Caeté e encantou Dom Pedro I, que a ouviu na sua estada no arraial do Brumado.
**Bandeira — (Tamanduá)** — *Miysmetophaga jubata*. Também chamado abraçador. Quando dorme ronca alto.
**Bandolina** — Mistura mucilaginosa para lustrar e fixar os cabelos: Goma de Alcatila, 6,0; água, 220,0; álcool a 420, 90,0; óleo essencial de rosas, XX gotas. Macere 24 horas e coe.
**Barbado** — Stentor Niger. Mono de voz terrível, semelhante à do guariba.
**Basilisco** — Animal fabuloso que matava com os olhos.
**Beleza ajudada** — Com arrebiques, enfeites e pinturas.
**Brabo como dragão de procissão** — Dragão de massa ou papelão e que ia entre as alas.
**Buscantes** — Escravos caçadores.
**Cabra de culhão roxo** — Valente, decidido.
**Café a duas mãos** — Café com bolos ou biscoitos.
**Caiana babadeira** — **Caninana**. *Spilote, ou*

*Coluber Poecilostoma*, cobra que o sertanejo assegura babar espuma quando enraivecida.
**Carats** — Quilates.
**Corta-jaca** — Adulador.
**Crime de cabeça** — Crime capital, de forca.
**Creme de Líbano** — óleo de breu, 250,0; óleo de semente de dormideira, 60,0; cera amarela, 30,0; espermacete, 30,0; flor de benjoim, 15,0; extrato de flor de laranjeira, 10,0; amêndoas doces, 5000,0; sub azotato, 250,0; talco de Veneza, 175,0; bálsamo do Peru, 1,0; álcool a 850, 10 litros. Macere durante 1 mês. Ajunte 15,0 de tintura de ratania, para dara cor; filtrar.
**Cus-de-sete-lares** — Pessoas que vivem parasitando nos lares alheios.
**Descapivarou** — Sumiu depressa.
**Espada-de-fogo** — Foguetes com luzes coloridas em forma de espadas.
**Feitiço manso** — O quo não mata mas desinquieta e endoidece.
**Fiat Justitia** — Com esta frase se justificavam absurdos. Era ordem dos poderosos, ordem para esfolar, levar ao patíbulo e para tomar os bens de todos de quem as quimeras das denúncias lembrassem.
**Fogos-de-festa** — Fogos de bengalas, foguetes de luzes coloridas.
**Fontange** — Laço de fita ou joia usados nos cabelos, invenção da Duquesa do Fontanges.
**Fuco** — Arrebique de carmim.
**Garruchão** — Pistolão de dois pinguelos e de carregar pela boca.
**Gavusão** — Sobretudo pesado.
**Genjibirra** — Aluá de caldo de fruta fermentado, especialmente do ananás.
**Lagarteiro** — Velhaco, manhoso.
**Lambe-cu** — Adulador.
**Lôbo-tigre** — Hiena. Os antigos acreditavam que a hiena fosse cruzamento do lobo com o tigre.
**Influença** — Influenza, gripe.
**Massagem** com miolo de pão — Era de grande uso, para tonificar a pele.
**Mel-de-pau** — De abelhas silvestres.
**Merengue** — Estrangeiro.
**Moléstia ruim** — Tuberculose.
**Mostarda de São Bernardo** — A fome.
**Não há ouro que me faça papo** — É insaciável.
**Negros de cadeirinhas** — Seus condutores.
**Ogó** — Areia de grande semelhança com o ouro em pó.
**Olho-de-boi** — Escuridão que prenuncia tempestade.
**Oriza** — Oleo perfumado para cabelos.
**Ouro nativo** — Como sai da terra; virgem.
**Paparriba** — De papo para o ar, em folga.
**Pata-choca** — Sacristão.
**Pescoço esgorjado à patifa** — De camisa aberta, sem colarinho.
**Polveira de morrão** — Garrucha que disparava com um lume de corda fumegante chegado à pólvora.
**Pronto-alívio** — Panaceia para acalmar dores e cicatrizar ferimentos leves.
**Recâmara** — Baixela de ouro ou prata, em serviço.
**Sancta Sanctorum** — Lugar sagrado.
**Sapo mira-lua** — Antanha, sapo-boi.
**Sêrro do Frio** — Hoje cidade do Serro.
**Sombreiro de pé alto** — Guarda-sol.
**Taquara** — *Guadua Superba*, Hub., também chamada taquaraçu. Há uma variedade, a cana do Reino.
**Tocar o cu com o dedo** — Fazer o que não se deve. Fazer o impossível.
**Traição** — Surpresa agradável.
**Tribufu** — Negro ou mulato feio e desajeitado.
**Velho bebe-água** — Idiota.
**Viajar no ora-veja** — Em jejum.
**Vinho Bordéus rubi** — Quanto à cor é vermelho, então chamado rubi.
**Vinho de corpo** — Maduro, muito denso.
**Vinho espumante** — Vinho da Champagne
**Xeleléu** — Adulador.

## X — O BARÃO DE CATAS ALTAS

**Afito** — Indigestão.
**Ajuda de câmara** — Criado ou criada de quarto.
**Ajudante de câmara** — O mesmo que ajuda de câmara.
**Alva dos olhos** — A esclerótica.
**Amanhã-eu-vou** — Podager nacunda; curiango notívago.
**Anjinho** — Torniquete de ferro, com roscas, para arroxar as articulações dos dedos.
**Anjujos** — Testículos.
**Arraial de São Bom Jesus de Matosinhos do Sabará** — Hoje cidade de Matosinhos. Só em 1847 foi criado o município com o nome de Senhor Bom Jesus de Matosinhos do Rio das Velhas, passando da Comarca de Sabará para a de Santa Luzia do Rio das Velhas.
**Barbilho** — Aparelho de pau preso ao focinho dos bezerros, para impedi-los de alcançar as tetas das vacas.
**Cacimba** — Orvalho vesperal.
**Calanguiano** — Calangueando, caminhando para os lados, tal o calango.
**Capeleio de ouro** — Rede dourada para compor os cabelos de mulher.
**Chapa de torrar pés** — Placa de ferro para, com fogo, aquecer as plantas dos pés amarrados nela.
**Chancas** — Pés grandes e maltratados.
**Chave na boca** — Para não vomitar. Superstição usada ainda hoje, em Minas, contra vômitos.
**Colírica** — Vômito de bile.
**Coroa de cabeça** — Aro de ferro que, com parafusos, apertava o crânio dos escravos faltosos.
**Cu-de-boi** — Confusão, grande barulho.
**De suum** — De comparsaria cmn alguém.
**Enxota-cachorros** — Sacristão.
**Escarpes** — Sapatos de ferro para apertar, com roscas, os pés dos escravos, para confissão ou castigo.
**Espelho Duas Cornetas Cruzadas** — Peça rica, hoje rara, manufatura da Fábrica de Espelhos e Omatos em talha, de França.
**Esposa** — Corrente de prender cativos pelo pescoço.

**Fricha** — Égua.
**Frija** — Advogado de porta de xadrez.
**Frotas do ouro** — Naus de El Rei, que buscavam o ouro do Brasil-Colônia.
**Gargalheira** — Coleira de ferro para escravos.
**Guarda-infantes** — Anquinhas.
**Justilho** — Espartilho, em geral de barbatana de baleia.
**Lavar os dentes** — Beber uma golada de cachaça.
**Marrufo** (língua bântu) — Cachaça.
**Massa franjipana** — Massa de nata, amêndoas pisadas e almíscar, para perfumar. Usava-se para amaciar a pele.
**Morangos** — Fragária Vesca, Lin. Nativos na Serra do Caraça. Raimundo Corrêa foi muito criticado por escrever na "Missa da Ressurreição": ... às vezes um morango ri/Vermelho, entre a folhagem/Como em túnica verde de veludo/Um botão de rubi.. . Isso em caminho por onde passavam carreiros e povo. Pois ele é encontrado na Serra do Caraça, como é comum nos bosques de Portugal, da Madeira e dos Açôres.
**Mussonaro** — Missionário, padre.
**Nhô-sim** — Sim, senhor.
**Pan!** — Zás!
**Panete** — Gole de cachaça.
**Pilatos** — Juízes.
**Quitiliquê** — Pessoa de importância, importante.
**Refle** - Facão-baioneta usado pelos soldados.
**S. A. I.** — Sua Alteza Imperial.
**Servente de Sacristia** — Sacristão.
**Tabaco louro do Serralho** — O melhor de todos. Era usado no narguilé pelas favoritas do Sultão, no Serralho de Constantinopla.
**Torrado prêto** — Pó ordinário.
**Trabusana** — Irritação gástrica por má digestão.
**Ventrículo** — Estômago.
**Vinho Púrpura** — Lacryma Chrysti, o melhor dos vinhos da Itália.
**Vozeiro** — Advogado.

## XI — A FUGA DAS ANDORINHAS

**Acalenta-menino** — Chicote.
**Água-de-batata** — Café ralo ordinário.
**Água de sementes de assa-peixe** — Infusão usada por gente pobre, em lugar de café.
**Auricídia** — Cobiça de ouro, fome de dinheiro, riqueza.
**Bachalice** — Bacharelice. (Sair solto e livre, mas estes são milagres ordinários da bachalice. Capitão General Governador das Capitanias de Minas e Rio de Janeiro, Ofícios, 1736).
**Baldaquim** — Docel que cobre o leito.
**Cabaça** — Mala pequena que amarrota roupa.
**Caboré** — Caboclo de cabelos lisos, mestiço de negro e índio.
**Cajuí** — Anacardium pummilium, caju rasteiro do serrado.
**Carafu** — Mulato feio.
**Caxicoló** — Gentalha.
**Cerca-lourenço** — Barulho, briga de sangue.
**Clareza** — Título, documento particular de dívidas. Não era selado.
**Diamante de galerim** — Os de pesos acima de 20 quilates.
**Espelho Gitirana** — Assim chamado por ter em relevo nas molduras ramos dessa planta, gitirana. Esse espelho, hoje raríssimo, é de manufatura francesa.
**Está aberto nos peitos** — Vencido, frouxo.
**Está em sangue e fogo** — Em grande inimizade.
**Fideputas** — Desclassificados.
**Gabiroba** — Alebevilla guaviroba, Lin. Fruta deliciosa e perfumada, cujo habitat é o campo seco.
**Gato-de-nove-rabos** — Chicote de arame, com 9 pernas, com as pontas em anzol. Usado até hoje pela polícia de Londres, para flagelar ladrões. Foi sempre empregado nas colônias inglesas.
**Gente cega de barbaridade** — Sem civilização; bárbara.
**Jitirana** — Ipomoea coccinea, Lin. Planta de folhas muito ornamentais.
**Jurar malícia** — Caluniar.
**Marapaiá** — Congado de negros livres, forros e escravos.
**Madre-da-água** — Veio da água, água corrente.
Mostrar gato por leão — Querer esconder coisas grandes com pequenas.
**Mulato na cabeça** — Degolado.
**Ouro gemado** — Ouro amarelo, como era o de Macaúba. Em geral o ouro nativo é da cor do aço.
**Passaculpas** — Juiz displicente, que absorve mais do que condena, sem julgar com a razão.
**Peixe-frito** — Tapera noevia. Pássaro noturno de piado triste e monótono, repetindo seu nome: peixe-frito.
**Politicão** — Homem profissional da política, chefão.
**Quivira** — Aguardente mexicana.
**Renrenrém** — Intriga.
**Saca-mola** — Mau dentista.
**Trabuco boca-de-sino** — Espécie de pederneira, com boca-de-sino. Exigia forquilha para apoio, ao disparar.
**Urrou na subida** — As bestas de tropas não aguentando a carga, ao subirem um morro, param e urram, deitando em seguida. Estão frouxas.
**Xaramandusca** — Tala, pau ou briga.

## XII — MARÉ DE LUA CHEIA

**Avinhado** — Oryzoborus angolensis, Lin. Pássaro canoro, curió.
**Bile-negra** — A essa bile chamavam atrabile, que para os médicos antigos era uma das causas da melinconia e de irritabilidade nervosa.
**Boi-de-fogo** — Grande escândalo, boato exagerado, acontecimento sensacional.
**Cavalo sabino** — De três cores: branco, vermelho e preto.
**Côvado** — Medida de comprimento: 66 centímetros.

**De gangão em gangão** — Por escadas abaixo, de mal a pior.
**Efêmera** — Febre simples, passageira.
**Estou meu velho** — Em verdade velho; pessimista doente ou desalentado.
**Gabarro** — Ferida que fica crônica nos peste pés do gado, depois do ataque da peste de unhas. Impede a marcha, aniquilando a rês.
**Hetiquidade** — Tuberculose.
**Meias-caras** — Escravos africanos entrados no Brasil depois da proibição do tráfego negreiro. Eram contrabando.
**Melinconia** — Banzo, nostalgia; era uma forma da psicose maníaco-depressiva. Essa enfermidade devastava principalmente os recém-importados.
**Nossos amores** — A esposa.
**Ouro virgem** — Como foi tirado da terra ou das águas.
**Pilanga** — Tribunal, a justiça.
**Puto-vintém (está sem um)** — Última expressão da miséria.
**São-caetano** — Trepadeira de frutos vermelhos, em forma de fusos.
**Terras-cruas** — Sem cultivo ou exploração; terras virgens.

## XIII — VINHO, MÚSICA E MULHERES

**Água-de-alfazema** — Essência de alfazema, 60,0; tintura de Ambar cinzento, 30,0; água de colônia, 500,0; álcool, 1000,0.
**Ananás** — Bromélia Ananas, Lin. Não é o abacaxi, mas variedade mais delicada. No nordeste brasileiro é chamado Pico de Rosa e Pico de Ouro. Diurético.
**Apagar fogo com azeite** — Aumentar a aflição do aflito.
**Aroma (louco)** — Vinho quanto ao aroma, forte, louco.
**Banana-cravo** — Também chamada banana-ouro.
**Banho de cipó-imbé** — Que desviriliza os homens.
**Bazulaque** — Inglês; cosmético.
**Bombarato** — Pouco caso.
**Brichotes** — Estrangeiros.
**Cabo duro** — Valente.
**Cainca** — Chiocacca Anguifuga, Mart. Planta diurética, emética e purgativa.
**Caixa do amendoim** — Garrucha; amendoim é a bala.
**Camisa praiana** — Aberta no pescoço; Slack.
**Creme-de-amêndoas** — Amêndoas amargas, 180,0; farinha de arroz, 60,0; lírio em pó, 15,0; carbonato de potassa, 8,0; espírito de jasmins, 12,0; essência de rosas, X gotas; essência de neroli, X gotas. Para clarear e amaciar as mãos.
**Creme tesouro-das-sultanas** — Creme do Líbano. (Ver a fórmula em O SOLAR DO BRUMADO.)
**Desempambado** — Desassombrado, sem medo.
**Eze** — Eles.
**Folha de café amarrada na testa** — Para curar dor de cabeça. Usada em Minas ainda hoje.
**Framboezas** — Rufus idacus, Lin. Frutos da framboezeira; são refrigerantes e eram tidos como febrífugos.
**Fritada de amor** — Pão torrado com ovos e manteiga.
**Garras de ferro dos calabrotes** — Os piraís dos ingleses do Gongo Soco terminavam por garras de ferro na ponta da correia.
**Grugudo** — Atrevido, desaforado.
**Jogo da grima** — Jogo de paus imitando luta; esgrima.
**Mameteira** — Marinha, mamata, comilança.
**Merengues** — Ingleses, estrangeiros.
**Mofarra** — Escárneo, mofa.
**Mulher desmanchadona** — Desmazelada.
**Olhar saltado** — Exoftálmico.
**Olíbano** — Incenso.
**Orelhas-de-paus** — Boletus sanguineus, Dom. Cogumelos usados para doença do peito e amigdalites, em uso interno e externo.
**Para-tudo** — Gomphrena officinalis, Mart. Empregada contra fastio, debilidade e febres intermitentes.
**Parrochedo** — Brincadeira sem prop6sito, mofa, gaiatice.
**Pastilha de Bafo** — O mesmo que Pastilhas de Gato. (Ver no cap. AS FESTAS DO REI SALOMÃO.)
**Poeira amarela** — Ouro em pó.
**Pó franjipano** — Amêndoas pisadas, nata e almíscar para colorir e perfumar. Reduzido a pó com amido. Foi inventada pelo General Frangipane, oficial de Luiz XIV.
**Postemeira** — Raiz utilizada para curar feridas. Antiluético.
**Saquinhos de Chipre** — Pau-rosa em serragem; pau de cedro em serragem; sândalo em pó, aná, 500,0; essência de pau rosa, 6,0; almíscar, 2,0. Misture e divida em saquinhos para perfumar roupas brancas.
**Surunga** — Valente.
**Vinho nevado** — Esfriado, resfriado por gelo em processo químico. Duas misturas frigoríficas então usadas: 1) sal amoníaco e nitrato de amônio, partes iguais; água, quanto baste; 2) sulfato de soda, 8 partes; ácido clorídrico, 5 partes; nitrato de amoníaco, 4 partes; água, 1 parte. Introduzir no recipiente, primeiro os sais, depois o ácido e a água.

## XIV — OS OLHOS VERDES DE LAURA

**Águas de Caldas** — Hoje cidade de Poços de Caldas.
**Anel de lincúrio** — Lincúrio era pedra preciosa, que os antigos supunham ser urina cristalizada do lince.
**Birôla** — Vertigem.
**Brancolim** — Sulfato de quinina.
**Cavalo negro alevantadiço** — Espantado, pronto a se rebelar.
**Coqueiros ouricuris** — Cocos Coronata, Mart.

Graciosa palmeira de frutos vermelhos, em grande cachos. Os ouricuris aqui referidos ainda vicejam no mesmo Largo da Igreja, no arraial de Brumal.

**Enquanto há vento bota-se água nas velas** — Era uso molhar as velas para acelerar a marcha dos navios.

**Essência de âmbar** — Âmbar cinzento, 1,0; almíscar, 1,0; éter sulfúrico, alcoolizado, 70,0. Macerar por dois dias e filtrar. Perfume dos mais persistentes.

**Farrompa** — Pompa.

**Lambe-lhe-os-dedos** — Doce de ovos, coco, canela e cravo.

**Linho galego** — O melhor de todos os linhos.

**Lunar** — Sinal negro no corpo.

**Majestade** — Crucifixo de ouro, que traziam no pescoço.

**Pau-santo** — Jacarandá, de qualquer variedade.

**Perfume de âmbar** — O mesmo que essência de âmbar.

**Plumazo** — Almofada para cama, feita de penugem de ganso.

**Sangue de gaveta** — Rouge ou carmim. Saquinhos de Heliotrópio — Milho em pó, 1000,0; folhas de rosa em pó, 500,0; folhas de tonka em pós, 250,0; baunilha, 125,0; almíscar, 5,0; essência de amêndoas amargas, 0,50. Esmague com o lírio a baunilha e a almíscar. Misture tudo e passe em peneira fina. Feche em saquinhos, para perfumar roupas brancas.

**Três fomas brancas** — *Ticoreia febrífuga, St. Hil.* Quina branca.

**Três folhas vermelhas** — Evodia febrífuga, St. Hil. Quina amarela.

## XV — VISITA DE PILATOS

**Bacharela** — Mulher que fala muito;

**Balançar o esqueleto** — Dançar.

**Beleléu** — Sepultura.

**Cabacinho** — Momordic bucha, S. Paio. Planta herbácea, cujo fruto é empregado como abortivo.

**Cão veadeiro de focinho fendido** — O de faro mais apurado; de boa raça.

**Catrambagens** — Partes sexuais do homem.

**Cavalo açúcar e canela** — Branco, manchado de roxo.

**Cirro** — Câncer.

**Craveiro-da-serra** — Espécie de sempre-viva serrana, de incomparável perfume.

**Erva-de-santa-maria** — Chenapodium ambrosioides, Lin. Lombrigueiro.

**Lambada** — Gole de cachaça. Lambada que dá esperteza.

**Latim de cozinha** — Mau latim.

**Madamasela** — Senhorita.

**Malacafento** — Adoentado, desanimado.

**Mamar na Paula** — Viver à-toa, desempregado.

**Marmuro** — Triste.

**Passamanguara** — Charlatão

**Rola-caldo-de-feijão** — Columbigallina talpacoti. É roxo-avermelhada e seu arrulho é um contínuo gemido de dor.

**Seriema** — Cariama cristata. Ave sertaneja, de belo e alto canto gargalhado.

**Sobreanca** — Manta, xairel.

**Sortidos** — Lotes de escravos de todas as idades, bons e maus, aparecidos à venda nas minas de ouro.

**Três-vinténs** — A virgindade feminina.

**Vila de Tamanduá** — Hoje cidade de Itapecerica.

**Voumbora** — Vou-me embora.

## XVI — MÃO NA DOR

**Barrasco** — Porco, barrão.

**Bunda-suja** — Pobre, mal vestido.

**Caburé** — Pequena vasilha de barro para fogo.

**Carbono** — Cópia, filho.

**Carta de Liberdade** — Documento do senhor, que outorgava liberdade a escravo. Mesmo que Carta de Ingenuidade. Era documento de valor indiscutível.

**Carta Régia de Moratória** — Concordata.

**Chá de chocalho de pestana-lisa** — Afrodisíaco muito procurado.

**Comigo não tem meu-pé-me-dói** — Não há desculpas.

**Congonheiro** — Recadeiro.

**Cumba** — Feiticeiro.

**Dia dos cativos** — Sábado, em que nas minas, quando os senhores consentiam, os escravos bateavam para si mesmos. Essa regalia foi estabelecida pela Carta Régia de 31 de janeiro de 1701.

**Drume** — Dorme.

**Ficar mijando nos calcanhares** — Estar impotente.

**Gaia** — Cavalo velho.

**Guerra guerreada** — Guerra de escaramuças; guerrilha.

**Laranjeira-do-mato** — Evodia febrífuga, Lin. É a mesma quina, árvore de grande beleza, cobrindo-se em setembro de alvas flores muito perfumadas.

**Margaridas amarelas** — Bellis Annus, Lin. Flores campestres anuais.

**Matungo** — Cavalo velho.

**Olhar para o torno** — Descender de escravo.

**Papudinha** — Cachaça.

**Pica-fumo** — Capiau, matuto pobre.

**Pó de vergalho de suçuapara** — Afamado afrodisíaco.

**Relógio despertador de bolso** — Despertava a horas marcadas. O que pertenceu a Joãozinho, quando chegou ao Gongo, está em poder do autor deste livro.

## XVII — O FILHO

**Bicho refugão** — Cavalo espantadiço, refugador.
**Crédito** — O mesmo que clareza. Documento não selado, de dívida.
**Crináureo** — De crinas douradas. Comuns em cavalos alzões.
**Leve** — Desorientado, leso.
**Uruvaio** — Orvalho.

## BIBLIOGRAFIA


VASCONCELOS, SALOMÃO DE – **Catas Altas, in** "Rev. Arquivo Mun. de S. Paulo", S. Paulo.

DORNAS FILHO, JOÃO – **O Ouro das Gerais e a Civilização da Capitania,** S. Paulo, ed. Brasiliana.

CORREIA, VIRIATO – **Chica da Silva e outras histórias,** Rio, 1955.

CORREIA, VIRIATO – **Barão das Catas Altas, in Correio da Manhã,** 11 de julho 1919.

SANTOS, LÚCIO DOS – **História de Minas Gerais,** ed. Com. Melhoramentos, S. Paulo, 1926.

ESCHWEGE, BARÃO VON – **Pluto Brasiliensis,** ed. Reimer, Berlim, 1833.

CASTELNAU, CONDE FRANCIS DE – **Expedition dans les parties centrales de l'Amérique du Sud,** Paris, Bertrande edit., 1850.

MELO, TEIXEIRA DE – **Efemerides Nacionais, tomo I,** Rio, 1881.

VEIGA, XAVIER DA – **Efemerides Mineiras, Ouro Preto** – Belo Horizonte - Coleção.

FERRAND, PAUL – **L'or à Minas Gerais (Brasil),** Ouro Preto, 1894.

CALÓGERAS, JOÃO – **As Minas do Brasil e Sua Legislação,** S. Paulo, 1938.

LIMA JÚNIOR, AUGUSTO DE – **Vila Rica do Ouro Preto,** Belo Horizonte ,1957.

SANTOS PIRES, ANTÔNIO OLINTO DOS – **A Mineração – Riquezas Minerais** no Livro do 4° Centenário do Brasil, vol. III, Imp. Nacional, Rio, 1900.

M. DE L... – **Carta ao Journal des Debats** 1° de julho, Paris, 1839.

FERREIRA, FRANCISCO INÁCIO – **Dicionário das Minas do Brasil,** Imp. Nacional, Rio, 1885.

DENIS, FERNAND – **Resumé de l'histoire du Brésil,** Paris, 1825.

MAWE, JOHN – **Travels in the Interior of Brazil,** London, 1812.

SOUTHEY, ROBERT – **História do Brasil,** trad. de Oliveira e Castro, Bahia, 1948.

BARROSO, GUSTAVO – **O Barão de Catas Altas,** Crônicas em " O Cruzeiro".

SAINT-HILAIRE, AUG. – **Voyages dans les provinces do Rio de Janeiro et de Minas Gerais,** etc. Paris, 1830–3. 4 vol.



Este livro foi composto com a tipografia Times New Roman
e impresso pela Meta Brasil.